ullstein

Chess.com-Journalist erforscht Schach als kulturelles Phänomen von seinen frühesten Anfängen im alten Indien über seine größten Stars und dramatischsten Momente bis hin zu den Auswirkungen von Internet und künstlicher Intelligenz. Dabei zeigt er, wie Computer und das Internet die zeitlose Magie des Schachs im digitalen Zeitalter noch verstärkt und zu einem neuen Höhepunkt der Popularität und kulturellen Relevanz geführt haben.

PETER DOGGERS, geboren 1975, ist international gewerteter Schachspieler, Direktor für Nachrichten und Veranstaltungen beim Marktführer im Online-Schach, Chess.com. Er spielt seit fünfunddreißig Jahren Schach und berichtet seit über siebzehn Jahren darüber. Er hat Dutzende von Großmeistern interviewt, Basketball mit Magnus Carlsen gespielt und Garri Kasparov am Grab von Bobby Fischer interviewt. Kurzum, er ist einer der am besten vernetzten und bekanntesten Menschen in der heutigen Schachwelt.

SCHACH-EUPHORIE

Warum das königliche Spiel uns immer wieder neu begeistert

Von Peter Doggers

Aus dem Englischen übersetzt von Dieter Fuchs

Ullstein

Die Originalausgabe dieses Buches erschien 2024 unter dem Titel *The Chess Revolution: Understanding the Power of an Ancient Game in the Digital Age* bei Robinson, einem Imprint von Little, Brown Book Group, UK, in Einvernehmen mit Sebes & Bisseling Literary Agency.

Wenn nicht anders angegeben, stammen Übersetzungen englischer Zitate von Dieter Fuchs.

Deutsche Erstausgabe im Ullstein Taschenbuch
1. Auflage November 2024

Umschlaggestaltung: zero-media.de, München
Umschlagabbildung: © FinePic®, München
Satz: Savage Types Media, Berlin
Gesetzt aus der Adobe Garamond
Druck und Bindearbeiten: ScandBook UAB, Litauen
ISBN 978-3-548-06940-1

Für Míria

Inhaltsverzeichnis

Einleitung

Mein Vater brachte mir Schach bei, als ich acht Jahre alt war. Mein Interesse wuchs dann in der Grundschule, als ich in den Pausen gegen meinen Lehrer spielte. Ein paar Jahre später, ich war vierzehn, fragte mich Gino, ein befreundeter Nachbarsjunge: »Ich gehe zu meinem Onkel, um Schach zu spielen. Kommst du mit?« Sein Onkel Gerard, den ich immer noch ab und zu im Amsterdamer Schachcafé De Laurierboom treffe, hatte ein schönes Schachspiel und, was mich als Teenager noch mehr faszinierte, viele Bücher über Schach. Er begann, uns von seinem Helden Bobby Fischer zu erzählen, und ich hörte mit offenem Mund zu.

Schon bald spielten Gino und ich regelmäßig und ahmten sogar die »Weltmeisterschaftskämpfe« nach, von denen wir gehört hatten: Wir spielten eine Partie pro Tag, immer Weiß und Schwarz abwechselnd, und füllten damit locker zwei Wochen Schulferien aus, in denen wir um den Titel des Champions unserer Straße rangen. Im September 1990 traten wir dem örtlichen Verein De Eenhoorn (Das Einhorn) bei, wo ich einige meiner besten Freunde kennenlernte. Wir spielen auch heute noch für diesen Verein.

Das allererste Schachbuch, das ich von vorn bis hinten gelesen habe, war *Schach: Das Handbuch für Anfänger und Könner* von Theo Schuster aus dem Jahr 1986, ein allgemeiner Überblick über die Geschichte des Spiels, seine Regeln, die großen Spieler der Vergangenheit und ihre besten Partien. Es enthielt eine Geschichte, die immer noch meine Lieblingsschachanekdote aller Zeiten ist, nämlich darüber, dass die Drohung stärker ist als die tatsächliche Ausführung, eines der bekanntesten Theoreme im Schach.

Aaron Nimzowitsch, ein Weltklassespieler in den 1920er-Jahren, verabscheute angeblich den Tabakrauch zu einer Zeit, in der es erlaubt und üblich war, bei Turnieren zu rauchen. Vor Beginn einer Partie hatte Nimzowitschs Gegner mit ihm vereinbart, nicht zu rauchen, doch kurz nach Beginn zog er eine Zigarre aus seiner Tasche, gefolgt von einer Schachtel Streichhölzer. Nimzowitsch ging wütend zum Schiedsrichter, um sich zu beschweren, nur wies dieser darauf hin, dass sein Gegner doch gar nicht zu rauchen begonnen hatte. »Aber er droht zu rauchen«, sagte Nimzowitsch, »und jeder Schachspieler weiß, dass die Drohung stärker ist als die Ausführung.«

Schusters Buch zeigte mir, dass sich hinter dem »einfachen« Brettspiel eine größere Welt verbirgt. Es hat ein so faszinierendes kulturelles Erbe, dass ich mehr darüber wissen wollte. Ich entdeckte, dass Schach dem Spiel in Hermann Hesses Roman *Das Glasperlenspiel* von 1943 sehr ähnlich ist: eine intellektuelle Begegnung, die Elemente aus Mathematik, Psychologie, Kunst, Sport und sogar Musik enthält. Im Laufe der Geschichte diente es als Metapher für den Krieg, die geistige Schlacht, den strategischen Kampf und sogar für die Beschreibung unserer gesamten Gesellschaft. In seiner symbolischen Vielfalt ist Schach das reichhaltigste Spiel von allen.

Das Schachspiel hat eine über 1500 Jahre lange Geschichte, und es war schon immer »populär« im alten lateinischen Sinne des Wortes: weitverbreitet in der Öffentlichkeit. Aber es war mehr als das, und das ist der Teil, der schwer zu beschreiben ist. Es scheint, dass Schach wie keinem anderen Spiel eine gewisse Magie anhaftet, etwas, das man genießen kann, aber auch etwas, das Achtung oder Ehrfurcht erregt und mit Respekt behandelt werden sollte. Es ist kein Zufall, dass die größten Persönlichkeiten ihrer Zeit oft mit dem Spiel in Verbindung gebracht wurden: von Napoleon, der 1809 gegen den Mechanischen Türken spielte, bis hin zu Elon Musk, der sich 2022 in den Carlsen-Niemann-Skandal einmischte.

Im Februar 2006 begann ich meinen ersten Schachblog, und im Jahr darauf kündigte ich meinen Vollzeitjob, der mir ein gutes und stabiles Einkommen beschert hatte. Ich wollte sehen, ob ich meine Website ChessVibes in ein erfolgreiches Unternehmen verwandeln konnte. Ich gab mir ein Jahr Zeit, um zu sehen, wohin die Reise gehen würde, und sagte mir, dass ich immer noch auf den Arbeitsmarkt zurückkehren könnte, sollten die Dinge nicht wie gewünscht klappen.

In den achtzehn Jahren, die seitdem vergangen sind, habe ich meine Entscheidung kein einziges Mal bereut. Das Schachspiel hat mich in wunderschöne und weit entfernte Ecken der Welt gebracht. Ich habe faszinierende Menschen und begeisterte Fans kennengelernt, nur hatte ich dabei immer das Gefühl, dass Schach das Potenzial besaß, größer zu werden, vergleichbar etwa dem, was beim Poker passiert ist.

In der jüngeren Vergangenheit hat das Schachspiel verschiedene Höhepunkte seiner Popularität erlebt. Das erste Mal war zur Zeit des Weltmeisterschaftskampfes zwischen Bobby Fischer und Boris Spasski 1972 in Reykjavík, mitten im Kalten Krieg. In Zeitungen auf der ganzen Welt wurde tagtäglich darüber berichtet, Fischer wurde ein Star, Hunderttausende verfielen dem Spiel, und überall waren die Schachsets ausverkauft. Es ist kein Zufall, dass Island, wo die WM stattfand, heute die höchste Anzahl von Großmeistern pro Kopf hat: 16 GMs bei einer Bevölkerung von 375 000.

Nach den spannenden Kämpfen zwischen Anatoli Karpow und Garri Kasparow in den 1980er-Jahren begeisterte sich die Öffentlichkeit auch für die Erfolgsgeschichte von Judit Polgár und ihren Schwestern. Ein nächster Höhepunkt war jedoch das Match zwischen Kasparow und Deep Blue im Jahr 1997, das immer noch als Wendepunkt in der Geschichte des Schachs gilt, denn hier wurde ein Computer zu stark für einen Menschen. (Tatsächlich dauerte es etwas länger, bis Computer echte Unbesiegbarkeit erreichten.)

In den folgenden Jahrzehnten zog Magnus Carlsen die meiste Aufmerksamkeit auf sich, da er seine bemerkenswerte Dominanz auf dem Schachbrett mit der eines begeisterten Sportfans, eines Models und sogar einer Figur in *Die Simpsons* und *Donald Duck* verband. Es war jedoch eine andere junge Dame, die den dritten großen Höhepunkt in der weltweiten Schachpopularität auslöste. Beth Harmon, die Hauptfigur der Netflix-Miniserie *The Queen's Gambit* (dt. Titel *Das Damengambit*), die im Oktober 2020 erstmals ausgestrahlt wurde und auf dem Roman von Walter Tevis aus dem Jahr 1983 basiert.

Während ich diese Zeilen schreibe, ist Chess.com doppelt so schnell gewachsen wie zu Zeiten von *Das Damengambit* – was darauf hindeutet, dass Schach noch nie so beliebt war wie im Jahr 2024. Heute scheint es nicht den *einen* Grund für diesen Popularitätsanstieg zu geben, sondern gleich mehrere, die zu berücksichtigen wären. Vielleicht war es dieses Mal kein Hype, und Schach ist endlich eine echte Mainstream-Aktivität geworden. Wie gerne würde ich das glauben.

Das Schachspiel hat in den letzten Jahrzehnten einen bemerkenswerten Wandel erlebt, der hauptsächlich durch den Computer und das Internet beeinflusst wurde. Heute können sich weder Schachamateure noch Großmeister eine Welt ohne einen Computer vorstellen, mit dem sie ihre Entscheidungen analysieren, sich auf ihre Partien vorbereiten oder online spielen können. Gleichzeitig hat das Internet mehr neue Fans für das Spiel gewonnen als je zuvor, und Schach ist zu einem beliebten E-Sport geworden. Der Kanal von Chess.com war im Jahr 2023 mit über 11 Millionen Zuschauerstunden der meistgesehene englischsprachige Twitch-Kanal (und der fünfte Kanal insgesamt). Das verleiht dem alten Brettspiel eine ganz neue Dimension und ist nichts weniger als eine digitale Revolution – und damit eine Geschichte, die es verdient, erzählt zu werden.

Man sagt, dass über keine Sportart mehr Bücher geschrieben wurden als über Schach. Die überwiegende Mehrheit ist jedoch für ein schachkundiges Publikum bestimmt, das bereits weiß, wie 1.d4 f5 heißt (Holländische Verteidigung, eine Eröffnung, die ich selbst nie gespielt habe!) oder wer Wilhelm Steinitz war (der erste offizielle Weltmeister).

Was fehlt, ist ein Buch für die vielen neuen Schachfans, die das Spiel als Netflix-Zuschauer oder YouTube-Abonnenten kennengelernt haben und dringend eine gute Einführung in diesen Sport und die Welt dahinter brauchen. Ein Buch, das viele der berühmten Geschichten und Anekdoten aufgreift, die untrennbaren Verbindungen des Schachs mit der westlichen Kultur aufzeigt, über seine größten Helden spricht und die unglaubliche Geschichte der Veränderungen beschreibt, die das Schachspiel durchlaufen hat, um dorthin zu gelangen, wo es heute ist. Ich hoffe, dass ich dieses Buch geschrieben habe.

Wer sich bereits mit der Schachwelt beschäftigt hat, wird

viele der Geschichten und Anekdoten wiedererkennen, aber auch für sie oder ihn gibt es noch viel zu entdecken. Und da das letzte Buch, das versucht hat, die gesamte Geschichte des Schachs abzudecken, 1985 veröffentlicht wurde, kann das vorliegende Werk vielleicht die Lücke hin zur modernen Ära schließen, indem es die Vergangenheit, Gegenwart und Zukunft des Schachs an einem Ort zusammenfasst und seine Beziehung zu Kultur und Technologie aufzeigt.

Eine bekannte Formulierung lautet, Schach sei eine Kunst, eine Wissenschaft und ein Sport. Nur ist das natürlich etwas klischeehaft und ziemlich begrenzt. Hinter diesem scheinbar einfachen Brettspiel mit 64 Feldern und 32 Figuren verbergen sich nicht nur direkte Verbindungen zu vielen weiteren Bereichen des Lebens, sondern auch eine unglaubliche Geschichte voller faszinierender Ereignisse und brillanter Persönlichkeiten. Leserinnen und Leser, die das Schachspiel noch nicht kennen und dieses Buch in Händen halten, haben eine einzigartige Welt zu entdecken, die sowohl faszinierend als auch inspirierend ist. Kommen, sehen, staunen!

TEIL I

Schach als kulturelles Phänomen

Kapitel 1

1500 Jahre Magie: Eine Geschichte des Schachs in der populären Kultur

»Schach ist nicht immer Konkurrenz. [...] Ja, aber Schach kann auch etwas ... Schönes sein. [...] Es war das Brett, das mich fasziniert hat. [...] Es ist eine ganze Welt aus nur 64 Quadraten. Ich fühle mich sicher darin. Ich kann sie kontrollieren, ich kann sie dominieren. Und es ist alles vorhersehbar. Wenn ich zu Schaden komme, liegt das ausnahmslos an mir.«

Beth Harmon, *Das Damengambit,* Episode 3 (2020)

Am 19. November 2022 wurde ein Bild auf Instagram rasend schnell zu einem der meistgelikten Beiträge aller Zeiten. Es war der Tag vor Beginn der Fußball-WM in Katar, und das Modehaus Louis Vuitton postete ein Foto von Lionel Messi und Cristiano Ronaldo beim Schachspielen. Das Foto, aufgenommen von der legendären Porträtfotografin Annie Leibovitz, wurde mit der Bildunterschrift »Victory is a State of Mind« (Sieg ist Einstellungssache) auf den Instagram-Kanälen von Lionel Messi, Cristiano Ronaldo und Louis Vuitton gepostet. Das Bild, das mehr als 84 Millionen Likes erhielt, zeigt die beiden Fußballstars, die einen karierten Louis-Vuitton-Koffer als Schachbrett benutzen. Zwei Jahre nach der Veröffentlichung von *Das Damengambit* erlebte das Schachspiel einen neuen Auftritt in der Populärkultur, der vielleicht noch mehr Menschen erreicht hat als die unglaublich erfolgreiche Netflix-Serie.

Übrigens wurde für das Bild – komponiert aus verschiedenen Aufnahmen, da Messi und Ronaldo nicht gemeinsam im Studio waren – eine echte Schachstellung aus einer echten Partie verwendet. Der Trainer des Weltranglistenersten Magnus Carlsen, der Däne Peter Heine Nielsen, twitterte, die Stellung stamme aus einer 2017 in Norwegen gespielten Partie zwischen Carlsen und Hikaru Nakamura, den beiden größten Stars der Schachwelt. Carlsen retweetete Nielsens Botschaft mit dem witzigen Kommentar: »Die zweitgrößte Rivalität unserer Zeit imitiert die größte.«

Es wäre kaum vorstellbar gewesen, dass Messi und Ronaldo vor einem Dame- oder Kartenspiel sitzen. Und es hätte auch nicht funktioniert. Die visuellen Möglichkeiten, die Symbolik, die Tradition und die Komplexität des Schachspiels verleihen ihm Macht. Schach hat Kaiser, Könige, Maharadschas, Schahs, Zaren, Generäle und Präsidenten fasziniert. Maler, Dichter, Dramatiker, Romanautoren, Regisseure, Drehbuchautoren, Sportler und Politiker ließen sich davon inspirieren. Die Magie dieses Spiels fesselt uns seit 1500 Jahren.

Die Ursprünge des Schachspiels

Es war einmal in Indien eine kluge Königin namens Jūshīr, die mit einer Rebellion konfrontiert wurde. Sie sandte einen ihrer Söhne aus, um den Aufstand niederzuschlagen, doch einer der Rebellen tötete ihn und versetzte die Menschen des Landes in Angst und Schrecken. Aus Furcht, ihr die Todesnachricht zu überbringen, versammelten sie sich vor einem ihrer Weisen, Qaflān, und erzählten ihm, was geschehen war. Er sagte: »Gebt mir drei Tage Zeit«, und ging fort, um nachzudenken. Dann sagte Qaflān zu einem seiner Schüler: »Bringt mir einen Schreiner und Holz in zwei verschiedenen Farben, Weiß und Schwarz.« Der Schreiner fertigte auf Anweisung von Qaflān Schachfiguren an, dann sagte dieser: »Bringt mir gegerbtes Leder.« Jetzt wurde ein Schachbrett mit 64 Feldern angefertigt, und Qaflān begann, das Spiel mit einem seiner Schüler zu spielen, bis er es verstanden hatte und es beherrschte. Qaflān sagte zu seinem Schüler: »Dies ist ein Krieg ohne Verlust von Menschenleben.«

Die Menschen des Königreichs erkannten, dass sie Zeuge einer Weisheit wurden, zu der niemand sonst hätte gelangen können. Als Königin Jūshīr von der Sache erfuhr, ließ sie Qaflān rufen, damit er ihr dieses Spiel zeigte. Er kam mit seinem Schüler in den Palast, und die beiden begannen, Schach zu spielen. Der eine besiegte den anderen und sagte: »Schachmatt!«

Die Königin verstand, was damit gemeint war, und fragte Qaflān: »Ist mein Sohn getötet worden?«

»Eure Hoheit haben es ausgesprochen«, erwiderte er.

Sie sagte zu ihrem Kämmerer: »Lass die Leute herein, damit sie mir ihr Beileid aussprechen können.« Dann wandte sie sich an Qaflān und sagte zu ihm: »Du darfst um alles bitten, was du brauchst.«

Seine Antwort wird wahrscheinlich vielen Lesern bekannt vorkommen. »Eure Majestät, ich strebe nicht nach großem Reichtum oder Macht. Stattdessen bitte ich um eine einfache Belohnung: Ich möchte nur ein Weizenkorn für das erste Feld des Schachbretts, zwei Körner für das zweite Feld, vier Körner für das dritte, acht Körner für das vierte und so weiter.«

Die Königin lachte über diese Bitte, da ihr das ein geringer Lohn für sein brillantes Spiel schien, und stimmte bereitwillig zu. Ihre Berater wiesen sie jedoch bald auf die erstaunlichen Konsequenzen von Qaflāns Bitte hin. Das Schachbrett hat 64 Felder, und da sich die Anzahl der Weizenkörner für jedes

Feld verdoppelt, würde die Gesamtsumme der benötigten Weizenkörner 2^{64}-1 betragen, eine Menge, die auf der ganzen Welt nicht verfügbar ist. (Einer neueren Berechnung zufolge ist dies mehr als das 1600-Fache der weltweiten Weizenproduktion.)

Die Legende von den Weizenkörnern und dem Schachbrett, die im Mathematikunterricht immer noch als warnendes Beispiel für die Macht des exponentiellen Wachstums dient, existiert in verschiedenen Formen. In einer geht es um Reiskörner und den indischen Gott Krishna, während in der berühmtesten Version der Geschichte der brahmanische Mathematiker Sissa das Schachspiel erfindet, um seinem König eine Lektion in Demut zu erteilen. Wie im Spiel ist dessen Schicksal eng mit dem schwächsten seiner Untertanen verknüpft, und als König ist er zwar die mächtigste Figur, nur braucht er dennoch alle anderen Figuren zu seinem Schutz.

Die Version, die ich oben gewählt habe, ist die älteste, die »bis in die Zeit vor Mohammed zurückreicht«, wie H. J. R. Murray, ein renommierter und unglaublich gelehrter Schachhistoriker, in seinem 1913 veröffentlichten Monumentalwerk *A History of Chess* behauptet. Die Legende wurde von Ibn Wāḍiḥ al-Ya ʿqūbī erzählt, einem muslimischen Beamten und Universalgelehrten aus dem 9. Jahrhundert, dessen Werke mit die frühesten erhaltenen historischen und geografischen Schriften in der arabischen Literatur darstellen. Interessanterweise bezieht sich al-Yaʿqūbī auf eine Königin (Jūshīr) anstelle eines Königs, und seine Geschichte deutet darauf hin, dass Schach bereits im Moment seiner Erfindung als Metapher verwendet wurde. Von Anfang an war Schach also mehr als nur Schach.

Ob diese Geschichte wirklich stimmt, muss vermutlich nicht ernsthaft diskutiert werden. Allerdings sind sich die Schachhistoriker weitgehend einig, dass das Spiel seinen Ursprung in Indien hat. Ursprünglich ist es aus einem anderen Brettspiel namens *Chaturanga* hervorgegangen, das um das 6. Jahrhundert n. Chr. erstmals im Gupta-Reich auftauchte. Xiangqi (chinesisches Schach), Janggi (koreanisches Schach), Shōgi (japanisches Schach), Sittuyin (burmesisches Schach) und Makruk (thailändisches Schach) haben vermutlich alle das Chaturanga als gemeinsamen Vorläufer.

Das Sanskrit-Wort *Chaturanga* bedeutet »mit vier Gliedern/ Teilen« – von »chatur« (vier) und »anga« (Teile) – und bezieht sich auf die vier Abteilungen einer Armee: Elefanten, Streitwagen, Kavallerie und Infanterie. Das Spiel wurde auf einem acht mal acht, also 64 Felder umfassenden Brett gespielt, die alle dieselbe Farbe hatten. Die Spielfiguren ähnelten denen des Schachspiels: Es gab einen König, einen *Ferz* (ein Berater des Königs), einen Streitwagen (Turm), einen Elefanten (eine frühe Form des Läufers), ein Pferd (Springer) und einen Fußsoldaten (Bauer). Es handelt sich eindeutig um ein Brettspiel, das den Kampf zwischen zwei altindischen Armeen nachahmt. (Man beachte, dass einige Sprachen auch mehr als eintausend Jahre später für bestimmte Figuren noch dieselben Wörter verwenden. So heißt etwa der Läufer im Russischen слон, was Elefant bedeutet.)

Noch im 6. Jahrhundert verbreitete sich das Schachspiel vermutlich auch in Asien und Persien (dem heutigen Iran). Wie es dazu kam, zeigt eine andere Legende, die als Geburtsort des Spiels Indien angibt. Sie wurde im *Schāhnāme (Buch der Könige)* erzählt, das vom persischen Dichter Firdausī verfasst und um das Jahr 1010 fertiggestellt wurde.

Eines Tages traf eine reich ausgestattete Gesandtschaft des Radschas von Indien am Hof von König Chosrau Anuschirwan ein, dem sassanidischen Großkönig, der Persien von 531 bis 579 regierte. Unter den vielen Schätzen, die sie mitbrachten, befand sich ein wunderschönes kariertes Brett. Eine auf Seide verfasste Botschaft beschrieb dieses Brett und die Art der dazugehörigen Spielsteine und merkte an, dass der Radscha gern die geforderten Steuern zahlen würde, wenn jemand herausfinden könnte, wie dieses Spiel zu spielen sei. Nach einem Tag und einer Nacht des Studiums gab Chosraus Minister Burzoe zum Entsetzen der indischen Gesandten eine vollständige Beschreibung der Schachregeln. Zu allem Überfluss erfand er auch noch das Spiel *Nard* (eine frühe Form des Backgammon) und schickte dem indischen König eine ähnliche Herausforderung, die dessen Berater aber nicht lösen konnten. 2 : 0 für die Perser.

Nach der muslimischen Eroberung Persiens in der Mitte des 7. Jahrhunderts lernten die Araber das Schachspiel kennen, das jetzt den Namen *Schatrandsch* trug. Es wurde immer beliebter und verbreitete sich in der gesamten arabisch-muslimischen Welt. Im 9. oder 10. Jahrhundert war Schach im gesamten arabischen Raum bekannt, von Indien bis nach Spanien. Es wurden die ersten Bücher darüber verfasst, die weitere Legenden, Gedichte und Sinnsprüche enthielten. Ein Beispiel umschreibt die Trunkenheit: »Er kam auf dem Weg eines Turms und ging auf dem Weg eines Springers.« Die reichhaltige arabische Schachliteratur beschrieb darüber hinaus Verbindungen zur Mathematik, zum logischen Denken sowie sogar zur Erotik und enthielt gleichzeitig Unterweisungen im Spiel.

Außerdem wurden die *Mansuben* eingeführt: Schachrätsel aus Endspielstellungen mit genau definierten Aufgaben, z. B. in soundso viel Zügen ein erzwungenes Schachmatt zu finden. Ein berühmtes Rätsel ist das Matt von Dilaram, das angeblich aus einer Schachpartie eines Adligen namens Murwardi stammt. In finanzieller Not hatte er seine schöne Frau Dilaram auf eine Partie verwettet, die er dank ihr dann schließlich gewann. Als die Stellung des Rätsels auftauchte, war sie diejenige, die es löste, indem sie zu ihrem Mann sagte: »Opfere deine beiden Türme und nicht mich.«

Schach im Mittelalter

Arabische Spieler brachten das Schachspiel über die Iberische Halbinsel und das Byzantinische Reich nach Europa, wahrscheinlich im 10. Jahrhundert. Es verbreitete sich auch in Nordeuropa, oft entlang der Routen siegreicher Armeen. Als die Normannen England eroberten, kam das Schachspiel mit ihnen.

Einer der frühesten Hinweise auf das europäische Schachspiel ist ein berühmter Brief des Kardinalbischofs Petrus Damiani aus dem Jahr 1061 an Papst Alexander II. und den Erzdiakon Hildebrand (den späteren Papst Gregor VII.). In diesem Brief behauptete Damiani, einige Geistliche hätten gesündigt, indem sie sich an bestimmten Freizeitbeschäftigungen, darunter Schach, beteiligten. Der Bischof von Florenz verteidigte sich, indem er darauf hinwies, dass Schach im Gegensatz zu anderen Spielen, bei denen es eher um Glück geht, ein Geschicklichkeitsspiel sei.

Bis zur Mitte des 13. Jahrhunderts verbot die Kirche regelmäßig das Schachspiel (was auch seine Beliebtheit beweist), da sie nicht klar zwischen Schach und Würfelspielen unterschied. Das wird verständlicher, wenn man bedenkt, dass Schach in jenen Jahren oft *tatsächlich* mit Würfeln gespielt wurde, wobei die Zahlen anzeigten, welche Figur gespielt werden musste. Doch irgendwann änderte sich die Haltung der Kirche. Murray schrieb: »Um 1250 begann das frühe Vorurteil der Kirche gegen das Schachspiel angesichts der königlichen und adligen Förderung zu schwinden, und die Mönchsorden nahmen es als willkommene Erleichterung des eintönigen Klosterlebens an, während sich die Kenntnis des Schachspiels von den Insassen der Burgen und Klöster zu den wohlhabenderen Bürgern und Kaufleuten der Städte hinunter verbreitete.« Die Versuche, das Spiel auszurotten, scheiterten also kläglich – Schach war einfach nicht zu stoppen.

Im Laufe von nur zwei Jahrhunderten wurde das Schachspiel zu einem festen Bestandteil des europäischen Adels und des höfischen Lebens. Könige, Priester, Ritter und andere Mitglieder des Feudaladels spielten gerne. In seinem einflussreichen Werk *Disciplina Clericalis* aus dem 12. Jahrhundert zählte der spanische Arzt, Astronom und Schriftsteller Petrus Alfonsi das Spiel zu den sieben Fertigkeiten, die ein guter Ritter beherrschen muss: Reiten, Schwimmen, Bogenschießen, Boxen, Falkenjagd, Verse schreiben und Schach. Der Ruhm des Spiels wuchs schnell, wie die zahllosen Erwähnungen in der Literatur ab dem 13. Jahrhundert zeigen. Ich zitiere noch einmal Murray: »In der zweiten Hälfte des Mittelalters und insbesondere vom 13. bis zum 15. Jahrhundert erlangte das Schachspiel in Westeuropa eine Popularität, die später nie wieder erreicht oder gar übertroffen wurde.« Nun ja, das Buch, das Sie gerade lesen, wird das etwas anders darstellen …

Ein historisch wichtiges Werk ist das *Libro de los Juegos (Buch der Spiele)*, das 1283 von König Alfons X. von Kastilien und León in Auftrag gegeben wurde. Dieses atemberaubend schöne Manuskript, das in der Bibliothek des Klosters El Escorial bei Madrid aufbewahrt wird, besteht aus 97 Pergamentblättern, von denen viele mit wunderschönen Farbillustrationen versehen sind, und enthält mehr als einhundert Schachrätsel, die der Leser lösen soll und die größtenteils aus früheren arabischen Quellen stammen (darunter das »Matt der Dilaram«; vgl. Anhang).

Die Rätsel werden durchweg auf einem Schachbrett in der Mitte der Illustration dargestellt, wobei sowohl männliche als auch weibliche Spieler links und rechts auf das Brett schauen. Dieses wichtige Buch befasst sich mit Schach und anderen Spielen wie Würfeln und einer frühen Form von Backgammon, stellt aber fest: »Da Schach das edelste Spiel ist, das im Vergleich zu allen anderen Spielen die meiste Geschicklichkeit erfordert, werden wir es als Erstes behandeln.« Aufgrund seiner Komplexität und seiner Ähnlichkeit mit der mittelalterlichen Kultur entwickelte sich Schach schnell zum beliebtesten Spiel.

Eine Namensänderung für einige Figuren trug dazu bei, dass das Schachspiel noch populärer wurde. Während der König im *Chaturanga* den arabischen *Ferz* an seiner Seite hatte, wurde diese Figur im westlichen Schach durch eine Königin, die Dame, ersetzt. Auch andere Figuren wurden verwestlicht: Das Pferd wurde in einigen Sprachen zum Springer oder Ritter, aus dem Streitwagen wurde ein Turm oder eine Burg und aus dem Elefanten ein Läufer, Narr oder Bischof. Wir hatten nun Figuren, die den gesellschaftlichen Rollen in Europa entsprachen.

Die Geburt des modernen Schachspiels

Als sich das Schachspiel von Indien nach Persien, ins arabische Reich und ins mittelalterliche Europa ausbreitete, blieb die Spielweise im Wesentlichen gleich. Es gab einige kleinere Änderungen, wie z. B. die Einfärbung der 64 Quadrate, um ein kariertes Spielfeld zu erhalten. Außerdem durften die Bauern beim ersten Zug gleich zwei Felder vorrücken, um das Spiel zu beschleunigen.

Mehrere Versionen des Spiels wurden in verschiedenen Regionen, auch innerhalb Europas, gespielt, wobei die Regeln oft von Gebiet zu Gebiet variierten. In den folgenden Jahrhunderten erfuhr das Schachspiel allmählich bedeutende Veränderungen und erreichte eine mehr oder weniger einheitliche Form, die auf dem ganzen Kontinent gespielt wurde – so wie wir es heute spielen.

Zwei Änderungen betrafen die Bewegung des Läufers und des Königs. Anstatt nur zwei Felder diagonal zu springen, konnte der Läufer nun auf jedes Feld einer Diagonale ziehen. Der König konnte sich in Sicherheit bringen, indem er eine gemeinsame Bewegung mit einem der Türme machte, die sogenannte Rochade. Eine wirklich bahnbrechende Änderung gegen Ende des 15. Jahrhunderts betraf jedoch die Dame. Wie der arabische *Ferz* konnte sie bisher bei jedem Zug immer nur ein diagonales Feld weit gehen, womit sie die schwächste Figur auf dem Brett war. Mit Beginn des 15. Jahrhunderts konnte sie dann jedoch so weit ziehen, wie sie wollte, und dabei wahlweise geraden Linien oder Diagonalen folgen. Im sogenannten modernen Schach war sie mächtiger geworden als jede andere Figur auf dem Brett. Wie es dazu kam, ist umstritten.

Eine inzwischen widerlegte Theorie besagte, dass die neuerdings mächtige Schachdame von Jeanne d'Arc inspiriert wurde, dem Bauernmädchen, das behauptete, göttliche Visionen empfangen zu haben, während es Frankreich im Hundertjährigen Krieg 1429 bei Orleans half, England zu besiegen. Die meisten Schachhistoriker sind sich jedoch einig, dass die Änderung der Schachkönigin höchstwahrscheinlich durch die Macht einer tatsächlichen Königin inspiriert wurde: Königin Isabella I., die von 1474 bis zu ihrem Tod im Jahr 1504 über Kastilien und León herrschte. Passenderweise galt sie als mächtiger als ihr Ehemann Ferdinand.

Das erste aufgezeichnete Turnier, das wahrscheinlich nach den neuen Regeln gespielt wurde, fand 1467 in Heidelberg statt.

Schach wurde im Spätmittelalter in vielen deutschen Städten gespielt, und in Heidelberg gab es bereits einen Schachverein. Er wurde von Pfalzgraf Friedrich I. gesponsert, und zu den Bedingungen gehörten Unterkunft und Preise für die Sieger. Das Schachspiel hatte auch eine sportliche Note, genau wie damals das Dichten und Fechten.

Die neuen Regeln machten Schach schneller, komplexer und ziemlich knifflig. Dennoch nahm die Popularität des Spiels in den folgenden Jahrhunderten kaum ab, so der Historiker Richard Eales in seinem 1985 erschienenen Buch *Chess – The History of a Game:* »Vergleicht man die in spätmittelalterlichen Handschriften und gedruckten Büchern erhaltene schachtechnische Literatur mit derjenigen in Handschriften und gedruckten Büchern des 16. und 17. Jahrhunderts oder vergleicht man die beiläufigen Hinweise auf das Spiel in Testamenten, Bestandslisten, Briefen und allgemeiner Literatur für die beiden Zeiträume, so deutet nichts auf einen messbaren Rückgang seiner Popularität hin.«

Dies erklärt sich zum Teil dadurch, dass sich auch der soziale Status des Schachspiels kaum verändert hat. Es blieb eine angesehene Beschäftigung in den oberen Schichten (während es auch in den unteren Schichten durchaus bekannt war) und genoss hohes Ansehen, nicht zuletzt aufgrund seiner langen Geschichte und vieler Interpretationen und Analogien, auf die wir im nächsten Kapitel etwas näher eingehen werden.

Ein zunehmendes Marktvolumen

Im 18. Jahrhundert konkurrierte Schach mit verschiedenen Kartenspielen, insbesondere mit dem modischen Whist. Dennoch wuchs die Zahl der schachspielenden Menschen ständig. Wie

Eales erläuterte, gab es einen Aufschwung des allgemeinen Wohlstands, sodass mehr Menschen Zeit und Geld für Freizeitaktivitäten aufbringen konnten. Mit wirtschaftlicher Terminologie ausgedrückt, nahm das Marktvolumen immer mehr zu. Schach zu spielen wurde zu einer Frage des Geschmacks, was eine neue Phase für das Spiel und den Umgang damit einleitete.

Das Schachspiel fand mehr Anklang als je zuvor und nahm organisiertere Formen an. So wurde es beispielsweise zunehmend zu einem Zeitvertreib, der in Kaffeehäusern gepflegt wurde. In London gab es das Old Slaughter's Coffee House in der St Martin's Lane, das 1692 eröffnet wurde und von Architekten, Malern, Dichtern und Politikern besucht wurde. Noch berühmter war das Café de la Régence in Paris. Das 1681 eröffnete Café empfing eine Vielzahl von Intellektuellen und viele berühmte Schachmeister, darunter den besten Spieler seiner Zeit, François-André Danican Philidor (1726–1795). Im Régence traf Philidor Voltaire und Robespierre und spielte Schach mit Rousseau. Das Kaffeehausschach führte dann Ende des 18. Jahrhunderts zur Gründung der ersten Gentlemen's Chess Clubs in London und Paris. Im frühen 19. Jahrhundert entstanden dann auch Schachklubs in Ländern wie Deutschland, der Schweiz und den Vereinigten Staaten.

Während das Schachspiel Bedeutung gewann, wurde es auch zu einem Männerspiel. Frauen besuchten selten die Kaffeehäuser und wurden oft nicht in die Schachklubs gelassen. Schach wurde auch immer mehr zu einer ernsthaften Freizeitbeschäftigung (einige begannen sogar, es als Sport zu betrachten), was die Diskriminierung von Frauen weiter vorantrieb. Auch die Industriegesellschaft spielte zweifellos eine Rolle. Während sich die Männer von der bezahlten Arbeit im Haushalt in die Fabrik verlagerten, blieben die Frauen im privaten Bereich. Die beiden

Geschlechter lebten stärker voneinander getrennt, und den Frauen blieb nicht viel Zeit für Freizeitaktivitäten zu Hause.

In der ersten Hälfte des 19. Jahrhunderts wurden auch die ersten großen Schachwettbewerbe organisiert, die das Ansehen des Spiels erhöhten. Die größten Meister trugen oft Matches gegeneinander aus (Serien von mehreren Partien zwischen zwei Gegnern), wie zum Beispiel der Franzose Louis-Charles Mahé de La Bourdonnais und der Ire Alexander McDonnell oder der Engländer Howard Staunton und der Franzose Pierre de Saint-Amant – Wettkämpfe, über die weithin berichtet wurde und die Schachfreunde in ganz Europa aufmerksam verfolgten. Staunton war auch der Hauptorganisator des ersten großen internationalen Schachturniers, das 1851 in London stattfand.

Das zunehmende Interesse am Schachspiel spiegelte sich in der wachsenden Zahl der veröffentlichten Bücher zum Thema sowie der ersten Zeitungskolumne (im *Liverpool Mercury*, 1813) und dann Zeitschrift (*Le Palamède*, 1836) wider. Es wurden auch erste Versuche unternommen, das Wissen über Schacheröffnungen systematisch zu erfassen, zum Beispiel in Aaron Alexandres *Encyclopédie des échecs* aus dem Jahr 1837. In vielen Ländern, vor allem in England und Deutschland, fanden nun regelmäßig Schachturniere statt.

Gleichzeitig wurde das Spiel allgemein besser organisiert und reguliert, da offizielle Verbände gegründet wurden, so wie bei Sportarten wie Fußball, Leichtathletik und Kricket. Die erste anerkannte Schachweltmeisterschaft wurde 1886 in verschiedenen Städten der Vereinigten Staaten ausgetragen: Wilhelm Steinitz besiegte hierbei Johannes Zukertort und errang den ersten Weltmeistertitel im Schach.

Mit diesem Zweikampf begann eine lange und wunderbare Tradition, die bis heute andauert: eine wachsende Liste legendärer Weltmeisterschaftskämpfe, Wettbewerbe zwischen zwei Spielern um den höchsten Thron und ewigen Ruhm. Das Match zwischen Fischer und Spasski, 1972 vor dem Hintergrund des Kalten Krieges ausgetragen, ist wohl das berühmteste. Jeder Mensch, der sich mit dem Spiel ernsthaft beschäftigt, weiß, dass die Tradition viel weiter zurückreicht, und kann alle Weltmeister nennen (womöglich gar in der richtigen Reihenfolge). Ich liste sie hier gemeinsam mit den Jahren auf, in denen sie den Titel jeweils innehatten:

1. Wilhelm Steinitz (1886–1894)
2. Emanuel Lasker (1894–1921)
3. José Raúl Capablanca (1921–1927)
4. Alexander Aljechin (1927–1935, 1937-†1946)
5. Max Euwe (1935–1937)
6. Michail Botwinnik (1948–1957, 1958–1960, 1961–1963)
7. Wassili Smyslow (1957–1958)
8. Michail Tal (1960–1961)
9. Tigran Petrosjan (1963–1969)
10. Boris Spasski (1969–1972)
11. Bobby Fischer (1972–1975)
12. Anatoli Karpow (1975–1985)
13. Garri Kasparow (1985–2000)
14. Wladimir Kramnik (2000–2007)
15. Viswanathan Anand (2007–2013)
16. Magnus Carlsen (2013–2023)
17. Ding Liren (2023–)[1]

Parallel zu den Olympischen Spielen 1924 in Paris veranstaltete der französische Schachverband ein internationales Mannschaftsturnier mit 54 Spielern aus 18 Ländern. Am 20. Juli, dem Tag der letzten Runde, gründeten 15 Teilnehmer den internationalen Schachverband mit der französischen Bezeichnung Fédération Internationale des Échecs (FIDE). Er begann mit der Organisation offizieller Schacholympiaden nach dem Vorbild der Olympischen Spiele und wurde ab 1948 zum offiziellen Ausrichter dieser Weltmeisterschaften mit einer eigenen Kategorie für Frauen. Die Weltmeisterinnen sind:

1. Vera Menchik (1927-†1944)
2. Ljudmila Rudenko (1950–1953)
3. Jelisaweta Bykowa (1953–1956, 1958–1962)
4. Olga Rubzowa (1956–1958)
5. Nona Gaprindaschwili (1962–1978)
6. Maia Tschiburdanidse (1978–1991)
7. Xie Jun (1991–1996, 1999–2001)
8. Zsuzsa Polgár (1996–1999)
9. Zhu Chen (2001–2004)
10. Antoaneta Stefanowa (2004–2006)
11. Xu Yuhua (2006–2008)
12. Alexandra Kostenjuk (2008–2010)
13. Hou Yifan (2010–2012, 2013–2015, 2016–2017)
14. Anna Uschenina (2012–2013)
15. Marija Musytschuk (2015–2016)
16. Tan Zhongyi (2017–2018)
17. Ju Wenjun (2018-)[2]

Von all diesen Spielerinnen und Spielern ging immer eine besondere Aura aus, wenn sie in einen Spielsaal kamen: *Ein Weltmeister hat das Gebäude betreten.* Sie sind das Schachäquivalent zu den antiken Bewohnern des Olymps, und es ist nur natürlich, dass Sie viele dieser Namen im vorliegenden Buch finden werden.

Phoebe und Joey spielen eine schnelle Schachpartie. Während sie mit der einen Hand ihre Figuren bewegen, schlagen sie mit der anderen Hand auf eine Schachuhr. Es wird schnell klar, dass sie keine Ahnung haben, was sie da eigentlich tun.

Joey sagt: »Wir sollten mal lernen, wie man das richtig spielt.«

Phoebe antwortet: »Wieso denn? Ich finde unsere Spielweise gut. Oh!«

Sie bewegt eine Figur und überspringt mehrere von Joeys Figuren, als würden die beiden Dame spielen. Sie nimmt eine der gegnerischen Figuren weg und ruft triumphierend: »Schach!«

Joey schaut beeindruckt und sagt: »Das war aber clever!«

Friends wurde zwischen 1994 und 2004 auf NBC ausgestrahlt, aber auch zwei Jahrzehnte später wird die Serie noch immer weltweit über Wiederholungen und Streamingdienste gesehen. In einer der beliebtesten Comedyserien aller Zeiten hatte Schach mehrere Auftritte, am prominentesten in Folge 20 der siebten Staffel, »The One With Rachel's Big Kiss«. Eine tiefgehende Analyse ist nicht nötig, um zu verstehen, dass Schach als kompliziertes Spiel dargestellt wurde, während Phoebe und Joey nicht gerade für ihre intellektuellen Fähigkeiten bekannt waren.

Jerry Seinfeld hingegen, die Titelfigur der anderen, enorm populären Sitcom der Neunzigerjahre, war ziemlich schlau. In Folge neun der dritten Staffel mit dem Titel »The Nose Job« beschreibt er eine Frau, die er datet: »Isabel ist im Grunde genommen die schlimmste Frau, die ich jemals in meinem ganzen Leben kennengelernt habe. Es hat mich bisher kopfmäßig noch niemand so abgestoßen und körperlich gleichzeitig so angezogen wie dieses Weib. Es ist, als ob mein Gehirn und mein Penis gegeneinander Schach spielen.« Am Ende der Folge sehen wir ein reales Schachspiel zwischen zwei Jerry Seinfelds (mithilfe von Spezialeffekten), wobei einer als sein Penis und einer als sein Gehirn agiert. Letzterer gewinnt, während Ersterer über mangelnde Energie klagt.[3]

In der gleichen Serie ist Seinfelds Freund George Costanza, nun ja, der weniger clevere Typ. Zu Beginn von »Die Verlobung«, der ersten Folge der siebten Staffel, spielt George mit seiner Freundin Alice Schach. Die erste Szene zeigt ein Schachbrett. George macht einen Zug mit einer schwarzen Figur, lehnt sich zufrieden zurück und sagt: »So, jetzt kannst du nirgendwo mehr hin. Ich sag dir, was du falsch gemacht hast: Du bist mit deiner Dame zu früh rausgekommen. Meinst du, sie ist eine von den Feministinnen, die es zu Hause nicht aushalten? Nein, die Dame ist altmodisch, sie ist gern zu Hause, kocht, und ihr liegt daran, dass sich ihr Ehemann so richtig wohlfühlt.« Mit ernster Miene zieht Alice eine Figur und sagt: »Schachmatt.« George studiert die Stellung genau und sagt: »Ich glaube, wir zwei sollten uns nicht mehr treffen.«[4]

Von *The Big Bang Theory* und *Frasier* bis hin zu *Cheers* und *Die Simpsons* tauchen Schachszenen in vielen beliebten Serien auf – in Staffel 28 von *Die Simpsons* hat sogar kein Geringerer als Magnus Carlsen einen Gastauftritt. Heutzutage ist es fast unmöglich, eine Fernsehserie zu sehen, ohne irgendwann einmal auf Schach zu stoßen. Das passiert so häufig, dass wir in meinem Haushalt die Angewohnheit entwickelt haben, »Kein Entkommen!« zu sagen, wenn wir auf der Couch sitzen und eine Erwähnung von Schach entdecken.

Mein Freund und Chess.com-Kollege Mike Klein hat eine ähnliche Erfahrung gemacht: »Im Jahr 2008 wollte ich für die amerikanische Zeitschrift *Chess Life* was über Schachreferenzen in der Popkultur schreiben – Filme, Lieder, Werbung und dergleichen. Aber ich merkte bald, dass es für etwas in Magazinlänge viel zu viele waren. Also wechselte ich den Kurs. Ich beschloss, ein Jahr lang alle Schachreferenzen in der Popkultur aufzuzeichnen, die ich zufällig entdeckte. Wenn ich fernsah und in einem Werbespot ein Schachbrett vorkam, holte ich Papier und Stift hervor und schrieb es auf. Nach etwa vier Wochen habe ich aufgegeben. Selbst wenn ich nicht nach dem Spiel suchte, überschwemmten mich die vielen Erwähnungen.«

Eine extrem binge-watch-taugliche Netflix-Serie aus dem Jahr 2020 war anders, denn Schach spielte in jeder Folge eine wichtige Rolle. Sie behandelte das Spiel der Könige auf wunderbare Weise und bewirkte einen unglaublichen Anstieg der Popularität von Schach, diesmal auch bei Mädchen und Frauen. Sie wissen wahrscheinlich schon, wovon ich spreche.

Das Damengambit

Die Netflix-Miniserie *Das Damengambit* wurde am 23. Oktober 2020 erstmals ausgestrahlt. Es war natürlich hilfreich, dass sie mitten in der Covid-19-Pandemie anlief. Nur vier Wochen später hatten 62 Millionen Haushalte die Serie gesehen, die in 92 Ländern die Top Ten erreichte und in 63 Ländern auf Platz eins stand. Es dauerte weniger als einen Monat, bis *Das Damengambit* die meistgesehene Serie auf Netflix wurde. Der Roman von Walter Tevis aus dem Jahr 1983, auf dem die Serie basiert, stand 37 Jahre nach seiner Veröffentlichung auf der Bestsellerliste der *New York Times*. Die Google-Suche »How to play chess« erreichte einen Neunjahreshöchststand. Die Verkaufszahlen von Schachbrettern und -figuren stiegen um mehr als 1000 Prozent, und die Mitgliedschaften bei Chess.com gingen durch die Decke. Die Serie löste einen unglaublichen Schachboom aus. In diesem Sinne war *Das Damengambit* der einflussreichste Auftritt des Schachs in der Popkultur überhaupt, was die Attraktivität dieses Sports betrifft.

Die Miniserie, benannt nach einer beliebten Schacheröffnung, folgt dem Leben von Beth Harmon (als Kind gespielt von Isla Johnston und als Erwachsene von Anya Taylor-Joy), die in jungen Jahren ein außerordentliches Talent für Schach entdeckt. Sie wächst im Waisenhaus auf, wo sie eine Abhängigkeit von Beruhigungsmitteln entwickelt und ihre Schachfähigkeiten durch hingebungsvolles Training verfeinert. Als Erwachsene tritt Beth dann in die wettbewerbsorientierte Welt des Schachs ein und muss sich Herausforderungen und Triumphen stellen, während sie mit ihren persönlichen Dämonen kämpft. Das ist alles sehr faszinierend, aber warum ein derart überwältigender Erfolg?

Vielleicht geht es in der Serie gar nicht so sehr um Schach. Als ich den Drehbuchautor Scott Frank im Oktober 2020 für Chess.com interviewte, sagte er mir: »Es geht um ein Kind, das beim Aufwachsen von seinem großen Talent gestört wird. Es ist sehr schwierig, ein normales Leben zu führen, wenn man so eine außergewöhnliche Begabung hat, also handelt diese Geschichte viel mehr von ihren Dämonen als von ihrer Schachbesessenheit. Eigentlich muss man nichts über Schach wissen.«

Frank, der zufällig Mitglied bei Chess.com ist und regelmäßig auf der Seite spielt, sorgte dafür, dass die Figur der Beth Harmon keine weitere problembeladene Seele nach Schema F ist. Er wurde von einem berühmten Schachspieler unterstützt. »Garri Kasparow und ich führten viele Gespräche darüber, und ich wollte nicht allein *darauf* herumreiten. Es geht vor allem um

Genialität im Allgemeinen und darum, wie belastend sie sein kann. Das Besondere an Beth Harmon ist, dass sie sowohl die Protagonistin als auch die Antagonistin ihrer eigenen Geschichte ist.«

Tim Rice, der Mann hinter Musicals wie *Jesus Christ Superstar* und *Evita* sowie den Disney-Produktionen *Aladdin* und *Der König der Löwen,* sagte mir in einem Videocall im Mai 2023 über die Serie: »Sie hat deutlich gemacht, dass Menschen, die Schach spielen, nicht alle Spinner oder Automaten sind, sondern ganz normale Menschen wie du und ich.«

Ich persönlich finde *Das Damengambit* großartig, weil alle wichtigen Einzelaspekte großartig sind. Die Geschichte ist fesselnd: Sie kombiniert eine charakterorientierte Erzählung mit Schachpartien, bei denen viel auf dem Spiel steht und die ein Gefühl von Spannung und Intrigen erzeugen.[5] Die Hauptfigur ist nicht nur eine erfrischende Wahl als weiblicher Star in einem von Männern dominierten Teilbereich, sondern auch eine komplexe und sympathische Protagonistin, die von Taylor-Joy wunderbar gespielt wird. Darüber hinaus trugen die hervorragende filmische Darstellung der tatsächlichen Schachpartien, das detailgetreue Setting der Serie in den 1960er-Jahren und die schönen Kostüme (einschließlich der vielen schachbezogenen Kleidungsstücke, die die Hauptfigur trägt) zum visuellen Reiz bei. Teile der Handlung, die in Mexico City, Paris oder Moskau spielen, wurden in Berlin gefilmt, und eine deutsche Großmeisterin, Filiz Osmanodja, führte als Hand-Double die Züge aus.

Das Damengambit gewann zahlreiche Preise, darunter einen Golden Globe für Beste Miniserie und einen Golden Globe für Taylor-Joy, die sich 2021 gegen Cate Blanchett und Nicole Kidman durchsetzte. Taylor-Joy hat sich sogar selbst dem Schachboom angeschlossen. Als sie nach dem Gewinn ihres Golden

Globe gefragt wurde, ob sie für den Rest ihres Lebens genug Schach gespielt habe, antwortete sie: »Oh Gott, das könnte ich nie sagen. Ich liebe Schach! Ich musste mir für die Filme, die ich gemacht habe, neue Fähigkeiten aneignen, also freue ich mich auf eine Auszeit, in der ich mich wieder dem Schach widmen kann.«

Schach und Politik

Alfons X., Papst Leo XIII., Iwan der Schreckliche, König Edward I., Benjamin Franklin, Thomas Jefferson, Napoleon, Karl Marx, Wladimir Lenin, Ernesto »Che« Guevara, Fidel Castro, Jimmy Carter – sie alle spielten gerne Schach. Ja, ich springe in die Welt der Politik und damit einen Bereich, in dem die Allgegenwart des Schachs extrem spürbar ist.

Benjamin Franklin, einer der Gründerväter der Vereinigten Staaten, war auch einer der ersten Politiker, die über Schach schrieben. In seinem kurzen Aufsatz aus dem Jahr 1786 mit dem Titel »Die Sittlichkeit des Schachspiels« stellte er fest, dass Schach mehr als nur ein müßiger Zeitvertreib sei: »Mehrere sehr wertvolle Eigenschaften des Geistes, die im Laufe des menschlichen Lebens nützlich sind, sollen durch das Schachspiel erworben oder gestärkt werden, sodass sie zu Gewohnheiten werden, die bei jeder Gelegenheit einsatzbereit sind.«

In einem Fall nutzte Franklin das Schachspiel als Vorwand für seine politischen Machenschaften. Im Dezember 1774, in der Zeit der Rebellion der Kolonialisten, die bald die amerikanische Revolution auslösen sollte, traf er sich mehrmals mit Caroline Howe, der Schwester von Admiral Richard Howe und General William Howe. Die beiden Brüder wurden während des amerikanischen Revolutionskriegs Befehlshaber der britischen See- und Landstreitkräfte, aber zu dieser Zeit sympathisierten beide noch ein bisschen mit der amerikanischen Sache. Franklin spielte mit Mrs Howe Schach, hatte dabei aber auch Gelegenheit, sich mit ihrem Bruder Richard zu treffen und einen möglichen Ausgleich zwischen dem Kontinentalkongress und den dreizehn Kolonien zu erörtern.

Franklin war ein Schachfanatiker, aber der größte Liebhaber des Spiels, den es unter den Politikern gab, war Che Guevara. Als kleiner Junge nahm ihn sein Vater 1939 mit zur Schacholympiade in Buenos Aires, wo Che den großen Capablanca sah, begann, sich für Kuba zu interessieren, und vom Schachfieber erfasst wurde. Später nannte er das Schachspiel »mi segunda novia« (meine zweite Freundin). Che und Fidel Castro spielten Schach, um sich die Zeit zu vertreiben, während sie in Mexiko inhaftiert waren, und nach der Revolution begann Che in seiner Funktion als Industrieminister, das Schachspiel zu fördern. Er sorgte dafür, dass Kuba bei der Schacholympiade 1960 in Leipzig vertreten war, und rief ein örtliches Mannschaftsturnier ins Leben.

Guevaras bedeutendstes Vermächtnis für das Schachspiel war die Gründung des jährlichen Capablanca-Gedächtnisturniers in Havanna, das noch heute stattfindet. In den ersten Jahren nahmen viele starke sowjetische und europäische Großmeister daran teil, da das Preisgeld höher war als bei den meisten anderen Turnieren. Hier war vermutlich hilfreich, dass Che sowohl Industrieminister als auch Direktor der Nationalbank war. Beim Eröffnungsturnier 1962 im Hotel Habana Libre waren er und Castro täglich zu Gast, und beide nahmen an Simultanpartien gegen Großmeister aus dem Ausland teil. Bei dieser alten Tradition spielt ein starker Spieler gegen mehrere Amateurspieler gleichzeitig. Während der Experte um die Bretter herumgeht, macht der Gegner seinen jeweiligen Zug, wenn der Experte an seinem Brett ankommt.

Che hatte einen nachhaltigen Einfluss auf das Schachspiel in Kuba. Jahrzehntelang war es das stärkste lateinamerikanische Land im Schach, erst kürzlich sind Brasilien und Peru zu ernsthaften Konkurrenten geworden. Als ich Kuba im Februar 2016 besuchte, war die Liebe zum Schach noch immer erkennbar. Ich war überrascht, einen der führenden Schachklubs, die Academia de Ajedrez, mitten in Santiago de Cuba vorzufinden, in einem Gebäude direkt neben der Kathedrale und dem Parque Céspedes. Und natürlich habe ich gegen einige der vielen Straßenspieler gespielt und mich dabei einer starken Konkurrenz gestellt. Wie man schon lange zu sagen pflegt, ist in Russland jeder Taxifahrer ein guter Schachspieler. In Kuba gilt das vermutlich für jeden Fahrer eines Oldtimers.

Einer der Teilnehmer am Capablanca-Gedächtnisturnier 1965 war der 22-jährige Bobby Fischer. Der spätere Weltmeister spielte jedoch, ohne tatsächlich vor Ort zu sein. Wegen der angespannten diplomatischen Beziehungen zwischen Kuba und den Vereinigten Staaten durfte Fischer nicht dorthin reisen, aber die Organisatoren fanden eine Lösung: Er spielte vom Marshall Chess Club in New York aus, wobei seine Züge per Telex nach Havanna übermittelt wurden. Sowohl Fischer als auch seine Gegner in Kuba saßen einem leeren Stuhl gegenüber und empfingen die Gegenzüge von den Schiedsrichtern. Als Castro die bemerkenswerte Konstruktion angeblich als »Propagandasieg für Kuba« bezeichnete, schickte Fischer ein Telegramm, in dem er den kubanischen Staatschef aufforderte, ihn nicht länger für politische Zwecke zu missbrauchen. In seiner Antwort leugnete Castro, diese Äußerung je getätigt zu haben, und stellte Fischers Mut infrage, woraufhin dieser beschloss, weitere Störungen zu vermeiden und einfach das Turnier zu spielen.

Nachdem sich Fischer für die Schach-WM 1972 qualifiziert

hatte, schrieb Präsident Nixon ihm in einem Brief, das Land stehe geschlossen hinter ihm. Doch das Match gegen den amtierenden Weltmeister Boris Spasski, der die Sowjetunion vertrat, hätte fast nicht stattgefunden. Ein starrköpfiger Fischer akzeptierte weder die ursprünglichen Bedingungen noch den Austragungsort (Reykjavík in Island) und beschwerte sich auch anderweitig, vor allem über die finanziellen Vereinbarungen. Bei der Eröffnungsfeier am Samstag, dem 1. Juli, gab es in der ersten Reihe einen leeren Platz, da Fischer noch nicht in Reykjavík eingetroffen war. Zwei Dinge bewegten Fischer dazu, doch noch zu spielen. Erstens spendete James Slater, ein erfolgreicher britischer Investmentbanker und Schachliebhaber, 125 000 Dollar und verdoppelte dadurch das Preisgeld auf 250 000 Dollar. Zweitens erhielt Fischer einen mittlerweile legendären Telefonanruf.

Als er am Montag, dem 3. Juli, den Hörer abnahm, war kein Geringerer als Henry Kissinger am Apparat, Nixons Sicherheitsberater und künftiger US-Außenminister. Kissinger soll das Gespräch angeblich mit dem Satz begonnen haben: »Dies ist der schlechteste Schachspieler der Welt, der den besten Schachspieler der Welt anruft.« Er wies darauf hin, dass die Begegnung für das Prestige der Vereinigten Staaten extrem wichtig sei und Fischer deshalb unbedingt spielen solle. An diesem Abend bestieg Fischer schließlich ein Flugzeug nach Reykjavík.

In seinem 2012 erschienenen Buch *China. Zwischen Tradition und Herausforderung* kehrte Kissinger zum Schachspiel zurück, als er die Unterschiede zwischen westlichen und chinesischen politischen Strategien mit den Brettspielen Schach und Go (in China auch Weiqi genannt) verglich. Go wurde vor etwa 2500 Jahren in China erfunden und ist nicht nur älter als Schach, sondern auch viel komplexer. Die Spieler haben jeweils

180 Steine, die sie abwechselnd auf einen der 361 Schnittpunkte der Spielfeldlinien (eines Gitters aus 19 × 19 Feldern) setzen. Die so platzierten Steine bewegen sich nicht mehr, können aber geschlagen werden, wenn sie von gegnerischen Steinen umgeben sind. Kissinger schrieb: »Wenn es im Schach um die Entscheidungsschlacht geht, dann geht es im *Weiqi* um einen langen Feldzug. Der Schachspieler strebt den totalen Sieg an. Dem *Weiqi*-Spieler geht es um den relativen Gewinn. Im Schach haben beide Spieler immer die gleichen Voraussetzungen; alle Figuren sind von Anfang an im Spiel. Der *Weiqi*-Spieler dagegen muss nicht nur die Steine auf dem Brett beachten, sondern auch berücksichtigen, welche Verstärkungen sein Gegner noch ins Feld führen kann.«[6]

Der Austragungsort des Duells zwischen Fischer und Spasski lag bemerkenswerterweise genau zwischen den USA und der Sowjetunion. Das Match fand auf dem Höhepunkt des Kalten Krieges statt und konnte leicht als symbolischer Kampf zwischen dem kapitalistischen Westen und dem kommunistischen Osten gesehen werden. Schlachteten die Medien diesen Umstand damals gnadenlos aus, sollten wir das alles im Nachhinein doch eher mit Vorsicht genießen. Spasski war im Gegensatz zu manchen seiner Kollegen kein überzeugter sowjetischer Patriot, während Fischers sprunghaftes und manchmal schlicht unangenehmes Verhalten ihn auch nicht gerade zum perfekten Repräsentanten seines Landes machte. Abgesehen davon waren auf höchster diplomatischer Ebene weder die USA noch die UdSSR auf eine militärische Auseinandersetzung erpicht – das Match war also für beide eine bessere, weil friedlichere Möglichkeit, den Streit auszutragen, so wie das bereits der weise Qaflān im alten Indien vorgeschlagen hatte.

Über die Politik sind einige Begriffe der Schachterminologie in unsere Sprache gelangt. Zu den gebräuchlichsten gehören: einen Feind »in Schach halten«; eine unbedeutende Person oder Sache, die als bloßer »Bauer« in einem größeren Spiel beschrieben wird; und eine politische »Pattsituation«. Aber es gibt noch mehr.

Dan Pfeiffer, ein ehemaliger Berater von Präsident Barack Obama, sagte vor der ersten Debatte der republikanischen Präsidentschaftskandidaten 2016: »Die besten Politiker spielen Schach, aber die meisten Kandidaten spielen Dame. Ein Schachspieler weiß, dass man für den Sieg bereit sein muss, eine oder zwei Figuren aufzugeben … aber wenn Jeb Bush den ›Trumpnado‹ überleben und der Kandidat werden will, der er sein muss, sollte er ein wenig Schach spielen, Iowa verlassen und so schnell wie möglich nach New Hampshire fahren.«

Es gibt zahlreiche weitere Beispiele, aber mir gefällt besonders der folgende Satz der Oppositionsführerin und Friedensnobelpreisträgerin Aung San Suu Kyi aus Myanmar, kurz nachdem ihre Partei Nationale Liga für Demokratie die Wahlen 2015 gewonnen hatte: »Wenn man den demokratischen Prozess als ein Schachspiel betrachtet, muss man viele, viele Züge machen, bevor man ein Matt erreicht. Und nur weil man das in drei Zügen nicht geschafft hat, heißt das noch lange nicht, dass es eine Pattsituation ist. Es gibt einen großen Unterschied zwischen einem Nicht-Schachmatt und einem Patt. Genau das ist der demokratische Prozess.«

Ein Politiker, der nicht in einem Satz mit Schach genannt werden sollte – zumindest, was Garri Kasparow betrifft –, ist Wladimir Putin. Kasparow, als Schachspieler seit 2005 im Ruhestand, ist ein erbitterter Gegner des russischen Staatschefs. In einem Interview mit dem *Spiegel* erklärte er 2015: »Putin ist ja eher ein Pokerspieler. Beim Pokern kann man, anders als im

Schach, eine schwache eigene Hand sehr gut durch Bluffen kompensieren. Im Schach gibt es feste Regeln, und keiner weiß, wie das Spiel ausgeht. In Putins Reich ist es derzeit gerade andersherum.«[7]

Die russische Politik ist seit Langem eng mit dem Schachspiel verwoben. Es sei darauf hingewiesen, dass Schach im Kaiserreich Russland (das Teile des heutigen Polens und der baltischen Länder umfasste), aus dem große Namen wie Michail Tschigorin, Alexander Aljechin, Aaron Nimzowitsch und Akiba Rubinstein stammten, bereits recht beliebt war. Nach der Revolution von 1917 entwickelte sich das Spiel zu einem Propagandamittel für die Bolschewiki, deren Führer Wladimir Lenin, Leo Trotzki und Nikolai Krylenko allesamt Schachspieler waren. In den Jahren 1935 und 1936 wurden in Moskau luxuriöse Turniere veranstaltet, um der Welt zu zeigen, dass in der Sowjetunion Großmeister wie Könige behandelt wurden. Als die UdSSR 1945 in einem Rundfunkmatch die USA mit großem Vorsprung schlug, gratulierte Stalin seiner Mannschaft. Der sowjetische Staat förderte die Schachausbildung nachdrücklich, um die besten Spieler der Welt hervorzubringen und damit die Intelligenz und das hohe Niveau des sowjetischen Volkes zu demonstrieren.

Zwischen 1995 und 2018 wurde der Internationale Schachverband (FIDE) von dem exzentrischen russischen Oligarchen Kirsan Iljumschinow geleitet, der von 1993 bis 2010 auch Präsident der Republik Kalmückien in der Russischen Föderation war. Die Schachwelt kennt ihn vor allem wegen seiner freundschaftlichen Beziehungen zu fragwürdigen Staatschefs wie Saddam Hussein, Muammar al-Gaddafi und Bashar al-Assad, seiner Behauptung, von Außerirdischen entführt worden zu sein, und der angeblichen Verwicklung seiner Regierung in die Ermordung einer Journalistin im Jahr 1998, obwohl es keine Beweise für seine Beteiligung gab.

Arkadi Dworkowitsch, ein ehemaliger stellvertretender Ministerpräsident und ehemaliger Assistent des Präsidenten der Russischen Föderation, wurde 2018 Iljumschinows Nachfolger. Vor allem in den Augen der westlichen Schachverbände wurde Dworkowitschs Präsidentschaft problematisch, als Russland im Februar 2022 in die Ukraine einmarschierte. Dennoch wurde er im August 2022 für eine zweite Amtszeit wiedergewählt. Im Dezember 2023 stimmte die FIDE für die Abschaffung der Begrenzung auf zwei Amtszeiten für ihre Präsidentschaft, eine »Good Governance«-Maßnahme, die Dworkowitsch selbst eingeführt hatte, nachdem er sie während seiner Kampagne 2018 angekündigt hatte. Nach dieser bemerkenswerten 180-Grad-Wende ist nicht zu erwarten, dass der starke Einfluss Russlands (des Kremls?) auf die Schachwelt bald enden wird.

Schach und Sport

In einem Puma-Werbevideo aus dem Dezember 2023 sprechen Magnus Carlsen und der Fußballtrainer Pep Guardiola über die Ähnlichkeiten zwischen Schach und Fußball. Carlsen vertritt die Ansicht, die Spiele seien vergleichbar: »Ich denke, sowohl beim Schach als auch beim Fußball ist es wichtig, die Mitte zu kontrollieren, das ist die eine Sache. Wenn man die Mitte kontrolliert, kontrolliert man das Spielfeld oder das Brett. Eine andere Sache ist, dass man beim Schach oft auf einer Seite angreift, den Gegner zur Überlastung zwingt und dann umschaltet, um auf der anderen Seite einen Raumvorteil zu haben. Das ist bemerkenswert ähnlich.«

Guardiola teilt das Interesse am Schach mit seinen Trainerkollegen Quique Setién und Felix Magath sowie mit ehemaligen und derzeit aktiven Spielern wie Harry Kane, Dani Olmo, Christian Pulisic und Mo Salah. Zu den Schachfans aus anderen Sportarten gehören Steve Davis (Snooker), Boris Becker, Daniil Medwedew, Andrei Rubljow, Carlos Alcaraz (Tennis), Jaylen Brown, Kareem Abdul-Jabbar, Klay Thompson (Basketball), Charles Leclerc, Carlos Sainz, Mick Schumacher (Formel 1), John Urschel, Chidobe Awuzie (American Football) und Ravichandran Ashwin (Kricket). Vielleicht ist es kein Zufall, dass die Sportart mit der wahrscheinlich größten Anzahl von Schachbegeisterten dem Schach am meisten ähnelt: Boxen.

Der dreimalige Schwergewichtsweltmeister Lennox Lewis ist nicht nur Schachfan, sondern hat sogar seinem ganzen Team das Schachspielen beigebracht. Die ukrainischen Brüder Vitali und Wladimir Klitschko, die zusammen 40 Weltmeistertitel im Schwergewicht gewonnen haben, spielen ebenfalls gerne Schach, was auch für Manny Pacquiao, Anthony Joshua und die MMA-Kämpfer Conor McGregor und Aljamain Sterling zutrifft. Wie seine Kollegen benutzte auch Lewis das Schachspiel, um »geistig fit zu bleiben«, zum Beispiel als er sich 2003 auf den »Kampf der Titanen« gegen Vitali Klitschko vorbereitete, der sagte: »Erst schlage ich Lewis auf dem Schachbrett, und dann treffen wir uns im Ring.« Am Ende gewann Lewis durch technischen K. o.

Apropos, wussten Sie, dass es tatsächlich so etwas wie Schachboxen gibt? Menschen haben Schach gespielt, während sie an einem Fallschirm hingen oder in einem See mit eiskaltem Wasser badeten. Ein Schachbrett und Figuren in einen Boxring zu stellen ist also vielleicht gar nicht so verrückt. Schließlich handelt es sich um eine weitere Konfrontation zwischen zwei Personen, bei der es darauf ankommt, die Züge des Gegners vorherzusehen. Es funktioniert folgendermaßen: Die beiden Teilnehmer, die in beiden Disziplinen einigermaßen trainiert sind, spielen abwechselnd Box- und Blitzschachrunden, bis einer durch K. o. oder Schachmatt gewinnt (oder wenn die Zeit des Gegners abgelaufen ist).

Ich war zufällig beim ersten offiziellen Wettkampf dabei, der am 14. November 2003 von der World Chess Boxing Organisation (WCBO) im Paradiso in Amsterdam zwischen Luis the Lawyer (Jean Louis Veenstra) und Iepe the Joker (Iepe Rubingh) ausgetragen wurde. Letztgenannter gewann, nachdem seinem Gegner in einer Gewinnstellung die Zeit abgelaufen war. Die Geschichte des Schachboxens reicht aber noch weiter zurück: Es kam 1979 in dem Kung-Fu-Film *The Mystery of Chess Boxing* von Joseph Kuo vor (in dem chinesisches Schach, Xiangqi, gespielt wird), worauf die Band Wu-Tang Clan 1993 in ihrem Song »Da Mystery of Chessboxin‹« Bezug nahm.

Am 11. Dezember 2022 stand das Schachboxen wieder im Rampenlicht, als der beliebte YouTuber Ludwig Ahgren die Mogul Chessboxing Championship organisierte. Zwölf der größten Content-Ersteller auf YouTube und Twitch, die sich alle für Schach interessieren (mehr dazu in Kapitel 10), stiegen vor zehntausend Fans im Galen Centre in Los Angeles und 558 000 Onlinezuschauern in den Ring, kommentiert von Levy Rozman, Schachboxweltmeister Matt Thomas und Ludwig selbst. Der kanadische Großmeister Aman Hambleton gewann diesen Wettkampf der Schachexperten, indem er den Internationalen Meister Lawrence Trent mit einem technischen K. o. besiegte.

Der Höhepunkt des Abends war der Kampf zwischen zwei Content-Erstellerinnen, bei dem Dina Belenkaya zunächst gewann, da Andrea Botez beim Schach aufgab. Beide waren erfahrene Schachspielerinnen, die monatelang im Fitnessstudio für den Boxkampf trainiert hatten. Die Fans wiesen jedoch schnell darauf hin, dass der Schiedsrichter einen Fehler gemacht hatte. Vor der letzten Schachpartie war Belenkaya viermal angezählt worden, was für Botez zum Sieg durch technischen K. o. gereicht hätte. Zwei Tage nach dem Kampf korrigierten die Organisatoren das Ergebnis und schrieben in den sozialen Medien: »Nach Rücksprache mit den Spielerinnen werden wir den Sieg von Dina Belenkaya nicht rückgängig machen, da der Kampf im Moment ausgetragen wurde und sie sich tapfer geschlagen hat. Wir haben jedoch beschlossen, Andrea einen Gürtel für ihre Leistung zu verleihen und damit die Entscheidung, die im Ring getroffen wurde, zu korrigieren.«

Der britische Philosoph und Radio-Dokumentarfilmer David Edmonds beschrieb den Sport im *BBC News Magazine* wie folgt: »Schach und Boxen scheint eine bizarre Paarung zu sein, aber sie haben etwas gemeinsam. Das eine ist ein Zweikampf, der oft von Grausamkeit, Rücksichtslosigkeit und Gewalt geprägt ist. Und ganz ähnlich verhält es sich auch mit dem Boxen.«

Schach ist einfach alles

Die ältesten Werkzeuge, die zum Spielen von Brettspielen verwendet werden, sind mindestens 5000 Jahre alt. In seinem bahnbrechenden Buch *Homo Ludens* aus dem Jahr 1938 analysierte der niederländische Historiker Johan Huizinga das Spiel als kulturelles Phänomen: »Seit langer Zeit hat sich bei mir die Überzeugung in wachsendem Maße befestigt, dass menschliche Kultur im Spiel – als Spiel aufkommt und sich entfaltet.« An anderer Stelle schreibt er, das Spielen sei »älter als Kultur; denn so ungenügend der Begriff Kultur begrenzt sein mag, er setzt doch auf jeden Fall eine menschliche Gesellschaft voraus, und die Tiere haben nicht auf die Menschen gewartet, dass diese sie erst das Spielen lehrten«.[8]

Mit dem Einzug in unsere westliche Gesellschaft entwickelte sich Schach schnell zum beliebtesten Spiel. Es wurde in mittelalterlichen Texten und in der Kunst an prominenter Stelle abgebildet und ist noch immer fest in unserer Kultur verankert. Die große Frage ist aber: Warum gerade Schach? Was hat es mit dem Schach auf sich, dass es andere Brettspiele ebenso wie Würfel oder Karten »besiegt« hat und zum dominierenden Spiel in unserer Gesellschaft wurde? In einem Gespräch für dieses Buch fasste Tim Rice zusammen: »Das Spiel ist in gewisser Hinsicht eine Metapher für das Leben. Es gibt Bauern, die nicht viel Macht haben. Dann gibt es Könige und Königinnen, die viel mehr Macht haben. Das ist alles sehr interessant, und so ist es natürlich sehr einfach, diese Figuren zu einer Metapher für Aspekte des Lebens zu machen. Und viele große Schriftsteller haben das getan.«

In seinem 2023 erschienenen Dokumentarfilm *Through the Mirror of Chess: A Cultural Exploration* vertritt der Filmemacher und Autor Howard Burton die These, die Dominanz des Schachspiels läge an seiner Komplexität, welche sich daraus ergibt, dass die verschiedenen Figuren *unterschiedlich wertvoll sind* und *unterschiedliche Bewegungsmöglichkeiten* haben: »Das Besondere am Schachspiel ist nicht nur die Tatsache, dass es eine Vielzahl verschiedener Figuren verwendet, die miteinander koordiniert werden müssen. Vielmehr ändert jede Figur ständig und auf subtile Weise ihren Wert in Abhängigkeit von ihrer Stellung zu den anderen. Und genau dieser höchst nuancierte, sich ständig verändernde Tanz der einzelnen Figuren und Konstellationen verleiht dem Schachspiel seinen einzigartigen ästhetischen Reiz.«

Meine eigene Haltung zum Schach kommt dem am nächsten, was Robert Desjarlais in seinem 2011 erschienenen Buch *Counterplay: An Anthropologist at the Chessboard* schreibt: »Das Schachspiel beinhaltet die Erzählung einer Intrige. Eine Schachpartie zu spielen bedeutet, zu einem Abenteuer aufzubrechen, sich auf Überraschungen und unerwartete Situationen einzulassen.«

Obwohl die Figuren ursprünglich als Bestandteile einer kleinen Armee geschaffen wurden, haben sie sich für mich immer mehr wie Figuren in einer Erzählung angefühlt. Ich habe mir eine Schachpartie immer als eine Geschichte vorgestellt, geschrieben von zwei Autoren, die noch nicht wissen, wie es weitergeht. Diese Analogie funktioniert vielleicht noch besser für einen ernsthaften Spieler wie mich, der ich meine Züge auf einem Partieformular notieren muss (gemäß den offiziellen Vorschriften). Das bedeutet, dass die Geschichte, nachdem sie zu Ende ist, für immer in der menschlichen Wissensdatenbank gespeichert wird, damit jeder sie aufrufen und genießen kann. Für jemanden, der viele Schachbücher gelesen hat, in denen Meisterpartien aus der Vergangenheit behandelt werden, ist eine Nähe zur Literatur garantiert nicht weit hergeholt.

Marcel Duchamp – als Schlüsselfigur der Dada-Bewegung einer der einflussreichsten Künstler des 20. Jahrhunderts – muss etwas Ähnliches im Sinn gehabt haben, als er 1952 in einer kurzen Rede bei einem Bankett der New York State Association of Chess sagte: »Eigentlich glaube ich, dass jeder Schachspieler eine Mischung aus zwei ästhetischen Freuden erlebt: Erstens das abstrakte Bild, das der poetischen Idee des Schreibens ähnelt, und zweitens die sinnliche Freude an der ideografischen Ausführung dieses Bildes auf dem Schachbrett.«

Ich möchte einen weiteren Aspekt hinzufügen: das Element

der Zeit. Für fortgeschrittene Spieler ist es üblich, während einer Partie eine Schachuhr zu benutzen, aber jeder einzelne Zug ist an sich ein fundamentaler Bestandteil der Zeit. Wenn man sich ganz in eine komplizierte Partie vertieft, hat man das Gefühl, dass die Zeit eingefroren ist, je länger ein Spieler denkt. In solchen Momenten fühlt man sich in eine eigene Welt versetzt, eine Existenz, die von der Realität abgeschnitten ist – die gleiche Erfahrung wie beim Lesen eines Buches oder beim Ansehen eines Films.

Das ist, was Schach für mich bedeutet, nur handelt es sich dabei natürlich nur um meine persönliche Ansicht. Schach hat für die unterschiedlichsten Menschen so viele verschiedene Dinge bedeutet, angefangen von einem Kriegsspiel für die Inder und Araber, einem Symbol der sozialen Hierarchie im Mittelalter über eine richtiggehende Kunstform, einen »Probierstein des Gehirns« (Goethe, *Götz von Berlichingen* II/1) und ein Sozialprojekt bis zu einem organisierten Sport und einem Komplex von Problemen, die wissenschaftlich angegangen werden können, wie wir im dritten Kapitel sehen werden.

Der niederländische Großmeister und Autor Jan Hein Donner sagte einmal, Schach könne mit nichts verglichen werden, während viele Dinge mit Schach verglichen werden können. Was er damit meinte, war wohl, dass es offensichtliche Ähnlichkeiten zwischen dem Schachspiel und vielen Aspekten des Lebens gibt, solange man auch anerkennt, dass Schach an sich einzigartig ist. Wie sonst könnte ich also dieses Kapitel beenden als mit einem Zitat meines Lieblingsspielers aller Zeiten, Bobby Fischer, der sagte: »Schach ist Leben.«

Kapitel 2

Duchamp, Nabokov, Bogart, Kubrick: Schach in den Künsten

»Und vielleicht eben darum, weil sie überhaupt nichts von Schach verstand, war das Spiel für sie kein bloßer häuslicher Spaß oder angenehmer Zeitvertreib, sondern eine geheimnisvolle Kunst, die hinter keiner anderen der anerkannten Künste zurückstand.«

Vladimir Nabokov, *Lushins Verteidigung*[9]

1923 beschloss Marcel Duchamp ganz plötzlich, seine künstlerische Laufbahn zu unterbrechen ..., um Schach zu spielen. Jahre später sagte er: »Nicht alle Künstler sind Schachspieler, aber alle Schachspieler sind Künstler.« Er wurde zu einem fanatischen und hervorragenden Spieler, der an den französischen Meisterschaften teilnahm und sein Land sogar bei vier Schacholympiaden vertrat. Seinen plötzlichen Karrierewechsel begründete er damit, Schach habe »... die ganze Schönheit der Kunst – und noch viel mehr. Es kann nicht kommerzialisiert werden. Schach ist in seiner gesellschaftlichen Stellung viel reiner als die Kunst.«

Wie es heißt, war Duchamp so verrückt nach Schach, dass er in der Woche, nachdem er seine erste Frau, Lydie Sarazin-Levassor, im Jahr 1927 geheiratet hatte, kaum Zeit mit ihr verbrachte und stattdessen jeden Abend den Schachklub besuchte. Sie wurde so wütend, dass sie die Figuren an sein Schachbrett klebte. Die Ehe hielt nicht lange.

Schach als Kunstform

Für viele Menschen ist Schach nur ein Brettspiel, für andere ist es ein Sport. Aber für jede Person, die ihm mehr als nur ein paar Monate ihres Lebens gewidmet hat, ist Schach auch eine Kunst. Mit der unendlichen Zahl an möglichen Partien und Stellungen gibt es so viel verborgene Schönheit, die für das ungeübte Auge unsichtbar ist, aber für jeden, der sich über die bloße Kenntnis der Spielregeln hinauswagt, ein enormes Vergnügen darstellt. Schach ist ein Labyrinth mit endlosen Wegen, die oft mit brillanten Edelsteinen gepflastert sind – wenn man danach Ausschau hält.

Die alten arabischen *Mansuben,* die im vorigen Kapitel erwähnt wurden, hatten oft ziemlich raffinierte Lösungen, die ohne Weiteres als schön oder kunstvoll beschrieben werden können. In den letzten zwei Jahrhunderten hat sich diese alte Tradition der Endspielstudien (Stellungen, in denen eine Seite auf schöne Weise gewinnen oder ein Remis erreichen kann) und -probleme (Stellungen, in denen ein erzwungenes Schachmatt gefunden werden muss) entwickelt. Viele Schachkompositionen werden als Kunstwerke betrachtet, und ihre Erfinder sind wahre Künstler des Spiels. Der Russe Alexei Troizki (1866–1942), der Franzose Henri Rinck (1870–1952) und der Armenier Genrich Gasparjan (auch Kasparjan, 1910–1995) können als Bach, Mozart und Beethoven der Endspielkomposition angesehen werden.

Die Vorstellung vom Schach als Kunstform spiegelt sich auch in der Tatsache wider, dass unser Spiel während des späten 18. und der ersten Hälfte des 19. Jahrhunderts seine sogenannte romantische Periode erlebte. Es mag weit hergeholt sein zu behaupten, dass diese Zeit direkt von der Romantik in der Kunst beeinflusst wurde, aber es gab Überschneidungen zwischen den beiden Strömungen. Während Eugène Delacroix, Francisco Goya, Caspar David Friedrich und John Constable ihre Meisterwerke auf der Leinwand schufen, taten Spieler wie Howard Staunton, Adolf Anderssen und das amerikanische Genie Paul Morphy dasselbe auf dem Schachbrett. Der »romantische« Aspekt ihres Schachs zeichnete sich durch aggressives, taktisches Spiel aus, das oft Gambits beinhaltete (Bauern- oder sogar Figurenopfer in der Eröffnung), um den gegnerischen König von Anfang an zu attackieren. Zwei Partien von Adolf Anderssen – wahre künstlerische (und romantische!) Meisterwerke – haben Namen erhalten: die »Unsterbliche Partie«, gespielt gegen Lionel Kieseritzky am Rand des Turniers in London 1851, und die »Immergrüne Partie« gegen Jean Dufresne in Berlin 1852. (Es handelte sich um eine Art Hau-drauf-Spiel, vielleicht vergleichbar mit dem englischen Fußballverein Arsenal unter Arsène Wenger oder mit dem heute ziemlich ausgestorbenen Serve-and-Volley-Stil im Tennis.) Wilhelm Steinitz, der erste offizielle Weltmeister, wird dafür verantwortlich gemacht, diesen ungestümen Angreifern Einhalt geboten zu haben, indem er die Grundlagen für ein strategisch angelegtes Stellungsspiel schuf.

Etwa ein halbes Jahrhundert später spiegelte die Kunstbewegung des Modernismus die neu entstehende industrielle Welt wider und fand ihr Pendant im Schach. Dieser Stil wurde »Hypermodernismus« genannt, ein strategischer Ansatz, bei dem ein Spieler absichtlich vermied, das Zentrum des Bretts früh mit Bauern zu besetzen, sondern es lieber aus der Ferne kontrollierte oder einen Gegenangriff auf das gegnerische Bauernzentrum plante. Dieser Spielstil entstand in den 1920er-Jahren als Reaktion auf die klassischen Schachprinzipien, die ja eine direkte Besetzung und Kontrolle des Zentrums befürworteten. Schlüsselfiguren des hypermodernen Schachs waren Richard Réti und Aaron Nimzowitsch, die ihre Gedanken in längst als Klassiker geltenden Büchern niederschrieben. Ein Jahrhundert später vermischt das Spitzenschach sowohl klassische als auch hypermoderne Ideen.

Manchmal sind einzelne Züge in einer Schachpartie brillant und schön zugleich. Schachfans bekommen ein Funkeln in den Augen, wenn sie Frank Marshalls erstaunlichen letzten Zug in seiner Partie gegen Stepan Lewitski (Breslau, 1912), Anatoli Karpows unerwarteten Springerrückzug gegen Garri Kasparow (Moskau, 1984) oder Alexei Schirows verblüffendes Läuferopfer gegen Wesselin Topalow (Linares, 1998) sehen.

Auch die Schachfiguren selbst können Kunstwerke sein. Als ich den ehemaligen niederländischen Supergroßmeister Jan Timman fragte, was ihn als kleinen Jungen zum Schachspiel hinzog, lautete seine Antwort: »Die Figuren.« In seinem Fall war es das schön verzierte Schachspiel seiner Großmutter, obwohl auch die Figuren der Standardversion höchst anregend sein können.

Das offiziell vom Internationalen Schachverband genehmigte Staunton-Schachspiel ist nach Howard Staunton benannt, dem englischen Spitzenspieler des 19. Jahrhunderts. Im Grunde sollte es aber den Namen des Journalisten Nathaniel Cooke tragen, denn er war es, der die Figuren 1849 entwarf, während Staunton sie nur guthieß. Lange bevor die Staunton-Figuren zum Standard wurden – und auch noch danach –, wurde eine unglaubliche Vielfalt an Sets entworfen, die aus den schönsten Schachfiguren bestanden, die man sich vorstellen kann.

Archäologische Funde von Schachfiguren aus der frühesten Zeit in Indien gibt es nicht, aber es wird angenommen, dass sie

Menschen und Tiere darstellten. Dies gilt auch für die ältesten erhaltenen Schachfiguren, die 1977 in Afrāsiāb im Nordosten von Samarkand (Usbekistan) entdeckt wurden und wohl aus der Zeit zwischen dem 6. und 8. Jahrhundert stammen. In der darauffolgenden arabischen Periode hatten Figuren eine einfachere Form. Da der damalige Glaube die Darstellung von Menschen oder Tieren verbot, waren sie recht abstrakt und bestanden aus drei geometrischen Formen: Zylinder, Quader und Kegel. Im Mittelalter änderte sich die Form der Schachfiguren unter dem Einfluss der christlichen Kultur allmählich und zeigte häufig menschenähnliche Figuren.

Die berühmtesten mittelalterlichen Schachfiguren sind die »Lewis Chessmen«: Figuren aus dem 12. Jahrhundert, die man 1831 auf der schottischen Insel Lewis entdeckte. Sie wurden mit ziemlicher Sicherheit von den Wikingern dorthin gebracht, was beweist, dass das Schachspiel in Skandinavien bereits um 1100 bekannt war und gespielt wurde. Diese schönen Figuren waren aus Walrosszähnen gefertigt und variierten in der Höhe zwischen 3,5 und 10,2 Zentimetern. Mit Ausnahme der Bauern stellen alle 79 gefundenen Figuren (aus mehreren unvollständigen Schachsätzen) Menschen dar: Die Springer sind Ritter, die auf einem Pferd sitzen und mit Schild und Speer bewaffnet sind, die Türme stehende Soldaten oder »Wächter« mit Schild und Schwert. Bei einer Auktion im Jahr 2019 wurde einer dieser Wächter, der 55 Jahre lang in einer Schublade aufbewahrt worden war, für 735 000 Pfund verkauft.

Für die Herstellung von Schachfiguren wurden verschiedene Materialien verwendet: Elfenbein, Knochen und verschiedene Holzarten, aber auch Bergkristall, Jaspis, Bernstein und sogar Silber oder Gold. Königin Margaret von England (1430–1482) soll grüne und rote Schachfiguren aus Jaspis und Kristall besessen haben. Auch stellten die beiden Armeen aus Schachfiguren immer mal wieder solche aus dem wirklichen Leben dar – zum Beispiel ein Schachspiel »Schlacht von Waterloo« mit Napoleon und dem Herzog von Wellington als gegnerischen Königen. (Sollte Schach nicht ein Mittel sein, um einen Krieg ohne Blutvergießen zu führen? Nun, das hat für die Menschheit nicht geklappt, also stellen wir stattdessen spielerisch blutige Schlachten auf dem Schachbrett dar.)

Irgendwann kehrten die Designs zu abstrakteren Formen zurück, was schließlich zu den Staunton-Figuren führte. Es gab jedoch auch weiterhin Künstler, die sich von dem königlichen Spiel inspirieren ließen und einzigartige Schachsets entwarfen. Schöne Beispiele sind Josef Hartwigs minimalistisches Design von 1923, das sich an der Bauhaus-Kunstschule orientiert und bei dem die Form der würfelförmigen Figuren ihre Bewegungsmöglichkeit widerspiegelt, und Man Rays ebenso abstraktes, aber runderes Design von 1920. Man Ray war nicht der einzige Dadaist, der Schachfiguren entwarf, auch seine Freunde Max Ernst und Marcel Duchamp betätigten sich in dieser Richtung.

Duchamp war berühmt für seine »Readymades« wie etwa das Porzellanurinal, das er 1917, einfach weil er es konnte, zum Kunstwerk erklärte. Er war ein Held der frühen Antikunstbewegung und ein Vorläufer der Postmoderne. In seinem Frühwerk als Maler, bevor er zum fanatischen Spieler wurde, nahm das Schachspiel einen wichtigen Platz ein. Sein Werk *La Partie d'Échecs* von 1910 ist recht realistisch gemalt, während sein *Portrait des Joueurs d'Échecs* aus dem Jahr darauf in die kubistische Bewegung jener Zeit passt.

Schach und Kunst waren für Duchamp keine komplett voneinander getrennten Bereiche. Die beiden Welten trafen 1966 in einer Ausstellung mit dem Titel *Hommage à Caissa* zusammen, was gleichzeitig auch der Titel eines fertigen Schachbretts ist, dem die Figuren fehlen. Die Ausstellung wurde auf der Dachterrasse des Gebäudes Madison Avenue 978 in New York eröffnet, wo Duchamp mit Salvador Dalí und Andy Warhol Schach spielte. 1968 trat Duchamp zusammen mit dem Avantgarde-Komponisten und Musiktheoretiker John Cage (berühmt für sein Stück »4'33"« – vier Minuten und 33 Sekunden Stille) bei einem Konzert mit dem Titel *Reunion* auf. Die beiden spielten ein Schachspiel auf einem speziellen Brett mit Audioausgängen, die mit fotoelektrischen Zellen unter dem Brett verbunden waren, sodass jeder Zug einen Klang erzeugte. In einem seiner Interviews sagte Duchamp: »Ich habe versucht, meine Arbeit durch Stille zu schützen, indem ich mich lange Zeit dem Schachspiel gewidmet habe. Das ist ein Spiel, das mich wegen seiner Komplexität immer fasziniert hat. Ich habe Komplexität immer geliebt.« Wie mir scheint, hat die Liebe zur Komplexität auch seine besondere Beziehung zur Kunst bestimmt.

Der Anfang 2023 verstorbene Kunstfotograf Julian Wasser verdankte einen Teil seiner Berühmtheit einem ikonischen Foto, das er 1963 von Duchamp beim Schachspiel gegen die völlig nackte Schriftstellerin Eve Babitz im Pasadena Art Museum in Los Angeles machte. In dem 2009 erschienenen Buch *Marcel Duchamp: The Art of Chess* untersuchten Francis Naumann und Bradley Bailey Duchamps Schachkarriere, und die zweifache US-amerikanische Schachmeisterin Jennifer Shahade analysierte 15 seiner Partien. Bei dieser Gelegenheit kreierte sie in den Philadelphia Soundstages ein Aktionskunstvideo, das von dem Bild Duchamp versus Babitz inspiriert war. Shahade drehte die Rollen jedoch um, indem sie selbst mit Kleidung (im Korsett) gegen einen völlig nackten Mann namens Jason Bretz spielte. Die beiden benutzten ein wunderschönes Schachspiel, dessen Figuren ebenfalls nackte Gestalten waren. In einem Bericht auf ihrer Website bemerkte Shahade anschließend: »Das Tolle an einer Schachpartie gegen einen nackten Mann ist, dass es keine Taschen für elektronische Geräte gibt und man deshalb absolut sicher sein kann, dass er nicht schummelt.« (Auf dem Höhepunkt des Carlsen-Niemann-Skandals wurde scherzhaft vorgeschlagen, ein Turnier mit Teilnehmern in Badeshorts zu veranstalten, wie wir in Kapitel 7 erfahren werden.)

Es zeugt von der Bedeutung des Schachspiels in unserer Kultur, dass das Spiel im Laufe der Jahrhunderte viele Tausend Mal in der bildenden Kunst dargestellt wurde.[10] In diesen Werken fungiert das Schachspiel oft als Metapher, die eine strategische Situation, einen verwickelten Konflikt, einen symbolischen Kampf gegen das Schicksal oder die Nähe von Sieg und Niederlage widerspiegelt. Ich persönlich denke, dass oft genug allein die innere Schönheit des Schachbretts mit seinen Figuren ausreichte, um Künstler zur Darstellung des Spiels anzuregen.

Die rudimentärste Bedeutung des Schachspiels ist die des Krieges. Die frühesten Schachfiguren stellten Mitglieder der indischen Armeen dar, die realen Schlachten nachempfunden waren. Eine Avantgarde-Künstlerin vertrat jedoch eine grundlegend andere Auffassung, und sie war die Erste, die das Schachspiel mit Nachdruck als Friedensspiel in Szene setzte: Yoko Ono. Onos Kunstinstallation *Play it by Trust* besteht aus einem großen, komplett weißen Schachspiel. Die Hälfte der Felder ist auf einer leicht erhöhten Ebene platziert, um das Karomuster beizubehalten. Beide Figurensätze sind weiß. Das Schachspiel ist auch hier eine Metapher, aber in diesem Fall steht es für die Sinnlosigkeit des Krieges: Die Künstlerin fordert die Menschen auf, sich zu vereinen, anstatt sich zu trennen. Die Installation wurde erstmals 1966 in der Londoner Indica Gallery ausgestellt und war 1972 in dem Fernsehfilm *Imagine* ihres Mannes John Lennon zu sehen, der auch die Musik des gleichnamigen Albums enthielt. Ein halbes Jahrhundert später, im März 2024, gewann Sean Lennon, der Sohn von John und Yoko, für seinen kurzen Animationsfilm *War is Over!* einen Academy Award. Der Film enthält auch eine Antikriegsbotschaft und zeigt zwei Soldaten aus rivalisierenden Armeen, die miteinander Schach spielen, indem sie sich gegenseitig ihre Züge per Brieftaube zusenden.

Schach und Literatur

In der berühmten, um 1160 in Frankreich entstandenen Liebesgeschichte *Floire et Blancheflor* versucht der Mann seine Geliebte aus einem Turm zu retten, indem er mit dem Turmwächter Schach spielt. Im Romanwerk *Prosa-Tristan,* das etwa zur gleichen Zeit spielt, wird der Ritter Tristan von König Marke nach Irland geschickt, um dessen Braut Isolde zu holen. Auf dem Rückweg trinken die beiden auf einem Schiff, vertieft in eine Schachpartie, versehentlich einen Liebestrank und verlieben sich ineinander – mit verhängnisvollen Folgen. Wie in der Kunst war auch in der Literatur das Schachspiel schon sehr früh eine Quelle der Inspiration.

Eine noch größere Rolle spielt das Schachspiel im *Roman von Gawain,* einem mittelniederländischen Ritterroman aus dem 13. Jahrhundert, in dem ein magisches Schachbrett plötzlich durch das Fenster hereinfliegt, während König Artus und seine Ritter ein Bankett in Camelot genießen. Nachdem das Brett wieder weggeflogen ist, verkündet Artus, dass derjenige, der es für ihn holen kann, sein Vermögen erben wird. Gawain macht sich auf den Weg und bringt es schließlich zurück, nachdem er viele Abenteuer erlebt hat, wie etwa einen Drachen zu töten, eine Jungfrau zu retten und ein besonderes magisches Schwert zu ergattern. Das waren noch Zeiten!

Der *Roman von Gawain* kann als traditioneller Ritterroman gelesen werden. Einige Stellen lassen jedoch vermuten, dass die Autoren Penninc und Pieter Vostaert mit dem Genre spielten, da ihre Geschichte satirische Elemente enthält. Generell – und das gilt für viele literarische Texte des Mittelalters, in denen das Schachspiel eine Rolle spielt – kommentiert die Geschichte die politische Ordnung der damaligen Zeit. In seinem 2006 erschienenen Buch *The Immortal Game* erklärt David Shenk überzeugend, warum das Schachspiel so gut für den metaphorischen Gebrauch geeignet war (Kursivierung durch den Autor):

> Das lag vor allem daran, dass das Schachspiel von vornherein als Symbol konzipiert worden war. Von Haus aus war es mit einer Vielzahl allgemeiner Attribute ausgestattet, die sich für eine noch größere Vielfalt an metaphorischen Anwendungen eigneten: Schach war eine *Schlacht* zwischen zwei Gruppen, die jeweils nach sozialem Rang *geschichtet* waren und um die *Vorherrschaft* über ein *begrenztes* Stück Land kämpften, wobei sie in einer *so komplexen Dynamik* interagierten, dass sie ein Eigenleben zu führen schienen, und jede Armee *von einem Spieler manipuliert* wurde, der *eher mit Verstand als mit Muskelkraft* gegen den anderen kämpfte und sowohl *Taktik* (kurzfristige Planung) als auch *Strategie* (langfristige Planung) in einem Spiel einsetzte, das *niemals wirklich beherrscht* werden konnte.

Das Schachspiel eignete sich daher hervorragend für die Allegorie, eine im Mittelalter sehr beliebte literarische Form. Diese Art, eine Erzählung oder ein Bild zu verwenden, um eine verborgene Bedeutung, oft moralisch oder politisch ausgerichtet, mitzuteilen, stammte sowohl aus der biblischen als auch aus der klassischen Tradition und wurde von den Lesern der damaligen Zeit problemlos verstanden. Die Allgegenwart von allegorischen Geschichten, die mit dem Schachspiel zu tun hatten und gewöhnlich als »Moralitäten« bezeichnet wurden, unterstrich seinen Rang und trug zu seiner weiteren Verbreitung bei.

Die älteste Schachmoralität ist eine lateinische Abhandlung aus dem 13. Jahrhundert mit dem Titel *Quaedam moralitas de scaccario*. H. J. R. Murray bezeichnete sie als »Unschuldsmoralität« und fasste zusammen:

> Die Welt gleicht einem Schachbrett, das schwarz-weiß kariert ist, wobei die Farben die beiden Zustände Leben und Tod oder auch Lob und Tadel darstellen. Die Schachfiguren sind die Menschen dieser Welt, die eine gemeinsame Geburt haben, in diesem Leben verschiedene Positionen einnehmen und verschiedene Titel tragen, die miteinander ringen und schließlich ein gemeinsames Schicksal haben, das alle Standesunterschiede nivelliert. Der König liegt oft unter den anderen Figuren im Beutel.

Einer meiner Lieblingssprüche zum Schach lautet: »Am Ende des Spiels kommen sowohl der König als auch der Bauer in dieselbe Schachtel zurück.« Er scheint auf die »Unschuldsmoralität« zurückzugehen. Ich liebe das zusätzliche Detail, dass der König oft unter den anderen Figuren liegt – eine ähnliche Lektion in Demut wie die des brahmanischen Mathematikers Sissa.

Das beste Beispiel für eine Schachmoralität ist das *Liber de moribus hominum et officiis nobilium ac popularium super ludo scacchorum* (etwa »Buch der Sitten der Menschen sowie der Pflichten der Vornehmen und Niederen, vom Schachspiel abgeleitet«) des italienischen Mönchs Jacobus de Cessolis, ein berühmtes Werk aus der Mitte des 13. Jahrhunderts. Murray zufolge lässt die Zahl der vorhandenen Handschriften und Übersetzungen darauf schließen, dass seine Popularität »fast mit der der Bibel selbst konkurriert haben muss«. Cessolis' Arbeit belegte außerdem, dass das Schachspiel eine symbolische Darstellung der Gesellschaft war. Der König, die Dame (Königin) und der Springer (Ritter) haben ihre erwarteten Rollen, aber er beschrieb die Läufer als Richter, die Türme als Statthalter des Königs und die Bauern als Mitglieder des einfachen Volkes, die acht verschiedene Berufe repräsentierten. Anders als im *Roman von Gawain* steht im *Liber* nicht der König im Mittelpunkt, sondern alle Mitglieder der Gesellschaft, die das Spiel lernen sollen, um ihre jeweilige Rolle zu meistern.

Wenige Jahrzehnte nach der Erfindung des Buchdrucks veröffentlichte der englische Kaufmann William Caxton 1473 *Recuyell of the Historyes of Troye*, eine Sammlung von Geschichten im Zusammenhang mit Homers *Ilias*. Ein Jahr später druckte Caxton *The Game and Playe of Chesse*, seine Übersetzung des Buches von Cessolis. In diesem wahrscheinlich zweiten Buch, das jemals in englischer Sprache gedruckt wurde, ging es ausschließlich um Schach.

»Scachs d'amor«, ein um 1475 geschriebenes und in Valencia veröffentlichtes Gedicht, ist die früheste verfügbare Quelle, in der die neuen Kräfte der Schachdame beschrieben werden. Das Gedicht verwendet Schach als Allegorie für die Liebe: Es beschreibt ein Schachspiel zwischen Mars und Venus, während Merkur als Schiedsrichter über sie wacht.

Fast ein halbes Jahrhundert später erschien ein weiteres Schachgedicht: »Scacchia Ludus« aus dem Jahr 1527, verfasst von dem italienischen Humanisten, Bischof und Dichter Hieronymus Vida (Marco Girolamo Vida). Dieses in lateinischer Sprache verfasste Gedicht war mehr als ein Jahrhundert lang sehr beliebt und wurde mehr als 40-mal nachgedruckt. Auch hier handelt es sich um eine Allegorie der Liebe, beschrieben wird aber eine mythologische Schachpartie zwischen Apollo und Merkur in Anwesenheit der anderen Götter und einer Nymphe namens Scacchis. Im Jahr 1763 verwendete der britische Philologe und Orientalist William Jones das Werk, um ein Schachgedicht zu verfassen, wobei er »Scacchis« durch »Caissa« ersetzte, heute bekannt als Name der Schachgöttin.

In der Schachliteratur taucht Caissa meist auf, wenn es um Glück geht. Ein Autor, der einen glücklichen Sieg beschreibt, kann zum Beispiel sagen: »Caissa war auf meiner Seite.« (Ich habe diese Formulierung selbst viel zu oft benutzt.) Stellen Sie sich das mal vor: Die Schutzgöttin des Spiels ist eine Frau, wenn auch eine, die Sie nicht in den Schriften von Homer oder Sophokles finden werden. Caissa ist eine leicht geschmacklos anmutende Erfindung der Nachrenaissance.

In den folgenden Jahrhunderten spielte Schach weiterhin eine respektable Rolle in schriftlichen Texten. In drei Büchern nimmt Schach von Anfang bis Ende eine wichtige Rolle ein. Stefan Zweigs *Schachnovelle* und Vladimir Nabokovs *Lushins Verteidigung* gelten seit jeher als die »großen zwei«. Seit 2020 sollte Walter Tevis' Roman *Das Damengambit* vielleicht im gleichen Atemzug genannt werden.

Geschrieben von zwei literarischen Schwergewichten des 20. Jahrhunderts, waren *Schachnovelle* und *Lushins Verteidigung* sehr erfolgreich. Beide handeln von Figuren, die vom Schach zutiefst besessen sind, und von den zerstörerischen Kräften, die das Spiel haben kann. So haben die beiden Werke dazu beigetragen, den Archetyp des Schachgroßmeisters als gequältes Genie zu schaffen, denn es ist heute ein weitverbreitetes und bedauerliches Vorurteil zu glauben, eine Brillanz im Schach gehe zwangsläufig mit einer Form von Wahnsinn einher. Ich möchte damit aber nicht sagen, dass das Schachspiel ohne diese Bücher besser dran gewesen wäre.

Schachnovelle war Zweigs letztes und berühmtestes Werk. Der in Österreich geborene Autor schrieb es im brasilianischen Exil, wo er Anfang 1942 zusammen mit seiner Frau Lotte einen tragischen Freitod wählte, zu deprimiert und desillusioniert über die seiner Meinung nach unausweichliche Zerstörung seiner »geistigen Heimat Europa« durch Nazideutschland.

Die Novelle, die erst Ende 1942 posthum veröffentlicht wurde, weist deutliche Parallelen zu Zweigs eigenem Leben auf. Auch die Figur des Doktor B. bekommt den faschistischen Druck zu spüren, als er von der Gestapo inhaftiert wird. In der Gefangenschaft bringt er sich mithilfe eines Buches voller Meisterpartien das Schachspiel bei. Auf einem Schiff, das von New York nach Buenos Aires fährt, gelingt es Dr. B. sogar, eine Partie gegen den amtierenden Weltmeister Czentovic zu gewinnen. In der zweiten Partie muss sich Dr. B. allerdings vorzeitig zurückziehen, da er eine Rückkehr zum obsessiven Verhalten seiner Gefangenschaft befürchtet.

Die Geschichte weist kleinere Schwächen auf, wie z. B. die Tatsache, dass Dr. B. und Czentovic in einem unrealistisch kurzen Zeitraum Weltklasseniveau erreichen (Letzterer brauchte nur fünf Jahre vom Erlernen der Regeln bis zum Gewinn des höchsten Titels, was im Schach genauso unwahrscheinlich ist wie in jedem anderen Sport). Dennoch verkaufte sich das Buch millionenfach und wurde in viele Sprachen übersetzt, und das zu Recht. Die Geschichte wurde viermal verfilmt, zuletzt 2021 mit Philipp Stölzls *Schachnovelle.* Eine auf dem Roman basierende Oper wurde 2013 im Kieler Opernhaus aufgeführt, und 2015 wurde eine Theaterproduktion für das Edinburgh Festival

Fringe produziert. Zweig gilt nach wie vor als bedeutender Autor des 20. Jahrhunderts, dessen Werk Gedichte, Theaterstücke, Kurzgeschichten und Biografien umfasst und zahlreiche Schachreferenzen enthält.

Lushins Verteidigung war Nabokovs dritter Roman und entstand nach seinem Umzug nach Berlin. Er wurde 1930 veröffentlicht und gehört zu den neun Romanen, die er auf Russisch schrieb; eine deutsche Fassung erschien 1961, eine englische erst 1964. Das Buch handelt von Alexander Iwanowitsch Lushin, der als kleiner Junge Schach lernt und zu einem der stärksten Großmeister der Welt wird. Trotz seiner einzigartigen Begabung gerät Lushins Leben immer mehr aus den Fugen. Selbst seine schöne und intelligente Frau kann ihn nicht vor seiner schicksalhaften Flucht vor der Realität bewahren. Trotz verzweifelter Bemühungen gelingt es ihm nicht, das Schachspiel aus seinem Leben und seinen Gedanken zu verbannen. Obwohl das Spiel Lushin vollständig absorbiert und schließlich schachmatt setzt, macht Nabokov nicht das Schachspiel selbst zur Ursache seines Untergangs. Der niederländische Großmeister Hans Ree sagte mir: »Wichtiger sind Lushins Jugend und seine Beziehung zu seinem Impresario. Das Schachspiel war eine Verteidigung gegen die Härte des Lebens, was es auch für mich war, wenn auch auf weniger dramatische Weise. Das Leben kann schwierig sein, aber man kann seine kleinen Triumphe immer noch auf dem Schachbrett erringen.«

Das Buch war weder die erste noch die letzte Gelegenheit für Nabokov, das Schachspiel zu thematisieren, aber es ist das einzige, in dem Schach durchgehend eine Rolle spielt. Das hatte einen einfachen Grund: Nabokov liebte Schach. Er schuf sogar gerne Schachprobleme und veröffentlichte 1969 ein Buch mit dem Titel *Poems and Problems* (eine Zusammenstellung von

53 Gedichten und 18 Schachproblemen). Er schrieb: »Schachprobleme verlangen von ihrem Komponisten dieselben Tugenden, die jede lohnende Kunst kennzeichnen: Originalität, Erfindungsgabe, Prägnanz, Harmonie, Komplexität und eine herrliche Falschheit.«

Nabokovs Vorliebe für die Komposition von Rätseln, die per definitionem nur eine einzige Lösung haben, zeigt sich auch in dem Roman *Lushins Verteidigung*, der sogar von der Anlage her einem Schachspiel ähnelt. Im Vorwort zur englischen Ausgabe schrieb er: »Doch die Schacheffekte, die ich eingebaut habe, sind nicht nur in diesen einzelnen Szenen anzutreffen; ihre Verkettung lässt sich auch in der Grundstruktur dieses einnehmenden Romans ausmachen.«[11] Wie die Literatur ist auch das Schachspiel eine erfundene Realität, die in ständiger Spannung mit der tatsächlichen Wirklichkeit steht. Für Lushin und den Leser sind diese Realitäten oft nur schwer zu unterscheiden.

Schach spielt eine kleinere, aber dennoch bedeutende Rolle in einer enormen Vielfalt von Büchern. So wurden zum Beispiel viele Krimis geschrieben, in denen Schachkenntnisse zur Lösung des jeweiligen Falles eingesetzt werden. In einem neueren Werk spielt der größte Schachstar der Welt eine Rolle. *Magnus Carlsen og sjakkmorderen* (Magnus Carlsen und der Schachmörder) ist eine norwegische Graphic Novel aus dem Jahr 2020 von Aleksander Kirkwood Brown. Darin setzt Carlsen seine Schachkompetenz ein, um einen Serienmörder in Oslo zu jagen.

Das beste Beispiel in dieser Kategorie ist *Das Montglane-Spiel*, ein Roman aus dem Jahr 1988 von Katherine Neville. Das Buch verwebt historische und gegenwärtige Handlungsstränge und dreht sich um ein mysteriöses, machtvolles Schachspiel mit einem jahrhundertealten Geheimnis. *Das Montglane-Spiel* ist eine Art vorweggenommener Dan Brown mit viel Schach (und viel besser geschrieben).

Ich kann nicht über Schach und Literatur sprechen, ohne Lewis Carrolls Kinderroman *Durch den Spiegel und was Alice dort fand*, die Fortsetzung von *Alice im Wunderland*, zu erwähnen. Das 1871 erschienene Buch *Durch den Spiegel* erzählt wieder von den Abenteuern eines jungen Mädchens namens Alice, das diesmal durch einen Spiegel in eine skurrile Welt tritt, in der alles umgekehrt ist, auch die Logik. Das Schachspiel ist ständiges Thema. Zu Beginn der Geschichte entdeckt Alice Schachfiguren, die zum Leben erwacht sind. Dann trifft sie die Schwarze (im englischen Original Rote) Königin, die ihr eine Landschaft zeigt, die einem riesigen Schachbrett ähnelt, ihr aber auch anbietet, Alice, die jetzt ebenfalls eine Schachfigur ist, in eine Königin zu verwandeln, wenn sie bis zur achten Reihe vorrücken kann. Auf ihrem Weg über das Brett begegnet Alice allerlei seltsamen Gestalten, wie Humpti Dumpti, dem Löwen und dem Einhorn sowie sprechenden Blumen.

Nabokov sah eine starke Ähnlichkeit zwischen der Komposition eines Schachproblems und eines Gedichts, hielt beides aber voneinander getrennt. Carroll tat dies nicht. In seiner Geschichte präsentiert er vor allem anderen ein tatsächliches Schachproblem. Nach der Titelseite und einem Überblick über die Figuren zeigt das Buch ein Schachdiagramm, in dem Weiß außer dem König seine Dame, einen Turm, einen Springer und einen Bauern hat, Schwarz hingegen nur König, Dame und einen Springer. Die Aufgabe lautet: »Weißer Bauer (Alice) zieht und gewinnt in elf Zügen«,[12] und die Lösung ist eine Zugfolge, die gleichzeitig als Index für Schlüsselmomente in der Geschichte dient.

Man könnte sagen, dass Carroll in Bezug auf das Spiel, das er mit dem Leser spielt, einen Schritt weiter geht als Nabokov, denn die Lösung des Diagramms folgt, zumindest für Schachspieler, nicht streng den Regeln und ist daher nicht ganz stimmig (tatsächlich kann Weiß den gegnerischen König in nur *drei* Zügen schachmatt setzen). Aber die Tatsache, dass das unlogisch ist, hat ja in einer Welt hinter einem Spiegel nichts Unlogisches, oder? In der Ausgabe von 1887 des Buches schrieb der Autor in seinem Vorwort (Kursivierung im Original):

> *Da das auf der vorigen Seite dargestellte Schachproblem einige meiner Leser verwirrt hat, ist es vielleicht gut, zu erklären, dass es, was die* Züge *betrifft, korrekt ausgearbeitet ist. Die Abwechslung von Rot und Weiß wird vielleicht nicht so streng beachtet, wie es sein könnte, und die »Rochade« der drei Damen ist nur eine Art zu sagen, dass sie den Palast betreten haben; aber das »Schach« des weißen Königs im sechsten Zug, das Schlagen des roten Springers im siebten Zug und das abschließende »Schachmatt« des roten Königs wird von jedem, der sich die Mühe macht, die Figuren aufzustellen und die Züge wie vorgeschrieben zu spielen, als streng in Übereinstimmung mit den Regeln des Spiels befunden werden.*

Das hat die Dinge immer noch nicht vollständig erklärt, und vielleicht auch zu Recht, denn es ist nicht unbedingt die Aufgabe eines Autors, sein Buch zu erklären. Im Laufe der Zeit sind viele Interpretationen vorgeschlagen worden. Die beste lieferte Alexander Taylor in seiner 1952 erschienenen Carroll-Biografie mit dem Titel *The White Knight*. Er wies darauf hin, dass man das Buch nicht aus der Perspektive eines der Spieler lesen sollte, der das gesamte Brett überblickt, sondern aus der Perspektive der Figuren: nicht nur Alice als Bauer, oder selbst die Königinnen in der Geschichte, die nicht sehen oder verstehen können, was um sie herum geschieht.

Er stützte seine Geschichte nicht auf eine Schachpartie, sondern auf eine Schachlektion oder eine Demonstration der Züge, wie er sie Alice Liddell gab, eine sorgfältig ausgearbeitete Zugfolge, die die Umwandlung eines Bauern in eine Dame, die relativen Kräfte der Figuren – des schwachen Königs, des exzentrischen Springers und der furchterregenden Dame, deren Kräfte auch die von Turm und Läufer umfassen – und schließlich ein Schachmatt veranschaulichen sollte. Das heißt, er abstrahierte vom Spiel, was er für seinen Entwurf wollte, und drückte dies als Spiel zwischen einem siebeneinhalbjährigen Kind, das ein weißer Bauer »sein« sollte, und einem älteren Spieler (ihm selbst) aus, der die anderen Figuren manipulierte.

In Anbetracht seiner Vorliebe für Spiegel, Labyrinthe und Schach ist es nicht verwunderlich, dass der große argentinische Schriftsteller Jorge Luis Borges Carrolls Bücher sehr schätzte und in seinen Texten mehrfach auf ihn Bezug nahm. In seinem Vorwort zur spanischen Übersetzung von Carrolls Werken aus dem Jahr 1976 hebt Borges das Konzept des wechselseitigen Traums hervor: »Alice träumt vom Roten König, der von ihr träumt, und jemand warnt sie, dass sie, wenn der König erwacht, wie eine Kerze verlöschen wird, weil sie nur ein Traum des Königs ist, von dem sie träumt.«

Ein solcher wechselseitiger Traum steht auch für ein anderes häufiges Thema in Borges' Werk: die »unendliche Rekursion«, der Effekt endloser Repräsentationen von Realitäten wie in einem mit Spiegeln ausgekleideten Raum. In seinem Gedicht »Schach« endet Borges mit diesem Konzept, das sogar auf das philosophische Problem des Schöpfers von Gott hinweist. Nachdem er darauf hingewiesen hat, dass die Schachfiguren nicht wissen, dass es die Hand des Spielers ist, »die ihr Schicksal beherrscht und lenkt«, fährt Borges ein paar Zeilen weiter fort: »Gott bewegt den Spieler, er wiederum die Figur. / Aber welcher Gott hinter Gott beginnt den Reigen / von Staub und Zeit und Schlaf und Schmerz?«

Wie wir das schon bei Nabokov gesehen haben, war auch für Borges das Schachspiel eine Metapher für seine Interpretation der Literatur. In beiden Fällen erschaffen wir eine unabhängige Welt mit willkürlichen Merkmalen und stellen unser Verständnis der Realität infrage. Dies könnte man vermutlich über jedes Spiel sagen, aber Schach ist eben nicht irgendein Spiel – auch nicht für Borges. In einem Interview von 1981 sagte er: »Schach ist eines der Mittel, die wir haben, um die Kultur zu retten, genau wie Latein, das Studium der Geisteswissenschaften, die Lektüre von Klassikern, die Gesetze der Versifikation, die Ethik.« Er sah das Schachspiel eindeutig auf einer höheren Ebene, als er weiter gehend klagte: »Schach wird jetzt durch Fußball, Boxen oder Tennis ersetzt, was Spiele von Dummköpfen sind, nicht von Intellektuellen.« (Man fragt sich, was er wohl vom Schachboxen gehalten hätte.)

Borges' Gedicht ist nur eines von zahlreichen Beispielen, in denen das Schachspiel einen prominenten Platz in der Poesie einnimmt. In seiner 1981 erschienenen Anthologie *The Poetry of Chess* hat Andrew Waterman sechs Jahrhunderte englischer Poesie zum Thema Schach abgedeckt, darunter Werke von Geoffrey Chaucer, John Skelton, Richard Lovelace, Abraham Cowley, Oliver Goldsmith, William Butler Yeats, Ezra Pound, Louis MacNeice, Robert Lowell und John Berryman. »Schach ähnelt der Schriftstellerei, der Malerei und der Musik, da es eine obsessive geistige Tätigkeit ist, die sich bemüht, Spannungen und Komplikationen zu erforschen, um sie in eine triumphale

Harmonie aufzulösen«, schreibt Waterman in seinem Vorwort und liefert damit eine weitere grandiose Deutung unseres geliebten Spiels.[13]

*

Das Schachspiel ist in der Literatur allgegenwärtig, mehr als jedes andere Spiel, so scheint es. Matthew James Seidel stellte 2017 in einem Essay fest: »Die naheliegendste Erklärung, warum es in der Belletristik so viele Schachspieler gibt, ist, dass es beim Schach und in Geschichten im Kern um dasselbe geht – um Konflikte. Und es handelt sich um eine besondere Art von Konflikten, die völlig frei von Zufall sind. Ob ein König gegen einen Bettler oder ein Atomphysiker gegen ein Kindergartenkind spielt – alles, was zählt, sind die Entscheidungen, die man trifft.« Es kann kein Zufall sein, dass so viele Autoren das Schachspiel in ihren Werken thematisiert haben.

Am Ende dieses Abschnitts über Schach und Literatur sollte ich erwähnen, dass es auch eine unglaubliche Fülle an Schachliteratur gibt: Bücher, die mehr oder weniger technischer Natur sind und Schacheröffnungen, Mittelspiele, Endspiele, Spieler, Turniere und viele andere Unterthemen behandeln. Man hat mir einmal gesagt, dass über Schach mehr Bücher geschrieben werden als über jede andere Sportart, und ich glaube, das stimmt auch. Um Ihnen eine Vorstellung davon zu geben: Die Königliche Bibliothek in Den Haag hat die größte Sammlung in Europa, mit etwa 30 000 Büchern über Schach und Dame. Ich vermute allerdings, dass davon nur eine kleine Minderheit das Damespiel behandelt.

In der Schachwelt gelten einige dieser Bücher als absolute Klassiker, die wegen des literarischen Stils, in dem sie geschrieben sind, hoch geschätzt werden. Berühmte Titel sind *Mein*

System (1925) von Aaron Nimzowitsch, *Meine 60 denkwürdigen Partien* (1969) von Bobby Fischer und *De Koning* (1987), eine Sammlung von Beiträgen Jan Hein Donners. Alle drei enthalten Sätze, die ikonisch und/oder Teil des einschlägigen Schachjargons geworden sind. Nimzowitsch schrieb etwa: »Der Freibauer ist ein Verbrecher, der hinter Schloss und Riegel gehört, milde Maßnahmen wie polizeiliche Aufsicht genügen nicht.«[14] Ein weiteres Beispiel ist Fischers berühmter Spruch »best by test«, mit dem er seinen bevorzugten ersten Zug für Weiß (1.e4) beschrieb. Auch Donner hat berühmte Formulierungen geprägt, die ich in diesem Buch immer wieder verwende.

Schach und Theater

Da Literatur und Theater untrennbar miteinander verbunden sind, ist es nicht verwunderlich, dass wir auch auf der Bühne viele Geschichten finden, in denen es um Schach geht. Bei »Theater« klingt sofort William Shakespeare an. Doch die wenigen Erwähnungen des Schachspiels in seinen Werken (und die Partie, die Miranda und Ferdinand in *Der Sturm* spielen) zeigen lediglich, dass Schach zu dieser Zeit weithin bekannt war und einige Begriffe (wie »check« [Schach!] und »mate« [matt]) die englische Sprache bereits bereichert hatten. Bemerkenswerter ist Thomas Middletons *A Game at Chess* aus dem Jahr 1624. Dieses satirische Stück enthält eine Handlung in Form einer Schachpartie, spielt aber auf den Konflikt zwischen England und Spanien an, und zwar so, dass König Jakob I. von England dafür sorgte, dass die Aufführungen nach nur neun Tagen eingestellt wurden!

Eine prominente Bedeutung besitzt Schach bei Samuel Beckett. Der irische Romancier und Dramatiker, der 1969 den

Nobelpreis für Literatur erhielt, war sein ganzes Leben ein großer Schachliebhaber. Er spielte nicht nur Schach, sondern studierte auch Fachbücher und verfolgte wichtige Turniere. In seinem Werk setzte er das Schachspiel häufig ein und erforschte dabei seine künstlerischen und metaphorischen Möglichkeiten, zum Beispiel in seinem Avantgarde-Roman *Murphy* aus dem Jahr 1938, wo die Beteiligung der Hauptfigur an einer Schachpartie auch für ihren persönlichen Kampf steht. Da wir aber über Schach und Theater sprechen, werde ich mich auf Becketts Stück *Endspiel* konzentrieren – allein der Titel bietet keinen Anlass zum Zweifel. Diese Tragikomödie aus dem Jahr 1957 ist im Grunde eine Schachpartie – nun ja, die Endphase davon –, die auf der Bühne aufgeführt wird. Tatsächlich kann man mehrere Schachspiele unterscheiden, wie der niederländische Literaturwissenschaftler Onno Kosters 1996 in einem Beitrag dargelegt hat.

Beim Öffnen des Vorhangs sehen wir die Figur Hamm, die in einem Rollstuhl sitzt und eine Sonnenbrille trägt; Hamm ist blind und kann seine Beine nicht benutzen. Neben ihm stehen zwei große Mülltonnen aus Blech, in denen seine Eltern Nagg und Nell sitzen; beide sind ohne Beine. Die vierte Person ist Hamms Diener, der ruhelose Clov, der ständig damit droht, das Haus zu verlassen, es aber nie tut. Der größte Teil des Stücks besteht aus scheinbar unwichtigen Handlungen: Hamm befiehlt Clov, sich an verschiedene Stellen zu begeben, und Clov verschiebt ohne ersichtlichen Grund Hamms Rollstuhl.

Es fällt nicht schwer, Hamm als einen König zu sehen, der sich langsam über das Schachbrett bewegt, und Clov als einen nach Freiheit strebenden Bauern, während Nagg und Nell wie geschlagene Figuren wirken, die nicht mehr in die Haupthandlung einbezogen sind. Gleichzeitig scheinen Hamm und Clov sowie Nagg und Nell in ein Schachspiel gegeneinander verwickelt zu sein. Und dann ist da noch das Spiel, das zwischen dem Autor und seinem Publikum gespielt wird. Laut James Acheson, einem ehemaligen Englisch-Dozenten an der Universität von Canterbury in Christchurch, Neuseeland, dient dieses besondere Spiel dazu, »unsere Versuche, *Endspiel* letztgültig zu interpretieren, zu vereiteln; wenn wir erkennen, dass das Stück absichtlich so angelegt ist, dass es sich selbst den raffiniertesten Erklärungen widersetzt, sind wir schachmatt«.

Das wohl berühmteste Bühnenwerk zum Thema Schach ist das Musical *Chess,* geschrieben von Sir Tim Rice und mit Musik von ABBAs männlicher Hälfte Björn Ulvaeus und Benny Andersson. Nachdem im Herbst 1984 ein Konzeptalbum veröffentlicht worden war, kam *Chess* 1986 im Londoner Westend auf die Bühne. Obwohl das Musical weder dort noch am Broadway wirklich einschlug, spielte man es unter anderem noch in Sydney, Los Angeles, Stockholm, Florenz, Moskau, Budapest, Tokio und St. Louis. Der Hit »One Night in Bangkok« aus dem Studioalbum von 1984 erreichte in Deutschland, der Schweiz, den Niederlanden, Dänemark, Australien und Südafrika die Spitze der Charts.

Im Mittelpunkt der Handlung stehen zwei rivalisierende Schachgroßmeister – Freddie Trumper aus den Vereinigten Staaten und Anatoly Sergievsky aus der Sowjetunion –, die im italienischen Meran ein Weltmeisterschaftsspiel austragen. Dabei entwickelt sich eine Dreiecksbeziehung, denn Florence Vassy, Freddies Assistentin und ehemalige Geliebte, beginnt eine Liebesbeziehung mit Anatoly. Das Match selbst ist nicht nur ein Kampf der Schachstrategie, sondern auch ein Spiegelbild der politischen Spannungen zwischen den beiden Supermächten. Wieder einmal wird das Schachspiel als Metapher verwendet:

Das Musical stellt die ideologischen Kämpfe der Ära des Kalten Krieges dar, wobei die amerikanisch-sowjetische Rivalität als Kulisse für die persönlichen Kämpfe der Hauptpersonen dient.

Das Musical entstand kurz nach dem berühmten Weltmeisterschaftsspiel zwischen Fischer und Spasski 1972. Rice, der bereits als Autor der Liedtexte für *Jesus Christ Superstar* und *Evita* bekannt war, gehörte zu den vielen Millionen, die das »Match des Jahrhunderts« aufmerksam verfolgt hatten. »Es waren die Charaktere, das Aufeinandertreffen von Ost und West und die Politik, die mich in den Bann zogen«, berichtete mir Rice. Wie er sagte, hätte er die beiden Hauptfiguren nach Fischer und Spasski gestaltet: »Ich fand es interessant, dass Fischer kein sehr netter Mann war, und doch sollte er auf der Seite der Guten stehen, da er ein Amerikaner, jemand aus der westlichen Welt war – und Spasski sollte eigentlich ein gemeiner Kommunisten-Bastard sein, war aber ein netter Kerl.«[15]

Die Uraufführung des Musicals im Jahr 1986 stieß auf Ablehnung in der Sowjetunion, wo die Lieder lange Zeit verboten waren. Vierunddreißig Jahre später, im Oktober 2020, wurde das Musical zum ersten Mal in Russland aufgeführt. Das MDM-Theater in Moskau war mit seinen 1800 Plätzen ausverkauft, und die Show lief zwei Jahre lang. Rice erzählte mir, dass es für ihn etwas ganz Besonderes war: »Ich war über die russische Produktion viel glücklicher als über jede andere. In gewisser Weise ist der russische Spieler eher die Hauptfigur als der amerikanische. Wenn es die Geschichte von irgendjemandem ist, dann die von Anatoly oder vielleicht von Florence. Aber wer weiß? Ich bin nicht sicher, ob ich es weiß, und ich habe sie erfunden!«

Schach auf der Leinwand

Unzählige Filme haben das Schachspiel auf die eine oder andere Weise miteinbezogen, von einer scheinbar zufälligen Requisite im Hintergrund bis hin zu einer kompletten Szene mit Dialog – oder irgendetwas dazwischen. In einem Artikel in der Zeitschrift *New in Chess* haben David Edmonds und John Eidinow darauf hingewiesen, dass das Schachspiel oft als Signalsystem diente: »Schach wurde verwendet, um Atmosphäre und Stimmung zu schaffen und um unmittelbare erzählerische Hinweise auf Persönlichkeit, Gefühlszustand und Geistesverfassung zu geben. In der Tat gibt es kaum einen anderen Zeitvertreib, der eine solche Bandbreite an unmittelbaren visuellen Anspielungen zulässt und den Regisseuren die Gewissheit gibt, dass sie vom Publikum angemessen gelesen werden, ganz gleich, wie flüchtig die Szene ist.«

In vielen berühmten Filmen spielt das Schachspiel mehr als nur eine Nebenrolle. Eines der frühesten und vielleicht besten Beispiele ist Ingmar Bergmans Klassiker *Das siebte Siegel*, der 1957 bei den Filmfestspielen in Cannes den Spezialpreis der Jury gewann und Bergmans Position als Weltklasseregisseur weiter festigte. Die Geschichte spielt während der Pandemie des Schwarzen Todes im 14. Jahrhundert und handelt von einem Ritter, der mit seinem Knappen von den Kreuzzügen in ein von der Pest heimgesuchtes Schweden zurückkehrt. Er fordert den Tod zu einer Schachpartie heraus, um sein Ableben hinauszuzögern und Antworten auf die Frage nach dem Sinn des Lebens zu finden. Mithilfe des Schachspiels erkundet der Film Themen wie Existenzialismus, Glaube und die Suche nach dem Sinn im Angesicht der Sterblichkeit. In seinem 1971 erschienenen Buch *A Short History of the Movies* stellte Gerald Mast fest, dass der

Tod als bitterer und hoffnungsloser Witz behandelt wird: »Da wir alle mit dem Tod Schach spielen und diesen hoffnungslosen Witz durchleiden müssen, ist die einzige Frage in Bezug auf das Spiel, wie lange es dauern wird und wie gut wir es spielen werden. Es gut zu spielen und zu leben bedeutet, den Körper und das Sterbliche zu lieben und nicht zu hassen, wie es die Kirche in Bergmans Metapher anmahnt.«[16]

In seinem 2005 erschienenen Buch *Chess in the Movies* hat Bob Basalla fast 2000 Filme und Fernsehsendungen zusammengetragen, ihren »schachlichen Inhalt« beschrieben und Angaben zu Regisseuren, Sprachen und Auszeichnungen sowie zur »Korrektheit« des in den Szenen tatsächlich gespielten Schachs gemacht – denn allem Anschein nach gibt es im Kino häufig Probleme mit dem Schachbrett (falsch platziert, kein dunkles Feld in der linken unteren Ecke) oder den Figuren (meist König und Dame auf den falschen Ausgangsfeldern). Wenn man bedenkt, dass einige dieser Filme ein Budget von mehreren Millionen Dollar hatten, ist es kaum zu glauben, dass derart grundlegende Fehler in berühmten Filmen wie *Gesprengte Ketten* (1963), *Sag niemals nie* (1983), *The Da Vinci Code* (2006) und sogar dem Spitzenreiter der Internet Movie Database Top 100, *Die Verurteilten* (1994), vorkommen.

Für Schachfanatiker können solche Fehler ziemlich ärgerlich sein, und es ist bezeichnend, dass Basalla in seinem Buch mit einem speziellen, symbolgestützten Indexsystem arbeitet, um zu kategorisieren, welche Art von Fehler in einem bestimmten Film gemacht wird. Ja, wir nehmen solche Dinge sehr ernst! Ich erinnere mich an eine Geschichte des holländischen Großmeisters Hans Ree, worin er über eine Schach-Fachhandlung schrieb, die er im Urlaub entdeckte und wo ein falsch aufgestelltes Schachspiel im Schaufenster lag. Der Besitzer erzählte ihm, er habe das absichtlich so gemacht, weil so mehr Kunden ins Geschäft kommen würden. Für Ree war das ganz ähnlich wie bei einer frisch gestrichenen Tür, auf der ein Schild mit der Aufschrift »just paintted« (mit verdoppeltem »t«; dt. frisch gestrichen) angebracht ist, damit die Leute aufmerksamer werden. Ein solcher Maler achtet mehr auf die Details als ein durchschnittlicher Hollywood-Produzent.

Einige Schachszenen sind ein wahrhaft ikonischer Bestandteil großer Hollywood-Produktionen. Ich habe immer die Eröffnungsszene des James-Bond-Films *Liebesgrüße aus Moskau* (1963) geliebt, in der wir eine Schachpartie in einem atemberaubend schönen Saal (wahrscheinlich ein Museum) auf einer runden Bühne über braun-blau kariertem Boden sehen. Es ist das Endspiel des Internationalen Großmeistertreffens in Venedig zwischen Kronsteen aus der Tschechoslowakei und MacAdams aus Kanada. Nachdem Kronsteen MacAdams' Läufer geschlagen und Schach geboten hat, serviert ihm ein Kellner ein Glas Wasser. Durch den Boden des Glases liest er einen Text auf dem Papieruntersetzer, auf dem steht: »Sie werden sofort benötigt.« Er trocknet seine Lippen mit dem Papier, zerreißt es, und dann, als MacAdams seinen König zieht, gibt Kronsteen mit der Dame ein entscheidendes Schach. MacAdams kippt seinen König um (etwas, das in Hollywood ständig passiert, in der realen Welt aber selten) und gratuliert seinem Gegner, der sofort vom Brett aufsteht und geht. Kronsteen, der als Hauptstratege von PHANTOM in diesem Film Bond bekämpft, muss ein verdammt guter Spieler gewesen sein, wenn er eine Schachpartie beenden konnte, wann immer es nötig war.

Der Film basiert auf einer echten Partie zwischen den russischen Großmeistern Boris Spasski und David Bronstein (es ist sicher kein Zufall, dass der Name so ähnlich klingt wie Kronsteen!) aus dem Jahr 1960. In dieser Partie war es Spasski, der mit denselben letzten Zügen den Sieg errang, aber im Film waren zwei weiße Zentrumsbauern vom Brett genommen worden. Lange Zeit wurde als Grund dafür vermutet, der Regisseur Terence Young hätte gefunden, die Bauern würden die Ästhetik der Szene stören. Eine BBC-Radio-4-Dokumentation aus dem Jahr 2002 enthüllte jedoch, dass die Produzenten Albert Broccoli und Harry Saltzman fälschlicherweise davon ausgingen, Schachpartien seien urheberrechtlich geschützt, und mit dieser kleinen Änderung rechtliche Probleme vermeiden wollten. So oder so war die Szene berühmt genug, um den Regisseur Sam Mendes im Bond-Film *Spectre* von 2015 Daniel Craig hinter ein Schachbrett zu setzen, vielleicht als Hommage an *Liebesgrüße aus Moskau*.

Die Schachszene in Stanley Kubricks Film *2001: Odyssee im Weltraum* aus dem Jahr 1968 ist ebenfalls symbolträchtig. In einem der größten und einflussreichsten Science-Fiction-Filme aller Zeiten sehen wir Dr. Frank Poole, einen der Piloten des Raumschiffs Discovery One, das zum Jupiter fliegt, beim Schachspiel mit dem Bordcomputer HAL 9000. Frank spielt an einem Brett mit zweidimensionalen Figuren auf einem Bildschirm, der einem iPad ähnelt. Gegen diesen Computer aus der Zukunft hat er keine Chance. Nachdem Frank sich mit dem Unvermeidlichen abgefunden hat und das Handtuch wirft, sagt HAL: »Vielen Dank für ein höchst unterhaltsames Spiel.« Ärgerlicherweise ist der Computer nicht nur unschlagbar, was zeigt, dass er der reinsten Form des menschlichen Verstandes fähig ist, sondern auch menschenähnlich. Im zweiten Teil dieses Buches werden wir uns näher mit Schach und künstlicher Intelligenz beschäftigen.

Auch Kubrick war ein lebenslanger Schachliebhaber. Als Teenager konnte man ihn in New York im Central Park oder im

Washington Square Park um Geld spielen sehen oder sogar bei Turnieren im Marshall Chess Club im Greenwich Village. Kubrick baute auch Schachszenen in seinen Film *The Killing* (1956) und sogar in *Lolita* (1962) ein, obwohl diese in der Buchvorlage des Schachliebhabers Nabokov gar nicht vorkamen.

Kubrick war auch bekannt dafür, dass er zwischen den Aufnahmen einzelner Szenen manchmal Schach spielte. Wie Adam Feinstein in der Zeitschrift *New in Chess* schrieb, spielte Kubrick während der Dreharbeiten zu *2001* im Londoner Dorchester Hotel viele Partien mit dem amerikanischen Physiker Jeremy Bernstein. Bernstein erinnerte sich an Kubrick als einen echten »Spieler«: »Schließlich erreichten wir die 25. Partie, und es wurde vereinbart, dass diese die Angelegenheit entscheiden würde. Während des Spiels machte er einen Zug, bei dem ich mir sicher war, dass er verlieren würde. Er fasste sich sogar an den Bauch, um zu zeigen, wie sehr er sich ärgerte. Aber es war eine Falle, und ich bekam sofort eine auf den Deckel. ›Du hattest keine Ahnung, dass ich auch schauspielern kann‹, meinte er.«

Unter den vielen schachbegeisterten Hollywood-Schauspielern (wie Marlon Brando, Jane Fonda, Laurence Fishburne, Robin Williams, Susan Sarandon, Arnold Schwarzenegger, Ben Affleck, Matt Damon, Rami Malek und Viola Davis) war Humphrey Bogart der fanatischste und vielleicht beste Spieler. Vor seiner Schauspielkarriere hat Bogart wie Kubrick in New Yorker Parks und auf Coney Island um kleine Beträge gespielt. Bogart war Turnierleiter, engagierte sich in der California State Chess Association und besuchte oft die Hollywood Chess Group. Gegen den Weltklasse-Großmeister Samuel Reshevsky schaffte er 1952 bei einer Simultanpartie in Beverly Hills immerhin ein Remis.

Dass Bogart in *Casablanca* (1942) vor einem Schachbrett zu sehen ist, ist kein Zufall, auch wenn es nicht Teil des ursprünglichen Drehbuchs war. Der ungarische Film *Curtiz* aus dem Jahr 2018, der auf der Entstehungsgeschichte von *Casablanca* (Regie: Michael Curtiz) basiert, liefert eine interessante Erklärung: Bogart wusste nicht, was er in den Szenen, in denen er sitzt und spricht, mit seinen Händen machen sollte, also schlug er vor, ein Schachspiel einzusetzen. Er tat dies eigenhändig und benutzte die Stellung aus einer Fernpartie, an der er teilgenommen hatte. Weil Curtiz dieser Idee zustimmte, finden wir Schach in einem der berühmtesten Filme aller Zeiten.

Schach und Musik

Der im 18. Jahrhundert lebende François-André Danican Philidor war ein Genie und nicht nur der beste Schachspieler seiner Zeit, sondern auch ein begabter Musiker. Er galt als einer der führenden Opernkomponisten Frankreichs und schuf über zwanzig Opéras comiques. Auch der deutsche Komponist Richard Strauss spielte gerne Schach, genau wie Dmitri Schostakowitsch. Wie der russische Komponist gerne erzählte, hatte er im Foyer eines Leningrader Kinos einmal sogar gegen den Weltmeister Alexander Aljechin gespielt.

Der beste Spieler unter allen klassischen Komponisten war jedoch der Russe Sergei Prokofjew, der nach Aussage des ehemaligen Weltmeisters Michail Botwinnik »sehr energisch und direkt spielte«. (Wer sind wir, um dieses Urteil anzuzweifeln?) Prokofjew war auch mit einem anderen ehemaligen Weltmeister, José Capablanca, befreundet und schlug den großen Kubaner sogar einmal ziemlich überzeugend in einem Simultanmatch.

Was hat es zu bedeuten, dass einige berühmte Musiker eine Vorliebe für Schach hatten? Vielleicht ist das kein Zufall, meint Achilleas Zographos in seinem 2017 erschienenen Buch *Music and Chess*. Laut Zographos ist Schach »eine Kunst für sich« und »eng mit der Mathematik und der Musik verwandt«.[17]

Der große italienische Komponist Ennio Morricone – einer der absoluten Giganten im Kino des 20. Jahrhunderts, der Mann hinter berühmten Filmmusiken wie *Zwei glorreiche Halunken* von Sergio Leone, *The Untouchables* von Brian DePalma und *The Hateful Eight* von Quentin Tarantino – hatte auch etwas zu diesem Thema zu sagen. Seine Karriere umfasste mehr als sechs Jahrzehnte als Komponist, Orchestrierer, Dirigent und Trompeter. Darüber hinaus war er ein begeisterter Schachfan und spielte in den 1950er-Jahren sogar ernsthafte Turniere, bevor seine musikalische Karriere Fahrt aufnahm. In dem Buch *Ennio Morricone: In His Own Words* (2019) zitiert Alessandro De Rosa den Komponisten bezüglich der Verbindungen zwischen Musik und Schach:

> Im Laufe der Zeit habe ich entdeckt, dass es starke Verbindungen zwischen dem Schachspiel und dem musikalischen Notationssystem gibt, das ja die Längen und Höhen der Töne beschreibt. Beim Schach bleiben die beiden Dimensionen räumlich, und die Zeit ist das, was den Spielern zur Verfügung steht, um den richtigen Zug zu machen. Darüber hinaus gibt es horizontale und vertikale Kombinationen, verschiedene grafische Muster, genau wie bei Tönen im Zusammenklang. Und doch kann man Muster und Spielzüge miteinander verbinden, als wären sie Instrumentalstimmen in einem Orchester.

Morricones Liebe zu diesem Spiel zeigt sich auch in verschiedenen Kompositionen, die im Laufe der Jahre zum Thema Schach entstanden sind, und er komponierte sogar die »Hymne der Schachspieler« (»Inno degli Scacchisti«) für die Schacholympiade 2006 in Turin. Im Jahr 2007 wurde Morricone nach der

Verleihung des Ehren-Oscars im italienischen Fernsehen gefragt, ob es etwas gäbe, das er sich noch viel mehr als diese Auszeichnung gewünscht hätte. Seine Antwort war: »Ein Großmeister wie Kasparow zu sein.«

Auch in der Popmusik ist Schach kein Fremdwort, denn es taucht immer wieder in Texten oder visuellen Darstellungen auf. Das »geistige Oberhaupt« des Wu-Tang Clan, GZA, veröffentlichte 2005 das Album *Grandmasters,* in dem Songs wie »Advanced Pawns«, »Unprotected Pieces« und »Smothered Mate« auf das Schachspiel Bezug nehmen. Taylor Swift muss eine gewisse Vorliebe für das Spiel haben, da sie in mehreren Liedern auf das Schachspiel Bezug nimmt, wie zum Beispiel in »Dear John« (2010): »And I lived in your chess game / But you changed the rules every day.« Katie Perrys Super-Bowl-Halbzeitshow 2015 enthielt eine spektakuläre Schach-Choreografie zu ihrem Song »Dark Horse«. Beyoncés zweites Visual Album *Black Is King* (2020) enthielt ein großes Schachmotiv, bei dem ihr Ehemann Jay-Z eine Schachuhr drückte und Beyoncé selbst eine allmächtige schwarze Königin war.

*

Wie wir gesehen haben, ist Schach nach wie vor das bedeutendste Spiel, das sowohl als eigene Kunstform als auch in der bildenden Kunst, der Literatur, dem Theater, dem Kino, der Musik und der Populärkultur eine Rolle spielt. Es gibt aber noch einen weiteren, extrem wichtigen Bereich, in dem das Schachspiel einen bedeutenden Platz einnimmt: die Wissenschaft. Wie wir im nächsten Kapitel sehen werden, hat die Wissenschaft viel über das Schachspiel herausgefunden, während das Schachspiel einen gewaltigen Beitrag zur Wissenschaft geleistet hat.

Kapitel 3

Gegenseitiges Verständnis: Schach und Wissenschaft

»Um sich eine Vorstellung davon zu machen, was wir tun, wenn wir versuchen, die Welt zu verstehen, könnte man sich die Götter bei irgendeinem gigantischen Spiel vorstellen, etwa Schach. Wir kennen die Spielregeln nicht, aber zumindest hin und wieder dürfen wir einen Blick auf das Schachbrett werfen, auf eine kleine Ecke davon vielleicht. Und anhand dieser Beobachtungen versuchen wir, die Spielregeln rauszukriegen.«

Richard Feynman über die Erläuterung der wissenschaftlichen Methode, 1981[18]

»Noch bevor ich zur Welt kam, beschlossen meine Eltern, dass ich ein Genie werden würde.« Mit diesem fesselnden Satz begann Judit Polgár ihren TED-Vortrag im Jahr 2016. Die erfolgreichste Schachspielerin in der Geschichte des Spiels enthüllte das Geheimnis hinter ihrer brillanten Karriere – einer Karriere, die sie auf ein Spielniveau brachte, wie es zuvor keine andere Frau erreicht hatte. Es ist eine Geschichte über originelles Denken, Entschlossenheit und Liebe.

Judits Eltern, László und Klára, waren beide Lehrer. Bevor sie 1967 heirateten, teilte László Klára seine Ansichten über das ungarische Bildungssystem mit, das seiner Meinung nach wenig fokussiert war und vorhandenes Talent vergeudete. Deshalb wollte er ihre zukünftigen Kinder zu Hause unterrichten und sich bei jedem von ihnen auf einen einzigen Bereich konzentrieren, in dem es dann besonders gut werden konnte. »Meine Mutter hielt ihn zunächst für verrückt«, sagte Judit später, aber Klára war von Lászlós unendlicher Energie und seinem Engagement beeindruckt und heiratete ihn. Die beiden lasen Psychologiebücher und vertieften sich in alles, was sie über Wunderkinder und das frühe Leben von Genies finden konnten. Und dann trafen sie ihre große Entscheidung: Sie ließen sich auf ein Erziehungsexperiment ein.

Zsuzsa kam 1969 zur Welt, gefolgt von Zsófia 1974 und Judit 1976. Die drei Mädchen wurden zu Hause in verschiedenen Sprachen, Mathematik und Schach unterrichtet. László und Klára entschieden sich für das Schachspiel, weil es kreative und intellektuelle Fähigkeiten erfordert, während die Ergebnisse leicht messbar sind (dazu später mehr). Schon bald entwickelte sich die einzigartige Erziehung der Mädchen zum Vollzeitjob für ihre Eltern. 1989 erläuterte László Polgár seine Erziehungsideen in einem kleinen Buch mit dem Titel *Nevelj Zsenit!* (Englischer Titel: *Bring Up Genius!*). Es war seine Antwort auf die berühmte Natur-versus-Erziehung-Debatte: Er vertrat die Ansicht, Talent sei keine erbliche Eigenschaft, sondern etwas, das jedes Kind erlernen könne. Im Jahr 1992 sagte er der *Washington Post:* »Ein Genie wird nicht geboren, sondern erzogen und ausgebildet.«

Judit selbst sagte, Schach sei »80 Prozent harte Arbeit und 20 Prozent Talent«. Als ich sie im September 2023 bat, Talent zu definieren, dachte sie kurz nach und erwiderte dann: »Talent ist eine knifflige Sache. Manchmal habe ich das Gefühl, dass es sich um eine Art Einstellung handelt. Es ist deine Persönlichkeit. Viele Menschen wollen jemand anderes sein, aber die Menschen, die wirklich gute Dinge tun, trauen sich, sie selbst zu sein. Ich bin in der Schachwelt außergewöhnlich geworden, nur war ich das gar nicht. Ich habe das selbst so geschaffen. Letztendlich habe ich immer viel gelernt, ohne einen freien Tag, und die Umstände haben mir dabei geholfen.«

1991 wurde Judit im Alter von 15 Jahren und vier Monaten Großmeisterin. Damit war sie die jüngste Person, die dieses Kunststück je vollbrachte, und brach den Rekord, den Bobby Fischer seit 1958 gehalten hatte. Während Zsófia eine Internationale Meisterin und Zsuzsa eine starke Großmeisterin wurde (sie gewann z. B. die Weltmeisterschaft der Frauen), wurde Judit 1996 die erste und einzige Frau, die jemals in die Top Ten der Weltrangliste vorstieß. Auf ihrem Höhepunkt, im Juli 2005, belegte sie dort den achten Platz.

László Polgárs Meinung, Übung sei (viel) wichtiger als Talent, ist heute allgemein anerkannt, war das aber damals keineswegs. Er entwickelte seine Ideen in einer Zeit, als die Fachwissenforschung (Study of Expertise) und das Feld der kognitiven Psychologie noch in den Kinderschuhen steckten. Ein halbes Jahrhundert später können wir feststellen, dass das Schachspiel eine grundlegende Rolle bei der Entwicklung dieser Wissenschaftsbereiche gespielt hat. Und das tut es auch weiterhin, mehr denn je.

Schach als Werkzeugkasten für die Wissenschaft

Im 21. Jahrhundert hat die schachbezogene wissenschaftliche Forschung enorm zugenommen. Zwischen 1970 und 2007 listet Google Scholar 1785 Arbeiten mit Schach im Titel. Im Zeitraum seitdem: 3400. Schach boomt und die Schachforschung auch. Man kann mit Fug und Recht behaupten, dass das Schachspiel verschiedene Zweige des wissenschaftlichen Nachdenkens erheblich beeinflusst hat, indem es eine unglaubliche Vielseitigkeit und Nützlichkeit bewiesen hat und darüber hinaus eine Quelle der Inspiration darstellt. Beginnen wir mit dem Bereich, der dem Spiel vermutlich am nächsten steht: der Mathematik.

Der deutsche Mathematiker und Logiker Ernst Zermelo war ein begeisterter Schachspieler und veröffentlichte 1913 sein Werk *Über eine Anwendung der Mengenlehre auf die Theorie des Schachspiels*. Das war die erste wissenschaftliche Studie zur Spieltheorie. Zermelo führte ein wichtiges Theorem ein, das für jedes Spiel mit zwei Personen gilt, bei dem die Spieler abwechselnd ziehen, gegensätzliche Interessen und Zugang zu »perfekter Information« haben. Letzteres bedeutet, dass beide Seiten vollständig wissen, was vor sich geht (im Gegensatz z. B. zum Poker, wo es sowohl verfügbare als auch versteckte Informationen gibt, da die Spieler ihre Karten vor den anderen verbergen).

Zermelo versuchte, das Konzept der Gewinnstellung mathematisch zu formalisieren, indem er darlegte, dass ein Spieler, der sich in einer Gewinnstellung befindet, immer einen Sieg erzwingen kann, egal welche Strategie der andere Spieler anwendet. Zermelos Arbeit hat zu verschiedenen Bereichen der Mathematik und Informatik beigetragen.

Das Schachspiel ist auch mit der Sprachwissenschaft verbunden, angefangen mit dem Schweizer Linguisten, Semiotiker und Philosophen Ferdinand de Saussure. Seine 1916 veröffentlichten *Grundfragen der allgemeinen Sprachwissenschaft*, die auf seinen Vorlesungen an der Universität Genf basieren, gelten allgemein als Ausgangspunkt der strukturalistischen Linguistik. Nach de Saussure ist die Bedeutung von Wörtern nicht fest oder unabhängig, sondern hängt davon ab, wie sie zueinander in Beziehung stehen. Aber auch wenn einzelne Wörter willkürlich sind, ist die Gesamtstruktur der Sprache nicht zufällig, sondern folgt sozialen Konventionen. Um zu verstehen, wie Wörter in einem bestimmten Kontext funktionieren, muss man sich die Regeln und Praktiken ansehen und nicht nur die Geschichte der einzelnen Wörter. Um dies zu erklären, zog de Saussure einen Vergleich mit dem Schachspiel heran: »Der Wert der einzelnen Figuren hängt von ihrer jeweiligen Stellung auf dem Schachbrett ab, ebenso wie in der Sprache jedes Glied seinen Wert durch sein Stellungsverhältnis zu den andern Gliedern hat. Zweitens ist das System immer nur ein augenblickliches; es verändert sich von einer Stellung zur andern. Allerdings hängen die Werte auch und ganz besonders von einer unveränderlichen Übereinkunft ab: nämlich der Spielregel, welche vor Beginn der Partie besteht und nach jedem Zug bestehen bleibt.«[19]

In seinen *Philosophischen Untersuchungen,* die 1953 posthum veröffentlicht wurden, hat der berühmte Philosoph Ludwig Wittgenstein mehrfach über das Schachspiel nachgedacht. So verglich er beispielsweise sprachliche Ausdrücke mit Schachfiguren, um zu erklären, dass es nicht ausreicht, die Regeln einer Sprache zu kennen, um Wörter zu erkennen und sie richtig zu verwenden: »Wenn man jemandem die Königsfigur im Schachspiel zeigt und sagt ›Das ist der Schachkönig‹, so erklärt man ihm dadurch nicht den Gebrauch dieser Figur – es sei denn, dass er die Regeln des Spiels schon kennt, bis auf diese letzte Bestimmung: die Form der Königsfigur. Man kann sich denken, er habe die Regeln des Spiels gelernt, ohne dass ihm je eine wirkliche Spielfigur gezeigt wurde. Die Form der Spielfigur entspricht hier dem Klang oder der Gestalt eines Wortes.«

Später fügte er noch hinzu: »Aber wir reden von ihr so wie von den Figuren eines Schachspiels, indem wir Spielregeln für sie angeben, nicht ihre physikalischen Eigenschaften beschreiben. Die Frage ›Was ist eigentlich ein Wort?‹ ist analog der ›Was ist eine Schachfigur?‹.«[20]

Schach und Psychologie

Abgesehen von der künstlichen Intelligenz hat Schach den größten Einfluss auf die Psychologie gehabt. Mithilfe des Schachspiels wurden viele Aspekte des menschlichen Verstandes untersucht, darunter Wahrnehmung, Aufmerksamkeit, Gedächtnis, Lernen, Kreativität, Denken und Entscheidungsfindung. Der früheste dokumentierte Einsatz von Schach in der psychologischen Forschung stammt aus dem Jahr 1893. Alfred Binet, der für die Erfindung des ersten praktischen IQ-Tests bekannt ist, war von einem besonderen Aspekt des Schachs fasziniert, der die Menschen seit Jahrhunderten in seinen Bann zieht: dem Schachspiel mit verbundenen Augen. Binet beschloss, eine Studie durchzuführen, um seine Hypothese zu testen, dass Schachmeister eine Art fotografisches Gedächtnis benutzen – einen »inneren Spiegel«, wie er es nannte. Unter seinen Studienteilnehmern war einer der besten Spieler der Welt, Siegbert Tarrasch.

Die Teilnehmer beantworteten Fragen zu dem, was sie während des Spiels »sahen«, aber ihre Antworten entsprachen nicht Binets Idee des »inneren Spiegels«. Wie sich herausstellte, behielten die Spieler nicht die kompletten Positionen scharf im Kopf, sondern ihre inneren Erinnerungen waren eher abstrakte Muster, die sie wiedererkannten, ähnlich wie musikalische Akkorde oder Melodien. Einer der Teilnehmer, der französische Meister Alphonse Goetz, sagte: »Ich begreife sie, wie ein Musiker die Harmonie in seinem Orchester begreift.« Man erkannte, dass das Gedächtnis nur zum Teil ein visuelles Konzept ist; wenn man den Mustern und den Eindrücken, die sie hervorrufen, einen sinnvollen Kontext gibt, können sich die Spieler die Positionen besser merken. Binet kam zu dem Schluss, dass »die

Vielzahl der Anregungen und Ideen, die von einem Spiel ausgehen, es interessant machen und in der Erinnerung verankern«.

Binets Studie markierte den Beginn einer langen Forschungsperiode in der kognitiven Psychologie, die bis heute andauert und versucht, grundlegende Fragen zu beantworten wie: »Wie denken große Schachspieler?«; »Wie unterscheidet sich das von der Denkweise von Amateuren?«; und: »Was sagen diese Unterschiede im Schachdenken über die Kognition im Allgemeinen aus?«.

Was das faszinierende Thema Blindschach angeht, so ist es wichtig zu betonen, dass die Fähigkeit, eine Schachpartie zu spielen, ohne auf das Brett oder die Figuren zu schauen, nicht so schwer erlernbar ist, wie es scheint, und sich auch nicht nur auf eine Handvoll brillanter Köpfe beschränkt. Jeder starke Vereinsspieler ist dazu in der Lage. Ich würde es damit vergleichen, ein ganzes Repertoire von Etüden und Nocturnes auf dem Klavier spielen zu können, ohne die Noten vor sich zu haben, einfach weil man es jahrelang geübt hat.

Außergewöhnlich ist jedoch die Fähigkeit, mit verbundenen Augen *simultan* zu spielen (was insbesondere Binet zu seinen Forschungen inspirierte). Als der große Philidor 1782 einmal zwei solcher Blindpartien gleichzeitig spielte, beschrieb *The World* dies als »ein Phänomen in der Geschichte der Menschheit«, das »unter den leuchtenden Beispielen, was das menschliche Gedächtnis vermag, aufbewahrt werden sollte, bis es kein Gedächtnis mehr gibt«. Doch 150 Jahre später spielte George Koltanowski 34 Partien mit verbundenen Augen gleichzeitig. Der aktuelle Rekord liegt bei 48 Partien, die der amerikanisch-usbekische Großmeister Timur Gareyev 2016 spielte, während er eine Augenbinde trug und auf einem Indoorbike 80 Kilometer zurücklegte.

Es dauerte mehrere Jahrzehnte, bis ein weiterer Pionier auf diesem Gebiet auftrat, der ebenso wie Binet ein bemerkenswerter Wissenschaftler war. Ich spreche von meinem niederländischen Landsmann, dem international bekannten Psychologen (und Schachmeister) Adriaan de Groot. De Groot vermutete, dass Großmeister mehr sehen und besser rechnen als schwächere Spieler, und wollte seine Hypothese testen. Er überzeugte fünf der acht Teilnehmer des internationalen AVRO-Turniers 1938 in den Niederlanden, an einigen Experimenten teilzunehmen. Noch als Student begann de Groot, Daten für seine berühmt gewordene Doktorarbeit von 1946, *Het denken van den schaker,* zu sammeln, die 1965 ins Englische übersetzt und als *Thought and Choice in Chess* veröffentlicht wurde.

Neben den Großmeistern der Weltklasse arbeitete de Groot mit zwei weiteren Spielerkategorien: Experten und Amateuren. Er gab allen zwei Aufgaben. Zunächst bat er die Schachspieler, laut zu denken, während sie eine Stellung betrachteten und ihren nächsten Zug wählten, und zeichnete dann ihre verbalen Äußerungen auf. Diese »verbalen Protokolle« wurden sowohl einer statistischen als auch einer interpretativen Analyse unterzogen und ergaben überraschende Ergebnisse. Obwohl Großmeister bessere Züge spielen, unterscheidet sich ihr strukturelles Denken nicht wesentlich von dem der Experten. Weder sehen sie viel mehr mögliche Stellungen, noch berechnen sie viel intensiver oder komplizierter.

Erlauben Sie mir ein Intermezzo, denn das bringt mich zu der Frage, die Schachgroßmeistern von Laieninterviewern am häufigsten gestellt wird – eine Frage, die absolut langweilig ist und völlig am Thema vorbeigeht: »Wie viele Züge können Sie vorausdenken?« Die Antwort lautet: »Das kommt darauf an.« Und normalerweise macht sich der Schachspieler nicht einmal die Mühe zu erklären, warum. Vor rund hundert Jahren gab jemand die wohl bestmögliche Antwort. Die Anekdote ist in verschiedenen Formen erschienen und wurde vielen berühmten Spielern zugeschrieben. Die Version, die Israel Albert Horowitz 1946 in *Chess Review* über eine Partie aus dem Jahr 1913 erzählte, trifft es wohl am besten:

> Es gibt da die Geschichte des Spiels zwischen dem unbesiegbaren Capablanca und Charles Jaffe, dem Stolz der East Side. Capa vergaß, dass er unbesiegbar war: Er verlor. Ein anwesender Reporter fragte den Kubaner: »Wie weit sehen Sie voraus?« Capa erwiderte eindrucksvoll: »Etwa zehn Züge.« Dann ging der Reporter zu Jaffe hinüber: »Wie weit sehen Sie voraus?« Zur großen Überraschung aller antwortete dieser: »Nur einen Zug.« Das ergab keinen Sinn. »Wie kann ein Spieler, der nur einen Zug voraussieht, einen anderen besiegen, der viel weiter voraussieht?« Darauf erklärte Jaffe: »Ich sehe nur einen Zug voraus, aber immer den besten.«

Ein wichtiger Unterschied zwischen den Großmeistern und den schwächeren Spielern in de Groots Experiment war, dass die starken Spieler schnell vielversprechende Optionen entdeckten, was ihre Denkprozesse effizienter machte. Der Unterschied war so gravierend, dass laut de Groot ein Weltmeister die Stellungen nach fünf Sekunden des Betrachtens besser verstand als ein starker Amateurspieler nach 15 Minuten! De Groot kam zu dem Schluss, dass die Überlegenheit im Schach mit der Art und Weise zusammenhängen muss, wie die Spieler die Stellungen betrachten, d. h. mit der Wahrnehmung und wie diese mit dem Vorwissen verknüpft ist. Dies veranlasste ihn, eine zweite Aufgabe zu entwickeln. Diesmal wurden die Spieler mit mehreren Diagrammen von Schachstellungen konfrontiert und durften sie nur kurz (zwei bis 15 Sekunden) betrachten. Nach jeder kurzen Betrachtung wurde das Diagramm weggenommen, und die Teilnehmer wurden aufgefordert, die Stellung auf einem Schachbrett so genau wie möglich aufzubauen. Großmeister waren bei dieser Aufgabe eindeutig besser als Experten und Amateure.

In späteren Forschungen entdeckten de Groot und seine Doktoranden etwas, das mit Binets Erkenntnissen zusammenzuhängen scheint: Starke Spieler erkennen schnell Muster, Figurengruppen, mögliche Züge oder sogar Zugfolgen. Dies ermöglicht es ihnen, sich Stellungen zu merken, ohne sich auf die einzelnen Figuren und Bauern zu konzentrieren. In den 1960er-Jahren untersuchte de Groot diese Theorie weiter, als er begann, die Augenbewegung zu messen. Großmeister verbrachten mehr Zeit damit, Teile des Schachbretts zu betrachten, auf denen Gruppen von Figuren auf relevante Weise miteinander verbunden waren, und konzentrierten sich häufiger auf die Schnittpunkte von Feldern als schwache Spieler.

De Groots Experimente in den 1930er-Jahren und seine Schlussfolgerungen in Bezug auf Wissen, Denkvermögen und die Fähigkeit der perzeptuellen Wahrnehmung bildeten die Grundlage für spätere Forschungen in den 1960er-Jahren und darüber hinaus. Der amerikanische Wissenschaftspsychologe Christopher Chabris beschrieb ihn mir gegenüber als brillanten und bahnbrechenden Forscher: »Mit seinen Forschungsmethoden, den Fragen, die er stellte, und der Art der Schlussfolgerungen war er seiner Zeit weit voraus. Es dauerte Jahrzehnte, bis andere Menschen Vergleichbares taten.«

Zwei weitere Wissenschaftler haben die Kognitionswissenschaft mit ihren schachbezogenen Forschungen stark beeinflusst: William Chase und Herbert Simon. Die beiden Psychologen von der Carnegie Mellon University leisteten wertvolle

Beiträge in den Bereichen Gedächtnis und Problemlösung, die auch außerhalb des Schachspiels von Bedeutung sind. Aufbauend auf der Arbeit von de Groot waren Chase und Simon maßgeblich an der Entwicklung der sogenannten Chunking-Theorie beteiligt.

Das Chunking (auf Deutsch etwa »Bündelung«), das erstmals 1956 in einem Aufsatz des amerikanischen Psychologen George Miller erwähnt wurde, ist ein Prozess, bei dem einzelne Teile einer Informationsmenge miteinander verbunden werden, um ein sinnvolles Ganzes zu schaffen, das man sich leichter merken kann. Ein anschauliches Beispiel ist die Telefonnummer 0609031943, die in 06 09 03 1943 unterteilt werden kann. Die »06« steht für eine Handynummer (in den Niederlanden) und bildet fast automatisch einen Chunk, während »09« und »03« als der neunte März gemerkt werden können und der letzte Chunk eindeutig eine Jahreszahl darstellt. Andere Beispiele für Chunks sind Wörter, die aus einzelnen Buchstaben bestehen, genau wie Sätze aus Wörtern.

Chase und Simon gingen davon aus, dass das Langzeitgedächtnis von Schachspielern aus Chunks, also Bündeln oder Untereinheiten, von Schachinformationen besteht – wiederum in Anlehnung an die Muster von Binet. Beispiele für solche Chunks sind drei Bauern vor einem weißen König und Turm im dritten Quadranten des Bretts (eine typische Situation, nachdem Weiß am Königsflügel eine Rochade durchgeführt hat) oder ein vorgerückter weißer Springer, der mit einem Doppelangriff auf den schwarzen König und den Turm am Damenflügel droht. Schach-Chunks sind vertraute Situationen, in denen eine kleine Anzahl von Figuren und Bauern auf einem Teil des Bretts irgendwie miteinander verbunden sind.

Die Forschungsergebnisse von Chase und Simon stützen die

Hypothese, dass starke Spieler viel mehr solcher Chunks gespeichert haben – im Falle eines Schachmeisters bis zu 50 000 – als ein Amateurspieler, sodass sie mehr davon in neuen Stellungen erkennen und sich diese Stellungen besser merken können. Und da die Chunks hilfreiche Informationen darüber liefern, was in der Stellung vor sich gehen könnte, können starke Spieler leichter eine Vorauswahl an Zügen treffen, aus denen sie sich dann einen aussuchen. Mit anderen Worten: Mehr Wissen und ein besseres Verständnis früherer Stellungen führen zu effizienteren Überlegungen in neuen Stellungen. Gemeinsam mit dem Kognitionspsychologen Fernand Gobet hat Simon die Chunking-Theorie später zur sogenannten Template-Theorie (auf Deutsch auch »Schablonentheorie«) weiterentwickelt, die zeigt, wie sich aus wahrgenommenen Chunks übergeordnete schematische Strukturen (Templates oder Schablonen) bilden können.

*

1992, als das Gebiet der kognitiven Psychologie noch relativ jung war, konnte der amerikanische Psychologe Neil Charness überzeugend belegen, dass die Schachforschung bereits Auswirkungen auf die kognitive Wissenschaft und verschiedene Bereiche der allgemeinen Psychologie hatte. Unter anderem zeigten Studien, die Schach einsetzten, dass der Erwerb von Wissen wichtiger ist als der Faktor Alter und eine Problemlösungsleistung nicht vom Alter, sondern eher von der Fähigkeit abhängt. Im Gegensatz dazu nimmt die Gedächtnisleistung mit dem Alter ab, nachdem sie zuvor mit dem Können angestiegen war.

Der Bereich in der Psychologie, in dem wahrscheinlich am meisten über Schach geforscht wurde, ist der des Fachwissens. Warum werden manche Menschen zu Experten auf ihrem Gebiet und andere nicht? Kann jeder ein Schachgroßmeister werden oder auch ein Spitzenmusiker oder Mathegenie? Gibt es so etwas wie ein Naturtalent? Oder geht es doch nur darum, die berühmten 10 000 Stunden zu trainieren?

Die »10 000-Stunden-Regel« stammt aus dem 2008 erschienenen Buch *Überflieger* von Malcolm Gladwell. Darin gibt er mehrere Beispiele dafür, wie Menschen erfolgreich wurden (unter anderem Bill Gates, Wolfgang Amadeus Mozart, Bobby Fischer und die Beatles), und behauptet, dass man 10 000 Stunden üben muss, um in irgendeiner Fähigkeit Weltklasse zu erreichen. Gladwells Theorie stützte sich auf eine Studie des schwedischen Psychologen K. Anders Ericsson aus dem Jahr 1993, der herausfand, dass die besten Geiger von klein auf deutlich mehr Stunden in das Üben ihres Instruments investierten als musizierende Laien oder sogar Experten.

In einem Aufsatz aus dem Jahr 2013 korrigierte Ericsson eine seiner Meinung nach zu starke Vereinfachung in *Überflieger*. Sein wichtigster Punkt war, dass die besten Geiger bis zum Alter von 20 Jahren *im Durchschnitt* mehr als 10 000 Stunden geübt hatten, während Gladwell behauptete, sie hätten *insgesamt* 10 000 Stunden geübt. Ericsson erklärte weiter: »Unser eigentliches Hauptargument war, dass die beste Gruppe von Geigern deutlich mehr Stunden mit Üben verbracht hatte als die Geigenexperten und wesentlich mehr Zeit als Amateurmusiker. Es gibt nichts Magisches an genau 10 000 Stunden«.

Der Unterschied zwischen Gesamt- und Durchschnittsleistung kann in der Praxis viel ausmachen, wie die Psychologieforscher Guillermo Campitelli und Fernand Gobet im Jahr 2007 nachgewiesen haben. Nach der Beobachtung von 104 Wettkampfschachspielern unterschiedlicher Spielstärke kamen sie zu dem Schluss, dass man im Durchschnitt etwa 11 000 Stunden üben muss, um das Niveau eines starken Experten zu erreichen. Die Spannweite zwischen den Testpersonen war jedoch frappierend: Ein Spieler benötigte dafür nur 3000 Stunden, während ein anderer 23 000 Stunden brauchte. Wieder andere hatten mehr als 25 000 Stunden investiert, ohne jedoch so gut zu werden.

All dies deutet darauf hin, dass Übung ein wichtiger Faktor für den Erfolg ist, aber dennoch spielt auch Talent eine Rolle. Der höchstbewertete Spieler der Welt, Magnus Carlsen, wurde mit 13 Jahren, vier Monaten und 27 Tagen Großmeister – etwa fünfeinhalb Jahre nachdem er mit dem Schachspielen begonnen hatte. In einem Fall wie diesem fällt es schwer, nicht an Talent zu glauben.

Ich möchte noch einen weiteren wichtigen Punkt zum Thema Üben ansprechen, und zwar für alle Eltern da draußen, die immer noch darauf warten, dass ihr Kind die 10 000 Stunden absolviert. In der Studie mit Musikern aus dem Jahr 1993 ging es nicht nur darum, Zeit mit einer bestimmten Fähigkeit zu verbringen, sondern auch um das, was Ericsson und seine Kollegen als »deliberate practice« (»bewusstes Üben«) bezeichneten: die konzentrierte, systematische und zielgerichtete Bemühung zur Verbesserung der Leistung. Mit anderen Worten: Sowohl die Quantität als auch die Qualität des Übens führen zu Ergebnissen. Die gute Nachricht ist, dass es heutzutage dank der Computer und des Internets leichter denn je ist, Schach sinnvoll zu üben.

Frauen und Schach: Was die Wissenschaft sagt

Als László und Klára Polgár in den 1970er-Jahren beschlossen, ihren Kindern Schach beizubringen und zu zeigen, dass Übung Talent übertrumpft, hätte mancher vielleicht bedauert, dass alle drei Mädchen waren. Weil Frauen nicht Schach spielen können, richtig? Heutzutage ist das eine lächerliche Frage, aber trotz der ersten feministischen Welle in den späten 1960er-Jahren stimmte ein Großteil der Schachwelt dieser Vorstellung zu, als Zsuzsa, Zsófia und Judit geboren wurden. Die Idee, dass nur Männer gut im Schach sind, wurde auch von einigen großen Namen vertreten, darunter Bobby Fischer, der niederländische Großmeister und Schriftsteller Jan Hein Donner und anfangs auch Garri Kasparow, der sich später korrigierte, nachdem er eine Niederlage gegen die jüngste der Polgár-Schwestern erlitten hatte.

Ein Jahrzehnt nach ihrem Rückzug ist Judits Schachkarriere immer noch einzigartig. Nur zwei andere Frauen haben es jemals unter die Top 100 der Welt geschafft: die ehemaligen Weltmeisterinnen Maia Tschiburdanidse (Georgien) und Hou Yifan (China). Keine von beiden schaffte es allerdings unter die besten 50. Die Frage, warum so wenige Frauen die absolute Spitze erreichen, ist nicht nur für das Schachspiel von Bedeutung, sondern auch für andere Bereiche, in denen Frauen unterrepräsentiert sind, wie z. B. Mathematik, Physik und Computerwissenschaften. Um die Kluft zwischen den Geschlechtern zu erklären und zu verringern, kann das Schachspiel ebenso von der Wissenschaft lernen wie die Wissenschaft vom Schach.

Zunächst einmal muss man sich darüber im Klaren sein, dass die Kluft zwischen den Geschlechtern an der Spitze größtenteils auf Unterrepräsentation zurückzuführen ist. Im Januar 2024 gab es 440 390 Schachspieler mit einer offiziellen FIDE-Wertung (die in international gewerteten Turnieren erzielt wurde), aber nur 47 435 von ihnen waren Frauen – das sind etwa 11 Prozent. Im höchsten Segment, von starken Vereinsspielern bis hin zu Großmeistern, beträgt der Frauenanteil nur 6 Prozent. Je höher das Niveau der Spieler ist, desto weiter sinkt der Frauenanteil: Rund 1800 Spieler tragen den Großmeistertitel, aber nur 42 Frauen, also etwa 2,3 Prozent. Woran liegt das?

Die Welt der Statistik lehrt uns, dass Extremwerte in einer großen Stichprobe proportional wahrscheinlicher sind als in einer kleinen Stichprobe. Dies wird durch ein Gedankenexperiment erklärt, das ich von meinem Landsmann Wei Ji Ma, Professor für Neurowissenschaften und Psychologie an der New York University, übernommen habe. Man nehme zwei Gruppen, von denen eine aus zehn Personen und die andere aus zwei Personen besteht. Jede erhält eine Zufallszahl zwischen eins und hundert, und dann nehmen wir die höchste Punktzahl in jeder Gruppe. Wenn wir diese Schritte viele Male wiederholen, werden wir feststellen, dass Gruppe A im Durchschnitt 91,4 Punkte und Gruppe B 67,2 Punkte erreicht. Da die größere Gruppe mehr Chancen hat, eine hohe Punktzahl zu bekommen, wird sie auch im Durchschnitt eine höhere Punktzahl erreichen. In ähnlicher Weise können wir erwarten, dass viel mehr Männer an der Spitze der Schachrangliste stehen als Frauen, einfach weil es viel mehr Schachspieler als Schachspielerinnen gibt.

Eine statistische Auswertung aus dem Jahr 2009 unter der Leitung des Psychologen Merim Bilalić nutzte dieses Argument, um zu zeigen, dass Frauen nicht schlechter sind, sondern dass ihre Leistung an der Spitze mehr oder weniger dem entspricht, was man statistisch erwarten kann. Die Forscher betrachteten Auswertungen über mehr als 120 000 Spieler, die mit Stichtag April 2007 in einer Datenbank des Deutschen Schachbunds erfasst waren, wo nur eines von 16 Mitgliedern eine Frau war. Das in der Studie verwendete Modell sagte 96 Prozent der Ratingunterschiede zwischen den 100 besten männlichen und 100 besten weiblichen Spielern voraus, was bedeutet, dass der jeweilige Unterschied zwischen den Geschlechtern genau der statistisch erwartbaren Differenz entsprach.

Spätere Untersuchungen stellten den statistischen Ansatz dieser Studie infrage und behaupteten, die beobachteten Unterschiede zwischen Männern und Frauen ließen sich durch die Beteiligungsrate nur ein Stück weit erklären. Das Ganze sei eben *kein* reines Zahlenspiel – da stecke mehr dahinter.

Was ist mit dem Gehirn? Der britische Großmeister Nigel Short stellte diese Frage in einer kontroversen Kolumne für die Zeitschrift *New in Chess* im Jahr 2015. Short ging davon aus, dass die Leistungsdifferenz der Geschlechter im Schach höchstwahrscheinlich das Ergebnis von Unterschieden zwischen dem männlichen und weiblichen Gehirn sind. Er schrieb:

> Die Gehirne von Männern und Frauen sind sehr unterschiedlich verdrahtet, warum sollten sie also auf dieselbe Weise funktionieren? Ich habe nicht das geringste Problem damit, anzuerkennen, dass meine Frau ein viel höheres Maß an emotionaler Intelligenz besitzt als ich. Genauso wenig ist es ihr peinlich, mich zu bitten, das Auto aus unserer engen Garage zu manövrieren. Der eine ist nicht besser als der andere, wir haben nur unterschiedliche Fähigkeiten. Es wäre wunderbar, wenn mehr Mädchen Schach spielen würden, und zwar auf höherem Niveau, aber anstatt uns über die Ungleichheit zu ärgern, sollten wir sie vielleicht einfach als Tatsache akzeptieren.

Wenn jemand etwas zu diesem Thema zu sagen hatte, dann war das Judit Polgár. Als stärkste Spielerin in der Geschichte des Schachs wusste sie am besten, wie es ist, gegen meist männliche Gegner anzutreten (und sie zu schlagen!). In einem Interview mit *Time* sagte sie: »Wir sind zu demselben Kampf fähig wie jeder Mann, und ich denke, in den Jahren, in denen ich aktiv

Schach gespielt habe, habe ich das auch bewiesen. Es ist keine Frage des Geschlechts, sondern eine der Intelligenz.«

Aber, so höre ich einige Leser fragen, sind sich die Neurowissenschaftler denn nicht einig, dass das männliche und das weibliche Gehirn unterschiedlich sind und von verschiedenen Hormonen beeinflusst werden? Hier muss ich auf zwei Dinge hinweisen. Erstens mag das vielleicht stimmen, nur ist ein direkter Zusammenhang mit den Schachfähigkeiten nie überzeugend nachgewiesen worden. Wie Polgár in einem Tweet hervorhob: »Männer und Frauen sind unterschiedlich, aber es gibt verschiedene Arten zu denken und zu kämpfen und trotzdem die gleichen Ergebnisse zu erzielen.« Zweitens ist die neurowissenschaftliche Forschung auf diesem Gebiet noch nicht abgeschlossen. Sogar ob ein (nennenswerter) Unterschied zwischen dem männlichen und dem weiblichen Gehirn besteht, ist umstritten.

Im Jahr 2015 untersuchte ein Team um die Neurowissenschaftlerin Daphna Joel von der Universität Tel Aviv in einer umfassenden Studie über 1400 Gehirnscans aus vier verschiedenen Labors. Die große Variabilität zwischen den einzelnen Gehirnen veranlasste sie zu der Schlussfolgerung, dass wir »nicht mehr davon ausgehen sollten, dass Gehirne in zwei Klassen eingeteilt werden, von denen eine typisch für Männer und die andere typisch für Frauen ist, sondern dass wir viel eher die Variabilität des menschlichen Gehirnmosaiks anerkennen sollten«.

Dass Erfolg im Schach nicht mit der Biologie zusammenhängt, ist vielleicht leichter zu akzeptieren, wenn man sich vergegenwärtigt, dass *Bereichskenntnis* (Fachwissen, das durch die Begegnung mit Tausenden von Schachmustern und -motiven erworben wurde) mit der beständigste Indikator für Schachfertigkeit ist. Die zweifache US-Meisterin Jennifer Shahade schrieb in ihrem 2022 erschienenen Buch *Chess Queens:* »Das Erlernen der Schachregeln dauert ein paar Stunden, aber die Beherrschung der Feinheiten des Spiels und die Entwicklung eines persönlichen Stils erfordern jahrelange Arbeit. Ein hoch kompliziertes Brettspiel vier bis sechs Stunden lang zu spielen ist schwierig, und weder Männer noch Frauen, noch nicht binäre Personen werden mit der Konzentration und Motivation geboren, um darin zu brillieren. Aus diesem Grund finde ich die Betonung der biologischen Unterlegenheit von Frauen absurd: Wenn es um Schach geht, kommen wir alle gleich unfähig zur Welt.«

In einer interessanten Studie, die 2008 veröffentlicht wurde, argumentierten Forscher der Universität Padua, dass geschlechtsspezifische Stereotype teilweise für die schwachen Leistungen von Frauen im Schach verantwortlich sind. Sie ließen 42 männliche und weibliche Paare, allesamt Italiener und jeweils mit gleichem Niveau, online spielen. Wenn die Testpersonen das Geschlecht ihres Gegners nicht kannten, spielten die Frauen ungefähr genauso gut wie die Männer, was aufgrund ihrer ähnlichen Schachstärke auch zu erwarten war. Wenn die Frauen jedoch wussten, dass sie gegen einen männlichen Gegner spielten, zeigten sie einen drastischen Leistungsabfall. Auch wenn sie (fälschlicherweise) glaubten, gegen eine Frau zu spielen, spielten sie genauso gut wie ihre männlichen Gegner. Die Forscher schlossen daraus: »Diese kleine Pilotstudie deutet darauf hin, dass Geschlechterstereotype in der Schachwelt sehr ausgeprägt sind und dass sich sowohl männliche als auch weibliche Spieler dieser Stereotype durchaus bewusst sind.«

Im Jahr 2020 wiederholte ein Forscherteam unter der Leitung des australischen Schachgroßmeisters David Smerdon dieses Ergebnis in einer Analyse von über acht Millionen Turnierpartien, die mehr als 180 000 Spielerinnen und Spieler absolviert hatten. Sie kamen zu dem Schluss, dass Frauen statistisch gesehen schlechter abschneiden als eigentlich zu erwarten, wenn sie gegen Männer spielen, wobei diese Bedrohung durch Stereotype *(stereotype threat)* »besonders groß [ist], wenn Partien unter Zeitdruck (Schnellschach oder Blitzschach) gespielt werden«.

Die neuesten Erkenntnisse zu diesem Thema stammen von dem niederländischen Wissenschaftler Remy Rikers. In einer Studie aus dem Jahr 2022 benutzte er den Begriff der »umgekehrten Stereotypenbedrohung«. Rikers fand heraus, dass der Einfluss eines negativen Stereotyps bezüglich der Fähigkeit von Frauen, Schach zu spielen, nicht nur auf ihr Leistungsniveau beschränkt ist, sondern dass es sich auch auf die Leistung ihres Gegners auswirkt. Er ließ hundert Spieler Onlinepartien spielen, wobei sie nicht wussten, ob sie einem Mann oder einer Frau gegenüberstanden. In Wahrheit spielten die Testpersonen gegen keinen von beiden: Ihr Gegner war immer ein Computer. Allerdings sahen sie manchmal ein männliches und manchmal ein weibliches Pseudonym. Die Ergebnisse zeigten, dass Testpersonen, die gegen ein weibliches Pseudonym spielten, weniger gut agierten, mehr Spiele verloren und mehr Fehler machten als Teilnehmer, die gegen ein männliches Pseudonym antraten.

Eine Möglichkeit, die geringe *Beteiligung* von Frauen am Schach zu erklären, ist ein Blick auf ähnliche Bereiche in der Gesellschaft. Zum Beispiel sind Frauen auch in Berufen der Bereiche Mathematik, Informatik, Naturwissenschaften und Technik (MINT) unterrepräsentiert, die ähnliche kognitive Fähigkeiten wie Schach erfordern. 2017 untersuchten Ming-Te Wang und Jessica Degol von der Universität Pittsburgh Forschungsergebnisse aus den Bereichen Psychologie, Soziologie, Wirtschaft und Bildung der letzten 30 Jahre. Sie fanden sechs empirisch gestützte Erklärungen für die Unterrepräsentation von Frauen in mathematikintensiven MINT-Fächern (in den USA) und stellten eine komplizierte Wechselwirkung zwischen ihnen fest. Ihre Schlussfolgerungen scheinen für die Schachwelt recht relevant zu sein. Wang und Degol erwähnten zunächst die kognitiven Fähigkeiten, stellten aber fest, dass diese nur einen geringen Einfluss haben. Mädchen schnitten in Mathe kaum schlechter ab als Jungen. Bei Tests zu räumlichen Verhältnissen, die mentale Rotationsaufgaben beinhalten, schnitten Jungen besser ab, wenngleich nur geringfügig, während Mädchen bei verbalen Aufgaben erfolgreicher waren. Die relativen kognitiven Stärken spielten bei der späteren Berufswahl eine wichtigere Rolle. Unter den besten Mathematikschülerinnen und -schülern war die Wahrscheinlichkeit größer, dass Mädchen auch über gute verbale Fähigkeiten verfügten, während es bei Jungen wahrscheinlicher war, dass sie im Vergleich zu den verbalen viel bessere mathematische Fähigkeiten aufwiesen. Infolgedessen haben junge Frauen oft eine größere Vielfalt an beruflichen Möglichkeiten und sind weniger gezwungen, sich auf eine einzige Stärke zu konzentrieren.

Der dritte Grund, den Wang und Degol für die geschlechtsspezifischen Unterschiede anführten, betraf die Tatsache, dass Frauen tendenziell andere Berufsinteressen oder -präferenzen haben, was manchmal mit der verkürzten Vorstellung erklärt wird, dass »Männer lieber mit Gegenständen arbeiten, Frauen hingegen mit anderen Menschen«. Diese Unterschiede können bis in die frühe Adoleszenz zurückreichen. Ein weiterer Faktor sind die Wertsetzungen bezüglich des Lebensstils oder die Präferenzen für die Vereinbarkeit von Beruf und Familie, wobei Frauen, insbesondere wenn sie Kinder planen, eher als Männer bereit sind, ihrer Familie zuliebe berufliche Opfer zu bringen, und einen arbeitszentrierten Lebensstil nicht so sehr mögen wie Männer.

Auch bereichsspezifische Fähigkeitsüberzeugungen *(ability beliefs)* könnten ein Faktor sein. Die amerikanische Psychologin Carol S. Dweck stellte 2007 fest, dass Mädchen, denen von der »angeborenen Fähigkeit« und dem »natürlichen Talent« von Mathematikgenies erzählt wurde, danach bei einer Geometrieaufgabe deutlich schlechter abschnitten als Mädchen, denen gesagt wurde, dass geniale Mathematiker fleißig sind und hart arbeiten. Auf dieser Grundlage stellten Wang und Degol fest, dass Frauen möglicherweise eine MINT-Laufbahn vermeiden, weil sie fälschlicherweise zwei Dinge annehmen: dass dafür eine angeborene Intelligenz erforderlich ist und eine solche ihnen eben fehlt. Die letzte Erklärung für die Unterrepräsentation von Frauen wurde bereits erwähnt: geschlechtsspezifische Stereotype und Vorurteile. Die Forscher stellten fest, dass offene (absichtliche) und feindselige Formen der Geschlechterdiskriminierung zwar weniger häufig vorkommen als noch vor einigen Jahrzehnten, verdeckte (subtilere) und wohlwollende (übermäßig affektive) Formen jedoch immer noch weitverbreitet sind und zweifellos die Berufswahl von Frauen beeinflussen.

Wir können auch versuchen, das Geschlechtergefälle im Schach auf andere Weise zu erklären. Der prozentuale Anteil der Spielerinnen variiert von Land zu Land ziemlich stark – aber wenn man herausfindet, warum das so ist, erkennt man vielleicht auch die Gründe für den grundsätzlich niedrigeren Frauenanteil im Schach. In einem Artikel, der 2019 auf seiner Website veröffentlicht wurde, hat David Smerdon genau das versucht. Interessanterweise widersprechen die Zahlen völlig der Intuition. Man sollte doch annehmen, dass in Ländern mit weniger Gleichberechtigung der Geschlechter die Beteiligung von

Frauen im Schach geringer ist, oder? Smerdon drückt es so aus: »In konservativeren Ländern könnte man erwarten, dass ein Mädchen eher dazu ermutigt wird, zu heiraten und daheim bei den Kindern zu bleiben, als an gewerteten Turnieren teilzunehmen. In ärmeren Ländern hingegen kann es sich eine Familie vielleicht nicht leisten, alle Kinder zum Schachunterricht zu schicken, sodass die Mädchen vielleicht zu kurz kommen.« In der Praxis ist das allerdings überhaupt nicht so. Länder wie Dänemark und die Niederlande, die in der jährlichen Rangliste des Entwicklungsprogramms der Vereinten Nationen zur Gleichstellung der Geschlechter ganz oben stehen, haben den geringsten Anteil an Schachspielerinnen (etwa 5 Prozent).[21] In Ländern mit weitaus geringerer Gleichstellung der Geschlechter – wie Georgien, China, Sri Lanka, Vietnam und den Vereinigten Arabischen Emiraten – liegt der Prozentsatz bei über 25. Je gleichberechtigter ein Land also ist, desto weniger Frauen spielen Schach. Woran liegt das?

Eine mögliche Erklärung für den geringen Frauenanteil in MINT-Fächern ist, dass Frauen eher eine Vielzahl von Interessen haben. Während dies früher mit den relativen kognitiven Fähigkeiten in Verbindung gebracht wurde, hat sich herausgestellt, dass es auch von ihrem Status in der Gesellschaft abhängt: Neueren Forschungen zufolge unterscheiden sich Frauen in ihren Vorlieben umso mehr von Männern, je mehr Chancengleichheit sie haben.

Aber es wäre zu einfach zu behaupten, dass Frauen das Schachspiel nicht so sehr mögen wie Männer. Smerdon vermutet, dass in Ländern mit geringerer Gleichberechtigung mehr Frauen Schach spielen, »weil es einer der wenigen Bereiche ist, in denen sie mit Männern konkurrieren und dabei sicher sein können, dass das Ergebnis objektiv und ohne Diskriminierung beurteilt wird (im Gegensatz etwa zu Beförderungen am Arbeitsplatz)«. Die Wirtschaftswissenschaftlerin Maryam Dilmaghani wies 2021 darauf hin, dass das Erbe einer Planwirtschaft, in der wichtige Entscheidungen von der Regierung getroffen werden (wie in der ehemaligen Sowjetunion), der wichtigste Indikator für ein geringeres Geschlechtergefälle im Wettkampfschach in den verschiedenen Ländern ist. Abgesehen von der allgemeinen Popularität und der staatlichen Unterstützung für das Schachspiel in den ehemals kommunistischen Ländern könnte eine mögliche Erklärung für diese geringere Kluft darin liegen, dass Frauen genauso viel wie Männer am Erwerbsleben teilnahmen und Berufe ausübten, die im Westen traditionell als männlich gelten, was es ihnen vielleicht leichter machte, sich in der von Männern dominierten Schachwelt zurechtzufinden.

Ein weiterer geschlechtsspezifischer Unterschied lässt sich leicht feststellen, wenn man sich das Jugendschach in der ganzen Welt ansieht. In jungen Jahren – etwa im Alter von acht bis zehn Jahren – ist die Überrepräsentation von Jungen im Schachunterricht nicht so signifikant wie in höheren Altersgruppen, aber mehr Mädchen als Jungen hören irgendwann auf, Schach zu spielen. Wie kommt das? Ich glaube, es ist eine Kombination aus der Tatsache, dass Mädchen von vornherein in der Minderheit sind (Jungen werden häufiger an das Schachspiel herangeführt als Mädchen), und dem Umstand, sich in einer tendenziell feindseligen Umgebung wiederzufinden, in der Jungen dazu neigen, den Raum zu dominieren und mit Antworten herauszuplatzen. Im Gegensatz dazu verstummen viele Mädchen in einer Gruppe, in der die Jungen in der Überzahl sind. Obwohl schachspielende Mädchen dazu neigen, während ihrer Schulzeit Teil einer sozialen Gruppe mit anderen Mädchen zu sein, verschwindet diese Annehmlichkeit in der Regel, wenn sie die Schule beenden und einem Schachklub beitreten, was bedeutet, dass sie in ein Umfeld kommen, in dem es nur wenige Mädchen oder Frauen gibt, mit denen sie interagieren können.

Dies spiegelt sich in einer etwas in Vergessenheit geratenen Arbeit der Forscherin Ingrid Galitis aus dem Jahr 2002 wider. Sie versuchte herauszufinden, wie es dazu kam, dass Jungen den Schachklub ihrer Grundschule in einem Vorort von Melbourne, Australien, dominierten. Interviews mit 18 Mädchen im Alter von sieben bis zwölf Jahren ergaben, dass sie Feindseligkeit seitens der Jungen wahrnahmen und eine Abneigung gegen deren aggressives Verhalten hatten. Außerdem konnten die Mädchen viel freier reden, wenn sie nur mit Mädchen zusammen waren. Andere Faktoren für ein Verlassen des Klubs waren etwa, ob die Mädchen Familienmitglieder oder Freundinnen hatten, die sich mit Schach beschäftigten, oder auch eine mangelnde Aufmerksamkeit vonseiten der Lehrenden.

Eine Studie aus dem Oktober 2023, an der auch Jennifer Shahade beteiligt war, enthüllt einen weiteren Grund, warum Mädchen eher aus dem Schach aussteigen als Jungen – diesen Grund haben wir schon bei der Diskussion über MINT-Karrieren gesehen. In der Studie wird darauf hingewiesen, dass Eltern und Mentoren oft glauben, Mädchen besäßen im Schach ein geringeres Potenzial als Jungen. Diese Voreingenommenheit ist bei denjenigen am stärksten ausgeprägt, die glauben, dass Erfolg im Schachspiel Brillanz voraussetzt. »Es ist verblüffend, dass sogar Eltern und Trainer, denen der Erfolg ihrer Mädchen am Herzen liegt, gegen sie eingenommen sind und möglicherweise auch manche Hindernisse für den Erfolg von Mädchen nicht sehen wollen«, sagte Andrei Cimpian, der Hauptautor der Studie. An die Trainer und Eltern, die das hier lesen: Sie müssen unbedingt an Mädchen glauben, denn wenn nicht, könnte genau das sie am Erfolg hindern!

In einem Artikel für Slate.com vom Dezember 2020 erwähnt Wei Ji Ma soziale, kulturelle und wirtschaftliche Faktoren, die erklären, warum alle Spitzenschachspieler Männer sind. Es ist einer der besten Artikel, die je über dieses Thema geschrieben wurden. Ich zitiere Ma, da er sehr gut zusammenfasst, warum Frauen unterdurchschnittliche Leistungen erbringen:

> Spitzenspielerinnen werden oft auf Einladungsturniere für Frauen verwiesen, was ihre Möglichkeiten, ihre Platzierung zu verbessern, durchaus einschränken kann. Es ist außerdem möglich, dass die nationalen Verbände weniger in weibliche Spitzenspieler investieren als in ihre männlichen Kollegen, z. B. in Bezug auf das Training oder die Suche nach Sponsoren. Für männliche Spieler ist es viel einfacher, ihren Lebensunterhalt mit Schach zu verdienen. Bei Spitzenspielern mit Kindern kann es vorkommen, dass Frauen stärker mit Kinderbetreuungspflichten belastet sind als Männer und daher weniger Zeit für die Teilnahme an und die Vorbereitung auf Turniere haben. Spitzenspielerinnen könnten auch Opfer der Stereotypebedrohung werden […], was sich in der Tat in den Ergebnissen von Schachpartien zu manifestieren scheint. Es ist auch wahrscheinlich, dass weibliche Spitzenspieler einem besonders feindseligen Umfeld ausgesetzt sind, was dazu führt, dass sie in höherem Maße aussteigen als Frauen auf niedrigeren Positionen.

Die Schachwelt hat eher langsam auf die #MeToo-Bewegung reagiert, aber als 2023 mehrere Fälle von sexuellen Übergriffen ans Licht kamen, zeigte sich, dass Ma mit seinem letzten Punkt genau richtiglag. Wie überall in der Gesellschaft müssen wir härter daran arbeiten, das Schachspiel für alle Geschlechter sicherer zu machen. Das gilt auch für trans Menschen, die ihre eigenen Kämpfe austragen müssen. Der Internationale Schachverband hat beschlossen, dass trans Frauen ab August 2023 nicht mehr an den offiziellen Frauenwettkämpfen teilnehmen dürfen, bis die Funktionäre eine Geschlechtsangleichung anerkannt haben. Während einige Spitzenspielerinnen diese Maßnahme begrüßten, war die französische trans Frau und Trainerin Yosha Iglésias verblüfft. Sie postete auf X: »Die neuen Regeln werden trans Schachspieler auf der ganzen Welt vor ein schreckliches Dilemma stellen: Geschlechtsangleichung oder das Schachspiel aufgeben« – und fügte hinzu, dass es für trans Menschen im Schach und insbesondere Frauen »so viel unnötigen Schaden anrichten wird«.

Bei den Versuchen, die Beteiligung von Frauen zu erhöhen und die Atmosphäre für sie zu verbessern, gibt es Anzeichen dafür, dass es zu systemischen Veränderungen kommen könnte. Eine vielversprechende neue Initiative ist die *Women in Chess Foundation*, die im Herbst 2023 gegründet wurde. Weitere gute Nachrichten kamen vom Internationalen Schachverband im November 2023, als er seinen ersten *Gender Equality in Chess Index* (GECI) veröffentlichte, ein innovatives Instrument zur Messung und zum Vergleich des Niveaus der Geschlechtergleichheit in Schachverbänden auf der ganzen Welt.

Ich setze große Hoffnungen in die Forschung, die unter der Leitung von Jeroen Struben an der Emlyon Business School in Lyon, Frankreich, durchgeführt wird. Struben, ein Spezialist für Systemdenken, erforscht die Dynamik der Geschlechtertrennung, die sich aus den Wechselwirkungen zwischen einer Vielzahl von Faktoren ergibt. Er untersucht, was Spieler dazu bringt, überhaupt mit dem Schach anzufangen, ihre Entscheidungen bezüglich der Wege zur Verbesserung, außerdem Spielverhalten und warum sie mit dem Schach wieder aufhören, ihre Leistung sowie die Einflüsse von Gleichaltrigen, Vorbildern und dem weiteren Umfeld. Er hat einen Datensatz von über 40 000 Spielern und Spielerinnen, die zwischen 1994 und 2018 Mitglied des niederländischen Schachverbands waren, zusammengestellt und ihn mit Interviews mit Spitzenspielern, einem integrativen Literaturüberblick sowie Berechnungen und Simulationen kombiniert.

Während sich die wissenschaftliche Forschung in der Regel auf einen einzelnen Aspekt konzentriert, ist Struben der Ansicht, dass Systemdenken in Bereichen wie Nachhaltigkeit und Gender entscheidend ist. »Nachdem die Forschung gezeigt hat, dass viele Faktoren eine Rolle spielen, kann man nicht einen einzelnen isolieren: Ihr Zusammenspiel kann sehr wichtig sein«, sagte er. »Wenn wir sie im Verbund betrachten, können wir herausfinden, warum trotz gut gemeinter Bemühungen kaum Fortschritte erzielt wurden, und zweitens können wir zu dem Schluss kommen, dass einige Faktoren für sich genommen kaum von Bedeutung sind, aber in ihrer Gesamtheit wichtig werden. So können wir Strategien entwickeln, die Auswirkungen auf das gesamte System haben.«

Als ich im November 2023 mit Struben sprach, konnte er mir einige erste Schlussfolgerungen mitteilen. Sein Modell zeigte, dass der Einfluss von Gleichaltrigen und Vorbildern eine messbare Beziehung zu Abbrecherquoten und Einsatz hat. Außerdem ist kein einzelner Faktor für die geschlechtsspezifischen Unterschiede im Schach vorherrschend, sodass wir genauer untersuchen müssen, wie ihre Interdependenz funktioniert. Das Ziel ist es, dem niederländischen Schachverband und hoffentlich auch anderen Verbänden zu helfen, eine langfristige Politik für mehr Inklusion und Integration in der Schachwelt zu entwickeln. Für Struben wird der nächste Schritt darin bestehen, seine Erkenntnisse als Ausgangspunkt für die Forschung in MINT-Bereichen zu nutzen.

Elo-Zahlen, Datenbanken, Engines: eine Goldgrube für Forscher

Als geschlossenes System, das eine Lösung komplexer Aufgaben erfordert, erleichtert das Schachspiel die Planung von Experimenten, die sich speziell mit theoretischen Fragen befassen. Der Forscher Roy Roring hat es perfekt erklärt: »Die Suche nach dem besten Zug in einer Schachstellung ist eine hochkomplexe, reale menschliche Tätigkeit, und jede Schachstellung bietet ein klar definiertes Problem, mit einer festen Anzahl identifizierbarer Züge, die zu jedem beliebigen Zeitpunkt gespielt werden können – perfekt für die Erforschung von Suchprozessen und Problemlösungen.« Es gibt drei eher *technische* Gründe, warum sich Schach gut für die wissenschaftliche Forschung eignet: Elo-Ratings, Datenbanken und Engines.

Das Elo-Bewertungssystem ist eine Methode zur Berechnung des relativen Leistungsniveaus von Spielern. Das von dem amerikanisch-ungarischen Physikprofessor Arpad Elo entwickelte System weist den Spielern auf der Grundlage ihrer Spielleistung numerische Werte zu. Je nach Ausgang der Partien erhalten oder verlieren die Spieler Punkte, und dieser Gewinn oder Verlust ist umso höher, je größer der Unterschied in der Bewertung zum Gegner ist. Das System wird seit 1960 in den USA und seit 1970 international verwendet. Anfänger haben eine Wertungszahl zwischen 500 und 800, Novizen um 1100 und durchschnittliche Spieler um 1500. Spieler über 2000 bezeichnen wir als Experten. Ein Internationaler Meister liegt normalerweise zwischen 2400 und 2500, ein Internationaler Großmeister hat meist eine Elo-Zahl über 2500. Im Januar 2024 gab es 36 Spieler mit einem Rating von über 2700.

»Das Elo-System ist einer der Gründe, warum Schach schon früh sehr nützlich für die Kompetenzforschung war«, sagte mir der Forschungspsychologe Christopher Chabris. »Man konnte objektiv feststellen, wer ein Experte war, und sogar noch feinere Abstufungen zwischen Experte und Amateur vornehmen. Man konnte den genauen Kompetenzunterschied zwischen zwei Personen feststellen. Das kann man mit nichts anderem als dem Elo-System erreichen, und das ist ein großer Vorteil. Allein schon einen Konsens darüber zu haben, wer die Experten und wer die Amateure sind und wie weit sie in ihrer tatsächlichen Fähigkeit, eine Aufgabe zu bewältigen, auseinanderliegen, gibt es weder in der Rechtswissenschaft noch in der Medizin oder in anderen Bereichen.«

Die Verwendung von Schach-Ratings ist für die Wissenschaft besonders nützlich geworden, seit der Internationale Schachverband (FIDE) etwa 2006 eine konsistente Datenbank mit allen offiziellen Ratingdaten, die seit der ersten Liste von 1970 gesammelt wurden, angelegt hat. So kann die Entwicklung der Ratings von Tausenden von Spielern über Jahre und manchmal Jahrzehnte verfolgt werden. Einer der Vorteile eines so gut organisierten, objektiven und vollständigen Datensatzes besteht darin, dass sich die Forscher nicht um eine möglicherweise verzerrende Stichprobe sorgen müssen.

Eine andere Art von Schachdatenbank bietet ein zweites Werkzeug für Forscher: eine strukturierte Sammlung von Partien, die elektronisch aufgezeichnet und gespeichert wurden. Solche Datenbanken werden sowohl von Schachspielern als auch von Forschern verwendet, um Partien zu studieren und zu analysieren, historische Trends zu verfolgen und ihr Verständnis des Spiels zu verbessern. Schachdatenbanken enthalten in der Regel ein breites Spektrum an Partien, die von diversen Spielern unterschiedlicher Spielstärke gespielt wurden, von frühen historischen Ereignissen bis hin zu aktuellen Turnieren. Mit einem Softwareprogramm kann eine Suche nach Partien auf der Grundlage aller möglichen Daten erfolgen, einschließlich der Spielernamen, des Datums, an dem die Partie gespielt wurde, des Ereignisses, des Ergebnisses, der gespielten Eröffnung oder sogar bestimmter Stellungen.

Seit 1987 vertreibt das Hamburger Unternehmen ChessBase die führende Schachdatenbank-Software gleichen Namens. Sie wurde ursprünglich mithilfe von keinem Geringeren als Garri Kasparow entwickelt, der über einen Prototyp, den er ein Jahr zuvor gesehen hatte, sagte: »Das ist die wichtigste Entwicklung im Schachstudium seit Gutenberg.« Jahrzehnte später ist es auch eine wichtige Entwicklung für umfassendere Studien.

»Diese Datenbanken sind eine Goldgrube für Forscher, die sich für verschiedene Themen der Psychologie interessieren«, schrieben die Forschungspsychologen Nemanja Vaci und Merim Bilalić im Jahr 2017. »Ähnlich wie in anderen Bereichen bieten Schachdatenbanken die Möglichkeit, Data-Mining und -Modellierung auf große Datensätze anzuwenden und eine Reihe von kognitiven Effekten zu untersuchen.« Die beiden stellten fest, dass Schachdatenbanken genutzt werden können, »um Themen wie die Entwicklung der Fähigkeiten im Laufe des Lebens, Auswirkungen der Geburtenkohorte, Auswirkungen von Aktivität und Inaktivität auf das Schachspiel und sogar geschlechtsspezifische Unterschiede anzugehen«.

Datenbanken von Over-the-Board-Spielen (OTB; am realen Brett, also nicht online) gibt es seit den späten 1980er-Jahren;

sie können Millionen von Partien enthalten. Die Website Lichess bietet ihren Nutzern die Möglichkeit, die komplette Datenbank aller seit 2013 auf der Website gespielten Partien herunterzuladen. Im Januar 2024 umfasste diese Datenbank unglaubliche 7,9 Milliarden Partien. Da Forscher immer besser darin geworden sind, große Datenmengen zu analysieren, manchmal mithilfe künstlicher Intelligenz, sind solche Onlinedatenbanken von unschätzbarem Wert.

Das dritte nützliche Forschungsinstrument ist ein Aspekt der modernen Schachwelt, auf den ich später im Buch näher eingehen werde: Schachengines. Das sind im Grunde Computerprogramme, die Schach spielen, aber zudem auch bereits gespielte Partien analysieren können, was, wie mir David Smerdon erklärte, für die Wissenschaft besonders interessant ist. Abgesehen von den Spielergebnissen können wir uns jetzt auch einzelne Züge ansehen. Das ist so, als ob wir neben dem Endergebnis auch die Qualität von Pässen, Vorlagen und Torschüssen analysieren können, um die Leistung von Fußballmannschaften objektiv zu bewerten.

> In der Vergangenheit konnten wir die Leistung nur auf Spielebene analysieren, und die Leistungswerte waren auch nicht unabhängig von dem, was der Gegner machte. Aus statistischer Sicht können wir die Leistungen beider Spieler in einer Partie nicht als unabhängige Beobachtungen behandeln, deshalb bleiben sehr viele Daten ungenutzt. Die Möglichkeit, die Qualität der einzelnen Züge mit Engines zu analysieren, verbessert sowohl die Quantität als auch die Qualität der Forschung. Zunächst einmal erhöht sich der Datenumfang erheblich, weil wir nicht mehr nur jede Partie, die jemand spielt, als einen Datenpunkt betrachten, sondern jeden einzelnen Zug des Spielers. Indem wir jeden Zug als separates Entscheidungsproblem behandeln, erhalten

wir etwa 80-mal mehr Daten. Zweitens gibt uns die Bewertung durch die Engine einen objektiven Maßstab für den besten Zug, was bedeutet, dass wir ein zuverlässiges, unabhängiges Maß für die kognitive Leistung erhalten können.

Das erste Mal, dass eine Schachengine für die wissenschaftliche Forschung verwendet wurde, war wahrscheinlich 1999 in Christopher Chabris' Doktorarbeit *Cognitive and Neuropsychological Mechanisms of Expertise: Studies with Chess Masters*. Er analysierte 1188 Schachpartien mithilfe des deutschen Programms Fritz 5, um auf einigermaßen objektive Weise zu zeigen, dass sich die Qualität der Entscheidungen von Spielern deutlich verbesserte, wenn sie zusätzliche Zeit zum Nachdenken hatten. Das mag logisch klingen, stand aber im Widerspruch der damals existierenden Theorie, dass Mustererkennungsprozesse (die wenig Zeit auf der Uhr benötigen) bei der Schachkompetenz auf höchstem Niveau eine vorherrschende Rolle spielen.

Voilà! Jetzt verstehen wir, warum es in den letzten zehn bis 15 Jahren einen solchen Boom in der schachbezogenen Forschung gegeben hat: Dank des Elo-Ratingsystems, der Datenbanken und der Engines haben sich plötzlich viele kognitive Wissenschaftler und an kognitiver Leistung interessierte Personen aus verschiedenen Disziplinen (etwa Wirtschaftswissenschaften, Psychologie oder Informatik, darunter auch einige hochkarätige Forscher von Ivy-League-Universitäten) dafür interessiert und begonnen, Arbeiten zu veröffentlichen, die diese Instrumente nutzen.

Ein hervorragendes Beispiel dafür, wie all diese Schachwerkzeuge zusammen zur Untersuchung realer Phänomene eingesetzt werden können, lieferte Smerdon selbst. In einer Arbeit aus dem Jahr 2022 untersuchte er die Auswirkungen von Gesichtsmasken auf die kognitive Leistung. Zwei Jahre nach Beginn der Covid-19-Pandemie verlangten 178 von 186 untersuchten Ländern das Tragen von Gesichtsmasken in einigen oder allen öffentlichen Räumen, an Arbeitsplätzen und in Bildungseinrichtungen. Über die Auswirkungen der Masken auf die kognitive Leistungsfähigkeit war wenig bekannt. Smerdon griff das Thema auf. Mithilfe von Schachdatenbanken sammelte er Daten von über 70 Schachturnieren, bei denen während der Pandemie Maskenpflicht bestand. Diesen stellte er eine ungefähre Zahl von 140 Turnieren gegenüber, die ohne Maskenpflicht ausgetragen wurden, bei denen es jedoch eine beträchtliche Überschneidung mit denselben Spielern gab. Mit einer Schachengine analysierte er fast drei Millionen Schachzüge, die von mehr als 8000 Personen in 18 Ländern gespielt wurden. Seine Studie zeigte, dass das Tragen einer Gesichtsmaske während einer Schachpartie die Qualität der Entscheidungen von Schachspielern verringerte – ein Effekt, der relativ kurzlebig war – und vor allem stärkere Spieler beeinträchtigte. Zwar wirkte sich das Tragen der Maske negativ auf die Schachleistung aus, doch ließ der Effekt nach vier bis sechs Stunden Spielzeit nach. »Der Leistungsabfall war eher auf die Belästigung durch die Masken als auf einen physiologischen Mechanismus zurückzuführen, aber die Menschen gewöhnten sich mit der Zeit an die Ablenkung«, so Smerdon. »Die Ergebnisse deuten darauf hin, dass die Wirkung von Masken von der Art der Aufgabe, der Dauer der Aufgabe und der Belastung des Arbeitsgedächtnisses abhängen kann. Dies sollte bei Berufen in den MINT-Bereichen (Mathematik, Informatik, Naturwissenschaften, Technik) sowie bei anderen Berufen, die ein hohes Maß an Arbeitsgedächtnis erfordern, wie z. B. Sprachdolmetscher, Künstler, Kellner und Lehrer, beachtet werden.«

Am 11. Februar 2015 geschah etwas, das der spanische Journalist Leontxo García »das spanische Wunder« nannte. García berichtet seit den frühen 1980er-Jahren über Schach. Er ist auch ein leidenschaftlicher Förderer des Spiels und hat während seiner gesamten Laufbahn die Idee unterstützt, dass der Schachunterricht in Schulen für Kinder von Vorteil ist. An jenem Mittwoch im Winter 2015 stimmte ihm das spanische Parlament zu. »Ich war versucht, den Vatikan anzurufen, um von einem Wunder zu berichten«, erzählte er mir, »denn in Spanien ist es ein Wunder, wenn alle Parteien ohne Ausnahme einer Sache zustimmen, und das ist an diesem Tag geschehen.«

In einem einstimmigen Votum empfahl der Ausschuss für Bildung und Sport des Abgeordnetenhauses, Schach als pädagogisches Mittel in den Lehrplan aufzunehmen. »Es handelte sich um eine Empfehlung, die nicht verpflichtend sein konnte, da in Spanien die Zuständigkeiten für das Bildungswesen – mit Ausnahme der großen Schulen – an die Regionalregierungen übertragen wurden«, erklärte García. »Aber in den folgenden drei Jahren haben zehn von siebzehn Regionen Schach in den Lehrplan aufgenommen, und nach der Pandemie denken mindestens zwei oder drei weitere darüber nach.« Er schätzt, dass mehr als eine Million spanischer Kinder in ihren Schulen auf die eine oder andere Weise mit Schach in Berührung kommen.

Fast ein Jahrzehnt später gibt es überall auf der Welt schachbezogene Bildungsprogramme, die dem Beispiel von Ländern mit einer noch längeren Tradition des Spiels folgen, also etwa Armenien, Georgien und Russland. Selbst in England, wo Schach nicht offiziell als Sportart anerkannt ist, erhielt das Spiel im Sommer 2023 einen massiven Auftrieb, als der damalige britische Premierminister Rishi Sunak ankündigte, den englischen Schachverband mit fast einer Million Pfund (knapp 1,2 Millionen Euro) zu unterstützen, das Schachspiel in britischen Schulen zu fördern und hundert Schachtische in öffentlichen Parks aufzustellen. Als Sunak eine Schule in Washington, D. C., besuchte, sagte er, er versuche, britische Kinder dazu zu bringen, mehr Schach zu spielen, weil es »einem guttut«.

Viele Menschen sind also davon überzeugt, dass Schach der schulischen Entwicklung förderlich ist, und warum sollte es das auch nicht sein? Es gibt so viele verschiedene Arten von Fähigkeiten und Kompetenzen, die für das Schachspiel erforderlich sind und die auch in anderen Bereichen des Lebens nützlich sein können: Zusammenarbeit, Kommunikation, strategisches Denken, kritisches Denken, Problemlösung, Schlussfolgerungen, Antizipation, Konzentration, geschickte Nutzung von Ressourcen, Vorbereitung, Lernen aus Fehlern und sogar das Konzept des Fair Play. Die Vorteile des Schachspiels sind Gegenstand einer laufenden wissenschaftlichen Debatte.

Die Forschung hat gezeigt, dass Schachspieler (ebenso wie Musiker) im Durchschnitt etwas intelligenter sind als die Allgemeinbevölkerung. Das bedeutet jedoch nicht automatisch, dass Schach schlauer macht. Menschen mit einem höheren IQ mögen Schach (oder Musik) vielleicht mehr als andere und entscheiden sich häufiger für die Beschäftigung mit dem Spiel. Dieser Effekt wird als Selbstselektion bezeichnet.

Die Frage ist, ob bestimmte Eigenschaften, die für Schach oder Musik erforderlich sind, auf andere Bereiche übertragen werden können, also ob Schach als Grundlage für die Entwicklung von Intelligenz dient. Wissenschaftler verwenden den Begriff »Lerntransfer« und unterscheiden dabei zwischen »Nahtransfer« (Übertragung zwischen eng verwandten Bereichen – z. B.

Übertragung von Lateinkenntnissen auf andere Sprachen) und »Ferntransfer« (Übertragung zwischen Bereichen, die nur lose miteinander verbunden sind – z. B. Latein und Geografie). Wenn Schach Kindern helfen würde, sich in Mathematik zu verbessern, wäre dies ein klarer Fall von Ferntransfer.

Einige Forschungsarbeiten haben auf die positiven Auswirkungen hingewiesen, die Schachunterricht auf die Ergebnisse von Mathetests hat. Gleichzeitig gibt es aber auch Arbeiten, die keinen Zusammenhang sehen. Welcher Studie soll man glauben? 2017 beschlossen Giovanni Sala und Fernand Gobet von der Universität Liverpool, 24 bestehende Studien über die potenziellen Vorteile des Schachspiels für Kinder in Bezug auf Mathematik, Lesen und kognitive Fähigkeiten zu untersuchen. Die Metaanalyse von Sala und Gobet zeigte schlussendlich geringe positive Effekte, denn »Schach verbessert die Leistungen von Grund- und Mittelschülern in Mathematik und die kognitiven Fähigkeiten insgesamt«. Der Gesamteffekt war jedoch »nicht groß genug, um die Wirksamkeit des Schachunterrichts bei der Verbesserung der betrachteten Fähigkeiten überzeugend nachzuweisen«, so die Forscher. Sie wiesen auch auf ein großes Problem in der bestehenden Forschung über die Wirksamkeit des Schachunterrichts hin: »Fast keine der untersuchten Studien verglich die im Schach unterrichteten Gruppen mit aktiven Kontrollgruppen, um mögliche Placeboeffekte auszuschließen.«

Der spanische Forschungspsychologe Angel Blanch wies in einer Arbeit aus dem Jahr 2022 auf ähnliche Probleme in der bisherigen Forschung hin. Er untersuchte 45 Studien in 19 Ländern, die sich mit kognitiven Fähigkeiten und akademischen Leistungen befassten, und stellte fest, dass die meisten theoretische und methodische Mängel aufwiesen. Nur 16 Prozent der Studien verfügten über ein solides Forschungsdesign mit ausreichend großen Stichproben oder ausgefeilteren Datenanalyseverfahren. Diese Studien stellten in der Regel einen geringeren oder gar keinen Nutzen fest, was zu »begründeten Bedenken hinsichtlich der Beweise für den Nutzen des Schachunterrichts« führt.

Unterm Strich müssen wir feststellen, dass die Daten keinen Beweis dafür liefern, dass Schach klüger macht. Aber sollten wir deshalb aufhören, Schach an Schulen zu unterrichten? Möglicherweise doch nicht, denn trotz seiner »begründeten Bedenken« beendete Blanch seine Studie wie folgt:

> Nichtsdestotrotz scheint Schach … ein interessanter Gegenstand für den Unterricht an Schulen zu sein. Schach ist ein uraltes, universelles Spiel, eine intellektuelle Tätigkeit, die Teil des menschlichen Kulturerbes ist und eine beträchtliche Fachkenntnis umfasst. Es lässt sich leicht umsetzen, ist relativ kostengünstig und spricht durch seinen Spiel- und Wettbewerbscharakter sowohl Kinder als auch Erwachsene an … Vielleicht ist es gar nicht erforderlich, die Notwendigkeit des Schachunterrichts in den Klassenzimmern damit zu begründen, dass er sich positiv auf die Intelligenz und die schulischen Leistungen auswirkt. Notwendig ist allerdings, dass man qualitativ hochwertigere Studien zu den Vorteilen des Schachspiels durchführt, und zwar mit anderen, einfacheren Zielkriterien, die für die Bildung relevant sein könnten.

Wie Blanch andeutete, fördert Schach vielleicht nicht direkt die kognitiven Fähigkeiten, aber es kann sich indirekt auf die schulischen Leistungen auswirken, indem es Fähigkeiten wie Konzentration, Risikobereitschaft und Geduld verbessert – was durch eine 2020 veröffentlichte australische Studie bestätigt wird, bei der es darum ging, wie sich der Schachunterricht bei

Fünftklässlern auf die akademischen und nicht kognitiven Leistungen auswirkt. Die Untersuchung fand 2016 in 16 ländlichen Grundschulen in Bangladesch statt, wo die Kinder noch keine Erfahrung mit dem Schachspiel hatten, sodass der Effekt des Unterrichts möglicherweise stärker war als in früheren Untersuchungen. Das wichtigste Ergebnis dieser Studie war jedoch, dass fast ein Jahr nach Ende des Schachtrainings die Risikoaversion der Kinder gesunken war. Am Ende dieses Zeitraums spielten neun von zehn Schülern immer noch und hatten ein Niveau erreicht, bei dem das Eingehen von Risiken ein regelmäßiger Aspekt ihres Spiels geworden war. Es gab auch Anzeichen für etwas bessere Leistungen in Mathematik und ein höheres Maß an Geduld als in der Kontrollgruppe, die nicht am Schachunterricht teilnahm, aber diese Ergebnisse waren statistisch gesehen nicht signifikant.

Weitere indirekte akademische Vorteile wurden in einer dänischen Studie mit 482 Kindern (Klasse eins bis drei) an fünf Schulen in Aarhus aufgezeigt. Bei etwa zwei Dritteln wurde eine der vier wöchentlichen Mathematikstunden durch Schachunterricht ersetzt; das andere Drittel war die Kontrollgruppe. Die Ergebnisse ließen mäßig positive Auswirkungen auf die mathematischen Fähigkeiten der am Schachunterricht beteiligten Schüler erkennen. Die interessanteste Erkenntnis war, dass diese positiven Auswirkungen fast ausschließlich Kinder betrafen, die in der Schule nicht sehr glücklich waren, und solche, die sich gelegentlich oder immer langweilten. Die Vermittlung mathematischer Konzepte durch Schach könnte also eine ansprechendere Art des Unterrichts sein.

Wie wir gesehen haben, können Lehrer, die der Aufnahme des Schachunterrichts in den Lehrplan skeptisch gegenüberstehen, ihre Zweifel wissenschaftlich begründen. Das Ziel muss jedoch nicht unbedingt sein, dass die Kinder Schach lernen. Es ist auch möglich, Kindern mithilfe des Schachspiels alles beizubringen, was sie in der Schule wissen müssen. Dies wird in Ungarn seit über einem Jahrzehnt mit dem Programm »Chess Palace« demonstriert, das von der Judit Polgár Chess Foundation entwickelt wurde.

Seit 2013 ist »Chess Palace« Teil des offiziellen Lehrplans ungarischer Grundschulen. Ein Jahrzehnt später wird es in über 1000 Schulen eingesetzt, in denen mehr als 4000 Lehrer 50 000 Kinder unterrichten. Das Material, das für Schüler im Alter von vier bis zehn Jahren bestimmt ist, ist einzigartig im Ausmaß, indem es über die üblichen Grenzen des Schachunterrichts hinausgeht. Das Programm unterrichtet die Kinder in Bereichen wie Mathematik, Naturwissenschaften, Kunst und Handwerk, Fremdsprachen, Lesen und Schreiben und demonstriert so die unglaubliche Vielseitigkeit des Spiels.

Als ich im September 2023 mit Leontxo García sprach, ging es auch darum, dass die Wissenschaft den Nutzen des Schachspiels nicht einhellig bestätigen konnte. Er war aber nicht entmutigt. »Ich habe in meiner Karriere mit mehr als zweihundert Neurologen gesprochen«, sagte er. »Es gibt keinen Zweifel. Natürlich ist Schach nicht das Einzige, was man tun kann, aber es ist sicherlich mit am besten. Soweit ich weiß, stellt das niemand infrage.«

Der Nutzen des Schachspiels muss auch nicht auf allgemeine Bildungszwecke beschränkt sein. Die stetig anwachsende Forschung konzentriert sich auf spezifische Gruppen, wie Kinder mit Aufmerksamkeitsdefizit-Hyperaktivitätsstörung (ADHS). Ein Übersichtsartikel aus dem Jahr 2023, der vier in medizinischen Fachzeitschriften veröffentlichte Studien untersuchte, kam zu dem Schluss, dass »Schach positive Auswirkungen auf

ADHS-Symptome und deren Schweregrad hat«, und empfahl, Schach »als ergänzende Therapie in die Behandlung von ADHS-Patienten aufzunehmen«.

Schach kann auch älteren Menschen zugutekommen, indem es den Ausbruch von Demenz verhindert oder verzögert. Dieser Bereich der Forschung existiert schon etwas länger. In einem Übersichtsartikel aus dem Jahr 2019, der 21 Studien untersuchte, kam eine Gruppe von Forschern aus Spanien zu dem Schluss, dass, »auch wenn die Beweise für die Rolle des Schachs als Schutzfaktor schwach sind, andere Beweise, die indirekt mit dem Schachspiel zusammenhängen und auf seinen kognitiv stimulierenden Funktionen beruhen, darauf hindeuten, dass es als Schutzfaktor wirken kann«.

Als abschließende Bemerkung, die einmal mehr die Vielseitigkeit des Schachspiels zeigt, möchte ich die positiven Auswirkungen erwähnen, die ein Schachprogramm auf eine unerwartete Gruppe hatte: Häftlinge. Im Jahr 2012 starteten Sheriff Thomas Dart und Trainer/Organisator Mikhail Korenman im Cook County, Illinois, ein »Schach im Gefängnis«-Programm, das Schachunterricht für Inhaftierte beinhaltete. »Schach ist mehr als ein unterhaltsamer Zeitvertreib«, sagte Dart im Jahr 2020. »Das Spiel lehrt diejenigen, die sich damit beschäftigen, wertvolle Lektionen fürs Leben. Es erfordert kritisches Denken, um die Risiken und Vorteile ihrer Entscheidungen abzuwägen, was wertvolle Fähigkeiten sind, um gewalttätiges Verhalten verringern zu können.«

Als ich im März 2023 die Londoner Schachkonferenz besuchte, präsentierte Korenman nach einem Jahrzehnt der Durchführung des Projekts mit etwa 3000 Häftlingen einige Ergebnisse. Eine wichtige Erkenntnis war, dass Teilnehmer, die länger als sechs Monate an dem Schachprogramm teilgenommen hatten, weniger Depressionen, Ängste und Stress hatten. Auch die Zahl der Schlägereien unter den Insassen, der Gewaltanwendungen, der Angriffe auf das Personal und der Rückfälle war bei den Schachteilnehmern geringer als bei einer Kontrollgruppe, die nicht an dem Programm teilnahm.

In ihrem bahnbrechenden Artikel »Skill in Chess« (»Fähigkeiten im Schach«) aus dem Jahr 1973 waren Herbert Simon und William Chase die Ersten, die den inzwischen berühmten Vergleich zwischen Schach und der Fruchtfliege in gedruckter Form anstellten. Dieser Vergleich deutet darauf hin, dass sowohl das Schachspiel als auch die gemeine Fruchtfliege (lateinischer Name: Drosophila melanogaster) einfache und weithin bekannte Hilfsmittel für Experimente sind, die effektiv genutzt werden können, um wertvolle Erkenntnisse über komplexere Systeme zu gewinnen. Spielte die Fruchtfliege eine Schlüsselrolle in der biomedizinischen Forschung, indem sie grundlegende Prinzipien der Genetik und Entwicklung aufdeckte und das Wesen der menschlichen Gesundheit oder Krankheit erhellte, hat Schach eine vergleichbare Rolle in anderen Bereichen der wissenschaftlichen Forschung übernommen.

Wie wir in diesem Kapitel gesehen haben, ist das Schachspiel in der Tat ein perfektes Modell und ein unglaublich vielseitiges Hilfsmittel, ganz besonders für kognitive Psychologen, aber auch in anderen Bereichen der Wissenschaft. Im zweiten Teil des Buches werden wir sehen, dass diese Analogie beim Schach und der künstlichen Intelligenz – wo der Vergleich erstmals erfolgte – noch besser funktioniert. Doch zunächst schauen wir uns an, welche Spieler das Schachspiel am meisten geprägt und ihm zu seiner kulturellen Bedeutung verholfen haben. Ich werde auch versuchen, die knifflige, jedoch immer wieder unterhaltsame Frage zu beantworten: Wer war der Größte von allen?

Kapitel 4

Brillanz am Brett: Die größten Stars im Schach

»Genies wie Beethoven, Leonardo da Vinci, Shakespeare und Fischer werden aus dem Kopf des Zeus geboren. Sie sind genetisch programmiert und wissen, bevor man es ihnen erklärt, was Sache ist. Zu Bobby Fischer kann ich vielleicht die Worte gebrauchen, die über Franz Schubert gesagt wurden: ›Er hat von Gott selbst gelernt.‹«

John W. (Jack) Collins, 1974

Es ist der 9. März 2014, der Tag, an dem Bobby Fischer seinen 71. Geburtstag gefeiert hätte. Als wir die 60 Kilometer lange Fahrt von Reykjavík nach Selfoss antreten, fällt Schnee, und die Straße ist rutschig. Garri Kasparow ist jedoch fest entschlossen, die Reise fortzusetzen. Der 13. Schachweltmeister wird – wie genau für diesen Tag geplant – Fischers Grab auf dem kleinen christlichen Friedhof von Laugardælir bei Selfoss besuchen.

Angemessen gekleidet, mit dunkler Hose, warmem schwarzem Mantel und einer dunkelgrauen Schirmmütze, die ihn vor dem kalten isländischen Wind und dem Schnee schützt, steigt Kasparow aus dem Auto und geht auf den kleinen Friedhof, wobei er tiefe Fußspuren im Schnee hinterlässt. Er nimmt seine Mütze ab und wartet einen Moment lang respektvoll, bevor er auf den marmornen Grabstein zugeht, auf dem steht:

ROBERT JAMES
FISCHER

F. 9. MARS 1943
D. 17. JANÚAR 2008

Es ist ein historischer Moment für das Schach. Die beiden Giganten des Spiels hatten sich nie getroffen, jetzt waren sie sich so nahe wie nie. Es war mir eine Ehre, an diesem Tag dabei zu sein und Zeuge einer einzigartigen und berührenden Synergie zwischen zwei meiner größten Helden zu werden. Nur wenige Spieler haben so viel für das Schachspiel bedeutet wie Fischer und Kasparow – bis Magnus Carlsen kam. Alle drei haben die kulturelle Entwicklung des Spiels enorm beeinflusst und gelten auch als die drei besten Spieler der Geschichte. In diesem Kapitel geht es um sie, was sie gemeinsam haben und wer von ihnen der Greatest of All Time (GOAT) war – der Größte aller Zeiten.

Der amerikanische Einzelkämpfer

Robert James Fischer wurde am 9. März 1943 in Chicago geboren. Seine Mutter, Regina Wender Fischer, war noch mit einem Mann namens Hans-Gerhardt Fischer verheiratet. Dieser wurde auf Bobbys Geburtsurkunde als Vater angegeben, obwohl er nie in die USA eingereist war. Wahrscheinlich war der wahre Vater des späteren Weltmeisters der ungarische Maschinenbauingenieur Paul Neményi, der sich 1942 mit Regina in Colorado anfreundete und ihr nach Bobbys Geburt regelmäßig Geld schickte. In jedem Fall wuchs Bobby ohne Vater auf.

Im Jahr 1949 zog die Familie zunächst nach Manhattan und ein Jahr später nach Brooklyn. Kurz nach Bobbys sechstem Geburtstag kaufte seine Schwester Joan in einem Süßwarenladen ein Plastikschachspiel für einen Dollar. Es dauerte nicht lange, bis Bobby sowohl sie als auch seine Mutter schlug. Danach begann er, Partien gegen sich selbst zu spielen. In einem Interview viele Jahre später scherzte er: »Meist habe ich gewonnen.«

Schon bald besuchte Bobby den Brooklyn Chess Club, und ein Mann namens Carmine Nigro begann, ihm samstags bei sich zu Hause Unterricht zu geben. Er nahm ihn auch mit ins Greenwich Village und zu den Schachtischen im Washington Square Park. Fischer sagte später, dass die Begegnung mit Nigro »wahrscheinlich ein entscheidender Faktor dafür war, dass ich mit dem Schach weitermachte«. Bobby war 12 Jahre alt, als er dem angesehenen Manhattan Chess Club beitrat, und etwa ein Jahr später traf er sich mit dem Schachmeister Jack Collins, der Nigro als Trainer und Mentor ablöste. Bobby spielte Tausende von Blitzpartien mit vielen starken Spielern, las die Schachbücher in Collins' Bücherregalen und blieb oft zum Abendessen. Bobby aß, schlief und träumte Schach.

Es dauerte einige Jahre, bis er den Durchbruch schaffte, aber danach legte er einen schnelleren Aufstieg hin als jeder andere vor ihm. Im Jahr 1956 gewann er zunächst ein Turnier im Manhattan Club und dann die US-Junioren-Schachmeisterschaft, was noch nie ein 13-Jähriger geschafft hatte. Und dann, im Oktober desselben Jahres, tat er etwas, das seinen Namen in den gesamten Vereinigten Staaten und auch im Ausland berühmt machte.

Beim Rosenwald-Gedächtnisturnier, das im Marshall Chess Club stattfand, hinterließ seine Partie gegen Donald Byrne in der siebten Runde einen tiefen Eindruck. Mit taktischer Zauberei, die auch ein Damenopfer einschloss, gewann er in höchst elegantem Stil. Hans Kmoch, der Schiedsrichter des Turniers, bezeichnete die Begegnung als »Partie des Jahrhunderts« und schrieb: »Ein atemberaubendes Meisterwerk des Kombinationsspiels, ausgeführt von einem 13-jährigen Jungen gegen einen furchterregenden Gegner, das zu den besten in der Geschichte der Schachwunderkinder gehört.«

Einige der stärksten Großmeister Amerikas spielten beim Rosenwald-Gedächtnisturnier, und Bobby verlor mehr Partien, als er gewann. Diesen Makel bereinigte er nur 14 Monate später, als er 1957/58, zwei Monate vor seinem 15. Geburtstag, vollkommen unerwartet seine erste »Erwachsenen«-US-Meisterschaft gewann, ohne eine einzige Partie zu verlieren. Fischer war nichts Geringeres als eine Sensation.

Mit seinem ersten Platz qualifizierte er sich für das bevorstehende Interzonenturnier in Portorož, damals Jugoslawien, im August 1958. Dies war sein erster Schritt in den Weltmeisterschaftszyklus. Die sechs besten Spieler des Interzonenturniers qualifizierten sich nämlich für das Kandidatenturnier 1959, wo der Sieger gegen den Weltmeister spielen würde. Alles schön und gut, aber ein 15-jähriger Junge würde nicht unter die ersten sechs kommen, oder? Na ja … mit 12 Punkten aus 20 Partien teilte sich Bobby den fünften und sechsten Platz und schaffte es gerade so! Eine unglaubliche Leistung, über die der sowjetische Großmeister Juri Awerbach schrieb: »In Fischers Spiel war ein enormes Talent zu erkennen, und darüber hinaus spürte man ein großes Ausmaß an Arbeit am Studium des Schachs.«

Dank seines Ergebnisses in Portorož wurde Fischer mit 15 Jahren, sechs Monaten und einem Tag der jüngste Großmeister aller Zeiten – ein Rekord, der erst drei Jahrzehnte später von Judit Polgár gebrochen werden sollte. Fischer war auch der jüngste Qualifikant für ein Kandidatenturnier; dieser Rekord wurde erst 2007 von Magnus Carlsen gebrochen (über ein anderes Qualifizierungsverfahren). Beim Kandidatenturnier 1959 in Jugoslawien hingen die Trauben für Fischer noch zu hoch, es war aber trotzdem eine lohnende Erfahrung.

Drei Jahre später qualifizierte sich Fischer erneut für das Kandidatenturnier, das im Mai 1962 in Curaçao stattfand. Der nun 19-jährige Fischer belegte unter acht Teilnehmern den vierten Platz. Danach beschuldigte er in einem Artikel in *Sports Illustrated* die sowjetischen Spieler würden schnell gegeneinander remisieren, um auf diese Art Energie für ihre anderen Partien zu sparen und sich sogar gegenseitig zu helfen. Für den Rest seiner Karriere blieb er den Russen gegenüber misstrauisch. Substanzielle Beweise für Absprachen gibt es nicht, aber Viktor Kortschnoi, einer der sowjetischen Teilnehmer, bestätigte Fischers Verdacht in seinen 1978 erschienenen Memoiren *Ein Leben für das Schach*.

Wie oft kann ein Spieler etwas Einzigartiges tun? Fischer fand einen neuen Weg (und das nicht zum letzten Mal), als er seine sechste US-Meisterschaft, die 1963/64er-Ausgabe, spielte und alle 11 Partien gegen Spitzengegner gewann. Inzwischen war klar, dass Fischer bei Weitem der beste Spieler seines Landes war. In Turnieren wie diesen begründete er seinen bleibenden Einfluss auf das Schachspiel als jemand, der immer auf Sieg spielte, auch mit den schwarzen Figuren – etwas, das wir auch bei Kasparow und Carlsen sehen werden. Seit 2009 ist ein mit 64 000 Dollar dotierter Fischer-Gedächtnispreis für denjenigen ausgesetzt, der bei der US-Meisterschaft sämtliche Partien gewinnt, nur ist das bislang noch nicht geschehen.

Nachdem er daheim in den USA solche Siegesserien hingelegt hatte, begann Fischer sechs Jahre später, dies auch international zu tun. Die Jahre zwischen 1970 und 1972 sahen die dominanteste Phase eines einzelnen Schachspielers, die die Welt je gesehen hat – vergleichbar war höchstens, wie Paul Morphy (1837–1884) hundert Jahre zuvor die gesamte europäische Schachcommunity in den Schatten gestellt hatte. Fischer gewann mehrere anspruchsvolle Turniere, vor allem das Interzonenturnier 1970 in Palma de Mallorca. Er hatte sich hierfür nicht qualifiziert, weil er die vorherige US-Meisterschaft verpasst hatte, aber der amerikanisch-ungarische Pal Benko trat seinen Platz zugunsten von Fischer ab – ein kleines Detail in der Schachgeschichte, das ungeheure Folgen hatte.

Die nächste Phase des Weltmeisterschaftszyklus bestand aus Kandidatenwettkämpfen. Fischer traf im kanadischen Vancouver auf den sowjetischen Großmeister Mark Taimanow für ein auf zehn Partien angesetztes Match, das er mit 6 : 0 für sich entschied. Wahnsinn! Der Schachredakteur Daniel Bailey beschreibt Fischers Präsenz am Brett und seine intensive Konzentration wunderbar in einem Augenzeugenbericht:

> Im Sommer 1971 fuhr ich nach Vancouver, um eine der Fischer-Taimanow-Partien zu sehen. Ich saß ganz vorne. Und ich muss sagen, dass ich mich noch nie im Kraftfeld einer stärkeren menschlichen Konzentration befunden habe. Das schließt große Politiker, erstklassige Schauspieler und vollendete Konzertmusiker mit ein. Fischer kam aus den Kulissen auf die Bühne und erreichte mit drei langen Schritten den Tisch, setzte sich und begann sich in einer einzigen schnellen, nahtlosen Bewegung zu vertiefen. Dann erstarrte er, sein Körper bewegte sich nicht, aber sein Geist war ebenso wenig bewegungslos wie der einer Raubkatze, die auf ihre Beute fixiert ist. Die Intensität seiner Konzentration ließ meinen Puls und meinen Blutdruck in die Höhe schnellen und meinen Atem flach werden, Minute um Minute, Stunde um Stunde in der dunklen Stille des Saals. Ich kann nur ahnen, was Taimanow auf der anderen Seite des Bretts gefühlt haben muss.

Im nächsten Match, das im gleichen Jahr in Denver, Colorado, stattfand, besiegte Fischer den großen Dänen Bent Larsen und gewann erneut mit 6 : 0. Durch die Schachwelt fegte ein Wirbelwind, der den schnellsten Weg zur Krone einschlug. Mit einem 6½ : 2½-Sieg in seinem letzten Kandidatenspiel gegen den ehemaligen sowjetischen Weltmeister Tigran Petrosjan erreichte Fischer sein Ziel: Er würde um den Weltmeistertitel spielen. In den USA setzte ein Schachfieber ein, Fischer wurde durch die Berichterstattung im Fernsehen und in Zeitschriften zum Nationalhelden. Unter den Glückwunschtelegrammen befand sich auch eines von Präsident Richard Nixon.

Mit 250 000 Dollar (was heutigen 1,8 Millionen Dollar entspricht) war das Preisgeld höher als bei allen vorherigen Weltmeisterschaften zusammen. Nur drei Jahre zuvor hatte Boris Spasski 1400 Dollar für den Titelgewinn erhalten. Die Siegprämie von 1972 war für die damalige Zeit astronomisch und im Nachhinein betrachtet die erste richtige Gewinnausschüttung im Schach. Kasparow zufolge war dies Fischers größtes Vermächtnis: »Fischer – und das ist sein Hauptverdienst – hat das Schach auf eine professionelle Basis gestellt. Er war der erste echte Schachprofi!«

Das Match begann für den Herausforderer katastrophal. Er verlor die erste Partie aufgrund eines dummen Fehlers, und dann weigerte sich Fischer nach einem Streit mit den Organisatoren über die Platzierung der Fernsehkameras, die zweite Partie zu spielen. Somit lag er in diesem auf 24 Partien angesetzten Match mit 0 : 2 zurück. Spasski wäre berechtigt gewesen, das Schlachtfeld auf der Stelle zu verlassen, und wurde sogar von den sowjetischen Behörden dazu gedrängt. Aber er wollte weitermachen und entschied damit über Fischers Schicksal.

Die dritte Partie wurde in einem Hinterzimmer gespielt,

abseits der Kameras, wo Fischer seinen allerersten Sieg gegen Spasski erzielte. Danach kehrten die Spieler für die restlichen Partien auf die Hauptbühne zurück. Fischer gewann in den Partien 4 bis 13 fünfmal, zum Teil in brillanter Manier, während Spasski nur noch ein einziges Mal gewann. Es folgten sieben Unentschieden, und als es am Schluss 12½ : 8½ stand, war Fischer der elfte Schachweltmeister.

Die mächtige sowjetische Schachmaschine, die das Spiel jahrzehntelang dominiert hatte, wurde von einem amerikanischen Einzelkämpfer besiegt. Fischers Schwester Joan drückte es unpolitischer aus: »Bobby hat das alles in einem Land geschafft, in dem es fast keine Schachkultur gibt. Es war, als hätte ein Eskimo einen Tennisplatz vom Schnee frei geräumt und dann die Weltmeisterschaft gewonnen.«

Nach seiner Rückkehr in die Heimat wurde Fischer von Bürgermeister John Lindsay im New Yorker Rathaus empfangen. Er war der erste westliche Weltmeister seit dem Niederländer Max Euwe, der den Titel zwischen 1935 und 1937 innehatte. »Ich hätte nie gedacht, dass ich den Tag erleben würde, an dem Schach hier überall auf den Titelseiten zu finden ist, während es in der *Prawda* nur einen Absatz gibt«, sagte Fischer in seiner Rede und spielte dabei auf die russische Zeitung namens »Wahrheit« an, das offizielle Sprachrohr der Kommunistischen Partei der Sowjetunion.

Indem er im Alleingang die Vertreter eines kommunistischen Landes voller Schachexperten besiegte, wurde Fischer auf Anhieb zu einer der berühmtesten Persönlichkeiten der Welt, nicht nur im Sport. Und mehr als jeder andere vor ihm (und vielleicht auch nach ihm) machte Fischer das Spiel immens populär. Über eine Million Zuschauer – eine unglaubliche Zahl für die damalige Zeit – verfolgten die Livekommentare des

Schachlehrers Shelby Lyman im PBS-Fernsehsender Channel 13. Eines Tages ging ein Reporter an 21 Bars in Manhattan vorbei und stellte fest, dass 18 der Fernsehgeräte Lyman zeigten und nicht etwa ein Baseballspiel der New York Mets, das ebenfalls gerade lief.

Das Match machte weltweit Schlagzeilen auf der Titelseite. Schachautor und Fischer-Experte John Donaldson erzählte mir: »In den Nachrichten sagte Walter Cronkite: ›Der Krieg in Vietnam tobt weiterhin, die Börse ist im Keller, die Ölpreise sind …‹, und dann sagte er: ›Aber zuerst geht es nach Reykjavík!‹« Fischer wurde erneut in großen Zeitungen, Zeitschriften und im Fernsehen gefeiert und trat auch in bekannten Sendungen auf, darunter *The Bob Hope Special, 60 Minutes* mit Mike Wallace, *The Tonight Show Starring Johnny Carson* und (zum dritten Mal) *The Dick Cavett Show*. Richard Nixon nahm erneut Kontakt mit Fischer auf und lud ihn diesmal ins Weiße Haus ein.

In den folgenden Jahren erlebte das Schach einen internationalen »Fischer-Boom«. Die Verkäufe von Spielsets gingen durch die Decke, die Mitgliederzahl des amerikanischen Schachverbands verdoppelte sich 1972, und ähnliche Effekte waren auch bei anderen Schachverbänden in aller Welt zu beobachten. Fischer bedeutete mehr für das Spiel als jeder andere vor ihm.

Wie ist Fischer so gut geworden? Talent ist natürlich ein Teil der Gleichung, während eine immense Liebe zum Spiel ihn dazu brachte, als Kind und Jugendlicher die meiste Zeit damit zu verbringen, zu analysieren, zu spielen sowie Schachbücher und -zeitschriften zu lesen. In New York City, wo er schon früh Trainer fand, hatte er reichlich Zugang zu Schachliteratur. Donaldson schrieb in seinem 2020 erschienenen Buch *Bobby Fischer and His World:*

> Wäre Bobby in Mobile, Arizona (rund 50 Kilometer südwestlich von Phoenix in der Nähe der Sierra Estrella), geblieben, wo seine Familie ein Jahr lang lebte (seine Mutter war dort Lehrerin), hätte er sich wohl kaum zu einem Weltmeister entwickeln können. Heute, mit dem Internet, mit Datenbanken, Computerprogrammen und tonnenweise Schachliteratur, kann es ein Spieler aus einer abgelegenen Gegend weit bringen. Das war aber nicht der Fall, als Bobby aufwuchs. Es gab mehr oder weniger nur New York City, oder man konnte es vergessen.

Fischers Leben wäre ein wahr gewordenes Märchen, wenn die Geschichte hier enden würde, nur wurde ab jetzt alles anders. Zunächst einmal verteidigte er seinen Titel nicht: Die FIDE akzeptierte nicht alle seine Forderungen in Bezug auf das Format des Wettkampfs, sodass er sich nicht darauf einließ. Der Herausforderer, Anatoli Karpow, wurde 1975 zum zwölften Weltmeister erklärt, ohne überhaupt zu spielen. Im Laufe der Jahre lebte Fischer immer zurückgezogener, und wann immer man von ihm hörte, schien er Anzeichen von Paranoia zu zeigen. Er ging sogar so weit zu behaupten, dass alle Partien zwischen Karpow und Kasparow abgesprochen waren.

Und dann war da noch der Antisemitismus. Wenige Stunden nach den Terroranschlägen vom 11. September 2001 auf die USA bezeichnete Fischer dies in einem philippinischen Radiosender als »wunderbare Nachricht« und äußerte die Hoffnung, dass »das Land vom Militär übernommen wird – sie werden alle Synagogen schließen, alle Juden verhaften und Hunderttausende jüdische Rädelsführer hinrichten«. Das war nicht ganz neu. Der niederländische Großmeister Jan Hein Donner schrieb über eine Begegnung mit dem jungen Fischer im Jahr 1961: »Er vergötterte Hitler und las alles über ihn, was er in die Finger bekam. Außerdem vertrat er einen Antisemitismus, wie ihn sich nur ein völlig realitätsfremder Geist ausdenken kann.«

Zugleich ist bekannt, dass Fischer gute Beziehungen zu mehreren jüdischen Schachspielern hatte. Es könnte also sein, dass er – zumindest als er jünger war – zwar etwas gegen das Judentum hatte, aber nicht unbedingt gegen jüdische Menschen an sich. Im Jahr 1968 spielte er ein Turnier in Netanya, Israel, und besuchte sogar einen Kibbuz. Dort sagte er dem holländischen Großmeister Hans Ree, dass sein früherer Antisemitismus »dumm« gewesen sei, und fügte hinzu: »Außerdem bin ich selbst halber Jude, wie kann ich also antisemitisch sein?«

Da die meisten Experten davon ausgehen, dass Paul Neményi sein Vater war, hatte Fischer aber vermutlich nicht nur einen, sondern zwei jüdische Elternteile. Doch selbst wenn sein rabiater Antisemitismus erst lange nach seiner Schachkarriere einsetzte, bleiben seine Fans mit einem unbehaglich zwiespältigen Gefühl zurück. Einerseits erinnern wir uns gerne an ihn als den brillanten Schachspieler, der er war – aber gleichzeitig können wir seine unangenehmen Eigenschaften nicht ignorieren.

Positiv zu vermerken ist, dass Fischers Vermächtnis weit über die brillanten Ergebnisse und die vielen wunderbaren Partien hinausgeht, die er hinterlassen hat und die von Spielern studiert und bewundert werden. In den 1990er-Jahren propagierte Fischer das von ihm so benannte »Fischer Random«, bei dem vor Beginn der Partie die Grundaufstellung der Figuren auf der ersten bzw. achten Reihe ausgelost wird, um den Rückgriff auf Eröffnungstheorie zu vermeiden. Es wird auch »Schach960« bzw. »Chess960« (auch »Freestyle« oder »Fischerschach«) genannt, weil es 960 mögliche Ausgangsstellungen gibt. (Bereits 1792 hatte der niederländische Schachenthusiast Philip Julius van Zuylen van Nijevelt eine ähnliche Idee gehabt.) Und dann ist da noch seine Schachuhr, die Fischer in den späten 1980er-Jahren patentieren ließ und die zum Standard in der Schachwelt wurde. Im Gegensatz zu älteren Schachuhren gibt eine Fischer-Zeitkontrolle jedem Spieler nach jedem Zug eine kleine Zugabe an Zeit, zusätzlich zur von Anfang an verfügbaren Grundbedenkzeit.

Im Jahr 1992 kehrte Fischer urplötzlich an das Schachbrett zurück. Der zwielichtige jugoslawische Bankier Jezdimir Vasiljević, der später wegen eines Schneeballsystems verurteilt wurde, hatte ihn überzeugt, genau 20 Jahre nach Reykjavík ein weiteres Match gegen Spasski zu spielen – und zwar um ein Preisgeld von 5 Millionen Dollar. Das Ereignis fand in Jugoslawien statt (teilweise auf Sveti Stefan, einer Insel vor der Küste Montenegros, und teilweise in Belgrad). Es sorgte weltweit für Aufsehen, nicht zuletzt wegen Fischers Reaktion auf die Warnung der US-Regierung, das Spiel auszutragen, da es gegen die nach dem Zerfall Jugoslawiens verhängten UN-Sportsanktionen verstoßen würde. Fischer zeigte den Journalisten während einer Pressekonferenz den Brief und spuckte darauf. Er gewann dieses Rückmatch mit 10 : 5 (bei 15 Remis), kehrte aber nicht in die USA zurück, da er wusste, dass er bei seiner Ankunft verhaftet werden würde.

Die letzten Jahre seines Lebens verbrachte Fischer in Island, wo er am 17. Januar 2008 an degenerativem Nierenversagen starb. Er war 64 Jahre alt – ein Jahr für jedes der Felder auf dem Schachbrett. Die Nachricht von seinem Tod wurde an einem Samstagmorgen veröffentlicht – meine Mutter teilte sie mir per SMS mit, während ich im Auto auf dem Weg zum Turnier in Wijk aan Zee war. Ich war schockiert und spürte es in meinem Magen. Zu Beginn der ersten Runde wurde die traurige Nachricht verkündet, und ich machte ein Video, in dem ich den Spielsaal mit allen Supergroßmeistern und den Hunderten von Amateuren filmte, die sich für eine Schweigeminute erhoben, ein wirklich herzzerreißender Moment. Die Schachwelt hatte einen ihrer größten Spieler verloren.

Als Kasparow im Jahr 2014 Fischers Grab besuchte, hatte ich die unvergessliche Gelegenheit, ein Videointerview aufzunehmen. Während ich meine Nikon D90-Kamera in der Hand hielt, stellte ich sicher, dass Fischers schneebedecktes Grab und der Grabstein im Hintergrund zu sehen waren. Später schnitt ich meine Fragen heraus und kombinierte Kasparows berührende Worte mit passender Hintergrundmusik. Zehn Jahre später hat das Video auf YouTube bereits 850 000 Aufrufe. Es ist vielleicht das, worauf ich in meiner Karriere am stolzesten bin. Kasparow sagte:

> Ich kann mich des Eindrucks nicht erwehren, dass dies auch der Friedhof für große, unerfüllte Hoffnungen ist, weil so viel erreicht werden konnte. Dies ist das Land, in dem Robert Fischer seinen Höhepunkt erreichte. Es war aber nicht nur sein eigener Höhepunkt, sondern zugleich einer der glorreichsten Momente in der Geschichte des Schachspiels. Sie hätte auch anders enden können. Es steht uns nicht zu, hypothetische Versionen einer alternativen Geschichte zu erfinden, aber es ist trotzdem sehr traurig. Es ist, als ob dieser Friedhof … Wir konnten spüren, dass so viele große Hoffnungen und Erwartungen begraben wurden, ohne dass sie sich erfüllt haben. All das liegt hinter uns, all die Kontroversen, und was bleibt, ist der einzigartige Beitrag von Robert James Fischer zum Schachspiel, und ich bin hier, um ihm diesen Tribut zu zollen.

Garri Kasparow wurde am 13. April 1963 als Garik Kimowitsch Weinstein in Baku, Aserbaidschan, geboren. Seine armenische Mutter, Klara Kasparowa, und sein jüdischer Vater, Kim Weinstein, waren Ingenieure. Garri lernte mit fünf Jahren von seinem Vater Schach und schlug ihn ein Jahr später. Wie Fischer wuchs er jedoch größtenteils ohne seinen Vater auf, der kurz vor Garris achtem Geburtstag im Alter von 39 Jahren an einem lymphatischen Sarkom starb. Viereinhalb Jahre später, im August 1975, nahm er den Nachnamen seiner Mutter an und wurde Garri Kasparow.

Sein Onkel begann, mit dem siebenjährigen Garri viel Schach zu spielen, und da er seinen Neffen bereits nach drei Monaten nicht mehr schlagen konnte, brachte er ihn in den Pionierpalast von Baku. In der Sowjetunion gab es in allen großen Städten solche Paläste: Einrichtungen, in denen junge Menschen in verschiedenen außerschulischen Aktivitäten unterrichtet wurden, darunter Sport, Kunst, Kulturprogramme und Schach. Das Talent des jungen Garri wurde im Pionierpalast sofort erkannt. Als er im Juni 1972 das Finale der Blitzmeisterschaft für Erwachsene in Baku erreichte, schrieb eine Zeitung über den neunjährigen dunkelhaarigen Jungen: »Der Drittklässler Garik Weinstein, der im Stehen spielt (wenn er sitzt, kann er nicht alle Figuren erreichen), erzielte das beste Gesamtergebnis in der ersten Runde: 9 von 9 Punkten.« Sogar eine Zeitung in Westdeutschland griff die Geschichte auf. Man könnte sagen, dass in demselben Sommer, in dem Fischer seine letzten ernsthaften Schachpartien spielte, Kasparow die Arena betrat.

1973 wurde Kasparow in die renommierte Schule des legendären ehemaligen Weltmeisters Michail Botwinnik aufgenommen. Binnen weniger Jahre erreichte Kasparow ein sehr hohes Spielniveau. Als jüngster Spieler aller Zeiten gewann er 1976 mit 13 Jahren die Juniorenmeisterschaft der UdSSR, und 1978 gewann er mit 14 Jahren unerwartet das Sokolski-Gedächtnisturnier im weißrussischen Minsk. Er erzielte 3½ Punkte mehr als für den sowjetischen Meistertitel erforderlich waren. Er war noch kein Internationaler Meister, da er bis zu diesem Zeitpunkt nur an einer kleinen Anzahl von Jugendmeisterschaften im Ausland teilgenommen hatte. Als Schachspieler (oder überhaupt als Sportler) war man von den Launen des Sportkomitees abhängig, um international spielen zu dürfen.

1979 wurde Kasparow nach Gesprächen zwischen Botwinnik und den Organisatoren zu einem stark besetzten Turnier in Banja Luka, damals Jugoslawien, eingeladen. Ohne einen internationalen Titel und noch ohne Wertungszahl gewann Kasparow – ziemlich unerwartet – das auf 15 Runden angelegte Turnier mit zwei Punkten Vorsprung vor 14 Großmeistern. Dies war ein echter Durchbruch in seiner Karriere. Kasparows erstes offizielles Rating, das im Januar 1980 veröffentlicht wurde, betrug erstaunliche 2595 Elo-Punkte und katapultierte den 16-jährigen Schüler auf Anhieb in die Top 20 der Welt. Nur zwei andere Spieler hatten in diesem Alter ein ähnliches Ergebnis erzielt: Bobby Fischer und Boris Spasski.

Obwohl er sich bereits der Weltspitze näherte, entschied sich Kasparow, an der Junioren-Schachweltmeisterschaft 1980 in Dortmund teilzunehmen. Er gewann das Turnier – dieses Mal wenig überraschend –, und ein gewisser Nigel Short aus England belegte den zweiten Platz. (Die beiden sollten zwölf Jahre später eine wichtige Rolle in der Schachwelt spielen.) 1982 erhielt Kasparow schließlich offiziell den Titel eines Großmeisters – nachdem er dieses Spielniveau schon seit Jahren bewiesen hatte.

1983 besiegte er drei Weltklasse-Großmeister (Alexander Beliawski, Viktor Kortschnoi und Wassili Smyslow) in Kandidatenspielen und wurde so zum Herausforderer des amtierenden Weltmeisters Anatoli Karpow. Der 21-jährige Kasparow, der im Januar 1984 mit einer Wertungszahl von 2710 erstmals auf Platz eins der Weltrangliste stand, sollte sich als Karpows härtester Gegner erweisen. Ihr erstes Match begann am 9. September 1984. Es war der Beginn einer der epischsten Rivalitäten der Sportgeschichte, die zeitgenössische Duelle wie Ali gegen Frazier, Evert gegen Navratilova oder Prost gegen Senna in den Schatten stellte.

Gewinnen sollte derjenige, der als Erster sechs Siege erzielte, wobei unentschiedene Partien nicht mitgerechnet wurden. Die Weltmeisterschaft kehrte damit zu einem älteren Format zurück (1975 von Fischer vorgeschlagen), was zum längsten Titelkampf der Geschichte führte. Karpow ging zunächst mit 5 : 0 in Führung, indem er die dritte, sechste, siebte und neunte Partie gewann und nach einer Serie von 17 Remis auch die 27.Partie. Kasparow weigerte sich jedoch, das Handtuch zu werfen. Je länger das Match dauerte, desto stärker wurde er, lernte er doch gleichzeitig von seinem hervorragenden Gegner.

In der 32. Partie gelang Kasparow endlich ein Sieg, sein erster überhaupt gegen Karpow – 94 Tage nach Matchbeginn! In den 14 weiteren Remis-Partien blieb es Karpow verwehrt, den finalen Treffer zu landen, während die Schachwelt diesen faszinierenden Kampf zwischen den »zwei K« aufmerksam verfolgte. Und dann, eine Bombe. Nein, zwei. Nachdem das Damoklesschwert wochenlang über ihm geschwebt war, gewann Kasparow plötzlich die Partien 47 und 48. Der 32-jährige Karpow brach ein.

Am 15. Februar 1985, eine Woche nach dieser 48. Partie

und fünf Monate nach Beginn des Wettkampfs, erschienen die Spieler auf einer Pressekonferenz zusammen mit Florencio Campomanes, dem Präsidenten des Internationalen Schachverbandes. Erstaunlicherweise brach »Campo« den Titelkampf ohne Ergebnis ab und kündigte für den September einen neuen an. Sowohl Karpow als auch Kasparow wollten weitermachen, aber der FIDE-Präsident blieb bei seiner Entscheidung und erklärte, das Match habe »die physischen, wenn nicht sogar die psychologischen Ressourcen« der Spieler erschöpft. Kasparow und viele Schachexperten waren der Meinung, dass dies vor allem auf den amtierenden Weltmeister zutraf, aber Karpow betrat die Bühne und erwiderte: »Die Berichte über meinen Tod sind übertrieben. Ich glaube, wir können und sollten weitermachen.« Kasparow schrieb dann später:

> Irgendwann wurde mir klar, dass die Entscheidung, die Partie abzubrechen, vermutlich nicht so sehr wegen eines gesundheitlichen Risikos für den Champion getroffen wurde, sondern vielmehr wegen seiner psychischen Erschöpfung, seiner Verwirrung und seiner Angst vor der Fortsetzung. Es gab für ihn keine andere Möglichkeit, den Titel zu behalten: Hätte Karpow auch eine vierte Partie verloren, wäre die einzige Möglichkeit, den Wettkampf zu beenden, die Einhaltung der Regeln gewesen. Und die Mächte, die damals den sowjetischen Sport einschließlich des Schachs kontrollierten, wollten dieses Risiko wohl nicht eingehen …

Diese Bemerkung verdeutlicht auch den politischen Aspekt der Rivalität: Während der verschlossene, systemkonforme Karpow die alte Macht repräsentierte, stand der forsche, aufgeschlossene und prowestliche Kasparow für den Niedergang der Sowjetunion.

Noch im gleichen Jahr sollte die Schachwelt feststellen, um wie viel stärker Kasparow geworden war. Für das neue Match kehrte die FIDE zu einem Format von 24 Partien zurück. Bei einem Ergebnis von 12 : 12 würde Karpow seinen Titel behalten. Am 9. November 1985 gewann Kasparow mit 13 : 11 und wurde mit 22 Jahren der 13. und jüngste Weltmeister der Geschichte.

Kasparow und Karpow lieferten sich noch drei weitere Matches – 1986, 1987 und 1990 –, die allesamt so hart umkämpft waren, dass Kasparow seinen Titel immer nur knapp behalten konnte. Über sieben Jahre hinweg spielten die beiden Gladiatoren 144 Weltmeisterschaftspartien gegeneinander, wobei Kasparow 21 Siege einfuhr, 19-mal verlor und 104 Remis erzielte.

1993 konnte sich Karpow nicht für ein sechstes Aufeinandertreffen mit Kasparow qualifizieren, da er ein Kandidatenspiel gegen den englischen Spitzenreiter Nigel Short verlor. Unzufrieden mit den 1,38 Millionen Dollar, die die FIDE für ihren bevorstehenden Titelkampf aufgebracht hatte, beschlossen Kasparow und Short, außerhalb der Zuständigkeit der FIDE zu spielen. Sie brachten selbst 2,55 Millionen Dollar auf und spielten unter der neu gegründeten Professional Chess Association (PCA). Kasparow gewann das Match in London überzeugend, aber die beiden hatten die Schachwelt nachhaltig erschüttert.

Die FIDE entzog Kasparow seinen Titel und organisierte ein Match zwischen den bestplatzierten Spielern des Weltmeisterschaftszyklus. Karpow besiegte Jan Timman und gewann seinen FIDE-WM-Titel zurück, aber die meisten Fans sahen Kasparow als den rechtmäßigen Weltmeister an. Dies war der Beginn einer sehr chaotischen Situation im Schach, in der es bis 2006 parallele Weltmeister gab (siehe dazu auch Kapitel 1).

Kasparow besiegte 1995 Viswanathan Anand, wobei einer

seiner Sekundanten (der Schachbegriff für Trainer/Assistent) Wladimir Kramnik war. Der junge russische Großmeister nutzte die hier gewonnene Erfahrung und entthronte im Jahr 2000 seinen früheren Chef. Nach jahrelangen erfolglosen Versuchen, einen neuen Weltmeisterschaftskampf zu organisieren, zog sich Kasparow im März 2005 vom Wettkampfschach zurück. Erst 2006 wurde die Situation geklärt, als Kramnik ein »Wiedervereinigungsmatch« gegen den FIDE-Weltmeister Wesselin Topalow gewann.

Im Jahr 2009 spielten die alten Legenden Kasparow und Karpow einen Schaukampf im spanischen Valencia. Dieses Mal war Karpow seinem Gegner in einer Reihe von Schnell- und Blitzpartien nicht gewachsen. Auf der Pressekonferenz äußerten sich die beiden kritisch über die FIDE und deren Umgang mit dem Weltmeisterschaftszyklus in den letzten Jahren. Auf die von mir gestellte Frage, ob nicht die Spitzenspieler eine neue Organisation gründen sollten, reagierte Kasparow wie von der Tarantel gestochen und sagte: »Ich habe mich für das, was ich 1993 getan habe, schon oft entschuldigt!« Später schrieb er, die Gründung der PCA sei der größte Fehler seiner Schachkarriere gewesen.

Kasparow ist als gelegentlicher Trainer von Nachwuchsspielern, darunter Magnus Carlsen und Hikaru Nakamura, im Schach aktiv geblieben. Und er spielt immer noch ein bisschen, nur keine Partien mit klassischer Bedenkzeit mehr. Jedes Jahr kann man die Schachlegende in St. Louis in Aktion sehen, wo er an Schauveranstaltungen teilnimmt, die der Milliardär Rex Sinquefield finanziert.

Ich werde nie vergessen, wie ich 2017 meine Kamera in der ersten Runde eines Blitzturniers in St. Louis, seiner ersten offiziellen (gewerteten) Partie seit 2005, etwa eineinhalb Meter vom

Brett Kasparows entfernt platzierte. Gegen Sergei Karjakin spielte er mit den weißen Figuren das Königsgambit, eine alte, romantische und etwas zweifelhafte Eröffnung, die er in seiner langen Karriere noch nie verwendet hatte. Als Kasparow den Bauern vor seinem Königsläufer nahm und ihn zwei Felder nach vorne schob, war es ein besonderes Gefühl, dabei zu sein, dies als Schachfan zu sehen und für die vielen Fans zu filmen, die es dann bald auf YouTube nachverfolgen konnten. Die Partie wurde ein ereignisreiches Remis.

Ein Teil von Kasparows unglaublichem Vermächtnis besteht in seinen Büchern, speziell der berühmten Reihe *My Great Predecessors*, die zwischen 2003 und 2006 erschien. In fünf Bänden schildert er detailliert die Karrieren der ersten zwölf Weltmeister, analysiert ihre wichtigsten Partien und berichtet über die anderen starken Spieler ihrer Zeit. Es ist eine umfassende und schöne Darstellung der Geschichte des Spitzenschachs im 19. und 20. Jahrhundert und damit unverzichtbarer Bestandteil der Bibliothek jedes ernsthaften Schachfans. Kasparow schrieb auch Bücher über die Partien gegen Karpow sowie drei Bände über seine besten Partien, insgesamt zwölf wunderbare Werke.

Den größten Teil seiner Zeit verbringt er jedoch mit etwas anderem. Nach Beendigung seiner Schachkarriere wurde Kasparow zum politischen Aktivisten und erbitterten Gegner von Wladimir Putin. Im Herbst 2007 kandidierte er kurz für das Amt des russischen Präsidenten, aber die Behörden hinderten ihn an der Teilnahme an den Wahlen, wie sie es auch mit vielen anderen Oppositionellen taten. Im November desselben Jahres wurde er wegen der Teilnahme an einer Demonstration für fünf Tage inhaftiert. Im Jahr 2013 zog er nach New York, von wo er seitdem nicht mehr nach Russland zurückgekehrt ist. Sein 2015 erschienenes Buch *Winter Is Coming: Why Vladimir Putin and the Enemies of the Free World Must Be Stopped* wurde von westlichen Politikern nicht ernst genug genommen. Erst als Russland am 24. Februar 2022 in die Ukraine einmarschierte, wurde deutlich, wie genau Kasparow die Zukunft vorausgesagt hatte.

Kasparow hatte eine unglaubliche Schachkarriere. Er gewann elfmal den Schach-Oscar, eine Auszeichnung, die auf den Stimmen von Schachjournalisten basiert. Im Jahr 1999 erreichte er die höchste Elo-Bewertung aller Zeiten, nämlich 2851, was ein Rekord war, der 13 Jahre lang Bestand hatte. Er hält immer noch den Rekord für die meisten Monate (255!) als Nummer eins der Weltrangliste (mit Kramnik auf dem geteilten ersten Platz im Januar 1996). Er hält auch die längste Serie an Siegen bei Profiturnieren: Von 1981 bis 1990 belegte er in bemerkenswerten 15 Einzelturnieren den ersten Platz. (Einmal scherzte er, er habe »ein Turnier verloren«, womit er darauf anspielte, dass er nicht Platz eins belegte!)

Wie hat Kasparow es geschafft, seine Mitspieler so zu dominieren? Die Antwort liegt in einer Kombination aus immensem Talent, hervorragender Arbeitsmoral und einem schachfreundlichen Umfeld, in dem er aufwuchs. Seine Wettkämpfe mit Anatoli Karpow brachten ihn auf ein anderes Niveau. Und wie wir im zweiten Teil des Buches sehen werden, nutzte Kasparow – als sie irgendwann stark genug waren – zur optimalen Vorbereitung Computer.

Kasparows Präsenz am Brett war legendär, ja geradezu beängstigend. Er war berühmt dafür, zu Beginn einer Partie seine Uhr vom Handgelenk zu nehmen und auf den Tisch zu legen. Er legte sie erst wieder an, wenn er sah, dass er eine Gewinnstellung hatte, wodurch der Gegner wiederum wusste, dass er im Eimer war. Der russische Supergroßmeister Pjotr Swidler (FIDE-Bezeichnung Peter Svidler), der viele Male gegen Kasparow gespielt hat, sagte mir: »Eine Partie gegen Garri hat mir immer alle Energie geraubt – am nächsten Tag war ich halb tot. Ich mag Garri und bewundere ihn sehr. Er ist jemand, nach dem ich ein Stück weit mein Schachleben und meine Karriere ausgerichtet habe, aber es drängt sich doch der Begriff ›Energievampir‹ auf.«

Der Mozart des Schachs

Während das fünfte und letzte Match zwischen Kasparow und Karpow lief, kam in Husvik, am Rande von Tønsberg, der ältesten Stadt Norwegens, am 30. November 1990 Magnus Øen Carlsen zur Welt. Magnus hat eine ältere und zwei jüngere Schwestern. Mit Kasparow hat er gemeinsam, dass seine Eltern, Mutter Sigrun und Vater Henrik, beide einen Abschluss als Igenieure haben.

Henrik, ein Schachliebhaber, brachte Magnus das Spiel noch vor seinem fünften Geburtstag bei. Der Junge schien interessiert, tat sich aber schwer. Als er sieben Jahre alt war, kehrte er zum Spiel zurück, weil er seine ältere Schwester Ellen schlagen wollte. Der junge Magnus konnte stundenlang allein, gegen sich selbst spielend mit einem Schachspiel verbringen. Dabei versuchte er, Kombinationen zu finden oder Partien durchzugehen, die ihm sein Vater gezeigt hatte. Später wurde auch das Onlinespielen Teil der Routine. Er verbrachte Tausende von Stunden mit dem Schachspiel, was Henrik betonte, als ich ihn nach dem Geheimnis von Magnus' Talent fragte: »Ich glaube, die Antwort ist ein bisschen langweilig: Er hat diese Fähigkeiten ausgiebig trainiert. Schach war etwas, in das er sich vertieft hat und das er zu ergründen suchte, ein Geheimnis, das er besser verstehen wollte.«

Norwegen hatte bis dahin erst vier Großmeister hervorgebracht und war damit nicht gerade ein schachbegeistertes Land.

Seine Jugendschachinfrastruktur war jedoch in ziemlich guter Verfassung, teilweise dank der Bemühungen des besten Spielers. Das Multitalent Simen Agdestein war allerdings nicht nur ein starker Schachspieler, der zu seinen besten Zeiten auf Platz 16 der Weltrangliste stand, sondern auch ein Fußballprofi, der als Stürmer achtmal für die norwegische Nationalmannschaft auflief.

Agdestein hatte nur zwei Jahre vor Magnus' Eintritt eine Schachabteilung am Norges Toppidrettsgymnas (Norwegische Hochschule für Spitzensport) gegründet und stellte ihm bald einen Trainer zur Seite, den Internationalen Meister Torbjørn Ringdal Hansen. Die wöchentlichen Trainingseinheiten, bei denen Hansen das gute Gedächtnis und die Intuition seines Schülers entdeckte, trugen schnell Früchte und verhalfen Magnus dazu, seine Bewertung innerhalb eines Jahres um 1000 Punkte zu steigern.

Im Juli 2000, vier Monate vor seinem zehnten Geburtstag, nahm Magnus an der norwegischen Meisterschaft für Kinder unter 11 Jahren teil. Als er 2022 in einem Podcast darüber sprach, bezeichnete er dies immer noch als den befriedigendsten Turniersieg seiner Karriere, trotz allem, was er später erreicht hat: »Zu diesem Zeitpunkt wurde mir klar, dass ich das ziemlich gut konnte.«

Nach Abschluss der Grundschule wurde Carlsen 2003/04 für ein Jahr beurlaubt, da seine Eltern beschlossen, als Familie auf große Fahrt zu gehen. Sie verkauften eines ihrer Autos, vermieteten das Haus für ein Jahr und machten sich mit einem gebrauchten Hyundai H-100 Van, den sie »Kassa« nannten, auf den Weg. Die Route schlängelte sich durch Deutschland, Österreich, Italien, Kroatien, Montenegro, den Kosovo, Griechenland, zurück nach Italien und Ungarn und führte dann für die Weihnachtszeit heim ins norwegische Bærum. »Der Schwerpunkt lag auf der Erziehung der Kinder und dem Kennenlernen der Welt, und Schach war etwas, das Magnus unterwegs spielen konnte«, erklärte Henrik. »Wir legten die Route zwar so, dass er an vielen Turnieren teilnehmen konnte, aber das war nicht das Wichtigste.«

Das erste Mal sah ich Magnus, als die Familie gerade den zweiten Teil ihrer Reise angetreten hatte. Im Januar 2004 spielte ich in der Amateursektion in Wijk aan Zee und bemerkte einen 13-jährigen norwegischen Jungen in der Großmeistergruppe C. Dies war das dritthöchste Turnier des Festivals, das auf der Bühne nur wenige Meter vom Hauptturnier mit all den Weltklassespielern entfernt stattfand. Bei diesem Turnier gelang ihm sein internationaler Durchbruch.

Magnus begann mit sechs Siegen und zwei Remis, bevor er eine Partie verlor – aber mit drei weiteren Siegen und einem Remis gewann er die Gruppe mit 10½ aus 13. Er erzielte seine erste Großmeisternorm und stieg in die B-Gruppe des nächsten Jahres auf. In der Zwischenzeit wurde sein schöner Sieg gegen den niederländischen Großmeister Sipke Ernst in der vorletzten Runde in Schachmagazinen rund um den Globus besprochen. Er war ein wahrer »Wonderboy« (Wunderknabe), was auch der Titel der ersten Biografie über ihn wurde, die Agdestein im gleichen Jahr verfasste.

Der tschechisch-amerikanische Großmeister Lubomir Kavalek verglich Magnus mit dem Wunderkind aller Wunderkinder. »Im Januar 2004 nannte ich Magnus Carlsen zum ersten Mal den Mozart des Schachs«, schrieb Kavalek Jahre später. »Es war eine spontane Entscheidung in letzter Minute, um einen Abgabetermin für meine Kolumne in der *Washington Post* einzuhalten. Der Name wurde sofort aufgegriffen und verbreitete sich schnell. Er wurde benutzt, missbraucht, überstrapaziert.« Die

Sache ist die: Viele frühere Meister, darunter Morphy, Spasski und Fischer, wurden ebenfalls mit Mozart verglichen. »Wie reich doch die Schachwelt ist«, bemerkte der niederländische Schachautor Hans Ree. »Die Musikliebhaber haben ihren Mozart, aber wir haben mindestens elf davon.«

Zwei Monate später, im März 2004, kam es bei einem Schnellschachturnier in Reykjavík zu einem historischen Moment, als Magnus zum ersten Mal gegen Kasparow spielte. Das Zeitlimit betrug 25 Minuten pro Person plus fünf Sekunden pro Zug – das inzwischen übliche Fischer-Inkrement. Magnus, der zuvor Anatoli Karpow besiegt hatte, spielte erneut brillant. Er erreichte eine Gewinnstellung, schaffte am Schluss aber nur ein Remis. Dennoch war das ein gutes Ergebnis, das ihn zu einer nationalen Berühmtheit machte, da alle großen norwegischen Medien darüber berichteten. Nachdem er die zweite Partie verloren hatte, wurde Magnus mit den Worten zitiert: »Ich habe wie ein Kind gespielt.« Im nächsten Monat, also im April 2004, erfüllte dieses Kind alle Voraussetzungen, um mit 13 Jahren, vier Monaten und 26 Tagen der damals jüngste Großmeister der Welt zu werden.

Beim 2007er-Turnier in Wijk aan Zee, dem ersten, das ich als Reporter begleitete, debütierte Carlsen in der höchsten Gruppe. Er belegte den letzten Platz, und die allgemeine Meinung lautete, dieses Turnier wäre zu früh für ihn gekommen. Jedoch wurden die Kritiker schnell zum Schweigen gebracht, als er nur wenige Wochen später bei einem anderen Weltklasseturnier, in Linares, den geteilten zweiten Platz belegte. In einem Feld mit sieben der besten Großmeister der Welt war das ein brillantes Ergebnis für den inzwischen 16-jährigen Norweger.

Im September 2009 machte die norwegische Zeitung *Verdens Gang* die Nachricht publik, dass Kasparow unter strengster

Geheimhaltung Carlsen trainierte, eine Vereinbarung, die sechs Monate zuvor begonnen hatte und Anfang 2010 enden sollte. Die Nachricht kam just in dem Moment heraus, als Kasparow in Valencia eintraf, um gegen seinen alten Erzfeind Karpow zu spielen, der zur Unterstützung mehrere Großmeister mitgebracht hatte, während Kasparow nur mit seiner Frau, seiner Mutter und deren Begleitung kam. Als jemand diese bescheidene Entourage bedauerte, konterte Kasparow: »Aber ich komme gerade von einem Training mit Magnus!«

Carlsen, inzwischen 18 Jahre alt, war der viertbeste Spieler der Welt, und das Hauptziel des Trainings war es, ihn im folgenden Jahr an die Spitze zu bringen. Dies geschah schneller als erwartet. Ein spektakulärer Auftritt bei einem Turnier im chinesischen Nanjing, bei dem er auf einem Elo-Level von 3002 spielte, brachte ihn auf Platz zwei der Weltrangliste, und das London Chess Classic im Dezember gab ihm den letzten Schub in Richtung einer Wertungszahl von 2810. Das waren zwei Punkte weniger als Kasparows letztes veröffentlichtes Rating, aber am 1. Januar 2010, einen Monat nachdem er 19 Jahre alt geworden war, war Carlsen erstmals die offizielle Nummer eins der Welt. (Seit Juli 2011 hat er diese Position ohne Unterbrechung inne, inzwischen seit mehr als dreizehn Jahren.)

Im Herbst 2010 bekamen die Fans eine andere Seite von Carlsen zu sehen, und zwar eine, die das Spiel in einem breiteren Sinne popularisierte. Als erster Schachprofi wurde er als Model eingesetzt, nämlich für die Werbekampagne Herbst/Winter 2010 der niederländischen Marke G-Star Raw an der Seite der US-Schauspielerin Liv Tyler. Der niederländische Filmregisseur und Fotograf Anton Corbijn fotografierte die Kampagne, und plötzlich war Magnus auf Plakatwänden und in Modemagazinen in 80 Ländern zu sehen. Auch in der Frühjahr/Sommer-

Kampagne 2014 von G-Star war er zu sehen, diesmal mit dem Model Lily Cole. Wie der norwegische Schriftsteller Arne Danielsen feststellte, wurde Magnus Carlsen zu diesem Zeitpunkt zu einer *Marke*, und seine Modeaktivitäten entsprachen dem Credo damaliger Trendbeobachter: »Schlau ist das neue Sexy.«

Später begann Carlsen weitere Kooperationen außerhalb des Schachs, darunter Auftritte bei *Die Simpsons* und *Donald Duck* sowie in Werbespots. Mehrere Jahre lang war er globaler Botschafter für Unibet. Er half bei der Gestaltung eines Special-Edition-Schuhs für Puma und machte 2013 den Ehrenanstoß in einem LaLiga-Spiel für seinen Lieblingsverein Real Madrid. Im Dezember 2019 führte er kurzzeitig die offizielle Fantasy Premier League vor sieben Millionen anderen Spielern an, bevor er die Saison schließlich auf dem zehnten Platz beendete. Mehr als jeder Schachspieler zuvor hat Carlsen Verbindungen zu globalen Marken geknüpft und das Spiel auf seinem Weg vorangebracht.

Drei Jahre nachdem er erstmals die Nummer eins der Welt geworden war, wurde London zum Schauplatz eines weiteren besonderen Ereignisses für Carlsen. Am 8. Dezember 2012 brach er Kasparows Wertungsrekord von 2851. Ich habe ihn den ganzen Tag über gefilmt und ihn anschließend in der Lobby des Hilton London Kensington Hotels interviewt. »Ich finde das ziemlich cool«, sagte er mit einem Lächeln. »Das ist wahrscheinlich der größte Erfolg meiner bisherigen Karriere, denn es hat wohl kaum jemand damit gerechnet, dass dieser Rekord so bald gebrochen wird.«

In diesem Interview legte er eine Ehrlichkeit bezüglich seines Spiels an den Tag, wie man sie auch von Fischer und Kasparow kannte: »Meine Partien waren nicht brillant. Sie waren nicht schlecht, aber sie waren auch nicht brillant, also geht es vermutlich nur ums Kämpfen. Und ich glaube, dass man am Ende immer das bekommt, was man verdient, also denke ich, dass ich in gewisser Weise zumindest dieses Ergebnis verdient habe.«

Im März 2013 nahm Carlsen an einem Turnier teil, das sich als entscheidend für seine Karriere und gleichzeitig als eines der dramatischsten Ereignisse der Schachgeschichte erwies. Er war einer der acht Teilnehmer des Kandidatenturniers, eines doppelten Rundenturniers (alle acht Spieler traten zweimal gegeneinander an), dessen Sieger sich für ein Weltmeisterschaftsspiel gegen Viswanathan Anand qualifizieren würde. Eine Runde vor Schluss lag Carlsen punktgleich mit dem ehemaligen Weltmeister Wladimir Kramnik auf dem ersten Platz. Weil Carlsen einen Sieg mehr als Kramnik erzielt hatte, war er im Fall von Punktgleichheit vor dem Russen Erster.

An einem letzten Turniertag, wie ihn sich nicht einmal die besten Drehbuchautoren Hollywoods hätten ausdenken können, verloren Carlsen und Kramnik beide ihre Partien. Infolgedessen wurde Carlsen, weil er eine Partie mehr als Kramnik gewonnen hatte, zum Sieger erklärt.

»Ich glaube, viele andere Spieler hätten in der letzten Runde ein Remis angestrebt oder sich das Remis irgendwie gesichert«, sagte Carlsens Vater Henrik. »Aber er wollte diese Partie gewinnen und sein Schicksal selbst in die Hand nehmen. Darauf war ich sehr stolz.«

Die Anand-Carlsen-Weltmeisterschaft begann am 9. November 2013 im Hyatt Regency Hotel in Chennai, Indien – eine 15-minütige Fahrt von Anands Wohnort entfernt. Ich war unter den 150 anwesenden Journalisten (40 aus dem Ausland, die Hälfte davon aus Norwegen), einer Anzahl, wie ich sie noch nie bei einer Schachveranstaltung gesehen hatte.

»Magnus und ich haben beide die Intensität eines Einzelwettkampfs unterschätzt«, sagte Henrik mir. »Wir dachten: ›[Magnus] ist der beste Turnierspieler der Welt, er sollte spielen, als ob es ein Turnier wäre.‹ Aber als er zur ersten Partie kam, war er ziemlich nervös, und vor der zweiten zitterte er regelrecht. Er fummelte mit seinen Figuren herum und ließ zweimal eine fallen – so hatte ich ihn noch nie gesehen. Er war wirklich nah am Abgrund. Das Erlebnis war in gewisser Weise überlebensgroß, exotisch und ziemlich einzigartig.«

Nach vier Unentschieden war Carlsen der Erste, der eine Partie gewann, nur um in der nächsten gleich wieder zuzuschlagen. Der Rest des Wettkampfs sah einen weiteren Sieg für den Herausforderer sowie drei weitere Remis, was in diesem auf zwölf Partien angesetzten Match ausreichte, um Carlsen eine Woche vor seinem 23. Geburtstag zum 16. Schachweltmeister zu krönen.

Für meine Reportage darüber habe ich das inzwischen ikonische Foto meines norwegischen Freundes und Kollegen Tarjei Svensen verwendet, der damals für Carlsens soziale Medien verantwortlich war. Magnus steht in einem dunklen Anzug und einem weißen Hemd im Wasser, völlig durchnässt, aber mit zwei siegreich erhobenen Händen. Er war gerade von seinen Sponsoren während einer Siegesfeier mit Familie, Freunden, ehemaligen Trainern, Spendern und Fans, darunter der norwegische Botschafter in Indien und dessen Frau, in den Hotelpool geworfen worden. Am nächsten Tag wurde der neue Weltmeister bei der Abschlussfeier offiziell gekrönt, Stunden nachdem er mit Freunden, Sponsoren und Medienvertretern Basketball gespielt hatte. (Es gibt peinliche Fotos von mir, wie ich bei der Verteidigung gegen ihn fürchterlich versage).

Während des Matches spielte Carlsen an den Ruhetagen viel Fußball und Basketball. Er ist wahrscheinlich der größte Sportliebhaber unter den Spitzenschachspielern. Seit er klein war, hat er Fußball, Tennis und andere Ballsportarten gespielt. Ski fahren ist immer noch eine seiner Lieblingsbeschäftigungen, wenn er sich in Norwegen aufhält. Dadurch ist er körperlich rundum fit, was ihm bei vielen langen Partien, die ja bis zu sieben Stunden dauern können, geholfen hat – zum Beispiel bei der entscheidenden sechsten Partie in seinem WM-Match gegen Jan Nepomnjaschtschi in Dubai am 3. Dezember 2021, die er nach 136 Zügen, sieben Stunden und 46 Minuten Spielzeit gewann.

Ende 2023 beantwortete Carlsen die typische Sportreporterfrage, was ihm nach dieser Marathonpartie durch den Kopf ging: »Ich fühlte mich gut und hätte problemlos weitergespielt! Denn das war der entscheidende Durchbruch, der Moment, auf den ich in den bisherigen Partien dieses Matches gewartet hatte. Ich erinnere mich, dass ich in den letzten zweieinhalb Stunden ganz ruhig und konzentriert war. Ich spielte mit relativ wenig Zeit auf der Uhr, aber ich wusste: Das ist meine Chance! Wenn ich diese Partie gewinne, gewinne ich wahrscheinlich eine weitere Weltmeisterschaft, also wusste ich, dass das mein Moment war. Danach war ich so ruhig, dass ich sogar meinem Manager gesagt habe, ich könnte noch drei Stunden weiterspielen.«

Zurück ins Jahr 2013 und zu Carlsens Weltmeisterschaftskampf gegen Anand. Die Schachbegeisterung in Norwegen war wirklich unglaublich. Das Match wurde live auf der Website von *Verdens Gang*, der größten Zeitung des Landes, sowie zur besten Sendezeit im Fernsehen übertragen. Es gab fast eine Million gleichzeitige Zuschauer, während rund zweieinhalb Millionen Menschen zu irgendeinem Zeitpunkt einschalteten, was der Hälfte der norwegischen Bevölkerung entspricht. *Verdens Gang* kürte Carlsen zum »Mann des Jahres«, und bei der nationalen Sportgala räumte er die drei wichtigsten Preise ab.

Im darauffolgenden Jahr gewann Anand das Kandidatenturnier 2014 und qualifizierte sich damit für ein Rückmatch, was zeigt, dass Klasse von Dauer ist. Im russischen Sotschi verlor die indische Legende jedoch auch dieses zweite Match gegen Carlsen. Dieser bestritt seine nächsten beiden Titelkämpfe – 2016 gegen den Russen Sergei Karjakin und 2018 gegen den Amerikaner Fabiano Caruana – und entschied beide im Schnell-Tiebreak, nachdem es nach den regulären Partien 6 : 6 gestanden hatte. 2021 besiegte er Nepomnjaschtschi überzeugender, nämlich 7½ : 3½. Inzwischen hat er mehrere Goldmedaillen bei kürzeren Bedenkzeiten gewonnen, siebenmal die Blitzschach-Weltmeisterschaft und fünfmal die Schnellschach-WM.

Carlsen hält die längste ungeschlagene Serie in der Geschichte, da er zwischen August 2018 und Oktober 2020 in 125 Partien mit klassischer Bedenkzeit unbesiegt blieb. Seine höchste Elo-Zahl im klassischen Schach ist 2882; er hat sie zweimal in seiner Karriere erreicht, im Mai 2014 und im August 2019, und zwar auf unterschiedliche Arten. »Speziell 2019 habe ich sehr von der Eröffnungsvorbereitung profitiert, nachdem ich 2013/14 noch hauptsächlich versucht habe, die dahingehende Taktik meines Gegners zu umgehen, weil Eröffnungen ja damals nicht meine Stärke waren«, sagte er im Sommer 2022. In Kapitel 6 werden wir sehen, wie Carlsen seine Herangehensweise an das Spiel änderte und dank bemerkenswerter Computerentwicklungen auch in der Eröffnung stärker wurde.

Carlsen ist ein Spieler der modernen Ära, was bedeutet, dass viele seiner Veranstaltungen online stattgefunden haben. Er hat zahlreiche Internetturniere gewonnen, zuerst auf der Plattform Chess24 und dann, nach einer Fusion im Jahr 2022, auf Chess.com. Einer seiner härtesten Gegner in sehr schnellen Onlinepartien ist der amerikanische Großmeister Hikaru Nakamura, dem es gelang, ihn im Finale der Schnellschachmeisterschaft 2022 zu schlagen (Nakamura ist ein Spieler, über den wir in Kapitel 10 viel mehr erfahren werden). Carlsen revanchierte sich in der Ausgabe 2023, gewann aber nur knapp: 13½ : 12½. Er gewann auch die Ausgabe 2024.

Im Sommer 2022 schockierte Carlsen die Schachwelt mit der Ankündigung, dass er seinen Weltmeistertitel nicht verteidigen werde. »Mir fehlt die Motivation, ein weiteres Match zu spielen. Ich habe einfach das Gefühl, dass ich nicht viel zu gewinnen habe«, sagte er in einem norwegischen Podcast. Zum Glück für seine vielen Fans hat er sich nicht wie Kasparow zur Ruhe gesetzt oder ist wie Fischer abgetaucht. Carlsen spielt immer noch eine Menge Turniere, online und offline, und hat bis jetzt seinen ersten Platz in der Rangliste behalten. An seinem Vermächtnis wird weiterhin geschrieben.

Warum ist Carlsen besser als seine Konkurrenten? Kasparow hat gesagt: »Magnus ist eine tödliche Kombination aus Fischer und Karpow, was sehr ungewöhnlich ist, denn Fischers Stil war sehr dynamisch, er kämpfte bis zum letzten Bauern und nutzte jede verfügbare Ressource. Karpow war ganz anders. Er hatte eine unvergleichliche Fähigkeit, jede Figur mit einem maximalen Effekt einzusetzen.« Henrik Carlsen vertrat die Ansicht, dass Karpow seinem Sohn stilistisch näherstand als Fischer, wobei Magnus Karpows Fähigkeiten auf die nächste Stufe hob: »Fischer hatte mehr von Fischer in sich als Magnus, aber ob Karpow mehr von Karpow in sich hatte als Magnus, kann ich nicht mit Sicherheit sagen.«

Die Frage, warum Carlsen seinen Rivalen überlegen ist, stellte ich der niederländischen Nummer eins, Anish Giri, der Dutzende Male gegen Carlsen gespielt hatte. Seine Antwort war aufschlussreich:

Er macht das, was jeder macht: hier ein bisschen besser, dort ein bisschen besser. Aber das Beste an ihm ist, dass er ein wahnsinniges Gespür für Mustererkennung hat, was eine unterbewusste Sache ist, die irgendwo tief in den Gräben deines Gedächtnisses liegt. Aber man kann versuchen, es aufzuspüren, etwa: »Wo habe ich das schon mal gesehen?« Und dann kann es so etwas sein wie: »Ah, das ist tatsächlich so ähnlich wie die Fischer-Taimanow-Partie.« Magnus hat die beste Mustererkennung: die passive, intuitive, bei der er die Stellung sieht und weiß, dass Weiß besser steht. Seine Einschätzungen sind genau richtig, besonders bei Stellungen, die positionell sind, wenn nichts Konkretes vorhanden ist [ohne direkte, forcierte Taktik]. Wenn er sich mit einem anderen Spitzenspieler über eine Stellung streitet, hat er, glaube ich, in 29 von 30 Fällen recht. Sehr beeindruckend ist außerdem, dass er auch sofort sagt, woran ihn das erinnert. Er weiß also, woher die Verbindung kommt. Seine Mustererkennung ist nicht nur besser, sie ist auch näher an seinem Bewusstsein. Die beiden sind bei ihm besser verbunden. Und was mich auch beeindruckt, ist die Geschwindigkeit seiner Verbindungen, das Bewusstsein seines Unterbewusstseins. Dass er so schnell erkennt, was er sieht. Ich denke, das macht Talent aus.

Wer ist der GOAT? (Greatest of All Time)

Am 8. Oktober 2023 stellte der verstorbene Kelvin Kiptum aus Kenia in Chicago mit 2:00:35 Stunden den offiziellen Marathon-Weltrekord auf. Im Jahr 1925 war der Amerikaner Albert Michelsen mit einer Zeit von 2:29:01 der Schnellste beim Port Chester-Marathonlauf gewesen. Am 11. Februar 2024 schwamm der Chinese Pan Zhanle in Doha die 100 Meter Freistil auf der Langbahn (50-Meter-Becken) in 46,80 Sekunden. Der Amerikaner Johnny Weissmuller hatte 1924 für dieselbe Strecke in Miami 57,4 Sekunden benötigt. Innerhalb eines Jahrhunderts sind die besten Läufer und Schwimmer etwa 20 Prozent schneller geworden. Im Laufe der Zeit werden die Athleten in fast jeder Sportart besser und stärker, Jahrzehnt für Jahrzehnt. Die berühmteste Ausnahme ist Bob Beamon, dessen Weitsprung-Weltrekord von 8,90 m bei den Olympischen Spielen 1968 in Mexiko City fast 23 Jahre lang Bestand hatte, bis er 1991 von Mike Powell gebrochen wurde. Beamons Leistung war unglaublich und ihrer Zeit weit voraus.

Die Athleten jüngerer Generationen übertreffen regelmäßig ihre Vorgänger, weil es Fortschritte bei den Trainingsmethoden gibt und das Wissen über Ernährung, Schlaf und andere relevante Faktoren ständig zunimmt. Das macht es auch schwieriger oder vielleicht unsinnig, Teilnehmer aus verschiedenen Zeiträumen zu vergleichen. War Kareem Abdul-Jabbar besser als Michael Jordan? Hätten Sie lieber Shohei Ohtani in Ihrem Team als Babe Ruth? Die Zeiten sind anders, alles ist anders. Lediglich der Boxsport könnte hier eine Ausnahme bilden, denn es wurde behauptet, dass die Großen der Vergangenheit den Großen von heute ebenbürtig oder sogar besser als diese sind. Aber wie ist das im Schach?

Man sollte meinen, dass das Elo-Rating-System das perfekte Werkzeug für solche Vergleiche von Schachspielern ist. Wir haben die Zahlen, die uns sagen, wer der beste Spieler ist oder war, richtig? Nur gibt es da leider zwei Probleme.

Zunächst einmal hat Arpad Elo seine Berechnungen erst in den 1960er-Jahren eingeführt, sodass wir alle großen Meister aus der Zeit davor außer Acht lassen müssen. Ein größeres Problem ergibt sich aus der Natur des Bewertungssystems, auf die Elo selbst hingewiesen hat: Es liefert keine konkreten Zahlen für ein bestimmtes Spielniveau, sondern misst stattdessen die Stärke eines Spielers *im Vergleich zu seinen Zeitgenossen*. In Bezug auf unsere Fragestellung kann es uns nur sagen, wie sehr jemand seine Konkurrenten dominiert hat. Bereits 1962 stellte Elo fest, dass es sich bei den Ratings nur um Näherungswerte handelt. Er verglich die Berechnungen mit der »Messung der Position eines Korkens, der sich im aufgewühlten Wasser auf und nieder bewegt, mit einem Zollstock, der an einem Seil befestigt ist und im Wind schwankt«.

In den späten 1990er- und frühen 2000er-Jahren bestätigte der amerikanische Statistiker Jeff Sonas das zweite Problem, löste aber mehr oder weniger das erste. Mit seiner eigenen Ratingformel wertete er die Stärke historischer Turniere und die Leistungsratings der Spieler aus. Auf dieser Grundlage berechnete er monatliche historische Bewertungen, die bis ins Jahr 1843 zurückreichen. Seine wichtigsten Schlussfolgerungen: Bobby Fischer stellte den größten Abstand zwischen der Nummer eins und dem Rest der Welt her, aber seine Spitzenposition dauerte nur ein paar Monate an, dann zog er sich zurück. Emanuel Lasker war am längsten Weltmeister (27 Jahre) und stand die meisten Monate an der Spitze von Sonas' Rangliste, aber in seiner Karriere gab es mehrere Phasen, in denen er kaum spielte, unter anderem während des Ersten Weltkriegs. Der dominanteste Spieler aller Zeiten war demnach Garri Kasparow. Eines der Argumente von Sonas (das sich auf seine eigene Formel bezieht, nicht auf die offiziellen FIDE-Ratings) ist ziemlich überzeugend: »Über einen Zeitraum von 18,5 Jahren kam in keiner der monatlichen Listen jemand auch nur auf zehn Ratingpunkte an Kasparow heran.«

Wir können uns nun darauf einigen, dass Kasparow Fischer an Dominanz übertrifft, und sei es nur wegen der Langlebigkeit, die Fischer fehlt. Aber was ist mit Carlsen? Sonas können wir nicht fragen, denn der hat nach Kasparows Rücktritt aufgehört, sich mit diesem Thema zu beschäftigen. Zwei Experten haben die GOAT-Frage jedoch vor Kurzem beantwortet.

Ende 2020 veröffentlichten die Großmeister Jan Gustafsson und Peter Heine Nielsen auf Chess24 ihre Liste der 50 größten Spieler aller Zeiten. Ihre Top 3: Kasparow, Carlsen, Fischer, in dieser Reihenfolge. Nielsen sagte: »Es gibt nichts zu besprechen, so einfach ist das.« Gustafsson: »Der Einzige, der es mit ihm [Kasparow] aufnehmen kann, ist Magnus. Wenn er noch einmal zehn Jahre so spielt wie bisher, können wir weiterreden. Das wird im Jahr 2030 der Fall sein, wenn wir diese Reihe wiederholen.«

Im Jahr 2017 wählte der französische Forscher Jean-Marc Alliot einen anderen Ansatz. Anstatt sich an Ratings zu orientieren, verwendete er eine Schachengine, um die *Qualität der Züge* in 26 000 Partien aller Weltmeister seit Wilhelm Steinitz zu untersuchen. Sein Modell sagte die Ergebnisse der Partien sehr genau voraus, und zwar besser als Vorhersagen auf der Grundlage von Elo-Punkten. Alliots Liste, die auf dem Jahr basiert, in dem die einzelnen Spieler auf ihrem Höhepunkt waren, hatte eine interessante Nummer zwei: 1. Carlsen (bestes Jahr: 2013); 2. Kramnik (1999); 3. Fischer (1971); 4. Kasparow (2001). Im selben Jahr, 2017, führte Chess.com seinen Computer Aggregated Precision Score (CAPS) ein, ein enginebasiertes Tool, das die Spielstärke eines Schachspielers bzw. die Qualität seiner Züge in einer Schachpartie bewertet. Die dadurch gewonnene Top-4-Liste war ganz ähnlich: 1. Carlsen; 2. Kramnik; 3. Kasparow; 4. Fischer.

Im August 2023 wies der amerikanische Großmeister Larry Kaufman darauf hin, dass solche Forschungen überarbeitet werden müssen, denn Spieler, die vor allem darauf achten, nicht zu verlieren, und sich in Endspielen auszeichnen, spielen mehr

Remis als Spieler, die vor allem gewinnen und auf Angriff setzen; Remispartien würden in der Regel eine viel höhere Gesamtqualität der Züge aufweisen als Entscheidungspartien. Kaufman führte seine eigenen Untersuchungen durch, bei denen er Remispartien aus den Daten ausschloss und sich auf Spiele beschränkte, die Teil von Weltmeisterschaftskämpfen und -turnieren, Kandidatenkämpfen oder -turnieren und Interzonenturnieren waren. All dies verlief auf Kosten Kramniks, denn auf Kaufmans Liste steht Carlsen an erster, Kasparow an zweiter und Fischer an dritter Stelle.

Das Fazit ist, dass Carlsen von allen Spielern, die je gelebt haben, die höchste *objektive Spielqualität* gezeigt hat. Wie auch immer man es betrachten möchte und welchen Spieler man auch immer bevorzugt, es lässt sich nicht leugnen, dass der norwegische Superstar für die besten Züge verantwortlich ist, die je gespielt wurden. Es ist unmöglich zu sagen, ob er auch der talentierteste Spieler ist, der je gelebt hat, denn wie alle modernen Athleten hat Carlsen von einem größeren Wissensschatz, neuesten Trainingsmethoden und den stärksten Computer-Engines profitiert. (Carlsen selbst platzierte Kasparow im August 2022 immer noch leicht vor sich, als er sagte: »Garri ist in der Regel die Nummer eins, weil er so lange im Wettbewerb war.«)

Der »frühere GOAT«, Kasparow, war, wie wir in den folgenden Kapiteln sehen werden, ein Pionier in Sachen Computereinsatz. Fischer hingegen musste gänzlich ohne Maschinen auskommen. Tatsächlich hatte er während des größten Teils seiner Karriere kaum Sekundanten oder Trainer, obwohl seine geschätzte Eloleistung während seiner Spitzenzeit von 1970–1972 bei über 2800 lag, dem Niveau der absoluten Spitzenspieler von heute. Man stelle sich nur vor, was er in der heutigen Zeit hätte leisten können. John Donaldson glaubte: »Wenn Bobby Fischer

Zugang zu heutigen Engines und zu ChessBase hätte und er genau so wäre wie damals, dann würde er doch zwölf Stunden am Tag lernen, oder? Ich meine, er würde zum Turnier kommen, und wahrscheinlich käme so etwas wie Dampf aus seinem Gehirn, so richtig durchgegart.« Fischer mag nach allgemein anerkannten Kriterien nicht der objektive GOAT sein, aber was er, größtenteils im Alleingang, erreicht hat, ist vielleicht doch einzigartig – so einzigartig, wie Bob Beamon im Weitsprung war.

*

Mit seiner 1500-jährigen Geschichte, die unauslöschliche Spuren in Kunst, Literatur und Wissenschaft hinterlassen hat, hat sich das Schachspiel als einzigartiges kulturelles Phänomen etabliert. Eine Welt ohne das Spiel der Könige ist unvorstellbar. Und mittlerweile haben auch die Könige des Spiels ihre Spuren hinterlassen: Fischer, Kasparow und Carlsen haben die Geschichte des Schachs in der westlichen Kultur auf einzigartige Weise geprägt. Wie wir in den nächsten beiden Teilen des Buches herausfinden werden, wurde das Schachspiel populärer denn je, nachdem zwei immense Kräfte das Spiel stark beeinflusst hatten – der Computer und das Internet.

TEIL II

Der Einfluss der KI: Wie der Computer das Spiel verändert hat

Kapitel 5

KI und Schach: Von Babbage zu Deep Blue

»Am Strand spielt ein Mann Schach gegen seinen Hund. Leute versammeln sich um das Brett, und jemand sagt: ›Das ist aber ein kluger Hund!‹ Der Mann entgegnet: ›Wieso klug? Ich habe ihn gerade 3 zu 1 geschlagen!‹«

Berühmter russischer Witz

Es ist der 11. Mai 1997, und im 35. Stock des Equitable Center in der Seventh Avenue in Midtown Manhattan spielt sich ein Drama ab. Der 34-jährige Garri Kasparow, bester Schachspieler der Welt, sitzt mit dem Kopf in der linken Hand und blickt in die Menge. In der ersten Reihe sieht er seine Mutter Klara, die ihn zu all seinen wichtigen Matches begleitet. Er beginnt, den Kopf zu schütteln. Kasparow braucht noch ein paar Sekunden, um das Unvermeidliche zu akzeptieren, dann reicht er dem Mann, der die Gegenzüge ausgeführt hatte, die Hand, unterschreibt schnell den Spielberichtsbogen und verlässt mit erhobenen Händen den Raum.

Das Video von Kasparows Aufgabe wurde weltweit in den Nachrichtensendungen gezeigt, als der Sieg des Supercomputers Deep Blue als Sieg der Maschine über die Menschheit verkündet wurde. Das Video ging bereits ein Jahrzehnt vor Entstehung der sozialen Medien viral. In seiner Late-Night-Show scherzte David Letterman: »Am Wochenende wurde Schachweltmeister

Garri Kasparow von dem IBM-Computer Deep Blue besiegt. Deep Blue besiegte Garri Kasparow. In einer ähnlichen Geschichte unterlagen die New York Mets heute einem Mikrowellenherd.«

Der Sieg von Deep Blue gegen Garri Kasparow im Jahr 1997 war ein bedeutender Meilenstein für die künstliche Intelligenz. Damals symbolisierte das Match den Wettbewerb zwischen Menschen und Computern auf der höchsten Intelligenzstufe und machte Deep Blues Sieg zu einem Marker für das Potenzial der KI, die menschliche Leistung bei komplexen Aufgaben zu übertreffen. Es war ein legendärer Wettkampf, der seinen Ursprung fast zweihundert Jahre zuvor hatte, als ein junger Mann über Automaten staunte.

Charles Babbage und die Analytische Maschine

Im Jahr 1800 betrat ein etwa neunjähriger Junge in Begleitung seiner Mutter die Tiefen von John Joseph Merlins Mechanical Museum im Herzen Londons. Es war ein rätselhafter Ort voller Spielereien und Wunder, darunter ein Glücksspielautomat, Perpetuum-mobile-Uhren und eine Sammlung verführerischer Spieldosen. Wie gebannt betrachtete der Junge die geheimnisvollen Apparate, die er da vor sich hatte. Er ahnte nicht, dass an diesem schicksalhaften Tag im Zentrum Londons einer der ersten Keime der künstlichen Intelligenz tief in seinen jungen Geist eingepflanzt wurde. Der Name des Jungen war Charles Babbage.

Der berühmte Mathematiker, Philosoph, Erfinder und Maschinenbauingenieur des 19. Jahrhunderts entwarf 1822 seine Differenzmaschine, eine kühne Kreation zur Erzeugung fehlerfreier logarithmischer Tabellen. Sie war ein frühes Beispiel für einen mechanischen Computer, wobei der Begriff Computer als eine Maschine zu verstehen ist, die etwas berechnen oder ausrechnen kann.

Um 1833 begann Babbage mit der Arbeit an seiner noch ehrgeizigeren Analytischen Maschine. Dabei handelte es sich um einen mechanischen Allzweckcomputer, der mit Lochkarten programmiert werden sollte und über einen Speicher, eine Mühle für Berechnungen und eine Steuereinheit für die Befehlsabfolge verfügte. Er sollte arithmetische Operationen durchführen, bedingte Verzweigungen und Schleifen unterstützen und Zwischenergebnisse speichern.

Keine von Babbages Maschinen, die etwa so groß wie ein Zimmer und außerordentlich schwer gewesen wären, wurde zu seinen Lebzeiten fertiggestellt, da es zu Streitigkeiten mit den Mechanikern kam und die Finanzierung durch die britische Regierung ausblieb. Dennoch legten sie den Grundstein für die späteren Entwicklungen in der Computertechnik des 20. Jahrhunderts.

In seiner Autobiografie *Passagen aus einem Philosophenleben* (1864) schrieb Babbage, er wollte eine Maschine entwickeln, »welche in der Lage wäre, ein Spiel zu spielen, zu dem intellektuelles Geschick erforderlich ist« wie Tic-Tac-Toe, Dame oder Schach. Er kam zu dem Schluss, dass es theoretisch möglich sein sollte, Schach jedoch in der Praxis an Grenzen stoßen würde. »Demzufolge hing die ganze Frage, ob man einen Automaten dazu bringen könne, ein Spiel zu spielen, von den Möglichkeiten der Maschine ab, all die Myriaden von Kombinationen darstellen zu können«, schrieb Babbage. Diese »Myriaden von Kombinationen« erwiesen sich als zu groß für eine solche Maschine (und wir werden bald erfahren, warum): »Wenn man für ein sehr langes Schachspiel einhundert Züge für jede Seite annahm, überstiegen die Möglichkeiten der Analytischen Maschine hinsichtlich der involvierten Kombinationen bei weitem selbst die für ein Schachspiel erforderlichen.« Er verbrachte mehr Zeit mit Tic-Tac-Toe, aber auch hier hinterließ er zwar viele Entwurfsskizzen, konnte jedoch selbst keine Maschine bauen.[22]

Obwohl Babbages Einfluss auf das Computerschach begrenzt ist, gibt es eine Verbindung zwischen seiner Analytischen Maschine und den ersten Computern des 20. Jahrhunderts. Es ist daher faszinierend zu sehen, dass einer der klügsten Köpfe seiner Zeit zumindest in die gleiche Richtung dachte wie die ersten Erforscher der künstlichen Intelligenz, und das bereits einhundert Jahre früher. Auch in diesem Fall hatte das Schachspiel seinen Beitrag geleistet.

Alan Turing und seine Papiermaschine

Wenn ich Sie als Leser frage, wann denn das erste Computerschachprogramm geschrieben wurde, werden Sie wahrscheinlich nachgrübeln, vor wie viel Jahren die ersten elektronischen Computer auftauchten. Die Antwort wird Sie jedoch verblüffen: Es war ein paar Jahre *bevor* ein solcher Computer das Licht der Welt erblickte. Der Mann, der es schrieb, war Alan Turing.

Der 1912 in London geborene Turing wurde zu einem der brillantesten und visionärsten Köpfe des 20. Jahrhunderts. Seine Beiträge zur Informatik, seine Rolle als Codeknacker während des Zweiten Weltkriegs in Bletchley Park und seine Pionierarbeit auf dem Gebiet der künstlichen Intelligenz und der frühen Computerentwicklung haben sein Vermächtnis sichergestellt. Oh, und er war auch ein Freund des Schachs.

Während seiner Arbeit in Bletchley Park hatte Turing in den Pausen reichlich Gelegenheit zum Spielen. Unter den Codebrechern, die regelmäßig die verschlüsselten Botschaften der Deutschen, Italiener und Japaner aufzulösen versuchten, waren viele starke Schachspieler, darunter drei Mitglieder des englischen Nationalteams: Conel Hugh O'Donel Alexander (der damals amtierende britische Meister), Stuart Milner-Barry und Harry Golombek.

Im Jahr 1948, als Turing 36 Jahre alt war, begann er mit dem Schreiben seines Schachprogramms. Mithilfe seines Freundes David Champernowne programmierte Turing nicht nur die Spielregeln, sondern schuf auch eine Reihe von Werten für die Figuren (Bauer = 1, Springer = 3, Läufer = 3 ½, Turm = 5, Dame = 10) und einige Funktionen zur Bewertung der Stellung, bei denen Faktoren wie die Beweglichkeit der Figuren, ihre jeweilige Sicherheit, die Rochade, das Schach und das Matt numerische Werte erhielten. Einige dieser Ideen sind immer noch wertvolle Konzepte, die von modernen Schachprogrammen verwendet werden.

Turing und Champernowne nannten ihr Schachspielprogramm »Turochamp«, auch bekannt als »Turings Papiermaschine«. Da ein Computer, der das Programm ausführen konnte, nicht existierte, musste Turing den Algorithmus für jeden Zug durchgehen und den nächsten Zug von Turochamp mit Bleistift und Papier berechnen und so als menschliche »Zentralrecheneinheit« (central processing unit; CPU) fungieren. Der gesamte Prozess dauerte mehr als eine halbe Stunde pro Zug.

Zu dieser Zeit hatte sich Turings Schachcomputerprogramm aus dem entwickelt, was als »Turing-Maschine« bezeichnet wurde. Er beschrieb sie in seinem berühmten Aufsatz »On Computable Numbers«, den er 1936 im Alter von 24 Jahren veröffentlichte. Turing gab hier die mathematische Beschreibung einer *universellen Maschine,* ein abstraktes Modell eines Rechengeräts, das Informationen bzw. Daten verarbeiten kann.

In seinem 1950 veröffentlichten Aufsatz »Computing Machinery and Intelligence« (Rechenmaschinen und Intelligenz) warf Turing eine zentrale Frage auf, die bis heute leidenschaftliche Debatten auslöst: Können Maschinen *denken*? Auf der Suche nach der Antwort stellte Turing zunächst fest, dass man die Begriffe »Maschine« und »denken« definieren muss, schlug dann aber etwas ganz anderes vor, das er »imitation game« (Nachahmungsspiel) nannte. Dieser Gedanke, der in dem gleichnamigen biografischen Spielfilm von 2014 dargestellt wird, ist heute als »Turing-Test« unsterblich gemacht. Er besagt, dass die Grenzen der Intelligenz verschwimmen, wenn die Reaktion eines Computers nicht mehr von der eines Menschen zu unterscheiden ist und der Computer als *denkend* angesehen werden kann.

Heutzutage wird die grundlegende Bedeutung des Turing-Tests im Bereich der KI wahrscheinlich etwas überschätzt. Tatsächlich sah Turing selbst den Begriff eher als eine philosophische Idee, ein hilfreiches Gedankenexperiment denn als strenge formale Prüfung. In einem Podcast vom Juli 2023 beschrieb der israelische Historiker Yuval Noah Harari den Turing-Test zutreffend als »einen sozialen Test, keinen logischen Beweis«.

Das Schöne an Turings Aufsatz aus dem Jahr 1950 ist jedoch, dass auf diesen Seiten die gemeinsame Reise von Schach und KI durch das 20. Jahrhundert und darüber hinaus begann. In seinem Imitationsspiel gibt Turing vier Beispielfragen (von einem Menschen beantwortet, daher die falsche Zahl bei Frage zwei), von denen zwei mit Schach zu tun haben:

F: Bitte schreib mir ein Sonett über die Forth Bridge.

A: Da muss ich passen, Gedichte waren noch nie meine Stärke.

F: Addiere 34 957 zu 70 764.

A: (Schweigt etwa 30 Sekunden und gibt dann die Antwort) 105 621.

F: Spielst du Schach?

A: Ja.

F: Ich habe K auf K1 und keine anderen Figuren. Du hast nur K auf K6 and T auf T1. Du bist am Zug. Was tust du?

A: (Nach einer Pause von 15 Sekunden) T-T8 Matt.

(Wenn die Notation der Schachzüge seltsam aussieht, liegt das daran, dass damals die *beschreibende* Notation noch üblicher war als die heute übliche *algebraische* Notation, die Koordinaten von Feldern verwendet, z. B. 1.e4, 2.Sf3.) Wie Garri Kasparow 2012 kommentierte, siedelte Turing in dem oben genannten Dialog das Schach irgendwo zwischen einfacher Addition und Poesie an. Kein schlechter Platz für unser Spiel!

Der Autor des vorliegenden Buches konnte der Versuchung nicht widerstehen, ChatGPT mit denselben »Aufforderungen« zu füttern, um zu sehen, was der Turing-Test im Jahr 2023 ergibt. Die Antworten, die ich erhielt, zeigen vor allem, dass der Chatbot sich zu diesem Zeitpunkt zwar mit Texten auskannte, aber nicht wirklich wusste, wie man Schach spielt:

F: Bitte schreib mir ein Sonett über die Forth Bridge.

A: Upon the Firth of Forth, a bridge stands tall,
A marvel of steel, engineering's delight.
It stands against the storm, will never fall,
A beacon in the day, a star at night.

Three diamond towers, reaching for the sky,
An icon of the North, proud and true.
Steel girders forming lines that please the eye,
Connecting banks where once a ferry flew.

Across the waters, trains in rhythm move,
On tracks suspended high above the tide.
Each crossing a testament to human groove,
Of perseverance, pride, and nation's stride.

So here's to Forth Bridge, in elegance draped,
Man's triumph over space, in steel shaped.

F: Addiere 34 957 zu 70 764.

A: Die Summe von 34 957 und 70 764 ist 105 721.

F: Spielst du Schach?

A: Als eine von OpenAI entwickelte KI »spiele« ich nicht wirklich Schach in dem Sinne, wie es Menschen tun. Ich kann aber sicherlich dabei helfen, das Spiel zu verstehen, die Regeln zu erklären, Strategien zu diskutieren oder Züge und Stellungen zu analysieren. Wenn Sie eine Situation aus einer Partie vorgeben, kann ich helfen, sie zu interpretieren oder mögliche Züge vorzuschlagen.

F: Ich habe K auf K1 und keine anderen Figuren. Du hast nur K auf K6 and T auf T1. Du bist am Zug. Was tust du?

A: In dem von Ihnen beschriebenen Szenario ist es wichtig, den gegnerischen König daran zu hindern, eine sichere Stellung zu beziehen. Der beste Zug wäre, Ihren Turm zu verwenden, um ihn schachmatt zu setzen. Sie können dies tun, indem Sie Ihren Turm von T1 nach T2 ziehen. Der König auf K1 hat keine zulässigen Züge und wird vom Turm auf T2 kontrolliert, was von Ihrem König auf K6 unterstützt wird und zu einem Schachmatt führt. Bitte beachten Sie, dass die Namenskonventionen für Schachstellungen je nach verwendetem System variieren können.

Die schachbezogene Antwort von ChatGPT enthielt ein paar richtige Fakten, aber der vorgeschlagene Zug war unsinnig. Das lag aber vermutlich nicht daran, dass ChatGPT durch die beschreibende Notation verwirrt wurde, eher *verstand* es Schach einfach noch nicht (zumindest in Version 3.5). Das ist zum heutigen Zeitpunkt immer noch das Hauptproblem mit großen Sprachmodellen (large language models; LLMs): Sie sind noch nicht so weit, wirklich so zu verstehen, wie es Menschen tun (wobei kaum jemand *sie* versteht ...).

Ursprünglich dachte ich, dass ChatGPT, um *denken* und Schachprobleme *lösen* zu können, irgendwie mit einem Schachprogramm verbunden sein müsste, weil es sonst nur Sprache verwendet, indem es vorhersagt, welches nächste Wort im Satz den meisten Sinn ergibt. Aber wenn wir das mit einem Schachprogramm kombinieren könnten, hätten wir die Schachversion der künstlichen allgemeinen Intelligenz (artificial general intelligence; AGI), die nach Ansicht einiger Experten weniger als ein Jahrzehnt entfernt sein könnte.

Aber viele Monate nachdem ich begonnen hatte, dieses Buch zu schreiben, stieß ich auf eine spezielle Version des inzwischen berüchtigten Chatbots namens »GPT-3.5-turbo-instruct«, der im September 2023 von OpenAI veröffentlicht wurde. Es handelt sich dabei um ein sehr vielseitiges Tool, dem man präzisere Anweisungen zur Ausführung verschiedener Aufgaben oder zur Beantwortung von Fragen geben kann. Und siehe da, es spielt auch Schach, und zwar auf dem Niveau eines durchschnittlichen Vereinsspielers, ohne dass eine Verbindung zu einem tatsächlichen Schachprogramm besteht. Wie ist das möglich?

In einem Onlineartikel vom Januar 2024 erklärte der Forschungsingenieur Adam Karvonen, dass dieses Modell nur darauf trainiert wurde, das nächste Zeichen in Schachnotation (1.e4 e5 2.Sf3 ...) vorherzusagen, und dass ihm nie explizit die

Situation auf dem Brett oder die Schachregeln vorgegeben wurden: »Trotzdem lernt es, um das nächste Zeichen besser vorherzusagen, den Zustand des Bretts zu jedem Zeitpunkt der Partie zu berechnen, und es lernt einen vielfältigen Satz von Regeln, einschließlich Schach, Schachmatt, Rochade, en passant, Bauernumwandlung, gefesselte Figuren usw. Um das nächste Zeichen besser vorhersagen zu können, lernt es außerdem, latente Variablen wie die Elo-Zahl der Spieler in der Partie zu berücksichtigen.«

Eine anständige Schachpartie zu spielen, indem der nächste Zug anhand der Notation errechnet und dadurch viel mehr über das eigentliche Spiel gelernt wird, ist einfach unglaublich. Es zeigt auch, wie schnell sich große Sprachmodelle entwickeln – und dass jedes Urteil, das man heute über ihre Fähigkeiten fällt, morgen schon überholt sein könnte.

Kurz vor Fertigstellung der ersten Fassung dieses Buches, im Februar 2024, habe ich Turings letzte Frage noch einmal eingegeben, und jetzt hat ChatGPT (immer noch Version 3.5!) sie perfekt beantwortet: »In der von Ihnen beschriebenen Situation, mit Ihrem König auf K1 und keinen anderen Figuren, und meinem König auf K6 und Turm auf T1, würde ich Turm auf T8 spielen und Ihren König auf K1 schachmatt setzen. Dieser Zug bringt den Turm auf die achte Reihe und setzt Ihren König auf seiner Grundreihe schachmatt.«

Claude Shannon und seine Zahl

Turings Vortrag vor der Royal Astronomical Society im Jahr 1947 gilt als früheste öffentliche Erörterung einer maschinellen Intelligenz. Mit seinem Aufsatz von 1950 und seinem Schach spielenden Computerprogramm zeigte er zum ersten Mal, dass

Schach ein Modell für mechanisches Denken und maschinelle Intelligenz sein kann. In den frühen 1950er-Jahren war das Spiel ein Testgebiet für den neuen, in Entwicklung befindlichen Bereich der Informatik.

Im Jahr 1943 arbeitete Turing zwei Monate lang in den Bell Telephone Laboratories in New York City an der Sprachverschlüsselung. Dort lernte er den Mathematiker und Elektrotechniker Claude Shannon kennen, dessen Artikel ›A Mathematical Theory of Communication‹ aus dem Jahr 1948 zum Gründungsdokument der Informationstheorie werden sollte. Wie Turing arbeitete auch Shannon während des Zweiten Weltkriegs an der Kryptoanalyse, und die beiden kultivierten Herren teilten ein Interesse am Schachspiel. Scheinbar vollkommen unabhängig von Turing veröffentlichte Shannon 1950 einen Artikel mit dem Titel »Programming a Computer for Playing Chess«, basierend auf einem Vortrag, den er am 9. März 1949 vor dem Institute of Radio Engineers gehalten hatte – rein zufällig der sechste Geburtstag von Bobby Fischer.

»Diese Studie befasst sich mit dem Problem, eine Rechenroutine oder ein Programm für einen modernen Universalcomputer zu konstruieren, das es ihm ermöglicht, Schach zu spielen«, begann Shannon seinen Artikel. Auch für ihn war das Schachspiel ein Testgebiet, das sich als hilfreich für andere Bereiche erweisen konnte. Die Konstruktion eines Schachcomputerprogramms war zwar »vielleicht nicht von praktischer Bedeutung«, wie er schrieb, »aber die Frage ist von theoretischem Interesse, und man darf hoffen, dass eine zufriedenstellende Lösung dieses Problems als Keil dient, um andere Probleme ähnlicher Art und von größerer Bedeutung attackieren zu können.« Shannon erklärte auch, warum Schach so wertvoll war:

Die Schachmaschine ist ein idealer Ausgangspunkt, denn: (1) Das Problem ist sowohl in den erlaubten Operationen (den Zügen) als auch im Endziel (Schachmatt) klar definiert; (2) es ist weder so einfach, dass es trivial wäre, noch zu schwierig für eine befriedigende Lösung; (3) beim Schachspiel wird im Allgemeinen davon ausgegangen, dass für ein kompetentes Spiel »Denken« erforderlich ist; eine Lösung dieses Problems wird uns zwingen, entweder die Möglichkeit eines mechanisierten Denkens zuzulassen oder unser Konzept des »Denkens« weiter einzuschränken; (4) die diskrete (aufgeteilte) Struktur des Schachspiels passt gut zur digitalen Anlage moderner Computer.

> Shannon stellte die Theorie auf, dass es für jede Stellung in einer Schachpartie drei mögliche Bewertungen gibt: eine Gewinnstellung für Weiß, eine Remisstellung oder eine Gewinnstellung für Schwarz. Um eine perfekte, fehlerfreie Partie zu spielen, muss das Programm nur von der Ausgangsstellung bis zum Moment des Schachmatts oder der unentschiedenen Stellung rechnen und sehen, welches Ergebnis sich daraus ergibt, um zu entscheiden, welchen ersten Zug es machen muss. Einfach? Schon, aber trotzdem gibt es da ein kleines Problem.

Die Sache ist die: Es gibt eine Menge möglicher Spiele zu berechnen. Sehr viele sogar. Im ersten Kapitel haben wir die Macht des exponentiellen Wachstums anhand der Legende über die Weizenkörner und das Schachbrett gesehen, und hier ist es nicht anders. Wie einmal sehr schön formuliert wurde, ist die Anzahl der möglichen Spielverläufe größer als die Anzahl der Atome im Universum, und Shannon war der Erste, der darauf hinwies. Hier ist der Grund dafür.

In der Ausgangsstellung hat Weiß 20 mögliche Eröffnungszüge (acht Bauern können um ein oder zwei Felder verschoben werden, und jeder Springer, die einzige Figur, die andere Figuren oder Bauern überspringen darf, kann auf zwei verschiedene Felder ziehen). Schwarz hat die gleichen 20 Möglichkeiten, es gibt also 20 × 20 = 400 Möglichkeiten, eine Schachpartie mit einem Zug pro Seite zu beginnen. Wenn wir Weiß einen weiteren Zug geben, wächst die Zahl der Varianten schnell auf 8902, und wenn wir einen zweiten Zug für Schwarz hinzufügen, gibt es 197 281 verschiedene Möglichkeiten für den Beginn. Mit dem Fortschreiten der Partie wächst der Baum der Möglichkeiten mit einer exponentiellen Rate, die unmöglich zu erfassen ist.

Ausgehend von durchschnittlich etwa eintausend (10^3) Möglichkeiten für ein Zugpaar und einer Spieldauer von etwa 40 solcher Zugpaare kam Shannon zu dem Schluss, dass es 10^{120} Varianten (mögliche Spiele) gibt, die sich aus der Ausgangsstellung berechnen lassen, was nicht mehr und nicht weniger ist als eine Eins gefolgt von 120 Nullen. Dies ist die sogenannte *Shannon-Zahl.* Und sie ist rein zufällig viel (viel!) größer als die Anzahl der Atome im beobachtbaren Universum, die auf 10^{78} bis 10^{82} geschätzt wird. Wie Babbage erkannte auch Shannon, dass Schach *ein ziemlich komplexes Spiel ist.*

Okay, was machen wir jetzt damit? Vielleicht sind wir zu ehrgeizig, und die perfekte Schachpartie spielen zu wollen setzt die Messlatte ziemlich hoch. Magnus Carlsen wäre sicherlich der Erste, der zugeben würde, dass er Weltmeister wurde, obwohl er alles andere als perfektes Schach spielte. Shannons Plan war stattdessen, ein Programm zu schaffen, das »eine ordentliche Partie spielen kann, vielleicht vergleichbar mit der eines guten menschlichen Spielers«.

Er bemühte sich, eine *Strategie* zu entwickeln: die Auswahl aus den zulässigen Zügen in einer Schachstellung auf Grundlage der *Evaluation* oder *Bewertung* dieser Stellung. Genau wie Turing und Champernowne berücksichtigte Shannon den relativen Wert der Schachfiguren (z. B., dass der Turm ungefähr fünf Bauern wert ist) sowie die Sicherheit des Königs, nur sprach er dabei auch über anspruchsvollere Konzepte wie »offene Linien« und »schwache Bauern«.

Aber wie stellen wir sicher, dass ein Computer aus dem unendlichen Universum der Möglichkeiten einen vernünftigen Zug auswählt, ohne allzu lange nachzudenken? Auch hier war Shannon maßgeblich an der Entwicklung des Computerschachs beteiligt, indem er zwei Arten der Suche nach dem besten Zug in einer Stellung unterschied. Typ A ist als »Brute-Force-Suche« bekannt, bei der jede Variante bis zu einer bestimmten Tiefe – beispielsweise drei Züge für jede Seite – untersucht wird und dann eine Entscheidung getroffen wird. Die alternative Methode, Typ B, ist die »*selektive* Suche«: Hier betrachtet der Computer nicht jedes Mal alle möglichen Züge, sondern nur die *wichtigen* Zweige des Baums, d. h. die Zweige, die z. B. Schachgebote, das Schlagen von Figuren und Angriffszüge enthalten.

Unabhängig von Shannon präsentierte Turing ein Jahr später ähnliche Ideen in seinem Artikel »Digital Computers Applied to Games« (1951). Daher gebührt Shannon das Verdienst, als Erster eine Strategie zu Papier gebracht zu haben, mit der ein Computer seine Züge sorgfältig auswählt, während Turing für immer als Architekt des allerersten Schachalgorithmus gelten darf.

Frühe Schachprogramme

Etwa zur gleichen Zeit, als Turing und Shannon ihre bahnbrechenden Arbeiten über Schach und Computerintelligenz verfassten, erblickte die erste Generation elektronischer Computer das Licht der Welt. Zwischen 1935 und 1945 wurden die ersten digitalen Rechenmaschinen gebaut, was vor allem auf den Bedarf an mathematischen Kalkulationen für die Kriegsführung zurückzuführen war. Diese Maschinen wurden für die Erstellung von Tabellen, für ballistische Berechnungen und zum Entschlüsseln von Codes entwickelt.

Schach war immer noch zu komplex für die frühen elektronischen Computer, die in den 1950er-Jahren aufkamen, aber das hielt die Menschen nicht davon ab, zu versuchen, Schach in die riesigen Großrechner zu programmieren, die den Platz eines geräumigen Wohnzimmers einnahmen. (Abgesehen von den Verbesserungen bezüglich Geschwindigkeit und Speicherplatz war der auffälligste Teil der Computerentwicklung in der zweiten Hälfte des 20. Jahrhunderts ihre veränderte Größe.) Die Herausforderung war einfach zu aufregend, um sie zu ignorieren, denn Schach, das berühmte Brettspiel, das sein Renommee über die Jahrhunderte hinweg bewahrt hatte, galt als repräsentativer Maßstab für Intelligenz. Und wenn das Schachspiel »eine Nummer zu groß« war, dann musste man es einfach … verkleinern.

Genau das tat ein Team von Wissenschaftlern am Los Alamos Scientific Laboratory in New Mexico, wo die Atombombe erfunden wurde. Ihr Labor führte die für Atomwaffen notwendigen Berechnungen mit dem hochmodernen Computer MANIAC I durch. In ihrer Freizeit, wenn sie nicht mit der Weiterentwicklung der mörderischsten Waffe der Menschheitsgeschichte beschäftigt waren, entwickelten die Forscher ein Schachprogramm, das auf einem kleineren Schachbrett mit nur 6 × 6 Feldern und ohne Läufer spielen konnte. Warum? Weil selbst der MANIAC in Bezug auf Speicher und Rechenleistung zu beschränkt war, um mit 8 × 8 Feldern und 32 Figuren zurechtzukommen. Auf jeden Fall funktionierte dieses »gehandicapte«

Computerschachprogramm, und es soll 1956 sogar eine Partie gegen jemanden gewonnen haben, der die Regeln erst eine Woche zuvor gelernt hatte. Dies war also das erste Mal, dass eine Maschine einen Menschen in einer Partie Schach geschlagen hat.

Das amerikanische Technologieunternehmen International Business Machines beschäftigte sich nicht erst für die berühmten Wettkämpfe in den 1990er-Jahren mit dem Computerschach, sondern bereits viel früher. Tatsächlich hatte IBM schon vier Jahrzehnte bevor Weltmeister Kasparow im Schach besiegt wurde einen Rekord aufgestellt. Im Jahr 1957 war ein IBM 704, eine 9,7 Tonnen schwere Vakuumröhrenmaschine, der erste Großrechner, auf der eine voll automatisierte Software Schach (ohne Einschränkung des Bretts oder der Regeln) spielen konnte. Das Programm wurde von dem IBM-Ingenieur und Mathematiker Alex Bernstein geschrieben und brauchte für einen Zug etwa acht Minuten.

Auf der Website des Computer History Museums sind wunderbare Aufnahmen von Bernstein zu sehen, wie er hinter einem Schachspiel neben einer riesigen Maschine voller Leuchten, Knöpfe und Hebel sitzt. Dazu heißt es, das Schachprogramm wurde dem Computer über eine Magnetbandspule übermittelt. Während Bernstein die Züge für beide Seiten auf dem Schachbrett ausführte, teilte er sie dem IBM 704 mit, indem er etwa ein Dutzend Hebel in einer bestimmten Reihenfolge herunterdrückte und wieder anhob. Die Maschine druckte nach jedem Zug die neue Stellung aus, und nachdem sie ihren neuen Zug berechnet hatte, druckte sie auch diesen aus. Wie tief hat dieser Computer gedacht? Am besten hören wir uns den Filmkommentar an:

> Bei der Berechnung ihrer Züge betrachtet die Maschine das Brett Feld für Feld. Ist das jeweilige Feld besetzt? Von wessen Figuren? Wird es angegriffen? Kann es verteidigt werden? Kann es besetzt werden? All dies dauert für Computerverhältnisse sehr lange: eine Zehntelsekunde. Nun wählt der Computer seinen Zug aus. Er hat etwa 30 mögliche Züge. Nachdem er acht vorläufige Fragen zu jedem von ihnen gestellt hat, wählt er sieben von den 30 für die weitere Analyse aus. Er testet jeden der sieben bis vier Züge im Voraus, wobei er die möglichen Antworten seines Gegners und seine eigenen möglichen Gegenantworten in jedem Fall berücksichtigt. Er prüft 2800 Stellungen in acht Minuten.

Wie wir sehen, war Bernsteins Programm in Shannons Diktion ein Typ-B-Denker, denn neben der Brute-Force-Berechnung gab es auch eine Form der selektiven Suche. Hätte er jedoch in einer neuen Partie die gleichen Züge wiederholt, dann hätte der Computer genau die gleichen Züge errechnet – und auf genau die gleiche Weise verloren.

Das Filmmaterial endet mit: »Eines Tages, wenn auch nicht bald, könnte nach Mr Bernsteins Ansicht ein Programm entwickelt werden, das es dem Computer ermöglicht, aus seinen eigenen Fehlern zu lernen und sein Schachspiel auf der Grundlage seiner Erfahrungen gegen menschliche Gegner zu verbessern.« Es sollte weitere 60 Jahre dauern, bis AlphaZero auf der Bildfläche erschien (wir werden dieses Computerprogramm im nächsten Kapitel kennenlernen) und das verstärkende Lernen (neben künstlichen neuronalen Netzwerken) zu einem Schlüsselfaktor bei der Verbesserung von Schachengines wurde.

Auf der Basis von Bernsteins wegweisendem Schachprogramm schufen Alan Kotok und vier seiner Kommilitonen am Massachusetts Institute of Technology (MIT) 1962 eine verbesserte Version, die auch auf einem neueren Computer lief: dem IBM 7090. Da wir hier auf Rekorde aus sind, erwähne ich Kotoks Programm vor allem deshalb, weil es der erste Schachcomputer war, der *gegen einen anderen Schachcomputer verlor.*

Diese Geschichte beginnt im Jahr 1965 mit einem Besuch des Computerwissenschaftlers John McCarthy (der 1956 den Begriff »artificial intelligence«, also »künstliche Intelligenz«, prägte) in der Sowjetunion. Die Sowjets waren nicht untätig gewesen, denn sie hatten nicht nur ihre eigene Atombombe entwickelt, sondern auch ihr eigenes Schachprogramm. In Moskau sprach McCarthy über seinen Schüler Kotok und dessen Programm, woraufhin er zu einer Schachpartie gegen das sowjetische Programm herausgefordert wurde. Ein Jahr später, ein halbes Jahrzehnt vor Fischer – Spasski, wurde 1966/67 eine Computerpartie zwischen den USA und der UdSSR per Telegrafie ausgetragen, die der sowjetische Computer gewann. (Nicht, dass ich damit irgendeinen Verstoß gegen das Fair Play andeuten möchte, aber es sollte erwähnt werden, dass das russische Team von einem gewissen Michail Botwinnik beraten wurde, der nicht nur einen Doktortitel in Elektrotechnik hatte, sondern rein zufällig auch ehemaliger Schachweltmeister war.) Das sowjetische Schachprogramm wurde zu Kaissa weiterentwickelt, dem ersten Gewinner der Computerschach-WM im Jahr 1974. Zu diesem Zeitpunkt waren bereits etwa 200 Schachprogramme entwickelt worden, und ab da organisierte man regelmäßig (anfangs alle drei Jahre) spezielle Weltmeisterschaftsturniere für Schachcomputer.

Während dieser ersten offiziellen WM, die in Stockholm stattfand, konnte Kaissa wegen seines einzigartigen sowjetischen Betriebssystems nicht auf einem lokalen Rechner laufen. Stattdessen lief es auf einem Rechner in Moskau, von wo aus man die Züge telefonisch übermittelte. Da die Organisatoren befürchteten, dass die Sowjets mit ihrem Programm schummeln und sich jemand in die Züge einmischen könnte, hatten sie dafür gesorgt, dass jemand im Computerraum war und die Weitergabe der Züge überwachte.

Die Levy-Wette

Der britische Schachmeister David Levy war maßgeblich an der Organisation dieser frühen Computerschachturniere in den 1970er-Jahren beteiligt und blieb auch danach jahrzehntelang eine Schlüsselfigur in der Welt des Computerschachs. Im August 1968 besuchte Levy einen Workshop über maschinelle Intelligenz an der Universität Edinburgh. Auf einer Cocktailparty gewann er eine Schachpartie gegen John McCarthy, der damals in Stanford arbeitete. Nach dem Spiel sagte McCarthy: »Okay, David, mich kannst du vielleicht schlagen, aber ich bin sicher, dass es schon in zehn Jahren ein Computerprogramm gibt, das *dich* schlagen kann!«

Der Optimismus der Computerpioniere war zu jener Zeit bemerkenswert. Ein Jahrzehnt zuvor, 1957, hatte der amerikanische Wirtschafts- und Politikwissenschaftler Herbert Simon, der auch in der Informatik tätig war, verkündet, dass ein digitaler Computer innerhalb von zehn Jahren den Schachweltmeister schlagen würde. Damit lag er drei Jahrzehnte daneben. Es ist anzumerken, dass Schachspieler bei der Vorhersage viel besser abschnitten. Der berühmte russische Großmeister Juri Awerbach, der viele Jahre lang der älteste Großmeister der Welt war, bis er im Mai 2022 im Alter von 100 Jahren starb, trat 1963 in einer Moskauer Fernsehsendung auf und prophezeite, ein Computer würde den Schachweltmeister im Jahr 1998 schlagen. Ziemlich nah dran!

Aber zurück zu dieser Cocktailparty im Jahr 1968. Levy, der amtierende schottische Meister, hielt die Vorhersage von John McCarthy für baren Unsinn und wettete 500 Pfund (entspricht heutigen 1250 Dollar) dagegen, was mehr als die Hälfte seines Jahresgehalts war. McCarthy wandte sich an Donald Michie, einen britischen Informatiker, der mit Alan Turing und anderen in Bletchley Park gearbeitet hatte und ebenfalls im Raum war. Als Michie hörte, um was es ging, sagte er: »Kann ich die Hälfte wetten?« In den darauffolgenden Jahren schlossen sich noch andere Forscher im Bereich der maschinellen Intelligenz an und erhöhten die Wette, bis sie 1974 auf 1250 Pfund angewachsen war.

Erst 1977 war ein Schachprogramm stark genug, um einen anständigen Kampf zu liefern und die Wette ernsthaft zu testen. Levy spielte gegen CHESS 4.5, ein Programm, das von Larry Atkin, Keith Gorlen und David Slate, Computerwissenschaftlern der Northwestern University, entwickelt worden war. Das Programm hatte bereits gegen Menschen bei Turnieren gespielt und sogar das Minnesota Open gewonnen. Die Art und Weise, wie Levy das Match in seinem Buch *More Chess and Computers* aus dem Jahr 1980 beschreibt, erinnert an die Gefühle Kasparows, als dieser fast zwanzig Jahre später Deep Blue gegenüberstand: »Für mich war der Moment gekommen, mich meiner Verantwortung zu stellen und die Menschheit gegen die bevorstehende Invasion zu verteidigen.« Levy gewann die erste Partie, woraufhin die zweite nicht mehr gespielt wurde, weil der Computer bei dem auf zwei Partien angelegten Match bestenfalls ein Unentschieden erreichen konnte.

In den folgenden Monaten gewann Levy einige weitere Wettkämpfe, darunter einen gegen MacHack, ein von Richard Greenblatt am MIT entwickeltes Programm. Dieses Programm, das auch als Greenblatt-Schachprogramm bekannt ist, hatte im Frühjahr 1977 gegen keinen Geringeren als Bobby Fischer gespielt. (Fischer besiegte das Schachprogramm in drei Partien und schickte die Notation an den *Computer Chess Newsletter*. Dies waren Fischers erste veröffentlichte Partien seit seinem Match gegen Boris Spasski im Jahr 1972 und die letzten bis zu ihrem Rematch 1992.) Kurz vor Ablauf der Zehnjahresfrist der Wette, im August/September 1978, spielte Levy ein Match mit sechs Partien gegen CHESS 4.7, die neueste Version von Slate und Atkins, die auf einem CDC-Cyber-176-Großrechner in Minneapolis lief. Im Smoking und in einer schalldichten Kabine auf der Canadian National Exhibition in Toronto gewann Levy auch dieses Match, aber diesmal gelang es dem Computer, eine Partie unentschieden zu spielen und eine andere zu gewinnen. Die Welt war Zeuge eines seriösen Wettkampfs mit dem ersten Computersieg gegen einen menschlichen Schachmeister! Levy bezeichnete dies als Ende einer Ära in den Annalen des Computerschachs: »Ich hatte bewiesen, dass meine Einschätzung von 1968 richtig gewesen war, aber andererseits war mein Gegner in diesem Match sehr, sehr viel stärker, als ich es zu Beginn der Wette für möglich gehalten hätte.«

Kurz nachdem er die Wette gewonnen hatte, setzte Levy seinerseits einen Preis von 1000 Dollar für das erste Programmierteam aus, das ein Programm schrieb, welches ihn in einem Match über vier oder sechs Partien besiegen würde – die Zeitschrift *Omni* legte noch einmal 4000 Dollar drauf. Es brauchte noch ein paar Jahre (und einen weiteren gescheiterten Versuch durch das Programm Cray Blitz im Jahr 1984), aber 1989 war es so weit. Dem Programm Deep Thought gelang es, Levy zu schlagen und alle vier Partien zu gewinnen – wahrhaftig das Ende einer Ära. Nun ja, Levys Ära.

»Ich war ziemlich glücklich«, sagte er viel später. »Ich hatte einen guten Lauf für mein Geld gehabt: 21 Jahre gegenüber einer ursprünglichen Wette von zehn Jahren. Ich denke, im Kampf zwischen Mensch und Maschine habe ich ziemlich gut standgehalten. Ich habe viel Publicity bekommen, das war sehr gut für meine Karriere.«

Während die Computeringenieure in den 1960er- und 1970er-Jahren hoffnungslos optimistisch waren, wiesen Schachgroßmeister eifrig genau darauf hin (und sei es auch nur, um ihren besonderen Status als intelligente Denker zu verteidigen). Und sie hatten recht: Diese frühen Schachprogramme spielten, einfach ausgedrückt, ziemlich katastrophal. Ein weiterer Faktor war, dass sie nur sehr langsam besser wurden. Der Fortschritt der Computer machte damals nicht einmal 200 Elopunkte pro Jahrzehnt aus – eine Differenz, die Menschen oft mit wenigen Jahren des Studiums und aktiven Spiels schließen können.

In seinem berühmten Buch *Gödel, Escher, Bach* aus dem Jahr 1979 (dt. 1985) inspirierte eine Diskussion über die Entwicklung von Schachcomputern Douglas Hofstadter dazu, das »Hofstadter'sche Gesetz« zu formulieren: »Es braucht immer länger, als man erwartet, sogar wenn man das Hofstadter'sche Gesetz berücksichtigt.« Demzufolge war Herbert Simons fehlerhafte Vorhersage von 1957 »nur ein weiterer Beweis für das ziemlich rekursive Hofstadter'sche Gesetz«.[23]

Obwohl es noch einige Jahre dauern sollte, bis die Menschen Anlass zur Sorge hatten, gab es 1980 eine kleine Revolution in der Welt des Computerschachs, als das Programm Belle die Computerschach-WM im österreichischen Linz vor 17 anderen Programmen gewann. Belle wurde von Ken Thompson entwickelt und nach den Bell Telephone Laboratories (heute bekannt als Bell Labs) benannt, wo Thompson vier Jahrzehnte nach Turing arbeitete.

Thompson ist ein legendärer Name in der Informatik: als Entwickler mehrerer Programmiersprachen und einer der beiden Erfinder (neben Dennis Ritchie) des Unix-Betriebssystems – der Grundlage von Apple-Computern und Android-Handys. »Ken ist der klügste Mensch, den ich je getroffen habe«, sagte mir der deutsche Computerschachexperte Frederic Friedel.

Thompson schrieb im Jahr 1971 sein erstes Schachprogramm für Unix, das in den folgenden Jahren viele verschiedene Iterationen durchlief. Besonders stark wurde es, nachdem Joe Condon, ein Kollege Thompsons in den Bell Labs, einen hardwarebasierten Zuggenerator implementierte, der mit der Softwareversion von Belle verwendet werden konnte. Im Jahr 1980 konnte er auf einem LSI-11-Computer mit dieser speziellen »Schachhardware« 100 000 bis 200 000 Züge pro Sekunde berechnen. Computerprogramme nahmen nun auch an menschlichen Turnieren teil, sodass sie für eine Elo-Wertung infrage kamen. 1983 war Belle der erste Computer, der nach dem Titelsystem der United States Chess Federation (USCF) den Rang eines »Meisters« erreichte.

Kasparow gegen Deep Blue, 1996

Am 5. Juni 1985, fünf Monate bevor er Anatoli Karpow schlug und der 13. Schachweltmeister wurde, spielte Garri Kasparow eine bemerkenswerte Simultanvorstellung in Hamburg. Jeder einzelne seiner Gegner war ein Mikrocomputer. Die vier führenden Unternehmen der damaligen Zeit, die Schachcomputer für den Verbrauchermarkt herstellten, Hegener & Glaser, Fidelity Electronics, Novag und SciSys, nahmen jeweils mit ihren vier stärksten Modellen teil. Kasparow gewann alle Partien – 32 : 0. Er bezeichnet diese Zeit gerne als »die gute alte Zeit des Computerschachs«, und es ist auch verständlich, warum. Die 1980er-Jahre sollten das letzte Jahrzehnt sein, in dem die Menschen noch über Schach spielende Computer lachen konnten.

Wie durch Zufall konzipierten in genau diesem Jahr 1985 drei Studenten der Informatik an der Carnegie Mellon University in Pittsburgh, Pennsylvania – Feng-Hsiung Hsu, Thomas Anantharaman und Murray Campbell – ein Schachprogramm namens ChipTest. Es basierte auf der neuen VLSI-Technologie (Very Large-Scale Integration), die es ermöglichte, Millionen von Transistoren auf einem einzigen Chip unterzubringen. Hsu hatte an einem speziellen Schachzuggenerator-Chip gearbeitet – mit anderen Worten, einem Prozessor, der nur für eine einzige Aufgabe entwickelt wurde: zum Schachspielen. Solche Chips wurden dann vervielfältigt und parallel verwendet, sodass sein frühes Programm etwa 50 000 Züge pro Sekunde absuchen konnte. »Ich hatte den grundlegenden Bauplan für die Mutter aller Schachmaschinen, eine Maschine, die den Weltmeister besiegen konnte. Somit hatte ich die Chance, mit dem ältesten heiligen Gral der Computerwissenschaft nachzujagen und möglicherweise Geschichte zu schreiben«, schrieb der in Taiwan geborene Hsu später.

Weitere Entwicklungen verbesserten ChipTest erheblich in Bezug auf Programmierung und Suche, und 1988 wurde es in Deep Thought umbenannt, nach dem Supercomputer in Douglas Adams' *Per Anhalter durch die Galaxis*. Ein Jahr später gewann Deep Thought dank 720 000 Zugberechnungen pro Sekunde die World Computer Chess Championship 1989 mit einem perfekten Ergebnis von 5 : 0. Deep Thought erregte noch mehr Aufmerksamkeit, als er an einem offenen Turnier im kalifornischen Long Beach teilnahm und der erste Computer wurde, der in einem offiziellen Turnier einen menschlichen Großmeister besiegte. Das Opfer war kein Geringerer als Bent Larsen, ein ehemaliger Weltmeisterschaftskandidat aus Dänemark. Später im selben Jahr siegte Deep Thought gegen David Levy, der die oben beschriebene Wette abgeschlossen hatte, mit 4 : 0.

In der Zwischenzeit hatte sich Kasparow mit dem bereits erwähnten Friedel angefreundet, der das von Kasparow gespielte Computersimultan mitorganisiert hatte. Anhand der Korrespondenz zwischen Friedel und dem Deep-Thought-Team kann man gut sehen, wie sich Kasparows Denken über Computer veränderte:

> Anfang 1988: »Computer werden niemals Großmeister schlagen.«
> Mitte 1988: »Computer werden niemals starke Großmeister schlagen.«
> Ende 1988: »Okay, ja, Bent [Larsen] ist ein starker Großmeister. Aber ein Computer wird niemals Karpow oder mich schlagen.«

Wenig später spielte Kasparow gegen Deep Thought, nämlich im Oktober 1989 in der New York Academy of Art. Er gewann beide Partien mit Leichtigkeit, nur war das erst der Anfang der Reise von IBM. Murray Campbell war im September in das Unternehmen eingetreten, und Hsu kam einen Monat später hinzu, nachdem er seine Doktorarbeit an der Carnegie Mellon University verteidigt hatte. Hsu arbeitete bis 1999 als Systemarchitekt und Chipdesigner im T. J. Watson Research Centre von IBM in Westchester County. Wie er und Campbell bei IBM gelandet sind, ist eine großartige Geschichte. Peter Brown, der an der Carnegie Mellon University in Informatik promoviert hatte, arbeitete in der IBM-Sprachgruppe und entwickelte Computersoftware zur Transkription gesprochener Texte.

Brown hatte von dem Team und dem Projekt von Hsu gehört. In seinem 2002 erschienenen Buch *Behind Deep Blue* schrieb Hsu:

> Peter befand sich zufällig auf der Herrentoilette mit Abe Peled, dem Vizepräsidenten für Computerwissenschaft bei IBM Research. Sie sprachen darüber, wie teuer die Werbespots für den Super Bowl im Fernsehen waren. Peter meinte, er wüsste vielleicht einen Weg, wie man mit weitaus geringeren Kosten eine noch größere Bekanntheit erreichen könnte. Er kenne da eine Gruppe von Studenten, die sich an der Carnegie Mellon University mit Computerschach beschäftigten, und sei zuversichtlich, dass dieses Team die erste Schachmaschine entwickeln würde, die den Weltmeister schlagen könnte. In Anbetracht der historischen Bedeutung der Aufgabe und des latenten öffentlichen Interesses könnte IBM damit einen enormen Werbeeffekt erzielen. Und übrigens, die Mitglieder des Teams seien Weltklasseleute, die IBM ohnehin gerne einstellen würde. Abe wurde neugierig und bat Peter, die Sache zu prüfen.

Anfang 1996 war die Zeit für das größte Mensch-gegen-Maschine-Duell der Geschichte gekommen. Endlich würde sich der Schachweltmeister selbst ans Brett setzen und einem Silizium-Gegner stellen, der buchstäblich Nerven aus Stahl hat. Kasparow hatte sich bereit erklärt, anlässlich des 50-jährigen Bestehens der Association for Computing Machinery (ACM) ein Match über sechs Partien gegen die neueste Version von IBM anzutreten, die nun den Namen Deep Blue (nach IBMs Spitznamen Big Blue) trug. Es wurde zwischen dem 10. und 17. Februar im Philadelphia Convention Center um ein Preisgeld von 500 000 Dollar gespielt, von denen 400 000 Dollar an den Sieger gingen.

Deep Blue lief auf einem IBM RS/6000-SP-Supercomputer. Die 36-Knoten-Maschine in einem Labor in Yorktown Heights, New York, bestand aus 16-CPU-Frames und vier Workstations mit 216 Schachchips, die zusammenarbeiteten und eine vom amerikanischen Großmeister Joel Benjamin entwickelte ausgefeilte Datei von Eröffnungszügen verwendeten. Dies bedeutete, dass die Maschine während der Eröffnungsphase nicht denken musste, sondern sich auf vorprogrammierte Züge verlassen konnte, die aus der Praxis menschlicher Großmeister stammten und sich dort bewährt hatten.

Sechseinhalb Jahre nachdem sein jüngerer Bruder Deep Thought gegen Kasparow chancenlos gewesen war, zeigte sich Deep Blue der Aufgabe gewachsen: Er gewann die erste Partie. Dies war ein historischer erster Sieg des Computers gegen den stärksten menschlichen Spieler in einer Partie mit klassischer Bedenkzeit. Abgesehen von der unglaublichen Suchgeschwindigkeit von 100 Millionen Stellungen pro Sekunde gab es noch einen weiteren Grund, warum dieser Computer so stark war. Hsu erklärte, dass die speziellen Schachchips die Spielpositionen gründlicher auswerteten als jedes andere Schachprogramm: »Fast jeder Bewertung wurde direkt auf dem Chip berechnet.«

Dieser erste Sieg eines Computers war sofort Thema auf den Titelseiten von Zeitungen wie der *New York Times* und *USA Today* sowie in Fernsehsendungen wie *The Tonight Show*, *Late Night with David Letterman* und *Saturday Night Live*. Das Interesse an diesem Match übertraf alle Erwartungen. »Die Website zum IBM-Match wurde schnell zur bislang beliebtesten Website und übertraf sogar die Seiten zum Super Bowl und zur Swimsuit Edition von *Sports Illustrated*«, schrieb Hsu. Die Schachfans hatten Schwierigkeiten, auf die Website zuzugreifen, weshalb IBM zur Bewältigung der Serverlast einen weiteren IBM-RS/6000-SP-

Supercomputer zur Verfügung stellte, der mit demjenigen identisch war, auf dem Deep Blue lief.

Bei einem Spaziergang, den Kasparow am Abend dieser ersten Partie in den Straßen von Philadelphia machte, fragte er seinen Freund Friedel: »Frederic, was ist, wenn dieses Ding unbesiegbar ist?« Tatsächlich war es das noch nicht. In der zweiten Partie revanchierte sich Kasparow umgehend, woraufhin zwei Remis folgten. Erst mal herrschte also Gleichstand, aber dann beendete Kasparow das Match mit zwei Siegen und gewann überzeugend – ohne allerdings zu ahnen, dass hier zum letzten Mal ein Mensch ein mehrrundiges Match gegen einen Computer gewonnen hatte.

Das Match von 1997: der Heilige Gral

Angesichts des großen Medieninteresses, das die Begegnung erregt hatte, dauerte es nicht lange, bis IBM ein Wiederholungsmatch vorschlug, und Kasparow stimmte zu. Diese historische Begegnung für Schach und KI gleichermaßen fand vom 3. bis 11. Mai 1997 im New Yorker Equitable Center statt, dem Sitz der Versicherungsgesellschaft Equitable. Überall in Manhattan hingen Plakate mit einem Porträt von Kasparow, der über die Schachfiguren wacht, und dem Slogan: »Wie bringt man einen Computer zum Blinzeln?«

Die Zuschauer verfolgten das Geschehen in einem 480 Sitze umfassenden Auditorium im Untergeschoss, wobei Großmeister Yasser Seirawan, der damalige Internationale Meister (heute Großmeister) Maurice Ashley sowie der Computerexperte und Internationale Meister Mike Valvo als Kommentatoren fungierten. Sie hatten Zugang zu Fritz 4 und konnten damit jederzeit ein anderes Siliziumgehirn konsultieren. An der Vorderseite befanden sich drei riesige Bildschirme. Der linke zeigte die Liveübertragung aus einem Studio im 35. Stock, wo die Partien stattfanden.

Für diese Revanche entwickelte IBM einen neuen RS/6000-SP-Supercomputer mit doppelter CPU-Geschwindigkeit, 480 neuen Schachchips und einer neuen Bewertungsfunktion, die auf Trainingspartien mit Großmeistern basierte. Die Berechnungsgeschwindigkeit hatte sich ebenfalls verdoppelt und lag bei unglaublichen 200 Millionen Stellungen pro Sekunde. Die Maschine wog 1,5 Tonnen und hatte in der Herstellung 10 Millionen Dollar gekostet. Das Preisgeld betrug 1,1 Millionen Dollar, von denen der Sieger 700 000 erhielt, nur wussten beide Seiten natürlich, dass viel mehr auf dem Spiel stand.

Von Anfang an war das Medieninteresse groß. Zur ersten Pressekonferenz kamen 200 Journalisten, darunter die Teams von Fernsehsendern wie ABC, CBS, NBC, CNN, Fox und der BBC. Im Laufe der Begegnung trafen immer mehr Reporter ein, sodass die Pressekonferenzen in einen größeren Raum verlegt werden mussten. Die Medien bezeichneten das Match als einen Kampf zwischen Mensch und Maschine, und *Newsweek* titelte: »The Brain's Last Stand« – das letzte Gefecht des Gehirns. Sechs Jahre später schrieb Hsu in seinem Buch, dass er das anders sah: als einen Kampf zwischen »dem Menschen als Spieler und dem Menschen als Werkzeugmacher«.

In den ersten vier Partien war der Spielverlauf spiegelbildlich zu dem des Vorjahres. Diesmal startete der 34-jährige Kasparow mit einem Sieg, verlor dann aber die zweite Partie, gefolgt von zwei Remis. Sein Sieg in der ersten Partie erfolgte überraschend leicht, aber das Team von Deep Blue war danach trotzdem zufrieden. Die IBM-Leute freuten sich über das hohe Spielniveau, das sie gesehen hatten, und wussten, dass sie nur geringfügige

Anpassungen vornehmen mussten, um die Probleme der ersten Partie zu beheben, die hauptsächlich mit der richtigen Bewertung der Königssicherheit zusammenhingen. Dann kam die zweite Partie – im Nachhinein betrachtet die Schlüsselpartie für das gesamte Match.

Deep Blue agierte bemerkenswert gut in einem eher »geschlossenen« Mittelspiel, das heißt in einer Stellung mit blockierter Bauernformation im Zentrum. Normalerweise waren Menschen in solchen Stellungen, die langfristige Manöver erfordern, den Maschinen überlegen. Nur wusste Kasparow nicht, dass Joel Benjamin Deep Blue monatelang speziell für solche Stellungen trainiert hatte. Der Computer kontrollierte mehr Raum und verdoppelte geschickt seine Türme auf einer Linie, bevor er sie öffnete. Das erinnerte mich an ein berühmtes Manöver von Kasparows Erzfeind Anatoli Karpow, der einst einen Läufer einsetzte, um eine Linie zu »schließen«, bevor er sie unter seine Kontrolle brachte. Die Programmierer freuten sich, dass eine kürzliche Aktualisierung ihrer Bewertungsfunktion jetzt zum Tragen kam und Deep Blue offene Linien mehr schätzte.

Ganz unerwartet eröffnete der Computer eine neue Front am Königsflügel (mit einem Zug, der sich seltsam menschlich anfühlte!), bevor er mit seinen Figuren am Damenflügel eindrang. Kasparow beschloss, einen Bauern zu opfern, aber erneut sorgte Deep Blue für Überraschung, indem er das Opfer nicht annahm. Stattdessen machte er einen stillen Läuferzug – ein weiterer Zug, der an die Spielweise von Kasparows größtem menschlichen Rivalen erinnert. »Vielleicht haben sie Karpow in Moskau angerufen«, scherzte einer der Kommentatoren während der Partie. Der Zug war subtil, aber tödlich, und ein paar Züge später warf Kasparow das Handtuch.

Es war die beste Partie, die bislang von einem Computer gespielt wurde: echtes Schach, gespielt nach menschlichen Maßstäben. Deep Blue hatte den Turing-Test glorreich bestanden! Aber es gab ein Problem: Der letzte Zug war überhaupt nicht gut. Man könnte ihn sogar einen Fehler nennen.

Später am Abend erhielt der englische Journalist und Organisator Malcolm Pein, der sowohl mit IBM als auch mit dem Team Kasparow in engem Kontakt stand, einen Anruf von dem amerikanisch-norwegischen Großmeister und Reporter Jonathan Tisdall. »Ich glaube, ich habe eine Geschichte, aber niemand will sie bringen«, sagte Tisdall. »Hast du die Analyse von Ferret gesehen? Sie zeigt Nullen!« Tisdall bezog sich auf die Schachengine des Internet Chess Club (mehr dazu in Kapitel 8) und die Tatsache, dass sie die Endstellung als ausgeglichen anzeigte. »Ich dachte, das sei ein Fehler, aber nach Tisdalls Anruf habe ich es mir genauer angesehen«, sagte Pein. »Und dann habe ich diese Story im *Daily Telegraph* veröffentlicht: ›Kasparow gibt in Remis-Stellung auf.‹«

Wie sich herausstellte, hätte Kasparow mit seiner Dame in die Stellung von Weiß eindringen und auf Dauerschach spielen können (endlose Schachgebote, aus denen es kein Entkommen gibt, was zu ständiger Zugwiederholung führen würde). Friedel kam nach der Stellungsanalyse mit seiner Schachengine Fritz zu demselben Ergebnis und teilte dies am nächsten Morgen dem russischen Großmeister Juri Dochojan mit, Kasparows wichtigstem Schachassistenten. Dochojan war schockiert, als er erkannte, dass die Sache wahr sein könnte. Natürlich hatte er die Endstellung am Abend zuvor mit Kasparow besprochen, aber sie hatten eine wichtige Möglichkeit übersehen, die Teil von Friedels Analyse war. Als das Team einen Spaziergang machte, um zu Mittag zu essen, teilte Dochojan Kasparow die schlechte Nachricht mit. Friedel schrieb: »Garri fasste sich an den Kopf und erstarrte in der Mitte der Fifth Avenue. Es gab keine Schimpfwörter, kein Gefluche, nur fassungsloses Schweigen.«

Es war eine Mischung aus Unglauben und Verwirrung. Wie konnte ein so starker Computer in einer Position mit überwältigendem Vorteil plötzlich ein Remis zulassen? Laut Hsu resultierte Deep Blues seltsame Wahl aus einem Programmfehler, aber diese entscheidende Information wurde erst sechs Jahre später enthüllt. Für Kasparow war der Unterschied zwischen dem Spielniveau von Deep Blue in den Partien eins und zwei wie Tag und Nacht, was seinen Verdacht, dass etwas nicht stimmte, noch verstärkte.

Es folgten zwei Remis, dann folgte das Match nicht länger dem des Vorjahrs, als auch die fünfte Partie unentschieden ausging. Damit stand es nach Gewinnpartien 1 : 1, was bedeutete, dass die sechste und letzte Partie alles entscheiden würde. Noch bis kurz vor Spielbeginn versuchten die Fans, in das Equitable Center zu gelangen. Hsu schrieb: »Der offizielle Preis für einen Platz in dem 500 Plätze fassenden Auditorium betrug 25 Dollar, aber Restkarten wechseln für bis zu 100 Dollar den Besitzer. Es ist der heißeste Gig in der Stadt.«

Bei der Eröffnung, einer Caro-Kann-Verteidigung, spielte Kasparow eine riskante Zugfolge, die Weiß ein Figurenopfer mit langfristiger Kompensation ermöglichte. Würde der Computer sich dagegen entscheiden, hätte Kasparow ein leichtes Spiel. Dieses Szenario war zu erwarten, denn ein solches Opfer galt für einen Computer als zu langfristig, um richtig bewertet werden zu können, und als etwas, das nur Menschen spielen würden. Es sei denn, es war Teil des Eröffnungsbuchs der Maschine (Deep Blues »Hausaufgaben«, die vom IBM-Großmeisterteam erstellt wurden). Kasparow muss die Chancen dafür auf fast null geschätzt haben, da er Caro-Kann ansonsten so gut wie nie spielte.

Ohne viel Zeit zu verschwenden, gab Deep Blue seinen Springer auf, was Kasparow und die Zuschauer in aller Welt schockierte. Kasparows König wurde bald des Rechts auf eine Rochade beraubt und musste um sein Leben rennen. Deep Blue setzte die Partie mit einfachen Entwicklungszügen fort, um seine Armee vollständig zu mobilisieren, machte einige starke Bauernvorstöße am Damenflügel und erreichte bereits mit dem 19. Zug eine Gewinnstellung. Plötzlich war alles vorbei: Kasparow war vom Brett gefegt worden. Er hatte das Match verloren.

Woher konnte Deep Blue wissen, dass er den Springer opfern musste? In seinem Buch von 2002 schrieb Hsu, der Zug sei tatsächlich Teil des Eröffnungsbuchs gewesen: »Die Stellung auf dem Brett war etwa einen Monat zuvor in unserem Labor aufgetaucht, als die anderen Großmeister an Deep Blues Eröffnungsbuch arbeiteten. Damals machten sich die Großmeister auch nicht die Mühe, die Stellung durchzuspielen, sondern sahen sich nur Deep Blues Bewertung an und kümmerten sich dann wieder um andere Dinge.«

In einem kontroversen Interview im Jahr 2009 erzählte eines der Teammitglieder, der spanische Großmeister Miguel Illescas, eine andere Version der Ereignisse: Der entscheidende achte Zug von Weiß sei *am Morgen vor der Partie* in das Eröffnungsbuch aufgenommen worden. Laut Kasparow, der seine Gedanken über das Match in seinem 2017 erschienenen Buch *Deep Thinking* niedergeschrieben hat, war das zu viel des Zufalls: »... die Chancen eines Lottogewinns sind ziemlich attraktiv im Vergleich mit denen des Deep-Blue-Teams, das eine bestimmte Variante, die ich noch nie in meinem Leben gespielt habe, an genau dem Tag in das Buch des Computers einträgt, an dem sie dann in der finalen Partie auf dem Brett passiert.«

Man sollte beachten, dass ein anderes Mitglied des Deep-Blue-Teams, Joel Benjamin, später sagte, Illescas' Aussage stimme einfach nicht: Der achte Zug von Weiß sei schon lange Teil des Eröffnungsbuchs gewesen. Ich beschloss, für das vorliegende Buch noch einmal bei Illescas nachzufragen. Er antwortete mir in einer E-Mail, er würde Joel beipflichten, da dieser »über Caro-Kann besser Bescheid wusste«.

Malcolm Pein hat seine eigene Theorie darüber, was passiert ist. »Es ärgert mich bis zum heutigen Tag«, sagte er mir im Dezember 2023. »Sie [Kasparows Team] waren davon überzeugt, dass Deep Blue seine Eröffnungszüge aus Richard Langs Chess-Genius-Programm, einer damals populären Engine, übernommen hatte, und baten mich, eines für sie zu kaufen. Ich sagte ihnen, ich sei mir hundertprozentig sicher, dass Deep Blue das Programm nicht benutzte, aber sie waren felsenfest überzeugt davon. Also blätterte ich in dem Schachgeschäft in der Nähe von Huntington Station eine beträchtliche Summe hin und gab ihnen das Programm. Sie wurden irregeführt. Sie führten sich selbst in die Irre.«

Nach seiner Aufgabe überredete Kasparows Mutter ihren Sohn, mit dem Aufzug in den 50. Stock zur Post-Match-Pressekonferenz zu fahren, wo Hunderte von Fotografen und Reportern auf ihn warteten. Hsu: »Er starrte über die Köpfe aller hinweg in die Mitte des Raumes, vermied Blickkontakt, blinzelte kaum und sah aus, als könnte er spontan in Flammen aufgehen. Es gab nur leisen Applaus, als das siegreiche Deep-Blue-Team eintraf, fast, als ob sich alle ein wenig schämten oder vielleicht Angst hatten, zu jubeln, aus Angst, den mächtigen Garri zu beleidigen.« Die Leute applaudierten jedoch, als Kasparow das Mikrofon nahm, und sobald er einmal zu reden begann, dominierte er das Gespräch. Er war nicht glücklich und sagte: »Es tut mir leid, das habe ich nicht verdient, und ich muss mich für die heutige Leistung entschuldigen, aber ich glaube nicht, dass es etwas mit Schach oder dem Match zu tun hat. Ich hatte keine wirkliche Kraft zum Kämpfen, und ich denke, das Ergebnis des sogenannten ›Spiels‹ heute war gerechtfertigt.« Die Mitglieder des Deep-Blue-Teams, die zwischen den Reportern standen, waren von den PR-Leuten des Unternehmens angewiesen worden, nicht zu lächeln. Laut Kasparow hatten sie ohnehin keinen Grund dazu. Grimmig fuhr er fort: »Ich denke, es ist an der Zeit, dass Deep Blue anfängt, richtiges Schach zu spielen, und ich versichere Ihnen persönlich, allen Anwesenden hier, dass, wenn Deep Blue anfängt, Turnierschach zu spielen, dann garantiere ich Ihnen persönlich, dass ich ihn in Stücke reißen werde, und zwar ohne jeden Zweifel.« Dann richtete er seine Pfeile auf die Großmeister, die den Deep-Blue-Programmierern geholfen hatten: »Wie viele Spieler sie auch einstellen werden, sie müssen immer noch mehr Spieler auf die Bank setzen, weil einige von ihnen wahrscheinlich zu schüchtern sind, um sich blicken zu lassen. Sie können die gesamte [Großmeister-]Truppe der Vereinigten Staaten von Amerika einstellen, aber das wird nicht helfen, denn wir wissen, wie eine Maschine spielt.«

Kasparow hielt mit seiner Meinung nicht hinterm Berg: Seines Erachtens war das Match unfair. »Lassen Sie den Computer Turniere spielen, in einem fairen Wettbewerb, nicht in so einem wie diesem hier, machen Sie IBM zu einem Spieler und nicht gleichzeitig zum Sponsor. Ich werde sehen, was passiert, und ich denke, das ist erst der Anfang«, sagte er. Nur wenige Tage später gab IBM bekannt, dass kein drittes Match stattfinden würde.

Und wozu auch? Für IBM gab es kaum etwas zu gewinnen.

Der Sieg führte zu einer unglaublichen Berichterstattung in aller Welt und war für den Wert des Unternehmens nur von Vorteil. Es gab die Einschätzung, diese Berichterstattung sei so viel wert gewesen wie eine Werbekampagne mit mehreren Hundert Millionen Dollar. IBM behauptete, das gesamte Deep-Blue-Projekt habe sie 20 Millionen Dollar gekostet, und nach dem zweiten Match stieg ihre Börsenkapitalisierung über Nacht um einen Milliardenbetrag an.

Erinnern Sie sich an Peter Brown von IBM, der sich auf der Herrentoilette über die Kosten für eine Super-Bowl-Werbung beschwerte und das Potenzial dieser Schachentwickler erkannte, etwas von größerem Wert zu schaffen? Nun, das hat irgendwie funktioniert, oder? Als amüsante Wendung schaltete Pepsi bei der Super-Bowl-Fernsehübertragung 2001 einen Werbespot mit Kasparow, der eindeutig von dem Match inspiriert war. Diesmal besiegte Kasparow den Computer (nach dem Vorbild von HAL 9000 aus Stanley Kubricks Film *2001: Odyssee im Weltraum*), geriet dann aber in Schwierigkeiten, als ein Aufzug und ein Pepsi-Automat Rache üben. Der Preis für einen 30-sekündigen Super-Bowl-Werbespot lag damals bei rund 2,2 Millionen Dollar.

Die meisten Experten glauben, dass Kasparow 1997 immer noch stärker war als Deep Blue – warum also hat er das Match verloren? Weil er ein Mensch war. Schon während des Matches sagte Kasparow in einem Interview mit dem englischen Großmeister Daniel King, das in dessen Buch über das Match von 1997 enthalten ist, dass er die Kontrolle verlor. Am Tag nach der vierten Partie gestand er King: »Die zweite Partie hat mir viel Energie abverlangt, und danach war ich wirklich wütend. Ich konnte mich nicht normal vorbereiten. Die Partien drei und vier habe ich in einer großen Krise gespielt.«

Überhaupt nicht glücklich war Kasparow darüber, dass IBM nicht auf seine Forderung einging, die Protokolle der gespielten Partien sehen zu dürfen. Einige Züge von Deep Blue erschienen ihm viel zu menschlich (z. B. die Nichtannahme seines Bauernopfers in der zweiten Partie), weshalb er genau wissen wollte, worüber das Programm nachgedacht hatte. In seinem Buch aus dem Jahr 2002 bezeichnet Hsu dies als »Forderung nach einem unfairen Vorteil« und fügt hinzu, das Match »wäre eine Mogelpackung gewesen, hätte er freien Zugang erhalten«.

Kasparows Zustand war auf jeden Fall nicht so, wie er hätte sein sollen. Im Nachhinein betrachtet, hat er in dem Gespräch mit King vor der fünften Partie seinen Untergang vorausgesagt: »Was auch immer in diesem Match passiert, ich weiß, dass Deep Blue geschlagen werden kann, es sei denn, der Mann – in diesem Fall ich – ist nicht in der richtigen mentalen Verfassung. Das Programm kann nur aufgrund menschlicher Schwäche gewinnen.« Diese Worte erwiesen sich als prophetisch.

Eine von Kasparows Strategien war bei diesem Match, ruhigere Eröffnungen als sonst zu wählen, da er glaubte, Deep Blue würde gegen diese mehr Probleme haben. Es wurde behauptet, Kasparow hätte besser abgeschnitten, wenn er seine normalen Eröffnungen gespielt hätte, nur glaube ich, dass ein viel entscheidenderer Faktor sein Gemütszustand war. Kasparow ist ein ziemlich emotionaler Mensch. Daran ist nichts auszusetzen, aber sobald der Verdacht auf menschliche Einmischung und andere negative Gedanken seinen Verstand zu beherrschen begannen, konnte er nicht mehr sein bestes Schach spielen. Auch ich bin also der Meinung, dass Kasparow in optimaler Verfassung Deep Blue bei diesem zweiten Match hätte schlagen können.

Nach dem Gewinn des ersten Matches 1996 schätzte Kasparow die Stärke des Computers auf etwa 2700, und IBM hatte sechs Jahre gebraucht, um diesen Wert zu erreichen, nachdem er 1990 etwa 2550 betragen hatte. »Ich hatte Schwierigkeiten zu glauben, dass sie es ohne ein paar weitere Jahre der Entwicklung auf mein Niveau von 2800 bringen könnten«, sagte Kasparow damals.

Abgesehen davon, dass IBM Millionen investieren würde – nachdem sie gesehen hatten, was dieses Match in Sachen PR bewirkte und welches Potenzial ein möglicher Sieg hatte –, unterschätzte Kasparow auch die Möglichkeit, dass er selbst im Folgejahr nicht mehr auf dem Niveau von 2800 spielen würde. Wegen des enormen Drucks, wegen dieses speziellen Gegners, dem es an Emotionen fehlte, und weil das Match nur sechs Partien umfasste, konnte eine psychologische Irritation viel verändern – und genau das ist passiert. Kasparow zerstörte sich selbst.

War Deep Blue intelligent?

Mit jedem neuen Produkt der KI-Forschung – von IBMs Deep Blue über Watson, das menschliche Gegner bei *Jeopardy!* besiegte, bis hin zu ChatGPT – taucht die gleiche alte Frage auf: »Ist es intelligent?« Nach seinem ersten Sieg über Deep Blue im Jahr 1996 schrieb Kasparow im *TIME Magazin*e einen Beitrag mit dem Titel »The Day I Sensed a New Kind of Intelligence« *(Der Tag, an dem ich eine neue Art von Intelligenz spürte)*, in dem er darüber berichtete, dass es ihm erstmals so vorgekommen sei, als hätte ein Computer auf ziemlich *menschliche* Weise gespielt. Die Art und Weise, wie er auf diese menschlichen Züge kam, war jedoch nicht dieselbe.

Kasparow fragte sich: »Wie ist das also: Wenn der Computer denselben Zug macht, den ich aus völlig anderen Gründen machen würde, hat er dann einen ›intelligenten‹ Zug gemacht? Hängt die Intelligenz einer Aktion davon ab, wer (oder was) sie ausführt?« Zu diesem Zeitpunkt glaubte er, dass ihm noch ein paar Jahre bleiben würden, bevor ein Computer ihn schlagen könnte, aber wie sich herausstellte, waren es nur 15 Monate.

In seinem 2017 erschienenen Buch *Deep Thinking* wies Kasparow die Vorstellung, er habe gegen ein intelligentes Wesen verloren, entschieden zurück: »Deep Blue war so intelligent, wie Ihr programmierbarer Wecker intelligent ist. Nicht, dass ich mich besser gefühlt hätte, wenn ich gegen einen 10-Millionen-Dollar-Wecker verloren hätte.« Der Hauptprogrammierer von Deep Blue, Feng-Hsiung Hsu, stimmte dem zu, indem er süffisant anmerkte: »Es ist nur ein fein ausgearbeitetes Werkzeug, das in einem begrenzten Bereich intelligentes Verhalten zeigt. Garri hat das Spiel verloren, aber er war der Spieler mit der wirklichen Intelligenz – Deep Blue wäre nie in der Lage gewesen, all die einfallsreichen Anschuldigungen zu erfinden.«

Zwanzig Jahre nach der Niederlage erläuterte Kasparow seine Aussage über den programmierten Wecker weiter. In einem Podcast-Interview mit Lex Fridman im Jahr 2019 sagte der 13. Schachweltmeister:

> Schach als eine Art Höhepunkt der intellektuellen Aktivität zu betrachten war unser Fehler, denn wir dachten einfach: »Oh, es ist ein Spiel des höchsten Intellekts, man muss intelligent sein, und man kann Dinge sehen, die ein Normalsterblicher nicht sehen kann …« Es ist ein Spiel. Alles, was die Maschinen bei diesem Spiel tun mussten, war, weniger Fehler zu machen, nicht das Spiel zu lösen. Denn das Spiel kann nicht gelöst werden … Ich denke, das ist es, was wir aus dem Ereignis von 1997, aus weiteren Begegnungen mit Computern und dem derzeitigen Stand der Dinge mit AlphaZero, das andere Maschi-

> nen schlägt, lernen müssen. Die Vorstellung, dass wir mit Computern in sogenannten intellektuellen Bereichen konkurrieren können: Sie war von Anfang an falsch.

Kasparow wusste bereits 1997, dass Computer bald die Menschen ablösen würden, aber er spielte das Match trotzdem, weil er glaubte (und das zu Recht), das Unvermeidliche noch ein wenig hinauszögern zu können. Zwanzig Jahre später hatte er dann erkannt, dass Computer auf lange Sicht immer besser als Menschen darin sein werden, in Spielen mit vollkommener Information Fehler zu vermeiden, was aber nur eine kleine Unterkategorie dessen ist, was wir Intelligenz nennen.

Spiel sechs der Begegnung von 1997 war die letzte offizielle Partie von Deep Blue. Nach der Demontage wurde der Computer in zwei Hälften geteilt, von denen eine an das National Museum of American History in Washington, D. C., geschickt wurde. IBM behielt die andere Hälfte einige Jahre lang, bevor es sie dem Computer History Museum in Mountain View, Kalifornien, vermachte.

Der Sieg von Deep Blue über Kasparow hielt die Menschen nicht umgehend davon ab, gegen Computer Schach zu spielen. Tatsächlich bestand erst zehn Jahre später Konsens darüber, dass Computer besser spielen als Menschen, wie wir im nächsten Kapitel sehen werden. Dort werden wir auch etwas über einen anderen Schlüsselmoment für KI und Schach erfahren – das Erscheinen von DeepMinds AlphaZero und was es für das Spiel bedeutete.

Kapitel 6

Jenseits von Deep Blue: Das Zeitalter der neuronalen Netzwerke

»Alles, was wir früher für schlecht hielten, müssen wir jetzt Zug für Zug bewerten. Einige davon werden sich als schlecht erweisen, viele aber auch nicht. Man muss nur bestimmte Gründe kennen und mehr ins Detail gehen.«

Viswanathan Anand, August 2023

Eines Nachmittags im Frühjahr 2000 klingelte bei dem niederländischen Großmeister Paul van der Sterren das Telefon. Am anderen Ende der Leitung war Sytze Faber, ein Vorstandsmitglied des niederländischen Schachverbandes. Kurz vor dem Anruf hatte van der Sterren seine offizielle Einladung zur kommenden Landesmeisterschaft erhalten, die im Mai desselben Jahres und zum vierten Mal in Folge in Rotterdam stattfinden würde. Doch dieses Mal sollte alles anders werden. Faber teilte ihm einen erstaunlichen Plan mit: Er wollte an dem Turnier einen Computer teilnehmen lassen.

»Ich weiß noch genau, wo ich in meinem Wohnzimmer stand, als der Anruf kam«, erzählte mir van der Sterren bei einem Gespräch für dieses Buch. »Er informierte mich über diesen Plan, und ich spürte, wie mir der Boden unter den Füßen wegbröckelte. ›Was zum Teufel ist das? Das kann nicht wahr sein‹, dachte ich. Aber ich merkte schnell, dass er es ernst meinte.« Van der Sterren protestierte, aber Faber hatte sich bereits entschieden: »Tut mir leid, Paul, aber wir werden es so machen.«

Obwohl Deep Blue nach dem Match 1997 aus dem Rennen genommen wurde, versuchten die Programmierer anderer Schachengines, die auf gewöhnlichen Rechnern statt auf Supercomputern für 10 Millionen Dollar liefen, noch ein paar Jahre lang ihr Glück gegen menschliche Gegner. Oder waren es die Menschen, die ihr Glück versuchten? Solange sie sich noch wehren konnten, blieb das Schachspiel Mensch gegen Maschine spannend und bot Gelegenheit für Publicity. Zumindest muss Faber das gedacht haben, als er dafür sorgte, dass einer der zwölf Teilnehmer der niederländischen Meisterschaft Fritz SSS* war, ein Sondermodell des ChessBase-Programms Fritz.

Es war das erste und einzige Mal in der langen Geschichte des Schachs, dass ein Computer an einer offiziellen *Landesmeisterschaft* teilnahm. Die Sache war höchst umstritten, um nicht zu sagen bizarr, und wurde in den internationalen Schachzeitschriften behandelt. Zwei lokale Journalisten fällten unabhängig voneinander in ihren Zeitungskolumnen das gleiche Urteil: »übergeschnappt« und »die sind ja völlig durchgeknallt«. Aber es lief alles nach Fabers Plan.

Mit Ausnahme von van der Sterren wurden die Teilnehmer durch eine beträchtliche Aufstockung des Preisgeldes von 100 000 auf 170 000 Gulden (entspricht heute etwa 77 000 Euro; das war zwei Jahre vor Einführung des Euro) dazu bewegt, in einer der Runden gegen den Computer zu spielen. Das Geld stammte von mehreren Sponsoren, von denen etliche mit der Computerwelt verbunden waren. ChessBase hatte es irgendwie geschafft, einen super Deal auszuhandeln, denn von dort kamen nur 12 000 Gulden (5000 Euro).

In der Zwischenzeit richteten verärgerte Schachfans eine Website namens Chess Protest ein, auf der der Name des Computerprogramms in »Fritz $$$« geändert wurde und viele Unterstützungsbekundungen gegen Fritz' Teilnahme gepostet wurden. Sollte eine niederländische Meisterschaft nicht den besten menschlichen Spieler des Landes ermitteln? Van der Sterren sagte: »Ich fand es total unmoralisch, einen Computer bei einer Meisterschaft von Menschen spielen zu lassen, der dann ein Störfaktor sein würde. Das war einfach nicht fair, eine Art Wettbewerbsverzerrung. Ich wollte, dass das Turnier rein und unverfälscht bleibt.«

Die Organisatoren hatten beschlossen, dass, wenn ein Spieler nicht gegen Fritz antreten wollte, er für diese Partie null Punkte erhalten und nicht am zusätzlichen Preisgeld beteiligt werden würde. Sollten zwei Spieler nicht mitmachen wollen, würde man die ganze Sache abblasen und Fritz nicht teilnehmen lassen.

Außer van der Sterren äußerten zwei weitere Spieler ihren Unmut über die Situation, traten aber trotzdem an. Ein Teilnehmer, der Internationale Meister Manuel Bosboom, setzte sich zwar mit Fritz ans Brett, gab aber nach vier Zügen auf. Grund dafür war nicht, dass er seinen Standpunkt darlegen wollte, ohne sein Geld zu verlieren. Aber ihm war klar, dass, wenn auch er nicht spielte, *keiner* der Teilnehmer das zusätzliche Geld erhalten würde.

Van der Sterren, der in Amsterdam lebte, machte sich nicht einmal die Mühe, nach Rotterdam zu reisen. Seine Uhr wurde in Gang gesetzt, und nach einer Stunde wurde die Partie (gemäß den Regeln) als Sieg für Fritz gewertet, ohne dass ein einziger Zug gespielt worden war. Van der Sterren wurde von Schachjournalisten gelobt und erhielt zahlreiche Unterstützungsbekundungen aus dem ganzen Land. Mehrere Medien baten um Interviews, darunter die beliebte Talkshow *Barend en Van Dorp,* aber van der Sterren lehnte ab. Er wollte sich nicht dem Rummel anschließen und den Sponsoren die gewünschte Publicity verschaffen.

Fritz SSS* schlug vier Spieler (abgesehen von van der Sterren), spielte gegen vier andere unentschieden und verlor zwei Partien. Viele Funktionäre des niederländischen Schachverbandes waren mit der ganzen Sache unzufrieden und beschlossen nach dem Ende des Turniers, dass diese Computereinlage ein Fall von »einmal und nie wieder« sei. Wenige Wochen danach entdeckte van der Sterren eine finanzielle Entschädigung von einigen Tausend Gulden auf seinem Bankkonto.

Das Ende einer Ära: die letzten Kämpfe Mensch gegen Maschine

Menschen spielten nur noch wenige Jahre gegen Computer. Wladimir Kramnik, der russische Spieler, der Kasparow im Jahr 2000 entthronte und zum 14. Schachweltmeister wurde, erzielte 2002 in Bahrain beim Match gegen Deep Fritz 7 ein Unentschieden. Kasparow gewann 2003 zwei Wettkämpfe gegen die Programme X3D Fritz und Deep Junior. Drei Jahre später war das Ende der Fahnenstange erreicht, als Kramnik ein Match gegen Deep Fritz mit 2 : 4 verlor. Dieses Match ging in die Geschichte ein durch den größten Fehler, der einem amtierenden Weltmeister jemals unterlaufen war. Kramnik ließ in der zweiten Partie ein *Schachmatt in einem Zug* zu, ein geradezu unglaubliches Versäumnis. Kurz darauf bewarb ChessBase sein neuestes Programm, Fritz 10, mit dem Slogan: »Frag Kramnik, wie sich das anfühlt!«

Als ob Kramniks Niederlage nicht schon genug gewesen wäre, hatte die Menschheit im Jahr zuvor eine weitere, noch größere Niederlage erlitten. Im Londoner Wembley Conference Centre hatte der englische Weltklassespieler Michael Adams keine Chance gegen einen Computer namens Hydra, der mit Geld aus Abu Dhabi finanziert wurde. Es handelte sich dabei um einen Computercluster mit 64 Knoten: Im Grunde genommen waren also 64 Computer miteinander verbunden und arbeiteten wie ein einziger Rechner. Hydra war ein wahres Monster, treffend benannt nach dem vielköpfigen schlangenartigen Wesen aus der griechischen Mythologie, und gewann das Spiel mit einem vernichtenden Ergebnis von 5½ : ½. Adams hatte nur ein einziges Remis erreicht und fünf Spiele verloren.

Wenn ich auf die Geschichte der Wettkämpfe Mensch gegen Maschine zurückblicke, glaube ich, dass Adams – Hydra den Moment markierte, in dem die Computer die Menschheit endgültig besiegten. Vermutlich waren damals auch schon Top-Engines wie Fritz, Junior und Shredder stärker als Deep Blue, aber mit dem Erscheinen von Hydra schwanden auch die letzten Zweifel. Der englische Großmeister David Norwood kam damals zu demselben Schluss: »Letzte Woche war die Menschheit am Ende. Als Deep Blue vor acht Jahren Kasparow schlug, gab es noch Zweifel. Wenn sich ein menschlicher Supergroßmeister auf die Schwächen seiner künstlichen Gegner konzentrierte, konnte er immer noch gewinnen. Das Wembley-Match zwischen dem Briten Michael Adams und Hydra hat diese Vorstellung endgültig begraben. Die Terminatoren haben gesiegt.«

Im Laufe der Jahre wurde es sinnlos, weitere Wettkämpfe Mensch gegen Maschine zu organisieren. Um einen Vergleich von Kasparow aufzugreifen: Würde man Usain Bolt dabei zusehen, wie er sein Glück gegen einen Ferrari versucht? Gelegentlich gab es Wettkämpfe, bei denen der Computer auf verschiedene Weise gehandicapt wurde, um zu sehen, wie sich das auf sein Niveau auswirkte und ob ein Großmeister so eine Chance hätte. Als würde man ein Rad vom erwähnten Ferrari abmontieren, spielte der Computer mit einem oder zwei Bauern weniger oder begann ohne seinen Damenturm, während der Mensch ohne Damenspringer spielte. In den meisten Fällen hatten die menschlichen Großmeister trotzdem noch Probleme.

Mussten die Menschen schon vor langer Zeit das Handtuch werfen, spielen Computer nach wie vor gegen Computer. Im Gegensatz zu den frühen Turnieren in den 1970er-Jahren laufen die heutigen Programme in der Cloud und treten auf Onlineservern gegeneinander an. Die TCEC (Top Chess Engine Championship) ist ein bekannter Wettbewerb, während Chess.com seine eigene Computerschachmeisterschaft durchführt. Solche Computer-gegen-Computer-Spiele repräsentieren das höchste Schachniveau, das auf diesem Planeten anzutreffen ist. Dennoch können die meisten Fans nichts damit anfangen, so wie sie auch nicht zwei Fußballmannschaften mit perfekter Abwehr zuschauen würden, die deshalb fast immer torlos Unentschieden gegeneinander spielen. Sie ziehen es vor, Menschen gegen andere Menschen spielen zu sehen. Die Schönheit liegt einfach im Makel.

Es gibt zum Beispiel viele theoretische Endspiele, bei denen es keinen Sinn haben würde, Computern beim Spielen zuzusehen, da das Ergebnis aufgrund ihres fehlerfreien Spiels bereits bekannt wäre. Dieselben Endspiele sind aber oft unglaublich spannend, wenn sie von Menschen gespielt werden. »Kennt der Spieler diese Stellung? Kann er sich an alle Details erinnern? Findet er den schmalen Weg zum Sieg, wenn nur noch wenige

Minuten auf der Uhr sind?« Sich als Zuschauer mit diesem Kampf zu identifizieren, während die Großmeister am Brett schwitzen, ist genau das, was den Sport ausmacht.

Anfängliche Computer-Vorbereitung

Heutzutage ist Kasparow viel mehr daran interessiert, *mit* der KI zu arbeiten als gegen sie. Schon kurz nach seinem letzten Match gegen Deep Blue fragte er sich: »Was wäre, wenn man Schach mit einer Kombination aus Mensch und Maschine spielen würde? Würde das nicht zum höchstmöglichen Spielniveau führen?« Kasparow probierte es 1998 aus, als er im spanischen León ein ungewöhnliches Match gegen den bulgarischen Spitzenspieler Wesselin Topalow absolvierte. Er nannte es »Advanced Chess«. Während der Partie hatten die Kontrahenten neben Schachspiel und Uhr jeweils einen PC an ihrem Tisch stehen, der mit einem Pentium-II-333-MHz-Prozessor lief und ein Schachprogramm ihrer Wahl verwendete. Das war das komplette Gegenteil von dem, was bei seriösen Turnieren oder beim Onlineschach erlaubt ist.

Zweierlei zeigte sich bei diesem Match, das mit einem Unentschieden endete. Erstens waren die Partien weit von der Perfektion entfernt, die Organisatoren und Teilnehmer anstrebten, da die Zeit zur Auswahl der Züge auf eine Stunde pro Spieler begrenzt war. Außerdem büßte Kasparow seine taktische Überlegenheit gegenüber Topalow ein, da dieser von der Hilfe des Computers vermutlich mehr profitierte.

Das Advanced-Chess-Experiment wurde nur fünfmal durchgeführt. Dennoch hat die Zusammenarbeit zwischen Menschen und Computern den Schachsport dramatisch verändert, allerdings auf andere Art und Weise. Ich spreche hier über einen wesentlichen Aspekt des Schachs: die Vorbereitung auf die Eröffnungsphase.

Sobald der Computer begann, Großmeister zu schlagen, wurde er zu einem mächtigen Werkzeug für die Analyse von Partien und Stellungen. Amateure und Großmeister nannten ihr Schachprogramm immer wieder liebevoll »mein Siliziumfreund«. Kasparow war ein früher Anwender und seinen Kollegen in Sachen Computervorbereitung um Jahre voraus. Einmal bezeichnete er sich selbst als »den bestvorbereiteten Spieler in der Geschichte des Schachs«. Selbst starke Gegner vermieden es manchmal, ihre bevorzugten Eröffnungen gegen ihn zu spielen, weil sie eine mächtige »Neuheit« fürchteten, einen hausgemachten neuen Zug, der sie in unerforschte Gebiete drängen würde, wo nur Kasparow den Weg kannte. Im Jahr 1999 sagte er: »Es gibt einen Computer, und man sollte diese Tatsache nicht ignorieren, sondern sich damit arrangieren. Man muss es einfach tun, ob man jetzt will oder nicht.« Das ist in der Tat wahr, vor allem heutzutage, und in diesem Sinne war Kasparow ein Pionier.

Ein berühmtes Beispiel für Kasparows Dominanz in der Eröffnung kam in der zehnten Partie seines Weltmeisterschaftskampfes gegen Viswanathan Anand im Jahr 1995. Im 14. Zug spielte Kasparow eine verblüffende theoretische Neuerung in der offenen Variante der Spanischen Partie. Er opferte einen Bauern, gefolgt von einem Turm. Obwohl Anand sich bewundernswert verteidigte, konnte er eine Niederlage nicht vermeiden. Hinterher verriet Kasparow, dass er das Turmopfer mit der Engine Fritz ausgiebig analysiert hatte. Dies war das erste Mal, dass der Computer einem Spieler geholfen hatte, eine Schachpartie auf Topniveau zu gewinnen.

Doch die Arbeit mit dem Computer wurde Kasparow fünf

Jahre später vielleicht auch zum Verhängnis. Im Jahr 2000 verlor er seinen Weltmeistertitel an Wladimir Kramnik, als dieser seine Spanische Partie regelmäßig mit der berüchtigten Berliner Verteidigung konterte. Dabei handelt es sich um eine Variante, bei der die Damen früh getauscht werden; dadurch überspringt man gewissermaßen das Mittelspiel und geht direkt zum Endspiel über.

Partie auf Partie versuchte Kasparow mit Weiß, die »Berliner Mauer« seines Gegners zum Einsturz zu bringen, aber es gelang ihm kein einziges Mal, dieses Endspiel zu gewinnen. (Bei WM-Kämpfen treten die Spieler abwechselnd mit Weiß und mit Schwarz an. Der Vorteil von Weiß ist etwa so groß wie der des Aufschlagspielers beim Tennis. Dieser Analogie folgend, erzielte Kasparow bei seinen Aufschlagspielen immer nur ein Remis.)

»Kasparow hat sich nie offen dazu geäußert, aber einer der Gründe, warum ihn dieses Endspiel so beschäftigte, war vermutlich, dass der Computer ihm einen Vorteil zusprach«, sagte mir der niederländische Großmeister Anish Giri. Mit anderen Worten: Kasparow vertraute zu sehr auf die positive Bewertung des Endspiels durch den Computer. Giri: »Er dachte ständig: ›Ich muss doch besser stehen‹, und wühlte sich weiter durch dieses Endspiel. Er versuchte es immer wieder, und dann bot er sehr früh Remis an, weil er während der Partie merkte: ›Okay, ich verstehe einfach nicht, warum ich besser stehen soll.‹ Ein großes Problem bestand wohl darin, dass der Computer fälschlicherweise sagte, Weiß wäre im Vorteil.«

Heutzutage betrachten Supergroßmeister die Zugvorschläge moderner Schachprogramme als etwas, das der ultimativen Wahrheit sehr nahekommt. Während des Matches zwischen Kasparow und Kramnik und noch einige Jahre danach galten

Computer als hilfreiche Werkzeuge, denen man aber noch nicht voll vertrauen konnte. Kramnik fand sich in seinem Weltmeisterschaftskampf 2004 auf der falschen Seite wieder, als er gegen ein großes Talent der neuen Generation antrat: den Ungarn Péter Lékó. Das Match wurde im schweizerischen Brissago um ein Preisgeld von 1,2 Millionen Dollar gespielt. Nach sieben Partien war der Spielstand ausgeglichen. Am Tag vor seiner vierten Partie mit Weiß teilte Kramnik seinem Team mit, dass er bereit sei, sich auf Lékós Marshall-Gambit einzulassen, eine weitere Variante der Spanischen Eröffnung, bei der Schwarz einen Bauern opfert, um mehr Aktivität für seine Figuren zu erhalten. Sein Team war noch nicht ganz bereit, deshalb blieb einer seiner Helfer, der russische Großmeister Pjotr Swidler, die ganze Nacht auf und analysierte das mit einer Computerengine. Am nächsten Morgen teilte er Kramnik seine Ergebnisse mit.

Nach achtzehn Zügen in der Partie hatte Lékó nur noch 17 Minuten auf der Uhr, um den 40. Zug zu erreichen, was bedeutete, dass er für seine nächsten 19 Züge durchschnittlich über nicht einmal eine Minute verfügte. Kramnik hingegen hatte nur vorbereitete Züge gemacht, weshalb seine Bedenkzeit für die nächsten 19 Züge über *einhundert* Minuten betrug. Aber irgendetwas stimmte nicht.

Swidler verfolgte die Partie in seinem Hotelzimmer auf dem Laptop. Je weiter sie voranschritt, desto mehr Sorgen machte er sich um seinen Chef. »Ich legte mich hin und konnte aus irgendeinem Grund nicht schlafen. Obwohl wir in dieser Nacht nicht geschlafen hatten. Etwas nagte innerlich an mir …«[24] So wird Swidler in dem 2007 erschienenen Buch *Von London bis Elista* von Ilja Lewitow und Jewgeni Barejew zitiert, und schon bald wurde klar, was da an ihm nagte: ein eklatanter Fehler. Ein kleiner, aber entscheidender Teil der Analyse, die er am Morgen geliefert hatte, enthielt eine große Lücke. Und nun, da die Partie lief, war die einzige Person, die Kramnik vor dem Sturz in den Abgrund bewahren konnte, Kramnik selbst – nur war er an diesem Tag zu optimistisch.

Bei seinem 19. Zug traf Kramnik die rationale Entscheidung, etwas … Irrationales zu tun. »Ich begriff, dass, wenn ich diese Partie gewinnen wollte, dann musste schnell ein Zug gemacht werden – egal wie mittelmäßig«, sagte Kramnik in *Von London bis Elista*. Er hatte die Wahl, ein Remis zu erzwingen oder einen gefährlichen Zug zu spielen, und mit der Unterstützung von Swidlers Computervorbereitung entschied er sich zuversichtlich dafür. Er erklärte seine Entscheidung mit der Terminologie des Glücksspiels: »Also traf ich die Entscheidung, auf Sieg zu spielen und die Unterstützung des Computers heranzuziehen. Ich spielte va banque, es ist schwer, hier irgendjemanden dafür verantwortlich zu machen, nicht mal mich selbst. Ich habe keinen Fehler begangen, man könnte sagen, ›alles auf die Null‹.«[25]

Kramnik entschied sich für eine riskante Variante, bei der er seine Dame opferte. Dann wollte er mit einem seiner Bauern vorrücken, um eine neue Dame zu bekommen, und Lékós Gegenspiel würde zu spät kommen – so war zumindest die Idee. Wie sich aber herausstellte, hatte Kramnik zu viel Vertrauen in den Computer. Am Brett sitzend und sein menschliches Gehirn benutzend, widerlegte Lékó die Computerhausaufgaben seines Gegners und zeigte, dass sein Gegenspiel doch rechtzeitig erfolgte.

Während Kramniks Bauer voranmarschierte, um zur Dame zu werden, wurde sein König schachmatt gesetzt. Lékó gewann in 32 Zügen und übernahm im Match die Führung, die er fünf weitere Partien lang behielt. Der Computerunfall hätte historische Bedeutung haben können. Erst in Partie 14, der letzten des

Matches, schlug Kramnik Lékó in einer Must-win-Partie, glich zum 7 : 7 aus und behielt seinen Weltmeistertitel. (Es sollte das letzte Mal sein, dass ein WM-Kampf ohne Tiebreak ausgetragen wurde.)

Was genau ging schief? War Lékó ein besserer Rechner als der Computer? Eigentlich nicht, es sei denn, man hätte dem Computer nicht genug Zeit zum Berechnen gegeben. Wegen der enormen Anzahl von Stellungen, die über Nacht geprüft werden mussten, hatte Swidler der Engine vielleicht nur ein oder zwei Minuten Zeit eingeräumt, um die entscheidende Stellung der Partie zu berechnen – viel weniger, als Lékó am Brett zur Verfügung hatte. Später stellte sich heraus, dass, wenn Swidler dem Computer etwa 30 Sekunden mehr Zeit gegeben hätte, um diese kritische Stellung zu untersuchen, die Engine ihre Bewertung zugunsten von Schwarz geändert und Kramnik die Partie nicht verloren hätte.

Moderne Vorbereitung

Wie stark die Schachengines in den letzten zwei Jahrzehnten geworden sind, wird deutlich, wenn man sich vergegenwärtigt, dass eine Engine wie Stockfish im Jahr 2024 die korrekte Bewertung der Stellung Kramnik–Lékó in *weniger als einer Sekunde* anzeigen kann. Die modernen Engines sind einfach zu stark, um solche Unfälle zuzulassen. Daher ist die Qualität der Vorbereitung bei Großmeistern heutzutage außergewöhnlich hoch.

Gleichzeitig ist die Vorbereitung nicht mehr so angenehm wie früher, zumindest wenn es nach zwei »Vorbereitungsexperten« von Weltrang geht: dem niederländischen Großmeister Erwin l'Ami (der vor und während der Schach-WM 2010 zum Sekundanten-Team von Wesselin Topalow gehörte und jetzt für

Anish Giri arbeitet) und Peter Heine Nielsen (Sekundant von Viswanathan Anand zwischen 2005 und 2013 sowie von Magnus Carlsen von 2013 bis heute).

»In den frühen 2000er-Jahren waren Schachcomputer taktisch in Ordnung, aber im Positionsverständnis gab es noch viel Luft nach oben«, erklärte l'Ami. »Das hatte zur Folge, dass der menschliche Anteil größer und die Analyse interessanter war. Heutzutage macht es weniger Spaß, weil der eigene Beitrag nicht mehr so wichtig ist. Vor allem in beliebten Eröffnungen wie der Spanischen oder Katalanischen Partie kommt man kaum noch weiter.« In der Anfangszeit war es noch möglich, in komplizierten Stellungen neue Ideen zu entwickeln und den Gegner zu überrumpeln.

L'Ami hat einmal eine Partie ausschließlich dank der Vorbereitung gewonnen, als er 2003 gegen den ukrainischen Großmeister Wadym Malachatko spielte. Er war auf eine neue Idee gekommen, hatte sie mit einer Engine analysiert und alles in seinem Kopf gespeichert. Da Malachatko genau wie vorherzusehen spielte, konnte l'Ami seine Idee abspulen und musste überhaupt nicht nachdenken. Die Bedenkzeit betrug 90 Minuten für die gesamte Partie und 30 Sekunden »Fischer-Bonus« pro Zug. Zu Beginn zeigte die Uhr von l'Ami 1:30, am Ende 1:41. Er hatte so viele Züge, ohne nachzudenken, gemacht, dass er elf Minuten auf der Uhr gewonnen hatte, als Malachatko aufgab.

Nielsen sagte mir: »Damals waren Computer noch recht schwach, und wenn man sie richtig einsetzte, hatte man einen großen Vorteil gegenüber seinem Gegner. Man hat versucht, den Gegner mit einer guten Vorbereitung zu dominieren, und so klappte das auch.« Eine gute Vorbereitung bedeutete, die früheren Partien des Gegners zu überprüfen, mehr zu wissen als dieser, mehr Ideen zu haben und im Eröffnungsrepertoire des

Gegners Löcher zu finden. »Wenn ich heute in der Bundesliga spiele«, so Nielsen weiter, »habe ich nicht mehr das Gefühl, gegenüber schwächeren Spielern einen Vorteil zu haben, denn die Vorbereitung ist viel zu einfach geworden. Vor zwanzig Jahren habe ich mich hingegen im Vorteil gefühlt, einfach weil die Technik schwächer war. Man konnte sie durchaus nutzen, musste sie aber sehr intelligent und aggressiv einsetzen, während das heute fast automatisch geschieht. Das Hilfsmittel ist zu gut geworden und hat sich zu einem großen Gleichmacher entwickelt.«

Laut Nielsen war die Vorbereitung vergleichbar mit der Wissenschaft, wo man eine menschliche Hypothese einem empirischen »Computertest« unterziehen konnte. Es war viel mehr als heute eine Zusammenarbeit zwischen Mensch und Maschine, ähnlich wie Kasparows Idee des Advanced Chess. Heutzutage ist sie viel praktischer ausgerichtet: Es geht darum, herauszufinden, welche Züge für den Gegner am unangenehmsten sind. »Die praktische Komponente besteht immer in dem Versuch, eine Schachpartie zu gewinnen. Mittlerweile interessiert mich da nur der sportliche Aspekt«, sagt Nielsen.

Die qualitativ hochwertigere Eröffnungsvorbereitung hat zu einem höheren Spielniveau und womöglich gar zu einer interessanteren Spielweise geführt, so Großmeister und Schachkommentator Maurice Ashley:

> Die Spieler haben enorm davon profitiert, dass die KI ihnen gezeigt hat, wie man sich besser verteidigt und wann man einen Bauern für mehr Initiative opfern kann. Früher haben die Leute das einfach leichtfertig gemacht. Aber jetzt muss man diese Dinge wirklich sehr genau einschätzen können. Und jetzt betreten sie sogar Welten, in die sich früher niemand reingetraut hätte, Stellungen, die für Menschen fast

unmöglich zu spielen sind. Vollkommen chaotisch. Aber man kann das jetzt sorgfältig studieren und komplizierte Eröffnungen spielen. Ich denke, das Niveau des Schachs hat sich dadurch dramatisch erhöht, und wir sehen immer mehr interessante Stellungen, die weit über das hinausgehen, was früher zu erwarten war.

Allerdings gibt es einen Haken. Jeder hat Zugang zu denselben superstarken Computerengines. Wenn Sie also eine bemerkenswerte taktische Idee entdecken, können Sie sicher sein, dass Ihr Gegner sie auch schon kennt. Sie müssen also andere Möglichkeiten finden, um ihm das Leben schwer zu machen. Zwei gängige Methoden sind der Versuch, den Gegner *zu überraschen* oder *sein Gedächtnis zu testen*.

Fast alle Spitzenspieler praktizieren eine breite Palette von Eröffnungen, sodass immer etwas geschehen kann, womit der Gegner nicht unbedingt rechnet. Mit Weiß kann man mit dem Bauern vor dem Damenläufer, dem Damenbauern oder dem Königsbauern eröffnen, während ein weiterer guter erster Zug darin besteht, den Königsspringer Richtung Zentrum zu ziehen. Man kann einfach nicht mehr vorhersagen, was sie tun werden. Das ist ganz anders als etwa zu Zeiten von Bobby Fischer, der fast seine gesamte Karriere hindurch als ersten Zug seinen Königsbauern spielte.

Heute können die Spieler viel mehr Eröffnungen und Varianten spielen als früher, weil der Computer ihnen ihre Spielbarkeit gezeigt hat, wie Anish Giri mir erklärte: »Je stärker die Engine wird, desto mehr zeigt sie, dass Varianten, die früher als schlecht galten, das nicht mehr sind, weil die Engine sie verteidigen kann. Selbst was früher eine zweifelhafte Eröffnung war, stellt sich als spielbar heraus, wenn man richtig verteidigt, und die Engine zeigt, wie man das macht. Das Königsgambit ist ein extremes Beispiel, aber es verliert nicht. Nichts verliert mehr.«

Neben dem Anwenden vieler verschiedener Eröffnungssysteme neigen die Spieler dazu, regelmäßig lange und komplizierte Varianten zu wählen in der Hoffnung, dass sich ihr Gegner nicht an alle Details erinnert. Sowohl auf Spitzen- als auch auf Amateurniveau ist Schach in der Eröffnungsphase zu einer Art Gedächtnisspiel geworden. Dafür gibt es im Spitzenschach viele Beispiele.

In einer Partie, die Giri gegen den US-Großmeister Fabiano Caruana beim Superbet Chess Classic im Mai 2023 in Bukarest spielte, einigten sich die beiden nach 26 Zügen auf ein Remis. Bei der Eröffnung handelte es sich um die beliebte Italienische Partie, die jedoch schon früh sehr komplex wurde, da Giri ein Damenopfer berechnen musste, das schließlich zu einem Remis durch Zugwiederholung führte. Der Niederländer verbrachte eine Stunde und zehn Minuten damit, die Züge zu berechnen (besser gesagt, aus seinem Gedächtnis auszugraben), während Caruana, wie l'Ami im obigen Beispiel, die Partie mit mehr Zeit auf der Uhr beendete, als zu Beginn drauf war. Er hatte seine Hausaufgaben gemacht, wohingegen Giri den Gedächtnistest bestanden hatte.

Ein weiterer Grund, warum die Spieler so viel mehr auswendig lernen müssen als früher, ist das Internet, auf das wir im dritten Teil des Buches näher eingehen werden. Aufgrund der enormen Zunahme von Onlineturnieren absolvieren die Spieler Hunderte von Partien pro Jahr mehr (und mit weniger Bedenkzeit) als früher. »Ich spiele jetzt etwa siebenhundert Partien pro Jahr«, sagt Giri. »In vielen dieser Partien spiele ich eine Eröffnung, die ich mir angesehen habe, also relevante Dinge, und meine Kollegen haben das ebenfalls getan. Jetzt ist die Datenbank überschwemmt mit Partien und den unterschiedlichsten Eröffnungen, und man ist gar nicht mehr in der Lage, die alle zu verdauen.«

In meinem Schachklub studieren viele junge Spieler bis zum Abwinken Schacheröffnungen. »Amateurspieler neigen dazu, die Bedeutung des Gedächtnisses zu überschätzen«, sagt Giri. »Man muss sich aber klarmachen, dass das Gedächtnis nur zwischen zwei ungefähr gleich starken Spielern relevant ist. Wenn Sie ein Amateur sind und sich alles merken können, aber schlecht im Schach sind, dann haben Sie vielleicht nicht die Stärke, um richtig standzuhalten, und verlieren jede Endstellung, die Sie sich gemerkt haben. Aber wenn man zwei Spitzenspieler hat, dann sind die so gut, dass sie die Endstellung ihrer Analyse auch gut weiterspielen können. Ein Gedächtnisspiel ist es also nur unter Spitzenspielern, sonst nicht. Man kann ein Topniveau nicht durch das Gedächtnis ersetzen.«

Im Jahr 2010, als l'Ami und Nielsen zu den gegnerischen Teams im Weltmeisterschaftskampf Anand gegen Topalow gehörten, spielte der Gedächtnisaspekt von Anfang an eine Rolle. Auf dem Brett entstand eine schwierige Mittelspielstellung, die sich beide Teams vor dem Match angeschaut hatten und in der Topalow einen Bauern opferte, um im Gegenzug Anands König anzugreifen. Der Inder, der in diesem Match seinen Titel verteidigte, wusste, dass er den König irgendwann Richtung Zentrum ziehen musste, nur konnte er sich nicht mehr an den genauen Zeitpunkt erinnern. Er machte diesen Schritt einen Zug zu früh und verlor die Partie, anstatt sie zu remisieren. Anand hatte den Gedächtnistest nicht bestanden, gewann die WM dann aber trotzdem.

Aufgrund des Tsunamis an verfügbaren Informationen zu Schacheröffnungen ist die jüngste Entwicklung, dass Spitzenspieler Varianten vermeiden, bei denen ein umfangreiches Gedächtnis erforderlich ist. »Es scheint, als gäbe es im Spitzenschach derzeit keinen Gedächtniskünstler«, sagte Giri. »Keiner der Spitzenspieler hat ein wahnsinniges Gedächtnis, nicht einmal Leute mit dem angeblich besten Gedächtnis, wie etwa Magnus. Ich kann Ihnen zahllose Beispiele dafür zeigen, dass er sich Dinge falsch gemerkt hat. Deshalb haben sie begonnen, ihre Strategie zu ändern, und man sieht, dass die Spieler nicht mehr alle die gleichen zwingenden Zugfolgen spielen. Die Leute gehen jetzt anders vor.«

Die Ankunft von AlphaZero

Der 5. Dezember 2017 stellt einen Wendepunkt in der Geschichte des Computerschachs dar. An diesem Tag veröffentlichte Google DeepMind einen Preprint, in dem der schachspielende Computer AlphaZero vorgestellt wurde. Zu diesem Zeitpunkt war die stärkste Schachengine Stockfish, ein Open-Source-Programm, das ursprünglich von Tord Romstad aus Norwegen und Marco Costalba aus Italien entwickelt worden war.

Costalba hatte sich den Namen Stockfish ausgedacht. Er bezieht sich auf den ungesalzenen Fisch, der in Norwegen durch kalte Luft und Wind auf Holzgestellen getrocknet und in großen Mengen auch in die norditalienische Region Venetien exportiert wird, wo Costalba lebt. Seine Erklärung: Wie der Fisch ist auch die Schachengine ein ursprünglich norwegisches Produkt, das in Italien weiterentwickelt wurde. Der DeepMind-Preprint enthüllte, dass dieser kleine Fisch eine Nahbegegnung mit einem riesigen schachspielenden Hai erlebt hatte – ein Hundert-Partien-Match zwischen AlphaZero und Stockfish 8 –, das nicht einmal annähernd knapp ausgegangen war. Der Hai hatte Stockfish mit 28 Siegen, 72 Unentschieden und keiner einzigen Niederlage geschlagen – nein, *vernichtet.* AlphaZero war geradezu absurd stark. Atemberaubend war außerdem, wie das Programm so stark *wurde.* Ohne mit irgendwelchem Wissen außer den Schachregeln gefüttert worden zu sein, hatte AlphaZero in nur vier Stunden, in denen es Partien *gegen sich selbst spielte,* ein übermenschliches Niveau erreicht. Mein Kollege und Freund Mike Klein fand damals in seinem Bericht für Chess.com ein passendes Bild: »Das ist etwa so, als würde man einem Roboter Zugang zu Tausenden von Metallteilen geben, aber keinerlei Wissen über einen Verbrennungsmotor. Dann experimentiert er unzählige Male mit allen möglichen Kombinationen, bis er einen Ferrari gebaut hat. Und das alles in weniger als [der Hälfte] der Zeit, die man braucht, um sich die *Herr der Ringe*-Trilogie anzusehen. Das Programm hatte vier Stunden Zeit, um viele, viele Male gegen sich selbst zu spielen und so sein eigener Lehrer zu werden.«

Als ich mit dem Stockfish-Programmierer Tord Romstad für dieses Buch sprach, fügte er eine kleine Nuance hinzu: »Diese Angabe von vier Stunden entspricht schon der Wahrheit, ist aber irgendwie auch lächerlich, weil sie eine riesige Menge an Hardware verwendet haben, Tausende von Maschinen, die parallel trainierten. Wenn man das zu Hause nachmachen wollte, würde es etwa vierzig Jahre dauern.«

Trotzdem schlug die Neuigkeit bezüglich AlphaZero ein wie eine Bombe, und in den nächsten Wochen sprach die Schachwelt über nichts anderes. Ich war Anfang Dezember 2017 zusammen mit Mike als Journalist beim London Chess Classic, was uns ermöglichte, einige starke Spieler zu interviewen und ihre erste Reaktion auf die Neuigkeit zu erhalten. Magnus Carlsens Assistent Peter Heine Nielsen sagte: »Nachdem ich die Zeitung gelesen, aber vor allem die Partien gesehen hatte, dachte ich … nun, ich habe mich immer gefragt, wie es wohl wäre, wenn eine überlegene Spezies auf der Erde landen und uns zeigen würde, wie sie Schach spielt. Ich glaube, jetzt weiß ich es.« Garri Kasparow, der ja selbst einiges an Erfahrung mit Computern hatte, sah bereits weiter reichende Auswirkungen: »Wir sind immer davon ausgegangen, dass Schach zu viel Erfahrungswissen erfordert, als dass eine Maschine von Grund auf so gut spielen könnte, ohne dass menschliches Wissen hinzukommt. Natürlich bin ich gespannt, was wir von AlphaZero über das Schachspiel lernen können, denn das ist das große Versprechen des maschinellen Lernens im Allgemeinen – Maschinen, die Regeln herausfinden, die der Mensch nicht erkennen kann. Aber natürlich sind die Implikationen wunderbar, weit über Schach und andere Spiele hinaus. Die Fähigkeit einer Maschine, jahrhundertealtes menschliches Wissen in komplexen geschlossenen Systemen zu replizieren und zu übertreffen, verändert die Welt.«

Hassabis und DeepMind

Der CEO von Google DeepMind, Demis Hassabis, war in seiner Jugend ein fanatischer Schachspieler und nichts weniger als ein Wunderkind. Als Teenager nutzte er einen Teil seiner Preisgelder, um sich seinen ersten Computer zu kaufen, und schon bald entwickelte er eigene Programme. Im Jahr 2010 war er Mitbegründer von DeepMind. Von Anfang an hat sich DeepMind auf maschinelles Lernen und künstliche Intelligenz konzentriert und dabei auch neurowissenschaftliche Erkenntnisse und neue Entwicklungen bei der Computerhardware mit einfließen lassen. In seiner Einleitung zum 2019 erschienenen Buch *Zeitenwende im Schach*, einer faszinierenden, schachtechnischen Erkundung des Stils von AlphaZero, formuliert Hassabis das Ziel seines Unternehmens: »… intelligente Systeme zu entwickeln, die lernen können, jede komplexe Aufgabe selbstständig zu lösen, und diese Technologie dann zu nutzen, um Lösungen für einige der größten Herausforderungen und offenen Fragen der Gesellschaft zu finden.«[26] Hassabis hat in vielen Interviews erklärt, er wolle »die Intelligenz enträtseln« und dann Intelligenz nutzen, »um alles andere zu enträtseln«.

Der erste nennenswerte Erfolg von DeepMind wurde im Dezember 2013 erzielt, als sein Lernalgorithmus Deep-Q-Network (DQN) in Atari-Spielen eine Punktzahl auf Expertenniveau erreichte, indem er sich selbst unterrichtete und dafür nur die unbearbeiteten Pixel auf dem Bildschirm als Lehrmaterial verwendete. Ein Jahr nachdem Google (jetzt Alphabet Inc.) DeepMind 2014 für 400 Millionen Pfund übernommen hatte, gelang dem Unternehmen von Hassabis etwas noch Bedeutsameres. Sein neuronaler Netzwerkalgorithmus AlphaGo wurde die erste Maschine, die einen Weltmeister im Brettspiel Go (Weiqi) besiegte – eine Leistung, die nach Ansicht von Experten ihrer Zeit um Jahrzehnte voraus war.

Go ist noch komplexer als Schach, deshalb ist es entsprechend schwieriger, eine Engine zu entwickeln, die auf dem Niveau von starken menschlichen Spielern agiert. Die Entwicklung einer Bewertungsfunktion stellt ein echtes Problem dar, weil die vielen möglichen Züge in jedem Zug die Anwendung von Brute-Force-Berechnungen erschweren, also solche, bei denen jeder mögliche Zug im Baum der Möglichkeiten betrachtet wird. Für Menschen ist Go ein ziemlich intuitives Spiel. Und auch wenn Computer viel können, fehlt es ihnen doch genau an Intuition, oder?

DeepMind ging an diese Problematik anders heran als bestehende Go-Programme (und AlphaGo besiegte diese Programme schnell, bevor es gegen Menschen antrat). AlphaGo nutzte »Deep Neural Networks« (tiefe neuronale Netzwerke), eine Methode bei der künstlichen Intelligenz, die Computern beibringt, Daten auf eine Weise zu verarbeiten, die dem menschlichen Gehirn nachempfunden ist. Wie das Gehirn verwendet es miteinander verbundene Knoten oder Neuronen in einer mehrschichtigen Struktur. Die mathematischen Beziehungen zwischen diesen Schichten werden während des Datentrainings ständig aktualisiert. In diesem Fall wurde AlphaGo mit einem großen Datensatz von hochwertigen Go-Partien trainiert, sodass es von menschlichen Kenntnissen und Mustern lernen konnte.

Ein weiterer Aspekt war das *verstärkende Lernen:* AlphaGo spielte zahlreiche Partien gegen verschiedene Versionen von sich selbst, sammelte so Daten und verfeinerte im Laufe der Zeit seine Strategien.[27]

Eine weitere innovative Technik war die Verwendung eines *Value-Netzwerks* (das die Tiefe der Baumsuche verringert) und eines *Policy-Netzwerks* (das die Breite der Suche reduziert), um Stellungen effizient zu bewerten und Entscheidungen auf Grundlage des zuvor Gelernten zu treffen. Außerdem lief das Programm auf einer leistungsstarken Hardware-Infrastruktur mit unter anderem mehreren Hochleistungs-GPUs, um alle möglichen Züge und Stellungen schnell durchzurechnen. Ein Faktor hinter AlphaGos Erfolg war aber nicht neu: die Verwendung von Monte Carlo Tree Search (MCTS), einem heuristischen Suchalgorithmus, der zufällige Zugfolgen als Teil des Suchbaums simuliert.

Wie es bei künstlicher Intelligenz so ist, kommt irgendwann der Moment, an dem die besten Menschen herausgefordert und besiegt werden müssen. Go erlebte seinen Kasparow-vs.-Deep-

Blue-Moment im Mai 2016, als in Seoul ein Fünf-Partien-Match zwischen AlphaGo und dem südkoreanischen Go-Spieler Lee Sedol stattfand, einem der wenigen auf der Welt, die die höchste mögliche Stufe erreicht hatten, den neunten Dan. Vor dem Match zeigte sich Sedol zuversichtlich und erklärte, er gehe davon aus, ohne eine einzige verlorene Partie zu gewinnen. Doch es kam ganz anders: Er verlor die ersten drei Partien, gewann dann eine, verlor aber auch die letzte Partie und unterlag 1 : 4. Dreieinhalb Jahre später gab Lee seinen Rücktritt vom Go-Spiel bekannt: »Selbst wenn ich die Nummer eins werde, gibt es ein Wesen, das nicht besiegt werden kann.«

Abgesehen davon, dass AlphaGo einen Weltklassespieler besiegte, was allein schon eine absolute Sensation darstellte, war auch der Stil, in dem das Programm spielte, höchst bemerkenswert – und zwar so sehr, dass anschließend mehrere Bücher über das Thema geschrieben wurden (was sich dann bei AlphaZero wiederholte). Insbesondere der 37. Zug von AlphaGo in der zweiten Partie ging als etwas ganz Besonderes in die Geschichte ein. »Es war ein Zug, der dermaßen weit außerhalb des Vorstellbaren lag, dass einige der weltbesten Go-Spieler beim Livekommentar dachten, dies müsse eine Art Programmfehler gewesen sein. Doch mehr als hundert Züge später erwies sich genau dieser Stein als strategisch perfekt postiert, um den Ausgang des Spiels maßgeblich zu beeinflussen«,[28] schrieb Hassabis.

Nach ihrem durchschlagenden Erfolg beim Go bestand für die DeepMind-Forscher der nächste Schritt darin, sich mit dem Konzept der *Generalität*, also Allgemeingültigkeit, zu befassen: Sie wollten ein einziges System schaffen, das in der Lage ist, bei *jeder* Art von Spiel mit zwei Gegnern und perfekter Information gute Leistungen zu erbringen. Der DeepMind-Preprint vom Dezember 2017 vermeldete dann, dass ihr neuester Algorithmus

AlphaZero ein übermenschliches Niveau erreichen konnte, ohne menschliches Wissen zu erhalten, sondern indem er einfach drei verschiedene Brettspiele gegen sich selbst spielte: Schach, Shōgi (japanisches Schach) und Go.

Wie bei AlphaGo zwei Jahre zuvor wurde der Stil von AlphaZero gelobt. Das Programm spielte aggressiv, opferte Figuren und Bauern, um in superkomplizierte Stellungen vorzudringen, und demonstrierte damit die Spielweise früherer Weltmeister wie Michail Tal oder Garri Kasparow. Letzterer schrieb: »Ich war ziemlich glücklich, AlphaZeros dynamischen Opferstil zu sehen. Nicht nur, weil das meinen eigenen widerspiegelt, sondern weil es so spielen und damit gegen ein furchterregend genaues Spitzenprogramm gewinnen konnte.«

Interessanterweise durchsuchte AlphaZero etwa 80 000 Stellungen pro Sekunde, was weit entfernt ist von den 200 Millionen, die 1997 Deep Blue pro Sekunde erreichen konnte. Die Suche von AlphaZero musste also effizienter sein. Wie genau AlphaZero »dachte«, war selbst für die Mitarbeiter von DeepMind schwer zu erklären. Das Programm verfügte zwar über eine Bewertungsfunktion, die jedoch nicht auf menschlichen Eingaben, sondern nur auf »persönlicher« Schacherfahrung beruhte. Wie es Aspekte von Schachstellungen bewertete, »bleibt ein bisschen ein Rätsel«, sagte einer der Entwickler. Ein anderer meinte, dass es »so etwas Ähnliches wie ›Intuition‹ entwickelt«.

Klar ist jedoch, dass sich mit dem Generalitätsansatz für Schachcomputer ein Kreis geschlossen hat. Turing und Shannon wussten, dass die damaligen Computer mit einem Brute-Force-Ansatz, bei dem man sich ständig alle Züge ansieht, nicht erfolgreich sein konnten, also schlugen sie eine selektive Suche (»Typ B«) vor, die sich auf die relevantesten Züge konzentriert. Sie konnten nicht ahnen, wie rasant die Computer schneller werden würden. Für sie war es unmöglich vorherzusagen, dass die Brute-Force-Berechnung für einen derartig langen Zeitraum ein erfolgreicher Ansatz bleiben würde, der in allen großen Schachcomputern Verwendung fand einschließlich Ken Thompsons Belle, IBMs Deep Blue und anderen Programmen, die folgten. Natürlich läuft AlphaZero auf hoch entwickelter Hardware, es sucht seine Züge aber auch auf eine Weise, die intelligenter ist als je zuvor, ganz in Richtung dessen, was Turing und Shannon im Sinn gehabt hatten.

Es gibt eine weitere Parallele zu den Anfängen der KI. Turing und Shannon waren die Ersten, die zugaben, dass die Entwicklung eines gut spielenden Schachprogramms kein Ziel war, sondern ein Mittel, um Probleme von »größerer Bedeutung« zu lösen. Genau diesen Ansatz verfolgen Demis Hassabis und seine Kollegen bei DeepMind, indem sie Schritt für Schritt von spielspezifischen Algorithmen auf der Grundlage von Imitationslernen zu allgemeinen, vollständig selbst überwachten Lernsystemen übergehen.

AlphaGo lernte, Go zu spielen, indem es sich menschliche Spiele ansah, während AlphaGo Zero zum Erlernen einfach gegen sich selbst spielte. AlphaZero wurde generischer, also allgemeiner anwendbar, als es sich durch Gegen-sich-selbst-Spielen *mehrere* Brettspiele beibrachte. Der nächste Schritt war dann MuZero, ein Computerprogramm, das DeepMind 2019 herausbrachte und das Spiele lernen kann, *ohne die Regeln zu kennen*. MuZero schaffte es nicht nur, (wieder einmal) superstark in Schach, Shōgi und Go zu werden, sondern brachte sich auch 57 Atari-Spiele von Grund auf selbst bei.

Ein weiterer Schritt folgte Ende 2022 mit der Einführung von DeepNash. Der neueste KI-Agent von DeepMind konnte Stratego auf dem Niveau eines menschlichen Experten spielen, gewann fast alle Spiele gegen andere KIs und erzielte eine Gesamtsiegquote von 84 Prozent, wenn er in Onlinepartien gegen menschliche Spieler antrat. Neu war diesmal, dass die KI in einem Spiel mit *unvollkommener Information* gut abschnitt: Bei Stratego verbergen die Spieler, welche Figuren wo platziert werden.

DeepMind hat seine Erfahrungen mit Brett- und Computerspielen sowie seine zunehmend abstrakten, selbst überwachten Lernsysteme in vielen verschiedenen Bereichen der Gesellschaft eingesetzt. So wurden beispielsweise ähnliche Ideen wie bei AlphaZero verwendet, um die Kühlsysteme in den riesigen Rechenzentren von Google zu steuern und so viel Energie zu sparen.

Das beste Beispiel hinsichtlich der Lösung von Problemen mit »größerer Bedeutung« ist jedoch AlphaFold, das KI-Programm von DeepMind, das Vorhersagen von 3-D-Proteinstrukturen durchführt. Von Hassabis beschrieben als »Fermats letzter Satz auf die Biologie übertragen«, analysiert der Rechenalgorithmus die Aminosäuresequenz eines Proteins. Mithilfe eines neuronalen Netzwerks mit tiefem Lernvermögen wird vorhergesagt, wie sich diese Sequenz zu einer 3-D-Form faltet. Das Ergebnis ist, dass AlphaFold Biologen unschätzbare Einblicke in die Funktionen und Interaktionen von Proteinen gewährt, was der Entdeckung und Entwicklung neuer Medikamente zugutekommt, bei Dingen wie der Pandemievorsorge helfen kann und zum Verständnis der Funktionsweise des menschlichen Körpers beiträgt.

Obwohl für Hassabis AlphaFold das komplexeste und sinnvollste System ist, das DeepMind bislang entwickelt hat, ist sein Ehrgeiz unbegrenzt. Er sagt, dass er über einige der größten Herausforderungen in der heutigen Wissenschaft nachdenkt, wie etwa einen Raumtemperatur-Supraleiter, virtuelle Zellen und Quantensimulation. Das ultimative Ziel von DeepMind? Eine künstliche allgemeine Intelligenz (*artificial general intelligence;* AGI) zu schaffen, die in der Lage ist, jede intellektuelle Aufgabe zu verstehen oder zu lernen, die ein Mensch ausführen kann.

Hat ChatGPT von OpenAI als erstes System weltweite Berühmtheit erlangt, entwickeln jedoch auch andere Großunternehmen wie Google DeepMind, Meta, Microsoft, Amazon und IBM ihre eigenen Large Language Models (großen Sprachmodelle), die als Riesenschritt in Richtung AGI angesehen werden. Das KI-System von DeepMind, genannt »Gemini«, wurde erstmals im Dezember 2023 veröffentlicht. Es verwendet Techniken von AlphaGo.

In einem Podcast-Interview mit Lex Fridman, das im Juli 2022 aufgezeichnet wurde, erzählt Hassabis die Geschichte seines letzten Treffens mit Stephen Hawking, kurz bevor der berühmte Physiker verstarb. Hawking interessierte sich für die Arbeit von DeepMind, und die beiden sprachen stundenlang miteinander. Hawking verabschiedete sich von Hassabis mit den Worten: »Ich wünsche Ihnen viel Glück, aber nicht *zu* viel.«

Die Fruchtfliege

Wir haben gesehen, dass das Schachspiel eine Schlüsselrolle bei der KI-Entwicklung von den Anfängen bis heute gespielt hat. Von Turing bis Hassabis haben wichtige Forscher das Schachspiel als Sprungbrett für bedeutendere Bereiche genutzt – manchmal aber auch gegen Widerstände. Wenn ein Professor und sein Studierendenteam ihre wertvolle Zeit und ihre Ressourcen zur Entwicklung einer Maschine verwenden, die Schach spielen kann, ist es schon verständlich, wenn manche Leute sich fragen: »Blödeln die da nur rum?«

Der »Gründervater« der künstlichen Intelligenz, John McCarthy, sprach dieses Thema in einem Vortrag an, den er 1989 auf der Tagung der Canadian Information Processing Society in Edmonton hielt. Er wies darauf hin, dass der berühmte Vergleich (der auch in Kapitel 3 erwähnt ist) zwischen dem Schachspiel und der Fruchtfliege (Drosophila), der oft McCarthy selbst zugeschrieben wird, doch nicht von ihm, sondern zuerst von dem sowjetischen Mathematiker und Informatiker Alexander Kronrod gezogen wurde.

In den 1950er- und 1960er-Jahren war Kronrod Leiter der Mathematikabteilung am Moskauer Institut für Theoretische und Experimentelle Physik. Kronrod interessierte sich für künstliche Intelligenz und war indirekt an der Schachforschung seines Labors beteiligt. McCarthy gab der Vermutung Ausdruck, Kronrod hätte den Vergleich zwischen Schachspiel und Fruchtfliege vielleicht »als Verteidigung gegen Physiker benutzt, als diese sich darüber beschwerten, dass er ihre kostbare Computerzeit für eine simple Schachpartie verwendete«.

Leider hielt die Verteidigung nicht lange stand, und 1968 verlor Kronrod seinen Posten als Leiter, da höhere Funktionäre seine Fokussierung auf Schach und andere Spiele skeptisch betrachteten. Die Analogie erwies sich jedoch als prophetisch, denn das Schachspiel sollte für die Entwicklung der KI-Forschung von großer Bedeutung werden, ähnlich wie die Fruchtfliege die Geschichte der Genetik dominierte. Sowohl das Schachspiel als auch die Fruchtfliege bildeten eine experimentelle Plattform, die einen einheitlichen und kontrollierten Bereich für die Untersuchung verschiedener Hypothesen bot.

Nur hielt sich auch die Analogie nicht lange. Von ihrem

ähnlichen Ausgangspunkt aus gingen Schach und Fruchtfliege auf ihrem jeweiligen Gebiet unterschiedliche Wege. Während die Drosophila-Forschung im Laufe der Jahrzehnte »reifte« – beginnend mit der Chromosomenkartierung, dann der Erforschung neuer wilder Fliegenarten, um schließlich zu einem wichtigen Gebiet für die Untersuchung von Vererbungsmustern und Populationsgenetik zu werden –, blieb die Schachforschung ein doch eher begrenztes Gebiet der KI. Da die Brute-Force-Techniken (Shannons Typ-A-Denken) weiterhin so erfolgreich waren, bestand kein Bedarf an der Erforschung des Typ-B-Denkens, durch das sich die KI schon früher mehr in die Breite entwickelt hätte.

McCarthy war kein Spielverderber, nachdem er 1978 seine Wette gegen David Levy verloren hatte. Als er seinen Scheck abschickte, schrieb er in seinem Begleitbrief, er sei nicht allzu unglücklich darüber, die Wette verloren zu haben. Er hätte gehofft, dass Levy gegen ein intelligentes Programm verlieren würde, aber die Fortschritte, die bis dahin gemacht wurden, lagen hauptsächlich bei Computerprogrammen, die sich auf den Ansatz der Brute-Force-Berechnung stützten. Unmittelbar nach Kasparows Niederlage gegen Deep Blue schrieb McCarthy in einem Artikel in *Science:* »Das Computerschach hat sich in etwa so entwickelt, wie sich die Genetik hätte entwickeln können, wenn die Forscher ihre Bemühungen ab 1910 auf die Zucht von Renndrosophila konzentriert hätten. Wir hätten ein wenig Wissenschaft, vor allem aber sehr schnelle Fruchtfliegen.«

Nathan Ensmenger, außerordentlicher Professor an der Indiana University in Bloomington, schrieb 2012 einen Artikel, in dem er betonte: »Im Gegensatz zu Drosophila und trotz seiner offensichtlichen Produktivität als experimentelle Technologie hat das Computerschach letztlich nur wenige grundlegende theoretische Erkenntnisse hervorgebracht.« Das war drei Jahre bevor AlphaGo auf der Bildfläche erschien und fünf Jahre vor AlphaZero. Ich habe für dieses Buch mit Ensmenger gesprochen, und er stimmte zu, dass die neuesten Entwicklungen im Computerschach grundlegend anders sind und zu viel nützlicheren Ideen geführt haben (von denen einige weiter unten diskutiert werden). Wäre McCarthy noch am Leben, hätte er wahrscheinlich ebenfalls seine Meinung geändert.

Schach und neuronale Netzwerke

Sieben Jahre nach dem Erscheinen von AlphaZero wird die Schachwelt stark von dieser neuen Art von Schachcomputern beeinflusst, die auf neuronalen Netzen und verstärkendem Lernen basieren. Während DeepMind AlphaZero nicht weiterentwickelte, arbeitete die Open-Source-Community, angeführt von dem Programmierer Gary Linscott, weiter an ihrer eigenen, auf neuronalen Netzen basierenden Engine Leela Chess Zero (Lc0) – die im Januar 2018 angekündigt wurde, nur einen Monat nachdem DeepMind seinen ersten Preprint zu AlphaZero veröffentlicht hatte. AlphaZero wurde nie öffentlich zugänglich gemacht, aber Lc0 entwickelte sich schnell zu einem unschätzbaren Hilfsmittel für professionelle Spieler. Also für diejenigen, die davon wussten.

Peter Heine Nielsen erzählte mir von seinen ersten Erfahrungen, die er noch im gleichen Jahr mit Leela gemacht hatte, und gab zu, dass er zu spät zur Party kam. Er hatte das Programm ein paar Monate vor Magnus Carlsens Weltmeisterschaftskampf gegen Fabiano Caruana ausprobiert, der im November 2018 in London stattfand. Er war nicht sonderlich beeindruckt. »Ich fand es irgendwie merkwürdig. Es war noch nicht ausgereift genug und schien taktisch ziemlich schwach«, sagte Nielsen. »Caruana benutzte es, wir jedoch nicht. Das war wahrscheinlich ein Fehler, aber keine echte Katastrophe.«

Wenige Monate danach wusste Nielsen die Einzigartigkeit von Leela dann allerdings zu schätzen: »Es hat ein erstaunliches Schachverständnis. Anfang 2019 hatte ich den Eindruck, dass einige von uns es benutzten – zum Beispiel Anish Giri –, andere hingegen nicht. Diejenigen, die es nicht benutzten, wurden in der Eröffnung völlig vernichtet.«

Giris Sekundant Erwin l'Ami sagte: »Leela versteht das Schachspiel irgendwie so wie wir. Indem es diese Millionen von Partien gegen sich selbst gespielt hat, weiß es, was Raum ist, was ein ›schlechter Läufer‹ ist. Es kann eine Stellung im Bruchteil einer Sekunde richtig einschätzen.«

Zu den frühen Anwendern von Leela zu gehören war wie Insiderwissen an der Börse. Nielsen: »Ein halbes Jahr lang wollte niemand darüber sprechen, bis klar wurde, dass jeder davon wusste.«

Der Vorteil, den man durch die Verwendung von Leela *und* Stockfish erlangt, verdient wahrscheinlich eine Erklärung. Nehmen wir an, Sie hätten zwei Spitzenspieler, Carlsen und Giri, die am nächsten Tag in einem großen Turnier gegeneinander antreten müssen. Beide benutzen die neueste Version von Stockfish, aber nur Carlsens Team verwendet gleichzeitig auch Leela. Das bedeutet, dass das Team Carlsen genau weiß, was Giris Team betrachtet (durch Zugriff auf dieselbe Stockfish-Analyse), außerdem jedoch die zusätzlichen Informationen von Leela hat. Jedes Mal, wenn Leelas Bewertung genauer ist als die von Stockfish, hat Carlsen einen großen Vorteil in der Analyse, weil Leela Giris Schwachpunkte kennt und weiß, wie man sie ausnutzen kann. Stockfish und Leela bilden zusammen ein starkes Analysten-Tandem, wobei Stockfish superstark in der reinen Berechnung ist und Leela mit »menschlichen« Ideen für ein langfristiges Positionsspiel aufwartet.

Die Stockfish-Entwickler verfolgten das alles aufmerksam. Im Sommer 2020 kündigten sie an, dass sie ein effizient aktualisierbares neuronales Netzwerk (efficiently updatable neural network; NNUE) in eine neue Version ihres Programms einbauen würden. Stockfish 12, oder Stockfish NNUE, wurde im September 2020 veröffentlicht und kombinierte den Brute-Force-Rechenansatz des traditionellen Stockfish-Programms mit den fortschrittlichen Bewertungsmöglichkeiten von Schachengines mit neuronalen Netzwerken wie AlphaZero und Leela Chess Zero. Die Bewertungsfunktion des traditionellen Stockfish-Programms wurde entfernt und durch eine auf neuronalen Netzwerken basierende ersetzt.

Das Ergebnis war spektakulär: Nach Angaben der Entwickler war Stockfish 12 um satte hundert Elo-Punkte stärker als Stockfish 11. Bei Fertigstellung dieses Buches hat Stockfish die letzten sieben Top Chess Engine Championships (TCEC) gewonnen und die meisten Computerschachmeisterschaften auf Chess.com dominiert. Im Juni 2024 führte Stockfish die Computer Chess Rating List (CCRL) mit einem astronomisch hohen Rating von 3641 an.

Was bedeutet es für einen Menschen, Schach mit einem derartig starken Computer zu analysieren? Sagen diese Engines jetzt endlich die absolute Wahrheit über Schachstellungen? Nielsen glaubt, ja: »Wir haben das in der Vergangenheit schon einmal gesagt und lagen falsch damit. Aber jetzt glaube ich, dass wir so etwas sagen können. Wenn Sie mich im Jahr 2017 gefragt hätten, wäre meine Antwort wohl gewesen, dass die Technologie nahezu perfekt ist. Ich meine, Stockfish war bereits unglaublich stark. Aber dann wurde es von AlphaZero zerschmettert. Ich kann mir nicht vorstellen, dass das heutige Stockfish auf dieselbe Weise übertroffen wird.«

Der Stockfish-Programmierer Tord Romstad will aber nicht recht glauben, dass seine Engine ihren Zenit erreicht hat: »Das ist eine sehr gute Frage, nur bin ich mir bei der Antwort nicht sicher, weil ich immer wieder überrascht werde. Als ich anfing, dachte ich, die Schachengines würden nahezu perfekt spielen, aber viel später, als Stockfish 8 auf den Markt kam, dachte ich: ›Viel besser kann man es nicht machen‹, also muss es jetzt nahezu perfekt sein. Aber ich werde immer wieder überrascht. Es scheint einfach keine Obergrenze zu geben.«

Der englische Großmeister Matthew Sadler, Mitverfasser mehrerer Bücher über Schachengines auf Basis neuronaler Netzwerke, denkt nicht, dass wir aufgrund neuer Technologien einen weiteren enormen Leistungssprung erleben werden. »Das ist schwer vorstellbar«, sagte er mir. »Wobei wir genau das vor einigen Jahren auch über das klassische Stockfish-Programm gesagt haben. Aber man kann sich nicht recht vorstellen, dass es im Schach noch Platz gibt, um etwas absolut Erstaunliches zu erfinden.«

Auf die Frage, ob er das Gefühl habe, die modernen Engines würden Schach verstehen, gab Sadler eine abschlägige Antwort: »Sie verstehen gar nichts! Sie wissen nicht einmal, dass sie Schach spielen. Trotzdem fühlt es sich so an. Ihre Figuren bewegen sich auf großen Feldern. Das Besondere an neuronalen Netzen ist, dass sie die Mobilität maximieren. Sie lassen es nie zu, dass sie in Positionen geraten, in denen ihre Beweglichkeit eingeschränkt ist, und tun meilenweit voraus Dinge, um das zu vermeiden. Wenn sie spielen, scheinen ihre Figuren vor Kraft zu leuchten.«

Ich stimme Sadler zu, dass das von diesen modernen Programmen gespielte Schach wirklich etwas Besonderes ist. Wenn sie zum Beispiel Schacheröffnungen analysieren, schlagen sie schon im dritten Zug die seltsamsten Aktionen vor, als ob sie Schach aus einer anderen Galaxie spielen würden. Es fühlt sich fast so an, als ob das Schach, das wir als Menschen seit Jahrhunderten gespielt haben, von Grund auf neu erfunden wird. Ich kann mir zwar kaum vorstellen, diese Erfahrung in meinem Leben noch einmal zu machen, aber wer weiß …

Eine neue Art, Schach zu spielen

Abgesehen von den Vorteilen, die sich aus der Analyse und der Vorbereitung mit Schachcomputern ergeben, haben sich Spitzenschachspieler auch in ihrer *Spielweise* von Engines mit neuronalen Netzwerken beeinflussen lassen. Wie bereits erwähnt, war der Stil von AlphaZero recht attraktiv, und sein Open-Source-Nachkomme Lc0 und das neue Stockfish haben ähnliche Eigenschaften geerbt. Sie haben die menschlichen Spieler Dinge gelehrt, die in den 1500 Jahren, die das Spiel existiert, unbekannt waren, und die Großmeister von heute nutzen diese Lektionen in ihrem Turnierspiel. Ein klarer Fall ist Magnus Carlsen selbst.

Im Januar 2019 fiel dem norwegischen Star, damals noch klassischer Weltmeister, das Buch *Zeitenwende im Schach* in die Hände. Nur wenige Schachspieler haben so viele Schachbücher gelesen wie Carlsen, und nur wenige Schachbücher haben Carlsens Spiel so direkt beeinflusst wie dieses. Die Autoren Matthew Sadler und Natasha Regan untersuchten mehr als 2000 bisher unveröffentlichte AlphaZero-Partien und enthüllten seinen revolutionären Denkprozess. Sie präsentierten verblüffende Entdeckungen in Bereichen wie Eröffnungsspiel, Figurenmobilität, Initiative, Angriffstechniken und Opfer für langfristige Kompensation. Der englische Titel des Buches, *Game Changer*, war keine Übertreibung, sondern prophetisch: AlphaZero hat die Art und Weise, wie auf höchstem Niveau gespielt wird, in der Tat verändert. Carlsen ließ verlauten, er sei durch die bemerkenswerten AlphaZero-Partien ein anderer Spieler geworden. Sein Sekundant Nielsen schrieb einen Artikel für die Zeitschrift *New in Chess*, in dem er aufzeigte, was Carlsen von AlphaZero übernommen hat, z. B. mit einem Bauern am äußeren Rand vorzurücken, Bauern zu opfern und flexibler mit dem Konzept der Königssicherheit umzugehen – eine wirklich inspirierende Geschichte für jeden Schachfan.

Wie immer passen sich die neuen Generationen schneller an die neuen Technologien an. Im Schach nutzen die jungen, aufstrebenden Stars den Computer besser als ältere Spieler. Dies wurde besonders deutlich, als ich den bosnisch-niederländischen Großmeister Ivan Sokolov im Sommer 2022 interviewte, kurz nachdem er die junge usbekische Mannschaft zum Sieg bei der Schacholympiade im indischen Chennai geführt hatte.

Der 1968 geborene Sokolov ist ein klassischer Spieler und Trainer, der sein Wissen aus der Lektüre von Büchern, dem Studium von Partien von Supergroßmeistern und natürlich aus seiner Erfahrung als Spitzenspieler in den 1990er- und frühen 2000er-Jahren bezog. Aber die Arbeit mit dem iranisch-französischen Wunderkind Alireza Firouzja (geboren 2003) öffnete ihm die Augen in Bezug auf Computer:

> Nicht nur bei Alireza, sondern auch bei einigen anderen jungen Spielern, mit denen ich gearbeitet habe, kam es beispielsweise vor, dass sie

> einen sehr unkonventionellen Vorschlag für eine bekannte Stellung machten – unkonventionell auf der Grundlage des bisherigen Wissens. Normalerweise würde ich sagen: »Wenn das funktioniert, muss ich meinen Freund Jan Timman zitieren, der sagte: ›Wenn das funktioniert, muss ich noch einmal Schach lernen!‹« Nur hieß es dann: »Ja, aber der Computer liebt das.« Daraufhin haben wir eine Analyse gemacht, und manchmal hat sich herausgestellt, dass der Computer falschlag in dem Sinne, dass die Bewertung nur funktioniert, wenn Computer spielen. Bei Menschen kann die Bewertung nämlich anders ausfallen.

Das Schach auf höchstem Niveau ist auch nüchterner geworden. Während Großmeister früher bestimmte Züge ablehnten, weil sie »hässlich aussehen« oder »in dieser Art von Struktur nicht richtig sein können«, denken junge Spieler eher nach dem Motto: »Hauptsache, es funktioniert!« Sokolov:

> Es gibt zwei Herangehensweisen. Man kann versuchen, eine Stellung auf Grundlage der bekannten Dinge zu bewerten, also Bauernstruktur, Raum, Läuferpaar, Königssicherheit, mögliche Bauerndurchbrüche, mögliche Figurenabtäusche – bekomme ich ein besseres oder ein schlechteres Endergebnis? Wenn man all diese Elemente berücksichtigt hat, rechnet man, um den besten Zug zu finden und sein Urteil zu begründen. Aber natürlich kann es auch umgekehrt sein: Man rechnet und versucht, auf Grundlage der berechneten Varianten eine Einschätzung der Stellung vorzunehmen. Ich gehöre zur ersten Denkschule, und ich glaube immer noch, dass dieser Ansatz besser begründet ist und es einem in der Praxis leichter macht, die Stellung zu bewältigen. Aber das direkte Element ist viel wichtiger geworden als je zuvor, und das verdanken wir den Computern.

Ich verstehe das so, dass bei der klassischen Methode ein Spieler die jeweilige Stellung auf Grundlage seiner Mustererkennung und Intuition beurteilt und dann versucht, seine Einschätzung durch Berechnung zu untermauern. Bei der modernen Methode steht die Berechnung an erster Stelle und diktiert das Urteil, was eine liberalere, flexiblere Betrachtungsweise des Schachspiels ermöglicht, ohne Rücksicht auf das, was nach allgemeiner Auffassung gespielt werden sollte.

Sadler ist auch fest davon überzeugt, dass moderne Schachengines großartige Lehrer sind und die neue Generation von Spielern stärker machen als je zuvor. In unserem Gespräch prophezeite er kühn, Menschen könnten bei der Elo-Wertung die 3000-Punkte-Marke durchbrechen, was einem Abstand von mehr als hundert Punkten zu Carlsens Spitzenwert entspricht. Sadlers Argumentation? Alle früheren Generationen wurden mit Büchern ausgebildet, die von Menschen geschrieben wurden, und wie er feststellen musste, sind die meisten dieser Bücher nicht besonders gut. »Nehmen Sie mich, einen 50-jährigen Großmeister«, erklärte er. »Ich bin mit ziemlich erbärmlichem Material aufgewachsen. Es gab viele Bücher, die einfach falsch waren, in denen es hieß: ›Darum geht es in dieser Stellung‹, dabei stimmte das gar nicht. Moderne Engines zeigen, dass die Gewichtung oft völlig falsch ist. Das, was man sieht, soll das Hauptthema sein, nur ist das nicht der Fall. Es gibt eine zusätzliche innere Logik, die wichtig ist. Wenn man junge Spieler von Anfang an mit wirklich gutem Material trainiert und ihre Bewertungsfunktion richtig stark macht, kann man das Niveau derzeitiger Spitzenspieler sicherlich um weitere hundert Elo-Punkte erhöhen.«

Während Hassabis hofft, dass die KI irgendwann uns Menschen und das Universum erklären kann, sieht Sadler, dass Menschen durch sie ihr geliebtes Spiel besser verstehen können. Erneut steht Schach also am Ausgangspunkt der nächsten Entwicklungsstufen bei der KI.

Müssen wir uns Sorgen machen?

In *USSR,* einer monatlich erscheinenden Illustrierten, äußerte sich im November 1964 der lettische Großmeister Michail Tal, der wohl »künstlerischste« aller Schachweltmeister, zur Möglichkeit eines »Schachroboters«. Tal war nicht sehr optimistisch: »Ich glaube nicht, dass Schachspieler einen brauchen. Das Schachspiel würde bald sterben, wenn ein Roboter auftauchen würde, der besser als alle anderen spielen kann, so gut, dass er theoretisch keinen Fehler macht. Gäbe es eine Maschine, die bessere Verse als der Mensch schreibt, wäre das vermutlich das Ende der Poesie. Beim Schach geht es nicht nur um Kreativität, sondern auch um Leistung, und die kompetenteste Leistung würde in einem solchen Fall jede Bedeutung verlieren.«

Tals Sätze ähneln einem Zitat, auf das ich im Januar 2023 gestoßen bin, als Nick Cave, der Frontmann der Bad Seeds, einem Fan antwortete, der ihm einen Song schickte, den ChatGPT »im Stil von Nick Cave« erstellt hatte. Hier seine Reaktion, die ich gut verstehen kann:

> Die Apokalypse rückt näher. ChatGPT ist hier eine Replikation als Travestie. Es könnte vielleicht mit der Zeit ein Lied erzeugen, das oberflächlich betrachtet nicht von einem Original zu unterscheiden ist, aber das wird immer eine Replikation sein, eine Art Parodie … Lieder entstehen aus dem Leiden heraus, das heißt, sie beruhen auf dem komplexen, inneren menschlichen Kampf der Schöpfung, und soweit ich weiß, haben Algorithmen keine Gefühle. Daten leiden

nicht. ChatGPT hat kein inneres Wesen, es ist nirgendwo gewesen, es hat nichts ertragen, es hat nicht die Kühnheit gehabt, über seine Grenzen hinauszugehen, und daher hat es nicht die Fähigkeit zu einer gemeinsamen Transzendenzerfahrung, denn es hat eben keine Grenzen, über die es hinausgehen kann.

Wir können nicht leugnen, dass die Auswirkungen der künstlichen Intelligenz auf das Schachspiel auch ihre Schattenseiten haben. Die offensichtlichste davon wird im nächsten Kapitel diskutiert: Computer haben es viel einfacher gemacht zu betrügen. Aber auch der legitime Einsatz von Schachengines hat indirekt zu einer negativen Entwicklung beim Spitzenniveau geführt. Der Weltmeisterschaftskampf 2021 in Dubai zwischen Magnus Carlsen und Jan Nepomnjaschtschi war Carlsens letzte WM. Im Podcast *The Magnus Effect* schockierte er am 19. Juli 2022 die Schachwelt mit der Aussage, er werde seinen Weltmeistertitel nicht mehr verteidigen. Der Hauptgrund war, dass ihm das Format nicht mehr gefiel. Aufgrund der intensiven Computervorbereitung mit den Top-Engines konnten seine Gegner allein durch das Auswendiglernen von 15 bis 20 Zügen ein hohes Niveau halten. Mit viel Bedenkzeit auf der Uhr waren sie in der verbleibenden Zeit der Partie nur noch schwer zu schlagen. Carlsen fand, dass das klassische Schach mit seinen mehrstündigen Partien nicht mehr das geeignete Vorgehen sei, um den besten *Spieler* zu ermitteln.

So wie sich unsere Gesellschaft an noch intelligentere Versionen von ChatGPT und das mögliche Auftauchen von AGI anpassen muss, haben sich auch Schachspieler und Organisatoren an die neue Realität anzupassen, die diese superstarken Schachengines heutzutage an den Spieltisch bringen. Schachgroßmeister wählen mittlerweile mit beiden Farben die unterschiedlichsten Eröffnungen, damit der Überraschungseffekt einen Teil der gegnerischen Vorbereitung zunichtemachen kann. Amateure wie ich, die sich ebenfalls immer mehr auf die Vorbereitung mit Engines verlassen, fangen an, dasselbe zu tun, und vielleicht werden wir dadurch auch bessere Spieler.

Insgesamt denke ich, dass das meiste, was die künstliche Intelligenz gebracht hat, positiv für das Schachspiel war. Wenn wir uns anschauen, was mit generativer KI in der Welt der Musik oder Kunst passiert oder welche Auswirkungen ChatGPT auf die Gesellschaft im Allgemeinen hat, scheint es, dass Schach gegenüber diesen anderen Bereichen positiv hervorsticht. In der Schachwelt haben wir gelernt, uns an die Entwicklung der KI in unserem Bereich anzupassen, und wenn wir sie gut einsetzen, wird ihr Nutzen alle Ängste überwiegen.

Mehr als ein Vierteljahrhundert nachdem der Mensch den Kampf gegen die Maschine verloren hat, spielen und genießen die Menschen immer noch Schachpartien – sogar solche, die zwischen Computern gespielt werden. Die KI hat das Schachspiel nicht irrelevant gemacht, ganz im Gegenteil: Schach unterhält und lehrt uns immer noch. Der menschliche Aspekt ist nach wie vor sehr lebendig, und die KI hält uns nicht davon ab, Schach zu genießen, sondern hilft uns, es mehr zu schätzen. Und vielleicht verstehen wir durch sie ein bisschen besser, was es bedeutet, ein Mensch zu sein.

Kapitel 7

Die dunkle Seite: Betrug beim Schachspiel

»Schach muss zunächst als ein durch und durch geradliniges und ehrliches Spiel etabliert werden, bevor es zu einem echten Gentleman-Spiel werden kann, und skrupellose Tricks, Täuschungen und Betrügereien müssen ›des Feldes verwiesen‹ werden. Aber dazu bedarf es einer starken Hand, und der Krieg gegen unehrliche Schachspieler kann nicht mit Rosenwasser geführt werden …«

Wilhelm Steinitz, *International Chess Magazine,* 1887

Der amerikanische Großmeister Hans Niemann hält in der einen Hand eine Hotelschlüsselkarte und in der anderen ein Päckchen Kaugummi. Er hebt die Arme, damit der Turnierschiedsrichter einen tragbaren Garrett-Metalldetektor über seinen Körper bewegen kann. Als dieser sich dem Kaugummi nähert, leuchtet er rot auf. Lächelnd öffnet Niemann das Päckchen, das der Schiedsrichter kurz beiseitelegt, um seine Suche fortzusetzen. Dann tauscht er den Garrett gegen einen kleineren Hochfrequenzscanner aus, fährt akribisch an Niemanns dunklem Blazer und seiner Hose hinunter und überprüft sorgfältig seine gegerbten Lederschuhe, bevor er wieder nach oben fährt.

Wir befinden uns aber nicht am Flughafen, sondern am Eingang zu einem Schachturnier. Eine Überprüfung auf elektronische Geräte wie Mobiltelefone oder Smartwatches – die ein Spieler während des Spiels nicht bei sich tragen darf – ist im Spitzenschach längst Standard. Diese Kontrolle dauert jedoch länger als üblich. Die Uhr auf dem Fernsehbildschirm zeigt 12:59 Uhr am Montag, den 5. September 2022. Gleich beginnt hier in St. Louis die vierte Runde des Sinquefield Cups. Dieses jährliche Superturnier für zehn Spieler, das zu den prestigeträchtigsten im Schachkalender gehört und von dem in Missouri ansässigen Milliardär Rex Sinquefield unterstützt wird, findet zum neunten Mal statt.

Der 19-jährige Niemann aus Connecticut ist ein hochtalentierter junger Schachspieler, der während der Covid-19-Pandemie in der Weltrangliste einen großen Sprung nach vorne gemacht hat. Er ist aber nicht einmal unter den 40 besten Spielern der Welt, also wird er hier sicher nicht gewinnen. Trotzdem ist Niemann nach drei Runden alleiniger Spitzenreiter, nachdem er am Vortag ein spektakuläres Ergebnis erzielt hat, als er keinen Geringeren als den Weltmeister Magnus Carlsen schlug, den 31-jährigen Superstar aus Norwegen. Der GOAT?

Carlsen der Mächtige blieb zwischen 2019 und 2020 ganze 125 Partien lang ungeschlagen. Im Jahr 2022 war ihm eine weitere beeindruckende Serie gelungen: Er hatte in seinen vorherigen 53 Partien keine einzige Niederlage erlitten. Bis St. Louis. Mit seiner typisch ungefilterten Art zu reden kommentierte Niemann nach dem Spiel: »Es muss für den Weltmeister peinlich sein, gegen mich zu verlieren.«

Genau in dem Moment, als der Schiedsrichter seine Sicherheitskontrolle beendet und Niemann den Spielsaal betritt, sendet Carlsen einen Tweet, der die Schachwelt schockiert. »Ich habe mich aus dem Turnier zurückgezogen. Ich habe es immer genossen, im @STLChessClub zu spielen, und hoffe, auch in

Zukunft wieder dabei zu sein«, schrieb er. Moment mal, wie bitte?

Carlsen hatte einmal eine Pressekonferenz vorzeitig verlassen, war aber noch nie aus einem Turnier ausgestiegen. Die Zahl der Fälle, in denen sich ein Supergroßmeister absichtlich aus einem laufenden Turnier zurückgezogen hat, lässt sich an den Fingern einer Hand abzählen. Im Jahr 1967 verließ der unberechenbare Amerikaner und spätere Weltmeister Bobby Fischer das Interzonenturnier in Sousse, nachdem es mit den Organisatoren Streit wegen der Terminierung seiner Partien gegeben hatte. Im Jahr 2018 musste der chinesische Spitzenspieler und spätere Weltmeister Ding Liren vom Norway Chess zurücktreten, nachdem er sich bei einem Fahrradunfall die Hüfte gebrochen hatte. Carlsens Entscheidung war etwas, das die Schachwelt zuvor nur selten gesehen hatte.

»Ich sitze hier in einer Art fassungslosem Schweigen und weiß nicht wirklich, wie ich darauf reagieren soll«, sagte der beliebte Kommentator und Supergroßmeister Pjotr Swidler, ganz offenbar geschockt von diesem einzigartigen Moment für das Schach. Dann fügte er hinzu: »Ich nehme an, dass es einige Entwicklungen geben wird.« Das war die Untertreibung des Jahres, wenn man bedenkt, was in den Monaten danach geschehen würde.

Carlsens Tweet öffnete die Büchse der Pandora für Spekulationen, vor allem wegen eines Videoclips, den er angehängt hatte. Darin sagte der Fußballtrainer José Mourinho: »Ich ziehe es wirklich vor, nicht zu sprechen. Wenn ich spreche, bin ich in großen Schwierigkeiten.« Der Clip war ein bekanntes Fußball-Meme aus dem Jahr 2014, als der portugiesische Coach, damals Trainer des FC Chelsea, nach der Niederlage seiner Mannschaft gegen Aston Villa in der englischen Premier League interviewt wurde. Mourinho war wütend über einige Entscheidungen des Schiedsrichters, zog es aber vor, aus Angst vor einer Bestrafung durch den Fußballverband nichts zu sagen.

Was Mourinho damit sagen wollte, war zu diesem Zeitpunkt nicht klar (obwohl er anscheinend Fehler des Schiedsrichters andeutete). Was also wollte Carlsen, der selbst ein großer Fußballfan ist, mit diesem Meme sagen? Umgehend setzten in den sozialen Medien die Spekulationen ein, die dann noch wochenlang anhielten. Auf der ganzen Welt berichteten die Mainstream-Medien über den größten Skandal, den es in der Schachwelt je gegeben hatte. Schach war sozusagen am Dampfen.

Das Schach spricht für sich selbst

Die Geschichte begann drei Wochen vor dem Sinquefield Cup, als Carlsen und Niemann bei einem Turnier in Miami viermal in Partien mit kürzerer Bedenkzeit gegeneinander antraten. Niemann, der am niedrigsten gesetzte Spieler und ein offener, selbstbewusster Newcomer, hatte mit einem überraschenden Sieg gegen den Favoriten begonnen, bevor er die nächsten drei Partien und damit auch ihr kurzes Match mit 1 : 3 verlor. Auf die Frage nach einer Zusammenfassung dieser ersten Begegnung antwortete der amerikanische Teenager: »Das Schach spricht für sich selbst.« Er drehte sich von der Kamera weg, ignorierte die Folgefrage und ließ den Interviewer stehen. Das war die Schachversion eines Mic Drops. Die Formulierung »spricht für sich selbst« wurde zu einem Meme, das Schachspieler und Fans von jetzt an gern in den sozialen Medien verwendeten.

Niemann hatte sich abseits des Bretts schnell als der Conor McGregor des Schachs positioniert, denn er sprach mit einer

Dreistigkeit, die sowohl Fremdschämen als auch Bewunderung auslöste. Er strotzte nur so vor Selbstvertrauen, was durch seinen schnellen Aufstieg an die Spitze unterstützt wurde. Weniger als zwei Jahre nachdem er mit 17 den Großmeistertitel errungen hatte, gehörte er zu den hundert besten Spielern der Welt. Niemanns Aufstieg wurde durch die Tatsache begünstigt, dass er einer der aktivsten Großmeister der Welt war, der in rascher Folge Turniere in Spanien, Serbien, Italien, Montenegro, den USA (Las Vegas, Philadelphia, St. Louis, Cherry Hill), Portugal, Serbien, den Vereinigten Arabischen Emiraten, Lettland, Usbekistan und wieder Spanien gespielt hatte. Er war eine Einmannband auf Tournee, mit seinem Computer als Roadie und einem Uber-Eats-Account als Stage-Manager. Im März 2022 war Niemann zu Gast im beliebten *Perpetual Chess Podcast*, wo er seinen Tagesablauf erklärte: »Die Zeit, die ich investiere, beträgt mindestens zehn bis zwölf Stunden pro Tag. Ich arbeite sehr hart und habe so gut wie kein Privatleben. Ich gönne mir keine anderen Ablenkungen als Schach.« Aus seinem Ehrgeiz und seiner Zuversicht machte er keinen Hehl: »Das Ziel ist, der Beste der Welt zu sein. Ich denke, dass ich zu diesem Zeitpunkt unmöglich scheitern kann, denn ich tue wirklich alles, was ich tun muss. Ich investiere jede Sekunde eines jeden Tages, um mein Schach zu verbessern.«

Wie wichtig ihm das Schach war, zeigte sich, als er sagte: »Wenn ich nicht die Top Ten erreiche, werde ich meine Schachkarriere wohl als Misserfolg bewerten. Ich denke, [dann] ist auch mein Leben ein Misserfolg.« Er sprach mit der gleichen Intensität wie jenes andere legendäre amerikanische Wunderkind, das 1972 Schachweltmeister wurde. »Schauen Sie sich nur an, wie Fischer sein Leben vor dem Wahnsinn gelebt hat«, sagte Niemann. »So und nicht anders geht das doch, oder? Bevor die

Dinge aus dem Ruder liefen, war die Art und Weise, wie er an das Spiel heranging, absolut inspirierend. Er hat ganz allein gearbeitet, lebte nach strengen Regeln und war in bester körperlicher Verfassung. Er hatte keine Romanzen, keine Ablenkungen. Er war völlig konzentriert. Und das hat sich ausgezahlt.« Dieser 19-jährige Bengel: War das vielleicht der nächste Bobby Fischer?

Carlsen sah das nicht so. Er hatte Niemann kein Fehlverhalten vorgeworfen, als er mit dem José-Mourinho-Clip seinen Abschied vom Sinquefield Cup twitterte. Gleichzeitig war aber klar, dass er es andeutete. Aber was genau wollte Carlsen sagen? Dass Niemann ihn durch Betrug besiegt hatte?

In einem Livestream auf Twitch war der amerikanische Supergroßmeister Hikaru Nakamura der Erste, der bei seiner Besprechung der vierten Runde und insbesondere Carlsens Rückzug aussprach, was dieser nur angedeutet hatte. Nakamura war damals einer der erfolgreichsten Schachstreamer der Welt (mehr dazu in Kapitel 10), mit über einer Million Followern auf Twitch und eineinhalb Millionen Abonnenten auf YouTube. Wenn er spricht – sei es über seine Partien, einen sich anbahnenden Skandal oder Sushi –, hört ihm die Welt zu. Nakamura sagte: »Vermutlich denkt Magnus, dass Hans betrügt.«

Nachdem der Skandal in der Schachwelt mit jedem Tag größer wurde, konnte man verfolgen, wie er auch auf die Mainstream-Medien überschwappte. Am Dienstag, dem 20. September, 15 Tage nach Carlsens Tweet, kontaktierte mich einer der Redakteure der niederländischen Comedy-Radiosendung *Spijkers met Koppen* über eine DM auf Twitter. Wäre ich daran interessiert, in ihrer nächsten Sendung über den Schachbetrugsskandal zu sprechen? Vier Tage später fand ich mich im Studio vor einem Livepublikum wieder. In den kommenden Tagen wandten sich dann auch andere Medien an mich, was mir in über 16 Jahren Schachberichterstattung noch nicht passiert war. Daran merkte ich, wie groß diese Geschichte war.

Die Pokerspielerin Robbi Jade Lew wurde des Betrugs verdächtigt, nachdem sie in einer Folge der beliebten YouTube-Show *Hustler Casino Live* 269 000 Dollar gegen den Pokerprofi Garrett Adelstein gewonnen hatte. Sie stritt die Vorwürfe ab, und eine Untersuchung der Angelegenheit endete ohne Feststellung eines Fehlverhaltens. Zwei Angler, die um den ersten Preis in Höhe von 29 000 Dollar kämpften, wurden vom *Lake Erie Walleye Trail*-Turnier disqualifiziert, nachdem sich herausgestellt hatte, dass ihre Fische mit Bleigewichten gefüllt waren. Beide Vorfälle ereigneten sich im Herbst 2022, aber keiner davon fand auch nur annähernd so viel Beachtung in den Medien wie der Carlsen-Niemann-Skandal. Warum?

Ein Grund dafür war sicher, dass das uralte, intelligente und hoch angesehene Brettspiel plötzlich mit etwas so Zwielichtigem wie Betrug in Verbindung gebracht worden war. Abgesehen davon gab es die oft zum Nachdenken anregende Kommunikation (oder deren Fehlen) der Hauptakteure sowie die endlosen Spekulationen von Fans, Experten und Möchtegernexperten. Ach ja, und dann war da noch Elon Musk.

Elon Musk und die Analkugeln

Eine entscheidende Rolle in dieser Geschichte spielte der 30-jährige kanadische Großmeister und Streamer Eric Hansen – allerdings eher unfreiwillig. In einem seiner Streams im September 2022 stellten die Zuschauer die Frage, die sich jeder stellt: Wie kann man denn bei einem Spitzenturnier, das am Brett gespielt wird, überhaupt schummeln? Hansen meinte, das wisse er nicht, und verwies auf die strengen Maßnahmen zur Betrugsprävention, die vom St. Louis Chess Club getroffen wurden. Und dann passierte es. Im Chat tauchte eine Frage auf, die letztlich der Hauptauslöser dafür war, dass dieser sich anbahnende Skandal zu einem weltweiten Medienecho führte. Der Teilnehmer fragte: »Was ist, wenn er etwas in seinem Hintern versteckt hat?« Ohne zu zögern, antwortete Hansen in seinem Stream: »Gute Frage. Eine Analkugel würde wahrscheinlich dieses Ding, die Engine, schlagen. Keine Ahnung.« Später sagte Hansen, es sei ein Scherz gewesen, aber der Geist war aus der Flasche. Eine Theorie war geboren: Niemann könnte etwas in seinem Rektum versteckt haben, ein Gerät, das klein genug ist, um dort hineinzupassen, wo die Sonne nicht scheint, aber ausgeklügelt genug, um mit einer Schachengine verbunden zu sein und die Informationen, die für sehr starke Schachzüge erforderlich sind, zu *vibrieren*. Echt jetzt?

Hansens Theorie wäre wahrscheinlich schnell in Vergessenheit geraten, hätte nicht ausgerechnet Elon Musk sie aufgegriffen. Musk stieß auf die Analkugeltheorie und retweetete sie an seine 110 Millionen Follower auf Twitter (wie es damals noch hieß). In seinem Retweet kommentierte Musk: »Talent trifft ein Ziel, das niemand sonst treffen kann. Genie trifft ein Ziel, das niemand sieht (weil es im Hintern ist): – Schopenhauer.« Dann twitterte er auch einen Screenshot eines langen Kommentars auf Reddit mit der bizarren Behauptung, Carlsen (!) habe jahrelang mit Analkugeln gespielt, und schrieb in diesem Tweet: »Meine Version von Ockhams Rasiermesser: Das unterhaltsamste Ergebnis ist das wahrscheinlichste …« Musk fügte hinzu: »Man kann fast das Schnappen des Gummihandschuhs vor der Leibesvisitation beim Schachturnier hören …«

Dank dieser Tweets (die einige Wochen später gelöscht wurden, etwa zu der Zeit, als Musk seine Übernahme von Twitter abschloss) berichtete fast jede einzelne Zeitung, Zeitschrift, Fernseh- und Radiosendung, jeder Blog oder Podcast in fast der gesamten westlichen Welt über den Carlsen-Niemann-Skandal. Beliebte Streamer, die mit Schach nichts am Hut hatten, griffen die Geschichte auf, wie z. B. Charlie White jr. alias penguinz0, der zu diesem Zeitpunkt über elf Millionen Abonnenten auf YouTube hatte. Sie wurde auch in *The Joe Rogan Experience* diskutiert, im Jahr 2022 der weltweit beliebteste Podcast. Jeder sprach darüber. Trevor Noah scherzte in der *Daily Show*: »Ich verstehe, warum die Leute zum Schummeln vibrierende Analkugeln benutzen. Auch wenn man verliert, hat man doch irgendwie gewonnen …« In der gleichen Woche berichtete Stephen Colbert in *The Late Show* kurz über die Geschichte, und im Dezember wurde sie bei *Saturday Night Live* thematisiert. Am 23. Januar 2023 tauchte Niemann bei *Jeopardy!* als Lösungswort auf: »Sein Name steht für ›Newcomer‹, und dieser relative Newcomer handelte sich 2022 nach seinem Sieg über Weltmeister Magnus Carlsen den Vorwurf des Betrugs ein.« Im Juni 2023 war eine Folge der Sitcom *It's Always Sunny in Philadelphia* mit Danny DeVito in der Hauptrolle vollständig von dieser Saga inspiriert. Und im Mai 2024 kündigte die Nachrichten-Website der amerikanischen Filmindustrie, *Hollywood Reporter*, Pläne für einen Film mit dem Titel *Checkmate* über die Carlsen-Niemann-Affäre an, mit Nathan Fielder als Regisseur und Emma Stone als Co-Produzentin. Der Film wird auf einem 12-seitigen Exposè von Ben Mezrich basieren, dem Drehbuchautor von unter anderem *The Social Network* und *Dumb Money*.

Die Schachwelt blieb dabei in zwei Lager gespalten. Während viele die Unschuldsvermutung hochhielten und fanden, man sollte Niemann in Ruhe lassen, bis echte Beweise auf dem

Tisch lagen, war eine Mehrheit bereit, Carlsen einen Vertrauensvorschuss zu geben. Der Weltmeister hatte während seiner gesamten Karriere ein tadelloses sportliches Verhalten an den Tag gelegt und war dafür bekannt, dass er brutal ehrlich und oft auch selbstkritisch war. Das Heer der Carlsen-Anhänger wuchs schnell aufgrund der Interviews, die Niemann während der offiziellen Sinquefield-Cup-Übertragung gab. Er schien erwartet zu haben, dass Carlsen eine Verteidigung spielt, die er seit Jahren nicht mehr verwendet hatte, nur war seine Erklärung dafür nicht allzu überzeugend: »Wie durch ein Wunder hatte ich das heute überprüft. Es war ein derartig absurdes Wunder, dass ich nicht einmal mehr den Grund dafür weiß.«

Der französische Supergroßmeister Maxime Vachier-Lagrave gab nach der fünften Runde des Turniers in St. Louis einen sehr vernünftigen Kommentar ab: »Angesichts der Informationen, die ich bis jetzt habe, würde ich sagen: kein Betrug. Aber Magnus ist natürlich auch nicht dafür bekannt, dass er auf Hexenjagd geht oder dergleichen. Vielleicht hat er ja stichhaltige Argumente, nur würde ich sie gerne sehen.« Garri Kasparow, ein Mitglied des Vorstands der Grand Chess Tour, zu der auch der Sinquefield Cup gehörte, meldete sich auf Twitter zu Wort: »Carlsens Rückzug war ein Schlag für die Schachfans, seine Kollegen beim Turnier, die Organisatoren und, da die Gerüchte und die negative Publicity in einem Vakuum wirbeln, auch für das Spiel insgesamt. Der Weltmeistertitel hat seine Verpflichtungen, und eine öffentliche Erklärung ist in so einer Situation wohl das Mindeste.« Einige Wochen danach fand Kasparow in einem Interview noch deutlichere Worte für seinen Nachfolger: »Sein Verhalten ist inakzeptabel.«

Niemann gesteht Onlinebetrug ein

Nach der fünften Runde äußerte sich Niemann zu Carlsens versteckten Vorwürfen. Er hielt einen langen Verteidigungsmonolog, in dem er nacheinander auf jedes einzelne Thema einging, das in den sozialen Medien und anderswo diskutiert wurde. Es war eines der außergewöhnlichsten Interviews, die ein Schachspieler jemals gegeben hat. Und warum? Weil er plötzlich live vor der Kamera eingestand, schon einmal betrogen zu haben. »Als ich 12 Jahre alt war, spielte ich mit einem Freund den Titled Tuesday«, begann Niemann und bezog sich dabei auf ein bekanntes wöchentliches Blitzturnier auf Chess.com, an dem nur Spieler mit einem Titel (wie Großmeister oder Internationaler Meister) teilnehmen können. Er verriet, dass sein Freund ihm während des Spiels Züge vorgab, die von einer nebenher auf dem iPad laufenden Schachengine stammten. »Ich war noch ein Kind und hatte keine rechte Ahnung, was da passierte«, sagte er. »Das war ein Onlineturnier. Ich war jung, und damals ist nichts passiert. Dann, vier Jahre später, als ich 16 Jahre alt war, während meiner Streaming-Karriere, ein absolut lächerlicher Fehler in einer ungewerteten Partie … Abgesehen davon habe ich seit meinem 12. Lebensjahr nie wieder betrogen, weder am Brett noch bei einem Onlineturnier. Das waren ungewertete Spiele, und ich gebe es hiermit zu.«

Obwohl er das betrügerische Verhalten mit seiner Minderjährigkeit entschuldigte, offenbarte sein Geständnis etwas, das für viele ein Schlüsselaspekt der Geschichte war: dass Niemann zum Betrug bereit gewesen war. Plötzlich fiel es viel leichter zu glauben, dass er es wieder getan hatte, diesmal vielleicht sogar am Brett – was so ziemlich das Gegenteil dessen war, was er eigentlich erreichen wollte.

Nachdem Niemann sich mehrmals entschuldigt und erklärt hatte, er sei wegen seines Onlinebetrugs »zutiefst beschämt«, startete er einen direkten Angriff gegen Chess.com, die größte von mehreren Schachplattformen im Netz. Er sagte, das Unternehmen hätte ihm per E-Mail mitgeteilt, der Zugang zu seinem Account sei gesperrt worden und er selbst dürfe nicht an der firmeneigenen Global Chess Championship (GCC) teilnehmen. Diese mit einer Million Dollar dotierte Serie von Online-Topspielen hatte Anfang des Jahres mit Online-Qualifikationsturnieren begonnen und ein Stadium erreicht, in dem Supergroßmeister auf Einladungsbasis in das Teilnehmerfeld aufgenommen wurden. Niemann war einen Monat zuvor von Danny Rensch, dem »Chief Chess Officer« (CCO) von Chess.com, persönlich eingeladen worden, weshalb er schockiert war: »Gerade als ich Magnus besiegt hatte, beschlossen sie, meinen Account zu löschen und mich nicht an den Turnieren teilnehmen zu lassen. Das ist absolut lächerlich, und sie haben das nur wegen dem getan, was Magnus gesagt hat, was Hikaru sagt. Die sozialen Medien mitsamt der ganzen Schachwelt greifen mich komplett an und richten mich zugrunde.«

Am Ende sagte Niemann, die Angelegenheit hätte ihn beflügelt. Er wolle das Turnier nun umso mehr gewinnen, selbst wenn er, um zu zeigen, dass er kein Gerät benutzte, ohne Kleidung spielen müsse: »Wenn sie wollen, dass ich mich nackt ausziehe, werde ich das tun. Es ist mir egal, denn ich weiß, dass ich sauber bin, und ich bin bereit, mich zu unterwerfen.« Da die Art und Weise, wie Niemann sich ausdrückte, einen gewissen Charme hatte, war sich die Schachwelt immer noch nicht sicher, was sie jetzt glauben sollte. Vielleicht gab es nur einen Weg, das herauszufinden, wie der amerikanische Supergroßmeister Fabiano Caruana scherzhaft twitterte: »Neues Schachformat-Konzept im Lichte der jüngsten Kontroverse: Die Speedo-Schnellschachmeisterschaft. Was meint ihr dazu?«

Kurz nach Niemanns Interviews gab Chess.com eine Erklärung ab, die vom CCO Danny Rensch unterzeichnet war. Darin hieß es, das Unternehmen habe Niemann privat kontaktiert, um zu erklären, warum man ihn von Chess.com und eigenen Veranstaltungen entfernt habe. Der wichtigste Teil der Erklärung lautete: »Wir haben ihm detaillierte Beweise für unsere Entscheidung mitgeteilt, einschließlich Informationen, die seine Aussagen über den Umfang und die Schwere seiner Betrügereien auf Chess.com widerlegen.«

Sollte das vielleicht heißen, dass Niemann öfter gemogelt hatte, als er zugeben wollte, womöglich gar in wichtigeren Partien als von ihm behauptet? Diese Fragen blieben vorerst unbeantwortet, und in der zweiten Hälfte des Turniers beruhigte sich die Lage etwas, als Niemann in den verbleibenden Runden dreimal Remis spielte und zweimal besiegt wurde.

Niemann war während dieser Zeit nicht ohne Unterstützer. Zu Beginn der achten Runde wurden vier junge Damen vor dem Eingang des St. Louis Chess Club gesehen. Sie waren gekommen, um Niemann anzufeuern, und hielten Schilder hoch, auf denen stand: »We LOVE Hans!«, »Gen Z's love Hans!«, »Hans Has Cool Hair« und »Hans Has An Awesome Accent«. Eine weitere maßgebliche Unterstützung kam von Kenneth Regan im *Wall Street Journal.* Als außerordentlicher Professor an der University at Buffalo berät Regan seit zwei Jahrzehnten den Internationalen Schachverband (FIDE) in Fragen der Betrugsbekämpfung und verwendet einen Algorithmus für statistische Tests, um computergestützten Schachbetrug zu erkennen. Regan hatte sich Niemanns Partien angeschaut und nichts Ungewöhnliches entdeckt.

Nach dem Ende des Turniers wurde die Debatte in den sozialen Medien fortgesetzt, wo die unterschiedlichsten Theorien über Niemanns möglichen Betrug am Brett aufgestellt wurden. Einige behaupteten, in diversen Partien Beweise dafür gefunden zu haben, dass er eine verdächtig hohe Anzahl von Zügen spielte, die von Computerprogrammen für gut befunden wurden. Andere wiesen hingegen auf methodische Mängel in den Untersuchungen dieser Sessel-Statistiker hin.

Eine der Analysen von Niemanns Partien erfolgte jedoch durch eine Autorität, die schwer zu ignorieren war. Wenn ein ehemaliger Weltranglistenzweiter und Herausforderer bei der WM 2018 etwas über Schach sagt, nimmt man es ernst. In seinem neu gestarteten *C-Squared Podcast* kommentierte Caruana eine Partie, die Niemann 2022 gespielt hatte: »Diese Partie ist für mich ganz außergewöhnlich. Entweder ist dies das Spiel eines Genies, oder es ist etwas faul.«

Carlsen gibt auf

Es ist Montag, der 19. September 2022, um 10 Uhr vormittags an der amerikanischen Westküste bzw. 19 Uhr in Mitteleuropa. Die sechste Runde des Julius Baer Generation Cup hat begonnen. Dieses Onlineturnier mit 16 starken Großmeistern aus verschiedenen Generationen ist die siebte Veranstaltung der mit 1,6 Millionen Dollar dotierten Meltwater Champions Chess Tour. Wie es das Schicksal will, trifft Carlsen an diesem Tag auf Niemann, und die Fans können es kaum erwarten.

Die Onlineübertragung zeigt ein großes Schachbrett auf der linken Seite des Bildschirms und die Gesichter von Niemann und Carlsen über ihre Webcams. Der renommierte ungarische Kommentator und ehemalige Supergroßmeister Péter Lékó kommentiert von Anfang an energisch: »D4. Denn dies ist sein Hauptzug. Springer f6, c4. Ja, auf jeden Fall. Und … WIE BITTE? Nein …« Die Co-Kommentatorin und Internationale Meisterin Tania Sachdev aus Indien fragt leise: »Was ist passiert?«, bevor sie ein lautes: »WIE BITTE?«, ausstößt.

Während die Kommentatoren immer noch ungläubig sind, schaltet Carlsen seine Webcam aus. Es stellt sich heraus, dass er die Partie nach seinem ersten Zug aufgegeben hat, um deutlich zu machen, dass er nicht gegen Hans Niemann spielen möchte. Es ist eine Frage des Prinzips. Zum zweiten Mal innerhalb eines Monats hat der Weltmeister die Schachwelt schockiert.

Dieses Mal waren die Reaktionen weniger wohlwollend. Fanden manche, Carlsen würde andere Spieler im Turnier beeinträchtigen, indem er seinem Gegner einen Punkt schenkt, forderten andere eine Erklärung von ihm. »Es ist ja offensichtlich, dass er etwas andeuten will, aber solange man jemanden nicht erwischt, ist da nichts zu machen«, sagte der niederländische Supergroßmeister Anish Giri, der ebenfalls an dem Turnier teilnahm. »Das sieht jetzt einfach sehr merkwürdig aus. Natürlich ergibt es einen Sinn, wenn Hans tatsächlich betrügt und er nicht gegen ihn spielen will. Aber wenn er nicht betrügt, dann ist das wirklich sehr falsch.«

Während der Internationale Schachverband (FIDE) von einer öffentlichen Stellungnahme absah, gab sein Präsident Arkadi Dworkowitsch am 23. September eine »persönliche Erklärung« ab (unter Verwendung der ersten Person Plural). Darin kritisierte er offen Carlsens Entscheidungen, sich aus einem Turnier zurückzuziehen und in einem anderen nach nur einem Zug aufzugeben: »Wir sind der festen Überzeugung, dass der Weltmeister eine moralische Verantwortung hat, die mit seinem Status verbunden ist, da er als weltweiter Botschafter des Spiels angesehen wird«, schrieb Dworkowitsch. »Seine Handlungen wirken sich auf den Ruf seiner Kollegen und auf die sportlichen Ergebnisse aus und können letztendlich auch unserem Spiel schaden. Wir sind der festen Überzeugung, dass es bessere Wege gegeben hätte, mit dieser Situation umzugehen.« Der Präsident stellte außerdem fest, dass die FIDE Carlsens »tiefe Besorgnis über den Schaden, den Betrug dem Schachspiel zufügt«, teile, und kündigte an, dass sie ihre Fair-Play-Kommission mit einer gründlichen Untersuchung beauftragen werde. Etwa eine Woche später gab die FIDE auf ihrer Website die Bildung eines Untersuchungsgremiums für die Carlsen-Niemann-Kontroverse bekannt.

Am 27. September, drei Wochen nach Beginn der Affäre, veröffentlichte Carlsen schließlich eine mit Spannung erwartete Erklärung. Er sagte, er sei über die Situation genauso »frustriert« wie die Schachcommunity. Zum ersten Mal benutzte er das B-Wort und wurde nach dem mysteriösen Mourinho-Tweet vom 5. September endlich konkreter: »Ich glaube, dass Niemann öfter – und auch in jüngerer Zeit – betrogen hat, als er öffentlich zugeben wollte. Sein Fortschritt als Spieler war ungewöhnlich, und während unserer Partie im Sinquefield Cup hatte ich den Eindruck, dass er in kritischen Stellungen nicht angespannt oder überhaupt voll auf das Spiel konzentriert war, während er mich mit Schwarz auf eine Weise überspielte, wie es meiner Meinung nach nur eine Handvoll Spieler kann. Diese Partie hat meine Sichtweise verändert.«

Carlsens Bemerkungen über Niemanns Verhalten während der Partie schienen nicht überzeugend zu sein, und sei es auch nur, weil er nach Meinung der Experten in der Begegnung selbst nicht sein bestes Schach gespielt hatte. Gleichzeitig blieb die größte Frage unbeantwortet: Besaß der Weltmeister klare Beweise dafür, dass Niemann betrogen hatte? Carlsen hielt sich offenbar aus rechtlichen Gründen zurück, als er schrieb: »Ohne die ausdrückliche Erlaubnis von Niemann, offen zu sprechen, bin ich zum jetzigen Zeitpunkt in dem, was ich sagen kann, leider eingeschränkt.« Musste Niemann wirklich erst genehmigen, dass man ihn komplett beerdigte?

Der nächste große Moment in der Saga ereignete sich am 5. Oktober, als Chess.com ein 72-seitiges Dokument mit dem Titel »Hans Niemann Report« auf seiner Website veröffentlichte, das von CEO Erik Allebest, CCO Danny Rensch und dem Fair-Play-Team des Unternehmens unterzeichnet war. Der Bericht wurde kurz vor Veröffentlichung an das *Wall Street Journal* weitergegeben und versetzte Niemann einen schweren Schlag, da die Enthüllungen sehr negativ waren. Das Unternehmen behauptete, er habe »wahrscheinlich in mehr als 100 Online-Schachpartien betrogen, einschließlich mehrerer Preisgeldturniere«. Chess.com listete elf Veranstaltungen zwischen 2015 und 2020 auf – darunter Titled-Tuesday-Events, die Qualifikation für die Speed Chess Championship, die PRO Chess League und Einzelpartien gegen hoch bewertete, bekannte Persönlichkeiten in der Schachcommunity –, bei denen es Hinweise darauf gab, dass Niemann »wahrscheinlich betrogen« hatte.

Wichtig ist dabei das Detail, dass entgegen Niemanns Behauptungen mehrere der Partien, in denen er auf Chess.com betrogen haben soll, gewertet und in Turnieren gespielt wurden. In dem von Niemann angestrebten Gerichtsverfahren wurde diese Behauptung als »falsch« bezeichnet. Hatte der Antibetrugsexperte Kenneth Regan in Niemanns am Brett gespielten Partien zwar keine verdächtigen Daten gefunden, so stimmte er mit Chess.com in den Schlussfolgerungen bezüglich Niemanns *Online*spiel überein.

Die Tools, die Chess.com zur Aufdeckung von Betrug verwendet, sind speziell für die Untersuchung von Onlineschach mit geringem Zeitlimit gedacht, deshalb war es etwas überraschend, dass in dem Bericht auch Niemanns stark angewachsene Spielstärke beim klassischen Schach erwähnt wurde. Dieser Teil des Berichts wurde im Nachhinein am meisten kritisiert (zum Beispiel durch den Hinweis, dass der amerikanisch-armenische Großmeister Lewon Aronjan als Teenager ähnliche Fortschritte gemacht hatte) und stimmte nicht immer mit Ken Regans Schlussfolgerungen bezüglich Spielen am Brett überein.

Aber der Bericht von Chess.com wurde fast allgemein für eine Sache gelobt: Zum ersten Mal gewährte das Unternehmen einen Blick in seine Antibetrugsküche. Um zukünftigen Betrügern die Sache nicht zu erleichtern, konnte man dabei nicht wirklich ins Detail gehen, aber dennoch wurde die Schachwelt aufgeklärt:

> Das Grundkonzept der Betrugserkennung, insbesondere beim Top-Level-Schach, ist sowohl statistisch als auch manuell und umfasst: den Vergleich der ausgeführten Züge mit den von der Engine empfohlenen, das Entfernen einiger Züge (Eröffnung, Teile des Endspiels), die Konzentration auf wichtige/kritische Züge, die Diskussion mit einem Gremium aus geschulten Analysten und starken Spielern, den Vergleich der früheren Leistung eines Spielers mit dem bekannten Stärkeprofil, den Vergleich der Leistung eines Spielers mit den Leistungen vergleichbarer Kollegen, die Prüfung der statistischen Signifikanz von Ergebnissen (z. B. »Eine Chance von eins zu einer Million, dass es auf natürliche Weise passiert«), die Prüfung, ob Verhaltensfaktoren eine Rolle spielen (z. B. ein »Browserverhalten«), und Überprüfung des Bedenkzeitverbrauchs im Vergleich zur Schwierigkeit der Züge auf dem Brett.

Auch andere Schachplattformen verwenden einige dieser Methoden, aber es gibt Unterschiede. Lichess, der größte Konkurrent von Chess.com, hat im August 2022 in einem Blogbeitrag erklärt, dass bei ihnen verschiedene Arten von KI zum Einsatz kommen, darunter auch ein neuronales Netzwerk, das »verdächtige Muster im Onlinespiel erkennt und, was entscheidend ist, keine Engine-Analyse von Stichproben durchführen muss, um diese Muster zu erkennen«. In verdächtigen, aber nicht eindeutigen Fällen werden die Partien zur weiteren Prüfung an menschliche Moderatoren weitergeleitet.

Onlineschummeln wird immer problematischer. Im Jahr 2020, dem ersten Jahr der Covid-19-Pandemie, war Schach am Brett unmöglich, dafür nahm das Onlineschach enorm zu – und damit auch der Betrug. Wie in dem Bericht von Chess.com zu lesen war, hatte die Seite im Lauf der mehr als 15 Jahre ihres Bestehens »die Konten vieler nicht professioneller Onlinespieler, Hunderter Titelträger und Dutzender GMs geschlossen«. Über 300 Spielern, von denen vier zu den 100 besten Spielern der FIDE-Weltrangliste gehörten, hatte man Betrugsgeständnisse entlockt.

In Blogbeiträgen vom September 2020 und Februar 2024 enthüllte Chess.com weitere Zahlen. Während im Jahr 2019 monatlich zwischen fünf- und sechstausend Spieler von Chess.com gesperrt wurden, waren es allein im August 2020 rund 17 000. Bis Ende 2022 wurden rund 600 000 Konten gesperrt. Lichess, damals etwa achtmal kleiner als Chess.com, hatte zu diesem Zeitpunkt mehr als 61 000 Konten wegen illegaler externer Unterstützung gesperrt, wie in seinem »End of Year Update 2022« vermerkt wurde.

Allein im Jahr 2023 schloss Chess.com, nachdem es einen erheblichen Zuwachs an Mitgliedern verzeichnet hatte, etwas mehr als eine Million seiner 60 Millionen aktiven Konten. Das Unternehmen sperrte im Durchschnitt pro Tag mehr als 2700 Konten wegen der Verwendung einer Engine und weitere 258 Konten wegen anderer Verstöße gegen das Fair Play. Davon gehörten 89 Konten Titelträgern, darunter auch 11 Großmeister.

Zu Beginn der Pandemie stellte Chess.com drei neue Mitarbeiter für sein Fair-Play-Team ein, das nun aus insgesamt neun Vollzeitkräften bestand: drei Statistiker, vier Betrugsdetektive und zwei Titelträger für die händische Überprüfung. Dreieinhalb Jahre später war das Team auf 17 Mitglieder angewachsen.

Der australische Großmeister und Forscher David Smerdon, den wir bereits in Kapitel 3 kennengelernt haben, führte im Jahr 2020 eine Onlineumfrage mit etwa tausend Befragten durch, anonymen Schachspielern unterschiedlicher Spielstärke, die Angaben zum Schummeln machten. Eines der auffälligsten Ergebnisse war, dass etwa ein Fünftel der Befragten zugab, irgendwann im Leben beim Schach geschummelt zu haben. Zwei Drittel davon hatten Schachengines benutzt, während die anderen Hilfe in Büchern oder bei Freunden fanden.

Die gute Nachricht war, dass dies in den meisten Fällen nur einmal geschah, da sich die meisten von ihnen danach schrecklich fühlten. Und wenn Chess.com sie erwischte und ihnen eine zweite Chance gab, war die Häufigkeit der Rückfälle äußerst gering. Die Studie kommt zum Schluss, dass die Anzahl der Profispieler, die wiederholt betrogen haben, nur den Bruchteil von einem Prozent beträgt.

Während die Methoden, mit denen heute betrogen wird, neu sind (und höchstwahrscheinlich noch neuere Methoden auftauchen werden), hat das Betrügen selbst eine lange und traurige Geschichte im Schach. Bevor wir die Carlsen-Niemann-Kontroverse abschließen, wollen wir in diese faszinierende Geschichte eintauchen.

Eine kurze Geschichte des Schummelns im Schach

Im Frühjahr 1770 hatte der 36-jährige Schriftsteller und Erfinder Wolfgang von Kempelen einen besonderen Auftritt am Hof Maria Theresias in Wien. Die österreichische Kaiserin und ihr Gefolge erwarteten mit Spannung ein Spektakel, das ihnen sechs Monate zuvor versprochen worden war, und wurden nicht enttäuscht. Was Kempelen ihnen an diesem Tag zeigte, sollte einen unauslöschlichen Eindruck hinterlassen und das Publikum noch Jahrzehnte danach in Erstaunen versetzen. Tom Standage beschreibt die Szene in seinem 2002 erschienenen Buch *Der Türke:* »Als Maria Theresia das Zeichen zum Beginn gab, schob Kempelen seinen Automaten aus einem Nebenraum nach vorne, damit das Publikum ihn gut in Augenschein nehmen konnte. Hinter einem hölzernen Kasten saß die lebensgroße Figur eines aus Holz geschnitzten Mannes, der mit seinem Turban, seinem mit Hermelin verbrämten Kaftan und seinen weiten Hosen wie ein orientalischer Magier aussah.«[29] Der Kasten war etwa 1,2 Meter lang, 76 Zentimeter tief sowie 91 Zentimeter hoch und besaß ein großes, auf die obere Platte geschraubtes Schachbrett. Kempelen verkündete, er habe den ersten Automaten geschaffen, der … *Schach spielen konnte.*

Bevor es an die erste Partie ging, öffnete Kempelen an den Kastenseiten mehrere Türen, die alle möglichen Rädchen, Hebel und uhrwerkähnliche Mechaniken enthüllten. Er sorgte auch dafür, dass die Zuschauer direkt durch den Kasten hindurchsehen konnten. Nach dieser Inspektion stellte er einen Satz

Schachfiguren auf das Brett und fand einen Freiwilligen, einen Höfling namens Graf Ludwig von Cobenzl, der damit zum allerersten Gegner des mechanischen Türken wurde.

Um das Spektakel noch zu verstärken, zog Kempelen den »schnarrenden« Uhrwerkmechanismus auf, was er während der Spiele einige Male wiederholte.[30] Die Figur hinter dem Schrank erwachte plötzlich zum Leben, bewegte ihren Kopf und machte mit der linken Hand den ersten Zug. Wenn sie die Dame des Gegners angriff, nickte sie zweimal mit dem Kopf, und wenn sie dem König Schach gab, nickte sie dreimal. Bei einem unzulässigen Zug des Gegners schüttelte der Türke den Kopf, stellte die Figur zurück und machte einen eigenen Zug.

Dieser Automat konnte nicht nur Schach spielen, er konnte es sogar ziemlich gut. Cobenzl war leicht zu besiegen, genau wie die anderen Gegner an diesem Tag. Aber der Türke konnte noch mehr. Am Ende der Show unterhielt er die Zuschauer, indem er das sogenannte Springerproblem löste, ein mathematisches Rätsel, bei dem ein Springer das gesamte Brett überqueren muss und dabei jedes der 64 Felder nur einmal betritt.

Kempelen gab bei Hofe weitere Vorstellungen für bedeutende Gäste aus aller Welt und tourte Mitte der 1780er-Jahre mit seinem mechanischen Türken auch durch Europa. Einer seiner Gegner in Paris war Benjamin Franklin. Franklin war ein leidenschaftlicher Schachspieler, aber gegen die Maschine hatte er keine Chance. Schließlich spielte der Türke gegen Philidor, den damals stärksten Spieler der Welt, und verlor. Es war kein leichter Sieg für Philidor, der seinen Gegner für echt hielt.

Nachdem Kempelen 1804 gestorben war, verkaufte sein Sohn den Türken an den deutschen Musiker, Erfinder und Schausteller Johann Nepomuk Mälzel. Dies war für den schachspielenden Automaten der Beginn einer zweiten Karriere, die die erste noch in den Schatten stellen sollte. Der berühmteste Gegner des Türken unter Mälzels Obhut war Napoleon Bonaparte. Auch der französische Kaiser hatte keine große Chance. Nach Mälzels Tod im Jahr 1838 gelangte der Türke schließlich in den Besitz von John Kearsley Mitchell aus Philadelphia, der ihn reparierte und als Letzter öffentlich vorführte. Darauf ging er als Schenkung an das Chinesische Museum in Baltimore, wo er am 5. Juli 1854 bei einem Brand zerstört wurde.

Wie hat der Türke Schach gespielt? Während der mehr als 80 Jahre seiner »Lebensdauer« erschienen viele Berichte in Zeitungen und Zeitschriften, die sowohl einfache Vorschläge als auch ausgefeilte Theorien enthielten. Einer dieser Beiträge stammte von dem 27-jährigen Schriftsteller Edgar Allan Poe in seinem Essay »Maelzel's Chess Player«, der im April 1836 im *Southern Literary Messenger* veröffentlicht wurde. Poe hatte den Türken im Dezember des vorangegangenen Jahres in Richmond, Virginia, in Aktion gesehen. Er lag nicht daneben, als er erklärte: »… es ist ziemlich sicher, dass die Operationen des Automaten durch den Verstand und durch nichts anderes reguliert werden … die Frage ist einzig und allein, wie das menschliche Wirken zum Tragen kommt.«

Das Geheimnis war, dass immer ein menschlicher Bediener die Kontrolle hatte. Er versteckte sich im Kasten und war für all die starken Schachzüge verantwortlich, die vom mechanischen linken Arm des Türken ausgeführt wurden. Die Mechanik und das Uhrwerk hinter den Kastentüren waren unecht und sollten das Publikum ablenken, und der Bediener konnte sich dank eines Schiebesitzes leicht verstecken. Im Laufe der Jahre traten mehrere starke Spieler als Bediener auf. Der stärkste war wahrscheinlich der Wiener Schachmeister und -theoretiker Johann

Allgaier, der im Einsatz war, als der Türke gegen Napoleon antrat.

Das alles wurde erst 1857 bekannt, als der Sohn des letzten Besitzers des Türken, Silas Weir Mitchell, eine Artikelserie mit dem Titel »Last of a Veteran Chess Player« in der New Yorker Zeitschrift *Chess Monthly* veröffentlichte. Über hundert Jahre später, im Jahr 1989, wurde die Richtigkeit von Mitchells Bericht weitgehend bestätigt, als John Gaughan, ein Requisitenbauer für professionelle Zauberkünstler und Sammler von Automaten, in Los Angeles eine vollständige Rekonstruktion des Türken fertigstellte. Der Fall des schachspielenden Automaten war endlich gelöst.

*

Schummeln ist so alt wie das Schachspiel selbst. Eines der frühesten Beispiele hatte tödliche Folgen. Wie erzählt wird, spielten Knut, König des Nordsee-Reiches, und Ulf Jarl, der Regent von Dänemark und Knuts Schwager, im 11. Jahrhundert eine Partie Schach gegeneinander. Der König machte einen Verlustzug und bestand darauf, ihn zurückzunehmen, woraufhin es zum Streit kam, bis Knut wütend das Schachbrett umwarf. Am nächsten Morgen, dem Weihnachtstag 1026, befahl der König, Ulf zu töten.

Luis Ramírez de Lucena (ca. 1465 bis ca. 1530), ein spanischer Spieler, der das älteste erhaltene gedruckte Buch über Schach veröffentlichte, schlug eine milde Form der, sagen wir, Beeinflussung des Spiels zu eigenen Gunsten vor. Er empfahl, den Gegner mit dem Gesicht zur Sonne zu setzen, wenn man bei Tag spielt, und bei Nacht die Kerze auf die Seite seiner rechten Hand zu stellen (vermutlich, um es Rechtshändern schwerer zu machen, ihre Züge auszuführen). Er fügte hinzu, dass es die

Aufgabe des Gegners erschwerte, wenn er gerade gegessen und tüchtig getrunken hätte.

Bevor der Computer zum Faktor wurde, bedeutete Betrug im Schach in der Regel, dass sich ein Spieler während einer Partie illegal Zugang zu anderen Formen der Unterstützung verschaffte. Sogar auf höchster Ebene gab es Anschuldigungen, dass Spieler während der Partie irgendwie Informationen erhalten hätten. So beschuldigte die russische Delegation während des Weltmeisterschaftsspiels zwischen Fischer und Spasski 1972 in Reykjavík die Amerikaner, mit chemischen und elektronischen Mitteln versucht zu haben, Spasski auf unfaire Weise zu schlagen. In einer unabhängig von Spasski verfassten Erklärung erkundigten sie sich nach der Beleuchtung im Spielsaal und Fischers Stuhl. Die Organisatoren zogen einen Chemiker und einen Elektrotechniker hinzu und ließen die Stühle der beiden Spieler röntgen, fanden aber nichts. Im Inneren der Lampen stieß man lediglich auf zwei tote Fliegen. Harold C. Schonberg schrieb in der *New York Times,* dass einige Leute vorschlugen, die Fliegen zu sezieren: Sind sie eines natürlichen Todes gestorben? Oder hat ein amerikanischer Todesstrahl ihnen ein Ende bereitet? Oder starben sie nach dem Genuss eines vergifteten Bauern im Sizilianer?

Beim nächsten Weltmeisterschaftskampf, der 1978 in Baguio City auf den Philippinen stattfand, gingen die Betrugsvorwürfe noch einen Schritt weiter. Erneut spielte der Hintergrund des Kalten Krieges eine Rolle. Der sowjetische Vertreter Anatoli Karpow, der das Match schließlich gewann, stand Viktor Kortschnoi gegenüber, einem Feind des sowjetischen Staates, der 1976 in die Schweiz übergelaufen war. Dieser Titelkampf ist vor allem wegen der vielen Skandale in Erinnerung geblieben, die ihn umgaben, was schade ist, denn das gespielte Schach war fantastisch. Aber wir müssen unserem Thema treu bleiben, und so kommen wir nicht umhin, über Dr. Suchar und einen Becher Blaubeerjoghurt zu sprechen.

Nach der ersten Partie reichte Kortschnoi eine offizielle Beschwerde ein, dass Mitglieder von Karpows Team dem zwölften Weltmeister einen Joghurt gereicht hätten. Laut Reglement war der Kontakt zwischen Karpow und anderen Personen während des Spiels verboten. Der sowjetische Presseoffizier nannte das einen »Sturm im Joghurtbecher«. Dennoch ergriff der Oberschiedsrichter eine Maßnahme: Von nun an durfte der Joghurt Karpow nur noch zu einem bestimmten Zeitpunkt gereicht werden, um jeglichen Verdacht zu entkräften, er könnte ein Kommunikationsmittel sein. Kortschnoi war aber nicht restlos beruhigt. Nach dem Match schrieb er: »Mir fiel auf, dass Karpow nach diesem ›Joghurt‹ oft wie ein Maschinengewehr spielte! Es wäre nicht schlecht gewesen, diesen ›Joghurt‹ zur chemischen Analyse mitzunehmen ...« Ich weiß nicht, ob sich Karpow jemals die Mühe gemacht hat, auf diesen bizarren Dopingverdacht zu reagieren.

Und dann war da noch der berüchtigte Psychologe Wladimir Suchar, der zum Team von Karpow gehörte. Suchar tauchte während der vierten Partie plötzlich im Spielsaal in Baguio auf, wo er stundenlang still in der Nähe der Bühne saß und Kortschnoi direkt anstarrte. Das Team von Kortschnoi hielt ihn für einen Parapsychologen, der Hypnose versuchte, schaffte es aber nicht, Suchar des Saals verweisen zu lassen.

Kortschnoi brachte daraufhin seinen eigenen Psychologen mit, aber nur für ein paar Tage, denn es wurde ein Kompromiss gefunden: Suchar würde woanders im Saal sitzen, und im Gegenzug würde Kortschnoi seine reflektierende Sonnenbrille abnehmen. Einige Tage später brachte Kortschnoi zwei freiwillige Assistenten mit, Yoga-Praktizierende, die sich im Spielsaal in den Lotussitz setzten, um dem Einfluss entgegenzuwirken, den Suchar womöglich noch ausübte. Natürlich protestierte die sowjetische Mannschaft, und bald wurden die beiden Yogis aus dem Spielsaal verbannt.

Ein ganz neues Niveau erreichte die Schummelei nach dem Auftauchen des Schachcomputers – dem eigentlichen mechanischen Türken, also ohne einen versteckten Menschen im Inneren. Das erste Beispiel ereignete sich im August 1980 in der Hamburger Alsterdorfer Sporthalle. Der deutsche Großmeister Dr. Helmut Pfleger, ein beliebter Schachkommentator im WDR, spielte eine Simultanvorstellung, wusste aber nicht, dass dabei nicht sämtliche 26 Gegner Menschen waren. Drei Teilnehmer nahmen »simultan« an einem wissenschaftlichen Experiment teil, bei dem sie von Computern unterstützt wurden, die Schach spielen konnten – damals eine ziemlich neue Entwicklung. Jemand beobachtete von einer Stelle oberhalb des Turniersaals aus mit einem Fernglas die Bretter und Figuren. Die Züge wurden in drei Schachcomputer eingespeist und an die Testpersonen (zwei Frauen, ein Mann) zurückgemeldet, die alle so lange Haare hatten, dass sie Mikrofone und Funkempfänger verbergen konnten. Da sie bei ihren Zügen ein Pokerface aufsetzten, hatte Pfleger keine Ahnung, was da vor sich ging.

Einem der drei Computer gelang es, den Großmeister zu schlagen. Tatsächlich war er Tausende von Kilometern entfernt, denn diese Partie wurde per Telefon an die Bell Labs in Murray Hill, New Jersey, übertragen, wo Ken Thompson sein Schachprogramm Belle mit den Zügen fütterte und die Gegenzüge dann nach Hamburg übermittelte. Als Pfleger nach Veranstaltungsende über den Schwindel informiert wurde, lachte er und sagte: »Jetzt bin ich aber ehrlich überrascht. Die Dinger spielen ja doch schon ganz ordentlich!«[31]

Aus Kapitel 5 wissen wir, dass Kasparow seine Niederlage gegen Deep Blue im Jahr 1997 als nicht ganz fair und gerecht empfand. Als er vor der Presse über die berüchtigte zweite Partie sprach, tat er etwas ganz Ähnliches wie Magnus Carlsen ein Vierteljahrhundert später: Er bezichtigte seinen Gegner des Betrugs, ohne ihn des Betrugs zu bezichtigen. In diesem Fall war es auch das genaue Gegenteil von dem, was bei Carlsen – Niemann geschah. Anstatt die Hilfe eines Computers zu vermuten, unterstellte Kasparow dem Computer menschliches Eingreifen. Seiner Meinung nach hatte Deep Blue Züge gemacht, die zu »uncomputerhaft« waren. Allerdings spielte auch Kasparow auf den Fußball an, 25 Jahre bevor Carlsen dasselbe tat: »Das erinnert mich an das berühmte Tor, das Maradona 1986 gegen England erzielte. Er sagte, es sei die ›Hand Gottes‹ gewesen.«

Da die Schachcomputerprogramme immer leistungsfähiger wurden, war es nur eine Frage der Zeit, bis Spieler auftauchten, die der Versuchung von »a little help from my silicon friend« (ein bisschen Hilfe von meinem Siliziumfreund) nicht widerstehen konnten – vor allem, als das Aufkommen von Pocket PC und Smartphone es ihnen ermöglichte, einen Schachcomputer in der Hosentasche zu haben. Ein früher Fall ereignete sich 2006, als ein Amateurspieler beim World Open in Philadelphia mit einem Gerät namens Phonito erwischt wurde, einem drahtlosen Empfänger für die unbemerkte Kommunikation. Da er sich weigerte, sich durchsuchen zu lassen, wurde er vom Turnier ausgeschlossen. Tatsächliche Beweise für einen Betrug gab es nicht, aber die Umstände waren für die Organisatoren ausreichend, um Maßnahmen zu ergreifen.

Eine interessante Geschichte am Rande ist, dass der Hersteller des Phonito die Schweizer Hörgerätefirma Phonak war, die zu dieser Zeit Floyd Landis und sein Radteam sponserte. Zufälligerweise war Phonak unwissentlich in einen ähnlichen Skandal verwickelt, als der amerikanische Radrennfahrer, der in jenem Jahr die Tour de France gewann, positiv auf leistungssteigernde Drogen getestet und daraufhin disqualifiziert wurde. Landis war ein ehemaliger Teamkollege des noch berühmteren Lance Armstrong, des amerikanischen Radrennfahrers, dem sieben Tour-de-France-Siege in Folge aberkannt wurden, als eine Untersuchung ergab, dass er während seiner gesamten Karriere gedopt hatte.

Das Schummeln mit einer Schachengine während einer Partie ist schon unzählige Male mit Doping verglichen worden. Ein besserer Vergleich ergab sich Anfang 2016 bei den Cyclocross-Weltmeisterschaften im belgischen Zolder. Im Fahrradrahmen der belgischen Teilnehmerin Femke van den Driessche wurde ein versteckter Motor entdeckt. »Es war nicht mein Rad, sondern das einer Freundin, völlig identisch mit meinem«, sagte van den Driessche unter Tränen, was aber nicht verhinderte, dass sie als erste Radsportlerin offiziell des *mechanischen* Dopings angeklagt wurde.

Das Jahr 2006 erlebte eine noch berühmtere Betrugsgeschichte, auch wenn es dabei nie über Anschuldigungen hinausging und tatsächliche Beweise nie auftauchten. Nachdem er im Jahr zuvor selbst Vorwürfen ausgesetzt war, beschuldigte der bulgarische Großmeister Wesselin Topalow über seinen Manager Silvio Danailow während des Weltmeisterschaftskampfes seinen Gegner Wladimir Kramnik des Betrugs. Warum? Weil Kramnik während der Partien buchstäblich Dutzende Male auf die Toilette ging. Die Bulgaren hielten das für verdächtig, während Kramnik ein Fehlverhalten kategorisch abstritt.

Der Skandal erschütterte die Schachwelt, wo er schnell als »Toiletgate« bezeichnet wurde. Jahre später hörte ich eine vernünftige Erklärung: Kramnik ging wahrscheinlich auf die Toilette, um zu rauchen. Er hatte seiner baldigen Frau versprochen, mit dem Rauchen aufzuhören, was ihm aber noch nicht gelang.

Im Lauf der Jahre habe ich mindestens ein Dutzend Artikel über Spieler geschrieben, von Amateuren bis hin zu Großmeistern, die während einer Partie ein Handy benutzten und dabei erwischt wurden. Die meisten Geschichten kursierten nur innerhalb der Schachszene, aber eine war anders: Große Aufmerksamkeit in den Mainstream-Medien erregte die Geschichte über den 58-jährigen lettisch-tschechischen Großmeister Igor Rausis. Das war im Jahr 2019, als die Schachwelt zwei Dinge erfuhr. Erstens: Es gab einen neuen, hochkarätigen Betrugsfall. Zweitens: Ein Bild sagt mehr als tausend Worte.

Rausis, der schon seit Jahren Verdacht erregt hatte, weil er für einen Spieler seines Alters unnatürlich gute Ergebnisse erzielte, wurde im Juli 2019 bei einem Turnier in Straßburg beim Schummeln erwischt. Die ganze Welt bekam zu sehen, wie das geschah, als einer der Teilnehmer ihm auf die Toilette folgte und über den Rand von Rausis' Kabine hinweg ein Foto von oben machte. Das Foto wurde dann in den sozialen Medien gepostet und ging viral. Bald war die Geschichte überall zu lesen, von der *Washington Post* über die *Daily Mail* bis hin zu *China Daily*. Das Foto zeigt Rausis, wie er mit geschlossenem Deckel und angezogener Hose (was es etwas weniger peinlich macht) auf der Toilette sitzt und ein Smartphone in Händen hält. Sein linkes Bein lag auf dem rechten Knie, die Hose war bis übers Knie hochgekrempelt, sodass eine breite Stoffbandage um den Unterschenkel zu sehen war. Man konnte sich gut vorstellen, dass damit ein kleines Gerät befestigt wurde, und wie Rausis auf sein Telefon blickte, sagte einfach alles. Deutlicher kann ein Fall von »auf frischer Tat ertappt« kaum sein. Ende 2019 verhängte die

FIDE-Ethik- und Disziplinarkommission die bisher härteste Strafe für Betrug: Rausis erhielt eine sechsjährige Sperre und bekam seinen Großmeistertitel aberkannt.

Ich veröffentlichte meine Reportage erst, nachdem ich mit Rausis Kontakt aufgenommen hatte. Ich sprach mit ihm am Tag nach dem Vorfall, und er informierte mich über das Ende seiner Schachkarriere: »Ich habe gestern einfach den Verstand verloren … Zumindest ist das, was ich gestern begangen habe, eine gute Lektion, wenngleich nicht unbedingt für mich – ich habe bereits meine letzte Schachpartie gespielt.« Dennoch konnte Rausis nicht widerstehen, in die Arena zurückzukehren. Im Oktober 2020 nahm er an einem kleinen Schnellschachturnier in Lettland teil und *spielte unter einem neuen Namen.* So etwas könnte man sich echt nicht ausdenken. Wie Rausis mir erklärte, habe er seinen Namen nicht geändert, um wieder Schach spielen zu können, sondern weil er sich für das weithin veröffentlichte und wenig schmeichelhafte Bild schämte (das Internet vergisst nicht). Abgesehen davon, dass sein alter Name für immer mit dem Foto verbunden sei, habe er ihn auch aus Rücksicht auf seine Familie geändert. Er benutzte den Nachnamen seiner Ex-Frau, mit der er immer noch ein gutes Verhältnis hatte. Rausis verstarb im März 2024, nachdem er zwei Jahrzehnte lang mit einer schweren Krankheit gekämpft hatte. Die Reaktionen auf seinen Tod waren von Begriffen wie »großer Schachspieler« und »freundliches Wesen« geprägt. Auch Betrüger sind schließlich Menschen.

Meine Klage spricht für sich selbst

Am 20. Oktober 2022 begann in der Carlsen-Niemann-Saga ein neues Kapitel, als Niemann einen großen Gegenangriff startete. Auf X (früher Twitter) teilte er einen Link zu einem 44-seitigen juristischen Dokument und schrieb: »Meine Klage spricht für sich selbst.« Er zog vor Gericht.

Niemann reichte beim Bezirksgericht Ost-Missouri eine Verleumdungsklage gegen fünf juristische Personen ein: die Spieler Magnus Carlsen und Hikaru Nakamura, die Unternehmen Chess.com und Play Magnus Group sowie den Chess.com-CCO Danny Rensch. Die Play Magnus Group, ein Konglomerat von mehreren kleinen Schachunternehmen, an denen die Familie Carlsen mitbeteiligt ist, wurde nur zwei Monate später von Chess.com übernommen, während der Prozess noch lief.

Niemann forderte von jeder Partei 100 Millionen Dollar Schadenersatz, da er Verleumdung, üble Nachrede, eine unrechtmäßige Boykottabsprache nach dem Antikartellgesetz, unerlaubte Einmischung in Verträge und Geschäftserwartungen sowie Zivilverschwörung geltend machte. Niemann behauptete, Carlsen, Nakamura, Chess.com, die Play Magnus Group und Rensch hätten ihn »in ungeheuerlicher Weise diffamiert und sich unrechtmäßig abgesprochen, um ihn für den Beruf, dem er sein Leben gewidmet hat, auf eine schwarze Liste zu setzen«. Dementsprechend habe die ganze Situation »verheerende Schäden« verursacht.

Bezüglich der angeblichen Absprachen verwiesen Niemanns Anwälte beispielsweise auf Carlsen und Chess.com, also auf die geplante Übernahme von Play Magnus durch Chess.com. In ihrer Klageschrift heißt es, dass die Entscheidung von Chess.com, Niemann auf ihrer Website zu sperren, unmittelbar nachdem Carlsen ihn des Betrugs beschuldigt hatte, »Carlsens falschen Behauptungen sofortige Glaubwürdigkeit verlieh und nahelegte, dass sie wahr seien«. Als ich für dieses Buch mit Rensch sprach, erzählte er mir jedoch persönlich, er hätte Carlsen damals geraten, sich *nicht* vom Sinquefield Cup zurückzuziehen. Carlsens Vater und Manager Henrik hätte ihm für die Botschaft gedankt, dann aber beschlossen, diesen Schritt trotzdem zu machen.

Am 27. Juni 2023 wies ein Bundesrichter Niemanns Klage ab. Ursprünglich wollten seine Anwälte unter anderem die Verleumdungsklage vor einem staatlichen Gericht weiterverfolgen. Am 28. August wurde jedoch klar, dass man das Kriegsbeil begraben hatte: Chess.com gab eine Erklärung heraus, in der es hieß, dass der Rechtsstreit beendet sei und Niemanns Account auf der Website wieder aktiviert wurde. Ohne auf Einzelheiten der Einigung einzugehen, schrieb Chess.com: »Seit Juni haben beide Seiten in gutem Glauben privat verhandelt, um ihre Probleme zu lösen und es der Schachwelt zu ermöglichen, ohne weitere Rechtsstreitigkeiten weiterzumachen. Mit großer Freude können wir mitteilen, dass alle Seiten eine Einigung erzielt haben.« Der Text enthielt auch Erklärungen der beiden Hauptakteure. Carlsen räumte ein: »Es gibt keine eindeutigen Beweise dafür, dass Niemann beim Sinquefield Cup in seiner Partie gegen mich betrogen hat.« Niemann verkündete: »Ich freue mich darauf, gegen Magnus im Schach anzutreten und nicht vor Gericht.«

»Es ist uns nicht erlaubt, darüber zu sprechen«, sagte mir Danny Rensch. »Wir nennen es eine ›Einigung, zur Tagesordnung überzugehen‹. Hans wollte zurück auf Chess.com. Magnus wollte die ganze Sache hinter sich lassen und wusste, dass das nur möglich war, wenn alle bereit waren, die Sache auf sich beruhen zu lassen. Chess.com sah ein, dass es keine Beweise mehr gab, um die Sperre zu rechtfertigen, abgesehen von dem, worauf wir bereits reagiert hatten, und so stimmte jeder von uns zu, seine Murmeln zu nehmen und nach Hause zu gehen.«

Der Carlsen-Niemann-Skandal hatte unmittelbare Auswirkungen auf die Schachwelt, da einige der Topturniere im Jahr 2023, sowohl online als auch am Brett, ihre Maßnahmen zur Betrugsbekämpfung verstärkten. Inzwischen ist es fast überall Standard, dass die Spieler vor den Partien mit einem Metalldetektor abgesucht werden. Neben dem Verbot, Handys mit sich zu führen, dürfen sie auch keine Uhr mehr tragen, egal ob analog, digital oder Smartwatch. Selbst die Zuschauer dürfen im Spielsaal keine Handys mehr benutzen. Bei Onlinewettbewerben müssen die Spieler Signale von mehreren Webcams übermitteln, und es kann auch eine Audioüberwachung, eine Überprüfung durch einen Computer-Taskmanager und manchmal auch eine persönliche Kontrolle vor Ort geben.

Nicht alle Turniere ergreifen jedoch ausreichende Maßnahmen, was zu unangenehmen Situationen führen kann. Am 12. Oktober 2023 besiegte der relativ unbekannte kasachische Spieler Alisher Suleymenov, der Anfang des Jahres den Großmeistertitel errungen hatte, Magnus Carlsen in einer spektakulären Partie bei den Qatar Masters in Doha. »Ich wurde heute in meiner Partie völlig zerstört«, twitterte Carlsen. »Damit will ich nicht meinen Gegner beschuldigen, der eine großartige Partie gespielt und verdient gewonnen hat, aber ehrlich gesagt, als ich zu Beginn der Partie sah, dass er eine Uhr trägt, konnte ich mich nicht mehr konzentrieren. Ich übernehme natürlich die Verantwortung für meine Unfähigkeit, mit diesen Gedanken richtig umzugehen, aber es ist auch unglaublich frustrierend zu sehen, dass die Organisatoren die Betrugsbekämpfung immer noch nicht ernst nehmen (keine Übertragungsverzögerung, Zuschauer, die mit Smartphones im Spielsaal herumlaufen).« Suleymenov reagierte nicht auf den Tweet, und auf die Frage nach der Partie sagte er, Carlsen habe aufgrund eines Fehlers am Brett verloren.

Zwei Monate später machte die andere Hauptfigur des Betrugsskandals von 2022 erneut auf sich aufmerksam, diesmal aber positiver. Niemann erzielte das beste Ergebnis seiner Karriere, indem er das Tournament of Peace in Zagreb mit sieben Siegen und zwei Remis für sich entschied. Seine Eloleistung lag bei 2956, eine der besten, die ein Spieler in den letzten Jahrzehnten gezeigt hat. Auf X verglich sich Niemann mit Bobby Fischer, der dieses Turnier 53 Jahre zuvor gewonnen hatte.

Verdächtigungen machten sich breit, als die norwegische Zeitung *Aftenposten* ein etwas schwammiges Zitat von einem der Organisatoren veröffentlichte. Kresimir Podravec, der Sekretär des Zagreber Schachverbands, soll gesagt haben: »Niemanns Ergebnis ist nicht von dieser Welt, aber wir haben keinen definitiven Beweis, dass er betrogen hat.« Ich weiß nicht, ob Niemann jemals darauf geantwortet hat. In der Zwischenzeit beschwerten sich einige seiner Turniergegner über das Fehlen ausreichender Betrugsbekämpfungsmaßnahmen im Spielsaal, aber ein oder zwei Wochen später hatte sich die Schachwelt schon weiterbewegt.

In Schachkreisen herrschte jedoch weiterhin Paranoia, insbesondere in Bezug auf Onlinematches. Als Wladimir Kramnik im September 2023 eine Onlinepartie gegen Niemann verlor, lud der 14. Weltmeister ein Video hoch, in dem er seine Überraschung über einige Züge seines Gegners zum Ausdruck brachte. In den darauffolgenden Monaten startete Kramnik eine Kampagne zum Thema Onlineschummeln, in der er behauptete, dass es viel häufiger vorkommt, als uns bewusst ist, und dass Chess.com nicht genug dagegen unternimmt.

Ende November antwortete Chess.com in einem Blogeintrag: »Bei allem Respekt für den ehemaligen Weltmeister Wladimir Kramnik, aber unserer Meinung nach entbehren seine Anschuldigungen jeglicher statistischen Grundlage.« Als Kramnik weiterhin Zweifel an für ihn verdächtigen Leistungen von Spielern äußerte, darunter auch die eines zwölfjährigen Wunderkinds, entschied Chess.com, dass er zu weit gegangen war, und schloss den Account des ehemaligen Weltmeisters wegen Verletzung der Nutzungsbedingungen. Das hielt Kramnik aber nicht davon ab, seine »Statistiken« weiterhin auf X zu veröffentlichen.

Gerard Le-Marechal, der Leiter der Betrugsaufdeckung bei Chess.com, wies mich auf ein paar schwerwiegende Konsequenzen des Carlsen-Niemann-Skandals hin und darauf, wie dieser in letzter Zeit die Paranoia auf höchster Ebene genährt habe. Er befürchtete, der Skandal könnte die Leute ermutigt haben, andere offener zu beschuldigen – was natürlich nicht so gut ist. »Es gibt da eine interessante Statistik«, sagte Le-Marechal. »Während des Niemann-Skandals stieg die Rate der Meldungen auf der Website an, nur um dann nach dem Abklingen des Rummels wieder auf ihren Normalwert zurückzukehren. Dies könnte darauf hindeuten, dass der Skandal die Menschen dazu ermutigt hat, ihre Schachkollegen insgesamt mit mehr Misstrauen zu behandeln, was sich jedoch nicht in der Zahl der aufgedeckten Betrugsfälle widerspiegelt.«

Das letzte Kapitel des Carlsen-Niemann-Skandals kam dann am 12. Dezember 2023. Vierzehneinhalb Monate nach Beginn der FIDE-Untersuchung veröffentlichte die Ethik- und Disziplinarkommission endlich ihr lang erwartetes Urteil auf der FIDE-Website. Es gab Gerüchte, dass Carlsen wegen seiner Anschuldigungen, für die es keine Beweise gab, von FIDE-bewerteten Turnieren ausgeschlossen werden könnte, aber tatsächlich wurde er in den wichtigsten Punkten für nicht schuldig befunden. Die einzige Strafe, die er erhielt, war ein Bußgeld von 10 000 Euro für den »Rückzug ohne triftigen Grund« vom Sinquefield Cup.

Obwohl das Gerichtsverfahren beigelegt wurde, war die Feindseligkeit zwischen den Parteien nicht aus der Welt geschafft. Als Carlsen und Niemann bei der Blitz- und Schnellschach-Mannschaftsweltmeisterschaft im August 2024 in Kasachstan aufeinandertreffen sollten, entschied sich Carlsen, »auf der Bank zu bleiben«. Einen Monat später gab es dann kein Entrinnen mehr, als Niemann sich bei der Schnellschachmeisterschaft von Chess.com für ein Halbfinalmatch gegen seinen Erzfeind qualifiziert hatte. Mit starken Leistungen im Sommer 2024 war er in die Top 20 im klassischen Schach vorgedrungen, aber für Blitz und Bullet war er noch nicht bereit. Er wurde überzeugend von Carlsen und im Match um den dritten Platz auch von Nakamura besiegt. Im Interview danach zeigte Niemann sich bescheiden: »Es war natürlich das erste Mal, dass ich gegen sie gespielt habe, also wusste ich nicht wirklich, was ich erwarten sollte. Es war sicherlich eine wertvolle Lehre.«

Wäre es machbar?

Eine Frage bleibt, und dafür kehren wir noch einmal zu diesen idiotischen Analkugeln zurück. Ist es möglich, beim Schach mit einem vibrierenden Gerät zu schummeln? Wäre das machbar? Die kurze Antwort lautet: vermutlich schon. Aber nageln Sie mich nicht darauf fest.

Im Internet gibt es mehr als nur ein Video, in dem Menschen die Theorie überprüfen wollen, indem sie ein vibrierendes Gerät bauen, das mit einem Computer verbunden und in einem Sexspielzeug versteckt ist. Der größte unter ihnen ist der YouTuber Mike Boyd. Sein Kanal, der im Juni 2024 drei Millionen Abonnenten hatte, dokumentiert den Lernprozess bei neuen Herausforderungen, die er sich selbst stellt. In einem Video vom

14. November 2022 mit dem Titel »Actually Making THAT Chess Cheat Device«, das 2,3 Millionen Mal angesehen wurde, tat er genau das, worüber Elon Musk und andere gescherzt hatten: Ein Computer übertrug von Stockfish vorgeschlagene Züge an ein vibrierendes Analspielzeug, das mit einem Empfänger und einem Sender verbunden war. Boyd benutzte das Gerät (das an seinem rechten Knöchel befestigt war und von der Hose verdeckt wurde), um einen Freund zu schlagen, der ein viel stärkerer Schachspieler war – erhielt aber auch viele Kommentare von Zuschauern, die darauf hinwiesen, dass sein Gerät niemals an einem Metalldetektor vorbeikommen würde, wie er bei hochrangigen Schachturnieren verwendet wird.

In einem Video, das eine Woche später veröffentlicht wurde, zeigte Boyd jedoch, dass sein Gerät gar nicht so leicht zu orten war. Ein Metalldetektor begann zu piepen, wenn er in der Nähe seiner Uhr, seines Smartphones in der Hosentasche, eines Taschenmessers und sogar einer zwei Gramm wiegenden Skalpellklinge schwebte, blieb aber stumm, wenn er über das Betrugsgerät in seiner Hosentasche glitt. Nur wenn der Detektor die Stelle sehr schnell berührte, gab er einen kurzen Piepton von sich. Boyds Schlussfolgerung: Handgehaltene Metalldetektoren sind scheiße, und die dünne Silikonschicht, die die elektronischen Komponenten umgibt, reichte aus, um den Detektor zu umgehen.

Die Tatsache, dass eine Analkugel funktionieren könnte, war nicht das größte Problem für die Schachwelt. Viel schädlicher war wohl Boyds Demonstration, dass sie am Metalldetektor vorbeikommt. Auch das war einen Monat zuvor in einer realen Situation demonstriert worden, nämlich im Oktober 2022 bei einer angesehenen Schachveranstaltung in Reykjavík, Island.

Um herauszufinden, was von einem Metalldetektor erkannt wird und was nicht, kam eine norwegische Journalistin mit mehreren Geräten am Körper zum Turnier und ließ sich untersuchen. Sie hatte einen Ohrenstöpsel von der Größe eines kleinen Getreidekorns direkt vor dem Trommelfell platziert. Er war mit einem in ihrer Kleidung versteckten Empfänger verbunden, der mit einer an der Innenseite ihrer Gürtelschnalle befestigten Smartwatch kommunizieren konnte. Außerdem hatte sie ein Walkie-Talkie, ein Power-Armband und eine Sonnenbrille mit Ohrenstöpseln dabei. Das Ergebnis war alarmierend: Während Funkgerät und Armband bei der Sicherheitskontrolle entdeckt wurden, blieben Ohrenstöpsel, Smartwatch und Sonnenbrille unbemerkt.

Dem norwegischen Organisator Jøran Aulin-Jansson bereitete es kein allzu großes Kopfzerbrechen, dass Spieler mit einem elektronischen Gerät durch die Kontrolle kommen könnten: »Gut möglich, dass sie eines reinschleusen, aber sie haben keine Gelegenheit, es zu benutzen.« Turnierteilnehmer Jan Nepomnjaschtschi war weniger entspannt: »Ich habe immer noch nicht das Gefühl, dass es sicher ist. Ich habe gehört, dass eine NRK-Journalistin durchgekommen ist. Die Kriminellen sind uns immer einen Schritt voraus.«

Ich habe das Gefühl, dass in den letzten zehn Jahren mehr geschummelt wurde, als uns bewusst ist, vor allem bei kleineren Turnieren, bei denen die Organisatoren nicht über die Mittel verfügen, um angemessene Maßnahmen zur Betrugsbekämpfung durchzusetzen, und bei denen es relativ einfach ist, sein Smartphone mit auf die Toilette zu nehmen. Ich würde gerne glauben, dass ich mich irre und alle Schachspieler gute Menschen sind, aber gleichzeitig denke ich, dass der Internationale Schachverband den Organisatoren kleinerer Turniere helfen muss, ihre Kontrollmöglichkeiten zu verbessern.

Ich habe die Paranoia auch bei einem Turnier in Liechtenstein 2014 hautnah miterlebt, bei dem ich meine zweite Norm zum Internationalen Meister (IM) erreicht habe. In einer meiner Partien spielte ich remis gegen einen Spieler mit Titel, und nach dem Turnier beschuldigte er mich in einem persönlichen Gespräch des Betrugs: Ich könne mit einer Wertungszahl von 2215 nicht auf dem Niveau 2400+ gespielt haben. Als ich ihm sagte, dass ich das schon einmal getan hatte, bei einem Turnier im Jahr 2004, sah er das nur als weiteren Beweis dafür, dass da etwas faul war.

*

Es ist klar, dass Computer ungeheure Auswirkungen auf das Schachspiel hatten. Die Wettkämpfe zwischen Mensch und Maschine, die in Kasparow gegen Deep Blue gipfelten, steigerten die Bedeutung des Spiels. Seitdem haben Computer den Menschen geholfen, stärkere Spieler zu werden. Und wir haben weitergespielt, auch wenn mittlerweile sogar die Schachengines auf unseren Smartphones stärker sind als Deep Blue. Obwohl Betrug weiterhin ein Problem ist, mit dem sich die Schachwelt auseinandersetzen muss, finde ich unterm Strich, dass die künstliche Intelligenz dem Schach insgesamt mehr genutzt als geschadet hat.

Außerdem gibt es einen wichtigen Faktor, den ich noch gar nicht erwähnt habe. Heutzutage werden die meisten Schachpartien zwischen Menschen gespielt, die ihren Gegner nicht kennen oder nicht wissen, wo er sich gerade befindet. Millionen von Partien werden täglich zwischen Menschen in aller Welt gespielt, von zu Hause aus, im Büro, im Zug oder sogar auf der Toilette. All dies ist dank des Internets möglich, einer Erfindung, die wie geschaffen für das Schachspiel ist. Wir werden also als Nächstes die enge Verbindung zwischen Schach und dem Internet untersuchen.

TEIL III

Die Onlinerevolution: Wie das Internet das Spiel verändert hat

Kapitel 8

Die Anfangstage: Schach mit 28,8 kbit/s

»Bei meiner ersten Verbindung zum ICC, im Jahr 1996, geschah das mit einem 28-k-Modem. Mein Ping-Wert war dabei so zwei oder drei Sekunden. Das Ding war superlangsam. Aber man konnte ein 5-Minuten-Spiel machen. Bullet ging damit natürlich nicht, das wurde aber auch erst ein paar Jahre später populär, als das Internet schnell genug war.«

Sandro Leonori, langjähriger Admin des Internet Chess Club, 2023

Im Jahr 1989 arbeitete ein 20-jähriger Student namens Brian Karen aus Long Island, New York, in einem Computerladen. Er war für die Versandabteilung und den Telefonverkauf zuständig, und wie sich herausstellte, sollte sein Interesse an Computern bald mit einer wachsenden Liebe zum Schach verbunden werden. Als wir uns für dieses Buch unterhielten, verriet er, dass er einer der allerersten Menschen war, die jemals eine internationale Echtzeit-Schachpartie im Internet gespielt haben:

> Im Uni-Wohnheim war der Schachspieler auf meinem Stockwerk einer meiner Freunde, und er sagte: »Das musst du dir ansehen. Man kann online Schach spielen!« Das war an der Syracuse University, und sie hatten dort diesen Großrechner. Also ging ich mit ihm hin. Wir stapften durch den Schnee rüber ins Computerzentrum, und ich spielte

> gegen einen Typen, ich glaube, er war in Chile. Man tippte Sachen wie e2-e4 ein und drückte die Eingabetaste, dann druckte der Nadeldrucker das Brett aus, im Textformat, und man sah seinen Zug, also e7-e5 oder was auch immer. Und wir spielten die Partie. Ich dachte, wow, das ist erstaunlich. Damals musste man eine Menge Geld für Ferngespräche bezahlen, und gegen jemanden in Chile zu spielen war wie: Was geht denn hier ab?

Das erste Netzwerk aus miteinander verbundenen Computern an verschiedenen Standorten wurde Mitte der 1960er-Jahre von der Advanced Research Projects Agency (ARPA) der amerikanischen Regierung eingerichtet. Dieses Netzwerk mit dem Namen ARPANET sollte später mit anderen Netzen verbunden werden, was dann zum Internet führte.

Das Onlineschach entsteht: ICS, FICS, ICC

Der von Michael Moore und Richard Nash geschaffene Internet Chess Server (ICS) war der erste Onlineschachserver von vielen, die auf ihn folgen sollten. Er war über die Serveradresse *lark.utah.edu* der Universität von Utah über Telnet (kurz für »teletype network«) zu erreichen, ein Kommunikationsprotokoll, das ursprünglich 1969 entwickelt wurde und Benutzern ermöglichte, über ein Netzwerk auf einen anderen Computer zuzugreifen und mit ihm zu interagieren. Die Benutzer konnten sich bei einem räumlich entfernten Computer anmelden und Befehle ausführen, als ob sie leibhaftig dort wären, oder sie konnten sich in den ICS einloggen und eine Partie Schach spielen.

Im Juli 1992 wurde der ICS auf einen Host-Rechner an der Carnegie Mellon University verlegt, wo er von ein paar Studenten betreut wurde. Ende 1992 übernahm Daniel Sleator, ein

Professor für Informatik an der Universität, die Leitung des Projekts. Er verbesserte das System, behob Fehler, fügte neue Funktionen hinzu (vor allem die »Zeitstempel«-Funktion, ein System, das Verzögerungen im Internet ausglich), ließ den Code urheberrechtlich schützen und hatte ab und zu auch ein bisschen Spaß. Am 1. April 1994 stellte er den Servercode als Aprilscherz auf ›bogomode‹, eine Einstellung, bei der die Bewertungen verrücktspielten. Plötzlich führten gewonnene oder verlorene Spiele dazu, dass man Hunderte von Bewertungspunkten bekam oder einbüßte. Nachdem alles wiederhergestellt war, schrieb ein Mitglied eine E-Mail an Sleator: »Warum darf ich meine Wertung von –11609 nicht beibehalten? Aprilscherz hin oder her, ich hatte den Negativrekord!«

Als die Zahl der Konten schnell von rund 2000 im Jahr 1993 auf 10 000 Anfang 1995 anstieg, erhielt Sleator Kaufangebote von Unternehmen, die den Server kommerziell nutzen wollten. Zusammen mit seiner Frau Lylia und den ICS-Administratoren Marty Grund und Eric Peterson gründete er stattdessen selbst ein Unternehmen. (Acht Monate nach Amazon und sechs Monate vor eBay gegründet, ist ICC wahrscheinlich eine der zehn ältesten noch aktiven E-Commerce-Sites.) Am 1. März 1995 teilte Sleator seine Entscheidung den Mitgliedern mit. Jeder, der sich per Telnet in den ICS einwählte, sah auf seinem Bildschirm die folgende Nachricht: »Wichtige Mitteilung für alle Mitglieder: Heute wurde der ICS zum Internet Chess Club (ICC). Bitte geben Sie ›help announce‹ ein, um alle Details zu erfahren.« Das wichtigste dieser Details war die Einführung einer Gebühr. Von nun an sollten die Mitglieder pro Jahr 49 Dollar bezahlen.

Die Maßnahme war für die meisten ein Schock, da die Leute daran gewöhnt waren, im Internet kostenlos Schach zu spielen. Sleators Ankündigung sorgte für heftigen Aufruhr und führte auf dem Server und anderswo zu hitzigen Debatten. Eine schnelle Folgeankündigung, nach der Studenten nur 24,50 Dollar pro Jahr zahlen mussten, trug nicht gerade zur Beruhigung der Gemüter bei. Wie der Technikjournalist Brad Stone, Autor des Buches *Der Allesverkäufer*, im Sommer 1995 schrieb: »… die Spieler verloren die Beherrschung und wurden vom Server verbannt, es bildeten sich Oppositionsgruppen, Klagen wurden angedroht, ICC-Administratoren wurden schikaniert, und man schmiedete Pläne zur Einrichtung alternativer Server.«

Eine kleine Gruppe ehemaliger ICS-Programmierer beschloss, einen neuen, kostenlosen Klub zu gründen: den Free Internet Chess Server. FICS startete unter der Adresse *fics.onenet.net* in der ersten Märzwoche 1995, nur wenige Tage nach der Ankündigung von Sleator. Ein paar Monate später hatte er etwa 1500 Mitglieder, während der ICC auf 11 000 kam. Über die Jahre hinweg blieb FICS das kleinere der beiden Geschwister, da viele der ursprünglichen Neinsager doch ICC-Mitglied wurden und bezahlten.

Um das Jahr 2009 herum erreichte der ICC mit rund 72 000 zahlenden Mitgliedern seinen Höchstwert, wobei viele weitere Spieler kostenlose Testversionen nutzten oder als Gast mitmachten. Auf die Frage, ob der FICS jemals ein echter Konkurrent war, sagte mir Ruy Mora, leitender Geschäftsführer des ICC: »Das ist schwer zu sagen, weil wir es nicht wirklich messen konnten. Aber ich bin sicher, dass er eine Rolle gespielt hat. Es gibt eine Menge Leute, die nicht zahlen wollen.« Selbst im Jahr 2024 existieren beide Spieleserver weiter und verfügen über eine kleine, aber treue Benutzerbasis im Schatten der beiden Giganten, die die aktuelle Onlinelandschaft beherrschen.

In gewisser Weise ähnelt die Beziehung zwischen FICS und ICC den heute dominierenden Schachplattformen: Lichess, wo man umsonst spielen kann, und das kostenpflichtige Chess.com. Der Gegensatz zwischen »kommerziell« und »das Internet sollte kostenlos sein«, der sich Mitte der 1990er-Jahre entwickelte, ist auch heute noch als ideologische Rivalität zwischen den Communitys zu spüren. John Fernandez, der in den späten Neunzigern als Administrator für den ICC tätig war, sagte mir, dass die Analogie bis zu einem gewissen Grad funktioniert: »Für einige Leute waren ICC die bösen Kapitalisten, die nur Geld scheffeln wollten, während FICS mehr in Richtung ›Wir sind frei, wir sind Open Source, wir machen das ehrenamtlich‹ ging. Das benutzte man als Schutzschild. ›Wir sind die Guten, die selbst ernannten Guten.‹ Lichess macht das ja heute genauso.«

Das intergalaktische Schachcafé

Wie war es, in dieser Anfangszeit online Schach zu spielen? Der niederländische Schriftsteller und Schachspieler Tim Krabbé beschrieb es 1995 in einem Artikel für die Zeitschrift *New in Chess:*

> Es war an einem folgenreichen Abend im Februar, als ich diese Meldung zum ersten Mal im Internet sah, im Nachrichtenforum rec.games.chess. Darin wurde vorgeschlagen, ich sollte Telnet chess.lm.com 5000 ausprobieren und sehen, wie es mir dort gefiel. Bevor ich wusste, wie mir geschah, war der Bildschirm voller Namen wie turbopragma, CarbonNitride, Sartre, DEATH, GrandJaap, Hoho, toto, Barendregt, zigzag, CapedCrusader, Roman, gutterface. Lauter Schachspieler, wie sich herausstellte – einige von ihnen, nach den Wertungen neben dem Namen zu urteilen, ziemlich gut, und alle bereit, mit mir Schach zu spielen. Als ich meine ersten Befehle gemeistert hatte und ihre Personenangaben lesen konnte, sah ich, dass sie aus der ganzen Welt kamen, aus den USA, Island, Neuseeland, Brasilien, der

Türkei, Chile, Indien, sogar aus Leiden [in den Niederlanden], aber leider nur wenige aus Osteuropa. DEATH war ein Student aus Puerto Rico, HUS ein IM aus Singapur, Belsebub ein reiner Blitzspieler, The-Killer ein Mathematiker aus Schweden, Galileo ein Vater von vier Kindern aus San Diego, Pawngrubber ein Mädchen, Candide ein Texaner, der, wie sich herausstellte, noch nie etwas von Pangloss gehört hatte, und Roman war Roman Dzindzichashvili. Er hatte dort bereits über 1500 Blitzpartien gespielt, und sein Rating lag bei über 2800. Das globale Dorf erschien plötzlich wie etwas aus der Vergangenheit – dies war ein globales Wohnzimmer, ein intergalaktisches Schachcafé.

Krabbé, der von Amsterdam aus agierte, probierte seine erste Onlinepartie und erhielt als Gegner einen Spieler aus Atlanta. Die Entfernung zwischen den beiden betrug mehr als 7000 Kilometer, aber die Erfahrung war genauso aufregend wie die von Brian Karen: »Trotzdem erschienen die Züge sofort auf meinem Bildschirm, ein Piepton nach dem anderen, als würde er am anderen Ende des Tisches sitzen. Es war überwältigend, unfassbar – der alte Traum von der Allgegenwart wurde Wirklichkeit.«

Ich selbst hatte um diese Zeit ein ähnliches Erlebnis. Ich war gerade nach Amsterdam gezogen, wo ich an der Amsterdam-Uni meinen Master in niederländischer Sprache und Literatur machen wollte und den Großteil meiner Freizeit dem Schachspiel widmete. Ein Freund von mir, der an der anderen Universität der Stadt (Vrije Universiteit) studierte, hatte Zugang zur dortigen Computerabteilung, wo die Rechner mit dem Internet verbunden waren. Alles, was man brauchte, war ein Log-in, und er erlaubte mir, seinen zu benutzen. Ich erstellte einen Account beim FICS, loggte mich über Telnet ein und spielte meine ersten Onlinepartien. Das geschah aber nicht über ein normal aussehendes Schachbrett. Studenten konnten keine Software auf den Universitätscomputer herunterladen und installieren, also war Telnet die einzige Möglichkeit. Aus diesem Grund musste ich auf einem ASCII-Brett spielen, das mit Textzeichen erstellt wurde. ASCII steht für American Standard Code for Information Interchange, ein Zeichencodierungsstandard für die elektronische Kommunikation, der auf 95 druckbare Zeichen beschränkt ist. Da es sich um reinen Text handelte, bestand das Schachbrett aus vertikalen (|) und horizontalen (-) Linien, die ein Gitter mit 64 Feldern (ohne Unterscheidung zwischen hell und dunkel!) und Figuren in Großbuchstaben (P, N, B, R, Q, K) bildeten, zusammen mit Sternchen für die schwarzen Figuren (*P, *N, *B, *R, *Q, *K). Jeder Zug musste über die Tastatur eingetippt werden. Dieses Setting machte es schwer, sich auf das eigentliche Schachspiel zu konzentrieren, aber ich kehrte trotzdem immer wieder zurück, denn das Ganze war tatsächlich überwältigend und unfassbar.

So sah es aus, nachdem Weiß seinen ersten Zug gemacht hatte:[32]

```
    ---------------------------------
 8 | *R| *N| *B| *Q| *K| *B| *N| *R|
   |---+---+---+---+---+---+---+---|
 7 | *P| *P| *P| *P| *P| *P| *P| *P|
   |---+---+---+---+---+---+---+---|
 6 |   |   |   |   |   |   |   |   |
   |---+---+---+---+---+---+---+---|
 5 |   |   |   |   |   |   |   |   |
   |---+---+---+---+---+---+---+---|
 4 |   |   |   |   | P |   |   |   |
   |---+---+---+---+---+---+---+---|
 3 |   |   |   |   |   |   |   |   |
   |---+---+---+---+---+---+---+---|
 2 | P | P | P | P |   | P | P | P |
   |---+---+---+---+---+---+---+---|
 1 | R | N | B | Q | K | B | N | R |
    ---------------------------------
     a   b   c   d   e   f   g   h
```

Bald besorgte ich mir einen Computer und ein 28,8-Kbps-Modem, mit dem ich mich von zu Hause aus ins Internet einwählen konnte. Ein Modem war ein externes Gerät, das Daten in ein Format umwandelte, das für ein analoges Übertragungsmedium, in diesem Fall die Telefonleitung, geeignet war. Ältere Leser werden sich an das typische Geräusch erinnern, das ein solches Modem bei der Initialisierung der Verbindung von sich gab, so ähnlich wie das Kreischen der Holztür einer alten Taverne, die zu einer digitalen Welt voller sofort zugänglicher Informationen – und verrückter Schachspieler – führte.

In Europa wurde das meiste Schach am Abend oder in der Nacht gespielt, und zwar aus zwei Gründen. Zu dieser Zeit waren die Amerikaner und damit die meisten der stärkeren Spieler online. Aber es war auch billiger, denn damals wurden für Telefonanrufe am Abend niedrigere Gebühren berechnet als tagsüber. Dennoch gab es Geschichten von Schachspielern, die eine Telefonrechnung von über 1000 Dollar hatten, nachdem sie einen Monat lang Schachzüge »geklickt« hatten.

Das Internetschach wäre aber nie so explodiert, wenn alle noch mit diesen unsäglichen ASCII-basierten Schachbrettern spielen würden. Als seien sie die Gebrüder Wright der Schachwelt, schufen die Entwickler *Schachserver-Schnittstellen* (Interfaces), um spielen zu können, und dann ging es los. Dutzende solcher Schnittstellen wurden entwickelt. Man suchte sich eine aus, lud sie von der anonymen Dateitransferseite *ftp://chess.onenet.net* herunter, dekomprimierte sie, installierte sie auf seinem lokalen Rechner, machte sich eine schöne Tasse Kaffee und betrat die Arena.

Eines der beliebtesten Programme war ZIICS, entwickelt von Andy McFarland aus Owensboro, Kentucky. Es lief unter MS-DOS, dem Betriebssystem von Microsoft, das in den meisten Personal Computern (PCs) verwendet wurde. Es koexistierte viele Jahre lang mit Windows, das Ende 1985 auf den Markt kam. Auch für ZIICS war ein Grafikadapter erforderlich, aber dann konnte man aus verschiedenen Stilen von 32 Pixeln pro Feld bis zu 56 Pixeln pro Feld wählen und durch Bearbeiten einer Textdatei die Farben und Funktionen der Schaltflächen konfigurieren. Wäre Vincent van Gogh ein Freund des Schachs gewesen, hätte er seine wahre Freude gehabt.

Am 24. August 1995 brachte Microsoft Windows 95 auf den Markt und gab Berichten zufolge an die 200 Millionen Dollar für Werbung aus. Ein Jahr später wurde das Programm BlitzIn, das unter Windows funktionierte, die beliebteste Schachschnittstelle. Sie trug zum Anwachsen des ICC bei, ebenso wie der massive Zustrom neuer Mitglieder durch die Liveübertragung der Wettkämpfe zwischen Kasparow und Deep Blue. Es sprach sich schnell herum, dass es einen Ort gab, an dem man rund um die Uhr Schach spielen und Großmeister treffen konnte. An dem Tag, an dem Kasparow und Deep Blue ihre zweite Partie spielten, stellte der ICC mit 2266 Onlineteilnehmern und 307 gleichzeitigen Partien einen Rekord auf – im Nachhinein betrachtet ein kleiner Schritt, aber damals einfach ein gewaltiger Sprung.

Am 25. August 1997 startete der Internet Chess Club *The King's Messenger,* einen E-Mail-Newsletter für Onlineschach. In der ersten Ausgabe schrieb Danny Sleator: »Dieser Newsletter wurde durch das schwindelerregende Wachstum des ICC notwendig: Jetzt werden jeden Tag über 25 000 Partien gespielt, und die Bevölkerung wächst an einem durchschnittlichen Abend auf über 800 an. Der ICC ist zu einer der bedeutendsten Organisationen im Weltschach geworden.«

Anfang Januar 1998 wurden täglich 40 000 Partien gespielt. Ein Jahr später waren es bereits 70 000. Im Jahr 2000 zog ein

Turnier mit hohem Preisgeld 310 Spieler mit FIDE-Wertung an, darunter 64 Großmeister. 2002 hatte der ICC mehr als 25 000 zahlende Mitglieder; zwei Jahre später belief sich ihre Zahl bereits auf über 30 000. Diese Zahlen sind nicht mit denen von heute zu vergleichen und wirken vielleicht lächerlich, aber damals war das eine beachtliche Zuwachsrate.

Mausfähigkeiten und Bullet-Schach

Im Jahr 1964 bauten Douglas Engelbart und Bill English den ersten Prototyp eines Geräts, das auf dem Computerbildschirm einen Cursor bewegte. Jahrzehntelang waren diese Geräte kabelgebunden und ähnelten in Form und Größe einer Maus – daher auch der Name. Mit dem Aufkommen des Onlineschachs wurde die Maus unverzichtbar. Als Werkzeug zur Ausführung der Züge auf dem Brett war sie die Nintendo-Steuerung des Schachspielers. Schachkenntnisse und die Fähigkeit, Züge zu berechnen, reichten nicht mehr aus. Entscheidend für den Erfolg war die Entwicklung von *Mausfertigkeiten.*

Einer der stärksten Spieler im ICC war Mitte/Ende der Neunzigerjahre der deutsche Großmeister Roland Schmaltz, der unter dem Namen *Hawkeye* spielte. In seinem 2004 erschienenen Buch *The Complete Chess Server Guide* schrieb er einen kleinen Abschnitt mit dem Titel »Die Kunst der Mausbeherrschung«, wo er technische Tipps gab, wie z. B. die »Anpassung der Abtastrate« in den Computereinstellungen sowie die Wahl der »richtigen Brettgröße und Mausgeschwindigkeit«. Schmaltz' Tipps und Tricks bezogen sich hauptsächlich auf eine spezielle Form des Schachs, die Bullet genannt wird. Dies ist eines der schnellsten Formate im Schach, bei dem die Spieler für die ganze Partie nur eine Minute Zeit haben. Bei einer Partie mit durchschnittlich 35 Zügen kann man nur etwa zwei Sekunden pro Zug nachdenken. Wer am Anfang länger nachdenkt, hat später in der Partie sogar noch weniger Zeit.

Diese absolut verrückte (aber sehr beliebte) Art, Schach zu spielen, führt oft zu irrsinnigen Hochdruckpartien, bei denen die Spieler für mehrere Züge jeweils nur den Bruchteil einer Sekunde Zeit haben. Tatsächlich werden die meisten Bullet-Partien dadurch entschieden, dass einem Spieler die Zeit ausgeht oder er »geflaggt« wird, wie es im Schachjargon heißt. Dieser Ausdruck stammt aus dem Brettschach vor den 2000er-Jahren, als analoge Uhren noch einen kleinen Zeiger, die sogenannte »flag« oder Fähnchen, hatten, der nach unten fiel, wenn der große Zeiger die volle Stunde erreichte.

Als ich für dieses Buch mit dem ICC-Gründer Danny Sleator in Kontakt trat, leitete er mir eine E-Mail weiter, die er am 23. August 1995 an einige der Administratoren geschickt hatte und in deren Betreff »bullet chess« stand. Darin wird beschrieben, wie der Name für dieses spektakuläre Format zustande kam und dass dafür auf dem Server ein separates Bewertungssystem nötig war. (Nachstehend sind nur die ersten beiden Absätze einer längeren E-Mail wiedergegeben).

> Ich werde eine neue Bewertung einführen. Ich schlage vor, sie als »Bullet«-Bewertung zu bezeichnen. (Die Alternative wäre »Lightening« [sic!], aber das ist zu lang und umständlich. Ich würde auch andere Namensvorschläge in Erwägung ziehen).
>
> Ich habe mit mehreren Leuten darüber gesprochen, wo die Grenze zwischen Bullet und Blitz zu ziehen wäre. (POTZY, Surf, Broncept haben mir alle ihre Meinung gesagt.) Ich möchte auch eure Meinung zu diesem Thema wissen.

Auch auf FICS konnte man Ein-Minuten-Schach spielen, das dort aber nicht Bullet, sondern Lightning hieß (der alternative Name, den Sleator vorgeschlagen hatte!). Mein guter Freund Arne Moll, damals ein sehr aktiver Onlinespieler, sagte mir, dies sei ein Beispiel für die Rivalität zwischen den beiden Servern: »Auf FICS gab es eine Art Hass gegen das Wort. Sie sagten: ›»Bullet«, das ist ICC, das ist ein beschissener, kommerzieller Name. Wir nennen es »Lightning«.‹« Aber ganz egal, wie das neue Format genannt wurde, es setzte sich durch. Der amerikanische Großmeister Larry Christiansen schrieb Ende der 1990er-Jahre: »Bullet-Schach ist für das Turnierschach wie die Slapstick-Komödie für das hohe Drama oder der Boulevardjournalismus für die Literatur. Vielleicht ist es genau deshalb so beliebt.«

Einige Spieler hatten mehr Talent (oder Vorliebe) dafür als andere. Man kann nicht leugnen, dass es beim Bullet-Schach viele »schmutzige Tricks« gibt, mit denen man in der Endphase des Spiels, wenn es darum geht, nicht matt gesetzt zu werden, wertvolle Zeit gewinnen kann. Einer davon ist das Opfern oder Einstehenlassen einer Figur, einfach wegen des Überraschungswerts und der zusätzlichen halben Sekunde, die der Gegner braucht, um seinen Zug auszuführen. Beim Bullet-Schach werden zudem oft Stellungen, in denen man normalerweise einem Remis zustimmen würde, weitergespielt im Versuch, den Gegner zu flaggen – die Meinungen darüber, ob dies ein unsportliches Verhalten ist, gehen auseinander.

Und dann gibt es noch den berüchtigten Premove (Vorauszug): die Möglichkeit, wenn man sich seines Folgezuges sicher ist, diesen unmittelbar nach dem eigenen Zug einzugeben, noch bevor der Gegner seinen macht – etwas, das beim Schach am Brett undenkbar ist. Während der Gegner denkt, können Sie

Ihre Maus ziehen und eine Figur auf ein anderes Feld setzen. Sobald Sie wieder dran sind, führt der Server Ihren »vorausgezogenen« Zug aus, und Sie verlieren nicht groß Zeit auf Ihrer Uhr. Es ist allerdings ein Glücksspiel, da der Erfolg eines Premoves stark von der erwarteten Reaktion Ihres Gegners abhängt.

Roland Schmaltz findet ebenso wie ich, dass vor allem die letzten Sekunden einer Partie nicht mehr viel mit Schach zu tun haben, betont aber, dass schachliche Fähigkeiten im Bullet immer noch wichtig sind: »Man versucht nicht mehr, sich den besten Zug auszudenken, sondern konzentriert sich darauf, den unangenehmsten Zug für den Gegner zu finden, damit er mehr Zeit verliert. Um sein Ziel zu erreichen, muss man nach wie vor schachlich denken, aber noch wichtiger ist, dass man wie bei einer normalen Schachpartie vorausdenken muss!«

Und in der Tat sind bis heute die stärksten Bullet-Spieler auch die stärksten Spieler überhaupt. Während ich dies schreibe, ist bei Chess.com gerade die Bullet Chess Championship 2023 zu Ende gegangen. Hikaru Nakamura hat im Finale Magnus Carlsen besiegt – also Nummer eins und Nummer zwei der Weltrangliste im klassischen Schach.

Spielsucht

Am 30. August 1999 spielten der Niederländer Loek van Wely und der Russe Alexander Rustemow auf ICC weit über 100 Blitzpartien, mit einem Zeitlimit von jeweils fünf Minuten. Die Sache entwickelte sich zu einem heroischen Match, einer hart umkämpften und langen Schlacht, die viele Onlinezuschauer anzog. Sie loggten sich aus vielen verschiedenen Zeitzonen ein, denn insgesamt spielten die beiden Großmeister 20 Stunden am Stück. Mein Landsmann van Wely gewann mit

64 : 60 Siegen, bei 13 Remis in insgesamt 137 Partien. Das nenne ich Hingabe. Oder handelt es sich um etwas anderes?

H. G. Wells' Aufsatz »Concerning Chess« aus dem Jahr 1895 beginnt mit der berühmten Passage: »Die Leidenschaft für das Schachspiel ist eine der unerklärlichsten der Welt. Sie ist eine Ohrfeige für die Theorie der natürlichen Auslese. Sie ist die fesselndste aller Beschäftigungen. Die am wenigsten befriedigende aller Begierden. Ein namenloser Auswuchs des Lebens. Sie vernichtet einen Menschen. Sagen wir, Sie haben einen vielversprechenden Politiker, einen aufstrebenden Künstler, den Sie vernichten wollen. Dolch oder Bombe sind archaisch und unzuverlässig – stattdessen lehren Sie ihn, impfen Sie ihn mit Schach.«

Obwohl die Schachsucht wahrscheinlich so alt ist wie das Spiel selbst, kann man meiner Meinung nach vom Onlineschach noch leichter abhängig werden. Der englische Großmeister Danny Gormally scheute nicht vor der Wahrheit zurück, als er 2008 in der Zeitschrift *New in Chess* einen Artikel mit dem Titel »Tagebuch eines ICC-Süchtigen« veröffentlichte. Er verglich das Onlinespielen mit Drogen: »Der Benutzer erlebt eine Serotonin-Kaskade im präfrontalen Hirnlappen, ähnlich wie bei einer Droge, die als psychotrop bezeichnet werden könnte. Dies führt zu immer mehr Konsum, da der Süchtige seinem Rausch hinterherjagt, den er in seinem eintönigen Alltag immer schwerer erreichen kann.«

Ein Vergleich mit eifrigen Casinobesuchern drängt sich auf, wenn man bedenkt, dass Schachspieler manchmal zum letzten Mittel greifen: zum Antrag auf Selbstsperre. Lasst mich nicht mehr rein. Gormally schrieb in seinem 2016 erschienenen Buch *A Year Inside the Chess World*: »Irgendwann dämmerte mir, dass es eine völlige Verschwendung meines Lebens war, den ganzen

Tag online Blitz zu spielen, also bat ich darum, dass man mich sperrte, denn offenbar gelang es mir ja nicht, alleine mit dem Spielen aufzuhören. Ich habe einfach den ganzen Tag gespielt, jeden Tag.« Nur ist das natürlich keine wasserdichte Lösung, denn manchmal erstellen die Leute ein neues Konto, um ihre Sperre zu umgehen.

Ist Blitzschach eine Droge? In einem neueren Artikel in der Zeitschrift *New in Chess* hat Jennifer Vallens darauf hingewiesen, dass die Amerikanische Psychiater-Vereinigung (American Psychiatric Association; APA) die Internetspielsucht als zu behandelnde Störung betrachtet: »Die APA erklärt, dass das Spielen im Internet die Belohnungssysteme ähnlich wie beim Drogenkonsum aktiviert. Das euphorische Gefühl, wenn man ein Spiel gewinnt oder ein Achievement freischaltet, ist dasselbe wie ein Rausch, da beide Aktivitäten die Ausschüttung von Dopamin bewirken. Wenn sich Süchtige in Onlinespiele vertiefen, werden bestimmte Bahnen in ihrem Gehirn auf die gleiche direkte und intensive Weise getriggert, wie das Gehirn eines Drogensüchtigen von einer bestimmten Substanz beeinflusst wird.«

Manche Menschen können gar nicht mehr aufhören zu spielen. Sie spielen sehr, sehr viel. Aber wie viel ist sehr viel? Ein Chess.com-Account hat zwischen April 2014 und Juni 2021 436 770 Partien gespielt, das sind durchschnittlich 167 Partien pro Tag. Unter den Spielern, die einen Titel tragen, hat ein Großmeister mehr gespielt als alle anderen: 180 000 Partien seit 2009. Auf dem ICC hat ein Mitglied zwischen 1996 und 2024 mehr als 740 000 Partien gespielt, also durchschnittlich 72 Partien pro Tag, und das 28 Jahre lang. Ein Statement in seinem Profil besagt, ICC sei »der beste Schachklub der Welt«.

Der amerikanische Buchautor und Podcaster James Altucher war einer der ersten Nutzer des ICC-Vorläufers ICS, als er an der Carnegie Mellon University bei Danny Sleator studierte. Er erzählte mir:

> Ich war süchtig. Ich hatte einen Job, den ich nicht mochte. Ich war in einer Beziehung, mit der ich unglücklich war. Einmal, es war gegen 18 Uhr, war ich noch bei der Arbeit. Meine Freundin rief mich an und sagte: »Vergiss nicht, dass wir um 18:30 Uhr Gäste zum Abendessen haben.« Also konnte ich noch eine Partie spielen. Um Mitternacht klopfte sie an meine Bürotür, die verschlossen war. Ich war mitten in einer Ein-Minuten-Partie in einem Match, das sich über Stunden hinzog, mit diesem Typen aus Israel. Ich war einfach süchtig, ich konnte nicht aufhören. Dann kam ich gegen 7 Uhr morgens nach Hause, und sie wollte gerade zu ihrem Unterricht gehen. Ich weiß noch, dass sie so wütend auf mich war, dass sie eine Tasche mit Lehrbüchern nach mir warf und ging. Das war nicht das Ende unserer Beziehung, aber doch fast.

Der wahrscheinlich suchterzeugendste Aspekt des Onlineschachs ist die Zeitnotphase, die spät im Spiel auftritt, wenn das Adrenalin einsetzt und jede Entscheidung maßgeblich erscheint. Es geht im Grunde um Leben und Tod, darum, ein wildes Tier zu töten, bevor es einen erwischt, Zug um Zug. Kein Wunder, dass Schach oft mit dem Boxen verglichen wird. »Der emotionale Impuls, der dem Schachspiel zugrunde liegt, und der Schmerz, den es verursacht, sind vergleichbar, auch wenn sie sich unterschiedlich äußern«, so der schottische Großmeister und Philosoph Jonathan Rowson.

Da die meisten Partien mit einem kurzen Zeitlimit von zehn, fünf oder drei Minuten – manchmal sogar nur einer Minute – gespielt werden, gibt es in fast jeder eine solche Zeitnotphase. Bei meinen Freunden ist das beliebteste Format das Drei-

Minuten-Schach, was bedeutet, dass während einer längeren Session etwa alle fünf Minuten ein spannender Moment auftritt, in dem alles auf dem Spiel steht und die Sekunden gnadenlos verstreichen. Das Blut schießt in den Kopf, ein kurzer Trip dorthin, wo die Action ist, das kurze, intensive Gefühl, am Leben zu sein – wieder und immer wieder.

Ein weiterer Grund für die Internetsucht sind die Ratings. Jeder Onlineserver arbeitet mit seiner eigenen Anwendung des Ratingsystems von Arpad Elo. Da fast alle Spielerinnen und Spieler beim Onlinespielen einen Nickname verwenden, werden sie durch ihr Rating definiert, das neben ihrem virtuellen Namen ständig sichtbar ist und nach jedem Spiel aktualisiert wird. Ein guter Tag führt zu einem höheren Rating, und man fühlt sich gut, aber wenn die Zahl sinkt, kann das den Tag (oder die Nacht) komplett ruinieren. Wie Krabbé so schön sagte: »Auch das Ego hat seine Bedürfnisse.«

Der russische Supergroßmeister Pjotr Swidler erzählte mir, wie er das höchste Rating erreichte, das es bis dahin auf der Plattform gegeben hatte:

> Ich war ein sehr intensiver ICC-Nutzer, und dann habe ich im Grunde einen kalten Entzug gemacht und 15 Jahre lang kein Onlineschach mehr gespielt. Eines Tages spielte ich ein sehr langes Match und gewann mit knappem Vorsprung. Dann schlug ich einen anderen Spieler in einem Match mit zehn Partien, und am Ende hatte ich den Rekord. Ich stand auf 3318. Klar wurde er dann von Hikaru Nakamura und anderen gebrochen, aber damals war das für einen kurzen Moment das höchste Blitzrating aller Zeiten.
>
> Ich hatte also den Rekord aufgestellt. Ich war immer noch irgendwie high, spürte immer noch den Rausch, und wurde von Hawkeye herausgefordert. Ich dachte: »Warum nicht?« Aber in diesem Match habe

ich nicht gut gespielt. Es stand 5 : 5. Und während man spielt, achtet man auf nichts anderes als auf das Spiel. Als ich fertig war, habe ich aufgeschaut, und ich hatte 3092. Denn [Roland Schmaltz] war nicht sehr hoch eingestuft, auch wenn er natürlich viel besser war als sein Rating. Und ich sah mir das an und dachte: »Was mache ich hier eigentlich? Warum bringe ich Stunde um Stunde damit zu?« Mir wurde klar, dass die Fortschritte, die ich über Monate hinweg gemacht hatte – es ist nicht einfach, weiter aufzusteigen, wenn man bereits 3250 Punkte hat –, alle weg waren. Ich würde weitere drei Monate brauchen, um wieder den Stand von vor einer Stunde zu erreichen. Und ich dachte: »Nein, ich sollte vielleicht einfach aufhören.« Jetzt spiele ich nur noch bei Turnieren und wenn ich selbst streame.

Im November 2023 stellte Hikaru Nakamura auf Chess.com eine neue Rekord-Blitzrating auf: 3336. Es dauerte nur ein paar Wochen, bis der stets wettkampffreudige Magnus Carlsen diesen Wert übertraf, indem er am 6. Dezember auf 3340 vordrang (um dann vor Ende des Jahres noch höhere Zahlen zu erreichen). Er kommentierte dies gegenüber norwegischen Medien:

Ich war in dieser Woche bei einer Sponsorenveranstaltung auf den Bahamas und habe am Montag einige Partien online gespielt. Am Dienstag habe ich Titled Tuesday gespielt und wollte eigentlich ins Bett gehen, aber dann wurde mir klar, dass ich nahe an Hikarus Ratingrekord dran war. Ich dachte mir also, ich könnte ein paar Partien spielen und den Rekord brechen. Fünfmal war ich ziemlich nah dran. Das hat mich so genervt, dass ich stundenlang weitergespielt habe, bis ich schließlich um 3 Uhr morgens den Rekord hatte. Davor war ich eigentlich ziemlich gechillt. Aber danach war ich so aufgeregt, dass ich Mühe hatte, einzuschlafen. Es hat Spaß gemacht, aber dann dachte ich: »So kann ich nicht weitermachen!«

Mein Freund Arne Moll hat einen weiteren Aspekt der Onlineschachsucht festgestellt, den er »den Hass« nennt. Manchmal spielen wir schlecht, und zu verlieren ist beschissen. Gegen schlechte Spieler zu verlieren ist sogar noch beschissener, da hierdurch das Rating in Regionen abfällt, die einfach nur peinlich sind. In solchen Nächten neigt man dazu, zu lange zu spielen, in der trügerischen Hoffnung, das Blatt zu wenden. Aber alles wird nur noch schlimmer. Das ist natürlich nichts Neues. Dieser Auszug aus einem Text mit dem Titel »The Hate« von FICS-Mitglied pdeck liest sich, als sei er gestern geschrieben worden – und nicht 1998:

> Ich bin voller Hass. Ich hasse meinen Gegner. Ich hasse die Zuschauer, die mich dazu gebracht haben, eine längere Serie mit jemandem zu spielen, der oft meine Ratingpunkte bekommt. Ich hasse die Jungs im Blitzschach-Channel dafür, dass sie mich mit meinen Fehlern aufziehen und sich dann um Mitternacht abmelden und mich in einer Todesspirale aus wertlosem, sich wiederholendem Schach verrotten lassen, unterbrochen nur, wenn ich wie verrückt zur Toilette rase oder zu schlecht bestückten Verkaufsautomaten. Mehr als alles andere hasse ich mich selbst. Ich verbringe zu viel gottverdammte Zeit mit Blitzspielen und opfere dafür Arbeit und Schlaf. Und was habe ich im Gegenzug vorzuweisen? Ein Scheißrating.

Die Idiotie der Onlineratings zeigt sich vor allem in dem, was ich den Runde-Zahl-Schwachsinn nenne. Alle Schachspieler neigen dazu, aber sie können sich damit trösten, dass sie nicht allein sind. Es handelt sich nämlich um ein typisch menschliches Verhalten.

Studien haben gezeigt, dass Menschen, die Fitnesstracker tragen, Baseballprofis und Highschool-Teilnehmer am Uni-

Aufnahmetest sich mehr anstrengen, wenn ihre Leistung knapp unter einer runden Zahl liegt (und nicht knapp darüber). Es geht sogar noch weiter, wie eine Studie aus dem Jahr 2020 am Rensselaer Polytechnic Institute in Troy, New York, zeigte. 1500 Teilnehmer wurden darüber informiert, dass ein Impfstoff gegen Covid-19 entwickelt wurde, der zu 91,27 Prozent wirksam sei. Aber wenn die Beamten des öffentlichen Gesundheitswesens die Information mit dieser spezifischen Zahl präsentierten, dachten die Menschen eher, der Impfstoff sei weniger wirksam, als wenn man ihnen sagte, er sei zu 90 Prozent wirksam.

Vom blutigen Anfänger bis zum Weltmeister sind Schachspieler besessen von Runde-Zahlen-Wertungen. Magnus Carlsen erreichte (zweimal) einen Spitzenwert von 2882 und versuchte, auch noch die 2900 zu erreichen. Diese 18 Punkte waren bedeutsam. Es machte Schlagzeilen, als das französisch-iranische Wunderkind Alireza Firouzja im Dezember 2021 mit 18 Jahren und 166 Tagen die 2800-Punkte-Marke knackte (und damit Carlsens bisherigen Rekord von 18 Jahren und 336 Tagen brach). Für Vereinsspieler ist das Erreichen von 2000 eine große Sache. Und dann 2100 – und als Nächstes 2200. Meine eigene Höchstpunktzahl war im Oktober 2004 die 2292, und es ärgert mich immer noch, dass ich die 2300 nicht geschafft habe. Das führt zu einem unsinnigen, aber bekannten Onlineverhalten. Du spielst abends ein paar Partien, dein Rating ist auf 1950 gesunken, und du beschließt: »Ich spiele, bis mein Rating wieder über 2000 liegt.« Du gewinnst einige und verlierst einige. Ehe du dich versiehst, ist es nach Mitternacht, und plötzlich bemerkst du, dass deine Wertung 1998 ist. Nur noch ein Sieg, und du kannst aufhören.

Aber du gewinnst nicht. Tatsächlich gewinnt man das letzte Spiel irgendwie nie. Um vier Uhr morgens, mit einer Wertungszahl von 1911, gibst du frustriert und erschöpft auf. Du findest den Weg ins Bett mit dem Wissen, dass du ein *miserabler* Schachspieler bist, weil du nicht zu der Gruppe von Spielern über 2000 gehörst. Oft meldest du dich am nächsten Morgen wieder frisch an, gewinnst eine Reihe von Partien hintereinander, knackst die 2000 und verstehst nicht, warum das so leicht ging. Du nimmst dir vor, nie wieder spätabends zu spielen. Nur tust du es natürlich trotzdem, vielleicht sogar am selben Tag noch.

Ich habe schon viele Abende einer solchen Online-Blitz-Idiotie erlebt, aber jetzt bin ich geheilt. Die einzige Möglichkeit, sie zu vermeiden, besteht darin, ungewertete Partien zu spielen, quasi das Äquivalent zu alkoholfreiem Bier. Nur ist das nicht das Wahre. Dementsprechend schaffen es auch viele nicht. Diejenigen, die im Durchschnitt mehr als 100 Partien pro Tag spielen, könnten ein ernsthaftes Problem haben. Ich mache mir manchmal Sorgen um diese Vielspieler und frage mich, ob Chess.com und Lichess mehr tun könnten, um den tatsächlich Süchtigen zu helfen.

Alle haben gespielt. Alle?

Der Internet Chess Club ist ein echter Pionier des Onlineschachs. Er kann sich mehrerer Meilensteine rühmen: die erste Online-Lecture im April 1995; die erste Internet-Simultanvorstellung eines Weltmeisters (Garri Kasparow) im November 1995; das erste interuniversitäre Onlineschachturnier einen Monat später; und die ersten Supergroßmeister, die online um Preisgeld spielten, im November 1999. Ungefähr zu dieser Zeit wurde John Fernandez als Leiter der Öffentlichkeitsarbeit eingestellt, um den ICC weiter anwachsen zu lassen. Er begann, sich um Sponsoring, Bannerwerbung und den Aufbau von Beziehungen zu Veranstaltern zu kümmern. In den folgenden zehn Jahren war der ICC die Anlaufstelle schlechthin. In den frühen 2000er-Jahren schrieb die britische Zeitung *Sunday Telegraph*: »Es gibt mehr als 300 Orte, an denen man im Internet Schach spielen kann, aber wie bei Nachtklubs gibt es nur einen Ort, zu dem sich die ›A-Liste‹ hingezogen fühlt: den Internet Chess Club.« Die absoluten Spitzenspieler der damaligen Zeit wurden auf der Seite aktiv: Leute wie Wesselin Topalow, Alexej Shirow, Nigel Short und sogar Garri Kasparow, aber auch ein junger Hikaru Nakamura und ein noch jüngerer Magnus Carlsen. Es war hilfreich, dass Großmeister kostenlose Accounts bekamen, und Fernandez bemühte sich sehr, sie zum Spielen auf der Seite zu bewegen.

Während der FIDE-Schachweltmeisterschaft 1999 – einem K.-o.-Turnier mit 100 Teilnehmern in Las Vegas – überreichte Fernandez jedem Spieler eine Geschenktüte mit einem persönlichen Brief und einer Diskette, auf der die BlitzIn-Schnittstelle vorinstalliert war, um den GMs den Einstieg zu erleichtern. Und es hat funktioniert. Fast alle Spieler meldeten sich mindestens einmal an, nur einer nicht: der 68-jährige Viktor Kortschnoi, eine lebende Legende, aber tendenziell auch ein mürrischer alter Mann. Fernandez erinnert sich: »Er brummelte etwas und warf den Umschlag in den nächsten Mülleimer.« Vor allem nach Vegas 1999 meldeten sich viele große Namen beim ICC an.

Nakamura hatte als Neunjähriger bereits 1997 begonnen, auf einem Account zu spielen, den er sich mit seinem Bruder und seinem Stiefvater teilte. Im Jahr 1999 erstellte er einen neuen Account namens *YearoftheRabbit* und benutzte ihn, bis die meisten starken Spieler wussten, wer er war. Ab 2001 spielte er als *Smallville,* nach der amerikanischen Superhelden-Fernsehserie, die zwischen 2001 und 2011 lief. »Ich wollte einen anonymen Account und war damals ein großer Fan der Fernsehserie«, erzählte mir Nakamura. Zwischen 2001 und 2011 spielte er 15 306 Blitzpartien und 13 967 Bullet-Partien auf diesem Account. Er war auch einer der ersten Großmeister, die als Jugendliche ernsthaft vom Onlineschach profitierten, weil er seine Partien herunterlud und mithilfe des Computers nach Fehlern absuchte. Aber meistens spielte er einfach – und zwar viel.

Ich weiß noch, wie Nakamura etwa 2008/09 einmal bei mir in Amsterdam übernachtete, da er versehentlich einen Anschlussflug für das falsche Datum gebucht hatte. Am nächsten Morgen begann ich so leise wie möglich im Wohnzimmer zu arbeiten und versteckte mich hinter einem großen Computerbildschirm, während er auf der Couch schlief. Irgendwann wachte er auf und kroch aus dem Schlafsack. Erst da bemerkte ich, dass er noch seine Klamotten anhatte. Wir wünschten uns einen guten Morgen, und er setzte sich hinter seinen Laptop. Schon bald hörte ich die Art von Mausklick, die nur eines bedeuten konnte: Er spielte Blitzschach. So wird man gut: Wenn man etwas noch vor dem Frühstück machen will, noch vor allem anderen.

Magnus Carlsen meldete sich um das Jahr 2001 beim ICC an und nannte seinen Account *imtobesoon*. Nachdem er ein IM geworden war, machte er ehrgeizig mit dem Konto *gmtobesoon* weiter, und als er diesen Titel in der Tasche hatte, änderte er den Namen zu *Magnus*. Später benutzte das norwegische Wunderkind mehrere anonyme Accounts. Wahrscheinlich spielten er und Nakamura 2004 zum ersten Mal online gegeneinander. Was sich zu einer über zwei Jahrzehnte andauernden Rivalität entwickeln sollte, begann mit einem Freundschaftsmatch zwischen *Magnus* und *Smallville* am 18. Juli 2004. In zwölf Partien mit einem Zeitlimit von drei Minuten pro Person (ohne Inkrement/Zeitgutschrift) schlug der 13-jährige Carlsen den 16-jährigen Nakamura mit 9 : 3, ohne Remis.

Der ICC machte es für die Menschen sehr viel einfacher, gegen jemand anderen Schach zu spielen. Man musste sich nicht mehr an den lästigen sozialen Kodex halten, erst zu duschen und sich anzuziehen, bevor man seinen Königsbauern ziehen konnte. In den späten 1990er-Jahren stellte der Gründer Danny Sleator fest, dass sein Onlineklub Menschen zum Schachspielen ermutigte, die sich normalerweise nicht die Mühe machen würden, in einen realen Schachklub zu gehen: »Das habe ich viele Leute sagen hören. Ich selbst bin das beste Beispiel dafür.« So gut wie jeder versuchte sein Glück mit Onlineschach, obwohl es, wie bei allen technologischen Entwicklungen, auch Skeptiker gab.

Einer davon ist John Saunders, ein äußerst netter Engländer, den ich bei vielen Turnieren getroffen habe, wo er als Journalist und Fotograf tätig war. Er sagte 1999 in einem Interview: »Schach ist wie Sex – nur gesund, wenn zwei Menschen, die das Gleiche wollen, im selben Raum sind. Es ist ein soziales Spiel. Wie können Menschen Spaß am Schachspiel haben, wenn sie sich hinter Namen wie ›Kingkicker‹ verstecken und nicht mehr Dialog als das ewige ›Thanx‹ austauschen? Okay, ich bin ein Heuchler, denn ich *habe* Internetschach gespielt, bin nicht gut darin und habe einen ›Handle‹[33], was ein altgriechisches Wort ist und bedeutet: ›Ich schiebe einen Rettich in den Allerwertesten.‹ Aber ich finde es weder süchtig machend noch attraktiv.«

Abgesehen von den wenigen Kritikern hat aber so ziemlich jeder, der Schach spielte, auf ICC gespielt. Für eine kurze Zeit traf das vielleicht sogar auf einen gewissen Bobby Fischer zu. Am 9. September 2001 schrieb der englische Großmeister Nigel Short einen Artikel für den *Sunday Telegraph,* in dem er behauptete, er sei »zu 99 Prozent sicher«, dem amerikanischen Ex-Weltmeister in fast 50 Onlinepartien gegenübergestanden zu haben. Das war eine ungeheuer aufregende Nachricht für Schachfans, und selbst diejenigen, die es nicht glaubten, *hätten* es gern geglaubt. Jede Nachricht über Fischer, der nach seinem Sieg gegen Spasski 1992 wieder völlig aus der Schachszene verschwunden war, wirkte elektrisierend. Der Gedanke, er würde wieder Schach spielen, war einfach elektrisierend.

Short verriet, dass er in seiner ersten Begegnung 0 : 8 verlor, obwohl sein mysteriöser Gegner »einige höchst unregelmäßige, wenn nicht sogar völlig absurde Eröffnungszüge« spielte. Er schob jeden seiner Bauern ein Feld nach vorne oder bewegte den König bereits im zweiten Zug Richtung Zentrum. »Aus dieser absichtlich wenig aussichtsreichen Stellung entwickelten sich Züge von außerordentlicher Kraft«, schrieb Short. »In dieser ersten Partie wurde ich völlig vernichtet.« Während des Chats mit seinem Gegner bemerkte Short, dass dieser viel über die großen Schachspieler der 1960er-Jahre wusste, die ja Fischers aktivste Zeit waren. Short beschloss, ihn zu testen, und fragte seinen Gegner, ob er Armando Acevedo, einen obskuren mexikanischen Spieler, kenne. Er erhielt sofort eine Antwort: »Siegen, 1970«. Da Fischer 1970 bei der Siegener Schacholympiade gegen Acevedo gespielt hatte, gewann Short den Eindruck: »Der Typ wollte mir etwas sagen.«

Die Partien wurden nicht aufgezeichnet, weil Short ein Gastkonto benutzt hatte (und damit den Wunsch seines Gegners respektierte). ICC-Chef Danny Sleator konnte daher Shorts Behauptung, es handele sich um Fischer, nicht überprüfen. Bald wurde jedoch – leider, möchte ich hinzufügen – enthüllt, wer der mysteriöse Gegner war: ein kanadischer Netzwerkexperte, der eine Schachengine verwendete. Am 28. Januar 2002 sagte

Fischer selbst bei einem Interview im isländischen Fernsehen, er habe nie im Internet gespielt. Leider war das Rätsel verlockender, als es noch ungelöst war.

Die meisten Großmeister, die auf der Website spielten, hielten ihre Identität nicht geheim. Viele von ihnen gaben in ihrem Profil sogar einige zusätzliche Details preis. Mir gefielen besonders die Angaben des englischen Großmeisters David Norwood, der unter dem Nickname *DaveNoGood* spielte:

1. Dave Norwood
2. Pensionierter Großmeister … der sich schämt, den Titel beizubehalten
3. Ich spiele nur 1 g3 und 1 … g6
4. Wenn mein Spiel etwas komisch wird, liegt das vielleicht an dem, was ich trinke …

Eine der vielen Geschichten aus den Anfängen des Internetschachs handelt von einem Mann, dem beim Onlinespielen das Leben gerettet wurde. Im September 1997 verspürte der 48-jährige Charles Drafts während einer Partie Atemnot und Schwindel und schickte eine Nachricht an alle Mitglieder, in der er sagte: »Ich bin körperlich versehrt und brauche Hilfe.« Drafts war doppelt amputiert, lebte in den Wohnanlagen des Bostoner Stadtteils Mission Hill und tippte mit einem Stift im Mund. Einige Schachfans hielten seine Nachricht für einen Scherz, aber zum Glück nahmen andere sie ernst. Sie baten Drafts, seine Adresse einzugeben, und fragten nach seinen Symptomen. Andy McFarland, einer der ICC-Administratoren, rief den Rettungsdienst in Boston an, und schließlich brachen Feuerwehrleute die Tür auf und brachten Drafts ins Beth-Israel-Krankenhaus, wo er stabilisiert wurde.

Die Geschichte von Charles Drafts ist ein Beispiel für etwas, das in den Anfangsjahren des Onlineschachs nicht unterschätzt werden sollte: der soziale Aspekt. Die Leute loggten sich nicht nur ein, um eine Schachpartie zu spielen, sondern auch, um andere zu *treffen*. Da damals so viel weniger Leute gleichzeitig online waren, als wir es heute gewohnt sind (dreitausend Spieler hätten den Server an seine Grenzen gebracht), und die ganze Sache entsprechend strukturiert war, konnte quasi jeder mit jedem reden, weshalb sich Amateure regelmäßig mit Spitzenspielern austauschten.

Für die meisten Schachliebhaber, die nicht zu internationalen Turnieren reisten, war es das erste Mal, dass sie mit Spielern aus dem Ausland kommunizieren konnten. Der Internationale Meister Greg Shahade, der 1995 anfing, online zu spielen, sagte mir: »Auf FICS wurde ich von Frauen kontaktiert. Da entstanden viele Freundschaften.« Für andere ging es noch weiter: Es gibt etliche Geschichten von Leuten, die geheiratet haben, nachdem sie sich bei ICC kennengelernt hatten. Ein niederländischer Schachspieler benannte seinen Sohn nach dem Nickname, den er online benutzte: Jaap.

Um diese sozialen Bedürfnisse zu befriedigen, verfügten die Schachserver über spezielle Chat-Kanäle, die technisch gesehen dem Internet Relay Chat (IRC) entsprachen: Man konnte einen privaten Kanal für seine Freunde einrichten oder einem der offenen Kanäle mit bestimmten Themen beitreten. Es gab z. B. einen Musik-Kanal und einen Quiz-Kanal, in dem ein Bot den ganzen Tag über Quizfragen stellte, und jeder, der sie beantwortete, wurde automatisch in die tägliche Rangliste aufgenommen. Der beliebteste Kanal von ICC war der Kanal 97, der sich mit (hauptsächlich amerikanischer) Politik befasste und in Bezug auf unflätige Sprache liberaler war als andere Kanäle.

»Ich habe damals auch normale Chatrooms ausprobiert, aber die waren uninteressant«, erzählte mir Arne Moll. »Man saß da mit irgendwelchen Amerikanern. Worüber soll man schon reden? Schach verbindet, und das ist das Tolle daran. Ein ICC-Chatroom war wie eine Kneipe voller Leute aus aller Welt, die Schach liebten. Das war schon etwas ganz Besonderes.«

Heutzutage haben wir einzelne Schachcommunitys, die über Social-Media-Plattformen wie Discord, X, Reddit und Telegram kommunizieren, aber sie sind eben eher versprengt. Chess.com und Lichess bieten keine Chat-Kanäle an, aber vielleicht sollten sie das ändern.

Mark Crowther: unbesungener Held

Als in den späten 1970er-Jahren Desktop-Computer und andere Workstations in aller Welt miteinander vernetzt wurden, wuchs das Interesse am Austausch von Informationen. Dies führte zu einem bestimmten Netzwerktyp, dem Bulletin Board System (BBS), das es den Benutzern ermöglichte, Nachrichten wie an einem echten schwarzen Brett zu veröffentlichen. USENET startete 1978 als globales Bulletin Board, das das Konzept der *Newsgroups* (Nachrichtenforen) etablierte, in denen gleich gesinnte Benutzer Nachrichten zu ihren Interessengebieten austauschen konnten. Im Jahr 1990 gab es schätzungsweise 265 000 Benutzer auf fünf Kontinenten.

Eine dieser Newsgroups war *rec.games.chess,* die 1987 ins Leben gerufen wurde. Die Leute begannen, sich über alles auszutauschen, was mit Schach zu tun hatte, und einige machten es sich sogar zur Aufgabe, die vollständige Notation kürzlich gespielter Turnierpartien abzutippen. Diese spezielle Newsgroup gab den Anstoß zu einer unglaublichen Beschleunigung in der

Verfügbarkeit von Schachinformationen, die enorme Auswirkungen auf das Spiel haben sollte. Ein eifriger Schachfan aus Clayton, einem Vorort von Bradford in Nordengland, spielte bei dieser Entwicklung eine entscheidende Rolle und tut dies immer noch, auch wenn die meisten Schachliebhaber das nicht wissen.

Mark Crowther wurde 1966 geboren und erlernte die Schachregeln 1972, im Jahr des berühmten Matches zwischen Fischer und Spasski. Er spielte Schach in der Schule und trat einem örtlichen Verein bei. Nach seinem Informatik-Studium in Leeds fand Crowther in den späten 1980er-Jahren eine Stelle als Bibliothekar/Techniker am Modern Languages Centre der Universität Bradford.

Crowther hatte große Freude daran, Dinge zu sammeln und mit anderen zu teilen. Er besorgte sich in der Bibliothek einen Computeraccount, trat der Newsgroup *rec.games.chess* bei und wurde bald zu einem der aktivsten Nutzer, indem er aktuelle Schachpartien weitergab, die er in der Schachkolumne von Zeitungen und anderen in seiner Bibliothek verfügbaren Medien gefunden hatte. Unter Verwendung eines Linux-Systems tippte er sie fast täglich manuell ein, bis er beschloss, das fortan wöchentlich zu machen. Am 17. September 1994 startete er die erste Ausgabe von *The Week in Chess (TWIC)*. Nach sieben Wochen hatte er genug HTML gelernt, um seine erste Website einzurichten und Links zu allen *TWIC*-Ausgaben zu veröffentlichen. Eine legendäre Onlinezeitschrift war geboren.

Anfangs kombinierte Crowther das Sammeln von Partien mit seiner täglichen Arbeit. »Ich arbeitete an der Uni, ging freitags nach Feierabend zum Computerzentrum und machte Freitagabend und Samstag mein Ding, um am Montag wieder zur Arbeit zu gehen«, erzählte er. Das ging etwa eineinhalb Jahre lang so, bis es ihm zu viel wurde: »Sehr schnell wurde ich dazu gedrängt, immer mehr Partien zu veröffentlichen. Das geriet zunehmend außer Kontrolle. Und dann hieß es: Entweder ich gebe auf oder mache es professionell. Diese zwei Möglichkeiten hatte ich.«

Im Jahr 1996 arbeitete Crowther kurzzeitig für das kanadische Unternehmen Thoth Communications Corporation. Zwischen 1997 und 2012 wurde er von dem Journalisten und Unternehmer Malcolm Pein gesponsert. Als Inhaber des Londoner Ladens *Chess & Bridge* nutzte Pein *TWIC*, um die Leser auf seinen Onlineshop zu lotsen. Crowther wurde bezahlt, und Pein bekam dafür seine Onlinebuchverkäufe. Im Jahr 2012 endete die Zusammenarbeit, und seither ist Crowther auf Werbung, Abonnements und Spenden angewiesen.

Für mich ist Crowther eine Legende, einer der unbesungenen Helden der Schachwelt, der mehr Anerkennung verdient, als er bekommt. Als ich ihn 2019 anlässlich des 25-jährigen Jubiläums von *TWIC* interviewte, sagte er mir, dass es ihm gut gehe, obwohl er schon Sorgen wegen seiner Rente hätte: »Diese Tätigkeit macht viel Spaß, nur ist sie natürlich nicht sehr sicher. Ich werde noch 20 Jahre lang arbeiten müssen. Aber ich mache es gerne. Ich gehe montags nie ins Bett, ohne *TWIC* abgeschlossen zu haben. Das ist undenkbar. Nur so bekommt man es geschafft.«

Während ich diese Zeilen schreibe, ist *TWIC* auch 30 Jahre nach seiner Gründung immer noch aktiv. Das Magazin erscheint montags und fasst die Ergebnisse internationaler Schachturniere zusammen. Noch wichtiger ist, dass Crowther eine Datei mit allen in der Woche davor gespielten Partien bereitstellt, die jeder kostenlos herunterladen kann. Heutzutage kann eine einzige Datei leicht ein paar Tausend Partien enthalten. Seit 1994 ist die

TWIC-Datenbank auf über dreieinhalb Millionen Partien angewachsen. Crowther achtet nicht genau darauf, aber die Zahl der Schachfans, die jede Woche auf den Downloadbutton klicken – von erfahrenen Großmeistern bis hin zu aufstrebenden Jugendlichen –, muss in die Tausende gehen.

Der fünffache Weltmeister Viswanathan Anand sagte mir: »Es war irgendwann 1995, als ich zum ersten Mal von *The Week in Chess* hörte. Damals habe ich meine erste Ausgabe heruntergeladen, und mir fallen nicht viele andere Routinen ein, die ich in den letzten 25 Jahren Woche für Woche beibehalten habe. *TWIC* ist wirklich eine Institution im Schach.« Der niederländische Supergroßmeister Anish Giri, der einer jüngeren Generation angehört, äußerte sich in einem Tweet im August 2015 ähnlich: »Wenn auf deinem Laptop mehr als zwei *TWIC*s fehlen, weißt du, dass mit deiner Schachroutine etwas schiefgelaufen ist.«

Warum war *TWIC* so revolutionär? Nun ja, es ist einfach wichtig, Informationen über den Gegner zu haben. Bevor es das Internet gab, waren die aber nicht so leicht zu bekommen. Einer derjenigen, die Crowther in den Anfangsjahren mit Partien versorgten, war Australiens Nummer eins Ian Rogers. Rogers, der in den 1980er-Jahren ein Weltklasse-Großmeister wurde und seine erfolgreiche Spielerkarriere mit Schachjournalismus verband, erlebte aus erster Hand, wie das Internet den Sport veränderte. »Vor *TWIC* gab es Murray Chandlers *Tournament Chess*«, sagte Rogers. »Diese Zeitschrift bestand aus nicht viel mehr als den ausgedruckten Partien und einem gelegentlichen Diagramm, aber sie war von unschätzbarem Wert. Man reiste mit ihr. Wenn man an einem Turnier teilnahm und die Partien von Turnieren studieren konnte, an denen der Gegner zuvor teilgenommen hatte, war das schon sehr nützlich.«

Rogers reiste in jenen Jahren mit seiner Frau Cathy durch Europa, da es in Australien keine Turniere gab. Zusammen mit *Tournament Chess* packten er und seine Kollegen aktuelle Ausgaben von *Chess Informant* oder *New in Chess Yearbook* in ihre Koffer: dicke Handbücher mit Hunderten von aktuellen Spitzenpartien und Analysen, gedruckt auf dünnem Papier, ähnlich wie Telefonbücher, ein weiteres Relikt der Vergangenheit. Andere Informationsquellen waren Zeitschriften wie das *British Chess Magazine*, das deutsche *Schach-Magazin 64*, die Schweizer Wochenzeitung *Die Schachwoche* sowie Fachbücher über Schacheröffnungen.

Die Menge dessen, was man zu einem Turnier mitnehmen konnte, war immer begrenzt, sodass Bücher und Kleidung um den Platz im Gepäck kämpften. Mit *TWIC* war die Vorbereitung plötzlich ein Kinderspiel, da es viel einfacher wurde, die Partien des Gegners zu finden, die er in der Woche davor gespielt hatte. Außerdem konnte man nun Tausende von Partien auf einer einzigen Diskette speichern, was eine enorme Platzersparnis bedeutete. *TWIC* war besonders nützlich, wenn ein Schachspieler mit einem der Datenbankprogramme arbeitete, die in jenen Jahren ebenfalls immer populärer wurden.

KasparovChess und die Dotcom-Blase

Während *TWIC* die Schachinformationen hatte und ICC der Ort war, an dem man spielen konnte, änderte sich die Internetlandschaft schnell. Tim Berners-Lees World Wide Web war der letzte Schrei, und mit ihm erschienen die ersten Browser: zuerst Mosaic im Jahr 1993, dann 1994 der Netscape Navigator und 1995 der Internet Explorer.

Nur 16 Monate nach der Gründung von Netscape durch

Marc Andreessen und James Clark erlebte das Unternehmen am 9. August 1995 einen historischen Börsengang (IPO). Am ersten Handelstag eröffnete die Aktie bei einem Stückpreis von 28 Dollar und schloss bei 58,25 Dollar, was dem Unternehmen einen Marktwert von etwa 2,9 Milliarden Dollar einbrachte. Andreessen wurde zum Multimillionär, während Clark sich anschickte, der erste Internetmilliardär zu werden.

Netscape ging an die Börse, ohne zuvor einen Gewinn erzielt zu haben – ein bahnbrechender Schritt, der damals großes Interesse am Geldverdienen im Internet weckte. Eine Spekulationsmanie, die als »Dotcom-Blase« bezeichnet wurde, führte Anfang der 2000er-Jahre zum Zusammenbruch vieler Unternehmen. Eine der gescheiterten Neugründungen war KasparovChess.

Der seit 1985 amtierende Weltmeister Garri Kasparow hatte Anfang 1999 eine »Club Kasparow«-Website ins Leben gerufen, die hauptsächlich auf Russisch verfasst war. Im selben Jahr erhielt sie den Namen *kasparovchess.com*, als ein neues Unternehmen gegründet wurde, hinter dem hauptsächlich israelische Investoren standen. Büros in den USA, im Vereinigten Königreich sowie in Russland und Israel wurden eröffnet, und das internationale Redaktionsteam wuchs auf etwa 30 Mitglieder an. *Kasparov Chess Online* (KCO), wie die offizielle Bezeichnung lautete, sollte die dominierende Schachplattform sowohl für starke als auch für Gelegenheitsspieler, Eltern und Kinder werden. Ehrgeizig warb die Seite für sich selbst als »die Heimat des Schachs im Internet«. Sie bot alles: eine Spielzone, einen Nachrichtenbereich, ein Forum, einen Veranstaltungskalender, einen Shop, ein Magazin, herunterladbare Multimedialektionen und regelmäßige Beiträge von Kasparow selbst, der oft noch am selben Tag, an dem er ein Turnier spielte, einen »Express-Kommentar« schickte. Einer der Hauptvorteile von KCO bestand darin, dass die Benutzer über eine HTML-Schnittstelle in einem Browser Schach spielen konnten, was damals noch ziemlich neu war.

Das Geschäftsmodell war für die damalige Zeit so typisch wie wenig tragfähig: Es bestand hauptsächlich in dem Versuch, eine riesige Basis kostenloser Nutzer aufzubauen, die mit Werbung konfrontiert werden sollten. Bis 2002 wurden insgesamt 13 Millionen Dollar an Investitionen verheizt, einschließlich Kasparows persönlicher Einlage von 110 000 Dollar. Das Unternehmen verdiente so gut wie kein Geld. Im September 2002 beschloss der Vorstand, den Stecker zu ziehen. Laut der Zeitschrift *New in Chess* machte Kasparow für den Niedergang seiner Plattform »Streitigkeiten zwischen den israelischen Minderheitsaktionären, die die geschäftlichen und administrativen Funktionen des Unternehmens kontrollierten, und den mit ihm verbundenen Mehrheitsaktionären« verantwortlich.

Mig Greengard, der bei KCO inhaltlich mitwirkte, schrieb damals: »Die israelischen Geldgeber hielten es für wichtiger, eine Gruppe israelischer Programmierer zu beschäftigen, die über 100 000 Dollar pro Monat kosteten, als Großmeister, Autoren und andere Schachleute zu haben, für die man einen Bruchteil davon braucht. Anstatt die Kosten zu senken, gingen sie auf Kasparows Protest hin mit dem Schiff unter.« Ich weiß nicht, ob das israelische Team jemals auf Greengards Version der Ereignisse geantwortet hat, aber vermutlich sah man die Sache dort anders.

Das war aber noch nicht das Ende der Geschichte. An Heiligabend 2002 forderte die First International Bank of Israel (FIBI), die KCO 1,6 Millionen Dollar geliehen hatte, die Wiedereröffnung der Website und verlangte vor einem Gericht in

Delaware, wo das Unternehmen registriert war, Schadenersatz in nicht genannter Höhe. Tatsächlich versuchte die Bank, als Entschädigung für ihr verlorenes Darlehen die dauerhafte Kontrolle über den Weltklasseposten von Kasparows Namen und Konterfei zu erlangen. Am 27. Dezember entschied ein US-Billigkeitsrichter gegen die Bank und bezeichnete den Fall als »viel zu dünn«.

Aus historischer Sicht ist es interessant, dass Jay Severson, einer der späteren Mitbegründer von Chess.com, irgendwann zwischen 1999 und 2000 ein Rendezvous mit KasparovChess hatte. Severson arbeitete bei Case's Ladder, einem in Seattle ansässigen Anbieter von Onlinelösungen für Turniere, Ligen, Brackets (Turnierbäume) und Ranglisten. Als Marktführer in diesem Bereich wurde das Unternehmen von KasparovChess mit dem recht ehrgeizigen Plan angesprochen, ein weltweites Turnier für Kinder in Schulen zu veranstalten, das dann irgendwo mit einem Livefinale enden sollte. Sie brauchten logistische Unterstützung, Schiedsrichter, das ganze Paket. »Ich weiß noch, wie ich über die E-Mail gelacht habe und dachte: ›Diese Jungs haben einen an der Waffel‹«, erzählte mir Severson. Selbst für Chess.com wäre es trotz all seiner Ressourcen auch 2024 schwierig, ein Turnier mit Millionen von Spielern zu organisieren. Aber KasparovChess wollte es und bezahlte Severson den Flug nach New York City. »Als ich dort ankam, dachte ich: Wow! Zunächst einmal war die Etage gigantisch groß. Ich erinnere mich, dass es viele Kabinen gab, und dachte: ›Echt ein Riesenunternehmen.‹ Ich war ziemlich von den Socken, dass sie sich dieses Hammerbüro in einem von Manhattans Wolkenkratzern leisten konnten.«

Severson legte seine Kalkulationen und Schätzungen vor und zeigte die Gesamtsumme auf, die das Projekt kosten würde.

»Es war eine absurde Zahl, sie ging in die Millionen«, sagte er. »Ich sollte eigentlich zwei Tage in New York sein. Aber das Treffen dauerte höchstens ein oder zwei Stunden, dann hieß es: ›Okay, danke, dass Sie gekommen sind, aber wir werden Ihre Dienste nicht weiter in Anspruch nehmen.‹ Ich hatte also im Grunde einen zweitägigen bezahlten Urlaub in Manhattan. Ich besichtigte die Sehenswürdigkeiten und erinnere mich noch an einen Midori Sour in der *Windows on the World*-Bar im obersten Stockwerk des World Trade Centers.«

Im April 2021 tauchte KasparovChess plötzlich wieder auf als, Zitat, »neue Multimediaplattform für Schachliebhaber aller Spielstärken«. Die Plattform enthielt Rätsel, Onlinematches, Tutorials, Artikel, Dokumentationen und eine exklusive Meisterklasse von Kasparow für Premiummitglieder. Wie bei der ersten Version der Seite lag der Schwerpunkt auf Multimedialektionen. Hunderte von Videos wurden im Voraus aufgezeichnet, in denen oft einige der berühmtesten Großmeister der Welt zu sehen sind. Kurzum, die Website sah elegant und vielversprechend aus. Würde sie dieses Mal Erfolg haben?

Für den Relaunch ging Kasparow eine Partnerschaft mit dem globalen Medienkonzern Vivendi ein. Dieses Unternehmen, dem Firmen wie Canal+ und Dailymotion gehören, war auch ein früher Sponsor der Grand Chess Tour, einer jährlichen Reihe von Schachturnieren, für die Kasparow als besonderer Berater fungierte. Die Vivendi-Tochter Keysquare stellte ein Startkapital von 3,5 Millionen Dollar zur Verfügung. Das Geschäftsmodell unterschied sich deutlich von dem der Jahre 1999–2000 und setzte diesmal auf *Freemium:* Einige Inhalte waren kostenlos, aber das beste Material war für eine monatliche Gebühr von 13,99 Dollar oder 119,99 Dollar für ein Jahresabonnement erhältlich. Zum Vergleich: Eine Diamond-Mitgliedschaft bei Chess.com, die alle Premiumfunktionen bot, kostete damals 99 Dollar im Jahr. Im Jahr 2021 erlangte KasparovChess für ein paar Monate etwas Aufmerksamkeit, da die Supergroßmeister ihre Videos in den sozialen Medien bewarben. Zwei Jahre später verlor niemand mehr ein Wort darüber.

Man kann nicht so leicht erklären, warum Kasparows Onlineunternehmen zweimal gescheitert sind. In den frühen 2000er-Jahren lag es vermutlich an einer Kombination aus naivem Management und schlechtem Timing. Der Markt der Schachspieler, die im Internet Geld ausgeben wollten, war einfach noch nicht groß genug. Zwanzig Jahre später war er dafür vielleicht schon zu gesättigt: KasparovChess konnte den bestehenden und erfolgreichen kommerziellen Plattformen, vor allem Chess.com, keinen nennenswerten Marktanteil abnehmen.

Währenddessen wurde ab den frühen 2000er-Jahren der Internet Chess Club immer stärker, obwohl er nicht ohne Konkurrenz war. Mehrere Betreiber versuchten, mit Gameservern ein Geschäft zu machen, darunter Yahoo!Chess, Chess.net, das World Chess Network, Chesslive, Chesspark und Chesscube. Auf dem Markt für Spieler auf Vereinsniveau war der größte Konkurrent von ICC Playchess, ein Gameserver, der von ChessBase entwickelt wurde und im Oktober 2001 an den Start ging. Viele ernsthafte Amateure und auch Großmeister hatten Accounts sowohl bei ICC als auch bei Playchess, und die beiden Unternehmen verfügten einige Jahre lang über den gleichen Marktanteil. Das nächste Kapitel wird untersuchen, wie sie zu Randspielern degradiert wurden und den Kampf gegen Lichess und Chess.com verloren.

Durch den unglaublichen Popularitätszuwachs, den das Onlineschach seit der Pandemie und *Das Damengambit* erlebt, vergisst man leicht, dass das Schachspielen über das Internet im

Grunde so alt ist wie das Internet selbst. Dank dieser Technologie kann man seit den späten 1980er-Jahren mit jemandem am anderen Ende der Welt eine Partie in Echtzeit spielen. Schach war schon damals ein Spiel ohne Grenzen, da es zwischen Gegnern jeden Alters und Geschlechts sowie jeder ethnischen Gruppe, politischen Zugehörigkeit oder Religion gespielt werden konnte. Jetzt war auch die Entfernung kein Problem mehr. Es dauerte einige Jahrzehnte, bis die globale Revolution wirklich stattfand, aber die Saat war gelegt.

Kapitel 9

Wie Chess.com kam, sah und siegte

»Ich würde gerne mit dir zusammenarbeiten, aber mit Schach ist einfach kein Geld zu verdienen. Wir müssten all diese Leute, die umsonst spielen, irgendwie dazu bringen, auf unsere Seite zu kommen und uns dann Geld zu zahlen. Wie soll dieses Geschäftsmodell jemals funktionieren?«

Jay Severson zu Erik Allebest, 2005

Es ist September 1995, die erste Woche des ersten Studiensemesters von Erik Allebest, der gerade 18 geworden ist. Er wacht auf und geht zu den Gemeinschaftswaschräumen auf dem Campus der Brigham Young University (BYU) in Provo, Utah. Er sieht einen gleichaltrigen Jungen, der eine Brille trägt und sich die Zähne putzt. Allebest zieht sich ein paar Minuten auf die Toilette zurück, und als er wiederkommt, ist der Junge immer noch am Putzen. »Das war echt ganz schön lange«, erzählte mir Allebest. »Also sagte ich: ›Ist dein Vater vielleicht Zahnarzt oder so?‹« Das sind die ersten Worte, die Allebest an Jarom (Jay) Severson richtet, seinen späteren Freund und Mitbegründer von Chess.com.

Später an diesem Tag geht Severson durch den dritten Stock der Merrill Hall und bemerkt in einem Zimmer zwei Studenten. Einer ist Allebest, der andere Ryan Miller, und sie spielen Schach. »Kann ich gegen den Sieger antreten?«, fragt Severson. Er schlägt beide. Nein, er vernichtet sie. Allebest erzählte: »Als er reinkam und mich beim Schachspielen sah, dachte ich, der will mir jetzt eine semmeln, weil ich am Morgen diesen höhnischen Kommentar abgegeben hatte.«

Severson kam 1977 in Silverton, Oregon, zur Welt und wuchs in Lebanon auf, einer Kleinstadt etwas südlich davon. Er und seine fünf Geschwister wurden als Mormonen erzogen. (Heutzutage bevorzugen viele die Bezeichnung »Heilige der Letzten Tage« für den religiösen Zweig des Christentums, den Joseph Smith in den späten 1820er-Jahren begründete.) Severson erzählte mir, dass die familieneigene Pizzeria in Konkurs ging, als er elf Jahre alt war, und sein Vater seinen Job als Polizeibeamter verlor. Als Severson in der sechsten Klasse war, übersiedelte die Familie nach San José, Kalifornien.

Er lernte das Schachspiel kennen, als sein Vater, ein Hobbyschreiner, ein großes Schachbrett aus Massivholz anfertigte. Zunächst sah er seinen älteren Brüdern zu, bis sie ihm erlaubten mitzuspielen. Severson erzählte mir, dass er in der Highschool süchtig nach dem Spiel wurde, da es dort einen Schachklub gab und Mannschaftskämpfe gegen andere Schulen ausgetragen wurden: »Ich wurde richtig hineingezogen.« Er begann, Schachbücher zu kaufen, und nahm sogar an Einzelturnieren teil. Als er an die BYU kam, gab es keine geeignetere Person als ihn, um den Schachklub zu leiten.

Allebest, ebenfalls Jahrgang 1977, stammt auch aus einer Mormonenfamilie, wuchs aber in der Oberschicht von Laguna Hills im südkalifornischen Orange County auf. Seine Mutter brachte ihm Schach bei, als er acht Jahre alt war. Sein Vater war Anwalt und hatte eine unternehmerische Einstellung, die Allebest geerbt hat. Montagmorgens ging er dorthin, wo die Kids am Wochenende Bier tranken, sammelte die Dosen ein und kassierte bis zu 20 Dollar Pfand.

Nach dem Highschool-Abschluss ging Allebest auf die BYU und entschied sich bewusst für einen Studiengang, der nicht zu anspruchsvoll war. In einem Interview im Jahr 2021 sagte er: »Ich habe Englisch studiert, aber nur, um so locker wie möglich meine Kurse zu schaffen. Ich hatte nicht das Gefühl, dass ich dort viel lernte. Ich habe mein Shakespeare-Buch auf den Tisch gelegt, und darin hatte ich *Computer für Dummies* oder *HTML für Anfänger*. Ich habe mich auf eigene Faust in Computer und die Technologie eingearbeitet.«

In jenem BYU-Wohnheim im September 1995 war Allebest von Seversons Schachkünsten beeindruckt und fragte: »Wie hast du das gemacht? Hey, kannst du mir nicht Schachunterricht geben? Ich zahle dir 7 Dollar pro Stunde.« Und darauf einigten sich die beiden. Sie trafen sich etwa einmal pro Woche, und während Severson begann, Allebest Schacheröffnungen beizubringen, wurden sie Freunde.

Im zweiten Studienjahr waren die Dinge für Severson anders, denn die meisten seiner Freunde, darunter auch Allebest, begannen ihren zweijährigen Missionsdienst im Ausland, eine typische Unterbrechung des Studiums für junge Heilige der Letzten Tage. Für ein paar Jahre verloren die beiden den Kontakt.

In der Zwischenzeit wurde Severson ein erfolgreicher Videogamer, der 1998 die StarCraft World Championship gewann, einen Wettbewerb mit 3000 Spielern, der im Rahmen der dritten Saison der Professional Gamers League veranstaltet wurde. Der Gewinn des ersten Preises in Höhe von 8500 Dollar und eines neuen Computers war nett, aber viel lukrativer war der Sponsorenvertrag, den Severson mit Logitech unterzeichnete und der ihm rund 50 000 Dollar einbrachte, nachdem Zeitschriften wie *Newsweek* und *Wired* über ihn berichtet hatten.

Nicht schlecht für einen 20-jährigen Studenten aus einer Familie, die früher von Sozialhilfe lebte. Severson: »Es kam mir vor, als könnte ich mich zur Ruhe setzen.«

Aber das tat er nicht. Tatsächlich dauerte Seversons professionelle Gamerkarriere nur ein oder zwei Jahre, da er stattdessen beschloss, an die San José State University (SJSU) zu gehen und Informatik zu studieren. Er lernte HTML und erstellte seine ersten beiden Websites: eine über Gewinnstrategien für das Brettspiel *Axis and Allies* und eine über Schacheröffnungen. Nach seinem Abschluss arbeitete er bei verschiedenen Unternehmen als Entwickler, unter anderem bei Case's Ladder, was ihn zu KasparovChess in New York brachte, und später bei einem Unternehmen namens Myers, wo er Websites zu Immobilien und Hypotheken erstellte.

Allebest hingegen wurde schon früh zum Unternehmer. Nach der Rückkehr von seiner Mission in Argentinien gründete er während seiner Jahre an der BYU zwei schachbezogene Unternehmen. Eines davon war Schoolhouse Chess, ein Schach-Nachhilfeprogramm, das er in Dutzenden von Grundschulen in Utah einführte. Aus diesem Unternehmen entstand dann sein E-Commerce-Geschäft *wholesalechess.com*, das Severson mitentwickelt hat. Allebest importierte Schachsets aus China (bevor Alibaba das einfach machte), lagerte sie in seiner Garage, verkaufte sie online und verschickte sie im ganzen Land (bevor Amazon diese Art von Business schwer machte).

Nach ein paar Jahren verkaufte Allebest die beiden Unternehmen und studierte an der Stanford Business School, um seinen Master-Abschluss zu machen. Er machte Praktika bei Silicon-Valley-Unternehmen wie Facebook, Google und Palantir, lehnte aber Vollzeitstellen ab. Im Frühjahr 2005 rief er Severson an und sagte: »Hey, ich habe die Typen getroffen, denen die *chess.com*-Domain gehört. Was hältst du davon, wenn wir noch ein Schachunternehmen aufziehen?«

Severson war überhaupt nicht begeistert. Zu diesem Zeitpunkt hatte er einen Job bei Myers, bei dem er ziemlich gut verdiente, außerdem hatte er viele Unternehmen im Schachbereich scheitern sehen, einschließlich Kasparov Chess Online. Dem Internet Chess Club ging es gut, aber er wuchs nicht mehr weiter. Die einzige wirklich große Schachplattform war zu dieser Zeit Yahoo!Chess, aber die Leute spielten dort umsonst. Severson sagte zu Allebest: »Ich würde gerne mit dir zusammenarbeiten, Alter, aber *mit Schach ist einfach kein Geld zu verdienen.*«

Allebest hatte jedoch einen Plan. Er sagte: »Wir machen es folgendermaßen: Wir erstellen Profile für die Spieler und bieten andere Inhalte an, und durch Anzeigen erzielen wir Einnahmen. Es wird eine Art MySpace für Schach sein. Komm einfach mit, lern diese Typen kennen und schau, was passiert.«

Severson stimmte zu, und bald trafen sie sich mit den ursprünglichen Besitzern der *chess.com*-Domain im japanischen Restaurant Fuki Sushi in Palo Alto, einem berühmten Ort im Silicon Valley, wo viele Technologieunternehmen gegründet wurden. »Wir kamen also zu diesem Treffen, und sie waren alle so Mitte sechzig oder älter. Sie waren eine Gruppe von Leuten, die das Internet generationsbedingt nicht verstanden«, sagte Severson. »Sie sahen nicht, wohin sich das Internet entwickelte. Ihnen fehlte der technologische Hintergrund, um das zu tun, was sie wollten. Sie schickten den Leuten immer noch DVDs.«

Die Eigentümer hatten die *chess.com*-Domain seit 1995 benutzt, um Chess Mentor zu verkaufen, ein pädagogisches Hilfsmittel, das sie in allen kalifornischen Schulen als Teil des Lehrplans einführen wollten. Sie arbeiteten mit dem Schauspieler Arnold Schwarzenegger zusammen, der Schachfan und damals

Gouverneur von Kalifornien war. Das Unternehmen hatte jedoch fünf Millionen Dollar geschluckt und verzeichnete nicht genug Umsatz oder Wachstum, weshalb die Besitzer nach Möglichkeiten suchten, ihre Schulden zu tilgen. Es schien ein guter Plan zu sein, zur Verbesserung der Domain zwei junge Informatiker hinzuzuziehen, die eine Erfolgsbilanz beim Aufbau von Schachseiten vorweisen konnten.

Severson erzählte mir: »Erik dreht sich zu mir und sagt: ›Jay, warum erzählst du den Herren nicht, warum du so gern an Chess.com mitarbeiten willst?‹ Also habe ich die nächsten 15 Minuten lang darüber gefaselt, was wir mit der Plattform vorhaben und wie toll das alles wird. Insgeheim dachte ich: ›Ich will das gar nicht machen. Das ist nicht das, was ich im Moment mit meiner Zeit anfangen will. Ich habe einen richtigen Job.‹«

Trotzdem überzeugte Severson die Leute von Chess Mentor, sich mit ihnen zusammenzutun. Sie erklärten sich bereit, die Domain zu verpachten, aber weiterhin Grundstücksbesitzer zu bleiben, während Allebest und Severson darauf Immobilien errichten und versuchen konnten, Besucher anzulocken. Und so begann das Brainstorming: Wie sollte dieses Anwesen aussehen? Am 28. Juli 2005 wurde der gesamte Inhalt von Chess Mentor von der *chess.com*-Domain entfernt und durch den folgenden Platzhaltertext ersetzt, der einige der frühen Pläne enthüllte: »Chess.com wird derzeit umgebaut, um das Onlineschachportal Nr. 1 zu werden! Das neue Chess.com wird Ihnen helfen, die besten Schachgeschäfte zu finden, Orte, an denen man Schach spielen kann, wo man Schach lernen kann, und mehr. Es wird Schachcommunity-Foren geben, um Schacheröffnungen zu diskutieren, ein Verzeichnis aller Schachwebsites und andere Funktionen.«

In einer E-Mail vom 21. Oktober 2005 skizzierte Allebest

zum ersten Mal für Severson, was Chess.com bei seinem Start haben sollte. Diese Liste umfasste einen Ort zum Registrieren, eine About-Seite, ein Verzeichnis, einen Blog, Foren, andere Ressourcen, eine Suchleiste, eine Lern-Seite, eine Spiel-Seite und eine Shop-Seite. Und dann, nur ein paar Monate später, als Allebest und Severson kaum mit der Arbeit am eigentlichen Code begonnen hatten, meldete das Unternehmen Chess Mentor plötzlich Konkurs an. Die Eigentümer beabsichtigten, alle Vermögenswerte in einer Insolvenzauktion an den Meistbietenden zu veräußern und sich so ihrer Schulden zu entledigen. Allebest war besonders an dem Domainnamen *chess.com* interessiert und beschloss, zusammen mit seinem Freund Zach Stout sein Glück zu versuchen.

Die Auktion fand am 21. Dezember 2005 statt, und alle Bieter beteiligten sich per Telefon. Stout war einer davon, und mit einem Sieggebot von 55 000 Dollar erhielt er den schönen Domainnamen zusammen mit allen anderen Vermögenswerten des Unternehmens, einschließlich des Unterrichtsmaterials von Chess Mentor. Am 1. Januar 2006 kaufte Allebest alles von Stout, der im Gegenzug einen kleinen Anteil am Unternehmen erhielt. Für einen Unternehmer, der verheiratet war und zwei kleine Kinder hatte, war das eine große Investition. Gleichzeitig war es aber auch die beste Investition, die in der Geschichte des Schachs jemals getätigt wurde.

Wie man eine Schachwebsite aufbaut

Die Top-Domain für ein Schlüsselwort wie »chess« zu besitzen, war unglaublich wertvoll, vor allem dank der neuen Autovervollständigungsfunktion, die erstmals im Microsoft Internet Explorer 5 sowie in anderen Browsern wie Firefox enthalten war.

Diese Funktion bedeutete, dass, wenn man »chess« in die Suchleiste eintippte und die Eingabetaste drückte, der Browser selbstständig ».com« hinzufügte und dorthin ging. Selbst wenn man nur nach Schach suchen wollte, landete man fast schon automatisch bei *chess.com*. Die Seite hatte jeden Tag Tausende von kostenlosen Besuchen, und es war allerhöchste Zeit, da etwas zu unternehmen.

Zwei Jahre harter Arbeit folgten. Während Severson immer noch bei Myers angestellt war, arbeitete er als Auftragnehmer für mehrere andere Firmen und betätigte sich nebenher noch als Entwickler. Abends bastelte er an Chess.com. Allebest besuchte ihn fast täglich in San José, denn sie arbeiteten von Seversons Zimmer im dritten Stock aus. Sie programmierten bis in die frühen Morgenstunden, dann fuhr Allebest zurück nach Mountain View, um am nächsten Abend wiederzukommen und den Vorgang zu wiederholen. In einem Podcast im November 2021 sagte Severson über diese Zeit: »In den ersten Jahren von Chess.com kam es mir vor, als würde ich 20 Stunden pro Tag arbeiten. Es gab Tage, an denen ich überhaupt nicht schlafen konnte. Meine Frau erinnert sich noch gut an diese Zeit. Manchmal bin ich in die Garage gegangen und habe einfach nur geschrien, um Dampf abzulassen. Es war richtig anstrengend.«

Allebest konzipierte die gesamte Website mit 150 Seiten Wireframes in Microsoft Word. Sie begannen im September 2006, wobei Severson für das Backend zuständig war (für die technisch Interessierten: Er verwendete das Qcodo-Framework) und Allebest für das Frontend. Da sie mit dem Code immer weiter vorankamen, brauchten sie irgendwann jemanden, der ihn auch zum Laufen bringen konnte – mit anderen Worten: einen Server-Typen. Seversons guter Freund und Kollege bei Myers, Igor Grinchenko, hatte die perfekten Fähigkeiten. Der in Kirgisistan geborene Grinchenko war Ende der 1990er-Jahre als Student in die USA gekommen und derzeit der wichtigste IT-Mitarbeiter bei Myers. »Als ich ihm das erste Mal begegnete, sah er aus wie der furchterregendste, gemeinste Russe, den man je gesehen hat«, erinnerte sich Severson. »Er hatte diese mächtige Vokuhila-Frisur und eine kleine Narbe im Gesicht und sah einfach supergefährlich aus. Aber er sagte: ›Alter, du bist der einzige Programmierer, der weiß, was er tut.‹ Worauf ich erwiderte: ›Und du bist der einzige IT-Typ, der weiß, was er tut.‹ Und so wurden wir richtig gute Freunde. Das Schlimmste an Igor war, dass ich jedes Mal, wenn er auf dem Parkplatz ein und aus fuhr, über sein Nummernschild lachte, auf dem stand: ›UNIXRLZ‹ [Unix rules]. Ich meine, noch mehr Hardcore geht ja nicht, oder?«

Grinchenko beschloss, ihnen zu helfen, und das Team besorgte sich seinen ersten Server, einen Dell PowerEdge 1950 für 3000 Dollar. »Wir kauften auf der Dell-Homepage eine Zwei-Unit-Maschine, die zu mir nach Hause geliefert wurde«, erzählte Grinchenko. »Ich gab unserem Server den Namen ›Igor 1‹.« (Heute hat Chess.com Hunderte von Servern, die auf mehrere Standorte in den USA und in der Cloud verteilt sind.)

Wenn man eine Website für Schachfreunde erstellt, braucht man etwas, das andere soziale Plattformen nicht haben: ein Schachbrett. Schachfans, die lesen, sich in Foren tummeln und Blogs schreiben, müssen in der Lage sein, ihre Schachpartien und Stellungen mithilfe eines digitalen 2-D-Schachbretts zu teilen, das etwa wie ein Schachdiagramm in einem Buch oder einer Zeitung aussieht, aber interaktiv ist. Auch dafür fanden Allebest und Severson die richtige Person: den argentinischen Entwickler Matias José, der ein Konto erstellt hatte und bald darauf begann, Erik mit Feedback zu bombardieren, bis er schließlich angeheuert wurde.

Nach einer kurzen Betatestphase wurde Chess.com am 18. Mai 2007 (Geburtszeitpunkt: 14:30 Uhr Pacific Time) freigeschaltet. Die Seite hatte Foren, Blogs, Artikel, die Möglichkeit, gegen den Computer zu spielen – und nicht viel mehr. In den ersten Monaten ging es nur um Inhalte, da die Artikel, die von einigen der ersten Mitglieder veröffentlicht wurden, anfingen, Verkehr (also wachsende Besucherzahlen) zu generieren.

In der Zwischenzeit schloss Allebest sein Wirtschaftsstudium in Stanford ab und konnte sich voll und ganz seinem Schachprojekt widmen, das er immer noch für etwas Vorübergehendes hielt. In einem Podcast beschrieb er 2019 seine damalige Einstellung: »Ich werde höchstens ein Jahr damit verbringen, und dann werde ich eines dieser Jobangebote bei den großen Technologieunternehmen annehmen. Das ist aber nicht passiert. Es wurde einfach immer größer und größer.« Zu diesem Wachstum trug bei, dass das Projekt im Juli 2007 auf den einflussreichen Websites Mashable und TechCrunch vorgestellt wurde, den führenden Blogs für Nachrichten über Technologie und Start-ups.

Ein wichtiger nächster Schritt kam, als José sein Schachbrett zu einer Anwendung umbaute, mit der die Mitglieder gegeneinander spielen konnten. Es hieß »Daily Chess« und bot nur langsames Schach ohne Uhr, war aber doch ein Anfang. Allebest selbst spielte die allererste Partie auf der Seite am 8. Juli 2007. Er schlug das Mitglied nyarlathotep in 19 Zügen.

Am Ende dieses Monats, und weniger als 60 Tage nach dem Start, erreichte Chess.com die Marke von 10 000 Mitgliedern. Fünf Wochen später waren es 20 000 und Ende Oktober bereits 50 000. Die Seite wuchs bei den meisten Metriken um satte 10 Prozent pro Woche: unique visitors (Einzelbesucher), unique member logins (einzelne Mitgliederanmeldungen) und Seitenaufrufe.

Dennoch war Chess.com mehr oder weniger das, was Allebest und Severson im Sinn hatten und womit sie zufrieden waren, wenn es denn so bleiben würde: eine Inhalts- und Mitgliederplattform, die dank ihres erstklassigen Domainnamens Werbeeinnahmen brachte. Sie gingen nicht davon aus, dass sich damit viel mehr Geld verdienen ließe. Jahre später sollten Allebest und Severson zugeben, dass sie ein wenig unter dem »Silicon-Valley-Druck« standen, eine Finanzierung zu stemmen, daraufhin groß rauszukommen und einen Haufen Geld auf einmal zu verdienen. Wobei Schach, mit seinem winzigen Markt, so etwas einfach nicht leisten konnte. »Wir nannten es immer ein Lifestyle-Business«, sagte Severson. »Wir dachten, wenn wir Glück haben, ist es eines Tages vielleicht fünf Millionen Dollar wert.«

Es dauerte noch etwa ein halbes Jahr, bis die ersten Entwickler das einführten, was der wichtigste Teil der Website werden sollte: den Liveserver. Auf diesem Server konnten die Mitglieder in Echtzeit gegeneinander Schach spielen, und zwar mit einer Uhr. Der führende Entwickler hinter diesem Projekt war der polnische Programmierer Piotr Dachtera, der ein paar Jahre zuvor einen kleinen, aber feinen Schachserver gebaut hatte, der unter der URL 64pola.pl, polnisch für »64 Felder«, lief. Er verfügte über ein elegantes Schachbrett, das auf HTML, CSS und JavaScript basierte. Dachtera trat dem Unternehmen im Februar 2006 bei, und »Live Chess« ging Anfang 2008 in Betrieb.

Im Mai dieses Jahres wurde eine Facebook-App eingeführt, die es den Mitgliedern ermöglichte, mit Freunden zu spielen, die noch nicht auf Chess.com waren. Sie sollte in den kommenden Jahren Chess.coms größter externer Treiber für neue Mitglieder werden. 2008 wurden auch die Bezahlmitgliedschaften eingeführt: Für eine kleine monatliche Gebühr konnten Premiummitglieder auf eine Web-Version der alten Chess-Mentor-Software zugreifen. Und es funktionierte. »Als wir das eines Abends freischalteten und Erik nach Hause kam, schrieb er mir, er würde nicht ins Bett gehen, bevor das erste Mitglied eine Zahlung geleistet hätte«, erzählte Severson. »Gedauert hat es fünf Minuten.« Das Unternehmen wurde bald darauf rentabel und ist es bis heute geblieben.

Am 14. Januar 2009 wurde das Wort »Beta« aus dem Logo entfernt, was bedeutete, dass die Seite voll ausgewachsen und bereit war, die Welt sogar noch mehr zu erobern. Dieses Logo hat sich schon immer von denen anderer Schachunternehmen unterschieden, die meist einen König, Springer oder Turm zeigen. Allebest und Severson wählten stattdessen bewusst einen Bauern, um zu betonen, dass die Seite nicht nur für starke Spieler oder Amateure, sondern wirklich für alle gedacht ist.

Auftritt Danny und David

Chess.com wuchs weiter, blieb aber das kleine Kind im Viertel. Der Internet Chess Club und Playchess, die deutsche Plattform, die im vorigen Kapitel erwähnt wurde, beherrschten die Schachlandschaft als die beiden Orte, wo die Großmeister spielten und folglich auch alle ernsthaften Amateure zu finden waren. Wenn Chess.com Marktanteile erobern konnte, dann höchstens von Yahoo!Chess, das die größere Gruppe der Gelegenheitsspieler bediente.

Mitte Dezember 2008 hatte Chess.com 390 000 Mitglieder, jede Menge Inhalte und Funktionen sowie einen Liveserver, auf dem ständig rund 2000 Spieler online waren. Eine Sache fehlte allerdings: starke Spieler. »Wir wussten, dass wir für die, die sich in der Community auskennen, nicht hoch genug eingestufte

Schachprofis waren, um in diesen Markt vorzudringen«, sagte Severson. »Ich hatte zu der Zeit wahrscheinlich eine Wertungszahl von etwa 1850, Erik lag bei etwa 1500. Wir kannten nicht die richtigen Leute und wurden nicht ernst genommen. Die Leute haben gesagt: ›Oh, ihr seid doch diese Typen von Chess.com, die versuchen, dieses verrückte Schachdingens zu machen. Was glaubt ihr, wer ihr seid? Nicht mal Kasparow konnte eine Schachseite betreiben, und ihr glaubt, ihr kriegt es hin?‹«

Deshalb beschlossen Allebest und Severson, die damals beide 31 Jahre alt waren, Ende 2008 das Berkeley Masters, ein großes Schachturnier im kalifornischen Berkeley, zu besuchen, um einige starke Spieler zu treffen, die ihnen vielleicht helfen würden. Einer der Teilnehmer, den sie bei der siebten Runde am 20. Dezember trafen, war ein 23-jähriger Spieler namens Danny Rensch, der bei diesem Turnier seine zweite IM-Norm erreichen sollte. »Ich spielte gegen den mongolischen Großmeister Dashzeveg Sharavdorj, als diese beiden Jungs hereinkamen«, erzählte mir Rensch. »Also beendete ich rasch meine Partie, denn ich freute mich riesig, sie kennenzulernen.«

An einem der letzten Turniertage nahmen Allebest und Severson zusammen mit Rensch und anderen starken Spielern an einem Abendessen teil, das vom Veranstalter, dem 27-jährigen Internationalen Meister David Pruess, organisiert wurde. »Ich bin total abgegangen«, sagte Rensch. »Ich erzählte ihnen, dass ich ein eigenes Unternehmen für Schachunterricht gründen wollte, dass ich diesen ganzen Wert mitbrachte und dass ich mich in der Schachcommunity supergut auskennen würde.«

Allebest und Severson suchten aber vor allem starke Spieler, die Lehrartikel und andere Texte schreiben konnten, was zunächst mit Renschs höheren Ambitionen kollidierte. Daher war es Pruess, der im Februar 2009 als Director of Professional Relations eingestellt wurde. Er war für die Kontaktaufnahme mit Spitzenspielern, deren Rekrutierung als Kolumnisten oder Dozenten für die Website und die Koordinierung des Event-Sponsorings durch Chess.com zuständig. »Er hatte den Respekt der Titelträger-Community, weil er selbst einen Titel hatte«, sagte Severson. »Die Leute haben auf seine E-Mails geantwortet, während sie das bei uns nicht getan hatten.« Titelträger erhielten kostenlose Premiummitgliedschaften, und Chess.com begann, für sie Turniere mit bescheidenen Preisgeldern zu organisieren. In der Zwischenzeit verfolgte Rensch immer noch seine eigenen Pläne, steuerte aber auch immer wieder Inhalte für Chess.com bei.

Einige Monate später, im Mai 2009, feierte die Website ihren zweiten Jahrestag. Inzwischen gab es 600 000 Nutzer hier sowie weitere 400 000 auf der Facebook-App, was bedeutete, dass die Eine-Million-Marke geknackt war. Das Unternehmen beschäftigte zehn Vollzeit- und mehrere Teilzeitkräfte, darunter auch Rensch, der erst im April 2010 ein offizieller Mitarbeiter werden sollte. Die Videos, die er drehte, waren ein großer Erfolg. Mit seiner Energie und seinem Humor kam er bei den Mitgliedern gut an. Einer von ihnen schrieb in einer E-Mail: »Danny Rensch ist allein schon den Preis für die Diamant-Mitgliedschaft wert.«

Echos von ICC & FICS: Chess.com gegen Lichess

»Hast du Lust, noch mal zu spielen?«, wollte Allebest von Severson wissen.

Im Sommer 2009 war Chess.com zu einer selbsttragenden und profitablen Website geworden. Das nette kleine Schachprojekt, das Lifestyle-Business, lief recht zufriedenstellend. Vielleicht spürte Allebest noch den Silicon-Valley-Druck, als er vorschlug, das Konzept auf eine andere Ebene zu bringen. Domino? Backgammon? Nehmen, was sie bei der Suchmaschinenoptimierung (SEO) gelernt hatten und über den Besitz eines fantastischen Domainnamens wussten, und es in einer viel größeren Branche wiederholen?

Im August ergab sich die Gelegenheit, die Domain *exercise.com* für eine halbe Million Dollar zu kaufen, und die beiden Schachunternehmer stellten ihre Vollzeitarbeit an Chess.com ein. Zusammen mit ihrem Freund Dan Rosenthal wagten sie einen Neuanfang und mieteten dafür sogar ein Büro in der Castro Street in Mountain View, Kalifornien.

Für die neue Website wurde ein anderer PHP-Technologie-Stack namens Symfony verwendet. Sie wandten sich an einen der besten Symfony-Entwickler der Welt, der einen wichtigen Beitrag zum Open-Source-Framework leistete. Sein Name war Thibault Duplessis. Der 1984 in Frankreich geborene Duplessis programmierte bereits in der Schule mit QBasic auf Casio-Rechnern. Er studierte Informatik, arbeitete dann einige Jahre lang als Softwareingenieur und wirkte nebenher auch an Open-Source-Projekten mit. Anfang 2010 arbeitete er als Entwickler bei einer französischen Agentur, erstellte Websites und experimentierte mit verschiedenen Technologien, als Allebest und Severson auf ihn zukamen. Duplessis nahm das Angebot an, für Exercise.com zu arbeiten, und kam im Herbst nach Kalifornien, wo er zunächst bei der Familie von Severson wohnte. Er begann zu programmieren, und alle waren beeindruckt. Er war unglaublich produktiv und in der Lage, in einer Stunde etwas zu leisten, wofür andere einen halben Tag brauchen würden. Severson: »Ich weiß noch, wie ich ihn fragte: ›Hey, Thibault, willst du heute Abend ins Kino gehen? Willst du dich mit Freunden treffen? Willst du etwas trinken gehen und eine Bar besuchen?‹, und er jedes Mal antwortete: ›Nein, ich glaube, ich will heute Abend einfach im Zimmer bleiben und Code schreiben.‹ Mir war klar, dass er das Programmieren viel mehr liebte als jeder andere, den ich bis dahin kennengelernt hatte. Er konnte locker 14 Stunden am Tag programmieren und genoss jede einzelne Minute davon.«

In der Zwischenzeit hatte Duplessis, genau wie Piotr Dachtera, als Hobbyprojekt in der Programmiersprache AJAX ein Schachbrett geschaffen. Er beschloss, seine Kreation online zu stellen und sie als Open Source zu veröffentlichen. »Ich ging zum nächsten Projekt über, aber eines Tages bemerkte ich, dass jemand auf dieser sehr simplen, total dämlichen Website tatsächlich Schach spielte«, sagte Duplessis während einer Präsentation im Juni 2017 in München. »Ich dachte mir, was soll's, es gab Anfragen in den Apache-[Server-]Protokollen. Also fügte ich der Seite einen Chat hinzu, um mit diesem Benutzer zu kommunizieren, und tatsächlich gab es einen Benutzer. Der Typ fing an, mich zu beschimpfen, weil die Seite voller Fehler war. Ich hätte nicht einmal überprüft, ob die Züge illegal waren! Also behob ich die Fehler. Er fragte nach Features, und ich fügte Features und damit auch Fehler hinzu. Ein paar weitere Spieler kamen dazu, einige boten ihre Hilfe an, und daraus wurde Lichess.«

Die erste Partie auf Lichess wurde am 20. Juni 2010 gespielt, etwa zwei Monate bevor Duplessis nach Kalifornien reiste. Bis November desselben Jahres loggte man sich anonym ein, dann wurde angeboten, ein Konto zu erstellen. Zu seiner Überraschung wuchs die Community auf der Website organisch weiter. Als Allebest und Severson von seiner Schachseite erfuhren, fanden sie das nicht so lustig. Duplessis erklärte ihnen, dass es sich nicht um ein ernsthaftes Projekt handele, sondern dass er die Seite erstellt habe, um neue Programmiersprachen zu lernen und zu üben.

Im Sommer 2011 trafen sich alle zum Mittagessen in ihrem bevorzugten mongolischen Restaurant in Mountain View. Das gesamte Team war anwesend: etwa acht oder neun Personen, darunter die drei Gründer Allebest, Rosenthal und Severson. Die Kollegen erzählten sich Geschichten über ihr Wochenende, aber Duplessis' Geschichte war anders. »Ich habe diese Bücher gelesen und eine neue Sprache entdeckt«, zitiert ihn Severson. »Total irre. Das ist die schönste Programmiersprache, die ich je gesehen habe. Ich mag PHP nicht mehr, auch Symfony nicht. Ich möchte den ganzen Tag nur noch Scala schreiben.« Severson: »Wir sahen ihn an und dachten: ›Man verliebt sich doch nicht übers Wochenende in eine Sprache, oder? Und du musst PHP schreiben, weil du genau das für uns tust.‹ Wir waren alle ziemlich irritiert.« Rosenthal fragte: »Willst du etwa bei Exercise.com kündigen?« Und Duplessis antwortete: »Ja, ich glaube schon.« Er verließ Exercise.com im September 2011 und begann, Lichess mit Scala komplett neu zu schreiben.

Duplessis ist ein überzeugter Anhänger von Open Source, also dem Konzept, dass jeder den Quellcode einsehen, verändern und verbessern kann. Wichtige Teile des Internets basieren auf Open-Source-Code, darunter Betriebssysteme (z. B. Unix), Webserver (Apache), Content-Management-Systeme (WordPress), Datenbanken (MySQL) und Sprachen (JavaScript). Der Lichess-Code wurde verwendet, um den populärsten Server für Dame (auf 10 × 10 Feldern) zu erstellen, den man unter *lidraughts.org* findet, und es gibt einen Server für Shōgi unter *lishogi.org*.

Jahre später sagte der Lichess-Gründer, dass er die richtige Person zur richtigen Zeit war, um eine kostenlose Schachplattform zu entwickeln. »Eine, die die Spieler als Menschen und nicht als Vieh behandelt«, wie er es ausdrückte. Er meinte damit, dass die Nutzer nicht mit Werbung oder Aufforderungen zu kostenpflichtigen Mitgliedschaften belästigt wurden. Dies ist ein Konzept, das dem von Chess.com diametral entgegengesetzt ist, einem Unternehmen, das im Endeffekt Geld auf den Tisch bringen muss. Und so hat die Schachwelt drei Jahrzehnte später eine neue »FICS gegen ICC«-Situation, die aber nicht auf einen Zusammenstoß zwischen sozialistischer und kapitalistischer Denkweise reduziert werden kann.

»Geld ist nicht alles, nur stellt es die Ressource und das Werkzeug dar, um wirklich coole Dinge zu bauen und das Spiel zu entwickeln«, sagte Severson. »Ich gebe zu, dass ich geldgetrieben bin. Aber das ist in Ordnung, solange man nicht nur Geld macht, um sich eine Jacht kaufen zu können. Als Unternehmen verdient man Geld, um die Sache des Spiels zu fördern. Ich denke, dass wir dieser Mission treu geblieben sind.«

»Geldgetrieben« wäre definitiv das falsche Wort, um Duplessis zu beschreiben. Dass Lichess völlig kostenlos bleibt, hat sich für ihn zu einer wichtigen Aufgabe entwickelt. In einem Interview im Juli 2023 erklärte er: »Die Schachcommunity besteht aus sehr intelligenten Menschen, die sich nicht damit zufriedengeben, dass Unternehmen ihr Hobby für Profitzwecke mit mittelmäßiger und geschützter Software ausnützen. Stattdessen wollen die Schachspieler in aller Welt die Dinge selbst in die Hand nehmen: eigene Tools bauen, den Code und die Daten veröffentlichen und so das Schach-Ökosystem stärken.«

Diese Philosophie erklärt auch den Namen der Seite: Lichess (ausgesprochen li-tschess) ist eine Kombination aus live, light, libre und Schach. »Live, denn Partien werden 24/7 in Echtzeit gespielt; leicht und frei aufgrund der Tatsache, dass Lichess quelloffen und frei von proprietärem Müll ist, welcher andere Internetseiten belastet«, erklärt die Seite selbst.

Duplessis finanzierte die Website etwa fünf Jahre lang selbst, bis klar wurde, dass das nicht ewig so weitergehen konnte, schließlich betrugen allein schon die Serverkosten mehrere Tausend Euro pro Monat. Im Juni 2016 erhielt Lichess auf Grundlage des französischen Vereinsgesetzes vom 1. Juli 1901 offiziell den Status eines gemeinnützigen Vereins. Laut Registereintrag ist das Ziel der Seite, »das Lehren und die Praxis des Schachspiels und seiner Varianten zu fördern und zu unterstützen«. Der Vereinsstatus gab Lichess, das seither vollständig durch Spenden finanziert wird, Zugang zu Bankdienstleistungen sowie die Möglichkeit, Personal einzustellen und Räumlichkeiten anzumieten.

Lichess ist schon lange keine Einmannshow mehr. Duplessis führt auf der Seite eine große Gemeinschaft von Freiwilligen an, die den Glauben an Open Source und ein kostenloses Internet teilen. Im Jahr 2023 belief sich die Gesamtzahl der Personen, die zu den Übersetzungen, zum Code oder anderweitig beitrugen, auf mehrere Tausend. Das »Kernteam«, das täglich aktiv war, bestand aus mehreren Hundert, während etwa 20 Personen bezahlt wurden, deren Tätigkeit zusammengerechnet sieben Vollzeitstellen ergäbe. Sie arbeiteten an der zweitbeliebtesten Schachplattform der Welt mit.

Laut SimilarWeb – einem Unternehmen für digitale Marktforschung, das Daten und Einblicke in Bezug auf den Website-Verkehr, das Nutzerengagement und den Onlinemarktanteil liefert – hatte Lichess im Juni 2023 insgesamt etwa 85 Millionen Besuche. Im Vergleich dazu waren es bei Chess.com knapp über 200 Millionen. Die Zahlen können sich jedoch in verschiedenen Ländern stark unterscheiden: Der Traffic-Anteil in den

USA lag bei 83 Prozent bzw. 17 Prozent, und in Indien war er mit 82 Prozent bzw. 18 Prozent ähnlich hoch. Aber in Deutschland waren es zum Beispiel nur 59 Prozent für Chess.com gegenüber 41 Prozent für Lichess.

Aus geschäftlicher Sicht könnte man aber von »unlauterem Wettbewerb« sprechen, denn Chess.com hat es nicht mit einem anderen Unternehmen zu tun, sondern mit einer gemeinnützigen Organisation, die ein ähnliches Produkt anbietet, ohne dafür Geld zu verlangen. Das Kernprodukt – das Spielen einer Schachpartie – ist jedoch nicht nur bei Lichess, sondern auch bei Chess.com zu 100 Prozent kostenlos. Viele Funktionen auf den beiden Plattformen sind praktisch identisch (z. B. Rätsel, Analysetools und KI-generierte Spielberichte), nur hat jede Seite auch ihre eigenen einzigartigen Funktionen und ihre eigene Community. Inzwischen haben Allebest und Severson schon seit Jahren keinen Kontakt mehr zu Duplessis. »Man könnte sagen, wir reden nicht mehr miteinander«, so Severson.

Das Video kommt in die Welt des Schachs

Ich bin ein schwacher Schachspieler und ein starker Schachspieler. Ich gehöre zu den Spielern, die so gut wie jeden Passanten mühelos schachmatt setzen könnten, aber kaum eine Chance gegen einen Großmeister haben. Ich sage »kaum«, weil es mir einmal in meinem Leben gelungen ist. Das war bei einem Turnier im Juli 1996. Ich war 20 und hatte seit etwa sieben Jahren ernsthaft Schach gespielt. Irgendwie besiegte ich den polnisch-amerikanischen GM Aleksander Wojtkiewicz, damals auf Platz 276 der Weltrangliste. Seitdem habe ich zwei IM-Normen erlangt (was bedeutet, dass ich zweimal ein neunrundiges Turnier auf IM-Niveau gespielt habe). Obwohl das nur wenige

Vereinsspieler von sich behaupten können, betrachte ich mich immer noch eher als Schriftsteller denn als Spieler. Einfluss auf die Schachwelt habe ich aber vielleicht am ehesten mit meinem Videojournalismus genommen, über den ich auch sprechen sollte. Lassen Sie uns dazu die Uhr ein wenig zurückdrehen.

Am 6. Februar 2006 erstellte ich einen Account auf *blogspot.com* und veröffentlichte meinen ersten Beitrag. Anfang der 2000er-Jahre war das Bloggen eine beliebte Internetaktivität. Es ging darum, Gedanken, Erfahrungen oder Hobbys in einem *Blog*, kurz für *Weblog*, mitzuteilen. Plattformen wie Blogger, LiveJournal, Moveable Type und später WordPress machten es den Menschen leicht, ihre eigenen Websites zu erstellen und Artikel zu veröffentlichen, die die Leser dann kommentieren konnten. Bevor die sozialen Medien Einzug hielten, bloggten viele Menschen über Politik, vielleicht noch mehr über Essen und einige auch über Schach.

Meine ursprüngliche Idee für den Blog war es, Schachpartien zu veröffentlichen und zu besprechen, auch solche, die ich selbst gespielt habe. Bald begann ich, über alle möglichen Themen rund um das Schach zu schreiben: den 80. Geburtstag eines berühmten russischen Großmeisters; talentierte junge Spieler bei einem Turnier in Mexiko; eine Buchrezension; einen Bericht über die Amsterdamer Stadtmeisterschaft, wo ich teilnahm und einen vollständigen Turnierbericht lieferte.

Ein entscheidender Moment kam im Oktober 2006, als ich an einem Turnier in Hoogeveen, einer kleinen Stadt im Norden meines Landes, teilnahm. Die Organisatoren erlaubten mir, jeden Tag nach Beendigung meiner Partie den Presseraum zu betreten, wo ich Spieler und andere Reporter traf, darunter den amerikanischen Schachliebhaber Macauley Peterson, der in Amsterdam ein Jahr lang Filmtheorie studiert hatte. Bald wurden wir Kollegen und Freunde, und Peterson sollte in meinen ersten Jahren im Schachvideojournalismus eine bedeutende Rolle spielen.

Eines Tages ging ich in den Presseraum und sah zwei Teilnehmer des Hauptturniers, Judit Polgár und Schachrijar Mamedjarow, an einem Schachbrett sitzen. Die beiden analysierten ihre Partie – was heute kaum noch geschieht, damals aber durchaus üblich war, da die Meinung des Gegners noch höher geschätzt wurde als die des Computers. Ich verließ die Rolle des Spielers und schlüpfte in die des Reporters – und begann, sie mit meiner Nikon-Coolpix-Kamera zu filmen. Ich hatte schon früher mit Videos experimentiert und wusste, dass meine Leser gerne den Spitzenspielern bei ihren Analysen zusahen. Sie bekamen dadurch eine Art kostenlosen Meisterkurs, und ich genoss es, der Schachwelt einen Dienst zu erweisen.

Zwei Wochen später erwähnte der niederländische Großmeister Hans Ree meinen Namen in seiner Schachkolumne für die überregionale Tageszeitung *NRC*. In seinem Artikel »Overall bespied« (dt. etwa »Überall bespitzelt«) schlug er vor, dass das Studium von YouTube für Großmeister vielleicht Teil ihrer Vorbereitung werden sollte. Und warum? Zwei Wochen nach Hoogeveen hatte Mamedjarow in einem Turnier in Moskau ein schnelles Remis gegen den lettischen Großmeister Alexei Schirow erzielt, ohne Zeit zu verbrauchen. Der aserbaidschanische Spieler musste sich nur an seine vorbereiteten Hausaufgaben erinnern, einschließlich eines wichtigen neuen Zuges in einer Schlüsselstellung. Dabei hätte Schirow von diesem Zug *wissen können*, denn Mamedjarow hatte ihn Polgár in meinem Video gezeigt! »Der niederländische Schachspieler Peter Doggers hat diese Analyse gefilmt und das Video auf seiner Schachwebsite und später auch auf YouTube veröffentlicht«, schrieb Ree. »Er wusste nicht, dass er damit eine wichtige Eröffnungsneuheit enthüllte, sonst hätte er vielleicht Gewissensbisse gehabt.« Als ich Schirow zwei Monate später im niederländischen Wijk aan Zee traf, schüttelten wir uns die Hände, aber gleichzeitig rief er: »Ich rede nicht mit Ihnen!« Bis heute frage ich mich, ob das ein Scherz war oder nicht.

Im Januar 2007, beim jährlichen Schachfestival in Wijk aan Zee, durfte ich zum ersten Mal die Bühne betreten, auf der die Supergroßmeister spielten – ein abgetrennter und heiliger Bereich des Turniersaals. Ich drehte neue Videos, die auch ganz einfache Dinge zeigten, etwa das Eintreffen der Spieler an ihrem Brett, das Händeschütteln und die ersten Züge. Nur war selbst das damals etwas Besonderes. In gewisser Weise habe ich eine neue Ära für das Schachspiel eingeleitet: das Videozeitalter. Nie zuvor hatten Schachfreunde Zugang zu den Aktivitäten hinter den Kulissen von Spitzenschach-Events, und nie zuvor wurden Interviews mit Spielern auf Video aufgenommen und nur wenige Stunden später zum Anschauen zur Verfügung gestellt.

Ich habe auf meiner Website noch etwas anderes gemacht, das die Besucher sehr zu schätzen wussten. In Wijk aan Zee war es üblich, dass jeden Tag ein Großmeister – in der Regel jemand, der einen schönen Sieg errungen hatte – in den Presseraum kam und den Medienvertretern anhand eines großen hölzernen Demonstrationsbretts seine Partie erklärte. Der Turnierleiter Jeroen van den Berg gab grünes Licht für eine Idee, die ich hatte: Warum nicht eine Kamera auf ein Stativ montieren, diese Analysesitzungen der Großmeister filmen und sie dann ins Internet stellen, damit nicht nur die Medien, sondern auch alle Schachfans in der Welt sie genießen konnten? Ich lieh mir eine digitale MiniDV-Videokamera von JVC, die auf Band aufzeichnete, und nahm sie für zwei Wochen mit nach Wijk aan Zee. Sie können diese Videos immer noch auf dem YouTube-Kanal Chesscomcommunity finden. Es sind im Grunde kostenlose Lektionen von berühmten Spielern wie Viswanathan Anand, Wladimir Kramnik und einem sehr jungen Magnus Carlsen. Die Leute waren begeistert. Hatte meine Website vor dem Turnier täglich etwa 1000 Besucher gehabt, waren es in der Woche danach 15 000 pro Tag.

Meine Seite hieß mittlerweile *chessvibes.com.* Ich startete die neue URL am 1. Januar 2007, inspiriert von dem französischen Content-Aggregator Netvibes, den ich benutzte. Rückblickend gefällt mir der Name ChessVibes immer noch gut, er klingt positiv, wie eine Art Schachversion des Beach-Boys-Hits »Good Vibrations«. Als ich jedoch ein paar Jahre später in Wijk aan Zee den 12. Weltmeister Anatoli Karpow treffen durfte, sagte er mir, er würde meine Artikel lesen (Yes!), wisse aber nicht, was das Wort »Vibes« bedeutet (Upsie …).

Dennoch war der neue Name viel besser als der, den ich zwischen Februar und Dezember 2006 benutzt hatte: *doggers-schaak.nl.* Mein Nachname geht wahrscheinlich auf Vorfahren zurück, die einen »Dogger« benutzten, ein zweimastiges Schleppnetzschiff, das zum Fischfang in der Nordsee eingesetzt wurde. Wie ich jedoch irgendwann Ende 2006 mit einer Mischung aus Entsetzen und Belustigung feststellte, ist »dogging« auch ein britischer Slang für »Sex in der Öffentlichkeit, während andere zusehen«. Vielleicht konnte ich ja in meiner URL auf den Nachnamen verzichten …

Das 2007er-Turnier in Wijk aan Zee war ein echter Durchbruch für mich: der Beginn einer faszinierenden Reise durch die Schachwelt, die längst nicht zu Ende ist. Im September 2007 nahmen Peterson und ich an unserer ersten Großveranstaltung teil: dem FIDE-Schachweltmeisterschaftsturnier in Mexiko

City. Wir berichteten täglich in Text und Video und vermischten dabei Spielerzitate aus den Pressekonferenzen mit Aufnahmen aus dem Turniersaal.

Schon bald wollten die Veranstalter von Turnieren, dass wir Videoinhalte für sie produzierten. Einer der ersten war Joop van Oosterom, ein niederländischer Milliardär und Schachfanatiker, der seit 1992 ein jährliches, nach seiner Tochter Melody Amber benanntes Schachturnier organisierte. Peterson und ich arbeiteten von 2008 bis 2011 bei den letzten vier Ausgaben mit. Es waren unvergessliche Turniere, die in Fünfsternehotels an der Côte d'Azur stattfanden, wo das Wetter herrlich, das Essen exquisit und der Service tadellos war.

Während wir weiterhin Videos produzierten, zogen andere nach. Zum Beispiel ging ein Team, das die französische Zeitschrift *Europe Échecs* vertrat, plötzlich zu allen Turnieren und drehte ähnliche Videos wie wir. Die Schachwelt hatte sich das Videoformat zu eigen gemacht. Ich hingegen fing an, mich mehr und mehr auf das Schreiben zu konzentrieren, und meine Geschichten wurden für meine Website genauso wichtig wie die Videos. Ich zog für meine Seite weitere Mitwirkende heran, startete digitale Magazine und stellte einen Programmierer ein, der das Backend umbaute, um die Seite auf ein größeres Wachstum vorzubereiten.

Trotz alledem hatte ich Zweifel an der Zukunft von ChessVibes. Fünf Jahre nachdem ich meinen Job gekündigt hatte, kam immer noch nur etwa die Hälfte dessen rein, was ich vorher verdient hatte. Ich war 37 Jahre alt und fragte mich, wie lange ich dieses wunderbare Unternehmen, das von außen brillant aussah, aber ohne Investoren nur schwer wachsen konnte, noch betreiben wollte. Ich führte Gespräche mit ICC und *New in Chess*, um möglicherweise gemeinsame Sache zu machen, nur kam da nichts dabei heraus. Aber dann, am 21. Dezember 2012, erhielt ich eine E-Mail, die alles ändern sollte:

> Hi! Hier ist Erik von Chess.com. Ich würde gern darüber sprechen, wie wir zusammenarbeiten könnten! An wen wende ich mich dafür am besten?
> Danke!
>
> Erik
> CEO, Chess.com

Im September 2013 wechselte ich zu Chess.com, wo ich meine Berichterstattung fortsetzte, oft zusammen mit deren Mitarbeiter Mike Klein. Ich produzierte für meinen neuen Auftraggeber Videos, bei denen ich volle journalistische Freiheit hatte und genauso weitermachen konnte wie bisher. In der Zwischenzeit waren Allebest und Severson nur zwei Jahre bei Exercise.com gewesen, da es sich nie zu dem Unternehmen entwickelte, das sie im Sinn hatten. »Uns fehlte einfach die Leidenschaft dafür«, sagte Allebest. »Und ein Teil des Problems war, dass wir während der ganzen Zeit, in der wir versuchten, Exercise voranzubringen, dieses kleine lästige Ding hier drüben sahen. Es wuchs und wuchs und wuchs.«

Ein großer Moment für Chess.com kam, als das Unternehmen einen Deal mit Hikaru Nakamura schloss, obwohl dieser bislang dem Internet Chess Club treu geblieben war und dort sogar Aktien besaß. Hilfreich war jetzt mit Sicherheit, dass er und Rensch sich von klein auf kannten. »Ich habe zwei Sommer nacheinander bei seiner Familie verbracht und Baseball und Basketball gespielt«, erzählte Rensch. Es war Allebest, der Nakamura anrief und ihm 16 000 Dollar pro Jahr für nur drei Dinge anbot:

Nakamura musste ein Chess.com-Armband bei Turnieren tragen, mindestens 150 Partien pro Monat auf Chess.com spielen und regelmäßig am Titled Tuesday teilnehmen. Man beachte, dass er zu keinem Zeitpunkt gebeten wurde, *ausschließlich* auf Chess.com zu spielen. »Das war erfrischend, etwas Neues«, sagte mir Nakamura. »Irgendwie hatte ich das Gefühl, dass Danny und Erik auf dem richtigen Weg waren, schon damals.«

Im Laufe der Jahre brach Chess.com einen Rekord nach dem anderen. Am 5. Dezember 2014 wurde die *einmilliardste* Partie auf dem Server gespielt. Es dauerte nur weitere zweieinhalb Jahre, um die Marke von zwei Milliarden zu knacken, und schon bald wurde das zu einem Problem: Der »32-Bit-Bug« (mit der deutschen Bezeichnung »Jahr-2038-Problem«) führte dazu, dass Chess.com auf Hacker News und anderen Tech-Seiten erschien.

An einem Samstagabend, es war der 10. Juni 2017, erhielt Chess.com Nachrichten von Mitgliedern, die behaupteten, die Seite sei defekt. Für viele Entwickler war es der Beginn des Wochenendes, also ein äußerst ungünstiger Zeitpunkt für das Auftauchen eines größeren Fehlers. Im Laufe des Wochenendes häuften sich die Beschwerden, und erst am Montagmorgen wurde dem iOS-Entwicklungsteam plötzlich klar, dass es sich um ein *Überlaufproblem* handelte. Mit anderen Worten: Die von den Usern verwendeten Geräte konnten die *Anzahl* der Spiele nicht bewältigen. Das Problem beschränkte sich auf iOS-Geräte vor 2013, denn der Liveserver funktionierte überall, außer auf 32-Bit-iPhones und iPads. Der Grund dafür war, dass 2 147 483 648 Partien auf Chess.com gespielt worden waren und neue Partien mit einer höheren Partie-ID die 32-Bit-Ganzzahlgrenze dieser älteren iOS-Geräte sprengten, die einfach keine Interpretation für Zahlen größer als 2^31 unterstützten.

Dies war ein komisches Ergebnis eines weiteren erstaunlichen Meilensteins, den die Website erreicht hatte. Das Gleiche war ein paar Jahre zuvor auf YouTube passiert, als PSYs Hit »Gangnam Style« 2 147 483 647 Aufrufe überschritten hatte.

Wie Google hat auch Chess.com den Fehler schnell behoben. Für die iOS-App wurde im App-Store ein Update eingereicht, das Apple innerhalb von zwei Stunden akzeptierte. Als CEO erklärte Allebest den etwas peinlichen, aber lustigen Fehler in einem Blogbeitrag: »Wahrscheinlich hat der Entwickler nicht mit zwei Milliarden Spielen gerechnet, als der Code vor langer Zeit geschrieben wurde. Aber andererseits, zwei Milliarden Spiele!!! Die Moral von der Geschichte ist wohl: Wenn du eine Idee hast, plane immer GROSS. Deshalb werde ich, wenn ich in Rente gehe und meinen Donut-Laden eröffne, Sitzplätze für DREI Milliarden Kunden haben.«

Sieg über den ICC

Der 32-Bit-Bug war eine lustige Episode, die nur Chess.com widerfahren konnte, dem mittlerweile größten Schachunternehmen. Es wurde klar, dass Chess.com, der ursprüngliche Außenseiter, jetzt ein wahrer Gigant war, der den anderen Schachplattformen den Rang ablief – vor allem dem langjährigen Marktführer für ernsthafte Spieler, dem Internet Chess Club. Wie konnte das passieren?

Zunächst einmal war keiner der ICC-Gründer ein echter Unternehmertyp. Der ursprüngliche Initiator, Daniel Sleator, ist ein Informatiker aus St. Louis, Marty Grund ein Fachmann für Glasmalerei aus Des Moines und Eric Peterson ein Geophysiker aus Dallas. Als eine Übernahme durch ein anderes Unternehmen im Herbst 2001 aufgrund des Terroranschlags vom

11. September scheiterte, übernahm Sleators Frau die Leitung. »Wir waren ein Schiff ohne echten Kapitän. Es war wie eine Seifenoper, wie *Dallas* oder *Denver-Clan*«, sagte Ruy Mora, der Chief Operating Officer von ICC. »Ich glaube, wir hatten mindestens vier oder fünf Leute, die ein Jahr lang CEO waren.«

Zwei Jahrzehnte lang hatte der ICC Gewinn gemacht, die Aktionäre erhielten ihre Dividenden, und es wurden kaum neue Investitionen getätigt. Für die Nutzer blieb alles beim Alten, und die Möglichkeit, direkt über einen Browser zu spielen, kam erst spät. »Solange unsere Mitglieder mit einem herunterladbaren Client wie BlitzIn spielten, waren wir uns sicher, in unserem Kampf gegen Betrug die Kontrolle zu behalten«, erklärte Mora. »Das Programm registrierte, wie sie mit der Maus umgingen, ob sie zu einem anderen Programm wechselten und ob sie eine Engine laufen ließen. Wir dachten, wir würden diese Kontrolle verlieren, wenn wir webbasiert wären.«

Als der ICC erkannte, dass die Zukunft dem Spielen über den Browser gehörte, hatte Chess.com bereits einen Vorsprung, der nicht mehr aufzuholen war. Dasselbe geschah mit Playchess von ChessBase, sagte Mora: »Sie haben stark angefangen, aber es war nicht klar, was sie mit der Plattform machen wollten. Sie war eng mit ihrem ChessBase-Produkt verknüpft. Sie wollten es zu einer nahtlosen Erfahrung machen, aber ChessBase war auch kompliziert in der Anwendung. Das hat nicht dazu beigetragen, die Plattform wirklich populär zu machen.«

Rensch nannte mir drei Gründe, warum Chess.com am Ende den ICC geschlagen hat. Erstens, Hikaru Nakamura. Zweitens, das überlegene Analysebrett von Chess.com: »Das Analysetool war entscheidend für das Onlinecoaching. Und wenn Trainer ihre Schüler auf deiner Seite unterrichten, bringen sie diese Leute mit herüber.« Drittens, das *Produkt*.

»Es ist unbestritten, dass der ICC in den ersten fünf oder sechs Jahren einfach ein besseres Spielerlebnis bot«, gab Rensch zu. »Alles lief schneller, sauberer und weniger zeitverzögert. Die Browsertechnologie war gegenüber der App-Technologie nicht auf der Höhe der Zeit.« Als User machte man sich gerne die Mühe, die für das Spielen erforderliche Software herunterzuladen, solange sie deutlich schneller war. Als sich die Browsertechnologie von Mozilla und Google Chrome und damit auch die Technologie von Chess.com verbesserte, wendete sich das Blatt. »Das ist eines dieser lustigen Dinge, denn für jeden außerhalb der Schachwelt sieht es jetzt so aus, als sei der Sieg von Chess.com ausgemachte Sache gewesen – in Wahrheit waren wir aber die Außenseiter, und das war ein großer Moment«, sagte Rensch. »Der ICC hatte uns schon einmal ausgelacht.«

Chess24 und Liveübertragungen

In jenem Sommer 2017 knackte Chess.com zwei runde Zahlen: über 20 Millionen Mitglieder und über hundert Vollzeitmitarbeiter. Beide Zahlen übertrafen jede andere Schachcommunity – obwohl eine davon stetig gewachsen war und anfing, wie der neue große Rivale von Chess.com auszusehen. Es handelte sich um Chess24.com, das mehrheitlich dem bolivianischen Geschäftsmann Enrique Guzman gehörte und von dem deutschen Großmeister Jan Gustafsson mitbetrieben wurde. Guzman hatte Millionen mit der Gründung und dem Verkauf von PokerStrategy.com verdient, einem erfolgreichen Portal für Pokerfans, die ihr Spiel mit zahlreichen Textbeiträgen und Videolektionen verbessern konnten. Er versuchte nun, dasselbe für das Schachspiel zu tun, indem er eine pädagogische und internationale Plattform bereitstellte, die sich auf Lehrvideos für Schachliebhaber konzentrierte, die ihr Spiel verbessern wollten.

Chess24 startete am 24. Februar 2014 mit Inhalten und einem Spielserver. Die neue Plattform wurde sofort der beliebteste Ort für Schachfans, um ihre Lieblingsspieler in Aktion zu sehen. Grund dafür war auch die glänzende neue HTML-Seite für Livepartien mit einer Benutzeroberfläche, die jede andere auf dem Markt in den Schatten stellte. Die einzige Seite, die dem nahekam, war ChessBomb, eine bulgarische Website, die seit etwa sechs Jahren existierte, aber ihre Benutzeroberfläche bot weniger Funktionen und war auch von der Ästhetik her etwas rückständig. (Im November 2018 wurde ChessBomb von Chess.com übernommen und in dessen Veranstaltungsseite chess.com/events umgewandelt.)

Man kann ohne Übertreibung sagen, dass ChessBomb und Chess24 die Art und Weise, wie Schachliebhaber Schach ansehen, radikal verändert haben. Zunächst einmal haben sie ein Zuhause im Internet geschaffen, um alle wichtigen Schachevents an ein und demselbem Ort zu finden. Schachveranstaltungen werden rund um den Globus fast rund um die Uhr an 365 Tagen im Jahr gespielt – von Großveranstaltungen bis hin zu lokalen Wochenendturnieren. Die meisten Vereine und Turnierveranstalter übertragen die Partien auf ihrer jeweiligen Seite, aber für den Schachfan ist es viel bequemer, nur auf eine einzige Website zurückgreifen zu können. Der andere wichtige Aspekt, der das Schachschauen auf Chess24 und ChessBomb so beliebt gemacht hat, war, dass die beiden Seiten neben den Schachzügen und dem Brett eine laufende Schachengine integriert haben, was es für die Zuschauer plötzlich viel einfacher machte, zu verstehen, was vor sich ging. Während der Partie konnte man nun sehen, was laut der Engine der beste Zug wäre und welche

Bewertung dazugehört (z. B. »Weiß ist eindeutig besser« oder »die Partie ist ausgeglichen«). Um zu zeigen, wo die Spieler (nach Ansicht des Computers) einen Fehler gemacht haben, verwendete ChessBomb ein Farbsystem: Ein orangefarbener Zug war zweifelhaft, ein roter hingegen ein Fehler. Dies wurde Teil der Schachkultur. Oft fragte ein Großmeister nach einer Partie: »Habe ich irgendwelche roten Züge gespielt?«

Chess24 hatte noch ein anderes System zur Bewertung von Stellungen – eines, das später im Schach sehr verbreitet wurde: den *Eval Bar*. Dieser senkrechte, thermometerähnliche Balken ist neben dem Schachbrett platziert und hat zu Beginn einer Partie eine weiße untere sowie eine schwarze obere Hälfte. Wenn Weiß im Vorteil ist, steigt das weiße Segment des Balkens an; umgekehrt ist der größte Teil des Balkens schwarz, wenn Schwarz gut steht. Der Eval-Balken ist sehr reaktionsschnell, d. h., wenn in schneller Folge Fehler gemacht werden, kann der Balken plötzlich nach oben oder unten wandern, was das Schacherlebnis um ein fantastisches visuelles Element erweitert.

Plötzlich konnten viel mehr Fans besser verstehen, worum es geht – was bei einem Spiel wie Schach sehr wichtig ist. Man kann so gut wie jede Person vor einen Fernseher setzen, der ein Fußballspiel zeigt, und in kürzester Zeit wird sie oder er verstehen, dass es darum geht, den Ball ins Tor zu schießen. Um Schach genießen zu können, muss man zumindest die Regeln kennen und vorzugsweise selbst etwas Erfahrung mit dem Spiel haben. Dank des Eval-Balkens ist Schach auch für ein breiteres Publikum viel zugänglicher geworden.

Obwohl der Eval-Bar das Erlebnis für viele Fans verbessert und damit zur Popularisierung des Schachs im Allgemeinen beigetragen hat, sollte man nicht vergessen, dass diese neue Entwicklung auch eine Kehrseite hat: Spitzenspieler werden heute viel weniger respektiert als früher, und das völlig zu Unrecht. Heutzutage wissen auch die letzten Patzer und »Sesselanalytiker«, die Zugang zu Computeranalysen haben, während sie das Spiel live verfolgen, besser über gemachte Fehler Bescheid als die Großmeister selbst. Zu oft hinterlassen diese Fans abfällige Kommentare im Chat oder im Kommentarbereich von Textbeiträgen, in denen sie die Spieler als »schlecht«, »schwach« oder »schrecklich« bezeichnen, weil sie einen Zug gemacht haben, der dem Computer nicht gefallen hat. Sie vergessen dabei völlig, wie es ist, im Spielsaal mit dem ganzen Druck und der tickenden Uhr zurechtzukommen sowie all den anderen Zügen in der Partie, die auf einem Niveau gespielt wurden, von dem sie selbst nur träumen können. Gelegentlich nehme ich selbst an einem Turnier teil und werde immer wieder daran erinnert, wie schwer Schach wirklich ist.

Ein weiterer wichtiger Aspekt der Chess24-Plattform war der eingebettete Videoplayer mit seinem Live-Video-Feed zu einem Turnier. Plötzlich wurde es äußerst bequem, Schachevents zu verfolgen. Denn genau das waren sie jetzt: Schachturniere hatten begonnen, kommentierte Videoshows anzubieten. Ein Pionier auf diesem Gebiet war mein alter Freund Macauley Peterson.

Peterson arbeitete als freiberuflicher Videoproduzent und produzierte mit der Übertragung der US-Meisterschaft 2010 in St. Louis den ersten Videobroadcast eines hochkarätigen Schachturniers im Internet. Kleine Kameras zeigten Aufnahmen aus dem Spielsaal, eine andere Kamera zeichnete die Kommentatoren auf, und ein 2-D-Schachbrett zur Analyse vervollständigte das Bild – die Grundelemente einer Schachübertragung, die auch heute noch verwendet werden.

Der Leiter des London Chess Classic, Malcolm Pein, bat

Peterson im Dezember 2010, dasselbe auch für sein Turnier zu tun. Danach wollten immer mehr Events dabei sein, zum Beispiel das jährliche Festival in Gibraltar. In den folgenden Jahren beteiligte ich mich zusammen mit meinem niederländischen Freund Lennart Ootes im Auftrag von Chess.com selbst an der Übertragung. Wir machten Sendungen in Gibraltar, Reykjavík, Wijk aan Zee, Doha, Jerusalem, Skopje, Oslo und Douglas (Isle of Man). Anfang 2024 zeigte das Tata Steel Chess Tournament, dass die Online-Schachübertragung einen weiten Weg zurückgelegt hatte: Im Spielsaal waren mehr als 50 Kameras platziert, einige davon so klein wie die in Ihrem Smartphone.

*

Ende 2021 war Chess.com etwa fünfmal so groß wie 2016 (auch dank der Covid-19-Pandemie; siehe dazu das nächste Kapitel). Der Erfolg blieb nicht unbemerkt, und das Unternehmen bekam diverse Übernahmeangebote. Einige waren nicht sehr seriös, andere kamen nicht zustande, nur änderten sich die Dinge, als die amerikanische Growth-Equity-Firma General Atlantic (GA) an das Unternehmen herantrat. GA hatte eine gute Erfolgsbilanz bei der Unterstützung von Firmen wie Airbnb, Duolingo, Slack und Uber auf dem Weg zum jeweiligen Börsengang, und Allebest gefiel ihr gemeinschaftsorientierter Ansatz.

Kurz vor dem Jahreswechsel wurde ein Vertrag unterzeichnet, und GA investierte kräftig in das Unternehmen. Dieser Deal war in Größe und Umfang beispiellos für die Schachwelt. Er kam jedoch nach einer Phase mit diversen anderen Übernahmen durch den Hauptkonkurrenten von Chess.com. Somit ist es an der Zeit, über Play Magnus zu sprechen. Dafür müssen wir in den Januar 2014 zurückgehen.

Play Magnus und die Übernahme

Einen Monat vor dem Start von Chess24 brachte das norwegische Unternehmen Play Magnus seine gleichnamige App mit einer wunderbar einfachen Idee auf den Markt: Man konnte gegen eine KI-Version von Magnus Carlsen in verschiedenen Altersstufen spielen. Ein Anfänger konnte den fünfjährigen Magnus besiegen, aber mit den höheren Altersstufen hatte es selbst der echte Magnus schwer. Das Unternehmen, das sich teilweise im Besitz der Familie Carlsen befindet, fügte später die Trainings-App »Magnus Trainer« und für Kinder eine App namens »Magnus' Kingdom of Chess« hinzu.

Noch im gleichen Monat, dem Januar 2014, reiste Carlsen zusammen mit seinem Manager Espen Agdestein zu mehreren Sponsoren- und Werbeveranstaltungen in die USA. Eine davon war eine Dinnerparty, die von dem Milliardär und Investor Yuri Milner, einem berühmten israelischen Unternehmer und Risikokapitalgeber, ausgerichtet wurde. Carlsen spielte gegen mehrere CEOs aus der Tech-Branche, darunter Mark Zuckerberg von Facebook, bevor er ein paar Tage danach auch Bill Gates traf. Diese Kontakte im Silicon Valley sollten sich als sehr wertvoll erweisen. Fünf Jahre später änderte Play Magnus den Spielplan und wechselte zu einer Wachstumsstrategie, die auf mehreren Runden Risikokapitalinvestitionen basierte.

Im Februar 2019 erwarb Play Magnus Chess24 für 12,6 Millionen Dollar. Chess24 hatte zu diesem Zeitpunkt fast 850 000 registrierte Nutzer, mit 600 000 monatlich aktiven Nutzern auf der Seite. Ein halbes Jahr später wurde für 6,7 Millionen Dollar auch Chessable übernommen. Zwischen Dezember 2020 und August 2021 schluckte Play Magnus weitere kleine Schachunternehmen, wobei Chessable zu einem der wichtigsten Aktivposten wurde. Diese Plattform hat das Schachspiel im Alleingang stark verändert, speziell für Amateurspieler wie mich.

Chessable wurde im November 2015 von dem amerikanischen Internationalen Meister John Bartholomew und dem englischen Spieler David Kramaley gegründet und ging am 22. Februar 2016 online. Das Alleinstellungsmerkmal von Chessable war sein innovativer Ansatz für das Lernen und Trainieren von Schach: die *Spaced Repetition Technology*. In der Praxis lief das darauf hinaus, dass man Lektionen mit Videos und Text durchging und die gelernten Züge dann regelmäßig auf der Website oder in der App wiederholte.

Vor allem nach der Übernahme durch Play Magnus begann Chessable, seine Bibliothek mit den besten verfügbaren Inhalten aus berühmten Lehrbüchern und neuem Material von hochkarätigen Autoren zu ergänzen. Da sich darunter einige der besten Großmeister der Welt befanden, war das Material sowohl für Amateure als auch für starke Spieler wertvoll. Als das amerikanische Schachwunderkind Abhimanyu Mishra im Juli 2021 im Alter von zwölf Jahren der jüngste Großmeister der Welt wurde, stellte es kein Geheimnis dar, dass er ein begeisterter Nutzer von Chessable war.

Acht Monate nach dem Vertrag zwischen Chess.com und General Atlantic, am 24. August 2022, schockierte eine Pressemitteilung die Schachwelt: »Chess.com macht Play Magnus ein Angebot.« Moment mal, wie bitte? Neben vielen kleineren kommerziellen Unternehmen gab es zwei absolute Könige in der Schachwelt: Chess.com und Play Magnus. Der eine König war dabei, den anderen zu fressen, um der absolute, uneingeschränkte Herrscher zu werden. Das war etwa so, also würde Microsoft mit Apple fusionieren.

Am 16. Dezember 2022 wurde das Geschäft abgeschlossen.

Die Schachwelt reagierte mit gemischten Gefühlen: Manche Spieler hielten das Monopol von Chess.com für bedenklich, während andere die Verschmelzung zweier getrennter Online-Communitys als positiv empfanden. Ein wichtiger Vorteil für alle Schachfreunde war, dass Magnus Carlsen als Chess.com-Botschafter unterschrieben hatte. Dies bedeutete, dass er wahrscheinlich noch mehr an Online-Events teilnehmen würde, da er nun wieder auf Chess.com spielen konnte, so wie er es bereits vor seinem Beitritt zum ehemaligen Rivalen Chess24 im Jahr 2019 getan hatte. Zwei Tage später, am 18. Dezember 2022, nahm Carlsen am Finale der Schnellschachmeisterschaft 2022 teil, wo er in einem spannenden Kampf gegen Hikaru Nakamura unterlag, der von mehr als 200 000 Zuschauern verfolgt wurde.

Im Frühjahr 2024, als Chess.com sein elftes Treffen, dieses Mal in Punta Cana in der Dominikanischen Republik, organisierte, hatte das Unternehmen insgesamt 714 Mitarbeiter und 167 Millionen registrierte Mitglieder (40 Millionen monatlich aktiv), was es zum bevölkerungsmäßig neuntgrößten »Land« auf unserem Planeten machte, gleich hinter Bangladesch und weit vor Russland. Der Wert des Unternehmens wird derzeit auf über eine Milliarde Dollar geschätzt. Wenn, wie wir im nächsten Kapitel sehen werden, Levy Rozman die Personifizierung der Schachrevolution ist, darf Chess.com als treibende Kraft dahinter gelten – als die Organisation, die vielleicht am meisten dafür verantwortlich ist, die Popularität des alten Brettspiels in der modernen Ära zu ganz neuen Höhen zu treiben.

Kapitel 10

Die Streaming-Revolution

»Ladies and Gentlemen, dieses Video wird am 24. Januar 2023 aufgenommen, und das Schachspiel war noch nie so beliebt wie jetzt. Es ist sogar so beliebt, dass es tagtäglich die Server von Chess.com zum Absturz bringt.«

Levy Rozman, *YouTube*, Januar 2023

Am 14. Juli 2017 probierte einer der besten Großmeister Amerikas, Hikaru Nakamura, seinen allerersten Stream auf Twitch aus. Er zog 900 Zuschauer an, eine hohe Zahl für einen ersten Stream, aber Nakamura war nicht überzeugt. Er streamte 2017 nur noch elfmal und im darauffolgenden Jahr weitere elfmal, mit höchstens ein paar Hundert gleichzeitigen Zuschauern. »Es ist nicht so, dass es mir keinen Spaß gemacht hätte, aber erstens gab es keinen finanziellen Gewinn, und zweitens war die Community extrem klein«, erzählte er mir. Doch an einem Oktoberabend im Jahr 2018 veränderte sich seine Sichtweise. Alles veränderte sich.

Nakamura spielte bei einem Turnier in Douglas auf der Isle of Man. Chess.com-Mitarbeiter Danny Rensch war ebenfalls vor Ort und half bei der Liveübertragung für Chess.com. Er führte Nakamura zum Abendessen in ein Fischrestaurant aus, gemeinsam mit Hikarus Stiefvater Sunil Weeramantry, seiner (inzwischen Ex-)Freundin Maria De Rosa und seinem Assistenten Kris Littlejohn. »Während des Essens sagte mir Danny, er hätte das Gefühl, Live-Streaming könnte im Schach eine richtig große Nummer werden«, erzählte Nakamura. »Er meinte nicht unbedingt, es würde meine Schachkarriere überholen und ich könnte haufenweise Geld verdienen, aber irgendwie hatte er das Gefühl, dass es eine Menge Fans gab, deren Potenzial noch nicht richtig ausgeschöpft war.«

Eines der letzten Dinge, die Rensch bei diesem schicksalhaften Abendessen zu Nakamura sagte, war: »Die Schachkategorie auf Twitch braucht einen Ninja.« Nakamura fragte: »Wer ist Ninja?« Rensch klärte ihn auf, dass Ninja das Gesicht/Aushängeschild des E-Sports Fortnite sei, besonders deshalb, weil er auch einer der besten Spieler der Welt war: »Schach braucht einen Ninja, und du kannst diese Person sein.« Nakamura beschloss, es noch einmal zu versuchen. Es war eine Entscheidung, die sein Leben verändern sollte und großen Einfluss auf die Zukunft des Onlineschachs nahm.

Die Pandemie, Carlsens Turniere, PogChamps

Im März 2020 hatte Chess.com 34 Millionen Mitglieder, nachdem es ein Jahr zuvor noch 27 Millionen gewesen waren. Die Seite wuchs um etwas mehr als eine halbe Million Anmeldungen monatlich. Wenn wir den Gesamtzeitraum seit Mai 2007 betrachten, betrug das Wachstum 20 bis 50 Prozent pro Jahr. Mittlerweile sehen die Zahlen für die größte Schachplattform jedoch ein wenig anders aus.

Als weltweit die coronabedingten Lockdowns begannen, durfte keiner raus, die Menschen mussten von zu Hause aus arbeiten, und die Beschäftigten im Gesundheitswesen machten Überstunden. Die Pandemie erzeugte global eine gesundheitliche und wirtschaftliche Katastrophe und war, offen gesagt, eine beängstigende Zeit. Bestimmte Unternehmen hatten jedoch Glück im Unglück. Als Erstes denkt man wohl an Amazon und Netflix, aber auch Chess.com gehörte dazu. Abgesehen davon, dass die Menschen mehr Streaming-Fernsehen schauten, suchten sie auch im Internet nach Ablenkung. Viele beschlossen, mit Schach anzufangen. »Man konnte es Land für Land verfolgen«, sagte CEO Erik Allebest 2022 in einem Gespräch mit der *New York Times*. »Indien beschloss den Lockdown, die Registrierungen aus Indien gingen durch die Decke. Italien beschloss den Lockdown, die Registrierungen gingen durch die Decke.« Ende März 2020 sah Chess.com ein prognostiziertes Wachstum für die nächsten drei Monate, wie man es unter normalen Umständen nicht einmal für die *nächsten zehn Jahre* erwartet hätte. Der allgemeine Konsens war, dass ein solcher Boom nie wieder kommen würde, aber wir haben uns geirrt. Das war nur die erste Welle.

In diesem Monat, dem März 2020, stürzte der Spieleserver mehrmals ab. Innerhalb von zwei Wochen verdoppelte sich die Anzahl der gleichzeitig spielenden Personen von etwa 40 000 auf 80 000. Die Entwickler des Liveservers bemerkten regelmäßig Spitzen in der Serveraktivität, die zu Instabilität führten, konnten das Problem aber rasch beheben.

Wegen der Pandemie wurden weltweit Turniere abgesagt. Das prestigeträchtige Kandidatenturnier im russischen Jekaterinburg wurde nach der Hälfte abgebrochen und erst ein Jahr später wieder aufgenommen. Schach am Brett fand bis auf weiteres nur statt, als Schachspieler, die jetzt Gesichtsmasken trugen, im April 2020 in den J. Hood Wright Park in Washington Heights zurückkehrten – genau wie in den Washington Square Park in Manhattan, den Holland Park in London oder den Jardin du Luxembourg in Paris. Ganz gleich, welche Katastrophe den Planeten heimsucht, die Menschen wollen Schach spielen. Und das schließt auch Magnus Carlsen ein.

Im April 2020, während des ersten Covid-19-Lockdowns, ergriff Carlsen die Initiative und rief ein Onlineturnier mit sieben seiner größten Rivalen (und einem beeindruckenden Preisgeld von 250 000 Dollar) ins Leben: das Magnus Carlsen Invitational. Diese Veranstaltung, das bisher höchstdotierte Online-Schachturnier, das im Internet bei Chess24 (und im norwegischen Fernsehen) verfolgt werden konnte, sollte das Spitzenschach entscheidend verändern. Der Namensgeber Carlsen kommentierte: »Schach ist einzigartig in der Sportwelt, da die Züge die gleichen sind, egal ob sie auf einem Holzbrett oder einem Computerbildschirm gespielt werden. Dies ist ein historischer Moment für das Schach, und da es möglich ist, das Spiel auf Topniveau in einer Onlineumgebung fortzusetzen, haben wir jetzt, wo kein anderer Live-Wettkampfsport stattfindet, nicht nur die Gelegenheit, sondern sogar die Verpflichtung gegenüber Spielern und Fans auf der ganzen Welt, die eine Ablenkung brauchen.«

Carlsens Initiative war ein großer Erfolg. Passenderweise traf er bei diesem ersten von vielen kommenden Online-Top-Turnieren im Finale auf Hikaru Nakamura, der wie er selbst von zu Hause aus spielte, und besiegte ihn. Am Ende des Turniers bedankte sich Kommentator/Großmeister Jan Gustafsson bei den Fans fürs Zuschauen und fügte hinzu: »Nicht, dass ihr die Wahl gehabt hättet. Wenn wir ehrlich sind, gibt es ja sonst gerade keinen Sport.«

Carlsen war hier nichts Geringeres als ein Visionär. Fast unmittelbar nach dem Ende seiner Veranstaltung organisierten Chess.com und FIDE ein großes Internet-Mannschaftsturnier, den Online Nations Cup. Die Veranstaltung wurde in zwölf

Sprachen übertragen und übertraf die Zuschauerzahlen traditioneller Turniere. Dabei sind die Zahlen in China noch gar nicht mit eingerechnet, wo die Sender China Sport & Leisure TV und CCTV während des Endspiels zwischen dem Team USA und dem Team China einen Spitzenwert von über 900 000 Zuschauern erreichten.

Durch weitere Onlineturniere und die wöchentlichen Titled-Tuesday-Events von Chess.com füllte sich für viele Spitzenspieler der Kalender wieder. So hatten auch die Schachfans etwas, das sie genießen konnten, während sie zu Hause festsaßen. Noch besser wurde es, als Carlsen im Mai hochtrabendere Pläne ankündigte: den Start der Magnus Carlsen Tour, bestehend aus vier Online-Superturnieren, die in einem großen Finale im August gipfeln und ein Preisgeld von einer Million Dollar haben sollten.

Die Mainstream-Medien wurden aufmerksam. »Schach floriert online trotz Pandemie«, titelte die *New York Times*, während das *Wall Street Journal* verkündete: »Schach ist der neue König der Pandemie.« Die Zeitung stellte fest, dass neben dem Schachspielen auch das bloße *Zuschauen* zu einem viel beliebteren Zeitvertreib geworden war: »Im April schalteten mehr als zehn Millionen Schachliebhaber ein, nur um zuzusehen – und nicht, um zu spielen –, ein Anstieg von 97 Prozent gegenüber Februar.« Im Gespräch mit *Forbes* erklärte der amerikanische Großmeister und beliebte Kommentator Maurice Ashley das zu etwas ganz Besonderem, wo doch fast alle anderen Sportarten auf der Welt zum Stillstand gekommen seien: »Die gute Nachricht für das Schachspiel ist, dass zumindest Schach das kann. Große Sportarten sind dazu nicht in der Lage. LeBron (James) kann nicht gegen Steph Curry und die Lakers können nicht gegen die Bucks antreten, wenn jeder in seinem Wohnzimmer sitzt. Beim Schach können die Besten der Besten gegeneinander spielen, ohne auch nur mit der Wimper zu zucken.«

Im Herbst 2020 kündigte Play Magnus eine zweite Turnierreihe für das neue Jahr an. Diesmal hieß sie Champions Chess Tour, lief von November bis September, war mit einem Preisgeld von 1,5 Millionen Dollar dotiert und umfasste zehn Turniere. Carlsen selbst gewann und wollte dies 2022 wiederholen, als Chess.com seine eigene Serie, die Chess.com Global Championship, mit einem Preisgeld von einer Million Dollar veranstaltete. Der philippinisch-amerikanische Top-Großmeister Wesley So gewann dieses Turnier, verlor dann aber im Finale der Tour 2023 gegen Carlsen.

Ich sprach mit So, der damals an zehnter Stelle der Weltrangliste stand, im September 2023 während eines Turniers in Amsterdam. Gemeinsam mit seiner Adoptivmutter, Lotis Key, gab er mir einen faszinierenden Einblick in die Folgen der Pandemie für Spitzenspieler. »Vor 2020 habe ich vielleicht ein Turnier pro Monat gespielt, jetzt sind es mindestens zwei«, sagte So. »Der Zeitplan ist zu einem Puzzle geworden«, fügte Key hinzu.

Der Grund dafür ist: Viele lukrative Onlineturniere werden auch weiterhin organisiert, jetzt allerdings parallel zu den traditionellen Turnieren, die nach der Aufhebung der Covid-Beschränkungen wieder auflebten. Es sind sogar ein paar ganz neue Veranstaltungen aufgetaucht. Nicht nur das allgemeine Interesse am Schach ist explodiert, sondern auch die Möglichkeiten für Spitzenspieler, an Preisgeldturnieren teilzunehmen. Wenn ich mir anschaue, was So im gesamten Jahr 2023 on- und offline gespielt hat, zähle ich 35 Turniere, also annähernd drei pro Monat. Wie er mir erzählte, hat sich sein Verdienst im Vergleich zur Zeit vor der Pandemie auf etwa 700 000 Dollar pro Jahr verdoppelt, nur würde es mich nicht wundern, wenn er mittlerweile sogar noch mehr kassiert.

Ein Schachturnier, das während der Pandemie aufkam, war weder für So noch für seine Großmeisterkollegen geeignet, stach aber dennoch hervor: PogChamps. Es wurde erstmals im Juni 2020 ausgetragen und war ein Ereignis, wie es die Schachwelt nie zuvor gesehen hatte. Nachdem sie von Experten wie Hikaru Nakamura, Daniel Naroditsky und Alexandra Botez trainiert worden waren, kämpften 16 der meistverfolgten E-Sport-Streamer auf Twitch um ihren Anteil an 50 000 Dollar Preisgeld. Zu den Teilnehmern gehörten Boxbox (Albert Sun Zheng, ein League-of-Legends-Spieler), Nate Hill (ein Fortnite-Spieler) und Yassuo (Mohammad Abdalrhman, ebenfalls League of Legends). Es war das erste Mal, dass ein Turnier von Amateuren, oft fast absolute Anfänger, von Chess.com live auf Twitch übertragen wurde. Auch dieser Aspekt von PogChamps erregte Aufsehen: Das Spielniveau war ein ganzes Stück niedriger als das, was der durchschnittliche Fan bei einer Schachübertragung gewohnt ist.

In der Schachwelt war eine Spaltung feststellbar. Es gab die Spieler, die diesem neuen Phänomen recht kritisch gegenüberstanden. Nachdem sie Jahre oder gar Jahrzehnte in das Spiel investiert hatten, ausgebildet mit dem Wissen der großen Meister der Vergangenheit – für die die Lucena-Stellung oder der Sweschnikow-Sizilianer zum Standardwissen gehörten –, hielten diese starken Amateure PogChamps für eine oberflächliche Form der Unterhaltung. Wurde unser schönes altes Spiel mit seinen zahlreichen Ausdrucksformen eines tieferen Sinns in Kunst, Literatur und Wissenschaft hier nicht zum Fast Food gemacht? Ein Schachjournalist verglich die Veranstaltung mit der britischen Realityshow *I'm a Celebrity ... Get Me Out of*

Here!, die er als »das emblematische Format des Trash-TV« bezeichnete, und behauptete, Anfänger vor Publikum spielen zu lassen, sei »etwas, was man niemals tun sollte«.

Der russische Supergroßmeister Jan Nepomnjaschtschi äußerte sich zunächst ebenfalls kritisch und twitterte, die Sendung sei »Popcorn-Kram«, der »echte Schachinhalte ersetzt und verdrängt« – eine Aussicht, die er »einfach entsetzlich« fand. Später lenkte er jedoch ein: »Ich bin natürlich froh, dass sich immer mehr Menschen mit Schach beschäftigen.« Und in der Tat, diese ernsthaften Schachfans *mussten* es ja nicht ansehen, oder? Was sollte daran falsch sein, solange PogChamps keines der traditionellen Turniere ersetzte, sondern etwas für ein neues Publikum *hinzufügte*?

Sicher, aber Chess.com warb für das Ereignis so laut wie für jedes ernsthafte Turnier. Alle Übertragungen wurden auf der Homepage platziert, Schachfans konnten sie also nicht verpassen oder vermeiden, selbst wenn sie es wollten. Die Gegner sahen darin eine Art Umweltverschmutzung und argumentierten, es sei so, als würde man ein modernes, hässliches Betongebäude neben einen Tempel aus dem 13. Jahrhundert stellen.

Ein Reddit-Nutzer wies auf ein anderes PogChamps-Problem hin: das Preisgeld. Diese Person schrieb: »Ich hatte einige Zeit, um über den Twitch-Schachboom und speziell über das PogChamps-Turnier nachzudenken. Ich finde es bizarr, dass eine Handvoll Leute, die in ihrem eigenen Bereich bereits gut dastehen, ziemlich viel Geld dafür bekommen, Schach in einem Turnier zu spielen, das vom größten Schachunternehmen der Welt gesponsert wird, und buchstäblich Abertausende von Dollar absahnen, indem sie Partien in fünf Zügen gewinnen, während viele Schachprofis nur mit größter Anstrengung über die Runden kommen.«

Andere begrüßten dieses bemerkenswerte neue Event und meinten, es mache Spaß, sich das anzusehen. Außerdem brachte es dem Schachspiel eine Menge neuer Fans – Fans, die diesen Twitch-Promis beim Spielen von E-Sportarten wie League of Legends, World of Warcraft oder Hearthstone zusahen und wirklich Spaß daran hatten, dass ihre Helden ihr Glück jetzt auch im königlichen Spiel versuchten.

Nach der ersten Ausgabe von PogChamps gab Chess.com bekannt, dass 140 000 neue Schachfans seinen Twitch-Kanal verfolgten, der zu einem bestimmten Zeitpunkt eine Rekordzahl von 85 000 gleichzeitigen Zuschauern hatte. Es sagt viel aus, dass noch drei Jahre später das meistgesehene Chess.com-Video auf YouTube mit über 18 Millionen Aufrufen »xQc Gets Checkmated by MoistCr1tikal in 6 Moves!« vom ersten PogChamps-Turnier ist. (Das zweitmeistgesehene Video des Kanals, über einen jungen russischen Großmeister, der Magnus Carlsen in einer Turnierpartie besiegt, hat 7,8 Millionen Aufrufe.)

David Llada, der damalige Marketingchef der FIDE, gehörte zu den ersten Fans von PogChamps und sagte: »Ist es albern? Ja! Machen wir eine Show aus absoluten Anfängern, die Figuren vertändeln? Ja! Was ist schon dabei?« Michael Brancato, Vizepräsident für E-Sports bei Chess.com, sagte mir: »Das ganze Internet hat darüber gesprochen, weil es eine neuartige, lustige Sache war. Jeder spielt Schach oder weiß über Schach Bescheid, aber es war das erste Mal, dass es in irgendeiner Form im Mainstream bekannt wurde. Alle großen Namen spielen, und zwar ziemlich schlecht. Das ist lustig, weil jeder schlecht im Schach ist. Für viele Leute war das sehr gut nachvollziehbar.«

Zum Zeitpunkt der Abfassung dieses Buches hat PogChamps bereits fünfmal stattgefunden. Die zweite Ausgabe gab es im Herbst 2020. Bei der dritten Auflage Anfang 2021, bei der es um ein erhöhtes Preisgeld von 100 000 Dollar ging, nahmen noch mehr Prominente teil. Der YouTuber MrBeast, der Rapper Logic, der Schauspieler Rainn Wilson und der Pokerspieler Daniel Negreanu trugen dazu bei, dass mehr als 375 000 gleichzeitige Zuschauer angelockt wurden. PogChamps 4 wurde offiziell von der Kryptowährungsplattform Coinbase gesponsert, auf deren Preisgeld in Höhe von 100 000 Dollar Chess.com zusätzliche 100 000 Dollar für wohltätige Zwecke draufpackte. PogChamps 5 wurde im Sommer 2023 in Partnerschaft mit Ludwig veranstaltet, einem beliebten Online-Content-Ersteller, der mehr als 1,3 Milliarden Aufrufe auf seinen Kanälen erzielt hatte. Zum ersten Mal endete das Turnier mit einem live stattfindenden Finale in Los Angeles.

Es ist erwähnenswert, dass PogChamps einigen Amateur-Streamern geholfen hat, in kurzer Zeit zu recht anständigen Schachspielern zu werden. In ihrem Buch *Chess Queens* aus dem Jahr 2022 führt Jennifer Shahade etwa die PogChamps-2-Gewinnerin Rumay Wang an, die online als Hafu bekannt ist, eine Hearthstone-Meisterin und Streamerin mit über einer Million Twitch-Followern: »Hafu nahm den Wettbewerb so ernst, dass sie über einen anonymen Burner-Account Hunderte von Partien spielte und Tausende von Rätseln löste. Nach ihrem Sieg sagte sie: ›Ich glaube, wenn man das Training aller anderen zusammenzählt, wäre es immer noch weniger als das, was ich gespielt habe. Echt widerlich.‹« Beeindruckend waren jedoch die schnellen Fortschritte von Tyler1 nach seiner Teilnahme an PogChamps 5. Der League-of-Legends-Streamer erreichte in nur drei Monaten ein Rating von 1500.

Das Damengambit und die drei Wellen

Wenn wir über den großen Popularitätsschub des Schachs im Jahr 2020 sprechen, verweisen wir gewöhnlich auf die Pandemie und die Netflix-Miniserie *Das Damengambit,* wobei in diesem Satz vielleicht auch noch PogChamps einen Platz verdient hat. Was sagen die Zahlen? Schauen wir uns zwei Zeiträume an: vor *Das Damengambit* und danach.

Am 22. Oktober 2020, einen Tag bevor *Das Damengambit* veröffentlicht wurde, hatte Chess.com 44 Millionen Mitglieder. Seit März dieses Jahres war die Zahl in weniger als acht Monaten um zwölf Millionen gestiegen, was einem durchschnittlichen Wachstum von etwa 1,3 Millionen pro Monat entspricht. Dieses »pandemische Wachstum« war fast dreimal so schnell wie vor Covid. Am 23. März 2021, als Beth Harmon fünf Monate lang Menschen dazu inspiriert hatte, ein Schachspiel in die Hand zu nehmen, zählte Chess.com 61 Millionen Mitglieder, was einem Anstieg von 17 Millionen oder 3,4 Millionen pro Monat entspricht. Dieses Wachstum war mehr als sechsmal schneller als vor der Pandemie. Im Juni 2021 ließ die Wirkung von *Das Damengambit* nach. Während weltweit die Beschränkungen aufgehoben wurden, wuchs Chess.com weiter und verzeichnete bis zum Ende des Sommers 2022 rund 1,7 Millionen neue Mitglieder pro Monat.

Wenn wir die ersten Monate der Pandemie als die erste Welle betrachten, war *Das Damengambit* die zweite, die zum größten Popularitätsschub im Schach seit Fischer gegen Spasski 1972 führte. Zu diesem Zeitpunkt hatten wir den Höhepunkt der Schachmanie erlebt, richtig? Falsch. Eine völlig unerwartete dritte Welle setzte im Dezember 2022 ein – der bezüglich Neuanmeldungen den bisherigen Rekord vom Januar 2021 brach.

Mit 4,6 Millionen neuen Anhängern in diesem einen Monat durchbrach die Website die Schallmauer von 100 Millionen registrierten Mitgliedern, nur 14 Monate nachdem sie 50 Millionen erreicht hatte. (Zehn Monate später, im Oktober 2023, wurden es dann 150 Millionen.) Januar und Februar 2023 brachen diesen Rekord mit jeweils 8,9 Millionen Neuanmeldungen in einem einzigen Monat. Danach verlangsamte sich die Entwicklung wieder, aber die Monate März (7,5 Millionen) und April (5,7 Millionen) waren immer noch höher als jeder andere Monat im Zeitraum von *Das Damengambit*.

»Ehrlich gesagt habe ich in den ersten zwei Wochen, Ende November 2022, nicht geglaubt, dass es sich um echte Aufrufe handelt«, sagte der Chess.com-Systemarchitekt Igor Grinchenko. »Ich dachte, da sei etwas Bösartiges am Werk, das ging gar nicht anders. Der Verkehr nahm jeden Tag um zehn Prozent zu, ebenso die eingehenden Webanfragen, die Bandbreite, Serverlast und alles andere. Ich sagte: ›Leute, jemand attackiert uns hier.‹ Denn ich kenne unsere Datenströme, ich kenne unsere Höhen und Tiefen, unsere besucherschwachen Phasen und die entsprechenden Spitzen, und ich kann sie zurückverfolgen. Außerdem gibt es noch saisonale Schwankungen und so weiter. Dann habe ich aber angefangen, mir die tiefer liegenden Metriken anzusehen, die nicht durch schädlichen Verkehr beeinflusst werden können – sagen wir mal die Anzahl der gespielten Spiele, die der Onlinenutzer. Und da wurde mir klar: Das ist alles sauber. Und wir müssen darauf reagieren.«

Zur Spitzenzeit beherbergte Chess.com über 10 Millionen aktive Nutzer an einem einzigen Tag. Der Höchststand wurde am 20. Januar 2023 erreicht, als sich der Verkehr auf Chess.com seit Anfang Dezember 2022 fast verdoppelt hatte. Am 3. Februar wurde innerhalb von 24 Stunden eine Rekordzahl von

403 000 neuen Mitgliedern registriert, über 200 000 mehr als auf dem Höhepunkt von *Das Damengambit*. Zum ersten Mal wurden in einem Monat mehr als eine Milliarde Partien gespielt. Am 2. März 2023 gab es an einem einzigen Tag atemberaubende 42,4 Millionen Partien (einschließlich Partien gegen Bots). In der Zwischenzeit belegte die Chess.com-App in vielen Ländern kurzzeitig Platz 1 in der Rubrik »Top Free Games« des iOS-App-Stores.

Dieser Boom fand aber nicht nur online statt. Im April 2023 veröffentlichte die *Washington Post* einen Artikel mit der Überschrift »Lehrer im ganzen Land sind von der neuen Schachbesessenheit der Schüler verblüfft«. Einen Monat später schrieb CBS Bay Area, Schach würde »die Klassenzimmer im ganzen Land« erobern. Auch die niederländische Tageszeitung *Het Parool* brachte einen ähnlichen Artikel, in dem sie feststellte, dass Kinder plötzlich fanatisch Schach in der Schulkantine spielten und die Amsterdamer Schachklubs einen enormen Zulauf an Teenagern verzeichneten.

Die amerikanische Unterhaltungswebsite Polygon, die sich auf Videospiele und Populärkultur konzentriert, bemerkte, dass die Schachmanie urplötzlich auftrat: »Schulen, die keinen Schachklub haben, beeilen sich, einen zu gründen. Die Lehrkräfte sind verwirrt, aber erfreut über ein förderliches neues Hobby. Schulleitungen haben damit zu kämpfen, dass Schach manchmal den Unterricht stört, und machen es für Aufmerksamkeitsprobleme sowie Dramen in Klassenzimmern und Gängen verantwortlich. Kann man Schach verbieten? Berichten zufolge mussten einige Schulen dies bereits tun.«

Der plötzliche Popularitätsanstieg speziell bei Jugendlichen spiegelt sich auch in den Altersmetriken von Chess.com wider. Den größten Zuwachs verzeichnete die Seite bei Spielern zwischen 13 und 17 Jahren: 549 000 von ihnen besuchten Chess.com im Januar und Februar 2023, mehr als doppelt so viele wie in den beiden Monaten davor. Die am zweitschnellsten wachsende Altersgruppe im gleichen Zeitraum waren die 18- bis 24-Jährigen.

Das Schachspiel boomte, und die Chess.com-Server hatten schwer zu kämpfen. Meistens bekamen die Mitglieder eine enttäuschende 503 Fehlermeldung, wenn sie die Seite besuchten: *Datenbanküberlastung*. »Ich kann gar nicht sagen, wie schmerzhaft das für mich als CEO war«, meinte Allebest. »Einer unserer Entwickler sprach immer von Unterwasserfelsen, was bedeutet, dass man die Probleme erst sieht, wenn es zu spät ist. Es gab einen Moment, in dem jemand unseren Server zum Absturz brachte, weil er im Chatfenster eines Spiels das komplette Drehbuch von *Bee Movie: Das Honigkomplott* postete. Als das Skript auf dem Server ankam und an alle verschickt wurde, die sich dieses Spiel anschauten, stürzte die gesamte Website wegen zu großer Datenmengen ab. Wir hatten nicht damit gerechnet, dass jemand so viel Text einfügen würde. Solche Dinge halt, wieder und immer wieder.«

Chess.com kaufte neue Hardware im Wert von zwei Millionen Dollar – Webserver, Datenbankserver, einen neuen Live-Schachserver, Lastausgleicher und zusätzliche Dienstleistungsmaschinen. Nach einigen Wochen der Einrichtung, der Trennung von Datenbanktabellen, des Datenbank-Shardings (eine Möglichkeit, die Last zu verteilen) und anderer Optimierungsmöglichkeiten waren die Dinge wieder unter Kontrolle.

Die ersten beiden Wellen der Popularität im Jahr 2020 waren leicht zu erklären: durch die Pandemie (mit PogChamps) und *Das Damengambit*. Aber woher kam die dritte und bei Weitem größte Welle? Nun, in diesem Fall war es eine Kombination aus mehreren Einzelereignissen in einem kurzen Zeitraum, die alle dazu beitrugen, die Popularität des Schachs in astronomische Höhen zu schrauben. Einige fanden Ende 2022 statt und wurden in diesem Buch bereits erwähnt: die Carlsen-Niemann-Affäre, das Instagram-Foto mit Lionel Messi und Cristiano Ronaldo sowie das Schachbox-Event. Aber dann kam im Januar 2023 ein pelziges, miauendes Phänomen und besorgte den Rest.

Als Chess.com am 18. Mai 2007 startete, konnte man auf der Seite ausschließlich gegen den Computer Schach spielen. Viele Jahre später bleibt dies eine der beliebtesten Aktivitäten für seine Mitglieder, zum Teil auch wegen ein paar spaßigen Zusatzelementen. Nachdem Chess.com im Mai 2018 eine der stärksten Schachengines der Welt, Komodo, erworben hatte, begann das Unternehmen damit, Computer-»Charaktere« zu erstellen, gegen die man spielen konnte. Zu den lustigen Bots, die sich als Gegner anboten, gehörten die »Feiertags-Bots« (Santa, Holly, Dash, Eve und Powder), die »Zombie-Bots« (Zombaru, Zombiachtchi, Zombiano und Zombanny) und die »Fake-Milliardär-Bots« (Gill Bates, Melon Husk, Zark Muckerberg, Biff Jezos und Barron Wuffet). Am 1. Januar 2023 wurden neue Bots eingeführt, und einer von ihnen wurde sofort zum größten Star der Schachwelt (zumindest für ein paar Wochen). Das war Mittens, der stärkste von fünf Katzenbots – die anderen waren Scaredy Cat, Angry Cat, Mr Grumpers und Catspurrov. Von Anfang an zog Mittens – ein Avatar eines großäugigen, etwas traurig aussehenden Kätzchens mit einem albernen Rating von nur *einem* Elopunkt – die ganze Aufmerksamkeit auf sich, da Streamer wie Hikaru Nakamura, Levy Rozman und die Botez-Schwestern begannen, gegen ihn zu spielen.

Mittens' viraler Ruhm rührte nicht nur von seinen Fähigkeiten auf dem Schachbrett her, wo er sich als rücksichtsloser Killer entpuppte, sondern auch von seinen fiesen, sadistischen Kommentaren während der Spiele: »Ich bin Mittens, Zerstörer von Königen. Ich existiere an diesem Schachbrett durch alle Zeiten und Realitäten hindurch … hehehe. Miau.« Laut einem Beitrag im *Independent* beschrieben Chess.com-Nutzer Mittens als »Schach-Albtraum«, »Wahnsinnigen« und »schreckliche, schreckliche Katze«.

Die Idee dazu hatte Will Whalen, Student am Hamilton College (Hauptfach: Weltpolitik) und Teilzeitmitarbeiter im Social-Media-Team von Chess.com. Im April 2023 sagte er in einem Interview: »Mittens war ursprünglich ein Scherz, der sich dann ziemlich verselbstständigt hat.« Whalen merkte an, dass sein Kollege Sean Becker, der das Bots-Projekt leitete, die Interaktionen von Mittens mithilfe von anderen Mitgliedern des Content-Teams schrieb. Sie sorgten dafür, dass die Katze immer sehr ruhig und verschmust begann, dann aber »in den Wahnsinn abdriftete« und sogar Nietzsche zitierte. Also nicht die übliche Katze-im-Internet-Erfahrung.

Der Aufstieg der Streamer

Im Jahrzehnt zwischen 2004 und 2014 wurden in der Technologiebranche viele Schlachten geführt. Es gab das Social-Media-Wettrüsten mit MySpace, Facebook und Twitter, aber auch das Wettrüsten bei der Vertikalverteilung: Wer würde die Schlacht um das *Livestreaming* gewinnen?

Während YouTube zunächst auf Video-on-Demand beschränkt blieb, tauchten mehrere Websites für Livestream-Videos auf: Ustream (2016 von IBM übernommen), Livestream.com (2017 von Vimeo übernommen) und Justin.tv, die alle

2007 gestartet wurden. Letztgenannte Seite gewann den Kampf mit ihrem Ableger Twitch, der 2011 startete und sich auf Spiele konzentrierte. Dies waren die Jahre, in denen die Gaming-Industrie mit Spielen wie League of Legends, Counter-Strike und Dota einen gewaltigen Aufschwung erlebte. Als Twitch im August 2014 über 50 Millionen Nutzer hatte, wurde es für 970 Millionen Dollar von Amazon übernommen.

Um das Jahr 2013 herum kontaktierte Rensch den damaligen Director of Creator Development bei Twitch, Markus »djWHEAT« Graham, der seit den späten 1990er-Jahren als Kommentator bei Videospielturnieren tätig war. Noch wichtiger war aber, dass Graham das Potenzial für Schach erkannte. Zuvor hatte Chess.com die Seite Livestream.com genutzt, aber Twitch hatte einen ganz anderen Vibe. »Anstatt diese Übertragungstools nur als Gelegenheit zu sehen, unserer Community zu dienen, konnten wir diese tatsächlich vergrößern, weil wir das Gaming-Publikum erreichten, das eine viel größere Community darstellte als unsere«, sagte Rensch.

Rensch hatte selbst schon reichlich Erfahrung als Streamer, bevor das im Schach zur großen Sache wurde. Eines der ersten Beispiele für etwas, das dem Schachstreaming ähnelte, gab es, als Rensch 2012 sein erstes wöchentliches »Bullet Brawl«-Video schuf, das aus einem Schachbrett, dem Chess.com-Logo und Renschs Stimme bestand. Das Konzept stammte aus den »Live Sessions« von Chess.com, die schon drei Jahre existierten, aber dieses Mal ging es nur um Spaß. Während Rensch Bullet-Schach spielte, gab er humorvolle Kommentare ab. In diesem ersten Video bemerkte er: »Die Idee eines Bullet Brawl Thursday besteht schlicht und einfach darin, dass wir zwei bis drei Bullet-Partien spielen und uns mehr auf die Freude am Spiel konzentrieren als auf die Analyse hinterher und darauf, ob es perfekt war. Die Perfektion liegt hier in den gebauten Fehlern.« Das war die Geburt der Idee, während einer Schachpartie Witze zu reißen und Müll zu reden.

»Was Hikaru, Levy und all die anderen jetzt machen, sind im Grunde Bullet Brawls«, sagt Rensch. »Trotz des Namens wurden die Livesessions eigentlich vorher aufgezeichnet. Bei den Bullet Brawls haben wir es das erste Mal richtig vor Publikum gemacht, mit aktiviertem Chat. Und für mich war das wahrscheinlich das erste Produkt, das genau das bietet, was dem Schachspiel immer gefehlt hat. Schach am Brett war seit jeher ein ruhiges, ernstes Spiel. Man kann nicht reden, denn das würde den Gegner ablenken. Aber das Onlinestreaming, bei dem man seine eigenen Gedanken einbringen kann, wurde genau dafür geboren und veränderte die Art und Weise, wie die Menschen Schach wahrnehmen. Es war wie: ›Oh, ich bin im Kopf eines Spitzenspielers!‹«

Etwa zur gleichen Zeit erschienen bei Twitch die ersten auf Schach ausgerichteten Kanäle: ChessNetwork von Gerard Bailleau, Kingscrusher von Tryfon Gavriel und vor allem Chessbrah, der Account der kanadischen Spieler Eric Hansen (der Großmeister, den wir in Kapitel 7 kennengelernt haben und der während eines Streams zum ersten Mal die Analkugel-Theorie aufgebracht hat) und Aman Hambleton, der einige Jahre später GM werden sollte. Beide wurden 1992 geboren.

Die Chessbrah-Jungs waren und sind immer noch eine Gruppe von Freunden, die in Toronto, Kanada, zusammenwohnen und im Grunde nur gern gemeinsam abhängen und online Schach spielen – etwas, das sie vor allen anderen in ein Geschäft verwandelt haben. Im Frühjahr 2024 hatte Chessbrah 325 000 Follower auf Twitch, 332 000 Abonnenten auf YouTube und weitere 9470 Follower auf Kick, einem Konkurrenten von

Twitch, der 2022 startete und auf dem die Chessbrahs im Juni 2023 ein Konto eröffneten. Sie hatten mehrere Teilzeitredakteure und einen Vollzeitbetriebsleiter, die sich um den Merch-Shop und die Kanäle kümmerten. »Ich habe mit dem Streaming begonnen, weil ich meinen Freunden meinen Bildschirm zeigen wollte«, erzählt Hansen. »Damals war im MSN Messenger kein Screen-Sharing möglich, und Skype war sowieso ein bisschen nervig und viel zu formell.« Er und seine Freunde spielten bereits eine Menge Blitz- und Bullet-Schach auf verschiedenen Schachplattformen, und das Streaming machte es einfacher, die Partien zu verfolgen und miteinander zu chatten. »Es war einfach ein Gemeinschaftsgefühl, man blieb in Kontakt.«

Wie viele der Streaming-Pioniere begann Hansen 2010 auf Livestream.com, bevor er zu Justin.tv und dann zu Twitch wechselte. »Dort gab es noch keine Schachcommunity, aber ich erstellte einen Account, weil ich mich für Computerspiele interessierte, und auf diese Weise konnte ich Starcraft, Age of Vampires, die Strategiespiele und die Shooter-Spiele sehen. Aber manchmal haben wir uns auch selbst gestreamt, Schach gespielt und einfach nur gechattet.«

Im Herbst 2014 beschloss Hansen, das Streaming ernster zu nehmen. Er kaufte einen Desktop-Computer und zwei Bildschirme, gab sich den Namen »Chessbrah«, den er bereits als Online-Alias verwendet hatte, und begann 2015 mit dem Streaming. Sechs Monate später hatte er im Durchschnitt 300 Zuschauer. Er streamte über acht Stunden täglich, pro Woche an die 60 bis 70 Stunden. »Ich habe mich richtig reingehängt«, sagte er. »Ich habe schon so viel Bullet und Blitz gespielt, dass ich praktisch süchtig war. Aber ich war auch gut darin. Also dachte ich: ›Warum teile ich diese Perspektive nicht?‹«

In Kapitel 8 haben wir gesehen, dass es das Problem der

Schachsucht gibt, speziell beim Onlineschach. Interessanterweise haben Hansen und andere in der modernen Ära gezeigt, dass Streaming ein Ventil sein kann, ein Weg, damit umzugehen und es sogar in bare Münze zu verwandeln: Man kann aus seiner Liebe zum Schach ein Geschäft machen. Das Geldverdienen mit dem Streaming von Schach sollte dank der Zusammenarbeit zwischen Twitch und Chess.com ein paar Jahre später noch einfacher werden.

Chess.com bot unterhaltsame Livesessions an, und darüber hinaus gab es Übertragungen von klassischen Turnieren (die ich mitproduzierte), Titled Tuesdays, Death Matches und andere Veranstaltungen mit stetig wachsendem Publikum. Und dann, 2016, organisierte die Seite ihr bisher größtes Event: die GM Blitz Battle Championship, ein K.-o.-Event ausschließlich mit Weltklasse-Großmeistern. Das Ergebnis war ein mit Spannung erwartetes Finale zwischen Magnus Carlsen und Hikaru Nakamura, das Carlsen für sich entschied.

Mit einem Spitzenwert von 36 000 gleichzeitigen Zuschauern war die Show von Chess.com die drittmeistgesehene Twitch-Übertragung in diesem Jahr, hinter Hearthstone und Call of Duty, aber vor allen anderen großen E-Sports. »Ich sage zum Spaß immer, das war das Event, mit dem Danny Schach ›aus dem Schrank geholt‹, ihm also sein Coming-out verpasst hat«, erzählte Rensch. »Schach kam hier ›aus dem Schrank‹, weil ich die Sendung selbst kommentiert und produziert habe, und zwar wortwörtlich von einem SCHRANK aus, den wir in unserem Studio in Payson, Arizona, gebaut hatten.«

Chess.com startete im Januar 2017 die PRO Chess League, eine globale Mannschaftsmeisterschaft, bei der alle Partien auf der Website gespielt und auf *twitch.tv/chess* live übertragen wurden. Es war ein hervorragender Kickstarter für den neuen

Twitch-Kanal, da einige der besten Großmeister spielten, darunter auch Nakamura und Carlsen. Die Führungsebene von Twitch wurde aufmerksam und nahm neue Gespräche mit Chess.com auf. Rensch: »Ich redete mit Nick Allen, ihrem Vizechef für E-Sports, der es dem Content-Chef Mike Aragon steckte, der es wiederum dem CEO Emmett Shear steckte. Und alle meinten: ›Jungs, ihr macht das fantastisch!‹« Alle waren sich einig: Schach hatte ein riesiges Potenzial, während hier kaum jemand Inhalte produzierte, wie sie für Twitch typisch waren – live, spontaner und weniger ernst. Die überwältigende Mehrheit der Schachvideos bestand entweder aus vorproduziertem Lehrmaterial oder aus Liveübertragungen von Top Events mit Kommentatoren, die sich an Vereinsspieler richteten. Zu dieser Zeit gab es kein wirkliches Schach-Ökosystem für das Streaming von Spaßinhalten.

Und so schloss Chess.com im November 2017 einen Zweijahresvertrag mit Twitch ab, der der Seite eine monatliche Gebühr für die Event-Orchestrierung und Förderung der wachsenden Schachcommunity einbrachte. Twitch war nun ein Sponsor für die gesamten Schachevents von Chess.com und trug somit erheblich dazu bei, die globale Marke Schach als Online-Zuschauersport zu etablieren und auszubauen.

Die Vereinbarung zwischen Chess.com und Twitch übertraf die kühnsten Erwartungen. »Schach hat im direkten Vergleich mit allen anderen E-Sports das größte Wachstum erlebt«, sagte Justin Dellario, Global-E-Sports-Vizepräsident bei Twitch, im Februar 2020 gegenüber NBC News. Chessbrah schloss sich als einer der ersten Kanäle dem Partner-Streamer-Programm von Chess.com an und hat die Schachkategorie von Twitch quasi im Alleingang angeschoben. »Sie waren das Rückgrat, sie haben Schach damals durchgedrückt«, sagte Rensch.

Bald folgten Streamer wie Hikaru Nakamura, Alexandra Botez und Levy Rozman den Chessbrahs, genau wie ganz viele andere. Zu den Vorteilen des Programms gehörten ein beschleunigter Partnerschaftsstatus für Streamer sowie die Einbettung auf der integrierten Chess.com-Übertragungsseite *www.chess.com/tv*, was für mehr Aufmerksamkeit sorgte. Die Streamer mussten nichts tun, als auf Chess.com zu spielen (und nicht anderswo) und irgendwo im Video den grünen Bauern von Chess.com sichtbar zu haben.

»Danny war wirklich gut darin, die richtigen Leute auszuwählen«, meinte Michael Brancato, E-Sports-Experte bei Chess.com. »Er kannte Alexandra, und Hikaru ermutigte sie zum Streamen.« Damals bezahlte Chess.com diese Streamer, und Rensch sagte ihnen: »Wir glauben, dass ihr auch in Zukunft so viel Geld verdienen könnt, also bleibt bei der Stange.«

Wie bereits erwähnt, wurde das Streaming zu Beginn der Pandemie für Schachprofis zu einer alternativen Einnahmequelle, weil plötzlich die Nachfrage nach Schachinhalten anstieg. Zwischen März und August 2020 sahen Fans 41,2 Millionen Stunden Schach auf Twitch, viermal so viel wie in den sechs Monaten zuvor, wie die Analyse-Website SullyGnome festhält. Sogar ein Top-Großmeister wie Pjotr Swidler, der in seinem Haus in St. Petersburg festsaß, begann mit Schachübertragungen auf Twitch. »Das Streamen hat mich während der Pandemie bei Verstand bleiben lassen«, sagte er mir. »Ich habe drei oder vier Streams pro Woche gemacht, jeweils nicht sehr lang. Aber das war reine Selbstfürsorge. Ich verdiente 2021 etwas Geld, um meine Rechnungen zu bezahlen, was natürlich gut war. Nur habe ich es nicht deswegen gemacht, sondern weil ich genau wie viele andere Menschen ein bisschen durchgedreht bin. In meinem Fall war es unglaublich therapeutisch. Und ich habe mit vielen Leuten gesprochen, die genau das Gleiche sagten.«

Als Twitch im Oktober 2021 gehackt wurde, tauchten auf Reddit Details über die Creator-Verdienste auf. Plötzlich war es offenkundig, dass die größten Schachstreamer ordentlich abräumten: Von August 2019 bis Oktober 2021 verdienten Nakamura 773 831,12 Dollar, die Chessbrahs 767 384,56 Dollar, Levy Rozman 424 505,01 Dollar und die Botez-Schwestern 416 813,43 Dollar. In diesen Beträgen waren Einnahmen aus Merch, Sponsoring oder anderen Kanälen wie YouTube nicht enthalten. »Große Content-Ersteller werden unglaublich gut entlohnt«, sagte mir Christopher Schroth, Influencer Relations Manager bei Chess.com, Ende 2023. »Es ist nicht ungewöhnlich, dass Content-Creators monatlich fünf- oder sechsstellige Beträge verdienen, wenn nicht sogar noch mehr.«

Von Anfang an arbeiteten Brancato und Rensch eng zusammen und schufen viele neue Events und Übertragungen. Neben der PRO Chess League gab es die Speed Chess Championship (der Nachfolger der Blitz Battle Championship), die Junior Speed Chess Championship für junge Talente, die Women's Speed Chess Championship, Arena Kings und anderes. Dazu kam noch, dass viele neue Schachstreamer ihren Kanal auf Twitch erstellten, nur fehlte bei alldem etwas. Die junge Gemeinschaft von Schachstreamern brauchte jemanden, der die Fackel trug. Diese Person wurde Hikaru Nakamura.

Vom Top-GM zum Ninja des Schachs – und wieder zurück

Hikaru Nakamura kam 1987 in Japan zur Welt. Seine Mutter war Amerikanerin, sein Vater Japaner. Die Familie zog nach

White Plains, New York, als er zwei Jahre alt war. Ein Jahr später ließen sich seine Eltern scheiden. Er begann im Alter von sieben Jahren mit dem Schachspiel und wurde zusammen mit seinem Bruder von seinem sri-lankischen Stiefvater, dem FIDE-Meister und Schachautor Sunil Weeramantry, trainiert.

Nakamura war ein echtes Schach-Wunderkind. 2003 wurde er im Alter von 15 Jahren und 79 Tagen der jüngste Amerikaner, der den Großmeistertitel errang, drei Monate früher als Bobby Fischer. Er hat fünfmal die US-Meisterschaft gewonnen, den ersten Preis beim prestigeträchtigen Tata Steel Chess Tournament und bei der Grand Chess Tour geholt und die Schacholympiade gewonnen. All dies geschah, bevor er an jenem Oktoberabend 2018 in einem Fischrestaurant auf der Isle of Man beschloss, mit dem Streaming zu beginnen.

»Dass ich mit dem Streamen anfing, lag auch an meinem Abschneiden bei diesem Turnier auf der Isle of Man«, sagte Nakamura. »Eigentlich lief es ganz gut, aber dann verlor ich in der achten Runde diese wirklich herzzerreißende Partie. Ich war nicht in bester Verfassung, wanderte von einem Turnier zum nächsten und fühlte mich ein bisschen ziellos – vermutlich, weil ich diese Partie verloren hatte. Das war einer der wichtigsten Gründe, warum ich anfing, das Streamen auszuprobieren.«

Dieses Mal war es der perfekte Moment. Nur ein paar Wochen später fand in London die Weltmeisterschaft zwischen Magnus Carlsen und Fabiano Caruana statt, und Nakamuras Berichterstattung zog täglich Tausende von Zuschauern an. Während dieser Begegnung brachte Chess.com sein neues Produkt Puzzle Rush auf den Markt, und Nakamura stürzte sich richtiggehend darauf. »Er war wie besessen davon. Er brach Rekorde, und ehe man sich versah, war Schach auf Twitch nicht mehr dasselbe«, sagte Rensch.

Das darauffolgende Jahr 2019 war das erste, in dem sich Nakamura mehr als Streamer denn als Schachspieler betätigte, und dabei hatte er es nicht einfach. »Ich muss mir selbst viel Anerkennung zollen, denn es gab viele Leute, die äußerst pessimistisch waren«, erzählte er mir. Seine Ergebnisse am Brett wurden schlechter, und er erntete viel Unverständnis. Einige seiner Freunde konnten nicht verstehen, warum er, wie sie es ausdrückten, »nicht mehr versuchte, Weltmeister zu werden«. Dazu meinte Nakamura: »Sie hielten es einfach für ziemlich dumm, dass ich dieses Streaming überhaupt mache, aber genau deshalb bin ich dabeigeblieben.« Nach schlechten Ergebnissen bei Turnieren in Indien und Deutschland legte er eine fünfmonatige Schachpause ein. So etwas hatte er seit mindestens einem Jahrzehnt nicht mehr getan. Der Plan war, mit der US-Meisterschaft im April 2020 wieder anzufangen, aber wegen der Pandemie kam es dann nicht so weit.

Im Vorfeld der ersten PogChamps machte Nakamura ein paar Streams mit dem kanadischen Streamer xQc (richtiger Name: Félix Lengyel). Der ehemalige professionelle Overwatch-Spieler ist einer von mehreren E-Sport-Streamern, die Schach mögen, und die Broadcasts, in denen Nakamura ihm die Grundlagen beibrachte, waren äußerst beliebt. »Ich glaube, damals habe ich erstmals bei einem Livestream die 10 000-Zuschauer-Marke überschritten«, sagte Nakamura. »Das war quasi der Moment, in dem mir klar wurde, dass es sich um eine richtig große Sache handelte, um etwas sehr Ernstes und vollkommen anderes.«

Dann kam PogChamps. Nakamura war einer der Kommentatoren, und seine Zuschauerzahlen stiegen noch weiter an. Irgendwann streamte er 70 Tage am Stück, praktisch ohne Pause, im mörderischen Stil der Chessbrah-Jungs. Im August 2020 überschritt sein Kanal die 500 000-Follower-Marke. Zu diesem Zeitpunkt war er der mit Abstand erfolgreichste Schachstreamer. Am Ende desselben Monats unterschrieb er bei TSM und war damit der erste professionelle Schachspieler, der sich einer E-Sports-Organisation anschloss. (Er sollte TSM bis Juni 2022 vertreten, als er zu Misfits Gaming wechselte.) »Du reitest einfach auf dieser Welle«, sagte er mir. »Erst hinterher habe ich gemerkt, dass ich irgendwie ziemlich gut darin war.«

Ich vermutete, das könnte etwas mit seiner ICC-Vergangenheit zu tun haben, und Nakamura stimmte zu: »Es gab viele Momente, in denen ich mit Leuten über meine Partie chattete – nicht mit dem anderen Spieler, sondern mit den Leuten, die die Partien beobachteten, während ich spielte –, und das war etwas, das damals niemand machte. Ich glaube sogar, dass es auch heute noch keiner tut. Wenn ich zurückblicke, hat vermutlich das eine entscheidende Rolle gespielt für das, was ich heute bin. Es ist natürlich etwas anderes, seine Gedanken mündlich mitzuteilen und nicht in schriftlicher Form, aber ich glaube, dass dieser ganze Prozess, bei dem ich während der Spiele in irgendeiner Form kommuniziert habe, für mich wie Schicksal war – dass es am Schluss zu dem geführt hat, was ich jetzt mache.«

Das Schachstreamen scheint in der Tat die perfekte Art der Kommunikation für Nakamura zu sein, der abseits des Computers nicht immer wie ein großer Kommunikator wirkt. Der amerikanische Top-GM gilt im Allgemeinen als brillanter Spieler, der aber auch viele Kritiker hat. Bereits in der Anfangszeit beim ICC, wo er schon ganz jung superstark war, mochten ihn viele nicht, weil er nach gelegentlichen Niederlagen manchmal abfällige Kommentare hinterließ. Nakamura hat mir gegenüber zugegeben, dass dies seine Art war, sich zu motivieren: »Damals habe ich es gehasst zu verlieren. Nicht, dass ich es nicht immer noch hasse, aber damals konnte ich das Verlieren einfach nicht *akzeptieren*. Ich empfand eine Niederlage als etwas Schreckliches. Ich wurde also sehr wütend, wenn ich Spiele online verlor. Und in einigen Fällen wurde ich sogar wütend auf meine Gegner und solche Dinge. Meine Motivation war also, richtig wütend zu werden und meine Unzufriedenheit, meine Wut, all diese Dinge zu verwenden. Deshalb hatte ich nicht unbedingt viele Fans, die auf die gleiche Weise mit mir reden wollten. Tatsächlich mochten mich damals viele Leute nicht.«

Es ist beeindruckend, dass sich ein derartig fantastischer Schachspieler auch hinter dem Bildschirm und Mikrofon als Naturtalent entpuppt. Brandon Benton, Physiker an der Cornell University, drückte es in einem Gespräch mit der *New York Times* im September 2020 wie folgt aus: »Er zieht die Leute an, weil er so gut ist, aber es gibt auch andere Spitzenspieler auf Twitch, die nicht so einnehmend sind wie er, nicht so witzig, nicht so im Einklang mit der Twitch-Kultur.« Benton bezeichnete Nakamura als »bodenständigen Memer und Spaßvogel«.

Nicht viele – und schon gar nicht die Kritiker – haben erwartet, was 2019 mit Nakamuras Over-the-Board-Karriere passierte. Während er auf dem Weg war, über Twitch der bestbezahlte Großmeister der Welt zu werden und das, was Carlsen mit Schachspielen verdiente, locker zu übertreffen, begann Nakamura auch, einige seiner besten Schachpartien seit Jahren zu liefern. Über den FIDE Grand Prix qualifizierte er sich für das Kandidatenturnier 2022 und gewann dann die Fischer Random World Championship 2022. Im Jahr 2023 wurde er Erster beim superstarken Norway Chess (und kletterte wieder auf Platz zwei der Weltrangliste), und dank eines weiteren hervorragenden zweiten Platzes beim FIDE Grand Swiss im Oktober qualifizierte er sich für das Kandidatenturnier 2024, sein zweites in Folge. Diese stetig wachsende Liste mit starken Leistungen wäre für jeden Spieler beeindruckend gewesen – für einen Streamer war sie jedoch außergewöhnlich. Wie hat er das geschafft?

»Dafür gibt es mehrere Gründe«, sagte er mir. »In erster Linie den finanziellen Druck, dem man als Schachprofi ausgesetzt ist. Man denkt ständig daran, dass man andere unterstützen muss: die Familie, die Partnerin. Ich denke, das hat sich definitiv auf meine Leistung ausgewirkt. Es gab viele Situationen, in denen ich nur schnelle, langweilige Remis gemacht habe, anstatt zu kämpfen. Anstatt einen Sieg anzupeilen oder das Spiel zu genießen. Jetzt habe ich keine finanziellen Sorgen mehr, und das spielt eine große Rolle.«

Nicht unerheblich war auch, dass Nakamura seit Oktober 2020 mit der iranisch-amerikanischen Schachspielerin Atousa Pourkashiyan zusammen war, und im Sommer 2023 heirateten die beiden: »Es geht auch darum, die richtigen Leute im Leben zu haben. Ich habe das große Glück, dass ich eine Partnerin habe, die mich extrem unterstützt, die nur positiv und extrem hilfreich ist.«

Im Oktober 2022 erklärte der erfahrene Schachkommentator und Großmeister Daniel King in einem Gespräch mit dem englischen *Guardian* den Erfolg von Nakamura: »Nakamura war bekannt für seine fantastische Stärke im Bullet-Schach, lange bevor es hip war, online zu spielen, und er hat sich in den perfekten Schachstreamer verwandelt, der Millionen verdient. Er nimmt kein Blatt vor den Mund. Er ist selbstbewusst. Es ist ihm egal, wenn er jemanden vor den Kopf stößt. Er hat im Grunde nur den Online-Algorithmus gehackt, der einen erfolgreich werden lässt.«

Anfang 2024 hatte Nakamura 1,9 Millionen Follower auf

Twitch. Seit März dieses Jahres befindet sich sein Hauptkanal auf Kick. Er hat 2,2 Millionen Abonnenten auf YouTube und 551 000 Follower auf X. Alle »GMHikaru«-Kanäle werden von einem Team aus sechs oder sieben Personen betrieben. Nakamura erzählte mir, dass er etwa vier- bis fünfmal so viel Geld einnimmt wie zu der Zeit, als er noch ein professioneller Schachspieler war. Allein in den Jahren 2020 und 2021 hat er mehr verdient als während seiner gesamten Spielerkarriere. Das ist eine unglaubliche Geschichte. Dieser Schachliebhaber, der einst auf meiner Couch übernachtet hat und gleich nach dem Aufwachen weiterspielte, ist in der Tat kein Geringerer als der Ninja des Schachs.

Der größte Schach-YouTuber von allen

Levy Rozman kam 1995 im New Yorker Stadtteil Brooklyn zur Welt und ist acht Jahre jünger als Nakamura. Er gehörte zu den ersten Twitch-Streamern und half Nakamura sogar in der Anfangszeit, indem er im GMHikaru-Kanal kommentierte, wenn sein eigentlicher Betreiber zu einem Turnier musste. Vor allem anderen ist Rozman aber dafür bekannt, dass er den erfolgreichsten Schachkanal auf YouTube betreibt.

Er begann mit dem Schachspielen, als er sechs Jahre alt war. »Ich war ein sehr aufgedrehtes Kind, und meine Eltern mussten mich nach der Schule in den Hort schicken, also nach 15 Uhr«, erzählte mir Rozman. »Sie wollten mich in den Kunst- oder Schachkurs stecken, aber Schach war 5 Dollar teurer als Kunst, und mein Vater sagte: ›Er ist zu aufgedreht für Schach, dort fliegt er garantiert gleich wieder raus.‹ Aber wie sich herausstellte, mochte ich Schach aus irgendeinem Grund und blieb wie ein Magnet daran hängen. Ich ging nie in den Kunstkurs, weil ich da gar nicht gut war, aber Schach hat mich vollkommen gepackt.«

Rozman begann 2014 als Schulschachtrainer und erlangte 2018 den Titel eines Internationalen Meisters. 2017 machte er am New Yorker Baruch College seinen Bachelor in Statistik und quantitativer Modellierung. Danach wollte er etwas »in der Wirtschaft, im Consulting, im Investmentbanking, im Versicherungswesen oder in der Datenwissenschaft« machen, wie er mir erzählte. »Ich ging zu vielen Networking-Events auf dem College-Campus, um Leute kennenzulernen. Und über die Eltern meiner Schachschüler, die bei der Barclays Bank oder Deloitte arbeiteten, habe ich versucht, an Vorstellungsgespräche ranzukommen, denn eine Empfehlung bringt ja doch einiges. Aber nichts davon hat je funktioniert.«

Rozmans Geschichte unterscheidet sich von der anderer Streamer, da er sich nach seinem Start bei Twitch bald auf YouTube konzentrierte. Er erstellte seinen Kanal am 7. August 2018 und nannte ihn, da er aus New York stammt, GothamChess. Erst am 19. April 2020, etwa eineinhalb Monate nach Beginn der Pandemie, lud er sein erstes Video hoch. Unter dem Titel »GothamChess 1st Video« zeigte und kommentierte er eine wunderschöne dreiminütige Blitzpartie zwischen den amerikanischen Großmeistern Daniel Naroditsky und Hikaru Nakamura. Bereits in diesem frühen Video erkennt man Rozmans anregenden Präsentationsstil und sein Talent, Schach für weniger erfahrene Spieler zu erklären.

Rückblickend war die Wahl von YouTube ein kluger Schachzug. »Nachdem Ende 2020 *Das Damengambit* herausgekommen war, begann sich alles zu ändern, und YouTube wurde wichtiger als Twitch«, erklärte Nakamura. »Der Twitch-Boom war die Zeit, in der alle Ersteller von Schachcontent den Grundstein legten, aber dank *des Damengambits* gab es all diese Leute, die von sich aus mit dem Schach anfingen. Dann geht man ins Internet und sucht nach Inhalten, und dabei ist es viel natürlicher, auf YouTube zu gehen.«

Von Anfang an erstellte Rozman YouTube-Tutorials. Etwa sechs Monate lang machte er zwei Videos pro Tag. Und dann, als *Das Damengambit* herauskam – oder besser gesagt, in den Wochen davor –, bemerkte er etwas Interessantes: Sein Clip über die Schacheröffnung namens Damengambit stieg plötzlich auf 700 000 Aufrufe an. Er erkannte, dass dies darauf zurückzuführen war, dass YouTube den Zuschauern sein Video in der Seitenleiste anbot, nachdem sie einen Trailer für die Netflix-Serie gesehen hatten. Wenn jemand über »den Algorithmus knacken« redet, dann ist das genau so etwas. Rozman verstand langsam, wie YouTube funktioniert. Von da an machte er das zum Thema, wonach die Schachfans offensichtlich suchten: die berühmtesten Spieler, die beliebtesten Eröffnungen sowie Bots. Diese neue Strategie funktionierte, und am 1. Juni 2021 durchbrach er die magische Marke von einer Million Abonnenten auf seinem YouTube-Kanal.

GothamChess ist einer der Streamer, die ursprünglich von Danny Rensch überzeugt wurden, das Streamen ernst zu nehmen. Zu Beginn dessen, was ich »die dritte Welle« genannt habe, war es Rensch, der Rozman bei einem Telefonat im Herbst 2022 motivierte. Rensch war bei einem Hochzeitstagdinner mit seiner Frau, nahm den Anruf aber trotzdem an und sagte ihr: »Ich glaube, das hier ist einer der zukünftigen Stars im Schach.«

Rozman erzählte mir von dieser Situation: »Danny sagte: ›Wir müssen über ein wirklich ernstes Thema reden‹, und ich dachte nur: ›Oh, Scheiße! Was habe ich gesagt? Welchen Witz habe ich gemacht? Habe ich irgendwo Lichess erwähnt?‹ Und er sagte: ›Ich will dir ja nicht zu nahe treten, aber ich glaube, du machst einen großen Fehler. Du konzentrierst dich nicht genug auf kurze Inhalte.‹ Ich sagte: ›Da ist doch kein Geld zu holen, warum sollte ich also? Das ist so dumm.‹ Aber dann habe ich es trotzdem getan, und es ist wirklich unglaublich.«

Rozman begann, Kurzvideos zu erstellen, in denen er über aktuelle Themen und lustige Momente aus der Schachwelt berichtete oder schnelle Wege aufzeigte, wie man seinen Gegner schachmatt setzt. »Er macht daraus etwas äußerst Unterhaltsames in 60 oder 30 Sekunden oder sogar noch weniger«, sagte Christopher Schroth von Chess.com. »Das ist sehr wiederholbar und sehr sehenswert.«

Am 24. Dezember 2022 durchbrach Rozman die Marke von zwei Millionen Abonnenten auf YouTube, und die dritte Welle brachte ihn nur 59 Tage später, am 20. Februar 2023, auf drei Millionen. In diesem Zeitraum erreichte er 25 bis 30 Prozent seiner Lifetime-Views. Am 21. November 2023 tweetete Rozman: »Vor einem Jahr habe ich meinen allerersten kurzen Videocontent hochgeladen. Seitdem: Tiktok: 616 Millionen Aufrufe; IG Reels: 293 Millionen Aufrufe; YT-Shorts: 878 Millionen Aufrufe; insgesamt: 1,787 MILLIARDEN Aufrufe. Und, was am wichtigsten ist: Diese User bleiben dabei, um sich längere Videos anzusehen, und fühlen sich dem Schachspiel irgendwie verbundener.«

Seit Beginn der Pandemie verging kaum ein Tag, an dem Rozman kein Video erstellt hat. Hans Niemann sagt oder tut etwas? Rozman macht einen Clip dazu. Magnus gewinnt eine schöne Partie? Rozman nimmt einen Clip auf. »Das ist bei mir richtig Routine«, sagt er. »Es ist mit die einzige Routine, die ich erfolgreich umsetzen konnte. Na ja, jeder will irgendwie besser schlafen, besser essen, ins Fitnessstudio gehen – und hört doch bald wieder auf damit. Aber ich habe sogar im Urlaub Mikro und Webcam dabei, mache im Hotelzimmer ein Video und genieße dann den Tag.«

Abgesehen von seiner Hartnäckigkeit, der intelligenten Nutzung von YouTube und den Kurzinhalten – was hat Levy zum mit Abstand größten Schach-YouTuber gemacht? »Ich benutze Humor und bin gut darin, Dinge zu erklären«, sagte er der niederländischen Tageszeitung *de Volkskrant* im Januar 2023. Ein halbes Jahr später meinte er gegenüber der Website Tubefilter: »Kann sein, ich bin lustig. Kann sein, ich baue Witze ein. Oder ich erkläre Konzepte besser, ich weiß es nicht. Ich war schon immer gut darin, vor einem Publikum, das zuhören wollte, über Schach zu sprechen, weil ich Kinder unterrichten musste. Das ist sehr schwierig. Als ich mit 19 anfing, Schach zu unterrichten, wurde ich vor eine Gruppe von Fünfjährigen gestellt, und ich konnte es einfach. Das ist wie ein Albtraum. Aber ich war in der Lage, es zu tun, also keine Ahnung.«

Michael Brancato von Chess.com hat für Levys Erfolg folgende Erklärung: »Ich denke, es ist seine echte Begeisterung für das, was passiert. ›Und er opfert … den Tuuuurm!‹ Solche Dinge. Die Leute lassen sich davon mitreißen, und er lässt es wirklich episch und cool erscheinen. Und er kommt als ein sehr entspannter Typ rüber, sehr energisch, aber auch extrem zugänglich. Er ist leicht zu verstehen, er wirkt cool, aber er ist auch sehr gut im Schach und im Erklären schwieriger Konzepte.«

»Ich würde ihn als Innovator bezeichnen«, sagte Christopher Schroth von Chess.com. »So wie die Chessbrah-Jungs den Weg für einen Erfolg auf Twitch geebnet haben, hat Levy viel Innovatives auf der YouTube-Seite geleistet.«

Neben den Lehrvideos wies Schroth auch darauf hin, dass Rozman wie kein anderer mit Clips erfolgreich ist, die das Spielen gegen Bots wie Chess.coms Mittens behandeln: »Jeden einzelnen Tag liege ich unseren Content-Leuten in den Ohren, dass soundso viele Leute gegen unsere Bots spielen und sie endlich Videos über sie machen müssen.« Rozman ist das perfekte Beispiel dafür: Fünf seiner sechs meistgesehenen Videos, die alle mehr als fünf Millionen Aufrufe haben, handeln vom Spielen gegen Bots.

Im Frühsommer 2024 hatte der GothamChess-Kanal fünf Millionen Abonnenten und über zwei Milliarden Gesamtaufrufe, mehr als jeder andere schachorientierte Kanal auf YouTube. In der Zwischenzeit veröffentlicht Rozman im Oktober 2023 sein erstes Buch mit dem Titel *How to Win at Chess (Wie man beim Schach gewinnt)*, das er als »Straßenkarte vom Anfänger zum Fortgeschrittenen« beschrieb. Das Buch, ein *New York Times*-Bestseller, ist durch QR-Codes am Ende der Kapitel direkt mit seiner Arbeit auf YouTube verknüpft, um zusätzliche Übungen zu ermöglichen. Im November 2023 wurde er in der Kategorie Spiele der Forbes-Liste der unter 30-Jährigen als »der inoffizielle Schachlehrer des Internets« aufgeführt. Sein nächstes Buch könnte er also glatt *How to Win on YouTube* nennen.

Der Heilige Gral

Heutzutage gibt es Hunderte von Streamern, die täglich in den unterschiedlichsten Sprachen Schachinhalte anbieten. Nach Rozman und Nakamura ist der erfolgreichste englischsprachige Schachkanal BotezLive – Alexandra und Andrea Botez – mit 1,3 Millionen Followern auf Twitch und 1,4 Millionen Abonnenten auf YouTube. Im Jahr 2022 wurde ihr Kanal bei den Streamer Awards zum Best Chess Streamer gekürt.

Als erste erfolgreiche Streamerinnen haben die Botez-

Schwestern den Weg für andere Frauen geebnet, um mit Schach ihren Lebensunterhalt zu verdienen. Anna Cramling, Dina Belenkaya, Tallulah Roberts, Alessia Santeramo, Qiyu »Nemo« Zhou, Anna Rudolf und Anna-Maja Kazarian gehören zu den vielen Streamerinnen, die gezeigt haben, dass das Schachstreaming nicht so männlich dominiert ist wie die traditionelle Schachwelt. Manchmal werden diese beiden Welten sogar »verschmolzen«. Cramling, die Botez-Schwestern, Belenkaya und Kazarian haben gelegentlich eine Kamera mitgenommen, wenn sie Turniere spielten. In Zusammenarbeit mit den Veranstaltern wurden dann Liveaufnahmen ihrer Partien auf ihren Twitch-Kanälen ausgestrahlt, immer wieder auch mit Kommentar einer befreundeten Person.

Der beliebteste deutsche Schachstreamer ist The Big Greek, der im richtigen Leben Georgios Souleidis heißt. Er wurde als Sohn griechischer Eltern am 6. Juli 1972 in Hagen geboren, besuchte das dortige Rahel-Varnhagen-Kolleg und studierte später Journalismus und Kommunikation an der Ruhr-Universität Bochum, wo er 2007 seinen Abschluss machte. Genau wie dem Autor dieses Buches sollte auch ihm sein Studium später zu einer erfolgreichen Karriere in der Schachwelt verhelfen.

Souleidis wurde ein starker Schachspieler, der 1999 den Titel eines Internationalen Meisters erhielt und zweimal eine Höchstwertung von 2440 erreichte. In den frühen 2010er-Jahren wurde er als Schachjournalist und Autor aktiv. Er betätigte sich als Chefredakteur für die Website der Schachbundesliga, betrieb den populären Schachblog *Entwicklungsvorsprung* und war Pressesprecher bei zwei der größten deutschen Turniere, dem Sparkassen Chess Meeting und dem Grenke Chess Classic.

Im Juni 2019 postete Souleidis das erste Video auf seinem neu geschaffenen YouTube-Kanal The Big Greek, wo er sein

Wissen über das Spiel teilt, Schachregeln erklärt und aktuelle Großmeisterpartien sowie Partien aus der Vergangenheit analysiert. Wie bei anderen Schachstreamern begann sein Kanal während der COVID-19-Pandemie sehr schnell zu wachsen. »Ich erinnere mich, dass es im März 2020 über Nacht mehr als hundert Kommentare zu einem meiner Videos gab«, erzählte er mir. »Am nächsten Morgen öffnete ich mein Tablet und hatte wieder über hundert Kommentare. Es war verrückt. Zu dieser Zeit verließ niemand sein Haus, und ganz viele Menschen sahen sich diese Videos an.«

Bald darauf begann er, auch auf Twitch live zu streamen, mit Tausenden von gleichzeitigen Zuschauern, eine Zahl, die nach dem Start der Netflix-Serie *Das Damengambit* noch weiter anstieg. Der Erfolg von The Big Greek wurde bald von den Mainstream-Medien aufgegriffen. So porträtierte ihn beispielsweise die ARD-*Sportschau* in einem Beitrag, in dem auch der deutsche Supergroßmeister Vincent Keymer zu Wort kam. »Es war eine lebensverändernde Erfahrung«, sagt Souleidis, der sich nun ganz seinem Kanal widmete. Bei Abfassung dieses Kapitels, im Mai 2024, ist sein Kanal mit 148 000 Abonnenten und 48 Millionen Aufrufen der erfolgreichste deutschsprachige Schachkanal auf YouTube.

Wie viele andere Streamer betreibt Souleidis mittlerweile mehrere YouTube-Kanäle für verschiedene Arten von Videos: The Big Greek Highlights bietet Stream-Höhepunkte und schachfremde Inhalte, und The Big Greek Shorts bietet täglich Schachmatt-Rätsel und Lösungen in kurzen Videos. Er hat seine Livestreams reduziert, da er sie als zu stressig empfand, aber auch ohne sie ist sein Einkommen ähnlich hoch wie bei einem Spitzenjob und sogar besser bezahlt, wenn man berücksichtigt, dass er nicht acht Stunden am Tag arbeitet. Trotzdem ist es nicht einfach, jeden Tag ein neues Video zu veröffentlichen, und das schon seit vier Jahren. Nur glaube ich, dass genau diese Beständigkeit einen Großteil des Erfolgs ausmacht.

Interessanterweise hat Souleidis viele andere dazu inspiriert, mit dem Streaming von Schach in deutscher Sprache zu beginnen. Bevor er anfing, gab es nur ein paar Kanäle, und der größte, Großmeister Niclas Huschenbeth, tat es auf Englisch, weil er dachte, der deutsche Markt sei zu klein. Jetzt erstellt auch er Videos auf Deutsch, außerdem gibt es inzwischen noch andere deutsche Schachkanäle auf YouTube, sogar von eher schwachen Spielern. Souleidis sieht darin kein Problem, und in diesem Sinne könnte man ihn als einen Fan des Pogchamps-Formats bezeichnen: »Ich bin ein großer Befürworter davon, Welten zusammenzuführen, weil es letztendlich gut für das Schach ist. Es geht nicht um den ›Niedergang der Kultur‹ im Schach. Das ist Blödsinn. Es ist genau das Gegenteil: Man bringt die Kultur zu den Menschen, man bringt Schach zu jedem, der Schach spielen will. Dabei kommt es nicht darauf an, wie gut man ist. Jeder sollte lernen, Schach mehr auf spielerische Art und Weise zu betreiben und Spaß zu haben.«

Man kann über Schach und Streaming nicht reden, ohne Antonio Radić zu erwähnen, den kroatischen Amateurschachspieler hinter dem YouTube-Kanal Agadmator. Radićs Schachkanal war der erste, der am 7. Februar 2021 die Marke von einer Million Abonnenten durchbrach. Levy Rozman, der das Gleiche vier Monate später erreichen sollte, twitterte: »Gratuliere! Pionier des YouTube-Spiels und Inspiration für viele Schachspieler und Content-Ersteller.«

Radić macht täglich ein Video, in dem er sein Wissen und seine Ideen über die Schachgeschichte und heutige Partien teilt. Es ist seine positive Ausstrahlung, die viele dazu bringt, gerne wiederzukommen. »Es gibt Leute, die sagen, meine Videos verschönern ihren Tag. Manche schauen sie sich beim Essen an, andere schlafen dabei ein und sagen mir, dass ich eine unglaublich beruhigende Stimme habe«, erzählte er ESPN im August 2020. »Wieder andere schreiben mir, meine Videos würden ihnen helfen, mit Depressionen fertigzuwerden, oder lassen mich wissen, dass ihre Kinder statt Fortnite jetzt Schach anschauen. Nichts könnte mich glücklicher machen.«

Inzwischen hat sich auch der derzeitige Schachboom in Indien in großen Erfolgen auf YouTube niedergeschlagen. Eine wichtige Rolle bei der Onlinerevolution spielten der Stand-up-Comedian Samay Raina sowie das Ehepaar Sagar Shah und Amruta Mokal, das den Kanal ChessBase India betreibt. Unermüdlich begleiteten sie die Karrieren mehrerer Wunderkinder aus ein und derselben Generation: die Geschwister Praggnanandhaa und Vaishali Rameshbabu, Arjun Erigaisi, Vidit Gujrathi, Nihal Sarin und last, but not least Dommaraju Gukesh, der als Gewinner des Kandidatenturniers 2024 kurz nach Erscheinen dieses Buches gegen Ding Liren um den WM-Titel spielen wird.

Nachdem Rozman an Agadmator vorbeigezogen ist, haben seither zehn weitere Kanäle eine Million Abonnenten auf YouTube überschritten: GMHikaru, ReyEnigma, Chess Talk, Chesscom, BotezLive, ChessBase India, Alencuatro, Samay Raina, Magnus Carlsen und Anna Cramling. »Ich denke, ich habe dazu beigetragen, dass Schach in der Welt populär geworden ist, und das macht mich sehr glücklich«, sagte mir Radić. »Das ist etwas, auf das ich immer zurückblicken kann, und es wird mich auch dann noch glücklich machen, dass ich, na ja, ein kleiner Teil davon war.«

Es gibt aber noch einen weiteren wichtigen Grund für den

Erfolg der Schachstreamer: Magnus Carlsen. Auch wenn er den Weltmeistertitel abgeben musste, ist der Norweger immer noch die Nummer eins der Weltrangliste und weiterhin der größte Star im Schach – was die Streamer (und der YouTube-Algorithmus!) wissen. Eine unverhältnismäßig große Anzahl von Videos handelt von Carlsen, hat Vorschaubilder mit Carlsen und wirbt mit Titeln, in denen Carlsen vorkommt. Als er im Oktober 2023 über etwas anderes twitterte, bemerkte Carlsen beiläufig, dass Nakamura »ständig meinen Namen für Klicks benutzt«.

Obwohl Carlsen seit 2004, als er Kasparow in Reykjavík ein Remis abtrotzte, eine nationale Berühmtheit ist, sagte mir sein Vater Henrik, sein Sohn könne in Norwegen erst seit der Streaming-Revolution nicht mehr in Ruhe auf die Straße gehen. Und obwohl er weiß, dass die Beschwerde darüber, dass andere mit seinem Namen Geld verdienen, letztendlich sinnlos ist, kann man seinen Unmut schon irgendwie nachvollziehen.

In diesem Zusammenhang steht auch eine Frage, die seit mehr als hundert Jahren diskutiert wird, nämlich ob es ein Urheberrecht auf Schachpartien geben kann. Bereits im 19. Jahrhundert monierten Spitzenspieler wie Wilhelm Steinitz und Emanuel Lasker, dass andere Geld mit Büchern verdienten, die ihre Partien enthielten. Als ich 2007 begann, Spitzenspieler bei der Analyse ihrer Partien in den Presseräumen von Turnieren zu filmen, profitierte auch ich von den Leistungen anderer. So funktioniert unsere Gesellschaft eben, aber manchmal fühlt es sich dennoch ungerecht an.

*

Großen Anteil an der Schachrevolution hat der Umstand, dass Schach nicht mehr nur etwas ist, das man tut, sondern auch etwas, das man sich ansehen kann, ohne selbst besonders gut darin zu sein. Für mich als Schachjournalist und früher Mitarbeiter an Liveübertragungen von Schachturnieren in den Jahren 2014–2019 gab es immer den Heiligen Gral: Wie kann man im Internet oder Fernsehen ein Schachformat schaffen, das auch Leuten Spaß macht, die nur die Grundregeln des Spiels kennen? Ist Schach nicht zu kompliziert, um jemals richtig erfolgreich zu sein?

Mir selbst offenbarte sich die wahre Schönheit des Schachs erst nach einigen Jahren, als ich die grundlegenden Taktiken, Konzepte und berühmten Protagonisten der Schachgeschichte mit ihren brillanten Partien kennengelernt hatte. Wie konnte man diese Schönheit, diese immense Kultur, die mit diesem Spiel verbunden ist, Anfängern vermitteln, die mit Begriffen wie »Karlsbader Struktur« oder sogar etwas so Grundlegendem wie der En-passant-Regel kämpfen?

Ein Gespräch mit dem Großmeister und langjährigen Schachkommentator Daniel King ließ mich erkennen, dass dieser Heilige Gral gar nicht immer außer Reichweite war. Schon vor dem Internet konnte eine Schachübertragung erfolgreich sein, wenn sie zwei wichtige Aspekte einbezog: die Persönlichkeit der Spieler und einen unterhaltsamen Kommentar auf nicht sehr anspruchsvollem Niveau, dem der durchschnittliche Fernsehzuschauer durch Grips-Einschalten folgen konnte.

1993 strahlte der britische Fernsehsender Channel 4 eine ausführliche Übertragung der PCA-Schachweltmeisterschaft in London zwischen Garri Kasparow und Nigel Short aus. Es gab eine einstündige Sendung vor Beginn der Partie, eine weitere halbstündige Sendung um Zug 40 herum, gefolgt von einer halbstündigen Zusammenfassung nach Partieende. King war einer der Kommentatoren, neben den Großmeistern Jon Speelman und Raymond Keene sowie der dreimaligen britischen Frauenschachmeisterin Cathy Forbes. Moderiert wurde die Sendung von Carol Vorderman, die nicht viel über Schach wusste – und das war perfekt.

King erzählte mir, dass die Leute von Channel 4 bei seinem Vorstellungsgespräch für den Kommentatorenjob wissen wollten, wie er über Schach berichten würde. Darauf antwortete er: »Ich möchte hier Journalist sein. Wenn es ein Wimbledon-Finale gibt, will ich wissen, wie die Spieler dorthin gekommen sind. Ich will etwas über ihre Persönlichkeit wissen. Ich möchte wissen, wie sie spielen. Du verstehst vielleicht nicht genau, was in einer Schachpartie vor sich geht, aber ich kann dir etwas über die Emotionen und diesen Spieler erzählen.« Damit stellte er die Produzenten zufrieden. Man konnte Schach wie jeden anderen Sport behandeln.

King hatte ein großes Talent dafür, spannende Kommentare zu liefern und dabei das Zielpublikum im Auge zu behalten. »Wir sind von den absoluten Basics ausgegangen, und wenn es gelegentlich zu detailliert wurde, sagte Vorderman: ›Moment! Das müsst ihr erklären.‹ Es war also eine ganz natürliche Situation.«

King erzählte, dass je länger das Match dauerte (20 Partien, vom 7. September bis zum 21. Oktober), die Kommentatoren das Niveau anheben konnten, da das britische Fernsehpublikum immer mehr vom Schach verstand – ebenso wie Vorderman. Sie begann Dinge zu sagen wie: »Das erkenne ich jetzt! So etwas hatten wir schon einmal.« Oder: »Okay, sie rochieren. Sie machen immer eine Rochade, nicht wahr?«

Diese Sendung war ein großer Erfolg. King betätigte sich auch weiterhin als Kommentator, nicht nur im Fernsehen, sondern später auch im Internet über seinen eigenen YouTube-

Kanal PowerPlayChess. An heutigen Onlineübertragungen genießt er den interaktiven Aspekt, den der Chat ermöglicht: »Das bietet eine zusätzliche Ebene, um die Leute anzuregen. Ich denke, das ist eine fantastische Verbesserung.« Dennoch scheint das, was er 1993 getan hat, die größte Wirkung gehabt zu haben: »Noch heute sagen die Leute zu mir: ›Ich habe mit Schach angefangen, als ich Sie auf Channel 4 gesehen habe.‹ Das passiert mir andauernd.«

In gewisser Weise ist die Streaming-Revolution eine Rückkehr zu diesen frühen Tagen der Kommentierung. Die Streamer zeigen erneut, dass es möglich ist, Neulingen Konzepte auf unterhaltsame Weise zu erklären, und dass Schachübertragungen vor allem auch lustig sein können. Schach gucken kann Spaß machen! Dies spiegelt sich auch im Jahresendbericht 2023 von *streamcharts.com* wider, in dem der Kanal von Chess.com mit 11,18 Millionen Zuschauerstunden der meistgesehene englischsprachige Twitch-Kanal (und der fünfte Kanal insgesamt) ist.

Gleichzeitig beweisen die Streamer, dass *Schach etwas für jeden ist*. Diesbezüglich fühlt man sich an Alfons' X. *Libro de los Juegos* aus dem 13. Jahrhundert erinnert, das Bilder von Adligen und Landstreichern, Jungen und Alten, Männern und Frauen sowie christlichen, muslimischen und jüdischen Figuren beim Schachspiel zeigte. Das neue Phänomen des Schachstreamings mag nicht jedermanns Geschmack sein, aber es steht in einer langen Tradition der Demokratisierung des Spiels und seiner Popularisierung auf der ganzen Welt. Schach hat eine lange Geschichte, aber auch die Zukunft des 1500 Jahre alten, immergrünen Brettspiels, das sich stets neu erfindet, ohne sich zu verändern, ist rosig. Vielleicht hat ja die Schachrevolution auch gerade erst begonnen.

Epilog

Es wird oft behauptet, dass es weltweit 600 Millionen Schachspieler gibt. Diese Zahl wurde unter anderem von weltberühmten Institutionen wie der *New York Times,* CNN, der BBC und sogar den Vereinten Nationen genannt. Aber woher kommt diese Zahl, und was bedeutet sie?

Im Jahr 2012 führte ein Schachevent-Veranstalter namens Agon in Zusammenarbeit mit dem maßgeblichen britischen Meinungsforschungsinstitut YouGov eine Umfrage durch. Die Ergebnisse in Großbritannien, den USA, Russland und Indien, bei denen die Teilnehmer angaben, ob sie in der letzten Woche, im letzten Monat oder im letzten Jahr mindestens einmal Schach gespielt haben, wurden dann auf die Weltbevölkerung hochgerechnet, allerdings ohne Berücksichtigung der Tatsache, dass diese Stichproben kaum repräsentativ für die Bevölkerung anderer Länder waren.

Agon verschickte triumphierend eine Pressemitteilung, in der behauptet wurde, es gäbe weltweit 605 Millionen Schachspieler. Als ein Autor des Streatham & Brixton Chess Blog bei YouGov nachfragte, lautete die Antwort: »Ich fürchte, wir haben keine weiteren Informationen darüber, wie diese Zahl zustande gekommen ist. Der Kunde war nicht sehr gut darin, uns Pressemitteilungen zu schicken, damit wir sie überprüfen können, bevor sie an die Öffentlichkeit gelangen.« Die Zahl von 600 Millionen erschien mir ziemlich fragwürdig, aber zwölf Jahre später habe ich das Gefühl, dass sie die Messlatte etwas zu niedrig anlegt.

In seinem 2017 erschienenen Buch *Hit Makers* untersucht Derek Thompson, warum bestimmte Songs, Produkte oder Internet-Memes populär werden und andere nicht. Eine seiner zentralen Ideen ist, dass sich Menschen zu Objekten hingezogen fühlen, die sowohl neu als auch vertraut sind. So wurden beispielsweise die *Star Wars*-Filme zu einem Hit, weil sie ein klassisches Thema (die Reise des Helden) aus einem bekannten Genre (z. B. Western) in einer anderen Umgebung (im Weltraum) aufgriffen.

Etwas Ähnliches könnte der Grund für die Schachrevolution sein, die wir in den frühen 2020er-Jahren erlebt haben. Das uralte Schachspiel ist bekannt und angesehen, lässt sich aber jetzt auf ganz andere Weise genießen. Egal wo Sie sind, können Sie auf Ihrem Telefon gegen jemanden spielen, Ihr Lieblingsschachevent verfolgen oder einen Streamer besuchen. Die Freude am Schach ist nicht mehr auf diejenigen beschränkt, die Hunderte oder gar Tausende von Stunden investiert haben, um alle Feinheiten des Spiels zu lernen. Vor allem unter Jugendlichen hat sich die Wahrnehmung geändert, denn Schach anzuschauen und zu spielen wird als *Spaß* betrachtet. Chess.com und die Ersteller von Inhalten haben dazu erheblich beigetragen.

Gleichzeitig würde ich gerne glauben, dass ein wichtiger Grund für den jüngsten Popularitätsschub das Schachspiel selbst ist. Mit seiner perfekten Balance zwischen Einfachheit und Komplexität hat es seit 1500 Jahren seine Stärke bewiesen, warum also nicht auch in der modernen Zeit? Da Schach so ein Evergreen ist, haben es alle Generationen gespielt – sogar gegeneinander.

Im September 2023 trat der 101-jährige Manuel Álvarez Escudaro bei den Moratalaz Open in Madrid gegen den achtjährigen Martín Courrieu an. Ihre Geburtstage lagen 93 Jahre auseinander (Manuel gewann die Partie). Und während der englische Großmeister Michael Adams im Dezember 2023 im Alter von 52 Jahren das London Chess Classic gewann, machte auch ein achtjähriges Mädchen Schlagzeilen. Die unglaublich talentierte Bodhana Sivanandan aus Harrow im Nordwesten Londons erzielte bei der Blitz-Europameisterschaft 8 ½ aus 13 Punkten gegen ein Feld von hochrangigen Großmeistern, Internationalen Meistern und Experten. Ich bin mir nicht sicher, ob Fischer, Kasparow oder Carlsen in diesem Alter schon so gut waren. Sie hat das Potenzial, das zu übertreffen, was Judit Polgár erreicht hat. Wahrlich inspirierend!

Selbst der Autor dieses Buches, der seit fast zwei Jahrzehnten dem Schreiben den Vorzug vor dem Spielen gibt, hofft manchmal noch auf eine Art Comeback. Aber die Art und Weise, wie sich das Spiel verändert hat, macht das nicht einfacher. In meinem Freundeskreis benutzt heute fast jeder Engines und/oder Chessable, und die meisten Amateure bereiten ihre Eröffnungen bei Schachturnieren damit vor. Ich glaube, das ist einer der Gründe, warum die heutigen Amateure in der Eröffnungsphase des Spiels viel besser sind als, sagen wir, vor einem Jahrzehnt, als dieser Bereich meine Stärke war. Nachdem ich dieses Buch beendet habe, gibt es etwas in mir, das schreit: »Jetzt kannst du wieder Turniere spielen!« Aber es scheint eine größere Herausforderung als je zuvor zu sein, weil ich das Gefühl habe, dieses ganze Eröffnungswissen aufholen zu müssen. Es gibt mehr Möglichkeiten als je zuvor, das Spiel zu lernen, aber das macht es auch viel schwieriger, wieder einzusteigen. Vielleicht probiere ich es trotzdem.

Wie ich hoffentlich in diesem Buch gezeigt habe, ist Schach überall. Es hat sich seit Jahrhunderten behauptet und war starken Veränderungen unterworfen. Deshalb stellt sich jetzt die Frage: Wohin geht die Reise?

Auf der höchsten Ebene hat das klassische Schach am Brett einen kleinen Rückschlag erlitten, als Carlsen im Sommer 2022 ankündigte, seinen Weltmeistertitel nicht mehr verteidigen zu wollen. Genau wie zwischen 1993 und 2006 ist der Status des FIDE-Weltmeisters ungewiss. Der chinesische Spieler Ding Liren übernahm Carlsens Titel im April 2023, nachdem er den Russen Jan Nepomnjaschtschi besiegt hatte, aber Carlsen ist immer noch die klare Nummer eins in der Ratingliste. Den größten Star des Sports bei der wichtigsten Veranstaltung nicht dabeizuhaben ist alles andere als ideal, daher stellt sich die Frage, ob vielleicht wesentliche Änderungen nötig sind, damit er wieder zurückkommt.

Ich bin mir nicht sicher. Die lange Tradition der Weltmeisterschaftskämpfe ist seit 1886 Teil unserer wunderbaren Schachkultur. Wir haben ein ziemlich spannendes Match zwischen Ding und Nepomnjaschtschi gesehen, mit sechs entschiedenen Partien bei klassischer Bedenkzeit. Der niederländische Supergroßmeister Anish Giri sagte mir: »Das Problem ist eines von Magnus, aber er lässt es so klingen, als sei es ein Problem des Schachs.«

Carlsens Kollegen wollen immer noch um den Weltmeistertitel kämpfen, und da die FIDE derzeit wenig geneigt scheint, größere Änderungen vorzunehmen, wird der klassische WM-Zyklus nicht so bald verschwinden. Das klassische Turnierschach könnte jedoch zugunsten anderer Formate und eines kürzeren Zeitlimits in den Hintergrund treten, um den nachwachsenden Generationen gerecht zu werden.

In diesem Zusammenhang wurde im Juni 2023 die Tech Mahindra's Global Chess League (GCL) ins Leben gerufen, an der viele Spitzenspieler teilnahmen. Mit einem Zeitlimit von zehn Minuten für die gesamte Partie und einem Fünf-Sekunden-Inkrement war es die erste offizielle »Franchise-Liga« im Schach. Dasselbe System hat in den letzten 15 Jahren den Kricketsport revolutioniert, vor allem mit der Indian Premier League (IPL).

Ein weiteres neues Topereignis im Jahr 2023 mit einem noch kürzeren Zeitlimit (drei Minuten für die Partie und ein Zwei-Sekunden-Inkrement) war die World Chess Armageddon Championship Series. Nach Angaben der Organisatoren wurden die Höhepunkte dieser K.-o.-Veranstaltungen auf 30 Online- und TV-Plattformen weltweit übertragen, darunter CNBC, Channel 4, beIN und Fox Australia.

Und da kommt noch mehr auf uns zu. Im April 2024 wurde eine neue Schachsendung angekündigt, die nächstes Jahr auf BBC2 ausgestrahlt werden soll. Die von Curve Media produzierte und von der BBC-Redaktion für Factual Entertainment in Auftrag gegebene Sendung *Chess Masters* wird acht Folgen umfassen, in denen hoch qualifizierte Spieler aus verschiedenen Altersgruppen und mit unterschiedlichem Hintergrund in einer Reihe von Schnellpartien gegeneinander antreten, bevor einer von ihnen den Titel des Chess Masters, also Schachmeisters, erhält. Camilla Lewis, ausführende Produzentin bei Curve Media, sagte: »Wir freuen uns, diese warmherzige, integrative und clevere Serie zu produzieren, bei der sowohl emotional als auch strategisch viel auf dem Spiel steht. Es gibt ungenutztes Talent da draußen, und die Zuschauer werden einzigartige Einblicke in die psychologischen und praktischen Aspekte dieses uralten, aber leicht zugänglichen Spiels erhalten, das von allen Kulturen und den unterschiedlichsten Menschen gespielt wird.«

Nach Fischer – Spasski 1972 in den USA, Kasparov – Short 1993 im Vereinigten Königreich und Carlsen – Anand 2013 in Norwegen haben wir also wieder einmal gesehen, dass Schach im Fernsehen spannend sein kann – vor allem, wenn schnelle Action involviert ist. Das Gleiche erleben wir seit einigen Jahren bei Onlineevents, die sicherlich auch weiterhin organisiert und genossen werden.

Vermutlich hat Schach aber das Potenzial, sogar noch mehr zu wachsen. Events wie die Schnellschachmeisterschaft und die Champions Chess Tour – mit ihrer gesteigerten Produktionsqualität, dem Einsatz des Eval-Balkens und dem Fokus auf Spielern, der Persönlichkeit und der Dramatik – haben gezeigt, dass Schach das Potenzial hat, ein Mainstream-Zuschauererlebnis wie bei anderen Sportarten oder Wettkampfspielen sonst zu werden.

Zwei kürzlich durchgeführte Turniere haben gezeigt, dass ein Formatwechsel auch spannend sein kann. An beiden nahm Magnus Carlsen teil, dessen Vorstellungen darüber getestet wurden, wohin sich das Schach entwickeln sollte. Um den Einfluss der Computervorbereitung zu verringern, möchte Carlsen entweder ein kürzeres Zeitlimit im regulären Schach oder ein längeres im Chess960 (erwähnt in Kapitel 4). Im Februar 2024 wurde die erste Freestyle Chess G. O. A. T. Challenge auf Gut Weißenhaus in Norddeutschland abgehalten. Es war das erste Chess960-Turnier mit langem Zeitlimit, und aufgrund des großen Erfolgs plant Initiator und Sponsor Jan Henric Buettner, in Zukunft weitere Veranstaltungen durchzuführen. Einen Monat später wurde beim Grenke-Turnier in Karlsruhe klassisches Schach gespielt, allerdings mit zwei Partien à 45 Minuten pro Tag anstelle einer langen Partie. Auch hier kam Carlsens Idee bei den Fans gut an.

Meiner Meinung nach können und sollten diese neuen Entwicklungen neben unserer klassischen Tradition bestehen. Dazu müssten wir das Schachspiel vielleicht eher wie die Leichtathletik behandeln, wo die einzelnen Disziplinen unterschiedliche Zuschauer anlocken. Eine alte Idee von mir ist, Schnell- und Blitzschach noch mehr wie separate Disziplinen zu behandeln, mit eigenen Qualifikationszyklen für die Weltmeisterschaft. Selbst wenn die 100 Meter für viele Menschen das aufregendste Rennen sind, werden auch unsere »Marathon«-Weltmeisterschaften im klassischen Schach immer ihre treue Fangemeinde haben – vielleicht sogar im Fernsehen.

Bis dahin ist es wunderbar zu beobachten, dass Schach mit der Zeit Schritt hält, und das sogar in einer Welt, in der die sozialen Medien einen Großteil unserer Tage beherrschen. Die Content-Ersteller produzieren täglich ansprechende Inhalte, einige davon superpeinlich, oft jedoch sehr unterhaltsam. Während Schach eine kulturelle Ikone bleibt, die mit positiven Eigenschaften wie Intelligenz, Strategie und Cleverness assoziiert wird, erinnern die Influencer die Menschen daran, wie sehr sie das Spiel mögen, und ermutigen sie, es zum ersten oder auch fünften Mal in die Hand zu nehmen.

Aus dem *Libro de los Juegos* von König Alfons X. und vielen mittelalterlichen Geschichten wissen wir, dass Frauen früher genauso gerne Schach spielten wie Männer. In der Gegenwart gibt es die positive Entwicklung, dass Schach durch *Das Damengambit* auch bei Mädchen und Frauen wieder populärer wird, und das nicht nur bei Streamerinnen. Im Dezember 2020, zwei Monate nach dem Erscheinen der Netflix-Serie, verzeichnete Chess.com einen Anstieg von 15 Prozent bei den Neuanmeldungen von Frauen, während die Nachfrage nach Schachunterricht bei Mädchen und Frauen ebenfalls zunahm. Es bleibt zu hoffen, dass neue Initiativen wie die Women in Chess Foundation und der FIDE-*Index zur Gleichstellung der Geschlechter im Schach* (in Kapitel 3 erwähnt) dazu beitragen können, ein sichereres Umfeld für Spielerinnen aller Geschlechter und Herkunft zu schaffen.

In der kommerziellen Gesellschaft, in der wir leben, kann der Erfolg einer Sportart daran gemessen werden, welche globalen Marken mit ihr verbunden sind. Es gibt Sponsoring für einzelne Spieler, von Intels Partnerschaft mit Fabiano Caruana bis hin zu der von Puma und Carlsen. Aber keine der großen westlichen Marken ist mit einem Schachturnier verbunden. Die engen Beziehungen der FIDE zu Russland waren dabei nicht hilfreich. Seit vielen Jahren hätte eine einfache Google-Suche nach dem FIDE-Präsidenten, sei es Kirsan Iljumschinow oder Arkadi Dworkowitsch, eine westliche Marke, die möglicherweise an einer Verbindung mit dem Spiel interessiert war, verscheucht. Das Onlineschach ist in diesem Bereich erfolgreicher gewesen. Im Jahr 2023 hatte Chess.com Partnerschaften mit Marken wie Supercell und Duolingo, und für die Zukunft werden weitere erwartet.

Im Dezember 2023 unterzeichnete Chess.com eine Vereinbarung mit der Entertainment-Agentur WME, einer Tochtergesellschaft des globalen Sport- und Entertainment-Unternehmens Endeavor. »WME wird mit Chess.com zusammenarbeiten, um das Schachspiel durch die Entwicklung von non-scripted Content (einschließlich Dokumentarfilmen) zu verstärken, V. I. P.-lastige Momente zu schaffen, zur Gewinnung neuer Zuschauer Crossover-Inhalte zu kreieren und das Wachstum des Spiels durch die Steigerung seines Ansehens in den Mainstream-Medien anzukurbeln«, so die Pressemitteilung.

Neben der FIDE wird Chess.com in der Welt des Schachs

wahrscheinlich eine noch größere Rolle spielen. Vor allem nach der Fusion mit Play Magnus hat die Plattform eine Position im Onlineschach, die einem Monopol gleichkommt, und dadurch natürlich eine Menge Einfluss. Das bringt aber auch viel Verantwortung mit sich, denn Chess.com wird hinsichtlich der Entwicklung des Schachspiels ein Wörtchen mitzureden haben. Da ich mehr als zehn Jahre für das Unternehmen gearbeitet habe, bin ich hier alles andere als neutral, aber ich denke, das Spiel ist in guten Händen.

Intern benutzen die Mitarbeiter von Chess.com oft den Slogan »Let's go chess, let's grow chess«. Er repräsentiert die Hauptgeschäftsstrategie des Unternehmens: die Schachcommunity zu vergrößern. Anstatt ein größeres Stück des Kuchens anzustreben, versucht es stattdessen, einen größeren Kuchen zu backen. Da immer mehr Menschen Schach spielen und ansehen – wahrscheinlich sehr viel mehr als 600 Millionen –, sieht die Zukunft für Schach in der Tat rosig aus.

Danksagung

Ich bin oft gefragt worden: »Wann schreibst du endlich ein Buch?« Wie ich zugeben muss, hat mich der Gedanke an so etwas immer begeistert, nur habe ich es nie in Angriff genommen, weil ich nicht wusste, worum es in einem Buch gehen sollte. Was konnte ich meinen Online-Beiträgen, Videos, Berichterstattungen und Interviews denn groß hinzufügen? Nein, so wie ich das sah, musste es für eine solches Buch einen triftigen Grund geben, den ich einfach nicht hatte – bis zum Oktober 2022.

Deshalb beginne ich meine Danksagung mit dem niederländischen Verleger Casper Luckerhof, der die ursprüngliche Idee dazu entwickelte, nachdem er mich im niederländischen Fernsehen über den Carlsen-Niemann-Skandal reden gehört hatte. Remmelt Otten, der Verleger von *New in Chess*, empfahl mich meinem Agenten Paul Sebes. Genau wie Rik Kleuver sorgte Paul für unschätzbare Hilfe und Unterstützung während des gesamten Prozesses, und Matthew Keeley schenkte mir Ideen und Verbesserungsvorschläge für die ersten Kapitel. Für die Fertigstellung des Buches kam dann wertvolle Hilfe von Robinson-Programmleiter Tom Asker, Projektleiter Peter Jacobs und Lektor Ian Preece, und auch von Ullstein-Lektorin Solveig Raschpichler und Übersetzer Dieter Fuchs.

Ein besonderer Dank geht an meinen guten Freund Arne Moll, der mehr als jeder andere am Schreibprozess beteiligt war. Er las fertige Teile und lieferte Feedback zu den einzelnen Kapiteln, kam aber auch regelmäßig zu mir nach Hause, um mit mir zu brainstormen, in welche Richtung sich das Buch entwickeln sollte. Auch mein Freund Mike Klaien hat mir mit Feedback für fast das gesamte Buch gedient, außerdem steuerte er Korrekturen und jede Menge Ideen für lustige Formulierungen bei.

Gewidmet ist das Buch meiner Frau Míria, die ebenfalls mitlas und mich besser unterstützt hat, als ich mir je hätte träumen lassen. Wenn ich ein versprochenes Essen nicht kochte, weil ich dachte, etwas müsse unbedingt fertiggestellt werden; wenn ich Treffen mit Familie oder Freunden schwänzte, weil ich fand, Recherche sei wichtiger, oder wenn ich an mir zweifelte und das ganze Projekt in Frage stellte – immer verschonte sie mich mit Klagen und half mir im Gegenteil jedes Mal weiter. Hinter jedem Mann, der sein erstes Buch schreibt, steht – zumindest in meinem Fall – eine großartige Frau.

Mein erster Job nach der Universität, vor nunmehr 25 Jahren, war beim Verlag von *New in Chess*. Über vier Jahrzehnte hinweg hat die international renommierte Zeitschrift immer wieder auf die vielen Verbindungen zwischen Schach und (Pop-) Kultur hingewiesen, und ohne sie hätte ich den Überblick in den ersten beiden Kapiteln nicht geben können. In ähnlicher Weise waren die Websites Chessbase.com und Chesshistory.com während meiner Recherchen unverzichtbar.

Darüber hinaus bedanke ich mich bei allen, die sich die Zeit nahmen, mit mir für dieses Buch zu sprechen, oder in anderer Form geholfen haben (in alphabetischer Reihenfolge): Erik Allebest, James Altucher, Maurice Ashley, Jeroen van den Berg,

Angel Blanch, Michael Brancato, Sjors Broersen, Henrik Carlsen, Christopher Chabris, Pia Cramling, John Donaldson, Mark Crowther, Piotr Dachtera, Nathan Ensmenger, John Fernandez, Frederic Friedel, Aviv Friedman, Marty Grund, Leontxo García, Dirk Jan ten Geuzendam, Geurt Gijssen, Anish Giri, Igor Grinchenko, Jan Gustafsson, Eric Hansen, Matias Jose, Brian Karen, Lotis Key, Daniel King, Erwin l'Ami, Stefan Löffler, Gerard Le-Marechal, Sandro Leonori, Wei Ji Ma, Colin McGourty, Amruta Mokal, Ruy Mora, Hikaru Nakamura, Peter Heine Nielsen, Elisabeth Pähtz, Sameer Pathak, Eric Peterson, Macauley Peterson, Malcolm Pein, Judit Polgár, Antonio Radić, Ramachandran Ramesh, Hans Ree, Ian Rogers, Tord Romstad, Daniel Rensch, Sir Tim Rice, Levy Rozman, Anna Rudolf, Anders Rundgren, Matthew Sadler, John Saunders, Jay Severson, Christopher Schroth, Sagar Shah, Greg Shahade, Jennifer Shahade, Daniel Sleator, David Smerdon, Wesley So, Genna Sosonko, Paul van der Sterren, Jeroen Struben, Christer Sturmark, Tarjei Svensen, Peter Svidler, Michael Szalontay, Jan Timman, Robbert van het Kaar, Arlette van Weersel, Aaron Wohl und Brendan Woodroff.

Anmerkungen

1 Beachten Sie bitte, dass Aljechin 1946 als amtierender Weltmeister verstarb und Botwinnik den Titel 1948 übernahm, indem er ein WM-Turnier für sich entschied. Beachten Sie außerdem, dass in dieser Liste die FIDE-Weltmeister Alexander Chalifman, Ruslan Ponomarjow, Rustam Kasimjanov und Wesselin Topalow nicht erwähnt sind, da sie ihre Titel zwischen 1999 und 2005 in einer chaotischen Situation der Schachwelt gewannen, die in Kapitel 4 beschrieben wird.

2 Auch hier ist zu beachten, dass Menchik 1944 als amtierende Weltmeisterin starb und Rudenko den Titel 1950 durch Gewinn eines WM-Turniers übernahm.

3 *Seinfeld*, »The Nose Job«, Staffel 3, Episode 9.

4 *Seinfeld*, »Engagement«, Staffel 7, Episode 1.

5 Walter Tevis' Romane wurden gerne für die Leinwand adaptiert; er schrieb auch *Die Haie der Großstadt, Die Farbe des Geldes* und *Der Mann, der vom Himmel fiel*, die alle verfilmt wurden.

6 Henry Kissinger, *China. Zwischen Tradition und Herausforderung*, übers. v. Helmut Dierlamm u.a., Pantheon 2012, S. 37.

7 »Putin braucht Kriege«, *Der Spiegel* 46/2015, 6. 11. 2015.

8 Johan Huizinga, *Homo Ludens* [1938], übers. v. Hans Nachod, Rowohlt Taschenbuch, 22. Auflage 2011, S. 7 u. 9.

9 Vladimir Nabokov, *Lushins Verteidigung*, übers. v. Dietmar Schulte, bearb. v. Dieter E. Zimmer, Rowohlt 1994, S. 97.

10 Einige bekannte Beispiele sind Lucas van Leydens *Die Schachspieler* (1508, Gemäldegalerie Berlin), Sofonisba Anguissolas *Das Schachspiel* (1555, Nationalmuseum Posen) und Honoré Daumiers *Joueurs d'échecs* (um 1863–1867, Petit Palais in Paris). Neuere Beispiele sind *Schachbrett, Glas und Teller* (1917) des spanischen Kubisten Juan Gris im Philadelphia Museum of Art und M. C. Eschers *Metamorphosis II* (1939) im Escher in Het Paleis Museum in Den Haag, Niederlande.

11 Ebenda, S. 299.

12 Lewis Carroll, *Durch den Spiegel und was Alice dort fand*, in: *Die Alice-Romane*, übers. v. Günther Flemming, Reclam 2017, S. 154.

13 Es wäre so unmöglich wie unnötig, alle Bücher und Geschichten aufzulisten, in denen Schach eine wichtige Rolle spielt. Am Ende dieses Abschnitts fühle ich mich jedoch verpflichtet, noch einige wenige zu erwähnen: Agatha Christies *Die großen Vier*, Ilya Ilfs und Jewgeni Petrows *Zwölf Stühle,* Elias Canettis *Die Blendung*, Samuel Becketts *Murphy*, Isaac Asimovs *Einbruch der Nacht* und *Radioaktiv …!*, Ian Flemings *Liebesgrüße aus Moskau*, John Healys *The Grass Arena,* J. K. Rowlings *Harry Potter und der Stein der Weisen*, Arturo Pérez-Revertes *Das Geheimnis der schwarzen Dame* und *Dreimal im Leben*, Tom Clancys *Red Rabbit* und Amy Tans *Töchter des Himmels*.

14 Aaron Nimzowitsch, *Mein System*, Das Schach-Archiv 1965, Kap. 4.2a (nimzowitsch.net).

15 Es ist anzumerken, dass die Figur des Sergievsky auch

Elemente von Anatoli Karpow und Viktor Kortschnoi aufweist, den beiden, die 1978 in Baguio City auf den Philippinen und 1981 in Meran Wettkämpfe um die Weltmeisterschaft austrugen – Rice besuchte sogar die letztgenannte Veranstaltung. Sergievskys Flucht aus der Sowjetunion, bei der er in der britischen Botschaft Asyl sucht, entspricht der Flucht von Kortschnoi im Jahr 1976; und die Figur des Leonid Viigand, der im zweiten Akt auftritt, weist Züge Karpows auf.

16 Ich möchte kurz vier weitere Filme erwähnen, die auf Fiktion beruhen und bei denen ich sowohl den Schachpart als auch die Handlung für äußerst gelungen halte. In dem Thriller *Knight Moves – Ein mörderisches Spiel* von 1992, bei dem Carl Schenkel Regie führte, wird ein Schachgroßmeister, gespielt von Christopher Lambert, mehrerer grausamer Morde beschuldigt. In dem Film *Lushins Verteidigung* aus dem Jahr 2000, der auf Nabokovs Buch basiert und von Marleen Gorris inszeniert wurde, spielen John Turturro den Lushin und Emily Watson seine Frau. *Bauernopfer – Spiel der Könige* ist eine Filmbiografie von Edward Zwick aus dem Jahr 2014, es geht darin um Bobby Fischer (gespielt von Tobey Maguire) und seinen Kampf gegen die sowjetischen Schachspieler. Und in jüngerer Zeit gab es *The Coldest Game* (2019) mit einem alkoholkranken Großmeister (Bill Pullman), der vor dem Hintergrund der kubanischen Raketenkrise in einen Spionagefall verwickelt wird.
Es gibt aber auch viele Schachfilme, die wahren Ereignissen folgen und den Lesern dieses Buches empfohlen werden können, zum Beispiel *Searching for Bobby Fischer* (1993), *Life of a King* (2013), *The Dark Horse* (2014), *Queen of Katwe* (2016) und *Critical Thinking* (2020). Und die kanadische

Dramaserie *Endgame* (2011) ist zwar kein Spielfilm, zeigt aber einen ehemaligen russischen Schachchampion (gespielt von Shawn Doyle), der seine Schachfähigkeiten nutzt, um Kriminalfälle zu lösen.

17 Er weist auf die vielen Ähnlichkeiten zwischen Schach und Musik hin: Beide sind eine universelle Sprache (wodurch Alter, Geschlecht, Rasse oder Religion irrelevant werden) und ein Mittel des persönlichen Ausdrucks (Musiker und Schachspieler haben jeweils einen individuellen Stil); beide sind eine performative Kunst, die eben gespielt, also ausgeübt wird; beide haben eine symbolische Sprache, und beide beruhen auf Mustern (Abfolgen von Noten oder Zügen).

18 Richard P. Feymann, *Es ist so einfach*, übers. v. Inge Leipold, Piper 2012.

19 Ferdinand de Saussure: Grundfragen der allgemeinen Sprachwissenschaft. Hg. v. Charles Bally u. Albert Sechehaye. Übers. v. Herman Lommel. Berlin: Walter de Gruyter 2001, S. 104 f.

20 Ludwig Wittgenstein, *Philosophische Untersuchungen*, Suhrkamp 1984, § 31 (S. 254 f.) u. § 108 (S. 298).

21 In Deutschland sind es knapp 10 Prozent; Anm. d. Übers.

22 Charles Babbage, *Passagen aus einem Philosophenleben*, übers. v. Holger Sweers, Kulturverlag Kadmos 1997, S. 320 f.

23 Douglas Hofstadter, *Gödel, Escher, Bach – ein endlos geflochtenes Band*, übers. v. Philipp Wolff-Windegg u. a., Klett-Cotta 1985, S. 164.

24 Jewgeni Barejew u. Ilja Lewitow, Von London bis Elista, übers. v. Jörg Stephan, New in Chess 2008, S. 269.

25 Ebenda, S. 265.

26 Demis Hassabis, »Einführung«, in: Matthew Sadler u. Natasha Regan, *Zeitenwende im Schach*, übers. v. Harald Keilhack, New in Chess 2019, S. 13.

27 Neurale Netzwerke sind vielseitiger, und durch Training können sie lernen, viele verschiedene Dinge zu tun, zum Beispiel Katzen und Hunde erkennen, indem sie Tausende entsprechend beschrifteter Beispiele betrachten.

28 Ebenda, S. 14.

29 Tom Standage, *Der Türke: Die Geschichte des ersten Schachautomaten und seiner Reise um die Welt*, übers. v. Thomas Merk u. a., Campus Verlag 2002, S. 28.

30 Ebenda, S. 32

31 youtube.com/watch?v=zZ0DKfaNj6Y, Minute 8:30.

32 R = Rook (Turm); N = Knight (Springer); B = Bishop (Läufer); Q = Queen (Dame); P = Pawn (Bauer); Anm. d. Ü.

33 Hier nicht im Sinne von »Alias, Deckname«, sondern wörtlich »Griff, Heft, Schaft«; Anm. d. Ü.

Quellen

Bücher

Adams, Jenny, *Power Play: The Literature and Politics of Chess in the Late Middle Ages*; University of Pennsylvania Press, 2006.

Agdestein, Simen, *Wunderjunge: Wie Magnus Carlsen der jüngste Schachgroßmeister der Welt wurde*; New in Chess, 2004.

al-Ya'qūbī, Ahmad Ibn-Abī-Ya'qūb, *The Works of Ibn Wāḍih al-Ya'qūbī: An English Translation*; Brill, 2018.

Awerbach, Juri, *A History of Chess: From Chaturanga to the Present Day*; Russell Enterprises, 2012.

Babbage, Charles, *Passagen aus einem Philosophenleben*; Kulturverlag Kadmos, 1997.

Basalla, Bob, *Chess in the Movies*; Thinkers' Press Wonderworks, 2005.

Bonito Oliva, Achille, *The Delicate Chess-board: Marcel Duchamp 1902/1968*; Palazzo Reale, 1973.

Borges, Jorge Luis, *Selected Poems*; Penguin, 2000.

Brady, Frank, *Endgame: Bobby Fischer's Remarkable Rise and Fall: From America's Brightest Prodigy to the Edge of Madness*; Crown Publishing Group, 2012.

Campbell, Eric, *Absurdistan: A Bumpy Ride Through Some of the World's Scariest, Weirdest Places*; Harper Collins, 2005.

Campbell-Kelly, Martin, et al., *Computer: A History of the Information Machine*; Routledge, 2023.

Carroll, Lewis, *Durch den Spiegel und was Alice dort fand*, in: *Die Alice-Romane*; übers. v. Günther Flemming, Reclam, 2017.

Cazaux, Jean-Louis, u. Knowlton, Rick, *A World of Chess: Its Development and Variations Through Centuries and Civilizations*; McFarland & Co., 2017.

Chapin, Sasha, *All the Wrong Moves: A Memoir About Chess, Love, and Ruining Everything*; Doubleday, 2019.

Collins, John W., *My Seven Chess Prodigies: The Personal and Professional Stories of the Young American Geniuses I have Tutored*; Simon and Schuster, 1974.

Danielsen, Arne, *Magnus: Biografie van een grootmeester*; Thomas Rap, 2014.

Darrach, Brad, *Bobby Fischer vs. the Rest of the World*; Stein and Day, 1974.

Desjarlais, Robert R., *Counterplay: An Anthropologist at the Chessboard*; University of California Press, 2011.

Diepen, Peter van, u. van den Herik, Jaap, *Schaken voor computers*; Academic Service, 1987.

Donaldson, John, *Bobby Fischer and His World: The Man, the Player, the Riddle, and the Colorful Characters Who Surrounded Him*; Siles Press, 2020.

Donner, Jan H., *The King: Chess Pieces*; New in Chess, 2006.

Eales, Richard, *Chess: The History of a Game*; Facts on File, 1985.

Edmonds, David u. Eidinow, John, Wie *Bobby Fischer den Kalten Krieg gewann: Die ungewöhnlichste Schachpartie aller Zeiten*; Fischer, 2007.

Eeden, Ed van, *De Polgár-zusters, of de creatie van drie schaakgenieën*; Nijgh & Van Ditmar, 1990.

Egmond, Wolfert S. van, u. Mostert, Marco (Hg.), *Spelen in de Middeleeuwen: over schaken, dammen, dobbelen en kaarten*; Verloren, 2001.

Ekbia, Hamid R., *Artificial Dreams: The Quest for Non-Biological Intelligence*; Cambridge University Press, 2008.

Elo, Arpad, *The Rating of Chess Players, Past and Present*; Arco, 1978.

Epstein, David, *Die Siegergene: Talent, Übung und die Wahrheit über außergewöhnlichen Erfolg*; Redline Verlag, 2020.

Feynman, Richard P., *The Pleasure of Finding Things Out*; Helix Books/Perseus Books, 1999.

Fischer, Bobby, *Meine 60 denkwürdigen Partien*; Schachzentrale Rattmann, 2008.

Fox, Mike, u. James, Richard, *The Even More Complete Chess Addict*; Faber & Faber, 1994.

Freeman Fahid, Deborah, *Chess and Other Games Pieces from Islamic Lands*; Thames & Hudson, 2018.

García, Leontxo, *Ajedrez y ciencia, pasiones mezcladas*; Editorial Crítica, 2013.

Gladwell, Malcolm, *Outliers: Die Geheimnisse erfolgreicher Menschen*; FinanzBuch Verlag, 2023.

Gobet, Fernand, *The Psychology of Chess*; Routledge, 2018.

Gormally, Daniel, *Insanity, Passion and Addiction: A Year Inside the Chess World*; Chess Evolution, 2016.

Graham, John, *Women in Chess: Players of the Modern Age*; McFarland & Co., 1987.

Grünberg, Regina, u. Treppner, Gerd, *Frauen am Schachbrett*; Bange Verlag, 1991.

Hearst, Eliot, u. Knott, John, *Blindfold Chess: History, Psychology, Techniques, Champions, World Records, and Important Games*; McFarland & Co., 2013.

Hochburg, Burt (Hg.), *The 64-Square Looking Glass: The Great Game of Chess in World Literature*; Times Books, 1993.

Hofstadter, Douglas R., *Gödel, Escher, Bach: ein Endloses Geflochtenes Band*; Klett-Cotta, 2016.

Hsu, Feng-hsiung, *Behind Deep Blue: Building the Computer that Defeated the World Chess Champion*; Princeton University Chess, 2002.

Huizinga, Johan, *Homo Ludens* [1938]; übers. v. Hans Nachod, Rowohlt Taschenbuch, 22. Auflage, 2011.

Hurst, Sarah, *Chess on the Web*; Batsford, 1999.

Hurst, Sarah, et al., *Chess on the Web: New Edition*; Batsford, 2003.

Isaacson, Walter, *Benjamin Franklin: An American Life*; Simon and Schuster, 2004.

Johnson, Daniel, *White King and Red Queen: How the Cold War Was Fought on the Chessboard*; Mariner Books, 2008.

Judovitz, Dalia, *Unpacking Duchamp: Art in Transit*; University of California Press, 1998.

Kasparow, Garri, *Child of Change*; Hutchinson, 1987.

Kasparow, Garri, *Meine grossen Vorkämpfer: Die herausragenden Partien der Schachweltmeister, Band 6: Robert James Fischer*; Edition Olms, 2021.

Kasparow, Garri, *Garry Kasparov on Garry Kasparov, Part I: 1973–1985*; Everyman Chess, 2013.

Kasparow, Garri, *Garry Kasparov on Garry Kasparov, Part II: 1985–1993*; Everyman Chess, 2013.

Kasparow, Garri, *Garry Kasparov on Garry Kasparov, Part III: 1993–2005*; Everyman Chess, 2014.

Kasparow, Garri, *Garry Kasparov on Modern Chess, Part II: Kasparov vs. Karpov 1975–1985*; Everyman Chess, 2011.

Kasparow, Garri, *Strategie und die Kunst zu leben: Von einem Schachgenie lernen*; Piper Verlag München, 2007.

Kasparow, Garri, *Deep Thinking: Where Machine Intelligence Ends and Human Creativity Begins*; Public Affairs, 2017.

King, Daniel, *Kasparov v Deeper Blue: The Ultimate Man v Machine Challenge*; Trafalgar Square, 1997.

Kloprogge, Mathieu, u. Kloprogge, Ine, *Chessmen: Art and History*; Gopher, 2007.

Konnikova, Maria, *Täuschend echt und glatt gelogen: Die Kunst des Betrugs*; Nagel und Kimche, 2017.

Kortschnoi, Viktor, *Mein Leben für das Schach*; Edition Olms, 2004.

Levy, David, u. Newborn, Monroe, *More Chess and Computers: The Microcomputer Revolution; the Challenge Match*; Computer Science Press, 1980.

Levy, David, u. Newborn, Monroe, *Microcomputers and Chess*, in: *All About Chess and Computers*; Springer, 1982.

Levy, David (Hg.), *Computer Chess Compendium*; Springer, 1988.

Marek, Yves, *Art échecs et mat*; Actes Sud, 2008.

Mast, Gerald, *A Short History of the Movies*; Pegasus, 1971.

Monté, Peter J., *The Classical Era of Modern Chess*; McFarland & Co., 2014.

Müller, Karsten, *Bobby Fischer: Die Karriere und alle Partien des amerikanischen Weltmeisters*; New in Chess, 2010.

Müller, Karsten, u. Schaeffer, Jonathan, *Man vs. Machine: Challenging Human Supremacy At Chess*; Russell Enterprises, 2018.

Murray, Harold J. R., *A History of Chess*; Clarendon Press (Oxford), 1913.

Nabokov, Vladimir, *Lushins Verteidigung*; Rowohlt, 1999.

Nabokov, Vladimir, *Poems and Problems*; McGraw-Hill, 1970.

Naumann, Francis, et al., *Marcel Duchamp: The Art of Chess*; ReadyMade Press, 2009.

Nimzowitsch, Aaron, *Mein System*; Niggemann, 2010.

O'Sullivan, Daniel E. (Hg.), *Chess in the Middle Ages and Early Modern Age: A Fundamental Thought Paradigm of the Premodern World, Vol. 10*; De Gruyter, 2012.

Pandolfini, Bruce, *Kasparov and Deep Blue: The Historic Chess Match Between Man and Machine*; Simon and Schuster, 1997.

Pliseckij, Dmitrij. Voronkov, Sergey, *Russians Versus Fischer*; Everyman Chess, 2005.

Polgár, László, *Nevelj Zsenit! (Bring Up Genius!)*; Interart, 1989.

Polgár, Zsuzsa, u. Shutzman, Jacob, *Queen of the Kings Game*; CompChess, 1997.

Polgár, Zsuzsa, u. Truong, Paul, *Breaking Through: How the Polgar Sisters Changed the Game of Chess*; Everyman Chess, 2005.

Ponterotto, Joseph G., *A Psychobiography of Bobby Fischer: Understanding the Genius, Mystery and Psychological Decline of a World Chess Champion*; Charles C Thomas Pub Ltd, 2012.

Rasskin-Gutman, Diego, *Chess Metaphors: Artificial Intelligence and the Human Mind*; The MIT Press, 2009.

Ree, Hans, *Inleiding*, in: *Schaken en Kunst*; Messemaker 1847, 1997.

Ree, Hans, *The Human Comedy of Chess: A Grandmaster's Chronicles*; Russell Enterprises, 1999.

Rippon, Gina, *The Gendered Brain: The New Neuroscience that Shatters the Myth of the Female Brain*; Bodley Head, 2019.

Rogers, Ian, *Rogers' Reminiscences: Bath 1983*, in: *Chess Informant 145*; FIDE, 2020.

De Rosa, Alessandro, *From Ennio Morricone: In His Own Words*; Oxford University Press, 2019.

Rüegsegger, Beat, *Persönlichkeiten und das Schachspiel*; Beat Rüegsegger, 2000.

Sadler, Matthew, u. Regan, Natasha, *Game Changer: AlphaZero's Groundbreaking Chess Strategies and the Promise of AI*; New in Chess, 2019.

Sadler, Matthew, *The Silicon Road to Chess Improvement. Chess Engine Training Methods, Opening Strategies & Middlegame Techniques*; New in Chess, 2022.

Schmaltz, Roland, *The Complete Chess Server Guide*; Schachzentrale Rattmann, 2004.

Shahade, Jennifer, *Chess Queens: The True Story of a Chess Champion and the Greatest Female Players of All Time*; Hodder & Stoughton, 2022.

Shenk, David, *The Immortal Game: A History of Chess*; Anchor, 2007.

Silbermann, Jacob, u. Unzicker, Wolfgang, *Geschichte des Schachs*; Mosaik, 1975.

Standage, Tom, *Der Türke: Die Geschichte des ersten Schachautomaten und seiner Reise um die Welt*; Campus Verlag, 2002.

Taylor, Alexander L. *The White Knight: A Study of C. L. Dodgson (Lewis Carroll)*; Oliver and Boyd, 1952.

Timman, Jan, *Schakers: portretten*; De Bezige Bij, 2012.

Timman, Jan, *The Unstoppable American: Bobby Fischer's Road to Reykjavík*; New in Chess, 2021.

Wade, Robert, u. O'Connell, Kevin (Hg.), *The Games of Robert J. Fischer*; Batsford, 1972

Wells, Herbert G., *Concerning Chess*, in: *Certain Personal Matters: A Collection of Material, Mainly Autobiographical*; William Heinemann, 1897.

Yalom, Marilyn, *Birth of the Chess Queen: A History*; Harper Collins, 2004.

Zographos, Achilleas, *Music and Chess: Apollo Meets Caissa*; Russell Enterprises, 2017.

Wissenschaftliche Arbeiten

Acheson, James, »Chess with the audience: Samuel Beckett's Endgame«; *Critical Quarterly* 22.2, 1980, 33–45.

Agarwal, Neilay Krishna, »Evaluating the effectiveness of chess as a therapeutic tool in the comprehensive management of ADHD«; *Journal of Mind and Medical Sciences* 10.2, 2023, 191–95.

Alliot, Jean-Marc, »Who is the master?«; *ICGA Journal* 39.1, 2017, 3–43.

Arnold, Sophie H., et al., »Checking gender bias: Parents and mentors perceive less chess potential in girls«; *Journal of Experimental Psychology: General*, 2023.

Bilalić, Merim, et al., »Why are (the best) women so good at chess? Participation rates and gender differences in intellectual domains«; *Proceedings of the Royal Society B: Biological Sciences* 276.1659, 2009, 1161–1165.

Blanch, Angel, et al., »Sex differences in chess performance: Analyzing participation rates, age, and practice in chess tournaments«; *Personality and Individual Differences* 86, 2015, 117–121.

Blanch, Angel, u. Llaveria, Anton, »Ability and non-ability traits in chess skill«; *Personality and Individual Differences* 179, 2021, 110909.

Blanch, Angel, »Chess Instruction Improves Cognitive Abilities and Academic Performance: Real Effects or Wishful Thinking?«; *Educational Psychology Review* 34.3, 2022, 1371–1398.

Boruch, Robert, u. Romano, Barbara, »Does playing chess improve math learning? Promising (and inexpensive) results from Italy«; *unveröffentlichtes Manuskript*, 2011.

Brancaccio, Andrea, u. Gobet, Fernand, »Scientific Explanations of the Performance Gender Gap in Chess and Science, Technology, Engineering and Mathematics (STEM)«; *Journal of Expertise* 6.1, 2023.

Campitelli, Guillermo, u. Gobet, Fernand, »Deliberate practice: necessary but not sufficient«; *Current Directions in Psychological Science* 20. 5. 2011, 280–285.

Chabris, Christopher F., »Cognitive and Neuropsychological Mechanisms of Expertise: Studies with Chess Masters«; *Dissertation, Harvard University*, 1999.

Chabris, Christopher, F. u. Hearst, Eliot S., »Visualization, pattern recognition, and forward search: effects of playing speed and sight of the position on grandmaster chess errors«; *Cognitive Science* 27.4, 2003, 637–648.

Chabris, Christopher F., u. Glickman, Mark E., »Sex differences in intellectual performance: analysis of a large cohort of competitive chess players«; *Psychological Science* 17.12, 2006, 1040–1046.

Charness, Neil, »The impact of chess research on cognitive science«; *Psychological Research* 54, 1992, 4–9.

Cheryan, Sapna, et al., »Why are some STEM fields more gender balanced than others?«; *Psychological Bulletin* 143.1, 2017, 1.

Cooper, S. Barry, u. van Leeuwen, Jan (Hg.), »Alan Turing: His Work and Impact«; *Elsevier*, 2013.

Copeland, Jack (Hg.), »The Essential Turing: Seminal Writings in Computing, Logic, Philosophy, Artificial Intelligence, and Artificial Life: Plus the Secrets of Enigma«; *Oxford University Press*, 2004.

Cosgrove, Kelly P., et al., »Evolving knowledge of sex differences in brain structure, function, and chemistry«; *Biological Psychiatry* 62.8, 2007, 847–855.

Joel, Daphna, et al., »Sex beyond the genitalia: the human brain mosaic«; *Proceedings of the National Academy of Sciences* 112.50, 2015, 15468–15473.

Dilmaghani, Maryam, »The gender gap in competitive chess across countries: commanding queens in command economies«; *Journal of Comparative Economics* 49.2, 2021, 425–441.

Dweck, Carol S., »Is math a gift? Beliefs that put females at risk«; *American Psychological Association*, 2007.

Ensmenger, Nathan, »Is chess the drosophila of artificial intelligence? A social history of an algorithm«; *Social Studies of Science* 42.1, 2012, 5–30.

Ericsson, K. Anders, et al., »The role of deliberate practice in the acquisition of expert performance«; *Psychological Review* 100.3, 1993, 363.

Ericsson, K. Anders, »Training history, deliberate practice and elite sports performance: an analysis in response to Tucker and Collins review -

what makes champions?«; *British Journal of Sports Medicine* 47.9, 2013, 533–535.
Fancher, Raymond E., »Alfred Binet, general psychologist«; *Portraits of Pioneers in Psychology* 3, 2013, 67–83.
ten Geuzendam, Dirk Jan, »Kasparov & Co. vs. Topalov & Co.: Tie in Advanced Chess Try-Out«; *New in Chess Magazine*, 1998.
ten Geuzendam, Dirk Jan, »Miguel Illescas: ›That morning we told Deep Blue: »If Garry plays h6, take on e6 and don't check the database. Just play, don't think«‹«; *New in Chess Magazine*, 2009.
ten Geuzendam, Dirk Jan, »Back in Business«; *New in Chess Magazine*, 2020.
Gobet, Fernand, u. Simon, Herbert A., »Templates in chess memory: a mechanism for recalling several boards«; *Cognitive Psychology* 31.1, 1996, 1–40.
Gobet, Fernand, u. Charness, Neil, »Expertise in Chess«; *The Cambridge Handbook of Expertise and Expert Performance*, 2018.
de Groot, A. D., »Het denken van den schaker, een experimenteel-psychologie studie«; *Noord-Hollandsche Uitgevers Maatschappij*, 1946.
Gustafsson, Martin, »Wittgenstein, Language, and Chess«; *Finding One's Way Through Wittgenstein's Philosophical Investigations: New Essays on §§ 1-88*, 2017, 79–93.
Hassabis, Demis, »Artificial Intelligence: chess match of the century«; *Nature* 544, 2017, 413–414.
Howard, Robert W., »A complete database of international chess players and chess performance ratings for varied longitudinal studies«; *Behavior Research Methods* 38, 2006, 698–703.
Howard, Robert W., »Learning curves in highly skilled chess players: a test of the generality of the power law of practice«; *Acta Psychologica* 151, 2014, 16–23.
Hyde, Janet Shibley, »Gender similarities and differences«; *Annual Review of Psychology* 65, 2014, 373–398.
Islam, Asad, et al., »The effects of chess instruction on academic and non-cognitive outcomes: field experimental evidence from a developing country«; *Journal of Development Economics* 150, 2021, 102615.

Jain, Gaurav, et al., »Revisiting attribute framing: the impact of number roundedness on framing«; *Organizational Behavior and Human Decision Processes* 161, 2020, 109–119.

Jerrim, John, et al., »Chess in Schools: Evaluation Report and Executive Summary«; *Education Endowment Foundation*, 2016.

Jerrim, John, et al., »Does teaching children how to play cognitively demanding games improve their educational attainment?«; *The Journal of Human Resources* 53 (4), 2018, 993–1021.

Knapp, Michael, »Are participation rates sufficient to explain gender differences in chess performance?«; *Proceedings of the Royal Society B: Biological Sciences* Vol. 277, Issue 1692, 2010, 2269–2270.

Levy, David, »David Levy delves deeper into – Alan Turing on Computer Chess«; *Alan Turing, His Work and Impact*, 2013.

Lillo-Crespo, Manuel, et al., »Chess practice as a protective factor in dementia«; *International Journal of Environmental Research and Public Health* 16.12, 2019, 2116.

Maass, Anne, et al., »Checkmate? The role of gender stereotypes in the ultimate intellectual sport«; *European Journal of Social Psychology* 38.2, 2008, 231–245.

McCarthy, John, »AI as Sport«; *Science*, 1997, 1518–1519.

Nania, Giulia, »World Alzheimer Report«; *Tumori*, 2021.

Rikers, Remy, »Samantha Green vs. Peter Stevens: reversed gender stereotype threat in online chess«; *Education Sciences* 12.7, 2022, 433.

Roring III, Roy W., »Reviewing expert chess performance: a production-based theory of chess skill«; *Dissertation, Florida State University*, 2008.

Rosholm, Michael, et al., »Your move: the effect of chess on mathematics test scores«; *PloS One* 12.5, 2017, e0177257.

Sala, Giovanni, u. Gobet, Fernand, »Does far transfer exist? Negative evidence from chess, music, and working memory training«; *Current Directions in Psychological Science* 26.6, 2017, 515–520.

de Saussure, Ferdinand: »Grundfragen der allgemeinen Sprachwissenschaft«; hg. v. Charles Bally u. Albert Sechehaye, übers. v. Herman Lommel. Walter, *de Gruyter*, 2001.

Scholten, H. J. G. M., »Het loopt ongenadiglijk mat: Het Schaakleven in Nederland in de negentiende eeuw«; *Dissertation, Scholten*, 1999.

Scholz, Markus, et al., »Impact of chess training on mathematics performance and concentration ability of children with learning disabilities«; *International Journal of Special Education* 23.3, 2008, 138–148.

Schwalbe, Ulrich, u. Walker, Paul, »Zermelo and the early history of game theory«; *Games and Economic Behavior* 34.1, 2001, 123–137.

Shannon, Claude Elwood, »Programing a Computer for Playing Chess«; *The Philosophical Magazine* Ser. 7, Vol. 41, 1950, 256–275.

Simon, Herbert, A. u. Chase, William G. »Skill in chess«; *American Scientist*, 1973.

Slomson, Alan, »Alan Slomson introduces – Turing and Chess«, *Alan Turing, His Work and Impact*, 2013.

Smerdon, David, et al., »Female chess players show typical stereotype-threat effects: commentary on Stafford (2018)«; *Psychological Science* 31.6, 2020, 756–759.

Smerdon, David, »The effect of masks on cognitive performance«; *Proceedings of the National Academy of Sciences* 119.49, 2022, e2206528119.

Turing, Alan Mathison, »Computing machinery and intelligence«; *The Essential Turing: Seminal Writings in Computing, Logic, Philosophy, Artificial Intelligence, and Artificial Life: Plus the Secrets of Enigma*, 2004.

Vaci, Nemanja, u. Bilalić, Merim, »Chess databases as a research vehicle in psychology: modeling large data«; *Behavior Research Methods* 49, 2017, 1227–1240.

Wang, Ming-Te, u. Degol, Jessica L., »Gender gap in science, technology, engineering, and mathematics (STEM): current knowledge, implications for practice, policy, and future directions.«; *Educational Psychology Review* 29, 2017, 119–140.

Wittgenstein, Ludwig, »Philosophische Untersuchungen«; *Suhrkamp*, 2003.

Zermelo, Ernst, »Über eine Anwendung der Mengenlehre auf die Theorie des Schachspiels«; *Proceedings of the Fifth International Congress of Mathematicians* Vol. 2, 1913.

Zilli, Anthony, »Vladimir Nabokov and the Reader's Game«; *Bachelarbeit, University of Michigan*, 2014.

Beiträge in Magazinen und Zeitungen

Borges, Jorge Luis, »El sueño de Lewis Carroll«; *El País*, 1986.

Cantwell, Robert, »Queen of Knights and Pawns«; *Sports Illustrated*, 1961.

Christiansen, Larry, »ICC Celebrates 10 Years of Service«; *New in Chess Magazine*, 2005.

Dalen-Oskam, Karina van, »Toverië of geen toverië? Walewein en Het zwevende schaakbord«; *Bzzlletin 233: Schaken in de literatuur*, 1996.

Edmonds, David, u. Eidinow, John, »Movies and the Sixty-Four Squares«; *New in Chess Magazine*, 2004.

Elshout, Ron, »Schaak! Over Roman van Walewein«; *Bzzlletin 233: Schaken in de literatuur*, 1996.

Gobet, Ferdinand, »The Father of Chess Psychology«; *New in Chess Magazine*, 1999.

Elo, Arpad, »International Rating List! USCF Rating Formulae Now Reveal First Scientific Ranking of All Living Masters«. *Chess Life*, 1962.

Feinstein, Adam, »Che and Chess: A Revolutionary's Passion for the Game«; *New in Chess Magazine*, 2013.

Feinstein, Adam, »Moves and Movies: Stanley Kubrick the Chess Fanatic«; *New in Chess Magazine*, 2013.

Gormally, Danny, »Diary of an ICC Addict«; *New in Chess Magazine*, 2008.

Hartmann, Dap, »Silicon Versus Proteins«; *New in Chess Magazine*, 1990.

Hoffman, Ron, »Schaken met de lezer. The Luzhin Defense van Vladimir Nabokov«; *Bzzlletin 233: Schaken in de literatuur*, 1996.

Horowitz, Israel Albert, »How Far Ahead?«; *Chess Review*, 1946.

Kosters, Onno, »Play it again, Sam. Schaken met Beckett«; *Bzzlletin 233: Schaken in de literatuur*, 1996.

Krabbé, Tim, »Internet Chess: The Adventures and Games of Wakkeliwaan in the Intergalactic Chess Café«; *New in Chess Magazine*, 1995.

Kremer, Mark, »The Chess Career of Marcel Duchamp (1887–1968)«; *New in Chess Magazine*, 1989.

Nielsen, Peter Heine, »When Magnus Met AlphaZero«; *New in Chess Magazine*, 2019.

de Nijs, Pieter, »Een bevrijdende stelling. Marcel Duchamp en het schaakspel«; *Bzzlletin 233: Schaken in de literatuur*, 1996.

Oppewal, Johan, »Grootmeester Kornelis Dirk Mulder van Leens Dijkstra: Een computer heeft geen gevoel wordt dus nooit schaakkampioen«; *Schaakschakeringen 238, NBC*, 1989.

Rayman, Noah, »Female Chess Legend: ›We Are Capable of the Same Fight as Any Other Man‹«; *time.com*, 2015.

Ree, Hans, »Shoes on Fire«; *New in Chess Magazine*, 1993.

Ree, Hans, »Dutch Bargain«; *New in Chess Magazine*, 2000.

Ree, Hans, »Wave of the Future«; *New in Chess Magazine*, 2003.

Short, Nigel, »Vive la Différence!«; *New in Chess Magazine*, 2015.

Vallens, Jennifer, »Is Blitz a Drug?«; *New in Chess Magazine*, 2017.

Verhuyck, Paul. »Schaken in de Franse literatuur van de Middeleeuwen«; *Bzzlletin 233: Schaken in de literatuur*, 1996.

Watson, John, »Yermolinsky Wins World Open … But Von Neumann Steals the Show«; *Inside Chess*, 1993.

Internetbeiträge

Abbruzzese, Jason, u. Rosenblatt, Kalhan, »Fast-and-loose Culture of Esports is Upending Once Staid World of Chess«; *nbcnews.com*, 17. Februar 2020.

Agence France-Presse, »Go Game Master Quits Saying Machines ›Cannot Be Defeated‹«; *theguardian.com*, 27. November 2019.

Alberto Colodro, Carlos, »Chess and the Infinite in Borges«; *chessbase.com*, 14. Juni 2018.

Allerson, Andrew, »Bobby Fischer Takes on All Comers – in Cyberspace«; *news. telegraph.co.uk*, 9. September 2001 (abgerufen über *archive.org* am 7. Januar 2024).

batgirl, »Ben Franklin and Chess«; *chess.com*, 4. Mai 2019.

Beaton, Andrew, u. Robinson, Joshua, »How Sexual Assault Allegations Against a US Chess Grandmaster Went Unaddressed for Years«; *wsj. com*, 7. März 2023.

Browning, Kellen, »Chess (Yes, Chess) is Now a Streaming Obsession«; *nytimes.com*, 7. September 2020.

Carpenter, Nicole, »Why Teens are Suddenly Obsessed with Chess«; *polygon.com*, 12. April 2023.

ChessBase, »Chess, Cycling, Hearing and Other Aids«; *chessbase.com*, 26. August 2006.

ChessBase, »Garry Kasparov: Winter is Coming«; *chessbase.com*, 2. Januar 2016.

Chess.com, »Twitch, Chess.com Partner to Promote Chess Streaming«; *chess.com*, 8. November 2017.

Chess.com, »Chess.com Month in Review: August 2020«; *chess.com*, 8. September 2020.

Chess.com, »Hans Niemann Report«; *chess.com*, 5. Oktober 2022.

Chess.com, »Chess is Booming! And Our Servers are Struggling«; *chess.com*, 24. Januar 2023.

Chess.com, »Chess.com Concludes Legal Dispute with Hans Niemann; Niemann to Return to Chess.com«; *chess.com*, 7. Juni 2023.

Chess.com, »Fair Play on Chess.com«; *chess.com*, 7. Februar 2024.

Craven, Joe, »Ludwig Reveals Andrea Botez Ruling Following Chessboxing Loss Controversy«; *dexerto.com*, 13. Dezember 2022.

Deure, Lennart van der, »Wie schaakt, kan niet om Chess.com heen: precies de bedoeling van de schaakvrienden erachter«; *volkskrant.nl*, 19. Juni 2023.

Edmonds, David, »Do Boxing and Chess Have Anything in Common?«; *bbc.com*, 24. Dezember 2013.

ejh, »Figure of Fun«; *streathambrixtonchess.blogspot.com*, 22. Februar 2013.

Ernesto Negri, Sergio, »Chess in the Universe of Borges«; *chessbase.com*, 24. August 2018.

Fazio, Marie, »›The Queen's Gambit‹ Sends Chess Set Sales Soaring«; *nytimes.com*, 23. November 2020.

FIDE, »Ten Years of Chicago Chess in Jail«; *fide.com*, 15. April 2022.

Friedel, Frederic, »The Third Coming of Bobby Fischer?«; *chessbase.com*, 18. September 2001.

Friedel, Frederic, »Feynman: Using Chess to Explain Science«; *chessbase.com*, 21. Februar 2015.

Friedel, Frederic, »Reconstructing Turing's Paper Machine«; *chessbase.com*, 23. September 2017.

Friedel, Frederic, »Thirty Years! Happy Birthday Fritz (1)«; *chessbase.com*, 11. Mai 2021.

Friedel, Frederic, »Frederic's Chess Tales – Stories and Articles Around the Chess Board«; *chessbase.com*, 2023.

Gnatt, Fin, u. Krogh Sundbø, Sverre, »Magnus Carlsen satte verdensrekord«; *tv2.no*, 9. Dezember 2023.

Graham-Cumming, John, »An Olympic Honour for Alan Turing«; *theguardian.com*, 10. März 2010.

Greengard, Mig, »FIBI Checks Kasparov«; *chessninja.com*, 28. Dezember 2002.

Hale, James, »YouTube Millionaires: Levy Rozman is the Internet's Chess Teacher«; *tubefilter.com*, 8. Juni 2023.

Hodges, Andrew, »Update to Alan Turing: the Enigma. Part 6: Mercury Delayed«; *turing.org.uk*, abgerufen am 19. Dezember 2023.

Holmes, Joe, »Dr Drunkenstein's Reign of Terror«; *slate.com*, 21. Februar 2020.

Hoppe, Frank, »Gesellschaft des Schaff zabelspiels zu Heidelberg«; *schachbund.de*, abgerufen am 19. Dezember 2023.

Hundley, Jessica, »Quentin Tarantino Interview: ›I don't want to be the guy doing this forever‹«; *timeout.com*, 4. Januar 2016.

Hughes, David, »Sunak Keen to See More Children Playing Chess ›Because it's So Good for You‹«; *standard.co.uk*, 8. Juni 2023.

Immergluck, Ira Tolchin, »My own Queen's Gambit, Back in the USSR«; *timesofisrael.com*, 1. Dezember 2020.

Ingle, Shaun, »Magnus Carlsen to Stage Richest Online Chess Tournament in History«; *theguardian.com*, 2. April 2020.

Iyer, Ravi, »Top YouTube, Twitch Sports Channels of 2023«; *streamcharts.com*, 19. Dezember 2023.

Karvonen, Adam, »ChessGPT's Internal World Model: A ChessGPT Linear Emergent World Representation«; *adamkarvonen.github.io*, 3. Januar 2024.

Kasparow, Garri, »The Day I Sensed a New Kind of Intelligence«; *time.com*, 25. März 1996.

Kasparow, Garri, »The Bobby Fischer Defense«; *nybooks.com*, 10. März 2011.

Kaufman, Larry, »Accuracy, Ratings, and GOATs«; *chess.com*, 4. September 2023.

Kavalek, Lubomir, »Mozarts of Chess«; *huffpost.com*, 23. Februar 2012.

Kit, Borys, »Emma Stone, Nathan Fielder Reteam with A24 for Ben Mezrich's Carlsen-Niemann Chess Scandal Story (Exclusive)«; *hollywoodreporter.com*, 1. Mai 2024.

Klein, Mike, »Google's AlphaZero Destroys Stockfish In 100-Game Match«; *chess.com*, 7. Dezember 2017.

Leibowitz, Jessica, »This 25-Year-Old Earns 6 Figures Playing Chess on Twitch – Here's How«; *cnbc.com*, 19. Februar 2021.

Lichess, »Taking Lichess to the Next Level«; *lichess.org*, 28. Oktober 2022.

Lichess, »Why is Lichess called Lichess?«; *lichess.org*, angerufen am 26. Dezember 2023.

Lichess, »Lichess End Of Year Update 2022«; *lichess.org*, 1. Januar 2023.

Llada, David, u. Loeffler, Stefan, »Is PogChamps a good way to promote chess?«; *chesstech.org*, 13. Juni 2020.

Loeb McClain, Dylan, »How ›The Queen's Gambit‹ is Inspiring Women to Take up Chess«; *nytimes.com*, 10. Dezember 2020.

Lowenthal, Max, »Chess.com, the Everything Store«; *naavik.co*, 1. Februar 2023.

LoRé, Michael, »Online Chess Taking Advantage of Opportunity to Grow, Entertain During Coronavirus Pandemic«; *forbes.com*, 26. Mai 2020.

Maass, Peter, »Home-grown Grandmasters«; *washingtonpost.com*, 11. März 1992.

Madarang, Charisma, »Nick Cave Slams AI Attempts at Nick Cave Songs«; *rollingstone.com*, 17. Januar 2023.

Ma, Weiji, »What Gender Gap in Chess?«; *chessbase.com*, 15. Oktober 2020.

Ma, Weiji, »The Real Reasons All the Top Chess Players are Men«; *slate.com*, 11. Dezember 2020.

McGourty, Colin, »Hans Niemann Answers his Critics«; *chess24.com*, 7. September 2022.

Ninan, Susan, »Agadmator: From Smalltown Croatia, an Unlikely Chess Phenomenon«; *espn.com*, 3. August 2020.

pdeck, »The Hate«; *zezzle.com*, 1998.

Peterson, Macauley, »Nakamura-Carlsen, Private Blitz Match«; *uschess.org*, 8. Dezember 2010.

Reddit, »Thoughts on PogChamps. Potentially Controversial?«; *reddit.com*, abgerufen am 26. Dezember 2023.

Ree, Hans, »Overal bespied«; *nrc.nl*, 11. November 2006.

Ree, Hans, »Elf Mozarts en een symphonie«; *nrc.nl*, 28. Februar 2020.

Reuters, »Motor Found on Femke van den Driessche's Bike in New Cycling Storm«; *eurosport.com*, 1. Februar 2016.

Richtel, Matt, »The Stealth Campaign that's Getting Your Kids Hooked on Chess«; *nytimes.com*, 24. April 2023.

Robinson, Evan, »The Purrrfectly Creative Mind Behind the Mittens Chess Sensation«; *hamilton.edu*, 21. April 2023.

Sander, Christian Grieg, »Carlsen-søster sende trakasseringsvarsel – sjokkert etter skakande innlegg«; *nrk.no*, 10. März 2023.

Schonberg, Harold C., »Who Killed Those Two Flies – and Why?«; *nytimes.com*, 27. August 1972.

Schormann, Conrad, et al., »Biggest Chess Investment Ever«; *chesstech.org*, 7. Oktober 2020.

Schulman, Jules, »Not Your Girlfriend! How Female Streamers are Dealing with Sexual Harassment in Gaming«; *lx.com*, 10. Mai 2021.

Segal, David, u. Loeb McClain, Dylan, »He's the Bad Boy of Chess. But Did He Cheat?«; *nytimes.com*, 20. Juni 2023.

Seidel, Matthew James, »Plunging into the Infinite: How Literature Captures the Essence of Chess«; *themillions.com*, 13. Oktober 2017.

Shahade, Jennifer, »Naked Chess«; *jennifershahade.com*, 16. April 2009 (abgerufen über *archive.org* am 31. Dezember 2023).

Silver, Albert, »The Pioneers of Cheating in Chess«; *chessbase.com*, 28. Oktober 2022.

Smerdon, David, »The Best (and Worst) Countries to Be a Female Chess Player«; *davidsmerdon.com*, 29. April 2019.

Sonas, Jeff, »The Greatest Chess Player of All Time«; *chessbase.com*, 2005.

Stone, Brad, »Pawns Call King a Rook: Members of the Internet Chess Server Rebel Against Fees«; *edcollins.com/chess/fics-icc.htm*, 1995.

Svensen, Tarjei, »Is Magnus Carlsen the Greatest Chess Player Ever? Not According to Chess24's Hall of Fame«; *chess24.com*, 16. November 2020.

Tiwari, Shena, »The Vision of Lichess and its Founder Thibault Duplessis«; *chessbase.in*, 20. Juli 2023.

Tomco, Brigham, »How Two BYU Grads Launched the World's Most Popular Chess Website«; *deseret.com*, 31. Januar 2023.

Vagueley Borgesian, »Borges Month: Borges on Lewis Carroll«; *juandahlmann.wordpress.com*, 2010.

Watson, Leon, »Nigel Short: ›Girls just don't have the brains to play chess‹«; *telegraph.co.uk*, 20. April 2015.

Winter, Edward, »Steinitz Quotes«; *chesshistory.com*, abgerufen am 17. Juni 2023.

Winter, Edward, »The Mozart of Chess«; *chesshistory.com*, abgerufen am 18. Mai 2022.

Xiang, Chloe, »›The Silence of My Critics Speaks for Itself‹: Hans Niemann Says He is Being Unfairly Attacked in Chess Scandal«; *vice.com*, 9. September 2022.

Podcasts

»Demis Hassabis«; *Across the Board: a series of interviews conducted by Dominic Lawson over a game of chess*, 31. Oktober 2014.

»Demis Hassabis: DeepMind – AI, Superintelligence and the Future of Humanity«; *Lex Fridman Podcast*, 1. Juli 2022.

»Eighteen-Year-Old American GM Hans Niemann on His Rapid Rise up the FIDE Ranks and Why He's All in on Chess«; *Perpetual Chess Podcast*, 23. März 2022.

»Erik Allebest«; *The Mentor Files*, 24. April 2019.

»Erik Allebest of Chess.com«; *How to Have a Great Day*, 14. Oktober 2021.

»Garry Kasparov: Chess, Deep Blue, AI and Putin«; *Lex Fridman Podcast*, 27. Oktober 2019.

»How Chess.com Scaled a Massive Community. Erik Allebest, Chess.com«; *Mixergy*, 23. August 2021.

»Magnus Carlsen: Greatest Chess Player of All Time«; *Lex Fridman Podcast*, 27. August 2022.

»The Magnus Effect«; *The Magnus Effect*, 19. Juli 2022.

»The Promise of AI, with Demis Hassabis«; *DeepMind: The Podcast*, 15. März 2022.

»Vishy Anand on Staying in the Game«; *Conversations with Tyler*, 30. August 2023.

»Yuval Noah Harari: Human Nature, Intelligence, Power and Conspiracies«; *Lex Fridman Podcast*, 17. Juli 2023.

Videos and Dokumentationen

»Alex Bernstein plays computer chess on the IBM 704« (Filmausschnitt aus dem Programm des Bildungsprüfungsdienstes des Computer History Museums, Vol. 1, No. 4); *Horizons of Science: Thinking Machines*, 1958.

»Audio from Chess Kasparov versus Deep Blue press conference, 1997 (Part 1–5)«; Musiccahh, *youtube.com*, 22. – 23. März 2011.

»Game Over: Kasparov and the Machine«; *ThinkFilm*, 2003.

»Garry Kasparov on Magnus Carlsen: his behavior was unacceptable!«; Uppsala SSS, *youtube.com*, 29. September 2022.

»Giving checkmate is always fun – Judit Polgár«; TED Archive, *youtube.com*, 1. November 2016.

»How Chess Broke YouTube«; Athletic Interest, *youtube.com*, 13. Juli 2023.

»Lichess founder Thibault Duplessis lectures on Lichess (2017)«; Lichess, *youtube.com*, 12. August 2017.

»NRK reporter lurer med seg' juksekule‹«; *nrk.no*, 25. Oktober 2022.
»Oral history of David Levy«; *computerhistory.org*, 8. September 2005.
»PUMA brings two geniuses together: Magnus Carlsen x Pep Guardiola«; *Puma*, 12. Dezember 2023.
»Sexual harassment and misogyny in chess world exposed«; Times Radio, *youtube.com*, 7. August 2023.
»UNFILTERED – Magnus Speaks Out About Hans, feat. Game Analysis & GM Maurice Ashley«; C-Squared, *youtube.com*, 26. September 2022.
»Through the Mirror of Chess: A Cultural Exploration; Ideas Roadshow, 2023. ›World's first computer chess cheats!‹« (Original Videomaterial von 1980); Chess & Tech, *youtube.com*, 13. Oktober 2022.

Appendix

Matt der Dilaram

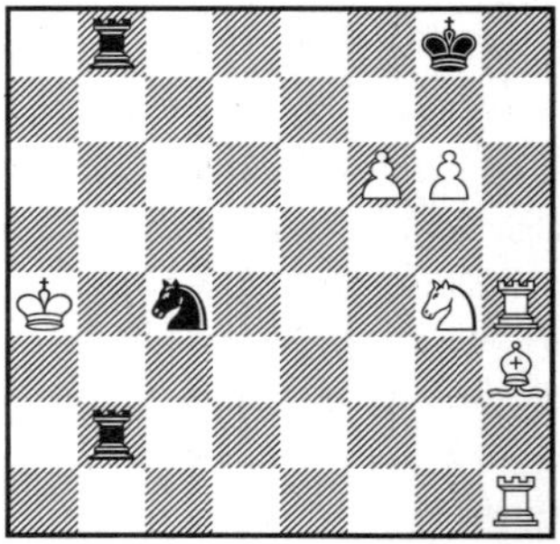

1.♖h8+! ♔xh8 2.♗f5+
Man beachte, dass dieses Problem aus einer Zeit stammt, in der ein Läufer andere Figuren überspringen, sich aber nur zwei Felder diagonal bewegen konnte.
2 … ♔g8 3.♖h8+! ♔xh8 4.g7+ ♔g8 5.♘h6 Matt.

Napoleon–Mechanischer Türke
Wien, 1809

1.e4 e5 2.♕f3 ♘c6 3.♗c4
Napoleon sucht den schnellen Sieg auf dem Schlachtfeld.
3 … ♘f6
Der Türke fällt auf diesen Anfängertrick nicht herein. Nach Zügen wie 3 … d6 4.♕xf7# gäbe es ein Schäfermatt.
4.♘e2 ♗c5 5.a3 d6 6.0–0
Napoleon entwickelt ein paar Figuren, rochiert und beweist damit, dass er kein kompletter Anfänger ist.
6 … ♗g4 7.♕d3 ♘h5!? 8.h3?!
Ein Zeitverlust. Es war höchste Zeit, eine weitere Figur zu entwickeln; tatsächlich stünde Weiß nach 8.♘bc3 nicht viel schlechter.
8 … ♗xe2 9.♕xe2 ♘f4 10.♕e1?
Ein furchtbares Feld für die Dame, jetzt ist Weiß verloren.
10 … ♘d4
Nach 10 … ♕g5! 11.g4 (11.g3 lässt 11 … ♕xg3+! zu 12.♔h1 ♕g2#) 11…♘xh3+ 12.♔h2 ♕h4 heißt es bald schachmatt.
11.♗b3?!

11 … ♘xh3+!
Hier muss Napoleon erkannt haben, dass die Dinge nicht wirklich *très bien* für ihn liefen.
12.♔h2
Der Trick von Schwarz war 12.gxh3 ♘f3+, ein »Familienschach«, das zum Gewinn der Dame führt.
12 … ♕h4!
Ein verheerender Schlag.
13.g3 ♘f3+ 14.♔g2 ♘xe1+
Aber der Türke war ebenfalls nicht perfekt. Hier hätte 14 … ♘f4+! ein Schachmatt erzwungen: 15.gxf4 (15.♔xf3 ♕h5+ 16.g4 ♕h3#) 15 … ♕g4+ 16.♔h1 ♕h3#.
15.♖xe1 ♕g4 16.d3 ♗xf2 17.♖h1 ♕xg3+ 18.♔f1 ♗d4 19.♔e2 ♕g2+ 20.♔d1 ♕xh1+ 21.♔d2 ♕g2+ 22.♔e1 ♘g1 23.♘c3 ♗xc3+ 24.bxc3 ♕e2#
Man darf getrost davon ausgehen, dass Napoleon über den Ausgang dieser Partie wenig erfreut war.
0–1

Anderssen–Kieseritzky
London, 1851

1.e4 e5 2.f4
Ein Königsgambit, vermutlich die romantischste aller Eröffnungen.
2 … exf4 3.♗c4!?
Viel üblicher ist 3.♘f3.
3 … ♕h4+ 4.♔f1
Natürlich nicht 4.g3?? fxg3, wo Weiß den Bauern nicht zurückschlagen kann.
4 … b5
Ein Gegengambit, mit dem Kieseritzky Anderssen in einer früheren Partie geschlagen hatte. Die Idee dahinter ist, den Läufer von der Diagonale zu vertreiben, die f7 attackiert, und außerdem kann Schwarz diesen Läufer einfacher angreifen.
5.♗xb5 ♘f6 6.♘f3 ♕h6 7.d3 ♘h5
Schwarz droht nun mit 8 … ♘g3+.
8.♘h4 ♕g5 9.♘f5 c6
Bei 9 … g6 10.h4 ♕f6 hätte Anderssen zweifelsfrei 11.♘c3 geplant, falls Schwarz nicht 11 … gxf5 ziehen würde, und 12.♕xh5, wobei 11 … ♗b7 eine gute Stellung ergäbe.
10.g4?!
Dieser Versuch, die schwarze Dame zu fangen, ist ein Fehler von Anderssen. Besser war 10.♗a4.

10 … ♘f6 11.♖g1 cxb5?

11 … h5! wäre gut für Schwarz: 12.h4 ♕g6 13.♗a4 (13.g5 ♘g4 zeigt die Kernidee hinter 11 … h5.) 13 … hxg4 14.♗xf4 d5! Schwarz steht gut da.

12.h4 ♕g6 13.h5 ♕g5 14.♕f3

Weiß wird als Nächstes mit seinem Läufer den f-Bauern schlagen, woraufhin die schwarze Dame tatsächlich gefangen wäre. Eine Verzweiflungstat ist also nötig.

14 … ♘g8?!

14…♗b7!? war eine bemerkenswerte Option für Schwarz: 15.♗xf4 ♘xg4! 16.♗xg5 ♘h2+ 17.♔f2 ♘xf3 18.♔xf3, aber dank besserer Entwicklung und Struktur steht Weiß kurz vor dem Sieg.

15.♗xf4 ♕f6 16.♘c3 ♗c5 17.♘d5!?

Der logische Zug 17.d4 ist ebenfalls sehr stark, aber Anderssen sah vermutlich bereits das Feuerwerk, das gleich folgt. Eine romantische Seele!

17 … ♕xb2

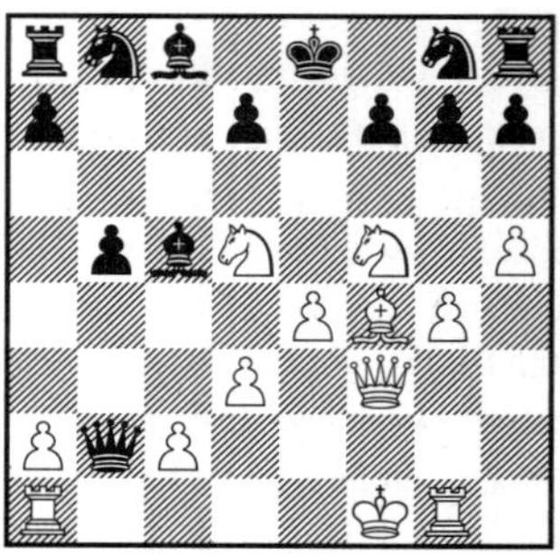

18.♗d6!?

Bietet beide Türme an. Der Läuferzug ist Auftakt zu einer herrlichen Kombination, die jedoch nicht ganz korrekt ist. Mit so etwas wie 18.♖e1 wäre Weiß weiterhin im Vorteil.

18 … ♗xg1?

Jetzt bekommt Anderssen, was er will. Die korrekte Reaktion war 18 … ♕xa1+ 19.♔e2 ♕b2! mit Angriff gegen c2, woraufhin 20.♗xc5 ♕xc2+ 21.♔f1 ♕xc5 22.♕f4 f6 23.♘d6+ ♔d8 24.♘f7+ ♔e8 25.♘d6+ ein Remis durch Zugwiederholung ergäbe (nicht 25.♘xh8? d6, wodurch die überzählige schwarze Figur zum Sieg führen sollte).

19.e5!

Durchschneidet die Diagonale a1–h8 für die Dame, woraufhin g7 nicht mehr gedeckt ist. Noch stärker war 19.♖e1.

19 … ♕xa1+ 20.♔e2 ♘a6?

Erlaubt ein wunderschönes Matt in drei Zügen, das dieser Partie ihren Ruhm verschaffte. Die beste Verteidigung bestand in 20 … ♗a6, aber nach 21.♘c7+ ♔d8 22.♘xa6! war Weiß immer noch auf dem Weg zum Sieg: 22 … ♕c3 23.♗c7+ ♕xc7 (23 … ♔c8 24.♘d6#; 23 … ♔e8 24.♘d6+ ♔e7 25.♕xf7#) 24.♘xc7.

21.♘xg7+ ♔d8

Und jetzt die Schlüsselidee:

22.♕f6+!! ♘xf6 23.♗e7# 1–0

Anderssen–Dufresne

Berlin, 1852

1.e4 e5 2.♘f3 ♘c6 3.♗c4 ♗c5 4.b4

Das Evans-Gambit, benannt nach dem walisischen Kapitän William Davies Evans.

4 … ♗xb4 5.c3 ♗a5 6.d4 exd4 7.0–0 d3!?

Schwarz zieht nicht 7…dxc3, weil nach 8.♕b3 ♕f6 9.♗g5 ♕g6 Weiß seinen anderen Springer mit 10.♘xc3 entwickeln kann, während nach dem Zug, der gespielt wurde, der weiße Bauer auf c3 den Springer von diesem Feld fernhält.

8.♕b3 ♕f6 9.e5 ♕g6

Nicht 9 … ♘xe5?? 10.♖e1 d6 11.♕b5+ mit Gewinn einer Figur.

10.♖e1 ♘ge7 11.♗a3 b5?

Das war unnötig. Nach 11 … 0–0 12.♘bd2 d5! 13.exd6 (en passant) 13 … cxd6 steht Schwarz besser.

12.♕xb5 ♖b8

Das war der Plan von Schwarz: Zeit gewinnen, um über die b-Linie den Turm zu aktivieren. Nur war das keinen Bauern wert.

13.♕a4 ♗b6

Die Rochade würde hier zum Verlust einer Figur führen: 13 … 0–0 14.♗xe7! ♘xe7 15.♕xa5.

14.♘bd2 ♗b7?! 15.♘e4 ♕f5?

Da geht zu viel Zeit verloren. Der letzte Versuch war 15…d2 16.♘exd2 ♘d8.

16.♗xd3

Nun droht Weiß mit 17.♘f6+ und 18.♗xf5, was auch nach schwarzer Rochade möglich ist.

16 … ♕h5 17.♘f6+!?

Objektiv betrachtet, war 17.♖ad1 stärker.

17 … gxf6 18.exf6

Weil ♘e7 gefesselt ist, wird Weiß die Figur zurückgewinnen, und die e-Linie ist offen. Das sieht toll aus, aber Schwarz kann zurückschlagen, was auch passiert:

18 … ♖g8! 19.♖ad1 ♕xf3?

Tappt in Anderssens brillante Falle. Eine bessere Möglichkeit, von dem gefesselten g-Bauern zu profitieren, war 19 … ♕h3! mit Mattdrohung auf g2, während 20.♗f1 (nicht 20.g3? ♖xg3+! 21.hxg3 ♕xg3+ 22.♔h1 ♕xf3+ 23.♔h2 ♕xf2+ 24.♔h3 ♕f3+ 25.♔h2 ♘e5, und jetzt hat Schwarz einen siegreichen Angriff.) 20 … ♕f5 ist höchst unklar. Was folgt, ist eine der berühmtesten Kombinationen der Schachgeschichte.

20.♖xe7+! ♘xe7 21.♕xd7+!!
Einfach brillant.
21 … ♔xd7 22.♗f5+ ♔e8 23.♗d7+ ♔f8 24.♗xe7# 1–0

Lewitski – Marshall
Breslau, 1912

1.e4 e6
Die Französische Verteidigung.
2.d4 d5 3.♘c3 c5 4.♘f3 ♘c6 5.exd5 exd5 6.♗e2 ♘f6 7.0–0 ♗e7 8.♗g5 0–0 9.dxc5 ♗e6 10.♘d4 ♗xc5 11.♘xe6 fxe6 12.♗g4 ♕d6 13.♗h3 ♖ae8 14.♕d2 ♗b4 15.♗xf6 ♖xf6 16.♖ad1 ♕c5 17.♕e2 ♗xc3 18.bxc3 ♕xc3 19.♖xd5 ♘d4 20.♕h5 ♖ef8 21.♖e5 ♖h6 22.♕g5 ♖xh3 23.♖c5
Auf 23.gxh3 folgt ♘f3+. Schwarz ist auf Siegeskurs und kann mit der Dame quasi überallhin, weil er eine Figur mehr hat, aber das Feld, für das er sich entscheidet, ist definitiv das spektakulärste.
23 … ♕g3!!

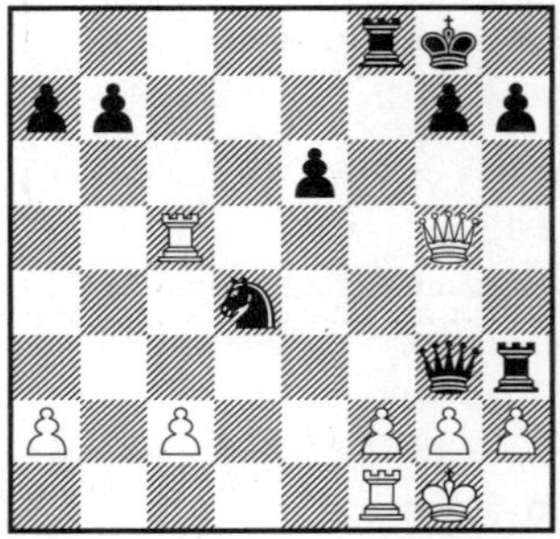

Weiß gibt auf. Er kann die Dame nach 23 … ♕g3 auf dreierlei Art schlagen, aber alle verlieren: 24. hxg3 ♘e2#; 24.fxg3 ♘e2+ 25.♔h1 ♖xf1#; 24. ♕xg3 ♘e2+ 25.♔h1 ♘xg3+ 26.♔g1 (26.fxg3 ♖xf1#) 26 … ♘e2+ 27.♔h1 ♖c3. **0–1**

D. Byrne–Fischer
New York, 1956

1. ♘f3 ♘f6 2. c4 g6 3. ♘c3 ♗g7 4. d4 0–0 5.♗f4 d5 6.♕b3 dxc4 7.♕xc4 c6 8.e4 ♘bd7 9.♖d1 ♘b6 10.♕c5 ♗g4 11.♗g5?
Das bietet eine brillante Chance. Besser war 11.♗e2, wenn 11 … ♘fd7 12.♕a3 ♗xf3 13.♗xf3 e5! 14.dxe5 ♖e8 ist nahezu gleichwertig.

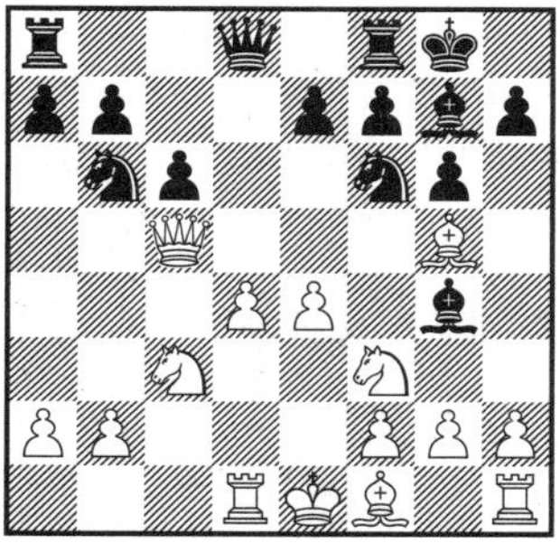

11 … ♘a4!! 12.♕a3

12. ♘xa4 ♘xe4 gewinnt auf allen Linien für Schwarz: 13.♕b4 ♘xg5; 13.♕xe7 ♕a5+ 14.b4 ♕xa4 15.♕xe4 ♖fe8 16.♗e7 ♗xf3 17.gxf3 ♗f8; 13.♗xe7 ♘xc5 14.♗xd8 ♖e8+ 15.♗e2 ♘xa4; 13.♕c1 ♗xf3 14.gxf3 ♕a5+ 15.♗d2 ♘xd2 16.♕xd2 ♕xa4 und d4 fällt.

12 … ♘xc3 13.bxc3 ♘xe4!

Ein weiterer überraschender Springer-Zug, der ein Qualitätsopfer beinhaltet. All das ist möglich, weil es Weiß an Entwicklung mangelt.

14.♗xe7 ♕b6 15.♗c4

Nach 15.♗xf8 ♗xf8 steckt Weiß in großen Schwierigkeiten: 16.♕c1 ♘xc3 17.♖d2 ♖e8+ 18.♗e2 ♘xe2 19.♖xe2 ♖xe2+ 20.♔xe2 ♕b5+ 21.♔d1 (21.♔d2 ♗h6+; 21.♔e1 ♗b4+) 21 … ♕d3+ 22.♕d2 ♗xf3+ 23.gxf3 ♕xf3+ oder 16.♕b3 ♘xc3! 17.♕xb6 axb6 18.♖d2 ♗b4! und auch hier verliert Weiß Material.

15 … ♘xc3! 16.♗c5

Auf 16.♕xc3 folgt 16 … ♖ae8 und 16.♗xf8 ♗xf8 17.♕xc3? ♗b4 ist eine weitere Idee.

16 … ♖fe8+ 17.♔f1

17.♔d2 ♘e4+ und 17.♘e5 ♗xe5 18.♗xb6 ♗d6+ bedeuten den Gewinn für Schwarz.

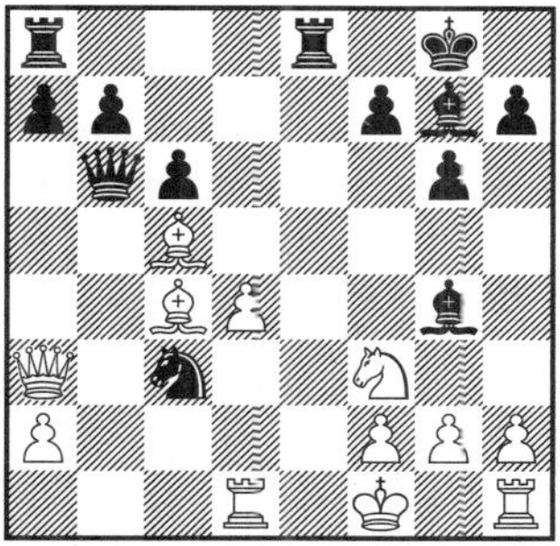

17 … ♗e6!!

Das wunderschöne Ziel der gesamten Kombination.

18.♗xb6

18.♗xe6 führt zu einem hübschen Matt: 18 … ♕b5+ 19.♔g1 ♘e2+ 20.♔f1 ♘g3+ 21.♔g1 ♕f1+ 22.♖xf1 ♘e2#. Nach 18.♕xc3 ♕xc5 19. dxc5 ♗xc3 20.♗xe6 ♖xe6 hat Schwarz ein Endspiel auf Siegeskurs.

18 … ♗xc4+ 19.♔g1 ♘e2+ 20.♔f1 ♘xd4+ 21.♔g1 ♘e2+ 22.♔f1 ♘c3+ 23.♔g1 axb6!

Die Leichtfiguren von Schwarz sind viel stärker als die weiße Dame.

24.♕b4 ♖a4 25.♕xb6 ♘xd1 26.h3 ♖xa2 27.♔h2 ♘xf2 28.♖e1 ♖xe1 29.♕d8+ ♗f8 30.♘xe1 ♗d5 31.♘f3 ♘e4 32.♕b8 b5 33.h4 h5 34.♘e5 ♔g7 35.♔g1 ♗c5+ 36.♔f1

Bei 36.♔h2 ♗d6 ist eine Aufgabe angezeigt, und 36. ♔h1 ♘g3+ 37.♔h2 ♘f1+ 38.♔h3 ♗xg2 ist schachmatt.

36 … ♘g3+ 37.♔e1 ♗b4+ 38.♔d1 ♗b3+ 39.♔c1 ♘e2+ 40.♔b1 ♘c3+ 41.♔c1 ♖c2# 0–1

Dieses Spiel begeistert mich immer wieder aufs Neue.

Fischer–MacHack (Greenblatt)

Cambridge, MA (2), 1977

1.e4 e5 2.f4

Wie die Romantiker im 19. Jahrhundert spielt Fischer das Königsgambit. Damals waren Computer sehr auf Material fokussiert und konnten nicht weit genug voraussehen, um die Entschädigung für Weiß zu erkennen.

2 … exf4 3.♗c4

In den Fußstapfen von Anderssen und anderen.

3 … d5!? 4.♗xd5 ♘f6 5.♘c3 ♗b4 6.♘f3 0–0 7.0–0 ♘xd5 8.♘xd5 ♗d6?!

Bis hierhin war das Spiel von Schwarz eigentlich nicht schlecht, aber nur, wenn jetzt 8 … f5! 9.♘xb4 fxe4 folgt und eine Figur zurückgewonnen wird, denn wenn Weiß ♘f3 entfernt, kann Schwarz ♕d4+ ziehen, und der Springer auf b4 fällt.

9.d4

Nun steht Weiß viel besser, wegen des starken Bauernzentrums sogar kurz vor dem Sieg.

9 … g5?!

Der Versuch, den Bauern auf f4 zu retten, macht alles nur noch schlimmer.

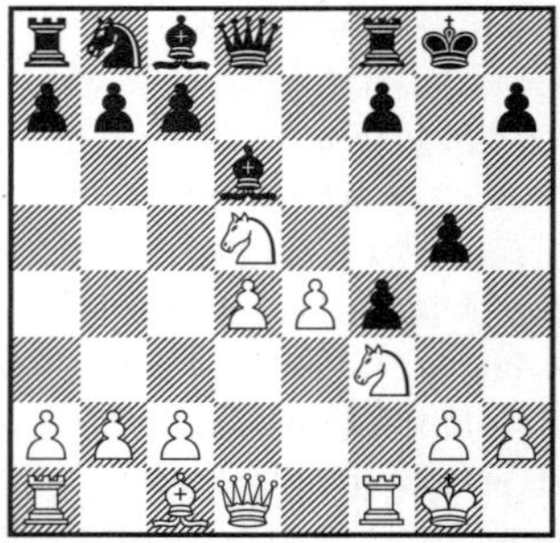

10.♘xg5!

Ein leicht zu verschmerzendes Opfer für Fischer.

10 … ♕xg5 11.e5 ♗h3 12.♖f2 ♗xe5

Der Läufer ist auch verloren nach 12 … ♗e7 13.♗xf4 ♕h4 14.g3.

13.dxe5 c6 14.♗xf4 ♕g7 15.♘f6+ ♔h8 16.♕h5 ♖d8

16 … ♗e6 ermöglicht 17.♗h6.

17.♕xh3 ♘a6 18.♖f3 ♕g6 19.♖c1 ♔g7 20.♖g3 ♖h8

Jetzt kann Weiß die Dame schlagen, aber dank der Fesselung auf der g-Linie ist es tatsächlich matt in einem Zug.

21.♕h6#! 1–0

Chess 4.7–Levy
Toronto, 1978

1.e4 e5 2.♘f3 f5
Das Lettische Gambit.
3.exf5
Ein guter Zug, wobei 3.♘xe5 als noch stärker gilt.
3 … e4 4.♘e5 ♘f6 5.♘g4?! d5 6.♘xf6+ ♕xf6 7.♕h5+? ♕f7?!
Levy übersieht die Idee 7 … g6! 8.fxg6 hxg6 9.♕xd5 ♖h5!, und nach beispielsweise 10.♕c4 ♘c6 wird Schwarz eine sehr rasche Entwicklung haben. Für moderne Engines hat Weiß in dieser Stellung schon fast verloren.
8.♕xf7+ ♔xf7 9.♘c3 c6 10.d3! exd3!
10 … ♗xf5 11.dxe4 dxe4 wäre gefährlich wegen 12.♗c4+ ♔f6 13.g4! ♗g6 14.h4.
11.♗xd3 ♘d7 12.♗f4 ♘c5 13.g4 ♘xd3+ 14.cxd3
Weiß hat einen Bauern mehr für das Endspiel.
14 … ♗c5 15.0–0 h5 16.♘a4 ♗d4 17.♗e3 ♗e5 18.d4 ♗d6 19.h3 b6 20.♖fe1 ♗d7 21.♘c3 hxg4 22.hxg4 ♖h4 23.f3 ♖ah8 24.♔f1 ♗g3?
Übersieht den Gewinn mit 24 … ♖h3! 25.♔e2 ♖h2+ 26.♔d3 (bei 26.♗f2 macht Schwarz den gleichen Zug.) 26 … ♗c8!, und die Aktivität von Schwarz ist überwältigend.
25.♖e2 ♗c8 26.♔g2 ♗d6 27.♗g1 ♖h3 28.♖ae1 ♖g3+ 29.♔f2 ♖hh3 30.♖e3 ♗a6 31.♘e2 ♗xe2 32.♖1xe2 c5 33.f4 ♖xe3 34.♖xe3 ♖h4?
34 … ♖xe3 35.♔xe3 c4 war fast ausgeglichen, aber Levy will diese Partie gewinnen.
35.♔g3 ♖h1 36.♗f2 ♖d1 37.♖a3?
Es überstieg den Horizont von Chess 4.7, die Zugfolge 37.g5! ♖xd4 38.♖e6 ♗xf4+ 39.♔f3 zu sehen, der schwarze Turm bleibt unter Beschuss, sodass er nicht auf der vierten Reihe bleiben kann und ♗f4 ungedeckt bleibt: 39 … ♖c4 40.b3 ♖b4 41.a3.
37 … cxd4 38.♖xa7+

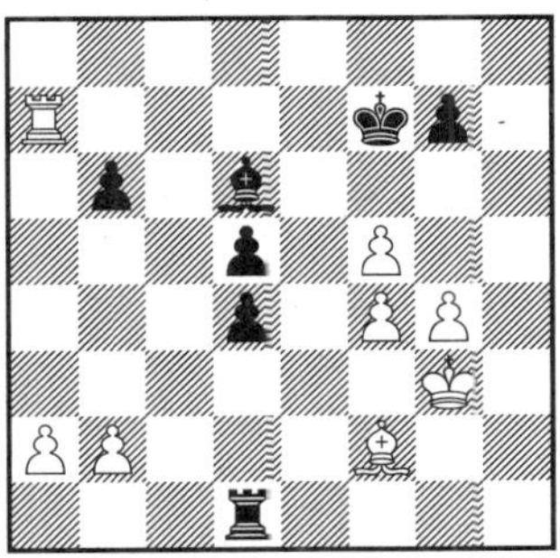

38 … ♔f8?

Nötig war 38 … ♔e8, wenn es wieder ausgeglichen ist. Weiß kann nicht 39.♖xg7? spielen, denn zuerst ist Schwarz dran: 39 … d3 40.♔f3 d2 41.♔e2 ♖f1! 42.♔xd2 (42.♔xf1 d1♕+) 42 … ♖xf2+ 43.♔d3 ♖xf4.

39.♖d7! ♖d3+ 40.♔g2 ♗c5 41.♖xd5 ♖d2 42.b4! ♗xb4 43.♖d8+ ♔f7 44.♖d7+ ♔f8 45.♖xd4 ♖b2 46.♔f3 ♗c5 47.♖d8+ ♔e7 48.♗h4+ ♔f7 49.g5 g6 50.♖d7+ ♔f8 51.fxg6 ♖xa2 52.f5 ♖a3+ 53.♔g4 ♖a4+ 54.♔h5 ♖d4 55.♖c7 ♗e7

Und Levy gab auf, ohne 56.f6 abzuwarten. Der erste Sieg eines Computers über einen Spieler auf Meisterniveau. **1–0**

Karpow–Kasparow

Moskau (9), 1984

1.d4 d5 2.c4 e6 3.♘f3 c5

Die Tarrasch-Verteidigung

4.cxd5 exd5 5.g3 ♘f6 6.♗g2 ♗e7 7.0–0 0–0 8.♘c3 ♘c6 9.♗g5 cxd4 10.♘xd4 h6 11.♗e3 ♖e8 12.♕b3 ♘a5 13.♕c2 ♗g4 14.♘f5 ♖c8 15.♗d4 ♗c5 16.♗xc5 ♖xc5 17.♘e3 ♗e6 18.♖ad1 ♕c8 19.♕a4 ♖d8 20.♖d3 a6 21.♖fd1 ♘c4 22.♘xc4 ♖xc4 23.♕a5 ♖c5 24.♕b6 ♖d7 25.♖d4 ♕c7 26.♕xc7 ♖dxc7 27.h3 h5 28.a3 g6 29.e3 ♔g7 30.♔h2 ♖c4 31.♗f3 b5 32.♔g2 ♖7c5 33.♖xc4 ♖xc4 34.♖d4 ♔f8 35.♗e2 ♖xd4 36.exd4 ♔e7 37.♘a2 ♗c8 38.♘b4 ♔d6 39.f3 ♘g8 40.h4 ♘h6 41.♔f2 ♘f5 42.♘c2 f6 43.♗d3 g5 44.♗xf5

Karpow entscheidet sich dafür, dass der Springer in diesem Endspiel eine bessere Figur als der schwarze Läufer ist, der durch die vielen Bauern auf weißen Feldern behindert wird.

44 … ♗xf5 45.♘e3 ♗b1 46.b4 gxh4?

Ein Fehler, aber der Grund dafür war nur schwer vorhersehbar.

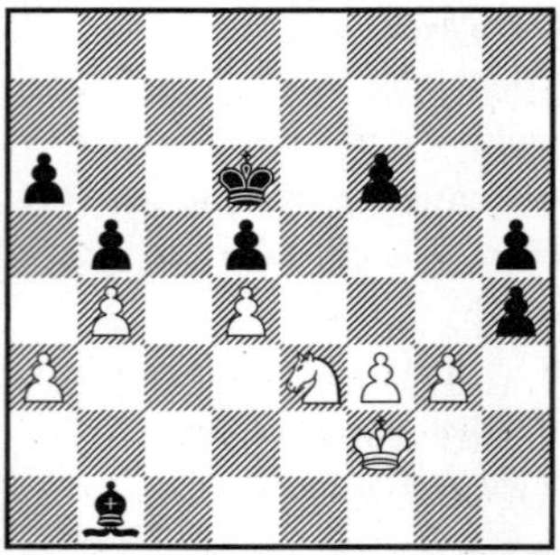

47.♘g2!!

Ein fantastischer Zug. Weiß ist bereit, einen Bauern zu opfern, um für seinen König einen Einstieg in die h-Linie zu schaffen. Nach 47.gxh4 ♗g6 48.♔g3 ♔e6 49.♔f4 ♗h7 kann Weiß keinen Fortschritt machen.

47 … hxg3+ 48.♔xg3 ♔e6
Sofortige Aufgabe des h-Bauern, den Schwarz nicht halten kann. 48 … ♗g6 49.♘f4 ♗f7 50.♔h4 ♔e7 51.♘xh5 ähnelt der Partie und 51 … ♗xh5 52.♔xh5 verliert rasch: 52 … ♔f7 53.♔h6 ♔e6 54.♔g6 ♔e7 55.f4 ♔e6 56.f5+ ♔e7 57.♔g7.

49.♘f4+ ♔f5 50.♘xh5
Droht mit ♘g7–e8–c7, deshalb muss sich der König zurückziehen.

50 … ♔e6
50 … ♗c2 51.♘f4 ♗b3 52.♘d3, und der a6-Bauer fällt.

51.♘f4+ ♔d6 52.♔g4 ♗c2 53.♔h5 ♗d1 54.♔g6 ♔e7 55.♘xd5+?
Karpows erster Fehler. Der Siegeszug war 55.♘h5!.

55 … ♔e6 56.♘c7+ ♔d7 57.♘xa6 ♗xf3 58.♔xf6 ♔d6 59.♔f5 ♔d5 60.♔f4 ♗h1 61.♔e3 ♔c4 62.♘c5 ♗c6 63.♘d3 ♗g2 64.♘e5+ ♔c3 65.♘g6 ♔c4 66.♘e7 ♗b7?
Jetzt ist wieder Weiß im Vorteil. Dieses berühmte Endspiel wurde von vielen Großmeistern analysiert. Manche von ihnen kamen zum gleichen Ergebnis wie die modernen Engines: Schwarz konnte diese Stellung immer noch ausgleichen, nämlich mit dem schönen Zug 66…♗h1!.

67.♘f5 ♗g2 68.♘d6+ ♔b3 69.♘xb5 ♔a4 70.♘d6
Wenn Schwarz a3 schlägt, wandert der weiße b-Bauer einfach das Brett entlang. **1–0**

Kasparow–Anand
New York (10), 1995

1.e4 e5 2.♘f3 ♘c6 3.♗b5 a6 4.♗a4 ♘f6 5.0–0 ♘xe4
Anand beantwortet Kasparows Spanische Partie mit der Offenen Variante.

6.d4 b5 7.♗b3 d5 8.dxe5 ♗e6 9.♘bd2 ♘c5 10.c3 d4 11.♘g5!?
Dieser bemerkenswerte Zug wurde erstmals von Kasparows Erzgegner Anatoli Karpow gespielt, ebenfalls in der 10. Partie seines Matches gegen Viktor Kortschnoi.

11 … dxc3
Ebenfalls spielbar ist 11 … ♕xg5, woraufhin Weiß die Figur mit 12.♕f3 zurückgewinnt.

12.♘xe6 fxe6 13.bxc3 ♕d3
Bisher spielten beide, ohne groß nachzudenken, denn genau die gleichen Züge hatte es bereits in der 6. Partie des Wettkampfs gegeben. Jetzt weicht Kasparow vom Weg ab.

14.♗c2!!
Dieser Zug war vom ehemaligen Weltmeister Michail Tal vorgeschlagen und von Kasparows Team

mithilfe des Computers sorgfältig geprüft worden.

14 … ♕xc3 15.♘b3 ♘xb3

Gespielt nach 45-minütigem Nachdenken.

16.♗xb3

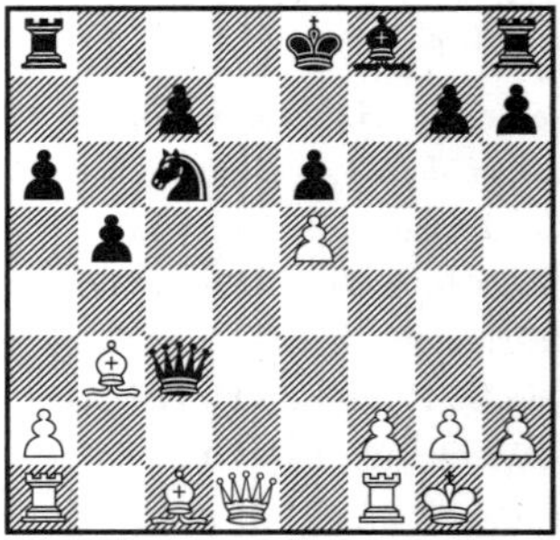

16 … ♘d4

Weiß erlaubt seinem Gegner, den Turm auf a1 zu nehmen, aber hier konnte Anand leicht sehen, dass das gefährlich wäre: 16 … ♕xa1 17.♕h5+ g6 (17 … ♔d8 18.♗g5+ gewinnt die Dame auf a1; 17 … ♔d7 18.♗xe6+! ♔xe6 19.♕g4+ ♔f7 20.♕f3+ ♔e6 21.♕xc6+ ♗d6 22.exd6 bringt ebenfalls Vorteil für Weiß.) 18.♕f3 ♘d8 19.♕f6 ♖g8 20.♗xe6 ♖g7 21.♗a3! ♕xf1+ 22.♔xf1 ♘xe6 23.♕xe6+ ♗e7 24.♕c6+, und Weiß hat viel mehr Material.

17.♕g4!

Kasparow insistiert. Nimm meinen Turm!

17 … ♕xa1

17 … ♘xb3 18.♕xe6+ ♗e7 19.♗g5 ist ein einfacher Gewinn.

18.♗xe6 ♖d8!

Der beste Zug.

19.♗h6!

Kasparow zog nach wie vor sofort, da er all das bereits analysiert hatte.

19 … ♕c3

Die beste Verteidigung.

19 … ♕xf1+ 20.♔xf1 gxh6 21.♕h5+ ♔e7 22.♕f7#.

20.♗xg7 ♕d3 21.♗xh8 ♕g6 22.♗f6 ♗e7 23.♗xe7 ♕xg4 24.♗xg4 ♔xe7

Anand hat es geschafft, das Endspiel mit nur einem Bauern weniger zu erreichen, und er hätte sogar die Chance zu überleben, könnte der c-Bauer das Brett entlangwandern, was aber Kasparow mit einem wichtigen Zug verhindert.

25.♖c1! c6 26.f4 a5 27.♔f2 a4 28.♔e3 b4 29.♗d1!

Kasparow macht akkurat weiter.

29 … a3 30.g4 ♖d5 31.♖c4 c5 32.♔e4 ♖d8 33.♖xc5 ♘e6 34.♖d5 ♖c8 35.f5 ♖c4+ 36.♔e3 ♘c5 37.g5 ♖c1 38.♖d6 1–0

Deep Blue–Kasparow

Philadelphia (1), 1996

1.e4 c5 2.c3

Das Team von Deep Blue hatte die Alapin-Variante der Sizilianischen

Verteidigung vorbereitet, damit Kasparow keine Mittelspielstellungen erreichte, die er sehr gut kannte.

2 … d5 3.exd5 ♕xd5 4.d4 ♘f6 5.♘f3 ♗g4 6.♗e2 e6 7.h3 ♗h5 8.0–0 ♘c6 9.♗e3 cxd4 10.cxd4 ♗b4 11.a3 ♗a5 12.♘c3 ♕d6 13.♘b5 ♕e7 14.♘e5 ♗xe2 15.♕xe2 0–0 16.♖ac1 ♖ac8 17.♗g5 ♗b6 18.♗xf6! gxf6

Nicht 18 … ♕xf6? 19.♘d7 und Schwarz versäumt eine Qualität.

19.♘c4 ♖fd8 20.♘xb6 axb6 21.♖fd1 f5 22.♕e3 ♕f6 23.d5!

Ein exzellentes Bauernopfer, das ein Computer in den 1970er-Jahren eher nicht gespielt hätte.

23 … ♖xd5 24.♖xd5 exd5 25.b3!

Bevor er b6 angeht, kümmert sich Deep Blue noch um einen ungedeckten Bauern.

25 … ♔h8 26.♕xb6 ♖g8 27.♕c5

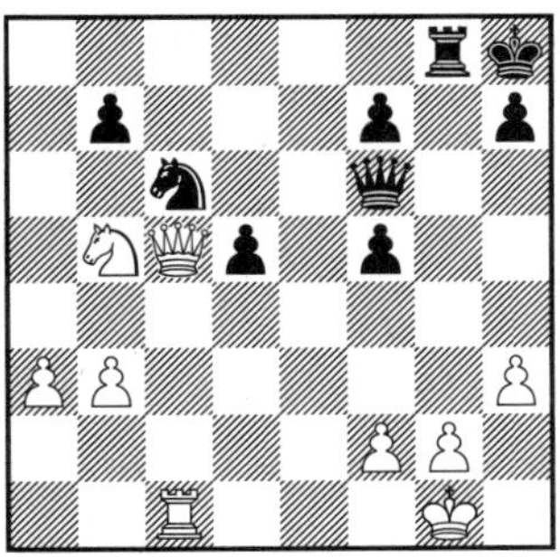

27 … d4?

Besser war 27 … ♕g5 28.g3 f4 29.♘d6 ♕f6 30.g4 ♖g6! 31.♘f5 h5 32.♔f1 hxg4 33.hxg4 ♖xg4 34.♕c3 ♖g6 mit Ausgleich.

28.♘d6 f4 29.♘xb7!

Ein menschlicher Gegner Kasparows würde dies für zu riskant halten, da der Springer so weit vom zu verteidigenden König entfernt ist. Deep Blue hat aber alles durchgerechnet.

29 … ♘e5 30.♕d5! f3 31.g3 ♘d3 32.♖c7 ♖e8 33.♘d6! ♖e1+ 34.♔h2 ♘xf2 35.♘xf7+ ♔g7 36.♘g5+ ♔h6 37.♖xh7+

Kasparow gab auf, denn er sah 37 … ♔g6 38.♕g8+ ♔f5 39.♘xf3 (nicht 39.♖f7?? ♖h1#) 39 … ♖h1+ 40.♔g2, und jetzt ist nicht nur der Springer auf f2 ungedeckt, sondern mit 41.♖h5+ wird auch ein schnelles Matt angedroht. **1–0**

Deep Blue–Kasparow

New York (2), 1997

1.e4 e5

Kasparow spielte üblicherweise die Sizilianische Verteidigung, aber gegen einen starken Computer hielt er dies offenbar für die bessere Wahl.

2.♘f3 ♘c6 3.♗b5 a6 4.♗a4 ♘f6 5.0–0 ♗e7

Die Geschlossene Verteidigung gegen die Spanische Partie.

6.♖e1 b5 7.♗b3 d6 8.c3 0–0 9. h3 h6 10.d4 ♖e8 11.♘bd2 ♗f8 12.♘f1 ♗d7 13.♘g3 ♘a5 14.♗c2 c5 15.b3 ♘c6 16.d5

Schließt das Zentrum. In der Vergangenheit waren Menschen in geschlossenen Stellungen deutlich stärker als Computer, aber die vorliegende Partie veränderte diese Überzeugung.

16 … ♘e7 17.♗e3 ♘g6 18.♕d2 ♘h7 19.a4 ♘h4 20.♘xh4 ♕xh4 21.♕e2 ♕d8 22.b4 ♕c7 23.♖ec1 c4 24.♖a3!

Verdopplung der Türme auf der a-Linie, vor dem Abtausch auf b5.

24 … ♖ec8 25.♖ca1 ♕d8 26.f4!?

Damals hielt man das für einen verblüffenden Zug, denn die Eröffnung einer zweiten Front galt als sehr »menschlich«. Das führte dazu, dass die meisten Kommentatoren diesen Bauernzug ein wenig überschätzten. Moderne Engines bevorzugen das Manöver 26.♗d1! ♘f6 27.♕a2 g6 28.axb5 ♗xb5 (die drei weißen Schwerfiguren auf der a-Linie verhindern 28 … axb5, denn mit 29.♖xa8 hat Weiß einen Turm mehr), und nach diesem kleinen Stellungssieg in Form der isolierten schwarzen Bauern auf dem Damenflügel geht das Manöver weiter mit 29.♕d2 h5 30.♗c2 ♗g7 31.♘f1.

26 … ♘f6

Besser war 26 … exf4 27.♗xf4 g6.

27.fxe5 dxe5 28.♕f1?! ♘e8?!

Kasparow versäumte die Gelegenheit, die Partie mit 28 … a5! 29.axb5 axb4 30.♖xa8 ♖xa8 31.♖xa8 ♕xa8 32.♕xc4 ♕a1+ 33.♔h2 auszugleichen, wobei dann 33 … ♕e1! ♗e3 und c3 angreift.

29.♕f2 ♘d6 30.♗b6 ♕e8 31.♖3a2 ♗e7 32.♗c5 ♗f8?

Offensichtlich gab es bei Kasparow in dieser Partie einen blinden Fleck bezüglich 32 … a5. Nach 33.axb5 axb4 34.♗xb4 ♖xa2 35.♖xa2 ♘xb5 steht Schwarz zufriedenstellend.

33.♘f5! ♗xf5

33 … ♘xf5 34.exf5 ist da nicht besser.

34.exf5 f6 35.♗xd6 ♗xd6 36.axb5 axb5 37.♗e4!

Noch ein »menschlicher« Zug von Deep Blue, der Kasparow der Hoffnung beraubt, mit dem e-Bauern vorzurücken und den Läufer zum Leben zu erwecken.

37 … ♖xa2 38.♕xa2

Schwarz hat die Schlacht um die a-Linie verloren, und schon bald werden die weißen Schwerfiguren in seine Stellung eindringen.

38 … ♕d7 39.♕a7 ♖c7

39 … ♕xa7+ 40.♖xa7 ♖d8

41.♖a5 ♖b8 42.♖a6 ♖d8 43.♖b6 gewinnt bereits einen Bauern.

40.♕b6 ♖b7 41.♖a8+ ♔f7 42.♕a6 ♕c7 43.♕c6 ♕b6+ 44.♔f1 ♖b8 45.♖a6?

Ein schwerer Fehler, verursacht durch einen Fehler im Programm.

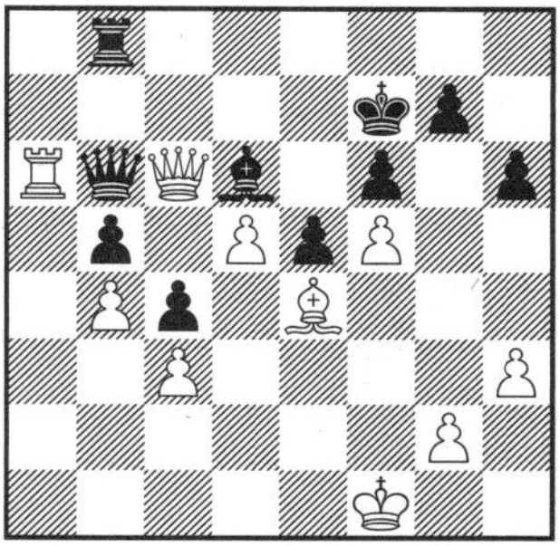

Hier gab Kasparow auf, ohne zu bemerken, dass 45 … ♕e3! ein Remis sichert: 46.♕xd6, und nun der Schlüsselzug 46 … ♖e8!, nach dem die schwarze Dame, tief in die feindliche Stellung vorgedrungen, den weißen König mit endlosen Schachgeboten traktieren wird. **1–0**

Deep Blue–Kasparow

New York (6), 1997

1.e4 c6

Das letzte Mal, dass Kasparow in einem offiziellen Turnier die Caro-Kann-Verteidigung gespielt hatte, war 1982. Nichtsdestotrotz war Deep Blue bestens vorbereitet …

2.d4 d5 3.♘c3 dxe4 4.♘xe4 ♘d7 5.♘g5 ♘gf6 6.♗d3 e6 7.♘1f3 h6?

Der Zug, der Geschichte geschrieben hat, weil er der Grund dafür war, dass Kasparow diese Partie und das gesamte Match verlor. Kasparow hatte darauf gesetzt, dass der Computergegner nicht gegen e6 vorgehen würde, aber das tat er, und zwar sofort.

8.♘xe6!

Ein Figurenopfer mit dem Zweck, den feindlichen König im Zentrum zu halten.

8 … ♕e7?!

Danach ist Schwarz verloren. Kasparow möchte mit seinem König auf den Damenflügel ausweichen, nur wird er dort keine Ruhe finden. Die beste Fortsetzung war 8 … fxe6 9.♗g6+ ♔e7 10.♗f4

♘d5 11.♗g3 h5 12.0–0 ♖h6 13.♘h4, und jetzt 13 … ♖xg6! (Ein Gegenopfer, um die Sicherheit des Königs zu erhöhen.) 14.♘xg6+ ♔f7 15.♕xh5 ♘7f6 Schwarz steht klar schlechter, kämpft aber noch nicht auf verlorenem Posten.

9.0–0! fxe6 10.♗g6+ ♔d8 11.♗f4 b5 12.a4! ♗b7 13.♖e1 ♘d5 14.♗g3 ♔c8 15.axb5 cxb5 16.♕d3 ♗c6 17.♗f5

Weiß schnappt sich einfach den e6-Bauern, deshalb beschließt Kasparow, seine Dame hinzugeben, aber es ist hoffnungslos.

17 … exf5 18.♖xe7 ♗xe7 19.c4

Durchbruch. Kasparow gab auf und verlor damit erstmals ein Match. Für Deep Blue, der nach diesem Wettkampf demontiert wurde, war es der schönste und gleichzeitig auch letzte Sieg. **1–0**

Topalow–Schirow

Linares, 1998

1.d4 ♘f6 2.c4 g6 3.♘c3 d5

Die Grünfeld-Indische Verteidigung. Schwarz erlaubt Weiß, ein Bauernzentrum zu errichten, um es später zu attackieren.

4.cxd5 ♘xd5 5.e4 ♘xc3 6.bxc3 ♗g7 7.♗b5+ c6 8.♗a4 0–0 9.♘e2 ♘d7 10.0–0 e5

Jetzt der Konter in Richtung Zentrum.

11.f3 ♕e7 12.♗e3 ♖d8 13.♕c2 ♘b6 14.♗b3 ♗e6 15.♖ad1 ♘c4 16.♗c1 b5 17.f4 exd4 18.♘xd4

Bei 18.cxd4?! plante Shirow zweifellos 18 … f5!, um das weiße Zentrum weiter anzugreifen.

18 … ♗g4 19.♖de1 ♕c5 20.♔h1 a5 21.h3 ♗d7

Schwarz versäumt die Gelegenheit, die Partie mit 21 … a4 zu verkomplizieren.

22.a4! bxa4 23.♗a2!

Weiß wollte nur einen Verteidiger des Springers auf c4 beseitigen. Nicht 23.♗xa4? ♘b6 24.♗b3 a4.

23 … ♗e8 24.e5 ♘b6 25.f5 ♘d5 26.♗d2?

Ein Patzer. Topalow hätte gewinnen können mit 26.♕f2! ♕xc3 27.♗b2 ♕b4 28.♗a1!, und jetzt kann Weiß 29.f6 und dann 30.e6 spielen, was einen zermalmenden Angriff einleitet, nur hätten wir so niemals Shirows wunderbares Endspiel gesehen.

26 … ♘b4! 27.♕xa4

Nach 27.cxb4 hätte Topalow wohl 27 … ♕xd4 28.fxg6 hxg6 29.e6 erwartet, und Weiß gewinnt, aber Schwarz 27 … ♕xc2 28.♘xc2 ♖xd2 29.♗b1 axb4 gibt ein siegreiches Endspiel.

27 … ♘xa2 28.♕xa2 ♗xe5 29.fxg6 hxg6 30.♗g5 ♖d5 31.♖e3 ♕d6 32.♕e2 ♗d7 33.c4 ♗xd4 34.cxd5 ♗xe3

35.♕xe3 ♖e8 36.♕c3 ♕xd5 37.♗h6?

Der einzige Zug war 37.♗f6! ♖e2 38.♕g3, woraufhin Weiß genügend Druck gegen den feindlichen König hat, um ein Remis zu erzielen.

37 … ♖e5?!

Fast schon siegreich war 37…♕e5! 38.♕f3 ♗e6 39.♕xc6 ♗d5 40.♕a4 ♖b8.

38.♖f3 ♕c5 39.♕a1 ♗f5 40.♖e3 f6 41.♖xe5 ♕xe5 42.♕a2+?

Nach 42.♕a3! hat Weiß vermutlich genügend Gegenspiel für ein Remis.

42 … ♕d5 43.♕xd5+ cxd5 44.♗d2 a4 45.♗c3 ♔f7 46.h4 ♔e6 47.♔g1

Jetzt folgt einer der berühmtesten Züge der Schachgeschichte.

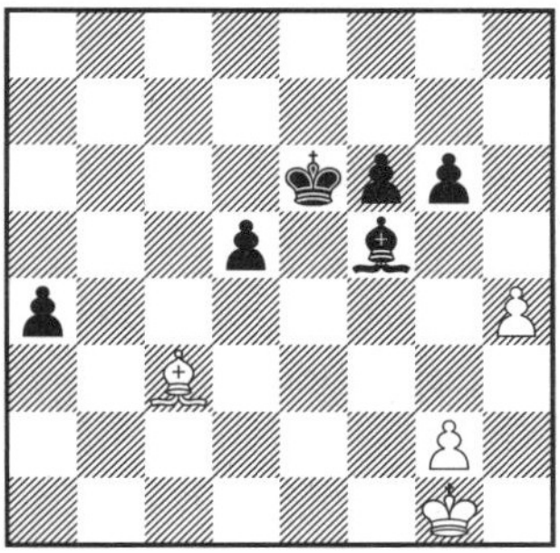

47 … ♗h3!!

Ein komplett unerwarteter Blitzeinschlag. Dieser skurril wirkende Läuferzug ist aber die einzige Möglichkeit, die Partie zu gewinnen.

48.gxh3

Den Läufer zu ignorieren hilft auch nicht: 48.♔f2 ♔f5 49.♔e3 ♗xg2 50.♔d4 ♔g4 51.♗e1 a3 52.♔c3 f5 53.♔b3 f4 54.♔xa3 ♔f3 55.♔b2 ♔e2 56.♗c3 f3.

48 … ♔f5 49.♔f2 ♔e4 50.♗xf6

50.♔e2 f5 51.♗b2 f4 52.♔f2 d4, und Schwarz hat einfach zu viele Bauern.

50 … d4 51.♗e7 ♔d3 52.♗c5 ♔c4 53.♗e7 ♔b3

Hier gab Topalow auf, denn 54.♔e2 wird gefolgt von 54 … ♔c2, wodurch einer der Bauern zur Dame wird. **0–1**

L'Ami–Malachatko

Kavala, 2003

1.e4 c5 2.♘f3 ♘c6 3.d4 cxd4 4.♘xd4 ♘f6 5.♘c3 e5

Die Schweschnikow-Variante der Sizilianischen Verteidigung.

6.♘db5 d6 7.♗g5 a6 8.♘a3 b5 9.♗xf6 gxf6

Nach 9 … ♕xf6?! 10.♘d5 ♕d8 11.♗xb5! axb5 12.♘xb5 ist der Angriff von Weiß zu stark.

10.♘d5

Weiß hat jetzt mit d5 ein sehr schönes Feld für seinen Springer, Schwarz hingegen Doppelbauern. Bis in die 1970er-Jahre galt so etwas als unspielbar für Schwarz, aber heutzutage genießt diese nach Jewgeni Schweschnikow benannte Eröffnung großen Respekt.

10 … f5 11.♗d3 ♗e6 12.0–0 ♗xd5 13.exd5 ♘e7 14.c3 ♗g7 15.♕h5 e4 16.♗c2 ♕c8 17.♖ae1 0–0 18.f3 b4 19.cxb4 ♗xb2 20.fxe4!?

L'Ami hatte dieses Opfer vorbereitet.

20 … ♗xa3 21.♖e3

Mit dem Angriff auf ♗a3 begibt sich der Turm in Schlachtposition. Dabei lässt er jedoch einen Läufer ungedeckt.

21 … ♕xc2 22.♖g3+ ♘g6 23.♖h3

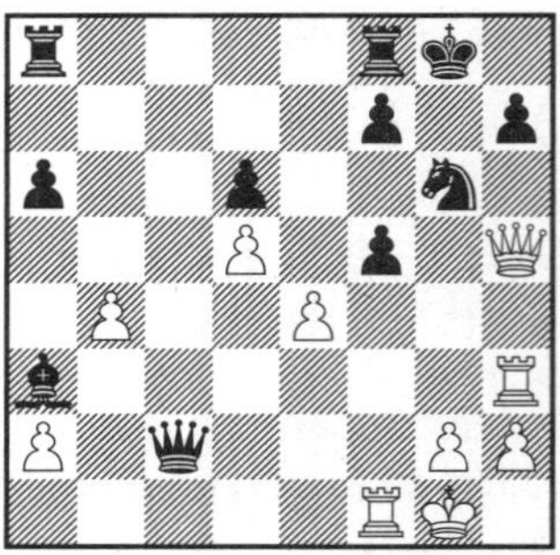

23 … ♖fc8?!

Später fanden stärkere Engines, dass nach 23 … ♖fd8! 24.exf5 ♘e5 Schwarz besser steht: 25.♕g5+ (25.♖xa3 ♕d2 26.♖g3+ ♔f8 27.f6 ♖dc8!; 25.♕xh7+ ♔f8 26.♖xa3 ♕d2 27.♕h8+ ♔e7 28.f6+ ♔d7 29.♕h3+ ♔c7) 25 … ♔f8 26.♖xh7 ♔e8 27.♕g8+ ♔d7 28.♖xf7+ ♘xf7 29.♕xf7+ ♔c8.

24.exf5 ♘e5?

Jetzt verliert Schwarz doch. Hier war es wichtig, eine Figur zurückzugeben mit 24 … ♘f4! 25.♕g5+ ♔f8 26.♕xf4 und dann die Position des Läufers zu verbessern mit 26 … ♗b2!, woraufhin Weiß auf Remis spielt mit 27.♕xd6+ ♔g8 28.♕g3+ ♔f8 (nicht 28 … ♔h8 29.♕h4) 29.♕d6+ oder weiterkämpft mit 29.f6!? ♕e2! 30.♕g7+ ♔e8 31.♖hf3.

25.♕g5+ ♔f8 26.♖xh7 ♔e8 27.♕g8+ ♔d7 28.♖xf7+ ♘xf7 29.♕xf7+

Jetzt verstehen wir, warum c8 für den Turm unglücklich gewählt war.

29 … ♔d8 30.♖e1!

L'Ami hatte das bis zum letzten Zug mit dem Computer analysiert. **1–0**

Carlsen–Kasparow

Reykjavík (Schnellschach), 2004

1.d4 d5 2.c4 c6 3.♘f3 ♘f6 4.♘c3 e6 5.♗g5 ♘bd7 6.e3 ♕a5

Die Cambridge-Springs-Variante des abgelehnten Damengambits ist nach einem Turnier in Cambridge Springs, Pennsylvania, im Jahr 1904 benannt, in dem sie mehrfach gespielt wurde.

7.♘d2

Verhindert den Zug, den Schwarz beabsichtigt hat … ♘f6-e4.

7 … ♗b4 8.♕c2 0-0 9.♗e2 e5 10.0-0 exd4 11.♘b3 ♕b6 12.exd4 dxc4 13.♗xc4

Schwarz hat den weißen d-Bauern isoliert, aber die weißen Figuren stehen viel aktiver.

13 … a5 14.a4 ♕c7 15.♖ae1 h6 16.♗h4 ♗d6

16 … ♘b6 17.♗d3 ♘bd5 war ungefähr gleichwertig.

17.h3 ♘b6 18.♗xf6! ♘xc4 19.♘e4!

Vielleicht hat Kasparow diese Idee unterschätzt.

19 … ♗h2+

Der Gedanke ist, dass Schwarz nicht schlagen kann: 19 … gxf6 20.♘xf6+ ♔g7 21.♕h7+ ♔xf6 22.♕xh6+♔f5 23.g4#.

20.♔h1 ♘d6 21.♔xh2 ♘xe4+ 22.♗e5 ♘d6 23.♕c5 ♖d8 24.d5!

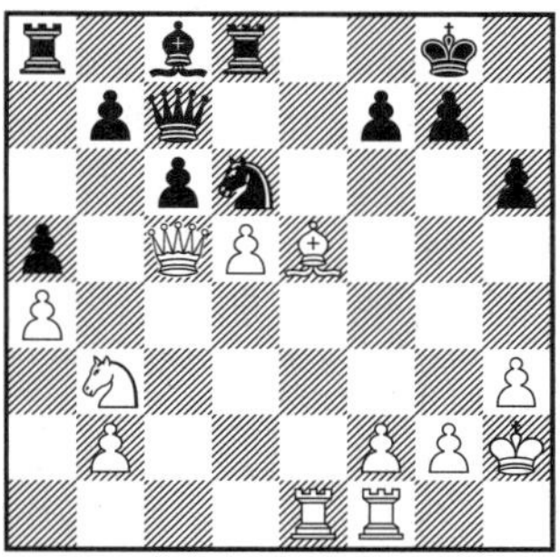

Ein 13-jähriger Carlsen setzt seinen berühmten Gegner unter enormen Druck und wird gleich einen Bauern erringen.

24 … ♕d7 25.♘d4 ♘f5 26.dxc6 bxc6 27.♘xc6 ♖e8 28.♖d1 ♕e6 29.♖fe1

Eine starke Option war 29.♗c7!, wonach Weiß getrost 30.♘xa5 spielen könnte.

29. … ♗b7 30.♘d4 ♘xd4 31.♕xd4 ♕g6 32.♕g4

Mit 32.f3 die Damen auf dem Brett zu belassen, war etwas aussichtsreicher.

32 … ♕xg4 33.hxg4 ♗c6 34.b3 f6 35.♗c3 ♖xe1 36.♖xe1 ♗d5 37.♖b1 ♔f7 38.♔g3 ♖b8 39.b4 axb4 40.♗xb4 ♗c4 41.a5 ♗a6 42.f3 ♔g6 43.♔f4 h5 44.gxh5+ ♔xh5 45.♖h1+ ♔g6 46.♗c5 ♖b2 47.♔g3 ♖a2 48.♗b6 ♔f7 49.♖c1 g5 50.♖c7+ ♔g6 51.♖c6 ♗f1 52.♗f2

Die schwarzen Figuren stehen so gut, dass Weiß trotz des überzähligen Bauern keine Fortschritte erzielen kann. ½–½

Kramnik–Lékó

Brissago (8), 2004

1.e4 e5 2.♘f3 ♘c6 3.♗b5 a6 4.♗a4 ♘f6 5.0–0 ♗e7 6.♖e1 b5 7.♗b3 0–0 8.c3 d5

Dieser Zug beginnt den Marshall-

Angriff. Schwarz opfert seinen e-Bauern, erhält dafür aber Angriffsmöglichkeiten gegen den weißen König.

9.exd5 ♘xd5 10.♘xe5 ♘xe5 11.♖xe5 c6 12.d4 ♗d6 13.♖e1 ♕h4 14.g3 ♕h3 15.♖e4

Weiß könnte mit diesem Turm nach h4 wechseln, was Schwarz jedoch mit seinem nächsten Zug verhindert.

15 … g5 16.♕f1 ♕h5 17.♘d2 ♗f5 18.f3!

Schafft für die Dame ein Feld auf f2, auch wenn Schwarz den Turm ohnedies nicht nehmen kann.

18 … ♘f6

18 … ♗xe4? 19.fxe4 ♘b6 20.e5 gefolgt von 21.♘e4 würde Weiß eine großartige Stellung verschaffen.

19.♖e1 ♖ae8 20.♖xe8 ♖xe8 21.a4 ♕g6 22.axb5?!

Relativ schnell gespielt von Kramnik, der später sagte, er wäre hier etwas ins Risiko gegangen, auch weil Lékó bereits jetzt wenig Zeit hatte. Besser war 22.♘e4 ♘xe4 23.fxe4 ♗xe4 24.♗xg5 ♗f5, wodurch Schwarz zwar ausreichende Kompensation für den Bauern erhält, aber mehr auch nicht.

22 … ♗d3!

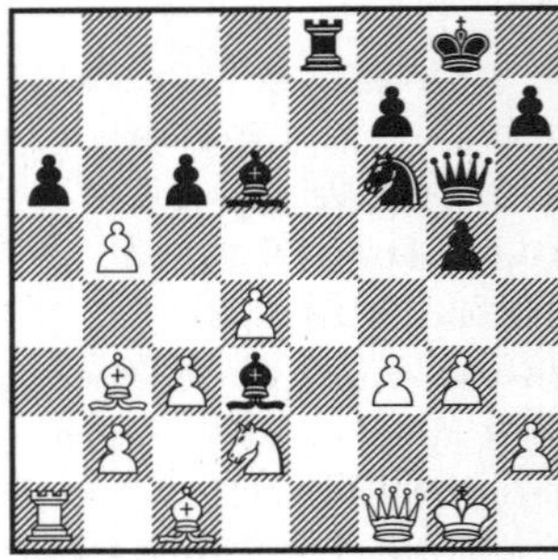

23.♕f2?

Kramnik glaubte zu sehr an die Computervorbereitung seines Teams und überschätzte hier seine Stellung. Er hätte stattdessen 23.♕d1 spielen und ein Remis durch Zugwiederholung akzeptieren sollen: 23 … ♗e2 24.♕e1 ♗d3 25.♕d1.

23 … ♖e2 24.♕xe2

Nach 24.bxa6 ♖xf2 25.♔xf2 ♕h5 26.♔g1 wird der weiße a-Bauer zur Dame, aber zu spät: 26 … ♗xg3! 27.hxg3 ♕h3 28.a7 ♕xg3+ 29.♔h1 g4! 30.a8♕+ ♔g7 31.♕b7 ♕e1+ 32.♔g2 gxf3+ 33.♘xf3 ♕f1+ 34.♔g3 ♘h5+ 35.♔h4 ♕h1+ 36.♔g4 ♕g2+ 37.♔xh5 ♕h3+ 38.♘h4 ♗e2+ 39.♔g5 ♕g4#.

24 … ♗xe2 25.bxa6

Außerdem kommt Weiß zu spät. Lékó wird den Angriff fehlerlos durchziehen:

25 … ♕d3! 26.♔f2

Das Problem von 26.a7 ♕e3+

27.♔g2 ist 27 … ♗xf3+! 28.♘xf3 ♕e2+ 29.♔g1 (29.♔h3 ♕f1#) 29 … ♘g4 30.a8♕+ ♔g7 31.♕xc6 (31.♗xg5 ♕f2+ 32.♔h1 ♕xf3+ 33.♔g1 ♕f2+ 34.♔h1 ♕xh2#) 31 … ♕f2+ 32.♔h1 ♕f1+ 33.♘g1 ♘f2#.

26 … ♗xf3! 27.♘xf3 ♘e4+ 28.♔e1 ♘xc3! 29.bxc3 ♕xc3+ 30.♔f2 ♕xa1 31.a7 h6 32.h4 g4 0–1

Deep Fritz 10–Kramnik
Bonn (2), 2006

1.d4 d5 2.c4 dxc4 3.e4 b5 4.a4 c6 5.♘c3 b4 6.♘a2 ♘f6 7.e5 ♘d5 8.♗xc4 e6 9.♘f3 a5 10.♗g5 ♕b6 11.♘c1 ♗a6 12.♕e2 h6 13.♗e3 ♗xc4 14.♕xc4 ♘d7 15.♘b3 ♗e7 16.♖c1 0–0 17.0–0

17.♕xc6 ♕xc6 18.♖xc6 ist nicht so gut, weil Schwarz mit 18 … ♘7b6 den a4-Bauern gewinnt.

17 … ♖fc8 18.♕e2 c5 19.♘fd2 ♕c6 20.♕h5 ♕xa4 21.♘xc5 ♘xc5 22.dxc5 ♘xe3 23.fxe3 ♗xc5 24.♕xf7+ ♔h8 25.♕f3 ♖f8 26.♕e4 ♕d7

Schwarz hat den simplen Plan, mit dem a-Bauern vorzurücken, und Weiß hat nur wenig entgegenzusetzen.

27.♘b3 ♗b6 28.♖fd1 ♕f7 29.♖f1 ♕a7 30.♖xf8+ ♖xf8 31.♘d4 a4?!

Versäumt 31 … ♖d8! 32.♖c4 b3! 33.h3 (nicht 33.♘xb3?? ♗xe3+ 34.♔f1 a4) 33 … ♗xd4 34.exd4 a4, woraufhin Schwarz schon so gut wie gewonnen hat.

32.♘xe6! ♗xe3+ 33.♔h1 ♗xc1 34.♘xf8

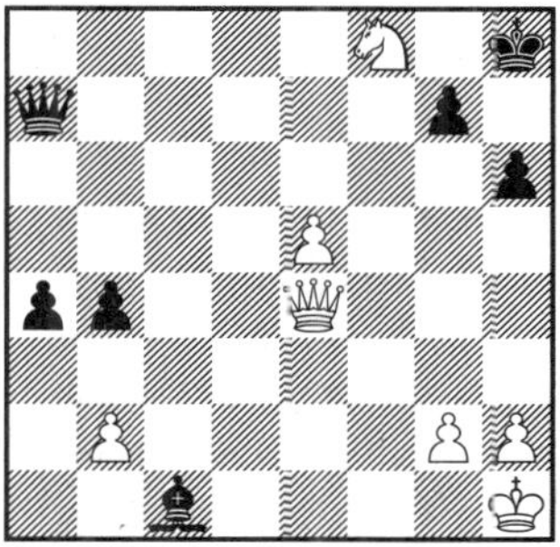

34 … ♕e3??

Zwei Fragezeichen sind nicht genug für den vermutlich größten Patzer, den sich ein (ehemaliger) Weltmeister je geleistet hat. Die Partie hätte mit der folgenden Wiederholung enden sollen: 34 … ♔g8 35.♘g6 ♗xb2 36.♕d5+ ♔h7 37.♘f8+ ♔h8 38.♘g6+.

35.♕h7# 1–0

Topalow–Anand
Sofia (1), 2010

1.d4 ♘f6 2.c4 g6 3.♘c3 d5

Die Grünfeld-Verteidigung, wie bei Topalow–Schirow.

4.cxd5 ♘xd5 5.e4 ♘xc3 6.bxc3 ♗g7 7.♗c4 c5 8.♘e2 ♘c6

Mit dem Springer auf e2 und nicht auf f3 kann 8 … ♗g4 mit 9.f3 beantwortet werden.

9.♗e3 0–0 10.0–0 ♘a5 11.♗d3 b6 12.♕d2 e5 13.♗h6 cxd4 14.♗xg7 ♔xg7 15.cxd4 exd4 16.♖ac1 ♕d6 17.f4 f6 18.f5 ♕e5 19.♘f4 g5 20.♘h5+ ♔g8

Gegen 20 … ♔h8 hatte das Topalow-Team den gleichen Zug vorbereitet: 21.h4! ♖g8, und jetzt kann 22.♘xf6!? ♕xf6 23.e5 ♕xe5 24.f6 gespielt werden, woraufhin der f-Bauer recht gefährlich ist. Eine lange Computer-Zugfolge verläuft 24 … ♗e6 25.f7 ♖gf8 26.♖ce1 ♕d5 27.♗e4 ♘c4 28.♕d3 ♕c5 29.♗xa8 ♘e3 30.♖f2 ♔g7 31.♗e4 ♖xf7 32.♖d2 ♖d7 33.♗xh7 ♗f7 34.hxg5, wonach Weiß immer noch besser dasteht.

21.h4 h6 22.hxg5 hxg5 23.♖f3

In dieser Stellung war auch 23.♘xf6+ interessant.

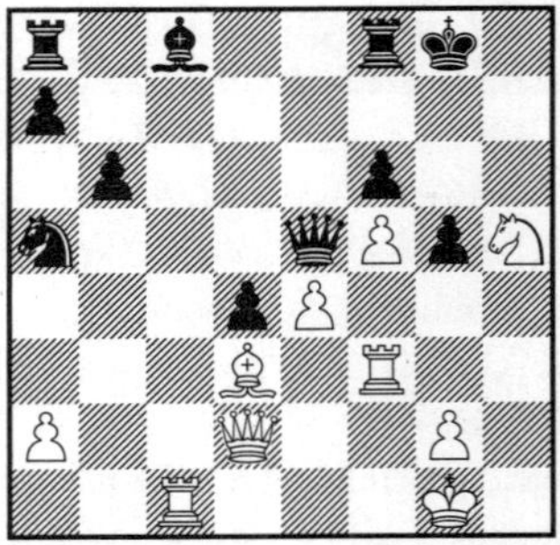

23 … ♔f7?

Anand erinnerte sich, dass dieser Zug gespielt werden musste, aber nicht in welcher Stellung. Korrekt war 23 … ♗d7! 24.♖g3 und erst jetzt 24 … ♔f7 25.♗c4+ ♘xc4 26.♖xc4 ♖h8 27.♖xd4 ♗e8 28.♖d7+ ♔f8! (28 … ♗xd7?? 29.♕xd7+ ♕e7 30.♕d5+ verliert den Turm auf a8.) 29.♘xf6 ♕a1+ 30.♔f2 ♕xf6, woraufhin der Angriff von Weiß nur noch ein Remis ergibt: 31.♕b4+ ♔g8 32.♕b3+ ♔f8.

24.♘xf6!

Ein Opfer, das Topalow und sein Team mit dem Computer vorbereitet hatten. Anands Team wusste zwar auch Bescheid, aber man kann sich nicht immer an alles erinnern…

24 … ♔xf6

24 … ♕xf6 25.♖h3! ♗d7 26.♖h7+ ♔e8 27.e5! mit siegreichem Angriff.

25.♖h3! ♖g8

25 … ♕f4 26.e5+! ♔xe5 27.♕e2+ ♔d5 28.♖f1 ♕e5 29.♕f3+ gewinnt den ♖a8.

26.♖h6+ ♔f7 27.♖h7+ ♔e8 28.♖cc7 ♔d8 29.♗b5! ♕xe4

29 … ♕xb5 30.♕xd4+ ♔e8 31.♖he7+ ♔f8 32.♕f6#.

30.♖xc8+

Anand gab auf wegen 30.♖xc8+ ♔xc8 31.♕c1+ ♘c6 32 … ♗xc6 ♕e3+ 33.♕xe3 dxe3 34.♗xa8.

1–0

Carlsen–Nakamura

Stavanger, 2017

1.e4 c5 2.♘f3 d6 3.d4 cxd4 4.♘xd4 ♘f6 5.♘c3 a6

Die Najdorf-Variante der Sizilianischen Verteidigung, benannt nach dem polnisch-argentinischen Großmeister Miguel Najdorf.

6.h3

Dieser kleine Bauernzug wurde auch vom jungen Bobby Fischer gespielt.

6 … g6 7.g3 ♘c6 8.♗e3 ♗g7 9.♗g2 0–0 10.0–0 ♘d7 11.b3 ♘xd4 12.♗xd4 ♗xd4 13.♕xd4 b6 14.♘d5 ♗b7 15.c4 e5

Fixiert den weißen e-Bauern auf einem weißen Feld, damit er den Läufer auf g2 blockiert. Nachteilig ist an diesem Zug, dass d6 geschwächt wird, nur ist dieser Bauer leicht zu verteidigen.

16.♕e3 b5 17.♖ac1 bxc4 18.♖xc4 ♗xd5

Nakamura findet, dass sein Springer in der entstandenen Stellung nicht schlechter als der weiße Läufer ist.

19.exd5 a5 20.♖fc1 ♘c5?! 21.a3 f5 22.b4 axb4 23.axb4 ♘d7 24.♖c6 f4 25.gxf4 exf4 26.♕e6+ ♖f7 27.♕xd6 ♕g5 28.♔h1 f3 29.♗f1 ♘f6

Schwarz erzeugt Gegenspiel.

30.♕e6 ♔g7 31.♖c7 ♖xc7 32.♖xc7+ ♔h6 33.♕e1 ♖a2 34.♖e7 ♘g4!

Erzwingt ein Remis durch Zugwiederholung.

35.hxg4 ♕h4+ 36.♔g1 ♕xg4+ 37.♔h1 ♕h4+

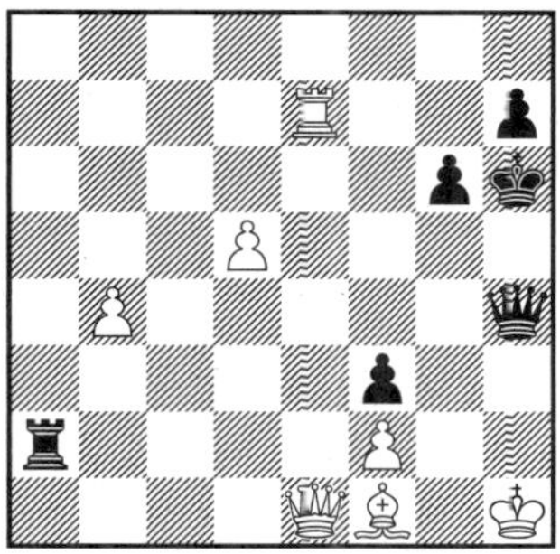

Dies ist die Stellung, die Messi und Ronaldo 2022 bei der Louis-Vuitton-Werbung auf ihrem Schachbrettmuster hatten.

38.♔g1 ♕g4+ 39.♔h1 ♕h4+ 40.♔g1 ♕g4+ ½–½

Kasparow–Karjakin
St. Louis, Missouri (Blitz), 2017

1.e4 e5 2.f4
Das erste und einzige Mal, dass Kasparow in einer offiziellen Partie das Königsgambit spielt, und dieser Autor hier stand zufällig direkt daneben – mit laufender Kamera.
2. … exf4 3.♘c3!?
Kasparow entscheidet sich für einen Zug, den James Mason und Paul Keres in der Vergangenheit ausprobiert haben.
3 … ♕h4+ 4.♔e2
Eine bemerkenswerte Situation: Nach vier Zügen kann der weiße König nicht mehr rochieren und blockiert seinen Läufer und seine Dame. Dafür hofft er, ein starkes Bauernzentrum aufzubauen.
4 … ♕d8?!
Nicht der beste Zug, aber auch nicht weiter schlimm. Karjakins Gedanke war, dass seine Dame eh bald h4 hätte räumen müssen.
5.d4 ♘f6 6.♗xf4 ♗b4 7.♗g5
Besser war 7.♘d5! ♘xd5 8.exd5 0-0 9.♘f3 ♖e8+ 10.♔f2 mit einem leichten Vorteil für Weiß.
7 … ♗xc3 8.bxc3 d6 9.♘f3 0-0 10.♗xf6
Kasparow schlug zunächst den Springer, weil der direkte Weg 10.♔f2?? wegen ♘xe4+ verliert.
10 … ♕xf6 11.♔f2 c5 12.h3 ♖e8 13.♕d3 b6 14.♖e1 ♗b7 15.g3 ♘c6 16.♗g2 ♖ac8 17.a3
Die Idee von Schwarz voraussehend: 17 … cxd4 18.cxd4 ♘b4.
17 . . . ♘b8 18.♖e3 ♘d7 19.♖f1 ♕e7 20.♔g1??
Ein furchtbarer Patzer, der in einer Standardpartie nie passiert wäre. Weiß hätte e4 mehrfach decken sollen mit 20.♖fe1.
20 … ♗xe4 21.♕e2 d5 22.♘h4 g6 23.♗xe4 dxe4 24.♕g4 ♘f6 25.♕g5 ♘h5 26.♕g4 ♘f6 27.♕g5 ♘h5 26.♕g4 ♘f6 27.♕g5 ♘h5 28.♕g4 ♘g7 29.♕e2 cxd4 30.cxd4 f5
Weiß hat bereits einen Bauern weniger und steht dazu noch auf dem Damenflügel schwach, ist also strategisch am Ende.
31.♘g2 ♕d6 32.c3 ♕xa3 33.♕d2 ♘e6 34.g4 ♘g5 35.gxf5 ♘f3+ 36.♖exf3 exf3 37.♖xf3 ♖f8 38.♘h4 ♕e7 39.♕f2 ♕g5+ 40.♖g3 ♕c1+ 41.♔g2 ♖xc3

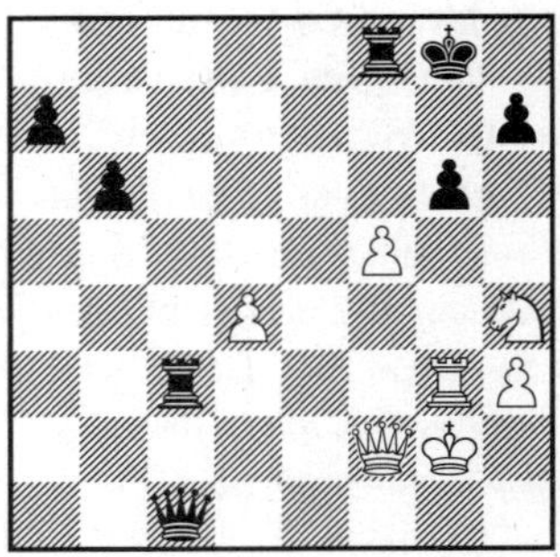

42.♘xg6!?
Kasparow greift nach dem letzten Strohhalm.
42 … ♖xg3+
Schwarz könnte einfach den Springer schlagen: 42 … hxg6 43.♖xg6+ ♔f7 44.♕a2+ ♖c4 und der Angriff von Weiß ist vorbei.
43.♕xg3 ♕d2+⁇
Verpasst den einfachen Zug 43 … ♕c6+!, wonach Schwarz den Springer schlagen kann. Kasparow hätte sofort aufgegeben.
44.♔h1 ♕d1+ 45.♔g2 ♕e2+ 46.♔g1 ♕d1+ 47.♔g2 ♕c2+ 48.♔g1 ♕b1+ 49.♔h2 ♕b2+ 50.♔h1 ♕b1+ 51.♔h2 ♕a2+ 52.♔g1 ♕a1+ 53.♔h2 ♕b2+ 54.♔h1 ♕c1+ 55.♔h2 ♕d2+ 56.♔h1 ♕d1+ 57.♔h2 ♕e2+ 58.♔g1 ♕d1+ 59.♔h2 ♕d2+ 60.♔h1 ♕d1+
Mit wenig Zeit übrig, zielt Karjakin auf ein Remis ab. Er hätte weitermachen können mit 60 … ♕c1+ 61.♔h2 ♖f7, aber das sieht eher gefährlich aus: 62.♘h4+ (62.♕b8+ ♔g7 63.♕h8+ ♔h6 64.♘e5 ♕c7) 62 … ♖g7 63.♕b8+ ♔f7 64.♕xa7+ ♔f6 65.♕xb6+ ♕g5 66.♕d8+ ♔h5 67.♘g2
Schwarz kann nun einen Damenabtausch einleiten mit 67 … ♕c7+ 68.♕xc7 ♖xc7, und das Endspiel läuft auf ein Remis hinaus. **½–½**

Carlsen – Niemann
St. Louis (Missouri), 2022

1.d4 ♘f6 2.c4 e6 3.♘c3 ♗b4
Die Nimzowitsch-Indische Verteidigung, benannt nach dem in Lettland geborenen dänischen Schachmeister und -theoretiker Aaron Nimzowitsch.
4.g3 0–0 5.♗g2 d5 6.a3 ♗xc3+ 7.bxc3 dxc4 8.♘f3 c5 9.0–0 cxd4 10.♕xd4 ♘c6 11.♕xc4 e5 12.♗g5 h6 13.♖fd1 ♗e6 14.♖xd8 ♗xc4 15.♖xa8 ♖xa8 16.♗xf6 gxf6 17.♔f1 ♖d8
Die Eröffnung verlief für Weiß nicht so gut, denn jetzt im Endspiel steht er etwas schlechter da.
18.♔e1 ♘a5 19.♖d1 ♖c8 20.♘d2 ♗e6 21.c4 ♗xc4 22.♘xc4 ♖xc4 23.♖d8+ ♔g7 24.♗d5 ♖c7 25.♖a8 a6 26.♖b8 f5 27.♖e8 e4 28.g4?!
Hier bietet 28.f3 bessere Chancen auf ein Remis.
28 … ♖c5! 29.♗a2 ♘c4?!
Keine Probleme gab es mit 29 … fxg4 30.♖xe4 (30.♖e7 ♘c4 31.♖xb7 h5) 30 … f5 31.♖e7+ ♔f6 32.♖f7+ ♔g5 33.♖g7+ ♔h4, woraufhin Schwarz gut steht.
30.a4
30.♗xc4 ♖xc4 31.gxf5 ♖a4

32.♖b8 b5 33.♖b6 ♖xa3 34.♔d2 sah für Carlsen wohl nicht sehr attraktiv aus, aber aufgrund des Turms auf b6, der den schwarzen König an der Teilnahme hindert, hat Weiß echte Chancen auf ein Remis.

30 … ♘d6 31.♖e7 fxg4 32.♖d7 e3!

Ein hübscher Zwischenzug.

33.fxe3

Der Trick von Schwarz war 33.♖xd6?? ♖c1+ 34.♖d1 ♖xd1+ 35.♔xd1 exf2.

33 … ♘e4 34.♔f1 ♖c1+

Etwas besser war 34 … ♖f5+ 35.♔g2 b5.

35.♔g2 ♖c2 36.♗xf7 ♖xe2+ 37.♔g1 ♖e1+ 38.♔g2 ♖e2+ 39.♔g1 ♔f6 40.♗d5 ♖d2 41.♖f7+ ♔g6

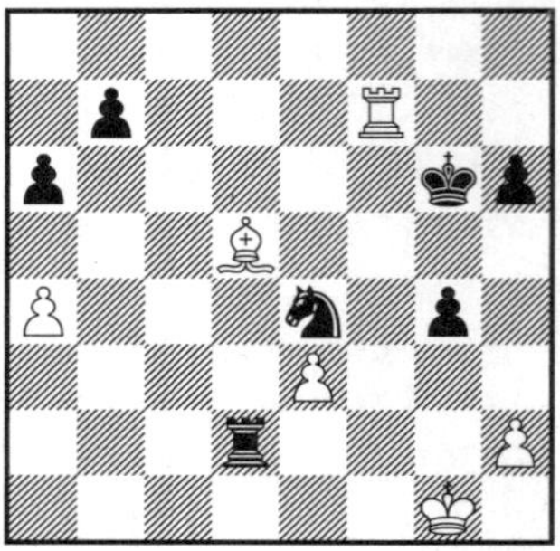

42.♖d7?

Carlsen vermeidet erneut ein Turmendspiel, obwohl diese bekannt dafür sind, im Remis zu enden: 42.♖e7! ♖xd5 (42 … ♘g5 43.♗g2) 43.♖xe4 ♔f5 44.♖b4 ♖d7 45.h3! gxh3 46.♔h2 mit guten Aussichten auf ein Remis.

42 … ♘g5!

Jetzt ist Schwarz im Vorteil.

43.♗f7+ ♔f5 44.♖xd2 ♘f3+ 45.♔g2 ♘xd2 46.a5 ♔e5 47.♔g3 ♘f1+ 48.♔f2 ♘xh2 49.e4 ♔xe4 50.♗e6 ♔f4 51.♗c8 ♘f3 52.♗xb7 ♘e5 53.♗xa6 ♘c6 54.♗b7 ♘xa5 55.♗d5 h5 56.♗f7 h4 57.♗d5 0–1

Caruana–Giri

Bukarest, 2023

1.e4 e5 2.♘f3 ♘c6 3.♗c4 ♘f6 4.d3 ♗c5

Die Italienische Partie (Giuoco pianissimo, dt. ein sehr langsames Spiel) ist im heutigen Spitzenschach eine der beliebtesten Varianten. Das liegt vornehmlich daran, dass die Berliner Verteidigung (3 … ♘f6) so stark gegen die Spanische Partie (1.e4 e5 2.♘f3 ♘c6 3.♗b5) ist.

5.c3 d6 6.b4 ♗b6 7.a4 a5 8.b5 ♘e7 9.0–0 0–0 10.♘bd2 ♘g6 11.d4 h6 12.♖e1 ♖e8 13.♗a3

Etwas später in diesem Jahr probierte Caruana in dieser Stellung den Zug 13.h3.

13 … exd4 14.♕b3 d5!

14 … ♗e6 15.♗xe6 ♖xe6 16.cxd4 ist etwas besser für Weiß. Der Zug, der gespielt wurde, ist ein starker, neuer Zug, nach dem Schwarz Ausgleich erzielt, wenngleich nur nach ein paar äußerst heiklen Komplikationen.

15.exd5 dxc3 16.♖xe8+

Nach 16.♕xc3 ♗f5 steht Schwarz womöglich bereits etwas besser.

16 … ♕xe8 17.♖e1!

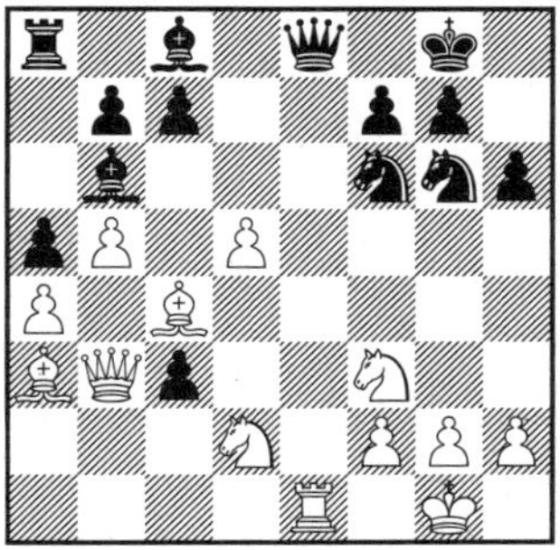

17 … ♕xe1+! 18.♘xe1 cxd2 19.♘f3 ♘e4

Angriff auf f2. Schwarz hat gerade genug Gegenspiel für die Dame.

20.d6

Eine dieser Situationen, in denen Angriff die beste Verteidigung ist.

20 … ♘xf2 21.♗xf7+ ♔h8 22.♘xd2

Jetzt wird das Vorgehen von Schwarz offenbar.

22 … ♘e4+ 23.♔h1

Natürlich nicht 23.♔f1?? ♘xd2+, was schon fast den Sieg bedeutet.

23 … ♘f2+ 24.♔g1 ♘e4+ 25.♔h1 ♘f2+ 26.♔g1

Caruana hatte alles vorbereitet und spielte seine Züge mit wenig Nachdenkzeit, während Giri tief in seinem Gedächtnis wühlen musste. **½–½**